Millennium

11

LA CORTE EDITORE

LUCA BUGGIO

LA CITTÀ DEI SANTI

LA CORTE EDITORE

Pubblicato da

LA CORTE EDITORE

LA CORTE EDITORE
Via Montevecchio 29, Torino

Progetto Grafico: La Corte Editore - Emanuele La Corte
Immagine di copertina:
© Paolo Gallo / Adobe Stock

ISBN: 9788885516960
Finito di stampare nel mese di settembre 2019
presso Rotobook - San Giuliano Milanese (Mi)

www.lacorteditore.it

A mio papà Mario,
per avermi trasmesso il valore di finire ciò che si comincia.
A mia mamma Rita,
perché grazie a lei ho imparato a guardare il mondo a colori.

PROLOGO

...i templi pagani non devono essere distrutti; si distrugga solo l'idolo che vi si conserva. Il tempio va consacrato: bisogna aspergerlo con l'acqua benedetta e collocarvi degli altari e delle reliquie, perché dal culto dei demoni passi all'ossequio di Dio.

(Gregorio I)

1

7 agosto 1706

Il ragno zampettava sulla strada sterrata. Era grosso, nero e pigro, e una pallida luce rosata ingigantiva la sua ombra.

Un istante prima di schiacciarlo sotto il suo stivale, *Zolicheur* si chiese se avesse coscienza di cosa stava scendendo su di lui, e se il suo istinto sarebbe stato quello di provare a scappare.

Quel pensiero finì con uno scricchiolio sotto la suola, appena percettibile, soffocato dal rombo del Po. Il fiume scorreva sotto gli archi del ponte di pietra che collegava Torino alla collina, per poi lambire il fetido intrico di vicoli e capanne chiamato Borgo Moschino. Rami, fronde e altri rifiuti galleggiavano e passavano veloci, scomparendo dietro i platani.

Dopo dodici settimane di assedio non c'erano più battelli a solcare le acque. Nemmeno quelli notturni dei contrabbandieri, che costituivano una parte consistente della fortuna di Zolicheur.

E che adesso non ho più, grazie alla fottuta guerra del fottuto duca con i fottuti francesi.

Lo chiamavano Zolicheur, *joli coeur*, perché il suo cuore era tutto tranne che tenero. Perché mettergli i bastoni tra le ruote significava un mare di guai. Guai per chi non pagava la protezione, guai per gli sbirri e per gli amici degli sbirri. Guai per chi non si faceva gli affari propri e per chi gli rovinava gli affari.

Qualcuno lo stava facendo, però, sotto il suo naso: quelli che da qualche tempo rapivano gli abitanti del Moschino per portarli chissà dove a fare chissà cosa.

Zolicheur fece la strada a ritroso, tornando verso le baracche, gli occhi nervosi a scavare nelle ombre sempre più lunghe. Quello era il *suo* borgo, come sue erano le puttane, la refurtiva e le merci di contrabbando. Provare a togliergli ciò che era suo era come provare a togliere al Duca il palazzo nella piazza del Castello: significava mettere il mondo alla rovescia, e lui non aveva alcuna voglia di iniziare a vivere con la testa all'ingiù.

Raggiunse un gruppo di uomini fermi a ridosso di un muretto coperto di edera.

«Ci sono tutti» disse una figura alta. Al riparo dalle ultime luci del giorno, nascondeva i lineamenti sotto il mantello e il tricorno.

«Ciascuno vada al suo posto» ordinò Zolicheur.

Li guardò allontanarsi, i suoi uomini, freddi e duri come lui, con le armi nascoste sotto le giacche o appese alle cintole. In cielo l'ultimo raggio di sole si estingueva per cedere il posto a una tenebra mista a nuvole gonfie di pioggia.

Zolicheur si guardò attorno, ruotando su se stesso: tutto gli dava la sensazione di essere immobile, avvolto nel silenzio, ma questo non significava che non ci fosse qualcuno nascosto in agguato. Attraversò la strada là dove un platano segnava il cortile della *"cà dle tre Boche"*. Si fermò per qualche istante tra le erbacce e le liane di edera, prima di andare ad acquattarsi contro una delle pareti annerite dal fumo.

Ogni volta che tornava in quel luogo, che fosse giorno o notte, qualcosa lo tratteneva e gli toglieva il fiato: nessun presentimento, nessuna minaccia concreta. Soltanto ricordi.

Ai tempi in cui a Torino governava il vecchio Duca accanto alla sua bella sposa francese, in quella specie di locanda vivevano tre ragazze, e si diceva fossero sorelle, figlie illegittime di un nobile fuggite a Torino, damigelle della Madama Reale cadute in disgrazia: di certo avevano modi da signore che le altre puttane del borgo non sarebbero mai riuscite a imitare.

Le chiamavano "le Tre Bocche", o con altri soprannomi meno gentili. C'era Bocca d'Oro, che con le labbra ci sapeva fare, Bocca Asciutta che invece non ci sapeva fare per niente. E Bocconcino, la preferita dei clienti.

Dopo aver tenuto testa alla guerra, alla povertà e alle malattie, ai clienti ubriachi e a quelli che menavano le mani, erano crepate per una candela accesa e un soffio di vento, e della casa in riva al fiume erano rimasti solo ruderi e storie di paura.

Si raccontava di vagabondi che all'imbrunire avevano cercato riparo in quelle rovine, e al mattino dopo erano scomparsi. E a voce più bassa, qualcuno parlava di patti diabolici che ogni tanto riportavano le Tre Bocche sulla terra, a sedurre le anime come un tempo avevano fatto con i corpi.

Anche se li aveva cercati, Zolicheur non aveva mai incontrato fantasmi tra i resti di quella che un tempo era stata la sua casa. Un tempo molto lontano, prima che la carità dei preti e la solerzia degli sbirri lo chiudessero in un orfanatrofio.

Sua madre era *Boconìn*, Bocconcino, e ora che era un uomo, ora che di puttane ne aveva avute molte, Zolicheur poteva capire perché lei piacesse tanto. Non era solo bella: aveva una piega naturale sulle labbra, da far credere che il suo sorriso fosse autentico.

Zolicheur l'aveva sognata qualche notte prima, e nel sogno sua madre sembrava terrorizzata:

lo guardava e cercava di parlargli, ma con parole che Zolicheur non era riuscito a sentire. Si era risvegliato con un residuo di rabbia, frustrazione e un vago senso di allarme.

In cielo le nuvole cedettero e la pioggia prese a cadere increspando il Po, grondando le fronde, inzuppando il cappello e la giacca, il tessuto, la pelle e le ossa. Zolicheur ripensò al ragno nero: si chiese se avesse presagito l'arrivo del temporale e se lui l'avesse sorpreso mentre andava a mettersi al riparo.

La pioggia scese, le ore trascorsero.

Il cielo non si era ancora acceso dei colori dell'alba quando Zolicheur trasalì e una sorta di prurito prese a solleticargli la base del collo. Le sue orecchie avevano avvertito un rumore poco davanti a lui: uno scalpiccio lieve, forse di un ratto o un cane randagio.

Sentiva il cuore pulsare e il battito ripetersi in sincronia sulla tempia. Avvertiva qualcosa di strano nella notte calda e umida, nella pioggerellina impalpabile e perfino nella cappa che impregnava l'aria, avvelenata dagli umori delle fogne che scaricavano nel fiume le lordure di Torino. A quel fetidume era abituato, ma allora perché gli sembrava così fastidioso? Perché perfino le baracche di legno e paglia sembravano diverse, più nitide, come se avessero voluto emergere o fuggire dalle ombre?

Cominciò a contare in silenzio per mantenere la concentrazione.

Uno. Due. Tre.

Ebbe la curiosa sensazione di essere sospeso nel vuoto, poi di precipitare, come quando si è sul punto di addormentarsi: solo che era del tutto sveglio.

Sveglio e pieno di rabbia.

Sette. Otto.

Nessuno può entrare nel mio territorio e farla franca.

Nove. Dieci. Undici. Dodici.

Come non l'aveva fatta franca lui, la prima volta. Il boia gli aveva marchiato la fronte con la V di *voleur*, il marchio d'infamia dei ladri.

Vi marchierò altro che la fronte!

Tredici. Quattordici.

Lo scalpiccio di poco prima si ripeté, adesso più forte e solido.

Quando fu arrivato a venti, Zolicheur vide una figura staccarsi da dietro la fila di capanne. Nel ritaglio di luce proiettato dalla lanterna che reggeva in mano schizzavano le gocce di pioggia, rimbalzando sul vetro.

La figura indossava un mantello e portava il tricorno sulla testa: affondò il piede in una pozzanghera facendo un suono umidiccio. Alle sue spalle, un'altra sagoma. Poi una donna fece capolino, i capelli fradici schiacciati sulla testa: la pioggia le aveva sciolto il trucco segnandole le guance.

La pioggia o il pianto? Un pensiero che passò per la mente di Zolicheur, ma senza mettere radici. La sua attenzione era altrove.

La ragazza era una delle tante che si vendevano nelle sudice taverne in riva al Po, e che pagavano la protezione a Zolicheur. Si muoveva senza esitare né cercare di ribellarsi, uno strano comportamento per una che era stata rapita, o costretta contro la sua volontà.

Lei è d'accordo! Sono tutte d'accordo!

Ecco perché spariscono senza lasciare traccia!

Zolicheur sentiva il cuore pulsare così in fretta che non riusciva più a distinguere i battiti. Avrebbe voluto cominciare a correre e iniziare subito il lavoro di coltello. Si sentiva invaso, allagato da quella voglia.

No, non subito. Con calma. Molta calma.

Più tardi avrebbe dato a quella puttana un esempio buono per tutte le altre.

Dopo che avrò finito con lei, perfino a un lebbroso farà schifo toccarla.

Fece un profondo respiro e uscì dal nascondiglio, strisciando nelle ombre, appoggiando i piedi con passo così delicato da affondare nel fango senza rumore, lo sguardo fisso sulla luce della lanterna che si allontanava.

Man mano che raggiungeva uno dei punti di guardia stabiliti cominciavano a muoversi i suoi compari, e quando la piccola processione attraversò il ponte, la banda era al completo.

Dall'altra parte del Po, le chiome degli alberi che ricoprivano le pendici fluttuavano alla brezza fresca e Zolicheur ebbe l'impressione che tutto il monte fosse in movimento. La sua mente fu accarezzata da quella visione, i pensieri si lasciarono cullare danzando al ritmo ipnotico.

Fu l'odore a richiamarlo indietro. Un odore repellente che metteva voglia di voltarsi e darsela a gambe. Ma proprio quella sensazione aveva avuto il potere di svegliarlo dallo strano torpore di un istante prima.

Distanti qualche decina di passi, quelli che Zolicheur stava pedinando oltrepassarono un'osteria, e i due uomini seduti davanti alla soglia li guardarono senza fare commenti, come se non ci fosse stato niente da vedere.

(Come se non avessero visto niente.

O come se avessero fatto finta di non vedere niente)

Due ubriachi o due complici?

La puzza aumentava. Sembrava stringersi tutt'intorno, poi aprirsi di forza un varco nelle narici ed entrare anche se si respirava solo con la bocca. Era qualcosa di diverso dal miscuglio di sterco, pesce marcio e sudore a cui Zolicheur era abituato vivendo tra le case di borgo Moschino.

Cosa può avere quest'odore? si domandò, e una parte di lui riuscì a rispondere: *un mucchio di carcasse. Un mucchio molto grosso. Un grosso cumulo di carogne lasciate marcire sotto il sole.*

Passò davanti alla taverna e guardò l'ubriaco seduto sui gradini: dormiva, la testa china sui ciottoli del cortile. Una lampada a olio spandeva lampi di luce tremula sulle guance e sul naso che sembravano rosso sangue.

Tornò la puzza, e questa volta suggerì la sensazione di un respiro mefitico esalato da un'invisibile nebbia. *Gli ubriachi erano due,* ricordò Zolicheur, e un brivido lo percorse mentre un mormorio gli sfiorava le orecchie e una nebbia lattiginosa s'insinuava nella sua testa. Un'ombra prese forma davanti a lui e riempì il vicolo di tenebre più scure e minacciose della notte. Un'ombra enorme, ma che apparteneva a un essere con due braccia, due gambe e… una testa di cane.

Zolicheur sentì il fiato strozzarsi in gola e un gemito uscirgli dalle labbra socchiuse. La sua vescica ebbe un fremito, implorando di svuotarsi.

Cercò di estrarre il coltello, ma la sua mano si rifiutò di obbedire, troppo pesante, inerte, come se fosse stata di legno.

È tutto inutile. Adesso mi ammazza.

Attorno a lui si mossero altre ombre.

I suoi compari cominciarono a gridare.

E anche Zolicheur gridò, quando vide cosa si stava abbattendo su di lui.

2

I cannoni della batteria francese spararono di nuovo.

Passepartout sentì l'aria vibrare, lo scricchiolio dei mattoni sotto pressione, la polvere sbriciolata che scendeva dalla volta.

«Cos'è stato?» *Cordìn* affondò lo sguardo nell'oscurità. «Sembrava...»

«Zitto» ordinò Passepartout. L'aria viziata e polverosa rimandò echi della sua voce. Rimase fermo con le orecchie tese, trattenendo il fiato.

Si scoprì di pensare che sarebbe stato più semplice se quel tratto di galleria fosse stato illuminato. Si scoprì di desiderare la luce e quel pensiero lo sorprese.

Dopo due mesi e mezzo nelle gallerie sotto la Cittadella, Passepartout si era abituato a trascorrere interi giorni senza vedere una luce. Al buio aveva imparato a spostarsi e aspettare, a consumare il rancio e perfino a caricare le armi.

Ma c'erano dei momenti, durante le guardie, in cui il silenzio era talmente fitto che anche il rumore più impercettibile aveva il potere di riempire l'oscurità di nemici in agguato. In quei momenti Passepartout non riusciva a scacciare la sensazione di essere osservato da occhi feroci e carichi d'odio. E allora, insieme alla paura, giungeva prepotente il desiderio che ogni cosa fosse ben illuminata.

Negli ultimi giorni i nemici avevano fatto progressi con gli scavi e le loro gallerie si erano avvicinate molto: adesso sotto il bastione San Maurizio si fronteggiavano i minatori francesi e quelli sabaudi, gli uni sabotando il lavoro degli altri.

Il capitano Bozzolino aveva aumentato la sorveglianza sotto la mezzaluna di Soccorso, sicuro che presto i francesi avrebbero cercato di penetrare da quella parte. I rumori di zappe e picconi risuonavano al di là delle pareti di mattoni, giorno dopo giorno, come pesanti conferme. Il nemico era vicino, sopra e intorno a loro, finora stava scavando a vuoto.

Se e quando i francesi fossero riusciti a intercettare una delle gallerie, il primo segno sarebbe stato il gemito di mattoni frantumati, poi un tremendo boato e una cascata di terra e detriti che scendeva dall'alto.

In quel momento, invece, anche i picconi tacevano.

Passepartout lasciò uscire il fiato in un sospiro di sollievo.

«Falso allarme?» chiese Cordìn a bassa voce.

«Falso allarme.»

Prima di arruolarsi, Passepartout era stato un muratore disoccupato, con una moglie da mantenere e un figlio in arrivo.

Con l'unica alternativa di soffrire la fame, aveva scelto di vestire l'uniforme blu dei minatori del Duca di Savoia. Nessuno era bravo come lui a infilarsi nei luoghi angusti, così avevano preso a chiamarlo Passepartout, "passa dappertutto".

Suo padre, Giacomo Micca, lo aveva fatto battezzare col nome di Pietro.

«Si staranno ancora leccando le ferite dopo l'assalto dell'altro giorno» disse Cordìn. «Ma prima o poi ci riproveranno, questo è sicuro.»

Continuava a fissare le tenebre con uno sguardo a metà fra il pensieroso e il preoccupato.

Quattro giorni prima i francesi avevano lanciato contro le fortificazioni esterne il più feroce assalto alla baionetta dall'inizio dell'assedio. Secondo i disertori catturati, l'attacco aveva impegnato dieci battaglioni e venti o venticinque compagnie di granatieri. Le bandiere con il giglio avevano sventolato per tutta la notte sulle piazzeforti e lungo il cammino coperto davanti alla mezzaluna, finché il contrattacco non li aveva respinti. Non da tutte le posizioni, però.

«Se dopo due mesi e mezzo tutto quello che sono riusciti a conquistare sono due piazzaforti ai lati di una mezzaluna, possiamo far sapere al Principe Eugenio di fare con calma che qui ce la caviamo benissimo.»

«Non scherzare, Passepartout. Che venga più presto che può, il Principe Eugenio.»

«Credi che non me lo auguri anche io? Voglio solo tornare da mia moglie e conoscere mio figlio.» Passepartout non riuscì a impedirsi di fare un debole sorriso, e al tempo stesso di rabbrividire.

Fino a quel momento le difese sotterranee avevano retto bene quanto quelle di superficie, ma ogni progresso del nemico di sopra avrebbe avuto conseguenze anche sotto. E adesso i francesi controllavano gli angoli ai lati della mezzaluna.

Un raschiare sottile arrivò dal buio pesto del cunicolo.

«Un topo.» La voce di Cordìn aveva una sfumatura di incertezza.

«Hai paura dei topi, adesso?»

Cordìn scosse la testa.

«Qui non sono né i topi né i francesi a farmi paura.»

La prima volta che era sceso nelle gallerie, Passepartout aveva pensato alle sinistre leggende di cui gli avevano parlato i veterani e il sangue gli si era mutato in ghiaccio. Adesso era un veterano anche lui, e sapeva che il "respiro del Diavolo", la polvere da sparo bruciata che uccideva i minatori, era il pericolo più grande perché non faceva rumore e non aveva odore.

I topi facevano rumore.

I francesi facevano rumore e puzzavano.

«C'è davvero qualcuno» disse Cordìn in un sussurro bassissimo.

«Cosa?»

«Ascolta.»

Per un attimo, quando avvertì l'odore, Passepartout credette che fosse uno scherzo della sua immaginazione. Per un attimo pensò che lo stava sentendo perché ci aveva appena pensato.

No. Anche Cordìn l'aveva avvertito.

Puzza di sudore, aglio e cipolle mal digerite.

Passepartout sentì un brivido lungo la schiena. Il suo cuore perse un battito.

I francesi erano entrati nella galleria.

Come abbiamo fatto a non sentirli?

Dovevano aver fatto la breccia più avanti, dalla parte delle loro trincee, approfittando della salva di cannone della batteria per coprire il rumore mentre spaccavano i mattoni del soffitto.

Trovò a tastoni la pistola che teneva alla cintura, la impugnò mentre allungava l'altra mano verso Cordìn. In silenziosa sintonia cominciarono a risalire la galleria, dirigendosi verso il posto di guardia.

Sotto i loro piedi, il pavimento di pietra era levigato, cosparso di briciole di mattoni. Insidie difficili da evitare nel buio. Bastava calpestarne una per frantumarla come un cristallo e diffondere il rumore a metri di distanza.

Passepartout cercava di spostare con attenzione il peso per non far rumore, ma sentiva il tintinnare metallico che facevano la fibbia della giberna e il fodero della baionetta. E naturalmente anche lui puzzava.

Un colpo di fucile frantumò il silenzio insieme all'illusione di non essere scoperti. Passepartout vide un'eruzione di scintille esplodere dalla parete accanto a lui. Il sapore dolciastro della paura gli riempì la gola.

Aprì le labbra per dire... cosa? Non lo sapeva nemmeno lui. Le parole gli erano rimaste congelate in testa, la voce in gola. Sapeva solo che aveva cominciato a correre mentre altri spari tuonavano alle sue spalle.

Dall'oscurità cominciarono a emergere delle ombre, circonfuse da un contorno dorato che Passepartout riconobbe come quello proiettato da lanterne con i vetri schermati. Le ombre erano sacchi di terra disposti a formare uno sbarramento. Al di là dei sacchi altre sagome, immobili anch'esse: soldati sabaudi.

Cordìn raggiunse il posto di guardia per primo e la sua sagoma venne inghiottita da quella più grande del muro di sacchi messo a sbarramento del passaggio. Passepartout fu lì un istante dopo: si appiattì contro il riparo e sussurrò una preghiera alla Madonna della Consolata.

Adesso tutti sparavano e la paura aveva ceduto il posto a una fredda determinazione. Prese la pistola dalla cintura e strinse tra i denti la bacchetta di caricamento per avere la mano libera e riempire la canna con la polvere, la stoppa e la palla. Il sapore del metallo gli scese in gola.

Aveva compiuto quell'operazione così tante volte che riusciva a farla a occhi chiusi, ma sempre con la massima attenzione, dal momento che ogni errore poteva costargli la vita. Il suo vecchio istruttore gli teneva compagnia anche se non era davvero accanto a lui.

"Tieni la canna in verticale! Non schiacciare troppo la palla contro la polvere! Impugna la bacchetta in modo che non ti buchi la mano se parte un colpo! Viso lontano dalla canna!"

Passepartout sparò, caricò, sparò di nuovo. L'aria era di fiamme e fumo.

«Indietro!» comandò finalmente una voce, quella del sergente.

I soldati uscirono dai ripari: una fila ordinata e silenziosa, con moschetti in spalla e berrette di lana sulla testa, che si stagliava nelle tenebre della galleria.

Passepartout si unì alla ritirata, riducendo il numero e la durata dei respiri per non lasciarli preda di quello del Diavolo. I suoi passi cominciavano a farsi pesanti e certo non solo per la stanchezza.

Appena possibile avrebbe dovuto bere molta acqua per purgarsi.

Udì alle sue spalle uno scroscio simile a quello di una grandinata. Un suono che la prima volta che aveva sentito aveva trovato terrificante: erano i soldati del Duca che per ostruire il passaggio stavano facendo franare della ghiaia dalle gallerie di sopra attraverso i pozzi dell'aria. Poi avrebbero completato l'opera facendo esplodere delle bombe.

Raggiunsero un tratto di galleria dove brillavano le lampade alle pareti: un rassicurante segno di aria respirabile. Passepartout ne inspirò una profonda boccata e chiuse gli occhi.

«Ben fatto!» Sentì esclamare il sergente. «Stasera doppia razione di rancio!»

Intorno a sé altre voci si scambiarono risate e congratulazioni.

Per cosa? Si chiese Passepartout. *Per avere difeso questa galleria? Per avere obbedito agli ordini, per avere sparato contro i nemici?*

Si appoggiò contro la parete di mattoni e lasciò che le spalle si afflosciassero.

Ho ucciso degli uomini stanotte?

Non lo sapeva, ma il pensiero di averlo fatto lo rattristò, come lo rattristava ogni volta. Si fece il segno della croce e chiese perdono a Dio.

Stavo solo facendo il mio dovere: è tutto quello che può fare un uomo.

Difendo la mia patria e cerco di rimanere vivo.

Stanotte è andata bene.

Chiuse gli occhi e prese un altro lungo respiro.

Il nemico stava stringendo le maglie attorno alla Cittadella: i cannoni che tiravano contro la mezzaluna erano sempre più precisi e aprivano una breccia sempre più larga.

Quando nella breccia ci fossero stati abbastanza detriti da poterli scalare, i francesi avrebbero lanciato un altro assalto alla baionetta. Ben più deciso e poderoso di quello di qualche giorno prima.

Il "Grande Assalto" a cui tutti si stavano preparando e da cui si sarebbero decise le sorti della Cittadella e di Torino.

Passepartout si sforzò di smettere di pensarci. Dietro le palpebre chiuse apparve il viso di Maria Caterina, nitido e sorridente come la ricordava nel giorno del loro matrimonio. E apparve quello più vago di suo figlio Giacomo Antonio che ancora non aveva conosciuto.

Passepartout immaginò di dare un bacio a quei due visi.

Poi seguì i suoi compagni a occupare le nuove posizioni di difesa.

3

La vittima fece un verso simile allo squittio di un topo, quando il carnefice cominciò a inciderle il ventre. Il gemito si tramutò in urla, la ragazza prese a contorcersi con violenza sotto la carezza della lama, nel disperato quanto inutile tentativo di sottrarsi alla mutilazione.

Luigi Rossotto studiava la perfezione dei gesti, la precisione dei tagli. Un ballerino non avrebbe potuto essere più aggraziato. Era così vicino all'altare da sentire l'odore caldo e metallico del sangue.

Per la prima volta gli era stato concesso l'onore di reggere la coppa dell'offerta. Un altro scalino, sempre più in alto nelle gerarchie del culto.

Aveva tempo, tutta una vita. E poi, tutte le vite che il Drago gli avesse concesso di vivere e di prendersi, possedere, schiacciare come formiche: vite come quella della ragazza che si dimenava sull'altare, annegando nel suo sangue.

Il pensiero era così grandioso che gli fece venire le lacrime agli occhi.

«a guardare» sibilò una voce al suo orecchio. Era quella del Primo Sacerdote. Il suo profumo intenso e speziato emanava note misteriose, di cui le più facili da distinguere erano menta, cannella e incenso.

Luigi si irrigidì, trattenendo il fiato. Immobile come pietra continuò a guardare, temendo di fare qualunque cosa di diverso, anche deglutire o respirare. Aveva paura che perfino il sudore che gli colava sulla faccia per la vicinanza alle fiamme del braciere fosse qualcosa di troppo.

Guardò il lavoro del coltello e delle tenaglie, del ferro rovente e della lama seghettata. A ciascuno il suo compito: tagliare, strappare, bruciare, suturare.

L'eccitazione di fronte all'agonia era così forte che ogni battito del cuore gli sembrava trasmettesse fitte agli occhi e li facesse gonfiare.

«Ti piacerebbe se fossi tu a farlo?»

Luigi si chiese se quella del Primo Sacerdote fosse una domanda o un'offerta.

Sì, ti prego.

Ti prego fallo fare a me!

O una prova.

Non c'era scelta tra i seguaci del Drago: mangiare o essere mangiati, uccidere o morire, godere o soffrire.

«Sì.» Luigi ebbe il timore di avere avuto un'esitazione di troppo. Si schiarì la voce e ripeté, più forte: «Sì.»

Io voglio farlo. Sono pronto a farlo. Non vedo l'ora di farlo.

Si sentiva ribollire di piacere.

«Quale momento preferisci?»

Luigi sapeva che il Primo Sacerdote sentiva la menzogna nelle parole, perché poteva leggere i pensieri. Si voltò a guardarlo. Non era più alto di lui eppure dava una tale sensazione di maestosità da mettere i brividi. Sotto il mantello e la veste si intravedeva la forma di un corpo tozzo ma forzuto.

«Da quando andiamo a prendere la vittima nella cella» rispose «fino al suo ultimo istante di lotta per restare viva. Mi piace quando resiste.»

Un angolo della sua mente suggerì un'altra immagine. A volte, quando già il suo sangue era stato versato tanto da lordare il pavimento sotto l'altare, la vittima rivolgeva al carnefice uno sguardo docile di sottomissione e colmo di qualcosa che pareva... speranza.

Luigi non sapeva spiegarsi perché capitasse, e perché si sentisse ogni volta martellare il cuore in petto, gli occhi umidi, i lombi brucianti di eccitazione. Quello sguardo gli faceva pensare a un cagnolino che scodinzola leccando la mano di chi gli porge il cibo.

«Un giorno forse sarai tu il carnefice» disse il Primo Sacerdote. Luigi comprese che le risposte erano state di suo gradimento.

Ma io voglio farlo subito! Quel pensiero gli sorse spontaneo. Un pensiero ribelle, pericoloso. Un pensiero che gridava con una voce troppo alta, anche se non aveva pronunciato una sola parola.

«Ricordati cosa sei.» ammonì il Primo. «E cosa non sei ancora.»

Cosa sei?

Lui era Luigi Rossotto, ultimo membro di una famiglia ricca e influente. Suo padre era uno dei medici che aveva curato il Duca di Savoia dal vaiolo.

Aveva portato alla follia la sua sorellastra, le aveva fatto credere di essere una strega, spingendola a uccidere e uccidere ancora. Le aveva fatto togliere di mezzo il loro sciocco padre e poi l'aveva sacrificata, diventando unico padrone della fortuna di famiglia. Era sfuggito alla giustizia degli sbirri e a quella dei nemici del Dio Drago che si facevano chiamare Figli del Toro. Aveva preparato la nuova dimora del Dio Drago e ce l'aveva condotto. Era gli occhi del Dio Drago tra insetti che governavano una città di insetti.

E cosa non sei?

Non era compiuto. Ma compiaceva la volontà del Dio Drago da quattro anni, e non ne aveva ancora compiuti venti. Il tempo era dalla sua parte.

Intanto la vittima aveva smesso di lottare, e Luigi si sentì rattristato: non gli dava piacere assistere a un dolore silenzioso.

Delle chiavi sferragliarono, dei cancelli si aprirono, e nella sala del tempio entrò uno dei sacerdoti.

Luigi sapeva che erano cinque, compreso il Primo. Li aveva visti insieme solo la notte in cui il Dio Drago aveva aperto gli occhi.

Non aveva idea se vivessero nella villa in collina che adesso, per merito suo, ospitava nuovamente il corpo del loro signore. Sapeva solo che ogni tanto qualcuno di loro tornava dalla città con nuove vittime da sacrificare.

Così doveva essere stato anche quella notte.

Il sacerdote attraversò la grande sala tra le colonne già annerite dal fumo, anche se i colori erano stati ripassati e i dipinti restaurati da poco meno di due mesi. I fedeli riuniti in preghiera si aprirono in due ali per lasciarlo passare: la maggior parte abbassò la testa al suo cospetto, altri, i membri più giovani e gli ultimi arrivati, si misero in ginocchio.

Il sacerdote passò senza degnarli di uno sguardo. Salì i quattro gradini della scalinata e si fermò di fronte al Primo.

Entrambi indossavano le maschere di cerimonia: quella del Primo, d'oro anziché di gesso dipinto, era il simbolo del suo potere e del suo privilegio.

«Eccoti qui, dunque, mio incauto amico.»

La voce del Primo era calma e gentile, in un modo che a Luigi ricordò il suono di un flauto. Eppure la parola 'incauto' suggeriva un rimprovero, e il rimprovero sulle labbra del Primo non era mai di buon augurio.

«Ho portato a termine il mio dovere» disse il sacerdote. Luigi credette di riconoscere una nota nervosa. Forse invece era solo quello che si aspettava di sentire. *Ricordati chi sei e chi non sei*, lo aveva ammonito il Primo, e senza dubbio Luigi sapeva di non essere *come loro*.

Loro non provavano le emozioni nello stesso modo di chiunque Luigi avesse conosciuto. Sembrava che nulla potesse sfiorarli davvero.

«Hai avuto qualche contrattempo.»

Era una constatazione o una domanda quella del Primo? Forse una domanda, perché l'altro rispose: «Pensavano di averci teso una trappola.»

«Chi?»

«Una banda del Borgo Moschino. Non ci daranno più…»

«Hai lasciato tracce. Sei cadaveri.»

Il sacerdote non rispose e Luigi fu tentato di alzare lo sguardo. Respinse la tentazione. Aveva imparato sin dall'inizio che il veltro ha il solo dovere di servire il cacciatore, senza fare domande, senza intromettersi.

Le questioni tra cacciatori non erano affare suo. Almeno per il momento.

«Quei corpi lasciati a marcire sotto il sole in riva al Po provocheranno domande e richiameranno sguardi» fece notare il Primo.

«Lo so. Al Moschino nessuna banda alzerà più la testa quando passiamo.»

«Adesso lo farà qualcun altro.»

Una lunga pausa.

«Non hanno…» cominciò a dire il sacerdote. Ci fu un sibilo, poi uno scrocchio seguito da un suono orribilmente umido. Un tonfo. Un altro più pesante.

Luigi vide il corpo del sacerdote afflosciarsi sulla gradinata e la testa rotolare poco distante, la maschera di gesso spezzata.

Non dovrei guardare, pensò. *Dovrei chiudere gli occhi.*

I suoi occhi rimasero aperti, il cuore preda di una pericolosa eccitazione.

Il sacerdote era vecchio. No, era decrepito. Aveva un viso magro, un naso adunco, occhi pallidi e vuoti che il trucco rituale faceva apparire più grandi. E la pelle… era pelle che non vedeva da tempo la carezza del sole. Pallida e grinzosa, secca, sembrava cartapecora.

Nel silenzio del tempio, si sentiva solo il rantolo della vittima lasciata a morire sull'altare. Poi il Primo Sacerdote tornò accanto a Luigi e sussurrò: «Abbiamo molte aspettative su di te. Non ci deludere.»

4

Gustìn aveva percorso il tratto di strada che dal *Balòn* conduceva alla Città Vecchia con la sensazione di galleggiare nella nebbia.

Giunto di fronte al palazzo del Duca rallentò il passo e s'incamminò lungo la via Nuova, assaporando l'aria fresca della sera. Solo in quel momento si rese conto che aveva smesso di piovere. La sua attenzione era colma di un unico pensiero: amava Laura Chevalier e lei lo ricambiava.

Rabbrividì, perché sapeva che quel sentimento l'avrebbe reso più debole, vittima di emozioni contro cui non aveva imparato a erigere difese.

Si fermò in piazza d'Armi e per la prima volta lo commosse l'atmosfera della Messa che da qualche notte veniva tenuta in quel luogo. Nell'aria risuonava il mormorio delle preghiere e il coro dei padri filippini, giovani cantori dalle voci angeliche, intervallati dalla voce stentorea del vecchio prete, dal corpo fragile come un giunco e il cuore d'un leone. Le torce tremavano ai lati del palco.

E Gustìn era innamorato.

Mi prenderò cura di lei.

Sentì un tuono, poi subito un altro, come l'annuncio di un nuovo temporale, ma questa volta il cielo rimase asciutto: il bombardamento sulla Cittadella era ricominciato.

Numerose carrozze si erano fermate all'angolo della piazza verso la Porta Nuova, e servitori in livrea erano schierati a inchinarsi alle dame e ai cavalieri che varcavano le soglie della chiesa di Santa Cristina. Gli abiti erano macchie di colori vivaci tra le ombre. Una Messa tenuta in una delle chiese preferite dagli aristocratici, e a beneficio di pochi privilegiati.

Nella Piazza delle Armi, su cui si affacciava la chiesa, padre Valfré celebrava un'altra Messa, al cospetto di tutti i torinesi che volessero ascoltarla. Soldati, nobili e plebei, gli uni accanto agli altri.

Mentre cercava un posto dove fermarsi, Gustìn si guardò attorno per vedere se riconosceva qualcuno.

Il conte Nomis di Valfenera, sindaco di Torino, era intento a farsi aria col cappello e sembrava distratto quanto Gustìn. Indossava un abito color ciclamino che non doveva esibire tanto spesso nelle occasioni ufficiali: il Duca predicava la sobrietà. Accanto al sindaco c'erano la moglie, rossa in viso e matronale nelle forme, e un giovane smilzo che doveva essere il figlio.

Chissà se il conte aveva mai saputo delle malelingue che qualche anno prima avevano cercato di infangare la sua reputazione? Qualcuno aveva insinuato che per onorare certi debiti di gioco il sindaco avesse chiesto un prestito agli ebrei del Ghetto: voci che proprio Gustìn aveva dimostrato essere false, man mano che i testimoni svanivano come fumo.

Riconobbe l'erudito monsignor Dalla Casa e i due figli del marchese di Fleury: il più grande era suo coetaneo. Da bambino lo aveva convinto a scambiare il cappello con il suo. Naturalmente non gliel'aveva mai restituito.

Il marchese di Fleury fece un passo indietro, rivelando la presenza di Maria Corona, sempre vestita con il suo inconfondibile abito nero e fuori moda. La dama era appena a una decina di passi. Gustìn sentì il cuore mancare un colpo.

Altri fedeli ascoltavano la Messa accanto a lei, eppure nessuno faceva segno di aver notato una figura che sembrava uscita da un quadro di almeno cinquant'anni prima.

Nessuno, tranne il suo inseparabile cicisbeo Emilio: le labbra spesse, le narici rialzate e il sorriso sciocco gli conferivano l'aria di un fanciullo o di un ritardato, ma anche di una bestia pronta a sbranare chiunque avesse osato infastidire la sua signora. Dopo averlo visto combattere nelle gallerie di mina, Gustìn sapeva che Emilio ne sarebbe stato capace.

Mentre si faceva avanti chiedendosi cos'avrebbe dovuto dire, la dama sollevò il viso per fissarlo negli occhi. Non mostrava stupore, come se avesse sempre saputo che l'avrebbe trovato lì.

"Continuate a servire Torino, monsieur Augusto. Abbiamo bisogno di voi."

Il ricordo di quella preghiera, di come Maria gliel'aveva sussurrata la prima volta che si erano parlati, lo scosse fino a offuscargli la mente. Ricordò il senso di devozione che l'aveva sorpreso durante e dopo quell'incontro. Ora sapeva che quella devozione era frutto dei poteri sovrannaturali della dama.

L'ultima volta che l'aveva vista era stato nelle gallerie sotto la Cittadella. Maria aveva annichilito con un solo sguardo un gruppo di francesi e poi aveva squarciato a morsi il collo di uno di loro. Prima di combattere, aveva dichiarato: *"Nous sommes les enfants du Taurus"*. Noi siamo i figli del Toro. E aveva aggiunto: *"Turin appartient au Taurus"*.

Gustìn, stordito dal veleno respirato nella gallerie, aveva nutrito più di un dubbio su ciò di cui era stato testimone, sulle parole enigmatiche e sulla battaglia che ne era seguita: eppure era sicuro di ciò che aveva visto e sentito.

Da Tommaso e dai suoi libri erano arrivate conferme che suonavano come certezze. Maria e i Figli del Toro appartenevano a una setta chiamata "Cavalcanti", che combatteva le streghe e i servitori del Demonio. E le leggende sulle origini di Torino parlavano di un Toro che era diventato protettore della città dopo aver sconfitto un Drago.

Ecco lo scenario che Gustìn aveva svelato, o credeva di aver svelato.

"Se certe cose sono rimaste segrete finora ci sarà un motivo. Se fossi in voi non andrei a spiattellarle in giro".

Le raccomandazioni di Tommaso, mentre si avvicinava a Maria, gli fecero battere più forte il cuore. Ebbe l'impressione di vedere un rapido luccichio negli occhi di lei, e pensò: *sa che conosco il suo segreto.*

Si levò il cappello e si piegò in un inchino, sfiorando con le labbra la mano che lei gli aveva offerto. Ebbe il tempo di notare anelli d'oro di squisita fattura.

«Sono felice di vedervi» disse, cercando di mostrarsi più calmo e deciso di quanto non fosse. «Dobbiamo parlare.»

«Immaginavo che l'avreste chiesto.» Maria fece un passo verso di lui e gli offrì il braccio.

«Signora...» sussurrò Emilio. «Non è un... bene che ti allontani...» Incespicava nelle parole, lo sguardo sperduto. Maria lo rassicurò con una carezza.

«Ascolta la predica. Dopo me la racconterai.» Poi si rivolse a Gustìn con un sorriso sulle labbra: «Posso essere io a guidarvi, signor Augusto?»

«Dove?»

«Dove orecchie indiscrete non sentano.» I suoi occhi brillarono di nuovo.

Si lasciarono alle spalle la piazza, la Messa di padre Valfré, i fedeli ed Emilio.

Il buon senso parlò alle orecchie di Gustìn. *Non seguirla*, diceva, *se sa che l'hai smascherata potrebbe volerti mettere a tacere per sempre.*

Al buon senso rispose l'istinto: *solo lei può aiutarti a capire.*

Passarono davanti alle scuderie del principe di Carignano, poi varcarono un cancelletto che dava sul cortile interno di un palazzo. Gustìn riconobbe il vecchio chiostro che la gente chiamava ancora "il Cortile dei Preti", benché fosse sconsacrato da tempo. Comprese che stavano entrando nel ghetto degli ebrei.

Maria si fece strada ignorando le persone che incontravano, e venendone allo stesso modo ignorata. Tutti esibivano, come prescritto dalla legge, un vistoso nastro di lana gialla. Gli uomini portavano la barba, le donne avevano i capelli coperti da velette.

Tutt'intorno si aprivano botteghe di oggetti usati e in alto, lungo i ballatoi, bagliori di candele e voci sommesse rivelavano che in quel luogo viveva qualcuno.

Gli edifici che formavano quell'isolato della Città Nuova erano stati resi abitabili in ogni angolo, con soppalchi e stanze una sull'altra dove i soffitti alti lo consentivano.

Gustìn afferrò qualche parola delle conversazioni intorno a loro, in un dialetto che mescolava torinese e giudaico. La battaglia della notte precedente, il prezzo del pane, le bombe che cadevano: il ghetto non si sottraeva alle stesse paure dei quartieri che lo circondavano, chiudendolo come un muro.

Senza che nessuno le facesse domande o cercasse di fermarla, Maria aprì un cancello di ferro e iniziò a scendere una rampa di scale che si perdeva nel buio, ma all'ultimo momento sembrò ricordarsi di Gustìn. E dell'assenza di luce. Gli indicò un rilievo su cui era appoggiata una lanterna accesa.

«Prendetela e seguitemi.»

Raggiunsero le cripte di quella che un tempo era stata una chiesa.

Molte delle nicchie erano chiuse con muri di mattoni o porte di legno rinforzate da borchie e strisce metalliche. Gustìn era pronto a scommettere che era dove gli usurai del ghetto nascondevano i loro tesori più preziosi.

Imboccarono un corridoio che scendeva ancora. Lunghi festoni di ragnatele erano appesi alle volte, e la polvere si sollevava dal pavimento al loro passaggio. Gustìn respirò odore di muffa, erbe secche, pagine di pergamena.

Maria si fermò davanti a un'altra porta, e mentre lei cercava la chiave in qualche tasca del suo abito, Gustìn alzò la lampada per studiare le decorazioni: due teste di toro in rilievo, una di fronte all'altra. Il ferro era corroso dalla ruggine.

La porta si aprì cigolando, e Gustìn scoprì un luogo che sembrava la sala di un vecchio castello. Due armature vuote vigilavano sull'ingresso. Le pareti accoglievano arazzi di paesaggi boschivi dalle varie tinte di verde. Il profumo di muffa era coperto da quello di fiori freschi e incenso.

«Dove siamo?» chiese Gustìn.

«In un posto sicuro.»

«Dunque ora mi direte la verità?»

«Ci sono domande a cui non potrò dare risposta. La vostra vita sarebbe in pericolo, se parlaste di queste cose con le persone sbagliate.»

«Non fareste prima a dirmi quali sono le persone sbagliate?»

«Se lo sapessi, *monsieur* Augusto, non avrei bisogno del vostro aiuto e voi non sareste qui.»

Gustìn abbassò gli occhi sul pavimento. Quella risposta lo aveva raggelato.

«Vi ho visti combattere nelle gallerie sotto la Cittadella» bisbigliò.

«Lo so. Sono stata io a portarvi fuori.»

E lei era stata ferita, ricordò all'improvviso Gustìn. Ricordò di avere visto le unghie animalesche di un uomo dal viso mostruoso calare sulla spalla della dama, affondare nella carne, schizzare sangue. Maria però sembrava godere di ottima salute. Chissà perché, Gustìn non riusciva a stupirsene.

Con lei, non si stupiva più di nulla. Nemmeno della facilità con cui riusciva ad affrontare un discorso che in altre circostanze, e con chiunque altro, si sarebbe ben guardato di pronunciare.

«Gli archivi del Duca contengono testimonianze e atti di processi per stregoneria contro quelli come voi. Vi chiamano Cavalcanti, Benandanti... o in altri modi ancora.» Gustìn non riuscì a dire che alcuni dei nomi che aveva letto significavano "morti che camminano".

«Noi siamo qui da molto tempo, *monsieur* Augusto. Molto, molto tempo.» Una breve esitazione increspò i lineamenti della dama, e altrettanto rapida scomparve. «Sin dall'inizio ci è stato insegnato ad amare questa città e i suoi abitanti. Questo è tutto quello che posso dirvi per il vostro stesso bene.»

Vi fu l'eco di uno scoppio. Una bomba era di nuovo caduta sulla Città Nuova, qualche metro sopra di loro.

Gustìn si rendeva conto di essere di fronte a qualcosa che sfuggiva a ogni tentativo di spiegazione. Ciascuna delle domande che gli vorticavano in testa ne avrebbe fatte emergere altre ancora, come anelli di una catena sollevata da sotto la sabbia. Si concentrò sulle risposte, quelle di cui aveva bisogno per formulare ipotesi sulla sua indagine. Ignorò il resto. E chiese: «Qualche settimana fa, alla festa di La Feuillade, un ufficiale ha fatto cenno a strana gente arrivata a Torino insieme al Duca d'Orleans. Il conte Gropello è convinto che si tratti di sicari chiamati a colpire i nostri generali, ma nel campo francese si parla di demoni evocati dal Duca d'Orleans in un qualche rito diabolico. Sono quelli con cui avete combattuto voi ed Emilio?»

Anche lo stupore, sul viso di Maria, aveva una sfumatura di dolcezza.

«La congrega di Faucigny. La nostra contesa è di lunga data.»

E voi siete qui da molto tempo, pensò Gustìn con un brivido.

«Le persone scomparse su cui sto indagando... sono loro a rapirle...» Esitò, per un istante colto da una sensazione di trepidazione e terrore. «O uno di voi?»

Aveva aggiunto quelle ultime parole d'un fiato, indeciso fino all'ultimo se pronunciarle o no. Maria storse la bocca in una smorfia di fastidio e dolore.

«Ci sono voci che parlano di un tradimento nella nostra congrega. Voci che arrivano da molto lontano e che per questo meritano molta attenzione.»

Anche Gustìn aveva sentito una di quelle... voci. In uno strano sogno, aveva incontrato il suo amico Milo, morto quand'erano bambini, che cercava di metterlo in guardia da un traditore nascosto "tra i figli del Toro".

«Durante la battaglia, l'altra notte …» Prese fiato, esitò. «Qualcuno ha gridato "dite ad Amedeo che non ho tradito Torino".»

Gli occhi della dama vibrarono e Gustìn pensò che fosse sul punto di piangere.

«Efialte» sussurrò Maria sfiorando il nome come una carezza, «tradì il suo signore in un altro tempo e un altro luogo. Quello di traditore è un marchio d'infamia di cui non bastano mille vite per liberarsi.»

Dunque era proprio lo stesso Efialte di cui parlavano i libri di Tommaso, vissuto prima della nascita di Gesù Cristo. E Gustìn stava parlando con la stessa dama che aveva riconosciuto in un ex voto offerto alla Madonna della Consolata più di cinquant'anni prima. Quelle conferme lo schiacciavano, offuscandogli la mente come un sortilegio in cui aveva la sensazione di annegare.

«Non era Efialte il colpevole» continuò Maria. «Come non lo sono Faucigny e i suoi, ma il loro arrivo non è certo frutto del caso, come non lo è questa guerra qui e ora.»

La smorfia di disappunto fu come un cedimento sul viso di marmo.

«I nemici alle porte di Torino ci hanno costretto a distogliere il nostro sguardo da ciò che succede all'interno delle mura, per fare… che cosa, non lo so.»

Gustìn scacciò un altro brivido. Esseri come Maria erano più potenti dei più potenti tra gli uomini. Eppure qualcuno era capace di manipolare quelli come lei, di manipolare sovrani, di scatenare guerre. Se per Maria era difficile immaginarne lo scopo, per Gustìn era del tutto impossibile. Poteva solo constatare l'astuzia sopraffina di un giocatore di scacchi dalla strategia imponderabile.

«Cosa vi aspettate dunque da me?» Lo chiese per riempire il silenzio, perché ormai aveva qualche idea in merito. Per qualche ragione, lui era in grado di vedere qualcosa che ai Cavalcanti, malgrado i loro poteri, non era concesso.

«Un uomo che va a rubare delle pecore farà attenzione al cane del pastore. Ma forse non si accorgerà delle pulci che infestano il cane.»

«E io sarei il vostro cane?»

«No» rispose Maria, con un tono colmo di rammarico. «Il cane sono io. Per questo ho bisogno di voi.»

PARTE I

Elevò il nemico la terra agli angoli di due lati della mezza luna di tal sorte che si poté benissimo comprendere che voleva colà drizzare una batteria, per altro tentò egli di penetrare li nostri bastioni e baloardi nelle nostre gallerie, le quali noi fecimo fare per le cause sopra accennate, ma colle pistolle se gli tirava addosso, e così ne fu respinto.

(Giornale dell'assedio della Real Città di Torino, 8 agosto 1706)

5

I seguaci del Dio Drago, una trentina di uomini e donne di ogni età, entrarono nel tempio in due colonne ordinate: indossavano la veste di canapa bianca che distingueva gli iniziati dagli adepti. Gli uomini avevano i volti ben rasati: alcuni, in onore del Dio Drago, si erano rasati anche i capelli. Sia uomini che donne avevano il contorno degli occhi e le palpebre sottolineati dal trucco.

Luigi conosceva la maggior parte di loro. C'era il conte Eusebio Coardo, con il naso schiacciato e gli occhi sporgenti, accanto a sua moglie Maria Lucia e al senatore Francesco Giacinto Raneris. Il giovane atletico che veniva dietro di loro era il cavalier Delorné, ufficiale del reggimento Desportes. Ecco il mastro orafo Dalmasio, il segretario Fontana, l'avvocato Verqueria e il marchese Frichignono, accompagnato dalla consorte e perfino dalla figlia, che a quattordici anni era il più giovane membro del culto.

Molti dei luoghi di potere di Torino accoglievano senza saperlo l'invisibile presenza del Dio Drago. Anche gli uffici del Vicario di Polizia, grazie prima a Giacomo Agliaudi, e adesso allo stesso Luigi.

L'aria del salone era soffocante per il calore e il fumo delle torce, presto lo sarebbe stata ancora di più, con tutta la congrega riunita in quel luogo chiuso.

«Luigi.» La voce del Primo Sacerdote risuonò accanto a lui.

«Omaggio a te.» Luigi formulò il saluto cerimoniale, inchinandosi. «Il timore rispettoso di te attraversa le mie membra.»

Non conosceva il nome del Primo, e nemmeno il modo con cui poterlo chiamare. Non ci si aspettava che questo potesse avvenire. Gli adepti non potevano rivolgersi agli iniziati, gli iniziati non potevano rivolgersi ai sacerdoti.

«Seguimi» comandò il Primo, e si avviò verso l'uscita. Luigi obbedì senza fiatare, il cuore che aveva cominciato a battere contro il petto come un martello. Non c'erano emozioni in quel 'seguimi'. Il Primo Sacerdote era in collera con lui o voleva onorarlo con un nuovo incarico?

Scesero in un sotterraneo ancora più profondo del tempio, percorrendo una spirale di gradini stretti e umidi. C'erano candele accese sulle scale, in modo da rendere riconoscibili le pareti e i contorni dei gradini.

Luigi conosceva la strada perché era stato lui a dirigere i lavori per rendere di nuovo abitabile la dimora del Dio Drago, e sapeva che non era da Lui che stavano andando adesso. Il pensiero lo colmò di rassegnazione, sollievo e delusione insieme.

«C'è stata una grande battaglia» disse il Primo. «Durata più giorni.»

«Ho sentito. I francesi sono stati respinti con gravi perdite. Anche un generale.»

«Le prove del Grande Assalto, mi dicono i nostri *amici* fuori dalle mura.»

Luigi rabbrividì. Era stato presente all'incontro tra il Primo Sacerdote e un gruppo di uomini e donne venuti a seguito dell'armata di La Feuillade per combattere un'altra guerra. Un incontro che si era chiuso con un accordo.

«C'è stato qualche…?» Luigi non sapeva come chiederlo e nemmeno se poteva chiederlo. Subito si pentì di aver parlato.

«Vuoi sapere se si sono dati battaglia i Figli del Toro e la Congrega di Faucigny? No. Non l'hanno fatto. Ma erano lì, pronti a farlo.»

I Figli del Toro erano costretti a mantenere la loro attenzione sui nemici della sponda francese, distogliendola da ciò che avveniva in città e negli immediati dintorni. La strategia del Primo Sacerdote era tanto astuta quanto efficace.

Le scale terminarono in quella che un tempo era stata la ghiacciaia della villa. I fuochi delle torce alle pareti proiettavano la luce su una statua del

Dio Drago seduta su un trono: addossata alla parete, osservava il vuoto con malevolenza.

«Parlami di Augusto Graziadei» disse il Primo Sacerdote, e Luigi comprese le ragioni per cui era lì. Ancora delusione e sollievo fecero a gara per impadronirsi di lui.

«Un uomo dannatamente astuto» rispose. Il sacerdote non parlò.

Cosa voleva sapere, di preciso? Meglio cominciare dall'inizio e non trascurare nemmeno un dettaglio.

«Uno dei tanti orfani abbandonati davanti alle porte di una chiesa e cresciuto dai preti. Da bambino ha cercato di ucciderne uno, si è rifugiato nel borgo Moschino per dedicarsi a furti e imbrogli. Vent'anni fa il conte Gropello lo ha sollevato dall'accusa di spionaggio e gli ha salvato il collo. Da allora Graziadei lavora per lui. È un uomo che si prende gioco delle superstizioni e che si fa guidare dalla luce della ragione. Gropello l'ha incaricato di aiutare il vicario nell'indagine dell'omicidio della Consolata.»

«Gropello vorrebbe un assassino in carne e ossa.» La voce oltre la maschera dorata era appena un sussurro, Luigi non riusciva a coglierne le intenzioni.

«Sì. L'alto comando ha paura che la popolazione possa farsi convincere dai libelli che parlavano di un intervento… diabolico.»

«Quei libelli sono vecchi di un mese e non ne sono più stati stampati. Perché il vicario si interessa ancora a questa storia?»

«Perché Graziadei ha scoperto il coinvolgimento del nostro confratello infiltrato al servizio del vicario. Agliaudi si è tolto la vita pur di non essere sottoposto a interrogatorio…»

È quello che dovrò fare io, se capiterà a me.

Il brivido passò in un istante, portato via da una gelida determinazione.

A me non capiterà.

«Per questo ho mandato te a sostituirlo» tagliò corto il Primo Sacerdote. «Dimmi qualcosa che non so.»

Luigi strinse la bocca come per trattenere un grido di dolore. Ricominciò a parlare, con cautela, e il terrore di dire la cosa sbagliata.

«Graziadei era giunto alla conclusione che l'omicidio della Consolata non fosse un caso isolato. Che nascondesse qualcos'altro. Ha trovato i collegamenti con le persone che scompaiono. Uccidendosi, Agliaudi gli ha dato conferma di essere vicino alla verità.»

«Cosa sa di noi?»

«Nel suo rapporto al conte Gropello e al vicario non dice nulla che possa far pensare alla nostra presenza. Forse non sa niente.»

«Oppure se lo sta tenendo per sé.»

«Se fosse così...» iniziò Luigi.

«Se fosse così tocca a te scoprirlo. Pensi di essere in grado?»

«Di certo non sospetta di me. Mi ritiene un idiota.»

«Dunque sarà difficile ottenere la sua fiducia.»

Era di irritazione quel tono? Luigi fu percorso da un altro brivido.

«Non è uomo da fidarsi di qualcuno che non sia se stesso.»

«Ogni uomo ha delle debolezze. Trovami le sue. Voglio sapere se può essere corrotto.»

«Posso toglierlo di mezzo.»

Il sacerdote prese Luigi per un braccio. Lo strinse con dita che parevano d'acciaio.

«Non farai nulla del genere. Lui è protetto dai Figli del Toro.» Luigi annuì, sforzandosi di non gridare. Il suo braccio pareva andare a fuoco. «Ciò che quell'uomo scoprirà sul Drago e sul nostro culto lo sapranno loro. Per questo dobbiamo saperlo anche noi.»

Per un lungo istante Luigi ebbe la sensazione di sentir soffiare intorno a sé un vento sottile. Quel vento profumava di pericolo. Rivolse il suo sguardo alla figura di pietra. La mani della statua parevano sul punto di protendersi in avanti. I suoi occhi ciechi lanciavano lampi di crudele ostilità.

6

8 agosto 1706

Quando Laura si destò, nella sua camera filtravano le luci grigie dell'alba. Il ricordo di quello che era successo la sera appena trascorsa le attraversava la mente in un turbine di immagini di cui la più frequente raffigurava lei stessa tra le braccia di Gustìn.

Era stato così per tutta la notte, un continuo dormiveglia in cui si agitava il dubbio angoscioso che tutto quello che era successo fosse stato un sogno o un frutto della sua fantasia.

Invece è accaduto davvero: nessun sogno avrebbe potuto riprodurre il sapore delle labbra di Gustìn, il respiro tiepido che le accarezzava le guance, il contatto umido e soffice delle loro lingue, la sensazione, a ogni battito del cuore, di essere sospesa su un abisso e poi cadere giù.

Indugiò sotto le coperte, ascoltando il canto degli uccelli del mattino e le voci dei vicini che iniziavano la giornata. Poteva concedierselo perché era domenica mattina e la bottega sarebbe rimasta chiusa.

I pensieri la riportarono di nuovo indietro, al tavolo apparecchiato per la cena, a Gustìn e Costanza arrivati come ospiti e trattati con tutti i riguardi. Agli sguardi e ai sorrisi che lui le aveva lanciato, a come l'avessero fatta sentire bene

(felice)

alle parole orribili con cui Costanza, resa audace dalla gelosia e dal vino, aveva voluto umiliarla davanti a Gustìn («Si vergogna perché ha le mani rovinate come una lebbrosa»): parole che anche adesso, a distanza di una notte, affondavano come pugnali.

Ma Costanza aveva fatto di peggio. Si era finta indisposta, certa che Laura le avrebbe offerto di andarsi a riposare in camera sua, una scusa per restare da sola con Gustìn e convincerlo a farsi baciare.

E lei ingenua, lei sciocca, si era pure preoccupata di portarle una tisana calda sorprendendola nel mezzo di quel bacio. E quel sorriso di trionfo sul viso di Costanza! Adesso che Laura aveva capito il suo gioco, quanto le sarebbe piaciuto rinfacciarglielo!

Le cose erano cambiate tanto in fretta che ancora faticava a crederci. E forse avrebbe fatto meglio a rimanere con i piedi per terra.

Cosa si aspettava da Gustìn? E cosa si aspettava Gustìn da lei?

Non c'era stato modo di parlarne. Quella notte Laura aveva fatto ben più di quanto sarebbe stato lecito a una giovane della sua condizione.

Ti sei comportata come una ragazza facile. Si sentì rimproverare da una voce che sembrava quella di sua madre. *Hai fatto entrare un uomo in casa dopo il tramonto. L'hai baciato.*

Laura cambiò posizione sul letto e chiuse gli occhi. Il freddo, poi il caldo, poi di nuovo il freddo la attraversarono lungo la schiena e dalla testa ai piedi.

Io volevo quel bacio più di ogni altra cosa.

Ne voleva altri, ne voleva ancora. Voleva di più. Voleva *lui.*

Ma non di nascosto, non come una ragazza facile o una sgualdrina.

E non con un uomo pronto a dividersi tra lei e un'altra.

Se Laura aveva ben chiare le certezze nel suo animo, non altrettanto poteva dire di quelle di Gustìn. Ma quel giorno, innanzitutto, avrebbe avuto delle risposte, e quel pensiero la convinse finalmente a scendere dal letto e iniziare la giornata.

Aveva da poco finito la colazione quando dal cortile sentì il vociare di bambini e Calandrino che abbaiava. Aprì la porta sul retro per guardare fuori, una mano posata sul chiavistello, l'altra a ripararsi gli occhi dal sole già alto che prometteva un'altra torrida giornata.

C'erano delle facce al di là del recinto. Facce pallide, smunte, con grandi occhi che fissavano Calandrino. Laura li conosceva tutti e conosceva le loro famiglie: il Balòn era un piccolo borgo e i posti dove incontrarsi sempre gli stessi. Nel frattempo il cane se ne stava accovacciato a osservare quei cuccioli di uomo con gli occhi attenti e le orecchie appuntite.

Laura non ne fu sorpresa. Era una scena che si ripeteva ormai da qualche settimana, ogni domenica mattina.

«Cosa aspettate, che vi dia il permesso? Forza, entrate.»

Mentre i bambini indugiavano, come se si fossero messi d'accordo su quanto tempo aspettare prima di accettare l'invito, il cane cominciò a guaire, strattonando la corda, dimenandosi come se avesse voluto dire "sono qui", poi abbassò le orecchie. Laura gli andò accanto e gli accarezzò il capo.

Altro tempo trascorse, poi i bambini sparirono da dietro lo steccato e dopo un attimo entrarono nel cortile con l'entusiasmo della loro fanciullezza.

I più fortunati indossavano camicie d'un bianco giallino, lavate e rivoltate più volte. Erano gli abiti troppo grandi di fratelli e sorelle maggiori, oppure così laceri che i brandelli di stoffa penzolavano dai fianchi. Qualcuno era a piedi nudi. Le piccole mani che riempivano Calandrino di carezze erano segnate da graffi e calli: mani già forti, rese coriacee dal lavoro.

Quei bambini e quelle bambine lavoravano, sì, anche se non avevano più di nove o dieci anni: lavoravano nei campi e nelle botteghe dei loro genitori, chiedevano l'elemosina, rubavano dalle bancarelle del mercato e dai borsellini dei passanti. E forse, che Dio avesse pietà di loro, erano costretti a cose che mettevano brividi nella schiena di una ragazza perbene.

Ma quel mattino, come tutte le domeniche mattina, veniva loro concesso di essere bambini, anche solo coccolando un grosso cane buono.

«Saponaia!»

Altri visi conosciuti erano apparsi dietro la staccionata.

Ragazzi di dodici, tredici, quattordici anni, che cercavano di imitare i perditempo più grandi bevendo vino e giocando a carte alla taverna dell'Uomo Selvatico: ma che alla fine, dopo aver fatto a botte, spesso tornavano a casa piangendo e chiamando la mamma.

Quello che l'aveva chiamata aveva una faccia squadrata e brufolosa, sotto capelli tagliati corti per tenere lontani i pidocchi. Un accenno di peluria gli contornava il mento.

Laura sapeva che si chiamava Pietrino e che la sua famiglia era povera, insolente e quasi sempre con le mani invischiate in affari poco puliti. Non aveva mai incontrato il padre di Pietrino con un attrezzo da lavoro, in compenso lo aveva visto molte volte seduto all'Osteria dell'Uomo Selvatico in compagnia di altra gente poco raccomandabile.

«*Cerèa*» salutò Laura.

«*Cerèa, tòta*» replicò Pietrino. Lui e i suoi amici avevano lo sguardo furbo e pieno di allusioni.

«Volete coccolare il cane anche voi?» Laura era sicura che avrebbero voluto unirsi al divertimento. O rovinarlo agli altri. O tutte e due le cose.

«No» rispose Pietrino: «Vorremmo coccolare te.»

I bimbi che erano entrati nel cortile avevano smesso di accarezzare Calandrino, come se fossero stati colti a rubare qualcosa.

«È meglio se andiamo via» sussurrò uno di loro, che aveva una zazzera di capelli biondi e guance paffute. Si chiamava Rocco e i suoi genitori, *'l Talponé e la Talponera,* andavano a caccia di talpe e vendevano le pellicce alle concerie.

«Perché?» gli chiese Laura.

«Loro non vogliono che stiamo qui.»

«Ah sì? Io invece dico che non è un problema.»

Calandrino diede una testata alla mano del bimbo per ricordargli che aspettava altre carezze. Non era un problema nemmeno per lui.

Echeggiò una cannonata, il suono con cui Laura era sicura avrebbe ricordato tutto quel periodo della sua vita. Poi Pietrino disse: «Pensi di essere furba, saponaia? Questo è il nostro borgo.»

«Questo invece è il mio cortile» ribatté Laura. «E lui è il mio cane.»

«Chi sei tu, la santa protettrice dei randagi?» chiese un altro ragazzetto, che doveva stare in punta di piedi per far uscire tutta la testa da dietro lo steccato, lasciando intravedere una camicia lercia e un lembo di pizzo attorno al collo che pareva l'imitazione povera di uno jabot.

(Simone Droetò. Abita nella casa grande davanti al lavatoio. Suo padre e i suoi zii fanno i sellai.)

«Santa Randagia!» suggerì un terzo, Michele Bassano o Bassani: Laura non ne era sicura, ma certo suo papà era quello che al *Balòn* chiamavano *Slòira*, aratro, perché gli aratri li costruiva.

Malgrado tutto, Laura non percepiva pericolo. Erano solo ragazzi: finché ridevano e facevano la voce grossa non avrebbero fatto altro. E se l'avessero fatto, Laura era amica di buona parte dei loro genitori.

«Ce l'hai già il moroso, saponaia?» le chiese Pietrino.

Cos'avrebbe dovuto rispondere? Che forse sì, ce l'aveva, o forse no? Che avrebbe potuto dirlo con certezza solo alla fine di quel giorno?

«Santa Randagia se la fa con *Bełòm*!» ghignò Simone.

Già, Alberto. Quello sarebbe stato un altro problema da affrontare. Il cantoniere di Borgo Dora in più di un'occasione le aveva fatto qualcosa di simile a un corteggiamento. Se non altro Laura poteva dire di conoscerlo meglio di quanto conosceva Gustìn, e abbastanza bene da sapere che non sarebbero mai potuti essere più che semplici amici. Risolse i dubbi dei ragazzi rispondendo: «Non me la faccio con nessuno.»

«Potresti fartela con me.» Lo sguardo da seduttore di Pietrino aveva bisogno di molto esercizio, suscitava tenerezza e ilarità al contempo.

«Come no!» lo rimbeccò Laura. «Quanti anni hai?»

«Abbastanza.»

«Ne ha tredici» ghignò Michele.

«Tredici anni, davvero!» Laura rivolse a Pietrino un sorriso ammirato. «Ma non faresti meglio a correre dietro alle ragazze della tua età?»

«Dovrei, infatti» replicò lui, pronto. «Le ragazze della mia età hanno già le tette, se capisci cosa intendo.»

«Invece i ragazzi della mia hanno già la barba. Se capisci cosa intendo.»

I ragazzi risero di gusto, poi dovettero decidere che il divertimento era finito perché andarono a cercarlo altrove. Pietrino invece rimase accanto allo steccato.

«È un bel cane» ammise.

Laura gli indicò l'ingresso del cortile, e quando lo vide entrare si accorse che aveva in mano una pagnotta di pane bruciacchiato.

Calandrino lo fissava. I suoi movimenti irrequieti si placarono, si sedette e attorcigliò la coda sulle zampe anteriori, con un sguardo pieno di attenzione, curiosità, bramosia e fiducia.

«Chi l'avrebbe mai detto?» gli disse Laura. «Oggi ti sei fatto un nuovo amico.»

***

Nella piazzetta della Consolata, davanti al portico della chiesa si fermavano le carrozze della nobiltà. Dame in crinolina, seta e pizzo, e cavalieri in lino e raso salivano la scalinata tra una folla di borghesi e popolani, che si facevano da parte tra mille riverenze quasi mai ricambiate.

Laura condusse Fioreste verso l'ingresso, aiutata da Rosina.

Dovette mantenere l'attenzione sui gradini perché suo padre non inciampasse, e questo le impedì di guardarsi intorno, anche se avrebbe voluto. Si chiese se Gustìn fosse già nella piazza e se la stava guardando. Se sarebbe stato deluso dal non vedere ricambiato il suo sguardo.

E se invece non venisse?

Un senso di nausea le strinse lo stomaco mentre entrava in chiesa.

L'interno della Consolata era stipato. I nobili occupavano le prime file, più indietro i borghesi, infine i popolani a una certa distanza. Anche la casa di Dio riconosceva ai suoi fedeli il diritto di nascita, come la corte del Duca.

Un fresco gradevole sfiorava il viso e le mani, l'odore di incenso non riusciva a coprire del tutto quello di persone a cui avrebbe fatto un gran bene, pensò Laura, fare la conoscenza dei suoi saponi.

Doveva sforzarsi per ascoltare le parole della predica e non guardarsi intorno per vedere se riconosceva, tra la moltitudine dei fedeli, il viso di Gustìn.

Si cullò nell'illusione che lui fosse lì, da qualche parte con gli occhi fissi sulla sua schiena. Quell'immagine le diede un brivido.

Trascorse il tempo della funzione nel vano tentativo di prestarvi attenzione, distratta da pensieri così dolci e languidi da farla arrossire di vergogna. Non era certo una chiesa, una Messa, il posto adatto per quei pensieri: ma Dio avrebbe potuto adirarsi per un sentimento tanto bello?

Il prete pronunciò le formule finali e Laura rese grazie con un sospiro di sollievo. Ma qualunque cosa la aspettasse dopo la Messa,

chiunque la aspettasse,

non sarebbe stato subito. Prima bisognava lasciar uscire i nobili, poi la maggior parte dei fedeli, in modo che Fioreste potesse muoversi senza essere schiacciato o spinto dalla folla.

Quando furono tra gli ultimi rimasti in chiesa si alzarono dal banco. Vittoria camminava davanti, come sempre, tenendo la figlia sotto braccio: Camilla rimaneva a testa bassa, come una prigioniera rassegnata al patibolo.

Varcate le porte dovettero farsi largo tra le due fila di mendicanti che facevano ressa e tiravano per le maniche o le gonne per richiamare l'attenzione, sotto una cappa di afa che arroventava il fiato e chiudeva la gola.

Lo sguardo di Laura era già oltre, sulla piazza gremita di gente.

Trovò Gustìn quasi subito, all'ombra dell'edificio di fronte, intento a farsi aria col cappello. Gustìn la vide e i suoi occhi si fermarono su di lei. Laura sentì una vertigine che le fece girare la testa.

Lo guardò uscire dal porticato e avvicinarsi con passo e modi distratti, come se fosse stato lì per caso.

«C'è il signor Augusto» mugugnò Vittoria con un'espressione acida. Quel mattino non aveva fatto commenti sulla serata appena trascorsa, sulla cena e sul comportamento di Costanza. Laura sperò che non decidesse di parlarne proprio in presenza di Gustìn.

«Andiamo a salutarlo?» chiese a Fioreste.

«Ma ce-u-to!» rispose lui, gioviale come nei giorni migliori. Non aveva capito nulla, oppure aveva capito anche troppo.

Gustìn li aspettava ai piedi della scalinata, il sorriso sulle labbra e gli occhi che scintillavano.

«*Monsù* Augusto, che bel piacere vedervi» esclamò Rosina.

«*Madama* Rosina, i miei rispetti. Buongiorno *monsù* Fioreste.»

«Bu-uon-sgiorno...» biascicò Fioreste, con mezzo sguardo immobile e l'altro mezzo pieno di calore e gentilezza.

«*Madama* Vittoria» continuò Gustìn, «*tòta* Camilla.»

Indossava una giacca verde con i bottoni dorati, una combinazione di colori che richiamava quella dei suoi occhi. Un nastro del colore della giacca raccoglieva in un codino i capelli della parrucca.

Doveva aver deciso di non essere così elegante da metterli in imbarazzo, ma abbastanza da renderli onorati di incontrarlo. Laura osservò che diversi notabili usciti dalla Messa lo avevano riconosciuto e lo salutavano con un inchino o levandosi il cappello.

È un uomo del Duca, ricordò Laura.

E quell'uomo del Duca, così ragguardevole da ottenere l'ossequio di molti nobili e borghesi, era venuto lì per lei. Il pensiero le accese dentro una vampata di calore.

«Buongiorno, *mademoiselle* Laura» disse finalmente Gustìn.

«Buongiorno a voi, *monsù* Augusto» rispose, lasciando che fossero gli occhi, più che le parole, a esprimergli la gioia di vederlo.

«Eravate qui per la Messa?» chiese Rosina, le labbra socchiuse in un sorriso incerto e gli occhi miopi che vagarono un po' sulla figura di Gustìn.

«... anche. Speravo di trovare voi. Volevo scusarmi per ieri sera.»

«Bene, bene» commentò Fioreste, scandendo una parola che doveva costargli meno fatica di altre. Laura percepì un movimento con la coda dell'occhio: anche Vittoria si era avvicinata per ascoltare.

Ti prego stai zitta. Per una volta nella tua vita stai zitta.

«Costanza si è comportata in maniera inqualificabile» continuò Gustìn. «Mi vergogno per lei.»

«Non occorreva che vi scusaste» assicurò Rosina.

«Io mi sono presentato a casa vostra come suo accompagnatore, quindi sono colpevole quanto lei. Accettate le mie scuse, vi prego.»

«Ce-u-to» assicurò Fioreste tendendo a Gustìn la mano sana.

«Siete un galantuomo» concesse Vittoria. Gustìn ringraziò senza guardarla.

I pensieri di Laura erano rimasti impigliati in quella parola, *accompagnatore*, con cui Gustìn aveva giustificato il suo rapporto con Costanza. Non sarebbe bastata per tacitare le perplessità di Vittoria, e forse nemmeno di Rosina.

Guardò Gustìn e vi ritrovò la gentilezza, la malinconia e il calore con cui la sera prima aveva pronunciato la sua dichiarazione d'amore. Non seppe fare altro che fissarlo, con la sensazione che il suo cuore fosse diventato di fuoco e la schiena di ghiaccio. Poi lui disse: «*Monsù* Fioreste, mi sono innamorato di vostra figlia: vorrei chiedervi il permesso di farle la corte.»

Laura sentì gli occhi diventare umidi, i battiti fiammeggianti del cuore pulsavano forte contro la sua testa.

«Tu... coscgia di-sci Lau-a?»

L'occhio sano di Fioreste la scrutava con gentile curiosità. Curiosità ma forse anche... complicità.

Tu cosa dici, Laura?

Suo padre non solo non esprimeva giudizi su una dichiarazione inaspettata che molti avrebbero giudicato inopportuna, ma lasciava che fosse lei a decidere. Anche se era limitato dalla sua infermità, Fioreste manteneva quel filo invisibile che lo legava alla figlia della sua defunta moglie, tessuto di sentimenti ma anche di consuetudini e somiglianze. Si fidava di Laura quanto Laura si fidava di lui.

Un'ondata di affetto la colmò fino quasi a farla piangere, mentre faceva cenno di sì con la testa.

Gli occhi di Gustìn parvero diventare più grandi, il suo sorriso più largo... ed era un'ombra di rossore quello che era apparso sulle sue guance?

«Allo-ua va bene» decise Fioreste. Squadrò Gustìn con espressione che forse voleva essere severa, ma che invece sapeva di speranza. «Compour-ta-teui be-ne.»

Di nuovo, gli tese la mano tremante e Gustìn la strinse.

«Ve lo giuro. Io voglio solo vedere felice vostra figlia.»

«An-che io.»

Laura si soffermò ad assaporare quel momento, consapevole che la sua memoria lo avrebbe conservato per sempre e che sarebbe rimasto unico e irripetibile per il resto della sua vita. Appena prima che, come aveva temuto fin dall'inizio, Vittoria decidesse di dire la sua.

«E madame Costanza? Non avrà nulla da dire?»

«Non vedo perché dovrebbe» rispose Gustìn, con un'espressione che assomigliava a quella di qualcuno che scaccia una mosca dal piatto.

«Ieri mi sembrava che foste piuttosto intimi» insisté Vittoria.

«Vi sembrava male. Siamo soltanto amici.»

«Ve-nite oscg-gi, dopo man-scgiato, mon-su A-ugus-to. Be-uiamo un buon bicchie-rue di vino.»

«Con immenso piacere, *monsù* Fioreste. Grazie.»

Laura, che fino a un istante prima si era sentita sull'orlo delle lacrime, rivolse a Fioreste un sorriso di gratitudine per il tempismo e la sensibilità con cui aveva messo a tacere Vittoria.

Era tornata padrona di sé e le cose erano andate proprio come voleva lei. Questo la rendeva più audace. E impaziente.

«Papà, mi permettete di scambiare due parole con il signor Augusto?» Dagli sguardi che ricevette comprese di aver sorpreso tutti, anche lui.

«Sì» rispose Fioreste, dopo un attimo. Vittoria puntualizzò: «Non troppo distanti.»

Fu come una puntura di insetto, ma Laura decise di ignorarla. Per quello che aveva intenzione di fare, 'non troppo distanti' andava più che bene.

«Venite, signor Augusto, non abbiate timore.»

Si spostarono a qualche decina di passi, in mezzo alla vivace confusione della piazzetta davanti al santuario, e si osservarono. Questa volta Gustìn non s'improvvisò attore con l'accento di un altro paese, né si presentò con gli occhi lucidi e il cappello in mano. Questa volta lo sguardo che le rivolse fu solenne, e Laura ne fu insieme atterrita e compiaciuta mentre a sua volta lo guardava con un misto di gioia e paura.

«C'è una cosa che adesso dovete dirmi e vi chiedo che sia la verità.»

«Chiedete» rispose Gustìn: c'era un'insolita sfumatura nervosa nella voce.

«Che rapporto c'è tra voi e Costanza?»

«Non c'è più nessun rapporto. Ieri abbiamo litigato, non voglio più vederla.»

«E che rapporto c'era prima di ieri?»

C'era spavalderia negli occhi di Gustìn, ma anche fragilità e perfino timidezza. Laura ricordò di aver riconosciuto quello sguardo la prima volta che l'aveva invitata a chiamarlo con il soprannome.

«Eravamo amanti» rispose Gustìn.

«Da quanto?»

«Un po' più di un anno.»

Laura annuì. Lo sapeva già perché era stata Costanza a dirglielo, vantandosi della sua nuova conquista. Lo sapeva ma aveva bisogno di sentirlo da lui e di sapere che sarebbe stato onesto.

«Non mi importa di Costanza, o di altre donne che avete avuto prima di conoscere me. Ma se la vostra intenzione è di tornare a frequentarle, un giorno o l'altro, è meglio se non ci vediamo più.»

Tacque e attese, studiando Gustìn, vigilando su cosa, e come, avrebbe risposto. Gli occhi di lui non si abbassarono, rimasero fermi, fissi nei suoi, e in essi Laura vide gentilezza, nascosta e sepolta come un tesoro prezioso.

«Sono innamorato di voi» le disse. «Chiunque ci sia stata nella mia vita finora, da ieri ha smesso di esistere.»

Laura trattenne un singhiozzo ma sentì le guance animarsi di calore. Per qualche istante l'intensità di quell'emozione la fece sentire sopraffatta. Sorrise.

«Allora oggi, dopo il bicchiere di vino, potrete chiedere a mio padre il permesso di farvi conoscere un po' meglio. A più tardi, *monsù Gustìn.*»

«A più tardi, *mademoiselle* Laura.»

Quando si separarono, e mentre tornava dalla sua famiglia, Laura aveva la sensazione che la testa le girasse e che i suoi piedi camminassero sull'aria.

«Pensa un po', Laura ha un corteggiatore» osservò Camilla all'improvviso. La guardava con un misto di stupore e ammirazione.

«Questo spiega le sue visite al banchetto di saponi» disse Rosina. Laura cercò di capire cosa ne pensava dal tono della voce, senza riuscirci.

«Spiega molte altre cose» aggiunse Vittoria, come parlando tra sé, con un tono e uno sguardo a metà tra il disgusto e il rimprovero. Laura sentì una fitta attraversarla:

«Quali cose?»

«So ben io quello che ho visto.»

L'insolenza era un tratto di carattere che apparteneva a una Laura di qualche anno prima… una Laura che aveva ancora una mamma con cui arrabbiarsi quando si sentiva di malumore.

I rimorsi per come si era comportata con sua madre avevano addolcito quel lato ruvido di lei, ma spesso Vittoria aveva il potere di risvegliarlo.

«Vi prego di spiegarvi meglio.»

«Ieri sera facevi la civetta con il fidanzato di Costanza.»

«Il signor Augusto non è il fidanzato di Costanza.»

«Lei lo ama, comunque. È una tua amica.»

«Avete visto come si è comportata. Proprio un'amica.»

«D'accordo, chiederti di toglierti i guanti davanti a tutti è stato un gesto villano. Ma aveva bevuto troppo.»

«Non ci sono scuse per quello che ha fatto, nemmeno il vino.»

«Può darsi, ma questo non giustifica il tuo comportamento. Ringrazia che non sono tua madre…»

«Infatti non lo siete!» esclamò Laura: si sentiva combattuta tra schiaffeggiare Vittoria e mettersi a piangere.

Sentì la stretta di Fioreste sul braccio. Suo padre alzò l'occhio buono e fece segno di no con la testa. Laura chiuse la bocca, il cuore che batteva come un tamburo.

«Andiamo a casa» disse a voce più bassa. Si sentiva esausta e piena di rabbia, e fece la strada del ritorno con la certezza che Vittoria le avesse rovinato la giornata.

Calandrino sentì le loro voci prima ancora di vederli apparire dietro lo steccato del cortile. Si mise ad abbaiare, con la disperata gioia di chi è vissuto nell'attesa.

«Vo-uuei sede-ue in cou-ti-le» articolò Fioreste. «Con il cane.»

«Vi prendo una sedia» si offrì Laura. Gliela portò mentre le altre donne si dedicavano a riscaldare il pranzo e apparecchiare il tavolo. Sin da subito si era sentita addosso gli occhi di Fioreste e comprese che era il piano che suo padre aveva congegnato per parlarle da solo.

«Spiegami» disse Fioreste, con inaspettata facilità.

E Laura spiegò, raccontando tutto dall'inizio. Raccontò a Fioreste come Gustìn avesse iniziato a farle visita al mercato, sempre comportandosi con rispettosa gentilezza, senza chiederle nulla di più di quattro chiacchiere e un po' di attenzione. Raccontò che la sera prima, quando tutti stavano già dormendo, lui era tornato a chiedere scusa. Raccontò come l'aveva fatto entrare in casa. E col viso che le andava in fiamme, gli disse del bacio.

«Ti ama?» la interruppe suo padre.

«Dice di amarmi. Ma è presto per credergli.»

«E tu? Lo a-ami?»

«Credo che sia presto anche per saperlo. Non mi sono mai sentita come quando sono con lui... e non vedo l'ora di vederlo di nuovo.»

«Sì, è amo-ue» annuì Fioreste. La sua voce dolce era poco più di un sussurro. Laura gli diede un bacio sulla fronte e lui la ricambiò cingendole il fianco.

«Sai cosa aspetta-uti?»

«Cosa aspettarmi dal signor Augusto?»

«Da un uomo.»

«Oh.» Laura abbassò gli occhi.

«Ci sono uomini» continuò Fioreste, con la voce cantilenante e il respiro faticoso. «Che an-che da sposati non gli ba-sta una sola donna.»

«Lo so.»

Laura mancava dell'esperienza diretta, ma sapeva ascoltare e la gente parlava, parlava molto. Perfino il duca di Savoia era sposato, ma si concedeva frequenti avventure con altre donne e nessuno se ne lamentava, nemmeno la moglie. Era una consuetudine, ed era ancora più comune tra la gente di rango. E Gustìn era un uomo di rango.

«Bene» disse Fioreste, con voce stanca e un velo di tristezza nello sguardo.

«Io so cosa voglio dall'uomo che mi giurerà amore» mormorò Laura. «Ho avuto l'esempio davanti da quando ho memoria.»

Prese la mano di Fioreste, sentì il battito del cuore attraverso il polso dalla pelle rinsecchita.

«Quando avete sposato la mamma avete amato solo lei.»

Laura lo sapeva con certezza perché lo dicevano tutti, alla cascina Chevalier. Lo dicevano i garzoni e le contadine che raccoglievano i fiori dai campi.

Al mondo c'erano gli uomini che non riescono a essere fedeli a una donna soltanto. C'erano gli uomini che sposano la ragazza perbene e cercano svago in altri letti. E poi c'erano gli uomini come Fioreste.

Laura sorrise e si portò la mano di suo padre alle labbra.

7

Gustìn lasciò la casa di Laura quando il sole aveva cominciato la sua discesa verso l'orizzonte frastagliato delle montagne.

Lo fece passando dal retro per salutare Calandrino: quel giorno aveva fatto amicizia anche con lui. Gli accarezzò il capo e si voltò indietro ancora una volta. I raggi di luce si posarono sulla facciata della casa e sullo sguardo di Laura ferma davanti alla porta, colorando ogni cosa di una tiepida sfumatura di rosso, arancio e oro. Si sorrisero, poi lui la salutò con la mano e rimase a guardarla finché non chiuse la porta.

Cominciò a camminare verso la città. Il privilegio del suo rango e il lasciapassare di Gropello gli consentivano di entrare anche dalla porta di San Michele, il cui accesso era sbarrato al resto dei torinesi.

Meglio lasciarsi alle spalle il *Balòn* prima di essere catturato dalla coltre di tenebre minacciose che inghiottivano le case e i vicoli. La penultima volta qualcuno l'aveva seguito e quel qualcuno forse era ancora nei paraggi.

Gustìn non poteva fare a meno di pensarci, ma il ricordo del pomeriggio appena trascorso gli rallentava i movimenti. Non solo il ricordo, però: la lettera con le parole scritte da Fioreste Chevalier pesava come un mattone nella sua tasca.

Incrociò una processione della Confraternita del San Sudario che stava andando in direzione dei mulini. Si spostò per far passare i fedeli, mentre il rintocco delle campane della Consolata annunciava le sei del pomeriggio.

Guardò il cielo e la posizione del sole. Aveva ancora abbastanza tempo prima che arrivasse la notte.

Tempo per raggiungere le fortificazioni, per entrare in città. Per riflettere su quello che era successo. Per assaporare una felicità che non aveva mai provato.

Quel pomeriggio si era presentato a casa della saponaia nella veste di corteggiatore ufficiale. Aveva sorseggiato il vino con Laura e la sua famiglia, avevano riso e scherzato con la stessa leggerezza della sera precedente, durante la cena, prima che Costanza decidesse di rovinarla.

Quando poi Laura aveva proposto a Gustìn di seguirla nel cortile per fare amicizia con Calandrino, Fioreste aveva detto "dopo". E l'atmosfera era cambiata.

Il padre di Laura aveva chiesto alle donne di lasciare che "lui e il signor Augusto facessero una chiacchierata". E quando si era trovato seduto al tavolo, di fronte a quel vecchio dallo sguardo diseguale, Gustìn aveva scoperto di sentire le gambe e le braccia pesanti come piombo e la mente piena di interrogativi.

"Leggete" gli aveva detto Fioreste, tendendogli un foglietto. Lo stesso foglietto che adesso scricchiolava nella tasca a ogni suo movimento, con parole che gli risuonavano nella testa con lo stesso fragore di un tuono.

"Sono malato e inabile, ma non tanto da impedirmi di ottemperare ai miei doveri di padre. Ecco le condizioni con cui vi concedo di frequentare mia figlia.

Abbiamo dovuto superare molte avversità da quando siamo arrivati a Torino, ma a Nizza eravamo persone di rango: quindi tratterete Laura con il rispetto dovuto a una fanciulla di buona famiglia.

Non concederò a mia figlia di frequentare un uomo che non ha intenzioni serie. Se le vostre non prevedono il matrimonio, è meglio che non veniate più.

Il corteggiamento durerà due anni, il tempo necessario per conoscervi e per dimostrarvi l'adeguata serietà.

Potrete vedere Laura tre volte a settimana, e se non sarà in questa casa dovrete essere accompagnati da una donna che vigilerà sulle vostre buone intenzioni.

So bene che andrete a comprare saponi in piazza Carlina nei giorni di mercato, quindi avrete più tempo di quanto una coppia di innamorati riceve di norma. Fatene buon uso.

Questo è quanto vi chiedo come padre che desidera il bene di sua figlia. Altre regole, se vorrà, le deciderà Laura stessa".

Gustìn guardò di nuovo il cielo.

Una raffica di vento spazzò le strade riarse, facendo danzare nuvole di polvere. Alcune nubi cominciarono ad addensarsi e i passanti, che fino a un attimo prima combattevano l'afa agitando i ventagli o i tricorni, si stringevano nei leggeri abiti estivi, mentre un manto grigio tingeva le mura delle baracche.

Regole di corteggiamento.

Non era per il fatto di averle ricevute che Gustìn era stupito, ma per averle accettate senza battere ciglio. Stava tutto succedendo davvero e l'unica cosa che riusciva a pensare era di essere felice che succedesse.

Altre regole, se vorrà, le deciderà Laura stessa. Una, per lo meno, gli era stata messa in chiaro quel mattino stesso, davanti alla Consolata.

Non mi importa di Costanza, o di altre donne che avete avuto prima di conoscere me. Ma se la vostra intenzione è di tornare a frequentarle, un giorno o l'altro, è meglio se non ci vediamo più.

Laura non era una ragazza come le altre, Gustìn l'aveva capito subito, ma adesso scopriva che non era nemmeno una ragazza di buona famiglia come le altre. Le altre non gli avrebbero chiesto di rinunciare alle amanti. Nessuna dama di cui aveva sentito parlare l'avrebbe mai fatto, a cominciare dalla Duchessa.

Laura voleva essere l'unica, ecco la sua regola. E l'espressione nei suoi occhi mentre lo diceva, il modo in cui aveva sorriso... era stata una delle cose più incantevoli che Gustìn avesse mai visto.

Chiedendo di essere l'unica ammette che vuole essere mia.

Un istante dopo, una nuvola passò davanti al sole e le luci sfumarono.

Gustìn si accorse di essere rimasto solo lungo la strada. Si guardò attorno: non si vedeva anima viva ma qualcuno c'era, glielo diceva l'istinto. Qualcuno che scivolava furtivo dietro le staccionate e lungo i muri delle case.

Un cane randagio apparve in fondo alla strada. Si fermò a guardare Gustìn, gli occhi famelici e disperati, poi scomparve.

Man mano che si avvicinava ai camminamenti fortificati, le luci parevano calare, e lo facevano più in fretta di quello che era lecito aspettarsi. Quella che stava giungendo sarebbe stata la prima notte di luna nuova: una ragione in più per non farsi cogliere indifeso dalle tenebre.

Gustìn sentì un fischio acuto, da qualche parte alla sua destra. Affrettò il passo. Il fischio era un richiamo, e chi l'aveva lanciato non intendeva di sicuro essere furtivo.

Imboccò un vicolo, incastrato tra due file di case vecchie e cadenti. Le possenti mura di Torino erano lì, davanti a lui, e si stagliavano al chiarore degli ultimi raggi malati del sole.

Udì un suono di passi alle sue spalle. Si voltò di scatto e scoprì un uomo dall'aspetto familiare e con una pistola puntata su di lui.

«*Tampardù* vuole parlarti» sibilò l'uomo, senza fretta.

Lentamente, Gustìn sollevò le mani all'altezza del viso: «Fammi strada. Non scappo.»

Sarebbe comunque stato inutile, visto che era chiaro che se anche l'uomo avesse mancato il colpo aveva dei complici lì intorno. Gustìn ricordò di averlo visto più di una volta ai tavoli dell'osteria dell'Uomo Selvatico, uno dei luoghi di ritrovo preferiti dalle canaglie del Balòn.

«Come sta il capo?» chiese, mentre l'altro lo conduceva tra i vicoli.

«Non sono affari tuoi.»

Raggiunsero la rete dei canali. Da lì si poteva vedere la linea della nuova fortificazione, quella che chiamavano "opera a corno", emergere dietro una fila di mulini e fabbriche dalle mura scorticate. Dall'altra parte si allargava la distesa di campi coltivati e piccole cascine. L'odore nauseabondo delle concerie e dei rifiuti gettati nei canali prosciugati ammorbava l'aria.

Si addentrarono nella parte più povera del borgo, un ammasso di baracche tirate su con assi di legno e tetti di paglia.

Mentre l'uomo della banda lo guidava senza abbassare l'arma e senza dire una parola, Gustìn si arrovellava per cercare di capire cosa potesse volere da lui Tampardù. Da quando lavorava per Gropello si era tenuto alla larga dagli affari della malavita torinese, e non aveva alcuna intenzione di immischiarsi.

La gente del luogo lo guardava con diffidenza, come se fosse stato lui la minaccia, e non la pistola dell'uomo che lo accompagnava. Gustìn immaginò che uno spettacolo simile, da quelle parti, fosse tutt'altro che inconsueto.

Si specchiò in visi di uomini e donne senza età, visi cotti dal sole, rovinati dal vaiolo o dalle cicatrici di coltello, abbruttiti dalla fatica e dal vizio.

Si fermarono davanti a una capanna che non sembrava diversa dalle altre. Una mano di intonaco ormai sbrecciato, i rampicanti che salivano lungo il muro. L'uomo con la pistola indicò la porta.

«Entra.»

Gustìn si guardò intorno. Le baracche, la gente ostile, la polvere e la puzza. In alto, il cielo era sempre più scuro. Entrò.

Tampardù aveva un viso quasi femmineo, senza rughe, e due occhi celesti, grandi e rotondi. Sedeva a un tavolo apparecchiato, intento a gustare un pasticcio di carne. In piedi di fronte a lui, un ometto snello osservava senza parlare, il terrore negli occhi, come se dal sapore della pietanza si fosse potuta decidere la sua stessa vita. Un debitore, decise Gustìn, anche se era possibile che fosse stato lui a cucinare il pasticcio.

«Oh eccoti» disse Tampardù, continuando a masticare, poi gli indicò una sedia di fronte a lui. «Mi tieni compagnia?»

«Ho già mangiato» rispose Gustìn. Si accomodò, sentendosi addosso lo sguardo terrorizzato del debitore.

Il silenzio scese su di loro mentre Tampardù finiva di ripulire il piatto. Si udiva solo il rumore della forchetta che strisciava sulla stoviglia, e, da fuori, il vociare di uomini che giocavano a carte.

Gustìn fissò il capo della più temuta banda di Borgo Dora, riconoscendo nei suoi tratti il ragazzo di vent'anni prima. Sguardo ingenuo e viso angelico, mente astuta, cuore crudele. I padri gesuiti gli dicevano che con lui era tempo perso: *temp perdu*.

A differenza di Gustìn, che portava un soprannome per non farsi chiamare come avevano scelto i preti, Tampardù aveva fatto del nomignolo d'infanzia una medaglia.

Gustìn dubitava di essere stato portato lì a rievocare i vecchi tempi, perduti o meno che fossero.

«Sai come fanno i lupi?» disse all'improvviso Tampardù, allontanando il piatto vuoto. «Formano un branco, scelgono un territorio dove stabilirsi: lì cacciano le prede, fanno figli e controllano che nessuno venga a disturbarli.»

Aveva parlato con leggerezza, i lineamenti rilassati, ma gli occhi divennero di ghiaccio quando si spostarono sull'ometto che aspettava in piedi.

«Puoi andare.» Due parole che suonarono come una frustata.

«Sì, signore» l'ometto sospirò. «Grazie, signore.»

Dopo un attimo si era già dileguato, e sul viso di Tampardù era tornata l'espressione affabile di poco prima.

«Noi siamo un branco di lupi e il Balòn è il nostro territorio.»

Già, pensò Gustìn, *e la gente del posto sono le vostre prede.*

Una fitta dolorosa gli attraversò il petto quando realizzò che anche Laura faceva parte della gente del posto.

«Cosa vuoi da me?»

«Curioso» osservò Tampardù, «stavo per farti quasi la stessa domanda. Cosa ci fa un uomo del Duca nel mio territorio?»

Lo disse con un sorriso intenerito. Sapeva del lavoro di Gustìn, e questo significava che l'aveva tenuto d'occhio.

«Frequento una ragazza.» Nasconderlo sarebbe stato inutile.

«Già, la saponaia» disse Tampardù. Un'espressione deliziata si accese negli occhi azzurri. «Pensavo che avrebbe cominciato a farsela col cantoniere, invece sei arrivato prima tu. Bel colpo, Gustìn. Bravo!»

Lo disse alla francese, *bravò*. Come lo avrebbe detto Laura. Gustìn sentì un brivido scendergli sulla schiena.

«Lasciala stare. Non c'è bisogno che diventiamo nemici.»

Tampardù spalancò gli occhi mimando uno stupore che non avrebbe ingannato nessuno.

«Ma per che razza di figlio di puttana mi hai preso? Ho un cuore anch'io, sai?» Un'ombra affiorò sul suo viso per un attimo, poi scomparve. «La saponaia non si tocca.»

Lo disse con il tono di chi è abituato a comandare il branco dei suoi lupi con pugno di ferro, ma Gustìn era rimasto fermo a quell'ombra nei suoi occhi, e avrebbe giurato che fosse di paura.

«Sono lieto che abbiamo avuto questo chiarimento. In ogni caso, non è mia intenzione intromettermi nei vostri affari.»

«A dire il vero oggi non mi dispiacerebbe. Non chiamiamola intromissione, però. La tua potrebbe essere piuttosto una… chiamiamola… una sorta di assistenza. Nel nome della vecchia amicizia.»

«È sempre un piacere aiutare un vecchio amico» osservò Gustìn.

Anche se non siamo mai stati amici.

Non riusciva a capire dove stesse andando a parare tutto quel discorso.

«Giusto, giusto» convenne Tampardù. «Oppure diciamo che potresti farlo per il bene della gente di Borgo Dora, compresa la tua morosa che fa i saponi.»

«Mi stai ricattando?»

«No.» Tampardù smise di recitare la parte dell'allegro compare e i suoi occhi divennero di ghiaccio. «Da qualche tempo a Torino c'è una banda che si è presa parecchie libertà. Non solo al Balòn, da quanto so.»

«Spiegati meglio.»

«Vengono di notte e portano via la gente. A volte intere famiglie, ma più spesso giovani donne. Di norma non ho nulla da ridire a un giovane rampante che cerca di farsi un nome e tira su una piccola attività. Ma i patti sono chiari: ogni puttana del *Balòn* deve versare una quota a me. Se il suo padrone non lo fa è contro di me. Anche se prende le ragazze qui e le porta a battere altrove.»

Gustìn aspettò qualche istante prima di parlare. Aveva bisogno di raccogliere le idee e la richiesta di Tampardù l'aveva colto alla sprovvista.

«Hai detto che non è successo solo al Balòn.»

«Infatti. Conosci Zolicheur?»

«Di nome. Detta legge a Borgo Moschino, giusto?»

«Proprio lui. Abbiamo avuto qualche... scambio di opinioni, giorni fa. Ci davamo la colpa l'uno con l'altro, poi abbiamo capito che c'è chi sta fregando entrambi. Ieri hanno trovato lui e i suoi compari che galleggiavano nel Po a faccia in giù. Pare fossero conciati male. Non siamo stati noi.»

«Ci credo» assicurò Gustìn.

«Davvero? Dunque sai qualcosa?»

«Meno di quanto vorrei.»

«Magari è più di quello che so io.»

«Le cose sono più complicate di quello che credi. Visto che vivi da queste parti, avrai sentito parlare dell'Uomo del Crocicchio.»

Tampardu tacque. La finta ingenuità nei suoi occhi aveva ceduto il posto a uno scintillìo di puro terrore.

«Non si scherza su queste cose» disse a bassa voce.

«No, infatti.»

«Sei fuori strada, Gustìn. Ci sono cose più grosse e pericolose di quanto io, te e chiunque altro possiamo immaginare. Cose che hanno messo radici in questo luogo da molto tempo.»

Gustìn non era sicuro d'aver capito bene: «Mi stai dicendo che conosci l'Uomo del Crocicchio?»

«Perfino quelli come me sanno che chi segue la sua regola può farsi i suoi affari e campare bene.»

Gustìn decise di soprassedere sul fatto che Tampardù aveva evitato di rispondere alla sua domanda.

«Quale regola?»

«La brava gente, come la tua ragazza, va lasciata in pace.»

Le risposte di Tampardù aprivano un nuovo, sorprendente spiraglio.

L'Uomo del Crocicchio non era il Diavolo, ma un Cavalcante. Ecco perché Laura non andava toccata: era sotto la protezione di qualcuno come Maria.

Gustìn si sentì attraversare da un brivido di sollievo così intenso che dovette fare uno sforzo per ascoltare il resto.

«Lui è qui da prima di noi» stava dicendo Tampardù, «e invece le persone hanno cominciato a sparire da qualche settimana, forse un mese o due. Quello che sta succedendo non è opera sua. Anzi, credo sia arrabbiato quanto noi.»

«L'Uomo del Crocicchio non è l'unico del suo… genere. Ce ne sono altri come lui e alcuni di questi altri stanno dietro ai rapimenti. Però non fanno tutto da soli, hanno bisogno di farsi aiutare…» Gustìn stava per dire 'in carne e ossa', ma comprese che non erano le parole giuste.

Forse la parola giusta è 'mortale'.

Scacciò un altro brivido, più freddo e malevolo: «Di qualcuno come me e te.»

Come Giacomo Agliaudi, lo sbirro corrotto che si era fatto ammazzare piuttosto che affrontare una confessione.

Un lungo silenzio scese nella catapecchia.

«Quindi?» ringhiò Tampardù. «Dove vuoi arrivare?»

«A stare seduti tra le pecore, tu e i tuoi lupi vi siete rammolliti. È ora che cominciate ad aprire gli occhi per capire come fanno a portare via la gente, o dove la portano. E con l'aiuto di chi.»

Il sorriso di Tampardù prese una smorfia di freddo cinismo.

«È facile da dire, quando non si corre alcun pericolo.»

«Puoi sempre continuare a stare qui a mangiare pasticcio di carne.»

«Forse lo farò. Adesso vattene.»

L'uomo con la pistola comparve sulla soglia e Gustìn comprese che era sempre stato lì in ascolto. Prima di andarsene, si fermò a guardare Tampardù e lo sorprese che fissava il vuoto con un ghigno sulle labbra.

«Che cosa c'è di tanto divertente?»

«L'idea di farmi ammazzare accanto a un uomo del Duca» rispose Tampardù. Il suo ghigno si allargò. «Mi rovinerò la reputazione *in saecula seculorum.*»

Gustìn annuì e ricambiò il sorriso.

«Amen.»

8

9 agosto 1706, mattino

«Ho sentito che lo stato maggiore sta valutando la possibilità di arrendersi.» Erano le prima parole che uscivano dalla bocca di Luigi Rossotto, da quando avevano lasciato il palazzo civico.

Gustìn si riscosse dai suoi pensieri. «Da chi l'avete saputo?»

Lo sbirro sollevò le spalle, continuando a camminare. Indossava un abito scuro che lo faceva sembrare più pallido e magro del solito.

«Lavoro per il vicario» mugugnò, con un tono che pareva risentito. «Si dice che potremmo arrenderci finché siamo in tempo, per trattare condizioni onorevoli. Credete sia giusto?»

Gustìn non riusciva a togliersi di dosso la sensazione che tutte le cose intorno a lui fossero diventate fragili e incerte, eppure era abituato a vivere come sul filo di una lama. Tutto rischiava di cambiare da un momento all'altro, e per la prima volta non era pronto ad accettarlo.

«Il Duca respingerà qualunque offerta di resa» rispose.

Il mormorio dello sbirro si abbassò ancora di più: «Quando i francesi prenderanno la città sarà un bagno di sangue.»

Gustìn decise di fingere di non aver sentito.

All'angolo della strada c'era una fioraia che vendeva mazzolini di tutti i colori. Un profumo di violette raggiunse Gustìn e gli diede una scossa:

ormai era abituato ad associare quell'odore a Laura.

«Perché andiamo a parlare con il segretario Fontana?» ricominciò Luigi dopo un istante. «Non capisco.»

Gustìn si chiese un'altra volta quale dote nascosta avesse fatto di quel giovane uno sbirro del vicario di polizia. E un'altra volta si rispose che la dote nascosta era il nome di famiglia. Suo padre era uno dei medici che aveva curato il Duca di Savoia dal vaiolo, guadagnandosi un credito che non sarebbe bastata una vita a pagare. Neppure molte vite, quelle che la figliastra del dottor Rossotto, Anna, aveva strappato nel suo delirio di "Assassino del Coltello". Grazie al buon nome che portava, avrebbe espiato le sue colpe in un monastero, non sul patibolo.

E sempre grazie al buon nome di suo padre, un idiota senza spina dorsale come Luigi era riuscito a diventare cavaliere del vicario. E a Gustìn, che se lo ritrovava accanto in quell'indagine, toccava il compito di fare da balia.

«Perché non ricominciamo dall'inizio?» lo invitò.

E Luigi cominciò a ripetere la lezione come un bravo scolaretto: «La notte tra il sette e l'otto luglio un uomo è stato ucciso in un vicolo dietro il campanile di Sant'Andrea. Le cronache dei libelli dicono che le ferite che hanno straziato il corpo sono state provocate da una bestia molto grossa, o da molte bestie. Fantasie degli stampatori per vendere di più.» Luigi scrollò la testa con una smorfia sprezzante. Voleva sembrare sicuro di sé, ma l'unica sensazione che suggeriva era quella di un bambino che impugna un ramo per giocare al soldato, fingendo che sia un moschetto.

«Avete visto il corpo?» chiese Gustìn, anche se sapeva già la risposta. Se Luigi l'avesse fatto, non avrebbe parlato di fantasie.

«Vi chiedo scusa, ma non ho avuto modo di ispezionare il cadavere, era già stato seppellito quando sono stato coinvolto nell'indagine.»

«Andate avanti.»

«La vittima è stata identificata come Gerardo Vanis, uomo di fiducia del conte Foschieri, con l'incarico di sorvegliare alcuni torinesi sospettati di intrattenere rapporti con il nemico, spie o agitatori. A un successivo controllo, si è scoperto che usava un falso nome e che quello vero era Michele Vayra.»

Gustìn annuì. Grazie a quell'equivoco Giacomo Agliaudi, lo sbirro corrotto, era riuscito a tenerlo lontano dalle prove per più di una settimana. Si sentiva ancora ribollire di collera per com'era stato ingannato.

«Michele Vayra aveva una fiorente attività di ricattatore, con un nascondiglio dove conservava testimonianze sui crimini di molti cittadini, alcuni dei quali piuttosto... ehm... piuttosto in vista. Aveva due complici: uno zingaro di nome Janko e un altro, soprannominato *Corassié*. Lo zingaro lo avete trovato morto nella sua casa, la notte del ventidue luglio. Lui e la sua famiglia erano stati sterminati. La decomposizione dei corpi lascia credere che il massacro fosse avvenuto da almeno dieci giorni. Dell'altro complice, Corassié, non abbiamo trovato traccia.»

Gustìn si sentì attraversare dallo sguardo colpevole di Luigi.

«È esatto» confermò.

No, non lo era. Corassié si trovava nelle carceri della Cittadella, in una cella separata dai prigionieri francesi. Gustìn lo aveva interrogato senza ottenere risposte: quell'uomo era impazzito, forse per paura di qualcosa che aveva visto.

Gustìn sospettava di sapere di cosa poteva trattarsi, dal momento che poco dopo aver cercato di parlare con Corassié era stato testimone dello scontro nei sotterranei della Cittadella, tra Maria Corona e quelle altre creature, culminato con la morte di Efialte e con una sorta di manifestazione intangibile che gridava rabbia furiosa e impotente.

Nulla di tutto questo era stato raccontato ad anima viva, se non al fidato Tommaso, che lo aveva aiutato a fare luce sull'esistenza dei Cavalcanti. E sulla leggenda del Toro e del Drago.

«Cos'altro?» chiese a Luigi, costringendosi a tornare al presente.

«Le indagini di Vayra, riportate nei suoi diari, hanno reso evidente un traffico di persone in fuga dalla città. Ci sono nomi, date e riscontri. Un traffico di cui, mi duole ammetterlo, era complice un cavaliere del vicario, Giacomo Agliaudi. Voi lo avete smascherato e lui ha fatto resistenza all'arresto. Per questo siete stato costretto a sparargli.»

Luigi aveva pronunciato le ultime parole in un sussurro.

Gustìn avrebbe voluto dirgli che non era stato lui a sparare a Giacomo, ma Felice. L'idea di uccidere qualcuno continuava a essere un muro invalicabile per lui, ma non voleva che Luigi lo sapesse. Non voleva mostrare nemmeno un cenno di debolezza di fronte a quel pusillanime.

«Vi è chiaro dunque perché stiamo indagando?»

«Per timore che ci sia una via di fuga che non conosciamo, oppure...

che non sia vigilata a dovere. Una falla nella difesa della città da cui potrebbe entrare il nemico.»

Quello dei francesi era l'ultimo dei problemi, ormai Gustìn ne era sempre più convinto. Ma come avrebbe potuto condividere i suoi timori, e con chi, senza essere preso per pazzo? Fino a un mese prima, sarebbe stato lui a prendersi gioco di chiunque avesse cercato di fargli credere la metà di quello che aveva visto coi suoi occhi.

«La vostra ricostruzione è corretta» disse alla fine.

«Ma perché andiamo dal signor Fontana?»

«Perché tutte le tracce che abbiamo ripercorso dai diari di Vayra hanno condotto a un punto morto. Quindi dobbiamo pensare qualcosa a cui Vayra non era ancora arrivato.»

Lo sbirro aggrottò le sopracciglia: «Vi renderete conto che prima di accusare il segretario di un senatore bisognerebbe avere prove molto solide.»

«La gente sparisce da Torino in maniera regolare, Luigi. È come il contrabbando: qualcuno trasporta merce proibita da un luogo a un altro sotto il naso delle autorità.»

«Avete esperienza di contrabbando, voi?»

«Anche.» Gustìn si chiese se nella voce di Luigi ci fosse sincera ingenuità o mascherato sarcasmo. Negli uffici del Vicariato c'era ancora un fascicolo che recava il suo nome, lo stesso con cui il conte Gropello era andato a fargli visita nelle carceri del Castello, più di vent'anni prima.

Guardò il ragazzo che lo fissava con espressione attenta. Capì che era in ritardo miglia e miglia rispetto a lui.

Per Dio e tutti i santi, che razza di idiota!

Gli mostrò un sorriso e spiegò: «Un bravo contrabbandiere deve avere un modo sicuro per trasportare la merce e un luogo dove nasconderla. Deve sapere quali sono le persone giuste da corrompere.» Lo sbirro annuì. «Se voi foste un contrabbandiere di uomini, di chi avreste bisogno per far uscire la merce da Torino senza che nessuno se ne accorgesse?»

«Delle guardie alle porte della città. Dovrei fargli chiudere un occhio mentre esco con… la merce.»

«Esatto, ed è quello a cui nel nostro caso provvedeva il signor Agliaudi, forte del suo titolo di cavaliere del vicario.»

Se il rapitore era chi pensava Gustìn, non aveva bisogno di corrompere una guardia, perché gli sarebbe bastato uno sguardo per farle dimenticare di aver visto qualsiasi cosa. Però la risposta era di buon senso, tanto che era bastata a tranquillizzare il vicario e il conte Gropello sull'addossare tutte le colpe allo sbirro corrotto.

«Le guardie compiacenti sono l'ultimo passo per un contrabbandiere» ricominciò, paziente. «Il primo consiste in una scelta: cosa contrabbandare? Stoffe pregiate, tabacco o polvere da sparo...»

«Insomma, stiamo parlando di cristiani, non di merce!»

«Ma non cristiani qualsiasi. Prima dell'assedio mendicanti, prostitute, persone anziane e sole. Dopo è toccato alle famiglie dei quartieri sfollati. Non è un caso. I rapitori scelgono persone di cui nessuno sente la mancanza, oppure intere famiglie, per far credere ai vicini che se ne sono andati di loro volontà.»

«Dunque avrei bisogno della complicità di qualcuno che conosce bene le mie possibili vittime, le loro abitudini... i cantonieri!»

«Proprio così. Anche Vayra sospettava di loro: Alessandro Morozzo nell'isola di San Francesco. Alberto Mattiroli, "Belòm", a Borgo Dora: due dei tre quartieri da cui sono scomparse più persone finora...»

«Morozzo risulta disperso da una settimana, credo lo troveremo sotto le macerie di qualche casa.»

«Oppure è stato fatto sparire anche lui. In compenso Belòm è vivo e vegeto.»

«Lo farò tenere d'occhio» promise Luigi.

Gustìn approvò con un sorriso. Il cantoniere del *Balòn* era uno dei pochi indizi che gli rimanevano. Compariva nella lista di Vayra con un punto interrogativo che poteva significare molte cose, tutte ugualmente plausibili: che era una possibile vittima, che poteva sapere qualcosa sulle scomparse tra gli abitanti del Borgo Dora. Di certo Vayra si era reso conto che per far sparire le persone la complicità dei cantonieri non era indispensabile, ma di sicuro preziosa.

Per questo Gustìn voleva tenerlo d'occhio. E perché Alberto non gli era piaciuto sin dal loro primo incontro, quando credeva che fosse il fidanzato di Laura: non gli sarebbe spiaciuto trovarlo colpevole di qualcosa, qualunque cosa utile ad allontanarlo da Laura per sempre.

«Però, perdonate...» ricominciò lo sbirro «Ancora non capisco perché creare disturbo al segretario Fontana.»

«Perché lavora per il conte Provana di Druento» spiegò Gustìn. «E il conte Provana comanda la milizia. La milizia sovrintende alla ronda notturna e allo sgombero dei quartieri minacciati dalle bombe. Colui che stabilisce i turni delle ronde potrebbe ordinare un percorso diverso dal solito...»

«...Per tenere le pattuglie lontane da una certa via a una certa ora!»

«Proprio così. Ora, provate a indovinare chi stabilisce i turni delle ronde?»

«Il segretario Fontana» gli occhi di Luigi brillavano di ammirazione.

Raggiunsero un palazzo nella Città Vecchia, poco distante dalla chiesa di San Francesco. Mentre bussava alla porta, Gustìn osservò il battente: una testa di demone con la lingua arrotolata a trattenere il grosso anello. Immaginò di veder apparire un maggiordomo con le identiche mostruose fattezze, invece aprì la porta un ragazzetto con lo sguardo furbo sotto la parrucca incipriata.

«Sì?»

Gustìn gli mostrò il lasciapassare. «Vogliamo parlare con il tuo padrone.»

Il ragazzo fece strada fino a un salottino che aveva le tende accostate per combattere il caldo. L'atmosfera era tetra, ma di certo non doveva esserlo alla luce del sole o delle lampade. La parte superiore delle pareti, delimitata da una bordura di stucchi dorati, era dipinta di bianco e affollata di quadretti; su quella inferiore la tappezzeria ripeteva raffinati motivi di fiori bianchi e azzurri.

«Parlate voi, per favore» supplicò Luigi. Gustìn pensò che fosse per paura di farsi un nemico importante, e non poteva dargli tutti i torti.

Mastri librai, i Fontana erano una famiglia influente che occupava perfino incarichi di governo: qualcuno che nemmeno il figlio del medico Rossotto avrebbe voluto come nemici. Gustìn, invece, era al riparo da ritorsioni finché fosse stato sotto la protezione del conte Gropello.

Un passo pesante annunciò l'arrivo di un uomo grasso col naso troppo piccolo per la sua faccia, e le guance chiazzate di rosso. Sembrava un bambinone dopo una razzia di dolci e Barbera.

«Signori... sono atteso in Senato. Non ho molto tempo... da dedicarvi. Avete detto... che vi manda... Gropello?» Parlava a fatica, ansando come se avesse appena smesso di correre.

«Io lavoro per il conte» spiegò Gustìn, «il mio collega per il vicario.»

«Vorrei vedere le vostre credenziali» boccheggiò il segretario.

Con la coda dell'occhio Gustìn colse uno scambio di occhiate tra Fontana e Luigi mentre quest'ultimo gli porgeva i documenti. Si chiese se fosse in atto un tentativo di intimidazione. Prese la sua lettera di presentazione dalla tasca.

Il segretario studiò il sigillo e la firma di Gropello come se avesse voluto cercarvi un difetto.

«Va bene, ditemi.» Si lasciò cadere su una poltrona che scricchiolò sotto il suo peso. Dopo un attimo, fece loro segno di accomodarsi.

Gustìn incrociò lo sguardo di Luigi che sembrava dirgli: "è stata un'idea vostra" e cominciò a parlare: «Stiamo indagando sulla scomparsa di alcuni torinesi nelle ultime settimane.»

Fontana fece una smorfia di fastidio.

«Nessuno esce da Torino… senza permesso. Si rischia… la forca con l'accusa di spionaggio o… diserzione.»

«Non ho detto che sono usciti dalla città, ho detto che sono scomparsi.»

«Cosa intendete?»

«Intendo *scomparsi.* Dalle loro case.»

«Mmm… dove?»

«Nelle isole di Santa Maria, San Francesco…»

«Allora la risposta è naturale… mi stupisce che mi stiate facendo… perdere tempo. Le case… sono state sgomberate per timore… poi dimostratosi reale… che venissero colpite dalle bombe.»

Fontana parlava con la testa girata verso il caminetto. Avrebbe certo mostrato più interesse per il menu del banchetto domenicale.

Gustìn sentì l'irritazione crescere.

«Questo mi è noto. Ma se intere famiglie scompaiono da un giorno all'altro, esiste una possibilità che abbiano lasciato Torino da un'uscita che non conosciamo, oppure non custodita a dovere. Entrambe le possibilità preoccupano il conte Gropello che ho l'onore di servire.»

Il segretario tornò a guardarlo, questa volta con un lampo allarmato. Il solo nome del ministro aveva aumentato la frequenza del suo ansimare.

«Spesso le persone sfollate… non comunicano il loro… nuovo indirizzo. Quasi sempre sono ospiti di parenti… e amici…»

«…oppure dei portici di via di Po» finì la frase Gustìn.

«Già. È sotto gli occhi di tutti… mi pare.» Fontana aveva cominciato a far dondolare un piede. «Alla fine dell'assedio... vedremo quanti sono tornati nelle loro case... e avremo la reale misura di quelle che voi chiamate... "sparizioni".»

«Per allora potrebbe essere troppo tardi.»

«Tardi... per cosa?»

«Non lo so. Non ancora.»

Fontana si asciugò la fronte con un fazzoletto e Gustìn si chiese se fosse per la calura estiva.

Di una cosa era sicuro: il segretario mentiva. Lo rivelavano troppi indizi: il piede che saltellava come un ballerino, gli occhi che guardavano ovunque. Ogni tanto Fontana si toccava la parrucca, come per controllare che fosse a posto.

Anche le lunghe pause tra una parola e l'altra sembravano un modo per prendere tempo. Forse per riflettere sulle conseguenze delle sue risposte, o per anticipare la domanda successiva.

«Se il Conte sospetta... che le uscite della città non siano sorvegliate a dovere... ditegli che la milizia svolge... i suoi compiti con il massimo impegno...»

«Questo significa solo che le porte della città sono ben sorvegliate. Potrebbero esserci altre uscite.»

«Se vi riferite alle gallerie... che portano alle dimore... di Sua Altezza Reale fuori città... sapete bene che... non sono incombenza della milizia, ma del Reggimento Guardie... Le voci di altri passaggi... sono leggende per spaventare i... bambini.»

«Molte scomparse sono avvenute durante la notte, sotto il coprifuoco.»

Il segretario sgranò gli occhi e sbatté le palpebre, lanciò un'occhiata verso la porta. Il colpo, osservò Gustìn, era andato a segno.

«Se intendete accusarmi... di qualcosa... sappiate che rendo conto... al Conte Provana... e che godo della sua fiducia! Da quand'è iniziato l'assedio non ci sono state razzie... e gli unici danni che... hanno ricevuto le case sono stati... quelli inflitti dalle bombe francesi!»

L'arringa lo lasciò esausto. Si asciugò di nuovo il sudore dalla fronte.

«Non abbiamo dubbi» lo rassicurò Luigi. Gustìn si era perfino dimenticato che fosse lì. Fontana si alzò in piedi a fatica.

«Non posso fermarmi oltre... gli impegni mi chiamano... Potremo parlare ancora.»

«Potete esserne sicuro» gli promise Gustìn. Il segretario provò a sostenere il suo sguardo, ma cedette quasi subito.

«Allora, la prossima volta... abbiate almeno la compiacenza di farvi annunciare... in anticipo.»

«Lo sto facendo.»

«Cosa?»

«Torneremo domani.»

Il segretario lo guardò incredulo. Poi borbottò un "va bene" che suonava come un "se proprio non potete farne a meno" e li congedò.

Dopo un attimo Gustìn si trovò di nuovo in strada, con Luigi alle calcagna.

«Avete notato qualcosa di utile, mentre parlavo col segretario?» non sapeva se parlava per incoraggiare Luigi a sentirsi utile, o per prenderlo in giro.

«Io... credo che ci nasconda qualcosa.»

«Avete qualche ipotesi?» adesso Gustìn era sicuro di volerlo prendere in giro.

«Forse affari illeciti sugli averi dei cittadini portati via dalle case sfollate: forse si fa pagare in cambio di un deposito sicuro e ben sorvegliato dalla milizia.»

Gustìn non poteva dargli torto, e pensò che forse il ragazzo non era così stupido. Era sul punto di dirgli che aveva ragione, quando alzò gli occhi e vide Costanza ferma di fronte a lui.

«Augusto... Speravo di incontrarvi, ero in pensiero.»

Sembrava irritata, fredda, perfino spenta. Certo non in pensiero.

«Buongiorno, Costanza» rispose Gustìn. Non credeva nelle sfortunate casualità: chissà da quanto tempo Costanza lo stava pedinando. Forse da quand'era uscito di casa. Come aveva fatto a non accorgersene? Era abituato a non abbassare mai la guardia, ma quel giorno l'aveva fatto.

Questo non è un giorno come gli altri.

Oggi viene dopo ieri.

La verità era che non riusciva a staccare i suoi pensieri da Laura Chevalier.

Costanza alzò gli occhi e li puntò su Luigi come lame acuminate, poi tornò a guardare Gustìn con un'espressione di feroce sarcasmo.

«Non andate più in giro col vostro amico scimunito? Quanti cambiamenti in così poco tempo!»

Gustìn immaginava che prima o poi avrebbe dovuto fare i conti con lei. Non così presto, però.

«Perdonatemi» disse a Luigi, che annuì e distolse lo sguardo: pareva imbarazzato, come se fosse stato lui a dover nascondere qualcosa o vergognarsene.

Gustìn fece qualche passo per andare incontro a Costanza, in modo da poter parlare senza che altri sentissero.

«Si può sapere che volete?»

«Fare pace» rispose lei, distendendo le labbra in un sorriso. Assomigliava all'espressione maliziosa che spesso accompagnava i loro giochi, ma la ruga che le solcava la fronte parlava un'altra lingua. Costanza quel giorno non aveva voglia di giocare alla seduttrice, oppure sapeva che non sarebbe servito.

«Va bene» sbuffò Gustìn. «Abbiamo fatto pace.»

«Davvero?» Lo stupore di Costanza durò appena un istante. Le sfuggì una risatina.

«Davvero. Non sono più in collera con voi.»

«Ma non tornerete a casa con me, vero?»

«No, infatti.»

«Dunque adesso vi vedete con *lei*?»

Lei, Laura. Quello che Gustìn stava facendo era proprio vederla, e lo faceva in ogni momento. La giovane era una presenza invisibile al suo fianco sin dal risveglio, e nei momenti più inaspettati della giornata: quando riconosceva il suo profumo, o vedeva il sorriso nella statua di una santa, o quando credeva di sentire la sua voce nella folla e allora si guardava intorno sperando di incontrarla.

«La cosa non vi riguarda» rispose, forse più tardi di quanto avrebbe voluto.

Costanza sbarrò gli occhi. Per un istante non disse nulla, la ruga sulla fronte si piegò seguendo la linea delle sopracciglia.

«Non mi riguarda» ripeté.

«Non vi riguarda.»

Gustìn vide la disapprovazione, la collera e altro ancora tremarle negli occhi e sulle labbra. Sentì un brivido percorrergli la schiena.

«Mi dispiace» si scusò. «Ho inteso in modo errato le vostre intenzioni.»
«Le mie intenzioni?»
«Pensavo che voleste solo divertirvi.»
«Ed è così.» Costanza tirò su col naso.
«Allora vedete che non c'è motivo di essere arrabbiati.»
«Anche voi siete uno che vuole divertirsi, no?»
Gustìn non rispose. Non voleva darle argomenti con cui attaccarlo, né attaccare Laura.
«Per potervi divertire con *la saponaia* dovrete sposarla.» Il tono di Costanza traboccava di veleno. «Siete sicuro che sia quello che volete?»
«Qualunque cosa voglio riguarda me.»
«Riguardava anche me una volta!» strillò Costanza. «Fino a ieri riguardava anche me!»
«Abbassate la voce» ringhiò Gustìn.
Lei prese fiato, respirò a fondo, deglutì.
«Andate al Diavolo, Augusto.»
«Buona giornata anche a voi» replicò Gustìn, voltandole le spalle.
Era pronto a tutto. Che lei cominciasse a riempirlo di insulti in mezzo alla strada, oppure scoppiasse in lacrime. Che gli tirasse una pietra.
Non accadde nulla. Gustìn rifece la strada per tornare da Luigi e quando si voltò Costanza se n'era andata.
«Perdonate l'incomodo» si scusò.
«Spero che non sia nulla di irrimediabile.»
«Nulla è più irrimediabile dell'offesa fatta a una donna, Luigi.»
Negli occhi del ragazzo luccicò un lampo.
«Lo so» disse, amaramente.
Lo doveva sapere eccome, pensò Gustìn, dopo essere stato per anni ostaggio dei capricci della sorellastra.
«Tenete ancora a lei?» Luigi indicò la strada con lo sguardo, là dove prima era ferma Costanza.
«Meno di quanto lei vorrebbe.»
«Allora perché sembrate così addolorato?»
«Prego?»
«Perdonatemi, è solo una mia impressione.»
«Mi dispiace averla fatta soffrire» tagliò corto Gustìn.
Ricominciarono a camminare, e dopo un po' Luigi tornò alla carica.

«Ma se lei ne avesse bisogno… se fosse in pericolo? Non vorreste aiutarla, anche se non l'amate più?»

«Immagino di sì» Gustìn non aveva idea di dove Luigi volesse andare a parare. Lo guardò in tempo per vedere l'ombra di un sorriso tagliente, uno strano contrasto con gli occhi che guizzavano a destra e a sinistra, come se non avessero voluto guardare nulla o fuggire via.

«*Monsù* Augusto, io ho amato Anna. L'ho amata come si ama quando il cuore non vede nient'altro. Ho provato a proteggerla, a difenderla anche se sapevo quello che faceva e… quello che era.» Le parole si spensero in un sospiro carico di sofferenza. Gustìn non si aspettava che il discorso prendesse quella piega.

Anche se Luigi pareva aver acquisito sicurezza dall'ultima volta che si erano visti, il suo legame morboso non si era risolto con l'arresto della sorellastra. Forse non si sarebbe risolto mai.

«Non vi chiedo spiegazioni» disse per levarsi d'impaccio.

«Ma io voglio darvele, visto che adesso lavoriamo insieme e potremmo avere bisogno l'uno dell'altro. Io non riesco a smettere di pensare che Anna era anche altro, e che io la amavo. Ma un'altra parte di me non può dimenticare quanto male ha fatto a mio padre e al nome dei Rossotto. Questa è la mia penitenza: restituire onore al buon nome della mia famiglia. Riuscite a comprendermi?»

«Sì» annuì Gustìn. «Vi comprendo.»

Luigi lo studiò, come per cercare di carpire i suoi pensieri, poi disse: «Non vi chiedo rispetto e fiducia. Vi chiedo di darmi la possibilità di guadagnarmeli.»

«Va bene» disse Gustìn. Tese la mano e Luigi la strinse con sollecitudine.

«Grazie. Significa molto per me.»

Mentre lo guardava allontanarsi, Gustìn si rese conto che per la prima volta era stato lui a inseguire i pensieri di Luigi senza riuscire a raggiungerli.

9

9 agosto 1706, mattino

Laura guardava le nuvole di fuliggine uscire dai camini delle fabbriche: le concerie e i fabbri di Borgo Dora erano in piena attività. Il polverificio invece era stato chiuso da quando i francesi avevano deviato il corso delle acque che lo alimentavano. La spazzatura fatta cadere nel letto dei canali asciutti marciva al sole ammorbando l'aria.

Lungo la strada i contadini spingevano carretti con i pochi ortaggi sottratti al pasto quotidiano, difendendoli dai ladri e dagli affamati, per venderli al mercato a dieci volte il loro prezzo. Qualcuno invece trasportava mobili, stivali, vestiti usati, forse per impegnarli al Monte di Pietà.

«*Bondì, tòta*!» esclamò una donna corpulenta da dietro un banco di ricami.

«*Bondì, madama* Luisa. Vi trovo bene questa mattina.»

«Invece sono stanca morta. Siano maledetti *La Fojada* e i suoi cannoni, che mi hanno tenuta sveglia tutta la notte.» Lo sguardo della merciaia si spostò verso qualcuno alle spalle di Laura illuminandosi di attenzione e speranza. «I miei ricami, *mademoiselle*, a buon prezzo!»

Laura si voltò è riconobbe Elena "*Arsigneul*" che arrivava dal sentiero di Vanchiglia. Sorrideva, quindi doveva aver avuto una buona nottata.

«*Cerèa*, Laura. *Cerèa magna* Luisa!» esclamò, con quella voce argentina che le aveva fatto guadagnare il soprannome di "usignolo".

Le prostitute erano tra i pochi torinesi che spendevano soldi per qualcosa che non fosse il cibo, attente a non rimanere senza il pizzo con cui far sembrare nuovo un vestito vecchio, o senza un po' di sapone per lavarsi.

Laura e Luisa risposero in coro al saluto. Una persona perbene si sarebbe dovuta voltare dall'altra parte al passaggio di una donna di malaffare, ma fare gli schizzinosi non aiutava a sopravvivere. Se era vero che l'assedio aveva avvicinato i torinesi, Laura dubitava che quella vicinanza sarebbe durata quando la guerra fosse finita.

Lasciò madama Luisa alla sua vendita e si affrettò verso Torino, superando il controllo alle porte e infilandosi in mezzo alla ressa della via di Po.

«Ecco la *tòta* più profumata di Borgo Dora!» la salutò mastro Carlo dalla soglia della sua bottega. Le prime volte, passando davanti alla sua panetteria, Laura pensava che la volesse importunare: poi si era resa conto che era il tipo di persona allegra che ama la compagnia di persone allegre.

Notò che anche quel giorno il pane a bastoncini di mastro Carlo riempiva uno degli scaffali. Grazie alle scorte dell'inverno prima, la farina era l'unico genere alimentare che non mancava in città. I sacchi venivano giudiziosamente distribuiti dagli uomini del Duca. Questo non impediva, però, che ogni tanto il prezzo aumentasse: una speculazione dei panettieri, secondo alcuni. Secondo altri, un segno che le scorte stavano per finire.

Il fornaio fece un cenno alla moglie perché servisse Laura e tornò alla conversazione lasciata a metà.

«Il Duca si è spostato da Chieri a Carmagnola, poi si è ritirato. Pareva volesse rientrare in città, invece era solo un trucco per ingannare il nemico.»

«Questa strategia non funziona!» esclamò il cliente, un tipo robusto, con il volto scorticato dal sole. «Lui e i suoi cavalieri attaccano e poi se la danno a gambe. *La Fojada* lo fa inseguire per un po', poi torna indietro. Ma non è che questo gioco faccia cadere meno bombe su di noi.»

«Speriamo nel Principe Eugenio e nell'armata imperiale» mugugnò il fornaio.

«Si muovono troppo piano, di questo passo non arriveranno in tempo. Anche perché sembra che la guarnigione sia a corto di polvere.»

«Ah sì?» esclamò un ometto seduto in un angolo della bottega. «Come fate voi a saperlo?»

Il suo abbigliamento era sobrio, la postura rigida. Non indossava una parrucca, ma i capelli erano puliti e ben pettinati. Vestiva come un contadino, con un paio di scarpe troppo grosse, chiuse con dei cordini attorno alle caviglie.

«Sono stato soldato anche io» replicò l'uomo robusto. Sollevò la camicia, mostrando la cicatrice che gli attraversava il fianco. «Sono ancora capace di riconoscere quando sparano i nostri cannoni e quando sparano quelli della *Fojada*. Io dico che da qualche giorno noi spariamo molto meno di loro.»

«E io dico che voi state parlando troppo.»

La parole non erano minacciose, ma il tono lo era. Laura notò che il cliente tacque di colpo, pagò e uscì più in fretta che poteva.

Non era un segreto che gli uomini del Duca si mescolassero tra la popolazione per ascoltare l'umore della gente comune: un'abitudine suggerita da Vittorio Amedeo in persona, che amava passeggiare in incognito per le vie di Torino.

Laura si trovò a pensare all'impressione che Gustìn le aveva fatto la prima volta. Un uomo che con l'abito e la parrucca adatti avrebbe potuto farsi passare per un aristocratico: ne aveva il portamento, la cultura e il decoro.

Ma se fosse nato nobile avrebbe mandato i suoi servi in piazza Carlina, e noi non ci saremmo mai incontrati.

Quel pensiero raggiunse Laura con una piacevole consapevolezza. Pagò i bastoncini di pane, e con l'appetitoso fardello tra le mani salutò il fornaio e la moglie. Nuovi clienti nel frattempo erano entrati in bottega, parlando di scavi sotterranei e mine con ostentata sicurezza, quasi fossero stati artiglieri in libera uscita. Forse lo erano. Chissà se avrebbero avuto il buon senso di accorgersi che c'era uno sbirro ad ascoltarli.

L'aria rovente della tarda mattinata sfocava le strade. Poco prima Laura aveva sentito le campane suonare il mezzogiorno: portò un guanto alla fronte e socchiuse gli occhi contro la luce del sole per cercare un varco nella folla di soldati, preti e suore, valletti e cameriere. Qualche carrozza si muoveva lentamente, in mezzo a quel gregge sormontato da cappellini, parrucche e cuffiette multicolore.

«Laura! Aspettatemi!»

Costanza le veniva incontro con un sorriso allegro come i colori del suo abito.

Laura fu colta da un senso di inorridita sorpresa che la lasciò ferma lì dov'era, con l'involto del pane stretto tra le braccia.

«Stavo proprio venendo a casa vostra» continuò Costanza, con lo stesso tono gioviale, «è una vera fortuna avervi incontrato qui in via di Po.»

«Costanza?» Laura non sapeva cosa dire e nessun pensiero le veniva in aiuto.

«Sì, sono proprio io.» Costanza fece un passo avanti per darle un bacio, come faceva sempre. Come se non fosse successo niente.

Laura sentì la pelle delle guance infiammarsi e il calore scenderle sul collo.

Costanza l'aveva umiliata durante la cena con la storia delle mani rovinate, ma poi le aveva chiesto scusa. Aveva chiesto di riposarsi un po' e Laura le aveva offerto di farlo in camera sua. Poteva incolparla per averla sorpresa mentre baciava Gustìn? No. Eppure non riusciva a non farlo. Allora perché si sentiva come se fosse stata lei a doversi vergognare di qualcosa?

La guardò mentre cercava di ritrovare un contegno. Aveva pensato che la sera della cena Costanza avesse indossato il suo vestito migliore per farsi ammirare.

(No, per farmi sfigurare agli occhi di Gustìn)

Si era sbagliata. L'abito della Costanza che le stava di fronte era ancora più elegante, con un tripudio di decorazioni, fili di perle e veli impalpabili. Un vezzoso ombrellino era il tocco finale tra le mani inguantate di seta.

«Come state?» domandò, cercando di nascondere imbarazzo e confusione dietro un sorriso cortese che Costanza ricambiò mostrando i suoi denti bianchi e regolari. Perfetti. Come il vestito, la pettinatura e tutto il resto.

«Oh, bene. Voi, piuttosto?»

«Io… bene. Grazie.»

«Avete visto il signor Augusto, ieri.» Le parole avevano un tono a metà tra una constatazione a una domanda.

«Sì o no?» insisté Costanza.

«Sì» ammise Laura. Non aveva nulla da nascondere, ma si sentiva come se il cuore fosse stato sul punto di fermarsi da un momento all'altro.

«Certo che sì.» Costanza sorrise di nuovo, in un modo che metteva i brividi perché sembrava autentico, e di certo non poteva esserlo. «Dunque… non c'è niente che dovete dirmi?»

Il tono sdolcinato, come quello che si usa con un bambino o uno sciocco, fu come una frustata.

«Io niente» replicò Laura. «E voi a me?»

Costanza le lanciò un'occhiataccia bellicosa.

«Niente che non possiate immaginare.»

«Bene. Se non c'è nulla che ci dobbiamo dire, vi lascio alla vostra passeggiata e io riprenderò le mie faccende.»

«La gente come voi, mia cara Laura» sibilò Costanza «farebbe meglio a dedicarsi alle sue faccende da fanciulla e a lasciare alle donne le faccende da donne.»

«Vi prego di essere più precisa.» Laura sentiva crescere l'ostilità insieme alla rabbia. Quelle false raccomandazioni bruciavano come graffi.

«Lasciate stare il signor Augusto.»

«Potrei dirvi le stesse parole. Ma io non sono voi.»

«Certo, non siete me. Perché pensate di conoscermi bene, vero? Una puttana ambiziosa con la passione per la bella vita, terrorizzata di perdere un buon partito…» Le sopracciglia di Costanza si aggrottarono, la voce s'incupì. «Non avete pensato invece di esservi intromessa tra due persone che si amano?»

«Perché non lo chiedete al signor Augusto?»

«L'ho fatto questa mattina. Non vuole sentire ragioni… per causa vostra.»

«Oh bella! Adesso sarebbe causa mia?»

«Io lo amo più di quanto lo possiate amare voi.»

«Fate troppa confusione tra amore e lussuria!» scattò Laura. Si aspettava un'esplosione di rabbia, un urlo, perfino uno schiaffo. Invece un nuovo sorriso scintillò sulla faccia di Costanza, freddo e orribile.

«Lui non è l'uomo che credete. Vi sorprenderebbe sapere di cosa è capace. O cos'ha fatto. Parlo anche per il vostro bene perché vi ritengo un'amica. È stato il mio uomo per più di un anno e mi ha buttata via come una mela marcia. Pensate a quello che potrebbe fare a voi.»

Laura sentì qualcosa di umido che le gonfiava gli occhi.

«Ci penserò. Grazie per la vostra disinteressata sollecitudine.»

Si voltò senza aspettare una risposta, camminando lungo la via di Po con la vista appannata dalle lacrime, che davano a ogni cosa la forma incerta dell'angoscia.

Mentre passava davanti alla bottega di uno stagnino sentì un frastuono di metallo e una sequenza di parolacce. Uno degli scaffali doveva aver ceduto, rovesciando sul pavimento una gran quantità di paioli e pentole. Lo stagnino era in ginocchio, spalle alla porta aperta, intento a raccogliere le pentole e controllare che non si fossero danneggiate.

Laura si irrigidì a quella vista, senza sapere perché.

Il fresco dei portici le ghiacciava il sudore sotto la camicetta, come lame sottili fatte scorrere sulla pelle. Dove aveva già visto quella scena?

«Avete bisogno di qualcosa?» le chiese lo stagnino. Era un uomo d'aspetto ordinario, pochi capelli sulla testa e il cranio lucido di sudore, folti baffi, occhi azzurri cerchiati di stanchezza.

Ma per un attimo, al suo posto, Laura vide un bel giovane vestito d'un bianco abbagliante, sorriso amabile e occhi da seduttore, chino sul cadavere del saponaio Bruno. Si chiamava Raffaele. E a Laura non aveva rivolto una domanda, ma un ordine.

Dimentica.

Così Laura aveva dimenticato di aver ucciso mastro Bruno. Aveva dimenticato che di notte, nelle strade deserte del *Balòn* camminava un galantuomo dai modi gentili le cui parole erano magia.

Laura aveva obbedito all'ordine di dimenticare, ma il ricordo era riapparso la notte dell'incendio di un magazzino di Borgo Dora, e si era rafforzato nella galleria degli ex-voto della Consolata, dove Laura aveva riconosciuto Raffaele in uno dei tanti quadretti di ringraziamento.

Poi l'aveva dimenticato di nuovo, e adesso di nuovo lo ricordava.

Una potente intuizione la guidò a comprendere che l'Uomo del Crocicchio non si prendeva le vite di tutti coloro che incontrava sul suo cammino, ma solo quelle di persone malvage, e proteggeva quelle buone e in pericolo, perfino apponendo un sigillo sulle porte delle loro case. Un sigillo che aveva la forma di una testa di toro.

L'Uomo del Crocicchio non era il Diavolo, come credeva la gente del Balòn, ma proprio uno di quei santi in carne e ossa che proteggevano i torinesi...

L'Uomo del Crocicchio è Raffaele, realizzò Laura, in un impeto di meraviglia.

Fu attraversata da una scossa violenta, come se avesse battuto la testa. Chiuse gli occhi e si appoggiò a un pilastro dei portici.

Qualcosa di umido le scivolò sulla punta delle labbra, salato ma troppo denso per essere sudore. Sfiorò la bocca con la mano e abbassò gli occhi: il guanto era macchiato di rosso.

Le era già successo di perdere sangue dal naso, proprio mentre si sforzava di ricordare Raffaele. Una specie di magia ("*dimentica*") era stata messa a protezione dei segreti dell'Uomo del Crocicchio.

Laura guardò il fazzoletto macchiato di rosso.

Se quella magia avesse fallito, una seconda era pronta a intervenire, punendo col dolore chi parlava troppo. Chi pensava troppo.

Un *inciarmo*, come dicevano a Torino.

Una maledizione.

10

9 agosto 1706, pomeriggio

Nella sala faceva caldo nonostante i servi avessero tenuto gli scuri accostati. Gustìn lasciò il cappello al guardarobiere e questi fece un piccolo cenno del capo, il suo modo molto discreto per dire “ne avrò cura fino al vostro ritorno”.

Gustìn conosceva bene quella sala accanto all’atrio, quella più grande che si apriva oltre la soglia della porta a due battenti, e il corridoio che attraversava ogni volta fino allo studio del conte Gropello.

Percorse la sala, il salone e il corridoio.

Di fronte allo studio c’era un soldato con il moschetto sulla spalla che scattò sull’attenti prima di farlo passare.

Tommaso e Felice erano già arrivati, sedevano dall’altro lato dello scrittoio, di fronte al Conte. C’era un forte odore di cioccolata e Gustìn comprese che era appena stato servito uno spuntino, una piacevole consuetudine delle riunioni a casa di Gropello.

«Era ora!» lo apostrofò il Conte vedendolo entrare. «Avete fatto con comodo, me ne compiaccio!»

Gustìn si specchiò nello sguardo imbarazzato di Tommaso. Felice guardava i biscotti nel vassoio. Quella rampogna sarebbe toccata comunque a quello di loro tre che fosse arrivato per ultimo.

«Vi porgo le mie scuse.»

«Già. C'è della cioccolata anche per voi.»

«Grazie.» Gustìn sedette al posto rimasto libero, di fronte alla tazza fumante, e si mise in ascolto.

«Ho chiesto di vedervi tutti e tre e in assenza del signor vicario» esordì il Conte protendendosi in avanti. Le gambe della seggiola gemettero strisciando sul pavimento. «L'indagine di Augusto è delicata e dubito possa ricevere aiuto da quel ragazzo imbelle che si è fatto nominare sbirro. Ma questo, come potete immaginare, al conte Fontanella non lo possiamo dire.»

«La vostra comprensione mi onora» lo assicurò Gustìn.

«Tuttavia noi conosciamo il nostro ruolo e quello del vicario. Quindi, per quanto inutile possa essere il supporto di Luigi Rossotto, non chiederò a Fontanella di assegnarmi un altro uomo. In linea di principio siamo noi che aiutiamo lui, non lui che aiuta noi. Felice, Tommaso: non dovete distogliervi dai vostri attuali incarichi, ma lo farete se Augusto ne avrà bisogno.»

«Ma… ma ci mancherebbe» cantilenò Tommaso. Felice guardò Gustìn e fece segno di sì con la testa.

«Bene. È il caso che vi rammenti qual è la posta in gioco. Non m'importa se qualcuno decide di scappare da Torino, specie se si tratta di bocche da sfamare. Quello, anzi, è un problema in meno per noi.»

Gustìn non fece obiezioni, tanto meno ne fecero Tommaso e Felice. Tutti e tre sapevano che gli ordini del Duca e, per suo tramite, dell'alto comando, dicevano il contrario di quanto affermava Gropello: nessuno deve lasciare la città.

La visione del Conte era meno patriottica e più concreta, degna dell'uomo che teneva le chiavi della cassaforte e della dispensa del Duca. Ma se erano lì, quel giorno, era chiaro che Gropello non avesse detto tutto e che la cosa gli importava eccome.

«Mi preoccupa se c'è un modo di uscire da Torino che non conosciamo» continuò il Conte. «Un passaggio sotterraneo, per esempio.»

Tommaso sobbalzò. La ricostruzione delle vecchie gallerie era compito suo.

«Vi-vi assicuro che sto facendo tutto il possibile. Purtroppo molti documenti sono andati… eh, perduti per non lasciare tracce dei lavori di scavo. Precauzioni di segretezza, immagino.»

«Immaginate bene» borbottò il Conte.

La fantasia dei torinesi parlava di gallerie che univano le chiese, i conventi e i principali palazzi della nobiltà. Per non parlare di altre, più grandi, grazie alle quali il Duca e la sua famiglia potevano spostarsi in carrozza dal palazzo in centro città alle residenze di Venaria, Stupinigi e del Valentino. Quante di quelle dicerie rispondessero a verità nessuno lo sapeva. Di sicuro non Gustìn. E, a giudicare da quello che sentiva, nemmeno Gropello.

«L'altra possibilità» disse il Conte, e il suo sguardo si spostò su Gustìn, «è che ci siano ancora guardie corrotte e che i fuggitivi semplicemente escano dalla città perché qualcuno apre loro la porta.»

«Se-se mi è concessa licenza di parlare...» ansimò Tommaso, dopo un lungo silenzio. Gropello gli fece un cenno frettoloso:

«Senza troppe cerimonie. Per Dio, parlate.»

«Avete... abbiamo...» Tommaso guardò Gustìn, deglutì, «ecco, smascherato il cavaliere del vicario, *monsù* Giacomo Agliaudi. I suoi complici sono stati arrestati. Se nei prossimi giorni non spariranno altri torinesi vorrà dire che abbiamo scoperto la via di fuga e l'avremo... eh... interrotta.»

«Augusto sembra nutrire dubbi su questa possibilità» disse Gropello.

«Il cavaliere Agliaudi non ha confessato nulla, di fatto» rispose Gustìn, sorseggiando dalla propria tazza. Prendeva tempo senza sapere perché. «Si è fatto uccidere per non essere sottoposto a un interrogatorio. Parlare sotto tortura lo spaventava di più che morire. Questa è già di per sé una prova.»

«Una prova di cosa?»

«Come vi ho detto anche in presenza del signor vicario, del fatto che abbiamo appena scalfito la superficie.»

«Adesso il signor vicario non c'è. Parlate liberamente.»

Gustìn dubitava di poterlo fare davvero. C'erano ancora troppi vuoti in quella storia, e molte spiegazioni non potevano trovare conforto alla luce della ragione.

«Ieri ho incontrato uno dei capibanda di Borgo Dora. Sostiene che ci sia qualcuno che rapisce giovani donne dei quartieri poveri della città per avviarle al meretricio. Qualcuno di estraneo al solito giro. Una banda del Moschino è stata tolta di mezzo in modo piuttosto cruento.»

«Una lotta per il controllo della criminalità?» chiese Gropello. Sembrava scettico e ne aveva tutte le ragioni.

«Non lo so. L'uomo con cui ho parlato non è contento dell'intromissione nei suoi affari, questo è sicuro.»

«Quindi potrebbe esserci utile, lui e i suoi uomini.»

Il Conte non era uomo da badare alla sporcizia di una mano che gli veniva tesa. Lo aveva dimostrato accordandosi con i più spietati briganti della Val di Susa per avere una forza di resistenza sul territorio contro l'invasore francese.

Gustìn fu sul punto di spiegare che era stato Tampardù a chiedere aiuto a lui All'ultimo momento cambiò idea e invece disse: «Sto provando a convincerlo a darci una mano. Forse non occorrerà nemmeno incentivarlo con l'oro.»

«Meglio così» lo ammonì Gropello. «L'oro è la seconda cosa dopo la polvere da sparo che non possiamo permetterci di sprecare. E voi certo non lo farete a nome mio senza averne prima parlato con me.»

«D'accordo» promise Gustìn.

«Dunque di cosa avete paura?» Il viso di Gropello era parso addirittura comprensivo, prima di riprendere la solita maschera di scaltrezza.

«Chi vi ha detto che ho paura?»

«Non riuscite a trovare risposte, e questo vi spaventa» insisté il Conte.

Aveva ragione e torto al tempo stesso.

Gustìn non riusciva a trovare risposte *razionali*, ed era dall'assenza di razionalità di quelle risposte che era terrorizzato. Dal fatto che ogni risposta alle sue domande lo stava conducendo lungo una strada sempre più sinistra e tenebrosa.

«Mi spaventa trovarmi di fronte a una verità che mi sfugge» ammise.

«Ma non vi sfuggirà per sempre» si intromise Tommaso. Sotto il tremolio incerto che gli ricopriva la voce, Gustìn riconobbe un senso di fiducia.

Tommaso era l'unico dei presenti a cui aveva rivelato tutto quello che aveva scoperto. Tommaso gli aveva parlato dei Cavalcanti, del Toro e del Drago.

«Ben detto, Tommaso, ben detto» esclamò Gropello. «E noi siamo qui per aiutare Augusto a scoprire come fa quella gente a uscire da Torino, e se il modo che usano loro per uscire può usarlo La Feuillade per entrare.»

Gustìn avrebbe voluto dire al suo padrone che quello che riteneva il primo dei problemi era in realtà l'ultimo, o non lo era affatto.

La gente che spariva finiva nelle mani di una setta e forse nemmeno usciva dalla città. Non sempre, almeno. E la setta che faceva sparire le persone non aveva alcun interesse a far entrare i francesi in città. Almeno per il momento.

Sarebbe potuto capitare, però. Maria aveva detto che l'intero assedio era stato manovrato da qualcuno che intendeva approfittare dello scontro tra i Cavalcanti e una fazione nemica di loro simili.

Gustìn si sentì accapponare la pelle alla vista delle truppe francesi che entravano in città guidate da mostri come quelli che si erano battuti con Maria nei sotterranei. Senza più niente e nessuno a tenerli lontani dal popolo. Da Laura.

«Stamattina sono andato a interrogare il segretario del conte Provana di Druent, Battista Fontana» spiegò. Aveva bisogno di aggrapparsi, più che mai, a qualcosa di concreto. «È l'uomo che stabilisce i turni e i passaggi della ronda notturna. Se fosse corrotto, potrebbe fare in modo di avvisare i rapitori quando e dove agire senza pericolo di incontrare le guardie.»

«Questo è vero» annuì Gropello in tono pensieroso. Ma anche stupito. «Cos'ha risposto?»

«Non ha risposto. Ha trovato una scusa per congedarmi.»

«Non proprio il comportamento di qualcuno che non ha nulla da nascondere. E voi vi siete fatto mandare via?»

«Non senza avergli dato appuntamento per domani. Intanto ho messo un uomo a sorvegliare chi entra ed esce dalla casa, e stanotte lo farò io. Se il segretario è davvero coinvolto, prima di domani cercherà di avvisare qualcuno.»

«Bene» approvò il Conte. «Se ritenete che Rossotto vi sia d'impaccio, potremmo pensare a un compito di poco conto da affidargli per tenerlo impegnato e fargli credere di essere utile. Così non offenderemo Fontanella e voi non avrete una zavorra tra i piedi.»

«Gli ho chiesto di prendere informazioni sul cantoniere di Borgo Dora. Spero sia all'altezza: il cantoniere è pur sempre tra i miei sospettati.»

Gustìn sapeva che la sua necessità aveva a che fare solo in parte con l'indagine. Gli sarebbe bastato trovare una macchia nella reputazione di Alberto, una qualunque, con cui potergli cancellare il sorriso dal grugno la prossima volta che si fossero incontrati. Se quella macchia fosse stata abbastanza grande, un coinvolgimento nelle sparizioni dei torinesi per esempio, tanto meglio: si sarebbe sbarazzato per sempre di lui.

"Ci posso pensare io" si offrì Felice.

«A tenere d'occhio il cantoniere del Balòn?»

"Sì."

Gustìn approvò con un cenno del capo e Felice fece altrettanto, in una consolidata sincronia.

«Sono d'accordo» annuì Gropello. «Voi, Augusto, avrete le vostre informazioni. E confrontandole con quelle che vi porterà il ragazzo potremo capire quant'è affidabile. Magari troviamo un altro talento nascosto, come *monsù* Viarengo.»

«Oh, eh… grazie» balbettò Tommaso, sentendosi addosso lo sguardo del Conte. Alzò la tazza per guardarvi dentro. «Molto obbligato.»

«Non possiamo permetterci passi falsi.» Gropello bevve un altro sorso di cioccolata, guardandoli da sopra il bordo della tazza con espressione glaciale. Si pulì la bocca e aggiunse: «Il peggio di quest'assedio deve ancora cominciare.»

«Lo sappiamo» disse Gustìn.

«No che non lo sapete. I francesi hanno chiuso l'accerchiamento dalla collina e bloccato i canali della Dora. Non riceveremo più rifornimenti, quello di polvere da sparo della settimana scorsa probabilmente è stato l'ultimo. Ci sono settanta cannoni che tirano senza sosta sulla Cittadella e sull'opera a corno. E i loro minatori scavano, scavano alla ricerca delle nostre mine.»

Felice prese un biscotto e cominciò a sgranocchiarlo. Gustìn invidiò la sua capacità di mantenere l'appetito. Forse, semplicemente, Felice non aveva una Laura per cui provare angoscia.

Svuotò la tazza e con un sorriso di circostanza si alzò in piedi. Felice e Tommaso lo imitarono subito dopo.

«Farò tutto il possibile» promise Gustìn. «Credetemi, non ho alcuna intenzione di lasciar entrare le soldataglie di La Feuillade in città.»

Felice si posò la mano sul cuore, per far capire che si sarebbe adoperato per lo stesso scopo con lo stesso impegno. Tommaso guardò Felice, poi Gustìn, poi educatamente disse: «Grazie per la cioccolata.»

«Tornate a trovarmi» ringhiò Gropello. Tommaso fu così colto di sorpresa per la risposta che sembrava quella di un oste alla fine della cena, che fece un passo indietro e andò a inciampare contro Felice.

«Senz'altro... io...»

«Sparite.»

Non se lo fecero ripetere. Nell'uscire, un valletto li accompagnò con un sorriso allegro e un'andatura saltellante che facevano pensare a un cane da pastore di scorta al gregge.

Non dissero una parola finché non furono oltre al cancello dell'ingresso, sotto il sole ormai alto e rovente.

"Mi metto subito al lavoro" mimò Felice. *"Prima comincio, prima finisco."*

«Buona caccia» gli augurò Gustìn. «Sapete dove trovare Alberto Mattiroli?»

"Non sono uno sciocco."

Gustìn lo osservò mentre si allontanava, un uomo grande e grosso con gli abiti signorili e i pesanti stivali di cuoio, il sorriso da seduttore e le mani capaci di accarezzare come di uccidere, senza mai pensarci sopra due volte.

Mentre camminava senza voltarsi, Felice alzò la mano per salutarli, lui e Tommaso lo ricambiarono come se avesse potuto vederli.

Rimasti soli, ritornarono nella via di Po. In silenzio, per qualche momento. Poi, quando furono di fronte all'Ospedale di Carità, Tommaso parlò.

«In quanto a quelle altre cose...» Non era soltanto la camminata sotto il sole a farlo sudare.

«Ho apprezzato che non ne abbiate fatto parola con il Conte» lo interruppe subito Gustìn. «Non che io voglia tenere segreti con lui, ma...»

«Ma queste non sono cose da andare a raccontare in giro a cuor leggero. Nemmeno a lui.»

«Non finché non ne sappiamo di più, almeno. Per questo faccio affidamento su di voi e sui vostri libri.»

«I miei libri» ripeté Tommaso, con una stonatura inquieta. Guardava dall'altra parte della strada, dove una fila di persone aspettava davanti alla chiesa di San Francesco la quotidiana distribuzione di cibo.

«Il vostro sapere mi ha tirato fuori dai guai più di una volta.»

«Non so se questa volta basterà, *monsù* Augusto.»

«Gustìn.»

«Gustìn. Ho paura che questa volta potrebbe non bastare. O che vi possa condurre a incontrare le cose… le persone sbagliate. Il che sarebbe ancora peggio. Io… ecco… non lo so.»

Gustìn gli rivolse una breve occhiata e la sua stessa voce gli suonò colma di incertezza quando disse: «Pensate che sapere le cose potrebbe essere peggio?»

«C'è una ragione se nessuno le sa. O se nessuno ne parla, come preferite voi. Le vipere sappiamo che esistono, ma se le lasciamo nelle loro tane non fanno male a nessuno. Ecco, anche queste cose… dovrebbero essere lasciate al posto loro, qualunque sia.»

«E se fossimo noi al loro posto? La città e le case in cui viviamo? Se fosse Torino il loro posto?» lo incalzò Gustìn.

«Se mi concedete licenza di parlare liberamente» disse Tommaso, sempre con gli occhi fissi sulla gente in fila per il pasto quotidiano, «credo che se noi li lasceremo in pace, loro lasceranno in pace noi.»

«E se non lo facciamo?»

«Che Dio ci protegga.»

11

9 agosto 1706, notte

Al tramonto le batterie francesi ricominciarono a tirare su Torino. Mentre vigilava sull'ingresso del palazzo Fontana, Gustìn udì le palle di cannone sibilare sui tetti per poi abbattersi sfondando tegole e mattoni.

A giudicare dalla distanza e dalla direzione degli echi, le bombe stavano cadendo sui quartieri vicini alla Cittadella. Gustìn sollevò gli occhi al rettangolo di cielo tra le pareti del vicolo, ascoltando quel suono lugubre. Non riuscì a trattenere un brivido. L'idea che la morte potesse giungere dall'alto e per mano di uomini più distanti di quanto l'occhio arrivasse a distinguere era qualcosa che riempiva le viscere di paura. Era come una folgore che si abbatte senza nemmeno una goccia di pioggia a preannunciarla.

Gustìn fece uno sbadiglio e si raddrizzò per sgranchire le gambe. Era di guardia da ore senza che nulla fosse successo. Nel palazzo nessuno era entrato, nessuno ne era uscito. In apparenza, almeno. Gustìn non poteva escludere che esistessero altri modi per raggiungere il segretario Fontana, magari attraverso gli infernotti delle case vicine.

Zoppicò avanti e indietro per dare sollievo alle gambe intorpidite.

Il palazzo non era diverso dagli altri, il portone istoriato, gli stucchi alle pareti, il piano nobile e quello delle soffitte che incombevano sulla stretta via dei Librai. Due uomini della milizia stavano di guardia ai lati dell'ingresso, i vecchi moschetti appoggiati contro il fianco. Gustìn aveva contato un unico cambio verso la mezzanotte.

Una fiamma bruciava sopra il portone, in una gabbia di ferro protetta da tela cerata. Dalle finestre filtrava il chiarore tremolante di candele.

L'aria era fresca e Gustìn ne assaporò una lunga boccata: rimanere sveglio non era difficile, con il pensiero di Laura Chevalier a tenergli compagnia.

Era solo lunedì e per quanto lo stesso Fioreste fosse stato molto elastico nel non tenere conto dei possibili incontri al mercato di piazza Carlina, Gustìn avrebbe dovuto aspettare lo stesso altri due giorni. Avrebbe voluto correre da Laura e guardarla negli occhi, prenderle le mani dalla forma deliziosa anche quand'erano nascoste dai guanti di seta. Riempirle la bocca di baci. Sentirla parlare e ridere. Farla ridere. Ridere con lei. Gli mancava come...

Un grido di donna lo strappò da quei pensieri facendolo precipitare in una violenta vertigine. Il grido arrivava dal palazzo Fontana.

Alzò lo sguardo. I due uomini di guardia erano uno di fronte all'altro, con gli occhi rivolti verso le finestre del piano nobile.

«Cos'è stato?» una voce roca parve rimbalzare contro le strette pareti della via. Si aprì una finestra e apparve il volto di una donna che indossava una cuffietta.

«Presto venite! C'è qualcuno in casa!»

Qualcuno che, a giudicare dal tono, non era animato da buone intenzioni.

Gustìn si rese conto che le sue gambe avevano già cominciato a muoversi. Il portone d'ingresso era sorvegliato e di certo chiuso dall'interno. L'intruso, chiunque fosse, non sarebbe uscito da lì: Gustìn ne aveva quasi la certezza, per essere stato lui stesso l'intruso, e più di una volta.

Conosceva almeno altre due possibili vie di fuga: l'ingresso della servitù sul retro della casa, e la via dei tetti passando da una finestra o da un balcone. La terza possibilità, già contemplata, era quella sotterranea, ma Gustìn poteva solo sperare che non ci fossero passaggi nelle cantine del palazzo.

Corse intorno al vicolo per uscire dall'altra parte dell'isolato. Soffocate dai suoi passi sul terreno, percepì altre grida:

«... nello studio...»

«... il padrone...»

«...chiamate un dottore!»

Qualcuno ha aggredito il segretario Fontana, realizzò Gustìn. E subito dopo l'istinto gli suggerì: *per metterlo a tacere.*

Udì il cigolio di cardini, altre urla, voci dai palazzi vicini, passi che correvano, l'abbaiare isterico di cani. Lontano, in direzione della Cittadella, i cannoni continuavano a tuonare.

Gustìn giunse in fondo alla strada e svoltò l'angolo. Una cancellata si apriva su un giardino con due file di alberi in fondo ai quali si vedeva la porta di servizio del palazzo: chiusa, ma non sorvegliata. Non più.

Un guardiano era accasciato contro il muro: ferito, morto... o forse solo addormentato. Gustìn sospettava di sapere cosa fosse accaduto e quali forze l'avessero fatto accadere.

Alzò gli occhi e la morsa della paura gli artigliò lo stomaco: una figura nera volteggiava davanti a una finestra. Il primo pensiero di Gustìn fu che avesse la testa troppo grossa, poi comprese che indossava una maschera: una maschera e un mantello.

Sentì una stretta invisibile afferrarlo per la gola come un'enorme mano di ghiaccio. Un rantolo uscì a fatica dalla gola quando avrebbe voluto essere un grido per chiamare le guardie che vigilavano sull'altro ingresso.

Intanto l'ombra aveva preso a scivolare lungo lo stretto cornicione che contornava la facciata del palazzo. Gustìn, che aveva una lunga esperienza di scalate furtive, sapeva che i cornicioni potevano essere traditori e bisognava fare attenzione a come caricare il peso a ogni passo per evitare che quel sottile punto d'appoggio cedesse sbriciolandosi.

La figura si stava spostando con l'agilità di un equilibrista e la leggerezza di una piuma: sapeva di essere stata vista? Gustìn non ne aveva idea, ma una parte di sé lottò contro l'istinto di tornare indietro per chiamare aiuto. Doveva rimanere, doveva scuotersi.

Dalla finestra rimasta aperta si affacciò un viso. Gustìn immaginò che fosse una donna perché c'era il bianco di una cuffia di stoffa sopra quel viso, ma non avrebbe mai saputo dire se era la stessa che aveva dato l'allarme. La figura alla finestra lanciò un urlo straziante di puro terrore che ghiacciò il sangue nelle vene di Gustìn ma che spezzò l'incanto e lo aiutò a ritrovare la voce.

«Da questa parte! Guardie! Guardie!»

L'ombra si fermò e abbassò la testa verso di lui. Gustìn era troppo distante e c'era troppo buio, eppure ebbe la certezza di vedere i suoi occhi. Erano gialli, occhi non di uomo ma di lupo o di gatto, occhi che bruciavano come un tizzone fiammeggiante.

Mi ha visto. Gustìn sentì in gola il sapore amaro della bile. *Adesso mi uccide.*

La figura ricominciò a muoversi. Raggiunse l'angolo dell'edificio e si arrampicò sul doccione, avanzando sul tetto e muovendosi a quattro zampe. La stessa cosa che avrebbe fatto Gustìn nei suoi panni, solo che la fece in metà del tempo.

«Allarme! Allarme!»

Gustìn si spostò lungo la strada con gli occhi fissi sul tetto e senza smettere di chiamare aiuto. Ne avrebbe avuto bisogno, se l'ombra con la maschera e il mantello avesse cambiato idea e invece della fuga avesse scelto lo scontro. Aveva sempre lo stiletto nascosto all'interno della manica, ma dubitava che sarebbe servito a qualcosa se l'avversario era chi temeva lui.

In alto, l'ombra raggiunse la fine del tetto e senza la minima esitazione saltò, protendendosi in avanti come un gatto. Gustìn la sentì piombare sul tetto successivo e subito dopo la perse di vista.

Da che parte adesso? Destra, sinistra? Rimase fermo a riprendere fiato, le orecchie tese. In alto le tegole scivolavano, scricchiolavano, si spaccavano. *Sarai agile finché vuoi, ma non sei una piuma.*

Ricominciò a correre nel buio e nella puzza della Città Vecchia. Dimore signorili e catapecchie di legno e paglia si alternavano ondeggiando attorno a lui, confondendo il suo orientamento. Superò botteghe di abiti usati e sartoria, forni e minuscole taverne, un tortuoso labirinto di vicoli deserti che sembrava volerlo inghiottire costringendolo a cambiare direzione di continuo.

L'aria era satura dell'olezzo di spazzatura e verdure marce, che si mescolava al sudore di Gustìn e a un altro odore più fine e intangibile, che lui stesso aveva imparato ad associare alla paura.

Passò davanti alla chiesa di Santa Maria e comprese di aver raggiunto i quartieri della Città Vecchia fatti sgomberare all'inizio dell'assedio. I suoi passi mandavano cupi rimbombi mentre si avvicinava all'area dei bombardamenti, unendo pericolo a pericolo.

«Accorrete!» urlò. «Da questa parte!»

Aveva l'impressione di udire alle sue spalle il suono di passi affrettati e il tintinnare di fibbie di metallo, ma non poteva correre il rischio di fermarsi ad accertarsene. Le voci che sembravano richiami, in quell'intrico avrebbero potuto essere lontanissime come vicinissime.

Richiamato dai rumori, vide la figura sopra di lui spostarsi lungo il tetto, sempre con quell'andatura a carponi che gli conferiva qualcosa di animalesco. Un attimo prima dondolava nel vuoto appesa a un doccione e l'attimo dopo atterrava sulla strada, a meno di venti passi di distanza da lui.

Aveva una maschera liscia e rigida, forse di gesso dipinto di nero, sagomata a forma di testa di animale. Un animale che Gustìn non aveva mai visto, muso di cane, orecchie di asino e una specie di criniera che scendeva ai lati del collo.

I suoi occhi, che prima sembravano gialli e luminosi, erano pozzi di tenebra al di là della maschera. Gustìn riusciva a percepire la malvagità di quello sguardo.

Non guardarlo negli occhi! pensò, e abbassò i suoi a fissare la forma nascosta sotto il mantello, andando in cerca di un arma. Ebbe l'orrenda impressione che la stoffa si contorcesse come se fosse dotata di una vitalità sua: poi il mantello, e la maschera, e colui che li indossava cominciò a muoversi verso di lui, fluttuando senza fare alcun rumore. Il mantello si aprì e Gustìn vide un pugnale dalla strana forma ricurva, qualcosa a metà tra una daga e una falce. Arretrò, sollevando il braccio come per farsene scudo, infilando la mano libera nella manica. Le sue dita si chiusero attorno all'impugnatura dello stiletto.

Duello di pugnali, lotta di strada, qualcosa a cui Gustìn era preparato. Rimase fermo fino all'ultimo e si spostò di lato aggirando l'avversario, s'infilò nella sua guardia e vibrò un colpo di stiletto: la lama attraversò il mantello, raggiungendo la carne tra le costole. Non abbastanza a fondo, però.

La sagoma incespicò e passò oltre mentre emetteva una specie di ringhio, molto basso. Meno di un brontolio, molto meno di un gemito di dolore. Cominciò a girarsi per attaccare di nuovo.

Non lo coglierò di sorpresa un'altra volta, pensò Gustìn.

Si raccolse su se stesso, indeciso se tentare un altro affondo o correre più in fretta che poteva, passando da cacciatore a preda.

Pam!

Il colpo di moschetto fu come il fragore di un tuono.

Con la coda dell'occhio Gustìn vide arrivare di corsa una mezza dozzina di uomini armati, uno dei quali col moschetto ancora fumante.

«Una spia francese!» gridò Gustìn. «Sparate!»

La figura col mantello spiccò un balzo proprio mentre i cannoni riprendevano a bersagliare la Cittadella e le case della Città Vecchia, e un battito di ciglia dopo era scomparsa dietro l'angolo del vicolo. I soldati della ronda non avevano nemmeno avuto il tempo di prendere la mira.

Scattarono all'inseguimento, girando attorno all'isolato. Si trovarono in un vicolo ancora più angusto, e due file di porte sbarrate. Tranne una, socchiusa.

«È entrato lì?» chiese una delle guardie.

«Mirate alle gambe, se potete» si raccomandò Gustìn.

«Chi diavolo siete voi per dare ordini?» chiese una voce dal gruppo, suscitando un mormorio di approvazione. Tacque, tacquero tutti, quando Gustìn rispose: «Lavoro per Gropello. Se mi costringete a mostrarvi le credenziali e intanto la spia ci sfugge, giuro che vi faccio impiccare.»

Non proprio le parole migliori da usare con chi avrebbe dovuto coprirgli le spalle, rifletté mentre varcava per primo la soglia, ma ormai il danno era fatto.

Un altro sibilo passò sopra le loro teste, terminò in uno schianto. Distante, per fortuna. In un angolo della mente Gustìn si trovò a pensare a persone che scavavano tra macerie e nuvole di polvere per salvare parenti e amici.

Dietro la porta c'era una rampa di scale che scendevano nell'oscurità: così strette che Gustìn dovette trattenere il fiato e avanzare di traverso fino a raggiungere uno scantinato nero come l'anima del Demonio.

Tese le orecchie e la mano libera. Nessun rumore. Le sue dita incontrarono la pietra ruvida e umida di un muro subito a sinistra. Di fronte, nulla.

«Ci serve luce.» La sua voce sembrò svanire nelle tenebre, ma dopo un attimo udì il familiare suono della pietra focaia. Baluginò una scintilla, poi divenne più nitida. Uno dei soldati reggeva una lanterna.

Si trovavano in una cantina dov'era stato riposto l'acciottolato tolto dalle strade per evitare i rimbalzi delle palle di cannone. File di casse erano disposte una sopra l'altra fin quasi a raggiungere il soffitto. La cantina era così profonda che neppure alzando la lanterna se ne vedeva il fondo.

Gustìn cominciò a muoversi verso l'oscurità. I soldati erano accanto a lui e tenevano le armi puntate sul nulla di fronte a loro. Le suole degli stivali strisciavano sulla pietra del pavimento, l'eco rimbalzava intorno. A ogni passo, le ombre proiettate dalla lampada si spostavano lungo i muri. Un topo sbucò fuori da una crepa, squittì scrutando gli intrusi, schizzò via nelle tenebre.

Le bombe adesso sibilavano vicine sopra le loro teste.

Gustìn non era certo di quanto avesse camminato quando la fila di casse finì di colpo e qualcosa di freddo, una corrente d'aria o un respiro, gli soffiò sulla faccia. Sobbalzò e per poco non si fece sfuggire di mano lo stiletto.

La cantina continuava in un'altra stanza, grande come quella in cui si trovavano, e altrettanto ingombra di casse. Una lama di pallida luce scendeva da una finestrella bassa e stretta che dava sulla strada.

La figura col mantello li stava osservando, gli occhi che brillavano come fiammelle al riflesso della luce della lampada.

«Nel nome del Duca di Savoia» intimò Gustìn, «arrendetevi e seguiteci senza fare resistenza.»

Nessuna risposta, ma qualcosa si mosse sotto il mantello.

Gustìn si rese conto di avere fatto un passo indietro, e di non essere stato l'unico: i moschetti puntati tremavano. Udì un gemito sommesso, acuto e si chiese quale creatura potesse fare un verso simile. Il gemito divenne più forte, come un sibilo. Il sibilo di una bomba.

Alzò gli occhi al soffitto nell'istante in cui ci fu il boato. La tenebra si riempì di bianco mentre la terra sotto i piedi sembrò abbassarsi, poi risalire.

Si sentì spingere indietro e sollevare in aria. Volava.

Finì con la schiena contro il muro della cantina, un colpo che gli tolse il respiro. Cadde a terra sotto una pioggia di calcinacci e polvere. La lanterna che faceva luce roteò scompigliando le ombre, si frantumò, si spense.

Buio, una pioggia di terra e pietre. Un fragore simile a quello della grandine. Grida, poi fumo. Poi, finalmente, luce.

Gustìn aprì gli occhi e scostò il braccio sotto cui aveva cercato, d'istinto, di ripararsi. Dal soffitto sopra di lui splendeva il cielo stellato attraverso uno squarcio grande quasi come l'intera cantina.

«*Monsù*, state bene?» uno dei soldati lo aiutò a rialzarsi in piedi.

«Dov'è?» chiese. Il soldato scosse la testa e indicò un cumulo di pietre e calcinacci: «Là sotto, credo.»

«Scaviamo.»

«Cosa?»

«Ho detto scaviamo!»

Lo fecero, prima a mani nude poi, con l'aiuto di una squadra di soccorso, usando zappe e vanghe. Ma sotto le macerie trovarono solo altre macerie.

***

Gustìn entrò nel palazzo Fontana. Si sentiva stanco e dolorante per tutti i lividi che si era procurato quando la casa colpita dalla bomba era crollata sfondando il soffitto della cantina.

Avrebbe dovuto sentirsi euforico per essere ancora vivo, invece le emozioni che lo attraversavano erano ben più fosche e inquietanti.

Quel mattino aveva interrogato Fontana senza riuscire ad avere risposte. Aveva chiesto un nuovo incontro, ma prima che questo avvenisse Fontana era stato ucciso, e questo non poteva essere casuale. Qualcuno stava seguendo le sue mosse per impedirgli di arrivare alla verità.

Gustìn aveva convinto i soldati della guardia al silenzio minacciandoli con il nome di Gropello e allettandoli con un piccolo gruzzolo. Per il momento era meglio che meno persone possibile sapessero cos'era avvenuto quella notte nei vicoli e nella cantina della Città Vecchia, e il suo coinvolgimento nell'affare.

Mentre si addentrava nel palazzo ebbe l'impressione che se ne fossero andati via tutti, anche se sapeva che non era così. Dal piano terra sentiva movimento di suppellettili e il pianto di donne.

Si rivolse al valletto che lo stava precedendo in silenzio.

«Dov'era il vostro padrone quando è successo il tutto?»

«Nel suo studio che sbrigava la corrispondenza.»

«Chi è stata l'ultima a trovarlo vivo?»

«Carla Maria, la cameriera. La cuoca l'aveva mandata a portare un sorbetto, il signore non aveva voluto fare cena.»

Si fermarono davanti a una porta e Gustìn prese un lungo respiro.

«Dì a Carla Maria di aspettarmi nello studio» comandò al valletto. Si raddrizzò sulle spalle ed entrò nella stanza da letto. Aveva la sensazione di muoversi troppo lentamente.

Il cadavere di Battista Fontana era stato ricomposto sul letto a baldacchino. Con le finestre chiuse, il caldo era soffocante e sembrava già impregnato della puzza dolciastra della morte. Un uomo ben vestito, seduto allo scrittoio con la piuma in mano, vide Gustìn e si alzò per andargli incontro.

«Giovanni Niccolò Beltramo, al vostro servizio.»

«Augusto Graziadei, al servizio del conte Gropello.» Gustìn gli mostrò le credenziali, poi si spostò accanto al letto: il segretario indossava la veste da camera e una camicia di seta. Grumi secchi e macchie di cibo sui vestiti confermavano la sua predilezione per la buona tavola.

«Sono arrivato più presto che ho potuto» stava dicendo il dottore.

«Posso sapere qual è stata la causa del decesso?»

«Crepacuore.»

Gustìn aveva constatato di persona l'effetto della paura su quell'uomo. Non occorreva certo l'intervento dei Cavalcanti o dei loro nemici per impressionarlo. Lui stesso c'era riuscito con poche semplici domande. Ma qualcuno l'aveva spaventato al punto da ucciderlo.

«Siete voi che gli avete fatto visita questa mattina?» chiese il medico. Era tornato al tavolo a compilare i suoi documenti.

«Sì.»

«La servitù mi ha riferito che un incontro con degli uomini del vicario, stamattina, ha messo *monsù* Fontana di cattivo umore.»

«Mi state accusando di omicidio?»

Beltramo scosse la testa: «Non siete più colpevole delle bombe francesi, senz'altro meno delle abitudini alimentari di *monsù* Fontana. Gli piacevano i banchetti e gli spuntini a ogni ora del giorno e della notte.»

«Ma la causa decisiva potrebbe essere stata uno spavento.»

«Lo spavento o un'emozione forte, o uno stato prolungato di prostrazione. Chi può dirlo?»

«Vi ringrazio per la vostra cortesia.» Gustìn diede un'ultima occhiata al cadavere, poi si avviò verso la porta. «Potrei avere altre domande, ma non stasera.»

«Sono un servo leale di Sua Altezza.»

«Bene, perché debbo chiedervi la cortesia di mantenere riservato il nostro colloquio. Questa sera io non sono stato qui.»

«E io non vi ho visto» promise il medico.

Si salutarono, poi Gustìn si spostò dalla stanza da letto allo studio.

Quella notte sembrava non finire più.

La cameriera Carla Maria aveva labbra piene, sopracciglia folte, una cicatrice pallida sul mento, segno forse di una vecchia caduta.

«Sono al servizio dei signori Fontana da quasi dieci anni.»

«Dovevi essere una bambina» scherzò Gustìn.

«Ho ventinove anni.»

«Giuro, avrei creduto non più di venti.»

Lei mantenne una postura rigida, gli occhi bassi, ma le labbra si piegarono in un sorriso. Gustìn avrebbe potuto fare qualche altro complimento o una battuta spiritosa, chiederle del suo lavoro o farla parlare della sua famiglia: erano tutte strategie che funzionavano bene, quando voleva mettere a suo agio le persone. Decise di andare subito al dunque perché si sentiva troppo stanco per girarci intorno.

«Sto indagando sul tuo padrone, lo sapevi?»

«Cos'ha fatto?»

«Non sembri stupita.»

«Il padrone non era una persona buona.»

«Ti picchiava?» Lei scosse la testa. «Ti metteva le mani addosso?»

«Solo i soldi gli piacevano, oltre al mangiare. Perché indagate su di lui?»

Gustìn era pronto a rispondere con una mezza verità.

«Comandava le guardie nei quartieri sfollati. Forse si era fatto corrompere per avere un occhio di riguardo verso le case di qualcuno...»

Carla Maria corrugò la fronte. «Non capisco.»

«Immagina che io e te abitiamo entrambi nell'isola di Santa Maria. All'inizio dell'assedio ci fanno lasciare le case per il rischio delle bombe. Chiunque può entrare e portare via i nostri averi. Farebbe molta differenza se la milizia passasse davanti a casa mia ogni ora, e davanti alla tua solo una volta al giorno...»

«Il padrone faceva questo?»

«È quello che sto cercando di scoprire. Tu cosa ne pensi?»

«Non lo so. A volte andava via dopo il tramonto e tornava appena prima dell'alba. E quelle volte era… strano. Aveva gli occhi che gli brillavano… di una contentezza brutta.»

«Era ubriaco?»

«Forse» concesse lei, ma il suo sguardo era eloquente. Non ci credeva affatto.

Quando Gustìn glielo fece notare, si strinse nelle spalle.

«Vengo dalla campagna. Con certe storie ci sono cresciuta.»

«Che storie?»

«Siete sicuro di volerle sapere?» Gustìn annuì. Lei fece un sorriso stanco, mostrando un paio di vuoti nella fila di denti ingialliti.

«Di gente che fa patti con il Demonio.»

Era una spiegazione a cui un tempo Gustìn avrebbe reagito con biasimo, o ilarità, ma adesso sapeva che a Torino giravano esseri capaci di sbranare un uomo con i denti, o di annichilirlo con uno sguardo.

«Penso anch'io che il tuo padrone si fosse compromesso con il Demonio» ammise, guadagnandosi uno sguardo di stupore.

«Voi ci credete.»

«Sì. Adesso ci credo.» Gustìn scacciò un brivido: «Vuoi raccontarmi com'è andata?»

La cameriera si fece il cenno della croce.

«Il padrone era di cattivo umore, si era ritirato nel suo studio per lavorare. La cuoca mi ha chiesto di portargli un sorbetto. Lo prendeva tutte le sere, per avere sollievo, con questo caldo. Quando sono arrivata nel corridoio ho sentito un rumore strano, come un pianto senza voce.»

Si strinse le braccia al petto. Gustìn notò che la pelle si era gonfiata di minuscole protuberanze.

«Qualcuno piangeva» ripeté, per farla continuare. Lei annuì.

«Così credevo. Invece era una voce che parlava come se stesse sospirando con qualcosa impigliato in gola. Raschiava in modo appiccicoso.» Chiuse gli occhi, prese fiato. Fece un lungo respiro. «Sembrava fatta di fango, quella voce.»

«Cosa diceva?»

«Non lo so. Non mi sembrava torinese, comunque. Niente di simile.»

«Ricordi qualche parola?»

«No.»

«Poteva essere il segretario che parlava da solo?»

«Sulle prime l'ho pensato anche io, che parlava nel sonno.» La cameriera fece un sorriso amaro. «Quando ho bussato la voce ha smesso. Tutto mi sembrava tranquillo. Ho aperto la porta… »

Si nascose il viso nelle mani tremanti. Gustìn, che un tempo si faceva beffe delle superstizioni, aveva paura di chiederle di continuare e dovette sperare che trovasse la forza di farlo da sola.

«Il padrone era in ginocchio e si teneva la mano sul petto. Era bianco come un lenzuolo e gli occhi… era come se stessero vedendo qualcosa di terribile. Ho guardato anche io in quella direzione. C'era *un'ombra* nella stanza. Un'ombra con un viso nero, occhi di fuoco e un mantello. Appena l'ho vista, la porta mi si è chiusa in faccia. Ho chiamato aiuto.»

Da quel momento in poi Gustìn non aveva bisogno di sapere altro. Il grido l'aveva sentito anche lui.

«Grazie per la tua testimonianza, puoi andare.»

La donna si fermò sulla porta.

«Mi sono ricordata una cosa.» Una cosa che, notò Gustìn, l'aveva fatta impallidire come un cencio. «Quando ho aperto la porta dello studio c'era un odore spaventoso.»

«Che odore?»

«Siete mai stato al macello di Borgo Dora?» Gustìn quasi non si accorse di avere annuito. «Lo stesso odore, *monsù*. Odore di morte.»

PARTE II

Il Consiglio ha proposto che questa Città nelle presenti urgentissime contingenze dell'assedio puotrebbe ricorrere all'efficacissima intercessione del Santo Francesco da Paola con particolar confidenza, e particolarmente con elleggerlo per suo comprotettore per avvalorar, et acrescer maggiormente l'universal devotione del pubblico, e confidenza che ha in detto gran santo per ottenere da S.D.M. (Sua Divina Maestà) le gratie necessarie, e massime per la liberatione, tanto più che si deve cominciare nella sua Chiesa una novena, che si fa fare da persone divote a tutti li Santi protettori et all'altare di detto Santo con l'espositione del venerabile, e per valersi della congiontura d'includere anche fra detti Santi Protettori il detto gran Santo.

(Dai verbali della Congregazione di Torino, 12 agosto 1706)

12

12 agosto 1706

«Luigi? Siete qui?»

Era la voce del conte Fontanella, il Vicario di Polizia.

Luigi sollevò la testa dal registro e disse: «Da questa parte, Vostra Eccellenza.»

Le scaffalature di legno alte fino al soffitto formavano pareti e corridoi, passaggi e stanzette. I ripiani erano ingombri di volumi rilegati in cuoio, registri con le copertine di cartone, pergamene arrotolate.

Luigi sedeva curvo su una pila di documenti, alla luce del fioco bagliore di una lanterna.

Alzò la testa, ascoltando il suono dei passi che si avvicinavano. Cominciò a respirare affannosamente. Quando vide apparire la sagoma del vicario, si alzò in piedi e si protese in un inchino.

«Mi hanno riferito che vi avrei trovato negli archivi» disse Fontanella.

«Avevano ragione» il poco fiato in gola rendeva il tono di Luigi vagamente apprensivo. Unito al sorriso infantile su cui si era esercitato a lungo davanti allo specchio, dava di lui l'impressione che voleva suscitare: uno sciocco desideroso di fare buona impressione.

«Scoperto qualcosa?»

La voce e lo sguardo del vicario suonavano di gentile pazienza.

«Sto indagando sul cantoniere di Borgo Dora.» Le dita sottili di Luigi scivolarono sul registro con le testimonianze raccolte da altri sbirri nel corso di altre indagini. «*Monsù* Graziadei pensa che i cantonieri possano avere un ruolo nelle persone che scompaiono da Torino.»

Monsù Graziadei aveva ragione, infatti. I cantonieri, come avevano capito sia lui che Vayra, erano una delle vie per controllare i quartieri. Da controllare a loro volta, eliminare, corrompere. O arruolare.

«Dunque?» insisté Fontanella.

«Gli archivi riferiscono qualche informazione su Alberto Mattiroli...» Non quante erano note agli adoratori del Dio Drago. Luigi ne avrebbe fornito una buona quantità a Gustìn, delle une e delle altre, abbastanza da mostrargli che aveva fatto un lavoro accurato, senza fornirgli alcun indizio utile.

«Credo che stiate perdendo tempo» tagliò corto Fontanella. «Conosco *monsù* Mattiroli da quand'era un bambinetto alto così. Potrà avere i suoi vizi, primo tra tutti la superbia, ma tra questi non c'è l'attitudine al tradimento.»

Luigi si sforzò di mostrare un'aria infelice mentre esitava.

«*Monsù* Graziadei mi sembra sapere il fatto suo.»

«*Monsù* Graziadei, come tutti, non è infallibile.»

«Volete che abbandoni l'indagine?»

«Al contrario. Non desidero offendere il conte Gropello dopo che ci ha tanto cortesemente dato il suo aiuto. E poi non si sa mai cosa potrebbe saltare fuori.»

Non ci credeva, anche se fingeva il contrario. Luigi glielo leggeva in faccia, ed era quasi certo che l'altra ragione per cui Fontanella teneva aperta l'indagine, oltre a non compromettere il suo rapporto con Gropello, era per tenere impegnato l'uomo dei suoi per cui provava meno fiducia.

Un altro che dovrà ricredersi su di me, un giorno. Magari quando sarà incatenato a un tavolo di tortura.

«Avete saputo del segretario Fontana?» La voce del vicario echeggiò tra gli scaffali.

«Non so niente» mentì Luigi.

«Morto due notti fa, di crepacuore.»

«Davvero?» Luigi si chiese se fosse il caso di tacere sul fatto che lui e Augusto erano andati a interrogare il segretario proprio il mattino del giorno in cui era stato ucciso. Gli esiti di quell'incontro erano arrivati ai sacerdoti del Drago prima che al vicario e al conte Gropello. Fontana aveva già mostrato cedimenti di fronte al primo interrogatorio: non avrebbe resistito a un secondo, quindi andava tolto di mezzo.

Luigi prolungò gli istanti della sua esitazione colorando il viso con una smorfia di stupore. Poi balbettò: «L'abbiamo incontrato lunedì... *Monsù* Graziadei e io.»

«Il segretario?» Fontanella lo guardò con una smorfia di vago stupore. «A che proposito?»

«Molti rapimenti sono avvenuti di notte, malgrado le ronde della guardia. Dal momento che il segretario decide i turni delle ronde, forse... pensavamo che potesse nutrire qualche... eh... sospetto su qualcuno dei suoi uomini.»

Il vicario gli scoccò un'occhiata pensierosa.

«Questo è possibile. Se il cavalier Agliaudi si è tolto la vita per non parlare...»

«Così dice *monsù* Graziadei» ansimò Luigi, come a voler riempire il silenzio. Con una frecciata che mettesse in dubbio la versione del signor Augusto.

«Già» rispose Fontanella, senza che nulla facesse trapelare se la frecciata era andata a segno o meno. «Se è davvero andata così, c'è da pensare che Agliaudi avesse dei complici. Magari nella guardia civica.»

Luigi deglutì, aprì la bocca, la richiuse. Che arrivasse il vicario alle conclusioni, possibilmente continuando a crederlo uno stupido senza speranza.

«Forse da questa indagine potremmo davvero ricavare qualcosa di utile» ripeté Fontanella, tamburellando le dita sulle assi del tavolo.

«Stiamo confrontando tutti i riscontri!» annunciò Luigi assicurandosi di far trapelare un impeto di entusiasmo. Con infantile candore, lasciò cadere la domanda che gli premeva: «Come avete saputo del segretario?»

«Sembra che ci sia stata un'intrusione a casa sua quella notte. Quasi di sicuro un tentativo di furto. Il segretario ha scoperto il ladro e si è spaventato a morte.»

Luigi annuì. La setta aveva fatto un lavoro pulito.

«Il ladro ha portato via qualcosa?» domandò.

«Nulla, sembra.»

«Se volete, posso occuparmi io del caso.»

Fontanella fece una smorfia di perplessità.

«No. Continuate con i vostri riscontri sulle ronde di guardia. In questo momento sono più utili di un tentativo di furto andato male.»

«Come volete.» Luigi si agitò sulla sua sedia, mostrando un'espressione preoccupata. «Farò del mio meglio.»

L'avrebbe fatto e aveva già cominciato a farlo.

Insieme al signor Augusto.

Decine di registri da leggere, studiare, e confrontare. Da una parte i turni di guardia, dall'altra le persone scomparse dalla Città Vecchia.

Sarebbe emerso con chiarezza che Fontana aveva cambiato composizione delle ronde o aveva assegnato nuovi percorsi in corrispondenza di molte delle denunce di sparizioni. Sarebbe emerso, ma non senza un lavoro lungo e sfiancante, che avrebbe fatto perdere molto tempo e non avrebbe portato a niente che già non fosse stato scoperto.

Augusto gli aveva confessato di temere quell'eventualità, Luigi ne era certo perché era proprio in quella direzione che si stava muovendo, conducendo con sé l'uomo di Gropello.

I soldati di guardia erano solo pedine inconsapevoli. L'unico a muoverle, l'unico che avrebbe potuto parlare, adesso giaceva nella tomba.

Tutto stava andando come Luigi aveva previsto, perché era bravo ad anticipare gli eventi e a fare le sue mosse prima degli altri. Allo stesso modo sapeva che Augusto prima o poi avrebbe cominciato a farsi qualche domanda sul tempismo con cui il segretario era stato messo a tacere. *E per quanto mi ritenga uno stupido, comincerà a sospettare anche di me, non fosse altro perché ero presente al colloquio.*

Per questo Luigi aveva ben chiara la sua strategia. Doveva ritardare le indagini di Augusto fornendogli indizi tanto numerosi quanto inutili. E al tempo stesso, doveva far volgere i suoi sospetti su qualcun altro.

13

13 agosto 1706

Gustìn aveva dato appuntamento a Felice nei giardini del Duca, dove era certo che non sarebbero stati disturbati. Il piccolo parco era stato lasciato intatto, a differenza di quelli fuori città: nessun albero era stato tagliato per accumulare riserve di legna o spianare la vista agli artiglieri di Sua Altezza Reale.

Il sordomuto sedeva su una panchina e guardava lo specchio di cielo azzurro incorniciato dalle fronde. Aveva un'espressione rapita, quasi avesse potuto sentire il concerto di cinguettii che accompagnavano la calura del primo pomeriggio. Quando vide Gustìn, si alzò per salutarlo e gli passò una busta dall'aspetto voluminoso.

«Vi siete dato da fare» osservò Gustìn, aprendo la busta e guardando il fascio di fogli che conteneva. Felice scrollò le spalle e agitò le dita nella consueta sequenza di gesti che era il suo linguaggio.

"Non è stato difficile."

Gustìn lesse l'inizio della prima pagina.

Alberto Mattiroli, cantoniere di Borgo Dora.
Mercante di vino. 27 anni, conosciuto come "Belòm".

Felice aveva pedinato Alberto mentre faceva visita a gioiellieri, banchieri, ufficiali dell'esercito, aristocratici. Tra le sue frequentazioni c'erano l'ingegnere Sevalle, l'impresario Bertini, il notaio Viglietti, famiglie illustri come gli Alfieri di Breglio e i Birago di Roccavione.

«Perfino il conte Fontanella» commentò Gustìn. Le dita del sordomuto scattarono.

"Ti stupisci?"

«No, è naturale che un cantoniere possa avere da riferire al vicario.» Restituì i fogli a Felice. «C'è qualcosa di sospetto che dovrei sapere, senza dover leggere tutto?»

Il sordomuto rilesse con attenzione, come se avesse potuto dimenticare qualcosa che pure aveva scritto di suo pugno, poi indicò un punto su un foglio e lo restituì a Gustìn.

Gli piacciono i vini del Gambero d'Oro, i liquori della vedova Anglesio e le ragazze della Bonne Femme. Vi si reca da solo e ne esce sempre sobrio.

«Vizi più che rispettabili» riconobbe Gustìn, riluttante.

"Stai perdendo il tuo tempo."

«Ho provato a seguire tutte le tracce che avevo. Ogni volta che trovo un nome, quell'uomo o è già morto o muore prima che lo possa interrogare.»

Felice scrollò le spalle. I raggi dorati del sole si posavano sul suo viso, scavando sulle rughe attorno agli occhi. Gustìn vide un'ombra posarsi su quel volto ed ebbe un brivido. Sapeva bene che non avrebbe mai potuto sentire la sua voce, ma a volte pensava che un giorno il suo amico avrebbe parlato. E sarebbe stato per dire qualcosa di grandioso.

Ecco, adesso parla.

E Felice parlò: come sempre, nell'unica maniera che gli era stata insegnata.

"Guarda la pagina in fondo."

Gustìn si fermò alla prima riga.

L'altra notte Cecilia ha visto un fantasma.

L'unica Cecilia che conoscevano lavorava ai Tre Fiordalisi: rossa di capelli e di spirito vivace, era la preferita di Felice come Beatrice era stata quella di Gustìn, prima che Laura spegnesse in lui ogni interesse verso altre donne.

L'altra notte Cecilia ha visto un fantasma.

C'è una camera in fondo al corridoio del secondo piano dei Tre Fiordalisi, vicino alla stanza da bagno. Forse Beatrice te ne ha parlato. Non la usano più da quando è stata uccisa una ragazza anni fa. Dicono che porti male e ci tengono i materassi e le lenzuola.

Io ero appena andato via, quindi doveva essere poco dopo mezzanotte. Mentre passava, Cecilia ha sentito un lamento provenire dalla stanza.

È entrata e ha visto una donna molto magra, coperta da un sudario, che sembrava aspettarla.

Quella sagoma ha sollevato le braccia, come se avesse voluto ghermirla.

Ha sussurrato qualcosa, ma Cecilia ha avuto paura ed è scappata.

Gustìn rimise il foglio insieme agli altri, nella busta.

«Un fantasma?» Felice annuì. «Sicuro che Cecilia non si sia sognata tutto?»

"Sì."

«Ho già sentito altre storie come questa» ammise Gustìn. La sguattera di Costanza aveva visto il fantasma di sua madre, un servo di palazzo Provana quello della figlia del conte. E lui aveva visto Milo. Più volte.

E Milo gli aveva parlato per dargli, ora lo sapeva, veri e propri indizi. Gli aveva detto che c'era il Diavolo sulla sua strada, e che tra i figli del Toro c'era un traditore.

"Se i morti si svegliano non c'è nulla di buono. Prega, Gustìn."

«Non saranno le voci di una puttana mezza addormentata o di qualche ubriaco a farmi tornare in chiesa.»

"Mi dispiace per te. Stai attento."

Rimasero per un po' in silenzio, ad ammirare il giardino del Duca con l'erba ben tagliata e gli alberi in file ordinate. Poi il sordomuto fece un gemito per richiamare l'attenzione.

"Sono stato da Costanza". Raggrinzì le dita e fece il gesto di graffiare. *"È molto arrabbiata"*.

Gustìn riusciva quasi a immaginare la scena. «Vi ha detto il motivo?»

"No. Mi ha detto che non state più insieme e mi ha chiesto se ero contento".

Felice non era mai piaciuto a Costanza e Costanza non era mai piaciuta a Felice.

«Cosa le avete risposto?»

Il sorriso del sordomuto si allargò.

"Che sono contento."

Gustìn si abbandonò a una breve risata che non era di autentica allegria. Qualcosa gli era rimasto dentro, a metà tra il racconto del fantasma visto da Cecilia, e il pensiero di Costanza in collera con lui.

"E tu sei contento, Gustìn?"

«Sì. Finché è durata andava bene… ma è meglio che sia finita.»

Gustìn fu tentato di dirgli di Laura, ma il solo fatto di provare un dubbio gli fece capire quante cose erano cambiate in una settimana.

Laura non apparteneva al suo mondo di intrighi e segreti. Finché fosse stato in suo potere, Gustìn avrebbe evitato di coinvolgerla nella parte meno nobile della sua vita. Anche se questo significava tenerla distante dal suo migliore amico.

"Festeggiamo ai Tre Fiordalisi. Pago io."

«No, grazie. Non venire più a cercarmi ai Tre Fiordalisi. E nemmeno alla locanda di Costanza.»

Sul viso del sordomuto apparve un'espressione tra stupore e tenerezza.

"E dove ti dovrò a cercare?"

«A casa mia. Soltanto lì.»

***

Raggiunse piazza Carlina quando le campane suonarono le cinque.

I passanti erano pochi, i clienti ancora meno: i bottegai versavano secchi d'acqua sul selciato e lo sfregavano con le scope di saggina. Si fermavano a salutare Gustìn mentre passava, invitandolo a servirsi prima che le merci finissero.

Nella piazza erano aumentate le guardie, a confermare i timori di disordini di una popolazione minacciata dalla fame e dalla paura. Ai due soldati che sorvegliavano i cestai, perché si occupassero dei gabbioni e non degli assaggi di vino, e ai due che passeggiavano tra le bancarelle scoraggiando i borseggiatori, se n'erano uniti altri quattro: fermi davanti alla chiesa di Santa Croce, sembravano in attesa di trovare posto per la funzione del pomeriggio.

Il mercato era diviso in quattro rettangoli ordinati e precisi, formato ognuno da dieci o quindici banchi. Gustìn focalizzò la sua attenzione verso l'unico che non accoglieva le bancarelle dei vinai, pensando alle parole con cui avrebbe salutato Laura. Aveva voglia di vederla, aveva voglia di lei ed era travolto dall'intensità di quel sentimento, anche se sapeva che nel suo mestiere qualunque distrazione avrebbe potuto essergli fatale.

Si sentiva lacerato tra il dovere verso Gropello, la paura per quello che stava scoprendo nell'indagine con i suoi interrogativi senza risposta né senso logico, e il desiderio che gridava "lascia tutto e corri da lei".

Era trascorsa meno di una settimana da quando si era dichiarato come corteggiatore alla sua famiglia, ma gli eventi dell'indagine gli avevano impedito di approfittare di tutte le occasioni che gli erano state concesse per vederla.

Mercoledì le aveva fatto visita al mercato, giovedì a casa, dopo cena, ottenendo il permesso di una breve passeggiata con la scorta invadente della signora Vittoria.

Quel giorno, venerdì, sapeva che l'avrebbe trovata al mercato. E per caso sarebbe passato da quelle parti quando lei stava per tornare a casa. Che male ci sarebbe stato ad accompagnarla?

Vide Laura dove si aspettava di vedere il suo banchetto, sempre nello stesso posto, davanti a un banco di verdure e accanto a uno di stoffe e ricami.

Laura gli voltava la schiena, intenta a riporre le sue merci, ma Gustìn l'avrebbe riconosciuta ovunque. Si avvicinò con un passo più veloce di quanto il contegno gli comandava, mentre le frasi gentili che aveva pensato si perdevano nell'aria. Dimenticò ogni altra cosa, la conversazione con Felice e i fantasmi e la gente scomparsa da Torino. Dimenticò il timore di poter incontrare Costanza, decisa a riconquistarlo malgrado tutto e tutti. O Alberto, rabbioso e ostile.

I suoi occhi erano persi a guardare la camicetta di stoffa azzurra con i ricami bianchi, la nuca abbronzata tra i pizzi della cuffia e del colletto, e le ciocche di capelli lasciati sfuggire con maliziosa civetteria, i guanti di seta bianca e la gonna grigia.

In un attimo fu accanto a lei, dietro di lei, a guardarla con tenerezza, assaporando il momento in cui si sarebbe voltata e l'avrebbe visto.

Laura si raddrizzò sulla schiena, come se le sue orecchie avessero percepito un sussurro. Lentamente, volse il capo. I suoi occhi si sgranarono in un moto di sorpresa e le labbra presero la forma di un sorriso.

Gustìn sentì il cuore gonfiarsi, battendo così forte da fargli credere che chiunque attorno a lui avrebbe potuto sentirlo.

Qualunque cosa avesse avuto intenzione di dirle, la dimenticò all'istante.

Guardando attraverso gli occhi di Laura, vedeva se stesso: ma non era proprio lui. Era *migliore*.

Un uomo migliore di quanto non fosse mai stato. Così voleva essere. Per Laura.

«*Bonjour, monsieur* Gustìn» lo canzonò lei, risvegliandolo dal torpore.

«Mi siete mancata, *mademoiselle* Laura» mormorò con una gioia colma di rispetto.

Una scintilla brillò negli occhi di Laura e colorò di candore il suo sorriso.

«Anche voi siete mancato a me» poi, più piano, aggiunse: «Non siamo soli.»

Laura arrossì mentre lo diceva, ma non abbassò gli occhi, così Gustìn rivide le nature che convivevano in lei e che già aveva avuto modo di scoprire. Una Laura forte, solenne e audace sapeva prendersi cura di quella più ingenua e gentile.

Dopo un istante da dietro un bancone apparve Camilla.

Gustìn si sentì più sollevato. Lo fu ancora di più quando la ragazza, vedendolo, divenne rossa in volto.

«*Cerèa, tòta*» la salutò gentilmente.

«*Cerèa, monsù.*»

Delle donne che vivevano in casa di Laura, la figlia della signora Vittoria era di certo quella più disposta a tollerare qualche piccolo strappo all'etichetta del buon corteggiatore, chiudendo un occhio o distogliendolo altrove.

Gustìn si rallegrò al pensiero che non avrebbe dovuto sopportare la sensazione di una spada puntata contro le sue scapole: quand'era presente la madre di Camilla, quella spada pungeva come se avesse avuto sostanza.

«Vedo che state mettendo via le vostre cose» osservò giocosamente. Era proprio quello che si era aspettato di trovare.

«Non è stata una buona giornata per gli affari» rispose Laura.

«Mi dispiace.»

«Ora siete obbligato a scortare queste due inermi fanciulle fino a casa. E se mio padre è dell'umore giusto, e quasi sempre lo è, anche a fermarvi a cena.» Laura gli rivolse un'occhiata furba. «Chissà, adesso che lo sapete forse avreste preferito arrivare un po' più tardi...»

«Sono felice di accompagnarvi a casa. E lo sarò ancora di più se vostro padre mi farà l'onore di invitarmi alla vostra tavola.»

«Bene, allora rendetevi utile!» Gustìn la guardò esterrefatto mentre lei gli metteva in mano la sacca. «Tenetela bene aperta e non lasciatela cadere, intanto che Camilla e io posiamo i profumi: forse per voi uomini del Duca non valgono un granché, ma sono tutta la nostra fortuna.»

La luce nel sorriso di Laura si oscurò un istante, quando il suo sguardo si fermò da qualche parte alle spalle di Gustìn.

«C'è Costanza» sussurrò.

Gustìn si voltò di scatto ma non la vide in mezzo ai pochi passanti.

«Dove?»

«Era là, vicino alle due suore. Ora non c'è più.»

«Dev'essersi spostata dietro la tenda del bancone» osservò Gustìn. «Cosa stava facendo?»

«Niente. Ci guardava.»

Gustìn non mise in dubbio quelle parole nemmeno un istante.

«Non avete nulla da temere. È solo una donna orgogliosa.» Risparmiò a Laura termini più crudi con cui avrebbe descritto Costanza in quel momento.

Laura arricciò il naso, come se avesse capito lo stesso: «Orgogliosa... e ferita nell'orgoglio.» Poi, come se ammettesse una colpa terribile, sussurrò: «Mi odierà.»

Sì, questo è certo, pensò Gustìn. *Come è certo che odi me.*

Costanza non era donna da perdonare una rivale vittoriosa in amore. O un uomo che aveva preferito un'altra a lei.

«Troverà un nuovo amante e dimenticherà sia me che voi.»

«Oggi però è infelice, anche a causa mia.»

C'era una caparbietà in lei che Gustìn ammirava e al tempo stesso lo inteneriva.

«Le passerà» ripeté. Distolse lo sguardo per spostarlo dall'altra parte della piazza, dove c'erano le bancarelle dei vinai.

A differenza delle prime volte che era stato lì, quando ancora non sapeva quanto il suo destino e quello di Laura fossero legati, non vedeva Alberto da nessuna parte: il suo banco di vini aveva cambiato posizione in modo da non vedere quello di Laura o da non essere visto. Era come se Alberto avesse voluto privarla della sua protezione, farle capire che rinunciava a lei. O metterle paura.

Qualunque risposta confermava che se mai c'era stata una battaglia tra loro, con Laura come premio, Alberto l'aveva perduta. E Gustìn l'aveva vinta, almeno per il momento.

Poi Laura parlò e lo riportò al presente.

«Sareste così gentile da reggere la sacca per me, oppure siete il tipo di uomo capace di romperne il contenuto perché non guarda dove va?»

«Le mie mani sanno essere delicate come la carezza di un bambino» rispose Gustìn. C'era più di un significato in quelle parole e lo comprese anche Camilla, che arrossì. E un tenue rossore colorò le guance di Laura, che invece lo ricambiò con un sorriso.

Gustìn infilò la tracolla sotto il braccio, e rinunciò all'ultimo momento di offrire l'altro a Laura. Anche alla sfacciataggine c'era un limite, e quel limite non doveva essere varcato. Frequentava quella giovane da meno di una settimana.

«Vi faccio strada» esclamò, rivolto sia a Laura che a Camilla, e si lasciarono piazza Carlina alle spalle. Camminarono per un po' senza parlare, e in quel silenzio Gustìn andò alla ricerca di argomenti di conversazione che non fossero troppo intimi da mettere Camilla a disagio. Sfortunatamente, non gliene veniva in mente nessuno: la vicinanza di Laura assorbiva ogni suo pensiero.

Gustìn notò uno scambio di sguardi tra le due ragazze. Camilla rallentò il proprio passo, fermandosi a studiare i palazzi della via di Po come se non ne avesse mai visto uno in vita sua.

Gustìn sfiorò una mano guantata con l'intenzione di prenderla, ma cambiò idea e si stupì della propria esitazione. Laura attraversò quell'istante di tempo intrecciando le dita alle sue.

Continuarono a camminare, senza dire una parola. A Gustìn non importava altro. Quell'effimero contatto gli bastava, avrebbe voluto farlo durare per sempre, e il solo pensiero che lei potesse desiderare la stessa cosa gli metteva i brividi.

«Come procede la vostra indagine?» chiese Laura, il tono diventato serio.

«Non bene» ammise Gustìn. «Ma non è... il genere di conversazione che vorrei fare in questo momento.»

«Nemmeno io, ma ho paura per voi.»

«State tranquilla, so badare a me stesso.»

Lei scosse la testa e nei suoi occhi Gustìn vide tristezza, paura e serietà.

«Siete stato alla Consolata a vedere gli ex voto? Avete visto i Santi che ci proteggono... quello che ha protetto me?»

«Sì.» la interruppe Gustìn, e un brivido lo percorse. «Ma ancora non sono sicuro che significhi quello che intendete voi.»

E come avrebbe potuto? Se ne fosse stato sicuro, avrebbe dovuto riconoscere l'esistenza della magia, delle streghe, e di tutto ciò che per una vita aveva cercato di negare.

«I Santi difendono le persone innocenti e puniscono quelle che si sono macchiate di qualche colpa: le lasciano all'Uomo del Crocicchio.»

Gustìn si accorse che Laura aveva gli occhi lucidi. «Ditemi che siete in pace con i vostri peccati. Non voglio che l'Uomo del Crocicchio vi porti via.»

Si portò alla bocca la mano di lei e, come la notte di una settimana prima, la baciò. Ora c'era un guanto a coprirla, ma ricordava quando aveva sfiorato con le labbra la pelle segnata dalle rosse cicatrici della soda, eppure liscia come quella di un neonato.

Alzò gli occhi su di lei e le piacque il suo sguardo sorridente e un po' confuso.

«Non mi succederà niente.»

«Promettetemelo.»

«Lo prometto.»

Avevano raggiunto le prime case di Borgo Dora e Laura liberò la sua mano allontanandosi di una spanna prima che chiunque potesse vederli. Una coppietta attempata camminava verso di loro: un uomo col viso arrossato e lucido di sudore, e una donna smunta che si aiutava con un bastone.

«*Cerèa*» li salutò Laura. La coppia ricambiò con un sorriso tiepido. Gustìn ebbe l'impressione che il loro sguardo si fosse indurito mentre si posava su di lui.

«Non gli sono piaciuto» osservò quando furono passati oltre.

«Sono amici di Alberto. Mi avevano vista in sua compagnia.»

«Mi dispiace, spero che questo non vi crei disturbo.»

Gustìn notò un cedimento, lieve, sul viso di Laura e aggiunse:

«C'era qualcosa tra voi?»

«Non eravamo fidanzati e non ci siamo mai scambiati promesse.»

Ma qualche bacio forse sì, pensò Gustìn, con un acuto e doloroso guizzo di gelosia. Non osò chiederglielo e invece disse: «Costanza ne parlava come del vostro futuro sposo. Anche Vittoria.»

Lei gli scoccò uno sguardo serio.

«Gli piacevo, sì. E io avevo simpatia per lui, ma nient'altro.»

«E se noi due non ci fossimo incontrati?»

«Non sarei così felice. Anche se… all'inizio avevo paura di voi» confessò Laura, abbassando gli occhi per evitare il suo sguardo: «Quando ho capito che avevate interesse per me, ho cominciato a sperare che veniste al mercato ogni volta, anche se cercavo di convincermi che sarebbe stato meglio dimenticarvi.»

«Per paura di offendere Costanza… o Alberto?»

«A causa vostra. Perché non siete un uomo come gli altri. Perché non mi guardate come gli altri uomini guardano le loro donne. Con Alberto sapevo cosa mi aspettava, e sapevo che se avessi accettato il suo impegno avrei dovuto… accontentarmi.»

«E con me no?»

«Con voi credo di no.» La labbra di Laura si distesero e il suo sorriso le illuminò il volto. «Ve l'ho detto: io voglio tutto.»

Rosina era intenta a spazzare il ballatoio con una scopa. Quando li vide li salutò agitando la mano.

«Camilla, Laura, bentornate! E voi, *monsù* Augusto, che piacere vedervi!» aveva un tono ossequioso ma anche un po' triste.

«*Cerèa, magna* Rosina» la salutò Gustìn, accompagnandosi con un inchino. Rosina si fece sfuggire un sorriso.

«Accomodatevi» disse, spostandosi per farli entrare. Scesero in bottega. Richiamata dal rumore dei passi sulle scale, Vittoria esclamò: «*Monsù* Cesare ci ha portato delle lamprede che ha pescato… oh.» Alla vista di Gustìn smise di parlare. Lui la ricambiò con un sorriso largo e falso.

Laura lo chiamò e la seguì in cortile. Al centro dello spazio lasciato libero dal capanno degli attrezzi, l'orto e il piccolo gabinetto, Fioreste si godeva l'ombra su una sedia e coccolava Calandrino con la mano sana.

«*Papà?*» disse Laura. «C'è *monsù* Augusto.»

«*Bon-j-ou.*»

«Bonjour» ripeté Gustìn. «Non incomodatevi» si affrettò ad aggiungere, quando vide che cercava di alzarsi. Laura si avvicinò a suo padre per dargli un bacio, ma anche per appoggiargli le mani sulle spalle e farlo rimanere seduto. Calandrino uggiolava reclamando attenzione. Laura lo accontentò con le carezze e il cane rispose agitando la coda con negli occhi un fuoco di pura adorazione.

«*Monsù* Augusto è stato così gentile da accompagnarmi a casa e portare la mia sacca» spiegò, disinvolta. «Credete che sarebbe educato invitarlo a cena?»

«Ma ce-u-to, ce-u-to. Siete il ben-uenuto, *monsù*!»

«Non voglio recare disturbo.»

«A Villafranca avevamo ospiti a pranzo e cena quasi tutti i giorni» s'intromise Laura. «A mio padre piace la compagnia interessante.»

Il sorriso deforme di Fioreste si allargò. Calandrino si era accucciato ai suoi piedi, la testa sulle zampe, le orecchie in ascolto, gli occhi svegli. Quando Fioreste diede una pacca amichevole sul braccio di Gustìn, abbaiò gioiosamente.

«Anche lui è d'accordo» osservò Laura. Gustìn rise, percorso da una sensazione di serenità e compiutezza.

«Le razioni erano appena giuste per cinque!» esclamò Vittoria dalla soglia di casa. Doveva avere spiato tutta la conversazione.

«Allo-ua man-sgiamo di meno!» ribatté Fioreste con voce potente, senza ricevere risposta. Trattenne il fiato e lo lasciò andare rumorosamente, come per un sollievo indicibile, mentre scambiava con Laura uno sguardo di intesa completa.

Gustìn ebbe l'impressione che entrambi se la ridessero di gusto, senza far uscire una sillaba dalla bocca. Prese la mano che Fioreste gli tendeva, sentì le nocche nodose e le strinse appena, cercando di non fargli male.

«Voi mi onorate, *monsù* Fioreste. Grazie.»

«Gu-a-zie a voi.»

Aiutò Laura a farlo alzare e li accompagnò in bottega, mentre Calandrino scortava tutti con lo sguardo, sperando forse di ricevere l'invito a seguirli.

Dentro, Rosina stava apparecchiando il tavolo. Camilla era alla finestra, a ripulire con uno straccio il cappello che Gustìn aveva appoggiato sul tavolo.

«Era tutto impolverato» si giustificò arrossendo, e Gustìn provò per lei un moto di tenerezza. In quella casa, con quella famiglia che conosceva da appena una settimana, sentiva vivere un'altra vita che fino a quel momento gli era stata sconosciuta: una vita di rapidi sorrisi, sguardi e gentilezze che non avevano altro fine che condividere gioia e affetto.

«Com'è andata al mercato?» chiese Vittoria, con un sorriso tirato che dava al suo viso l'espressione di qualcuno che mastica un limone.

«Come gli altri giorni. Nessuno compra niente» Laura prese un bicchiere d'acqua da una caraffa e lo offrì a Fioreste.

«E voi, *monsù*, avete avuto tempo di dedicarvi anche alla vostra indagine?»

Gustìn si chiese se Vittoria avesse una ragione per detestarlo, o se quel brutto carattere fosse una dote naturale.

«Ho avuto abbastanza tempo per dedicarmi a una cosa e alle altre» replicò quasi distrattamente, per parare il colpo. Poi fu il suo turno di fare l'affondo: «Voi, invece, come le trascorrete le vostre giornate?»

Nella smorfia che contrassegnava i lineamenti contratti di Vittoria comparve un'ombra di indignazione.

«C'è molto da fare, in questa casa» ribatté la donna. «Non ve lo immaginate nemmeno, quanto c'è da fare.»

Si voltò verso Rosina e Gustìn si chiese se stava cercando il suo sostegno.

Possibile che entrambe gli fossero ostili? Eppure lui era un partito di gran lunga migliore di quelli a cui poteva ambire una ragazza dello stato di Laura.

Forse Vittoria era arrabbiata perché Gustìn non aveva scelto sua figlia, e Rosina era riluttante perché provenivano da due mondi diversi. O forse entrambe preferivano Alberto, credendo che fosse un marito più adatto a Laura, o perché imparentarsi con il cantoniere avrebbe significato una vita migliore per tutti loro, e non solo per la sposa.

Gustìn sentiva molti sguardi su di sé, e strani pensieri che turbinavano. Quando mai si era lasciato sfiorare tanto da vicino dall'idea stessa di un matrimonio?

«Noti-ssie del Duca?» gli chiese Fioreste.

«No, *monsù*. Nessuna. Mi dispiace.»

Avrebbe tanto voluto rincuorarlo con le notizie che tutta Torino aspettava. Ma a quanto sapeva, il Duca si nascondeva in Val di Pellice per distogliere qualche battaglione francese dall'assedio, e l'armata del Principe Eugenio non era ancora entrata in Piemonte.

«Sedete a tavola, è pronto» annunciò Vittoria. C'era qualcosa nel suo sorriso che a Gustìn fece pensare a un lupo. Si sentì prendere sotto un braccio e incrociò il sorriso un po' sforzato di Rosina.

«Volete pronunciare voi la preghiera?»

Faceva del suo meglio per essere gentile, comprese Gustìn, ma se le avesse rivelato che l'ultima volta che aveva pregato ad alta voce era stato quando aveva otto anni, sarebbe corsa a chiamare un esorcista.

Si sforzò di ritrovare le parole della preghiera, e fu meno difficile di quanto immaginasse, tra quelle persone che conosceva appena e che pure lo facevano sentire a casa, e con Laura seduta accanto a lui, le mani incrociate e lo sguardo rivolto al soffitto, come di una ragazza che sogna a occhi aperti.

Dopo cena, la raggiunse nel cortile dietro casa, a guardare il tramonto e coccolare Calandrino per qualche attimo, prima di congedarsi.

«Conterò le ore che mi separano da voi» cominciò a dire. Pensare di trascorrere una giornata senza vederla gli toglieva il fiato.

«Non domani, però» rispose lei. C'era una nota malinconica nella voce.

«Non domani, se voglio vedervi domenica: ho solo tre visite a settimana.»

«Avete preso sul serio le disposizioni di mio padre.» La malinconia era sfumata in una sorta di dolce stupore.

«Prendo sul serio ogni cosa mi avvicini a voi.»

«Domenica, allora.» Laura arrossì e la sua voce divenne un po' più acuta. «Poi dovremo aspettare fino a mercoledì, se potrete venire al mercato.»

«Verrò per forza. Devo comprare un regalino per la mia fidanzata.»

«Vi consiglierò per il meglio.»

«Non occorre, lo so già: essenza di viole e fiori di campo.»

Non c'era da stupirsi che Laura amasse i fiori di campo: erano come lei. Sbocciavano nei luoghi più semplici, anche tra le erbacce, facili da cogliere come la formula della felicità, una volta che la si riconosce.

Laura lanciò uno sguardo verso la porta, fece un passo avanti e Gustìn comprese che lo stava invitando a baciarla. Non se lo fece ripetere, poi si separarono senza staccare lo sguardo l'uno dall'altra. Prima di rientrare in casa Laura si voltò indietro un'ultima volta e le mano avvolta nella seta frullò nell'aria come l'ala di una colomba.

Gustìn fece la stessa cosa prima di incamminarsi sentendosi felice, ma anche un po' sciocco. Assaporava il sapore delle labbra di Laura e pensava di aver appena trascorso la più bella giornata della sua vita.

14

14 agosto 1706

Quella notte Gustìn fece un incubo: l'assedio era finito e Torino era caduta nelle mani dei francesi. Nel sogno lui camminava lungo strade vuote e piene di polvere, sotto un sole pallido, bianco e freddo che forse invece era una luna più splendente del solito. E piangeva: la lucida certezza che appartiene ai sogni gli diceva che La Feuillade aveva concesso ai suoi soldati il permesso di saccheggio, e loro avevano preso tutto quello che volevano. Mobili, ricchezze, bestie e persone. Anche Laura.

Gustìn piangeva perché non sapeva dove trovarla, e perché se pure l'avesse saputo, non avrebbe potuto fare niente per lei: con quel peso che gli straziava il cuore si era svegliato poco prima dell'alba.

Era subito corso al *Balòn*, nascondendosi di fronte alla casa color limone, e aveva aspettato finché non si era aperta la finestra della bottega e il viso di Camilla, assonnato ma sereno, gli aveva dato prova che non era accaduto niente di grave.

Torino era piena di locande e taverne in cui fare colazione, ma adesso che Gustìn si era rassicurato sentiva crescere il buon umore e l'appetito in egual misura. In fondo non c'era nulla di sgradevole nel Borgo Dora, e la puzza delle concerie non era peggio di quella di pesce marcio e sporcizia del Moschino a cui aveva fatto l'abitudine per tanti anni.

Passeggiò fino davanti all'osteria dell'Uomo Selvatico, una baracca con una tettoia di paglia che dava ombra a gruppi di venditori ambulanti, anziani e perdigiorno. L'unica donna presente era una prostituta, già avanti con gli anni, seduta da sola che cantava a bassa voce, con un sorriso triste e gli occhi chiusi.

Gustìn era troppo distante per sentire di cosa parlava la canzone, e decise che preferiva non saperlo. Andò a sedersi al tavolo libero più lontano.

Per un attimo ebbe l'impressione che si fosse fatto silenzio attorno a lui. Si sentì addosso qualche sguardo. Nulla che non avesse già provato decine di volte, e spesso in posti molto più pericolosi. Sedette con la schiena rivolta al muro, però, perché la prudenza non è mai troppa e all'Uomo Selvatico si potevano fare incontri poco raccomandabili.

Dopo un po' arrivò un uomo tozzo, col viso rotondo e il doppio mento.

«Che vi porto?»

«Cosa c'è da mangiare?»

«Pane e formaggio. Se invece volete bere, Barbera.» L'oste scrollò le spalle. «Oppure latte, che ne so.»

«Va bene il Barbera. E pane e formaggio.»

L'uomo tornò qualche attimo dopo, strascicando il piede, per la gotta o una vecchia ferita, immaginò Gustìn.

Si vide appoggiare sul tavolo un tagliere con fette di pane e di toma, una caraffa e una tazza di legno che, oltre a essere più resistenti ed economiche del vetro, impedivano al cliente di vedere il colore del contenuto. Riempì la tazza e annusò: come sospettava, il Barbera era annacquato.

Sorseggiò il vino e mangiò il formaggio con il pane, guardandosi intorno.

La prostituta continuava a cantare la sua canzone triste, gli ambulanti a parlare del prezzo giusto per vendere questa o quella merce.

Tre uomini entrarono sotto la tettoia. Erano silenziosi, truci, e quei rigonfiamenti sotto le giacche sbiadite avevano tutta l'aria di essere pugnali. Camminarono dritti verso un tavolo libero. Alcuni dei perdigiorno si affrettarono a svuotare i bicchieri e ad andarsene. La prostituta aprì gli occhi, smise di cantare e imitò i perdigiorno. Gustìn lesse sulle labbra dell'ambulante più vicino la parola "guai": gli altri alzarono lo sguardo sui tre nuovi arrivati e lo distolsero in fretta, continuando a conversare, ma a voce più bassa.

Gustìn continuò a mangiare, soltanto un po' più attento di prima, e senza perderli di vista. Dopo una vita trascorsa nei bassifondi, non aveva bisogno di ricordarsi dov'era il suo, di pugnale, o di prepararsi a usarlo.

Dall'interno arrivò il suono di risate, poi voci di donne. Dopo un attimo uscì Tampardù. Si fermò sulla porta e si mise a fissare gli ambulanti. Che se la svignarono lasciando sul tavolo il resto del vino e della colazione.

Gustìn si chiese se doveva fare la stessa cosa. Risolse rimanendo seduto e continuando a mangiare, cercando di non incontrare lo sguardo di Tampardù né dei suoi scagnozzi, ma al tempo stesso di sorvegliarli con la coda dell'occhio.

Per un po' non accadde niente. L'oste arrivò con un vassoio di tazze e una brocca ben più grossa di quella che aveva portato a Gustìn (e di certo con dentro molto più vino che acqua) e lasciò tutto al tavolo dei nuovi arrivati.

Gustìn udì dei passi avvicinarsi, poi la voce di Tampardù che diceva all'oste: «Porta altro Barbera. Quello buono.»

Alzò lo sguardo e incrociò quello di Tampardù fisso su di lui.

«*Cerèa, Gustìn.* Posso sedermi?»

«Accomodati. Questa, dopotutto, è casa tua.»

«Giusto.» Tampardù si mise a sedere di fronte a Gustìn. «Allora?»

«Allora cosa?»

«Sei stato a dormire dalla tua saponaia o hai vegliato sul suo sonno come un bravo angelo custode?»

«Se non sai rispondere da solo, ti ho sopravalutato.»

«Ma certo. Lei è una brava *tòta* e tu sei diventato un galantuomo.» Tampardù aveva l'espressione di un bimbo che ha ricevuto un giocattolo nuovo. «Ho messo i ragazzi a tenere d'occhio chi entra e chi esce dal *Balòn*.»

«Con discrezione, immagino.»

«Molta discrezione.»

«Avete scoperto qualcosa?»

«Non è più successo nulla. Nessuno sparisce da giorni.»

«Questo non significa che abbiano smesso» obiettò Gustìn. Tampardù si grattò pigramente il bordo del labbro, poi rispose: «Non credo abbiano smesso. Forse per il momento hanno preso altrove quello che gli serviva. Al Moschino o nella Città Vecchia.»

Gustìn annuì.
«Se è così, prima o poi verrà di nuovo il vostro turno.»
«Noi siamo pronti.»
Gustìn tornò al suo tagliere. Si sentiva addosso gli occhi di Tampardù, ma continuò a tenere i propri sul piatto finché non ebbe finito. Poi li sollevò e disse: «Se vuoi fare un lavoro ben fatto devi prepararlo in anticipo. Secondo me qualcuno tiene d'occhio le vittime per qualche tempo, prima di portarle via.»
Tampardù si spostò sulla sedia con una smorfia di fastidio, come se avesse appena scoperto quanto fosse scomoda.
«Per fare una cosa del genere devi conoscere bene il posto» osservò.
«E saperti muovere senza alzare polvere.»
L'oste arrivò con una bottiglia e due bicchieri di vetro. Puliti. Li posò sul tavolo senza ricevere uno sguardo, né una parola.
«Alzare polvere, in città, richiama gli sbirri o la guardia cittadina» continuò Gustìn, quando l'oste se ne fu andato. «Alzarla qui è un problema che riguarda te. Quindi a fotterti non sono solo quelli che tirano i fili dei rapimenti e quelli che li eseguono, ma chiunque stia tenendo gli occhi aperti per conto loro.»
«Sappiamo entrambi che c'è chi può fare quel che vuole sotto il nostro naso e non possiamo farci nulla» disse Tampardù, gravemente.
«Ciò che è fuori dalla nostra portata resta fuori dalla nostra portata» replicò Gustìn. «Ma non credo sia questo il caso.»
«No?»
«Perderesti tempo a fare il segugio, tu, quando qualcuno può farlo per te?» Gustìn indicò con lo sguardo gli uomini seduti poco distante. «Di certo non lo fanno *loro.* Te l'ho detto, si servono di gente come me e te.»
Un uomo che va a rubare delle pecore farà attenzione al cane del pastore. Ma forse non si accorgerà delle pulci che infestano il cane.
Le parole di Maria continuavano a rimbombargli nella testa. Lui, i torinesi e la gente comune, erano le pulci di cui non ci si accorge. La strategia dei Cavalcanti, puntare su Gustìn per sfuggire alla vista dei loro nemici, era tanto logica quanto ovvia, al punto che chiunque avrebbe potuto usarla. Anche i nemici dei Cavalcanti contro i Cavalcanti.
«Quelli come me e te» ringhiò Tampardù, «non mi sfuggono.»
«A meno che non siano nella tua banda.»

«Dici che ci sono delle spie tra i miei?»

«Qualcuno dei tuoi potrebbe lavorare per loro, sì. Avevano un uomo perfino tra i cavalieri del vicario.»

Se Gustìn fosse stato nei panni di *quegli altri*, e dotato delle loro stesse inquietanti capacità, le avrebbe usate per assicurarsi la complicità delle persone giuste. Non c'è modo migliore per essere sempre avanti a qualcuno che sapere le sue mosse in anticipo, sbarrando le porte prima che lui ci arrivi, anzi, prima ancora che scopra di doverle aprire.

Le tracce lasciate da Vayra erano esaurite perché tutti i sospettati e i testimoni erano morti o scomparsi. Una triste casualità o qualcosa di più? La morte dei cantonieri di San Francesco e Santa Maria era stata davvero accidentale o contornata di misteri come quella del segretario Fontana?

All'inizio Gustìn era giunto in ritardo alle conclusioni delle sue indagini perché le aveva condivise con uno sbirro corrotto. Ma il ritardo non era finito dopo che Agliaudi era stato smascherato, e la morte misteriosa del segretario Fontana ne era la prova.

Gustìn aveva informato tre persone dei suoi sospetti su Fontana, e della sua intenzione di interrogarlo il giorno dopo. Tre persone insospettabili come uno sbirro, ancora più di uno sbirro. Gropello, Felice e Tommaso.

No, non può essere.

Scacciò il pensiero con forza e lo scacciò più lontano che poteva.

«Notizie del Duca!» gridò la voce acuta di un bambino. Gustìn lo vide arrivare di corsa dal fondo della strada. «Notizie del Duca! notizie del Duca!»

Lo seguì con lo sguardo fin poco più in là, dove il bimbo fu fermato da un capannello di persone che si chiuse attorno a lui.

«Cosa succede?» domandò una donna. Il bimbo alzò il braccio smunto e cominciò a indicare in direzione della collina. Dalla sua risposta, sovrastata dalle voci, Gustìn riuscì a capire che il Duca si era spostato con la cavalleria, e adesso era a Chieri o vicino a Chieri.

Rifletté che da qualche giorno ormai non faceva rapporto a Gropello, e per questo non sapeva più nulla delle mosse del Duca, né della posizione del Principe Eugenio e della sua armata di soccorso. Per quanto ne sapeva, il primo poteva essere morto e il secondo assediato in qualche città lombarda dalle truppe del Duca d'Orleans.

Inutile sperare, inutile illudersi. C'erano cose più pericolose della guerra e dell'assedio, lui adesso lo sapeva.

«Non è dell'esercito dei mangiarane che dobbiamo avere paura.» Tampardù sembrava avergli letto nel pensiero. «Che il Duca vinca o no l'assedio, per quelli come noi non cambia niente. Noi siamo la merda di questa città. E la merda ha un pregio: resta sempre a galla.»

Io sì, pensò Gustìn con un brivido, *ma Laura?*

Forse dai francesi potrò difenderla. Da quelle altre cose mai.

15

Gustìn.

Gus-tìn.

Gu-ustìn.

Laura sillabava la parola nella sua mente assaporandone il suono.

Mio amato Gustìn.

Sorrise. Sapere che l'avrebbe visto l'indomani la riempiva di entusiasmo e aveva il potere di relegare i pensieri brutti in qualche posto molto buio e molto lontano.

Mi manchi tanto, Gustìn.

Guardò fuori dalla finestra con l'inferriata, verso la strada di Borgo Dora che portava da una parte ai mulini e dall'altra in città. Lui sarebbe giunto percorrendo quella strada, col sorriso sulle labbra e gli occhi che brillavano.

Ti vedrò domani, caro Gustìn.

Quand'era piccola, la mamma le raccontava la favola di una fanciulla rinchiusa in una torre da un'orchessa. Un principe di passaggio la vedeva e s'innamorava di lei, coronando una fuga avventurosa con un matrimonio d'amore.

La mamma le aveva insegnato che le brave principesse non aspettano solo di essere salvate, ma si danno da fare con le loro forze. La crudele orchessa non veniva sconfitta dal coraggio e dalla spada del principe, ma dall'astuzia della fanciulla. E da tre ghiande magiche, naturalmente, perché in una fiaba un po' di magia serve come l'alcool per un'acqua di colonia.

Quel giorno Laura si sentiva come la fanciulla della storia, anche se nessuno la teneva prigioniera (ma Vittoria nella parte dell'orchessa ci stava bene come la magia in una fiaba), e sapere che il suo principe sarebbe arrivato era una certezza dolce e rassicurante.

Si riscosse al suono di passi sulle scale del ballatoio.

Un cliente? Sarebbe stato troppo bello crederlo. I pochi che venivano, e che permettevano a Laura e alla sua famiglia di tirare avanti, lo facevano o al mattino presto mentre andavano a lavorare, oppure la sera, prima di tornare a casa per cena.

Adesso, nelle prime ore di sabato pomeriggio, era più facile che fosse un vicino con qualche scusa per fare due chiacchiere e passare il tempo. Bussarono alla porta mentre lei stava salendo ad aprire.

«Sto arrivando!»

Il visitatore era un uomo che Laura non aveva mai visto prima. Di mezza età, robusto, una parrucca grigio ragnatela appesa su un viso dallo sguardo svogliato. Indossava l'uniforme blu che identificava il rango dei cavalieri del Vicario di Polizia.

«Laura Chevalier?»

Laura sentì il cuore mancare un colpo.

È successo qualcosa di brutto a Gustìn, pensò. Quel timore l'aveva perseguitata così a lungo e così in profondità che non riuscì a pensare ad altre ragioni per cui un uomo del Duca potesse venire a casa sua.

«Laura Chevalier?» ripeté l'uomo.

«Sì, sono io.»

«Figlia del mastro profumiere Fioreste Chevalier?»

«Sì.»

«Posso parlare con vostro padre?»

«Sta riposando» mentì Laura. Fioreste era in cortile a prendere il fresco. L'uomo si guardò intorno, senza alcuna fretta.

«Ho una lettera da parte della Pia Congregazione dei Banchieri, Negozianti e Mercanti» disse alla fine.

Laura non gli chiese di vederla. D'improvviso una cappa di calore soffocante era scesa su di lei.

«Cosa vuole la Congregazione da mio padre?»

Lo sbirro la fissò lentamente, come se fosse stata un quadro pieno di dettagli da decifrare.

«Che dimostri di essere nel pieno possesso delle sue facoltà.»

Laura dovette appoggiare la schiena alla parete perché si sentiva instabile sulle gambe. Fece un lungo respiro.

«Posso sapere perché?»

«Se ci tenete.» L'uomo del vicario scrollò le spalle. «Sembra che questa bottega non rispetti il regolamento della Congregazione.»

Dunque era questo il motivo. Qualcuno aveva notato che Fioreste aveva smesso di praticare la sua arte, e che era Laura a mandare avanti la bottega. Quello stesso qualcuno l'aveva denunciata alla Corporazione.

Laura cercò nell'espressione dello sbirro un segno di gentilezza a cui aggrapparsi. Non lo vide. Ma non vide nemmeno ostilità.

«Non stiamo facendo nulla di male» rispose. «Cerchiamo solo di sopravvivere, come fanno tutti.»

«Ed è quello che dicono tutti, quando infrangono le regole. Ma le regole esistono per una ragione.»

«Lo so, certo» convenne Laura, sforzandosi di rimanere calma anche se dentro di sé bruciava di rabbia e paura. «Allora, quale regola avremmo infranto?»

Lo sbirro sollevò la mano come per dirle di fermarsi, ma con lentezza fastidiosa quanto il suo sguardo indifferente.

«Ne parlerò con vostro padre, se permettete.»

«E io, se permettete, vi ho detto che sta riposando.»

«La vostra insolenza non mi piace, *tòta.*»

Laura scosse la testa, chiuse gli occhi e fece un altro lungo respiro.

«Vi chiedo scusa. Posso avere quella lettera?»

«Ho mandato di consegnarla a vostro padre in persona.»

«Per favore. Sono sua figlia, non una sconosciuta.»

L'uomo rifletté un momento: «Facciamo così» disse, «immagino che non ci sia nulla di sbagliato. Facciamo così: io dirò che ho lasciato la lettera a voi e a vostro padre, dopo di che chi l'avrà letta non saranno più affari miei.»

Laura annuì. Si sentiva del tutto priva di forze.

Lo sbirro prese il documento dalla tasca e glielo porse con un piccolo inchino. Prima di andarsene, un cenno di sorriso comprensivo apparve sulle sue labbra.

«Se voi o vostro padre avete qualche chiarimento da offrire, vi suggerisco di recarvi subito alla Corporazione. Oggi è sabato e il vicariato non verrà ad attuare la sentenza prima di lunedì.»

«Grazie del consiglio.» Laura sospirò. «Lo faremo sicuramente. Ma voi e la Corporazione dovreste controllare se chi fa certe denunce può permettersi di farle, o se invece non ha qualcosa da nascondere.»

«Sono desolato» replicò lo sbirro. «Non è così che funzionano le cose.»

Quando se ne fu andato, Laura si accasciò a terra, la schiena contro il muro, abbracciando le ginocchia e facendo lo sforzo di non piangere. Si sentiva consumare dalla frustrazione e dall'angoscia.

Avrebbe voluto urlare. Si immaginò davanti alla bottega di mastro Gastaldo, spaccare la vetrina a sassate. Immaginò di colpire Maurizio e Gastaldo con un bastone fino a sentire le loro ossa che cedevano sotto di lei.

«Chi era?»

Laura alzò gli occhi e vide Vittoria fare capolino dalle scale.

«Nulla di importante» rispose.

«Ah, ci fanno chiudere bottega e non è nulla di importante?»

«Se sapete già tutto, perché me lo chiedete?»

Ci fanno chiudere bottega.

Un impeto di collera salì fino ad appannarle la vista.

«Non sarai stata troppo scortese?» insisté Vittoria. Laura non rispose, la domanda le attraversò la mente come un soffio di brezza, troppo breve per alleviare i pensieri roventi.

"Ci fanno. Ci". Hai detto davvero "ci", Vittoria. Come se la bottega fosse anche tua. Come se ci avessi mai lavorato. Come se mai ci avessi fatto qualunque cosa almeno una volta, anche solo passato la scopa sul pavimento.

Si sentì scuotere per la spalla.

Lasciami stare.

Un'altra scossa.

Lasciami stare!

Un'altra.

«Lasciami stare!» gridò Laura.

Vittoria le lanciò uno sguardo di fuoco. La sua mano si chiuse a pugno e per un attimo Laura pensò che avrebbe cercato di picchiarla. Che ci provasse, per Dio. Che ci provasse!

«E adesso cosa pensi di fare?» chiese Vittoria, in tono più mite.

«Non lo so.»

«Bisogna collaborare, fare quello che ci chiedono. Forse basterà pagare un'ammenda... »

«Ho detto che non lo so!»

«Devi parlarne con tuo padre.»

Laura sentì le viscere contorcersi.

«Per fargli venire un altro colpo al cuore? Ma che bella idea!»

«E allora?»

«Allora farò qualcosa!» Laura andò alla porta e la aprì. «Come sempre!»

Sostenne un'altra volta lo sguardo di traverso di Vittoria. L'unico aspetto positivo della vicenda era pensare a quanto quella donna dovesse avere paura di non poter più vivere alle loro spalle.

Chiuse la porta sbattendola con forza e cominciò a camminare verso Torino, trattenendo l'istinto di leggere subito il documento della Corporazione. Sapeva che la lettura l'avrebbe fatta arrabbiare ancora di più, invece aveva bisogno di essere lucida.

Qualunque cosa ci fosse scritto, i fatti le davano torto e poche speranze di difendersi. Semplicemente lei non aveva gli anni di esperienza richiesti dalla Corporazione per avere una bottega sua.

Quella consapevolezza le faceva rivoltare le viscere e le dava la sensazione che l'interno della sua testa fosse immersa in qualcosa di freddo, appiccicoso e umido come le acque di uno stagno d'inverno.

Cosa poteva fare? Non lo sapeva. Non riusciva nemmeno a immaginarlo.

Prendere tempo.

Mentire, far credere che Fioreste stava meglio.

Chiedere comprensione, implorare pietà.

Chiedere di andare a servizio da un altro profumiere.

Percorse tutte le possibilità senza trovarne una migliore delle altre. Quando fu arrivata di fronte alle porte di Po, spezzò il sigillo di ceralacca con il simbolo della Congregazione, una stella azzurra a otto punte. Lesse il documento due volte, cercando disperatamente una parola che la facesse illudere, un indizio a cui aggrapparsi per pensare una linea di difesa.

In seguito a una denuncia, a Fioreste veniva chiesto di presentarsi alla Congregazione per confermare il suo stato di salute e la sua abilità nell'arte profumiera.

Di certo Fioreste non poteva farlo. Non avrebbe nemmeno dovuto saperlo.

Come farò a non dirglielo?

Per la sua salute già vacillante, quello sarebbe stato il colpo di grazia. Che fosse maledetto chiunque fosse stato a denunciarli.

Imbambolata, Laura ricominciò a camminare. Si sentiva come in un brutto sogno, senza possibilità di svegliarsi e dire che non era successo niente.

La sua mente correva senza controllo. Tornava a Nizza, quand'era bambina e la mamma era viva. A quand'erano appena arrivati a Torino e Fioreste stava ancora bene.

Avrebbe potuto cambiare qualcosa di tutto quello che era successo? No.

Era successo ed era successo a lei, a loro.

Cos'abbiamo fatto per meritarcelo?

Arrivò in via della Dora Grossa e la trovò affollata, come tutti i giorni. Fiancheggiò gli imponenti edifici signorili fino a fermarsi davanti a uno di essi, accanto alla chiesa dei Santi Martiri, che aveva eleganti decorazioni a forma di conchiglia scolpite nei pilastri dll'ingresso.

Aprì la porta ed entrò per la prima volta nella Cappella dei Mercanti.

Si trovò all'estremità di una lunga splendida sala in fondo alla quale c'era un altare. Il soffitto era decorato con un affresco della volta celeste con il Paradiso. Nelle pareti sui due lati si aprivano grandi nicchie, alcune delle quali ospitavano dipinti con scene religiose.

Tutto dava l'impressione di essere luminoso e pulito, anche se alcune impalcature contro le pareti lasciavano intendere che i lavori non erano ancora finiti.

Laura fece qualche passo avanti, ascoltandone l'eco sul pavimento di piastrelle a rombi neri, rossi, gialli e verdi. I presenti discutevano a bassa voce, si spostavano con pergamene o libri sotto il braccio, leggevano seduti a piccoli scrittoi. Molti uscivano ed entravano da una porticina sulla destra.

Anche se qualcuno pregava davanti all'altare, quel luogo sembrava molte cose, tutte diverse da una chiesa.

«*Mademoiselle?*»

Proprio accanto alla porta, un uomo con una specie di livrea aveva alzato gli occhi da un grosso registro e la guardava con espressione di annoiata curiosità.

«Ho ricevuto una convocazione» spiegò Laura, mostrando la lettera. «Dovrei parlare con...»

«La porta a destra. Cercate *monsieur* Borbonese» la interruppe l'uomo, tornando poi alla sua lettura.

Laura ringraziò e varcò la soglia di una sala più piccola, lunga e stretta, da cui giungevano sommessi frammenti di conversazioni. La quantità di scrivanie e armadi lungo le pareti, gli uomini seduti a scrivere documenti e la fila di altri uomini fermi ad aspettare il loro turno toglieva a quel luogo ogni residua parvenza di religiosità. Laura era una delle poche donne presenti nella stanza, e senz'altro la più giovane: si sentì addosso numerosi sguardi e cominciò a fissarsi la punta dei piedi.

Aspettò per un tempo che non avrebbe saputo definire, con la mente che vagava tra pensieri imprecisi e altri in cui cercava ogni possibile dettaglio a cui aggrapparsi per salvare se stessa e Fioreste dalla rovina.

Quando finalmente fu il suo turno, raggiunse la scrivania dietro cui era seduto un anziano signore dall'aria distratta e con una parrucca di capelli bianchi.

«*Monsieur* Borbonese?» domandò, schiarendosi la voce. Usare il *monsù* le sembrava fuori luogo con una persona importante. Aveva imparato che la maggior parte dei nobili e ricchi borghesi di Torino preferiva il francese.

L'uomo annuì e Laura sentì di nuovo la gola chiusa.

«*Bonjour*» sussurrò.

«*Bonjour*» rispose lui. «Voi siete?»

«Laura Chevalier, figlia di Fioreste Chevalier. Abbiamo ricevuto...»

Si interruppe quando l'uomo le fece cenno di aspettare, il naso affondato in un registro e le dita a percorrerne le righe.

«Sedetevi» Borbonese le indicò la sedia davanti alla scrivania. Laura obbedì, senza parlare. Le sue mani tremavano e le incrociò sotto le braccia.

«Fioreste Chevalier, sì. Eccolo. Violazione dello statuto della Confraternita per aver affidato la bottega a un suo lavorante.»

Borbonese finì di studiare quanto era scritto sul registro senza leggerlo tuttavia ad alta voce. Laura immaginò che ci fosse scritto anche il nome di chi li aveva denunciati.

«*Monsieur* Chevalier non viene?»

«No, *monsieur*. Mio padre è malato.»

«Oh. Dunque voi siete la figlia?»

«La figlia, sì» ripeté Laura, poi aggiunse. «Anche la lavorante.» L'unica cosa di cui era certa, sulla condotta da seguire, era che intendeva prendersi le responsabilità di tutto. L'uomo dietro la scrivania la guardò da sotto il naso, con un'espressione austera e impenetrabile.

«Le regole della Confraternita richiedono dieci anni di tirocinio per maturare l'esperienza necessaria a essere riconosciuti maestri d'arte, lo sapete questo?»

«Sì» rispose Laura.

«Voi siete stata iscritta nelle matricole col titolo di lavorante tre anni fa, e con due anni di tirocinio già riconosciuti. Tre anni più due fa cinque, dunque ne mancano ancora cinque prima che possiate avere una vostra bottega.»

«Lo so.»

«Le accuse con cui siete stati denunciati rispondono al vero?»

«No. Voglio dire, sì, ma non...»

«Sì o no?»

«Mio padre si è ammalato» spiegò Laura. «Lui controlla che i saponi e le essenze che produco siano a regola d'arte.»

Borbonese la interruppe: «Ci è stato riferito che monsieur Fioreste non riesce a muoversi, né a parlare.»

«Questo è falso» protestò Laura con forza. «Mio padre ha difficoltà a muovere un braccio e una gamba, ma cammina se qualcuno l'aiuta. E la sua parlata non è chiarissima, ma io lo capisco. E i nostri amici e i nostri vicini anche.»

L'uomo le sorrise in modo sgradevole.

«Già. Comprendo.»

«Ah sì?» lo sfidò Laura. Aveva l'impressione che il vuoto nella testa fosse passato nello stomaco, lasciando il posto a un vortice grigio e velenoso. «Allora possiamo continuare a tenere aperta la bottega?»

«Temo che non sia così semplice. A meno che *monsieur* Chevalier non si presenti di persona a garantire che le sue condizioni di salute sono così buone da poter guidare dei lavoranti, dovremo revocare il permesso a partire da questo lunedì.»

«Se non possiamo lavorare come faremo a tirare avanti?»

«Sono desolato, *mademoiselle*» rispose lui, ma dal tono della voce non sembrava affatto. «Le regole sono regole.»

Laura avrebbe voluto ribaltargli il tavolo addosso per cancellargli quella smorfia di sufficienza. «Questa è l'unica risposta che sapete darmi?»

«È l'unica risposta che posso darvi.»

«Molto bene» ringhiò Laura. «Grazie per la comprensione.»

Si sentiva sul punto di piangere, ma non voleva farlo davanti a lui. Spinse indietro la sedia e si alzò. L'uomo non disse nient'altro. Quando Laura lo guardò, vide che era tornato ai suoi documenti.

«Grazie davvero» ripeté. «Spero che Dio ve ne renda merito.»

Alla finc lui alzò gli occhi: «Potete andare» disse. Poi ricominciò a leggere.

Laura tornò nella sala grande con il cuore gonfio di disperazione.

Rivolse uno sguardo all'altare e il suo primo pensiero fu di pregare.

Non qui, si disse, con rabbia. *Non qui.*

Si asciugò una lacrima e fece per avviarsi verso l'uscita, ma qualcosa attirò la sua attenzione.

In mezzo alla sala c'era un gruppo di persone raggruppate intorno a un uomo dall'aspetto austero con un libro sotto il braccio. Tutti lo ascoltavano con deferenza, mentre spiegava qualcosa che doveva essere molto importante.

Laura conosceva quell'uomo: una volta, in piazza Carlina, si era fermato al suo banchetto e aveva comprato un profumo per sua moglie. Da quel giorno aveva preso a fare compere da lei due o tre volte al mese. Laura cercò di raccogliere dai ricordi ciò che sapeva su di lui. Il mercante le aveva spiegato che la sua famiglia era originaria di una città vicino a Cuneo.

Quale città? Ogni volta, per ricordarselo, Laura pensava all'aglio e all'aceto.

Aglieto, Accetio… Acceglio!

Una famiglia che aveva l'onore di servire il Duca di Savoia in persona, così aveva detto il mercante. Una famiglia di cappellai.

L'uomo si chiamava…

«*Monsù* Calandra?»

Un nome facile da ricordare, per qualcuno che ha amato le novelle di Calandrino al punto da chiamare così anche il suo cane. Laura si chiese come avesse fatto a non pensarci subito. Sentendosi chiamare, Calandra posò lo sguardo su di lei e schiuse la mascella squadrata in un sorriso.

«Oh *tòta* Laura. Cosa fai qui in Congregazione?»

«Sono nei guai, *monsù*.»

«Aspetta un momento, per favore.»

Nel gruppo di persone con cui Calandra stava parlando, un uomo robusto con un abito blu si sporse per sussurrare qualcosa all'orecchio del vicino, che fece un sorriso malizioso.

Laura rimase lì a fissarsi le punte dei piedi. Era arrabbiata, preoccupata, ma soprattutto stanca. Non sapeva da quanto tempo fosse lì, né che ora fosse. Si sentiva mancare il fiato e, quando respirava, aveva la dolorosa sensazione che quello che entrava non fosse abbastanza.

Alzò gli occhi due, tre volte, per controllare che Calandra non se ne fosse andato. Ogni volta faceva un respiro e tornava a guardarsi le scarpe.

Il bisbiglio divenne una sequenza di frasi brevi in cui Laura riconobbe "cerèa" pronunciato da più voci. Alzò gli occhi e vide strette di mano, persone che via via prendevano ciascuno la propria strada, e Calandra che veniva verso di lei.

«Allora» le chiese, «che succede?»

Gli raccontò tutto, o quasi. Del loro arrivo a Torino, del furto di Maurizio e della malattia di Fioreste. Del suo lavoro da mastro Bruno che, una volta ritiratosi dall'attività, aveva donato la bottega a lei e a suo padre. Della denuncia fatta da qualcuno alla Confraternita dei Mercanti che la obbligava a ritirarsi dagli affari. Calandra ascoltò senza interromperla, ogni tanto annuendo.

Alla fine, Laura si sentiva senza voce, senza fiato e senza forze. Aveva le guance rigate di lacrime.

«Il primo scopo di questa Congregazione è dare un sostegno ai suoi confratelli più sfortunati» disse Calandra. «E Dio solo sa quanto lo siete stati voi.»

«*Monsù* Borbonese mi ha detto...»

«Ti ha detto un sacco di scempiaggini» borbottò Calandra. «Lasciami quella lettera, penserò io a tutto.»

«Davvero potete fare qualcosa?» Un accenno di speranza emerse da quel mare di disperazione.

«Qualcosa? Oh sì che posso. Farvi chiudere bottega sarebbe contrario al primo dei nostri doveri, vedrò di ricordarlo a Borbonese e a qualche altra testa d'uovo. Voi dovreste essere aiutati, non puniti. Ma dal momento che questi sono tempi difficili e nessuno si prenderà la briga di aiutarvi, farò in modo che le cose rimangano almeno esattamente come sono ora.»

Laura sentì una coltre di caldo afferrarle la gola e infiammarle le guance.

«Avreste la nostra gratitudine, *monsieur.*»

Le veniva di nuovo da piangere, questa volta di gioia.

«Macché gratitudine, è per me che lo faccio» scherzò Calandra, con delicatezza. «Penso a cosa farebbe mia moglie, se non le portassi più a casa i tuoi saponi perché la Congregazione ti ha fatto chiudere senza che io abbia fatto niente per impedirlo.»

Laura lo guardò piena di speranza e paura. Più speranza che paura.

«E lo impedirete, allora?»

L'uomo sorrise: «Torna a casa e dì pure a tuo padre che non chiuderete. Hai la mia parola.»

16

15 agosto 1706

Gustìn si era congedato da Laura e dalla sua famiglia nel tardo pomeriggio, dopo essersi trattenuto per tutto il tempo che le buone maniere consentivano, molto meno di quello che lui avrebbe voluto.

Anche se l'assedio continuava, anche se da un momento all'altro i francesi potevano piombare sulla città come un branco di cavallette, Gustìn stava vivendo il momento più felice della sua vita.

Aveva trascorso la giornata al *Balòn*, a casa di Laura. Pur di farla parlare e ascoltare il suono della sua voce, le aveva fatto illustrare il contenuto di ogni contenitore e ogni boccetta sugli scaffali della bottega. All'inizio, qualcosa nello sguardo di Laura l'aveva messo in agitazione.

«State bene?» le aveva chiesto. «Sembrate stanca.»

«Ieri ho avuto una brutta giornata» aveva ammesso lei. «Ora è tutto a posto.»

Da quel momento la tristezza era sparita dal suo viso, e lui aveva fatto del suo meglio per non farla tornare offrendo a Laura e alla sua famiglia i suoi talenti migliori: fantasia, parlantina e faccia tosta.

Aveva indossato un grembiule, si era spostato dietro il banco e si era improvvisato venditore di profumi, fingendo di richiamare i passanti o decantando le qualità dei prodotti. Aveva imitato i venditori delle bancarelle vicine, o clienti entusiasti, cambiando accento e postura. E ogni bacio strappato a Laura di nascosto era la ricompensa che gli aveva fatto desiderare di fermare il tempo.

Sapeva che avrebbe dovuto fare rapporto a Gropello ma rimandava giorno dopo giorno. Cos'avrebbe potuto dirgli? Dopo la morte del segretario Fontana non c'erano stati progressi, malgrado le ore interminabili trascorse a sfogliare i registri del vicariato con Luigi per confrontare i turni di guardia con le denunce di persone scomparse. L'unico risultato che avevano ottenuto era stata la conferma del ruolo di Fontana nel cambiare il percorso alle ronde in corrispondenza dei giorni e delle case dov'erano avvenuti i rapimenti.

Lo tormentava il terrore che il suo padrone avrebbe finito per togliergli quell'indagine infruttuosa e lo avrebbe mandato a seguire un incarico più urgente. In missionc fuori Torino, per esempio, a portare un messaggio al Duca o al Principe Eugenio… e la città sarebbe potuta cadere mentre lui era via.

Per la stessa ragione si sentiva quasi rassicurato dal fatto che non aveva notizie di Maria Corona da dieci giorni. Se la dama non l'aveva cercato, o se non s'era fatta trovare, era perché non aveva bisogno di lui. Nel momento in cui fosse successo Gustìn avrebbe dovuto affrontare pericoli ben più mortali dei francesi alle porte.

Anche solo sfiorare quei pensieri gli faceva attorcigliare lo stomaco.

Lungo via di Po, sotto i portici affollati di profughi, quasi tutte le botteghe avevano chiuso i battenti. Gli ambulanti avevano portato le bancarelle in mezzo alla strada, altri esponevano le mercanzie su coperte stese a terra, altri ancora le avevano caricate su carretti con cui si spostavano qua e là richiamando i clienti.

Gustìn diede un'occhiata alle merci: insalata, coste, cavolfiori, cipolle, qualche uovo, delle piccole forme di formaggio. Niente burro.

Un omone col viso cotto dal sole vendeva pezzi di carne arrosto infilata in un bastoncino. Gustìn si chiese che genere di carne potesse essere: piccione, con tutta probabilità.

Giunto in piazza d'Armi svoltò in via di Santa Teresa e si fermò a pochi passi dal portone di casa.

Costanza era in piedi davanti alla soglia, che si faceva aria con un ventaglio e lo guardava come se si aspettasse di vederlo proprio lì e proprio in quel momento. Forse lo aveva pedinato per poi precederlo, una volta capita la sua destinazione. Non era come ci fosse riuscita che importava a Gustìn, ma perché si fosse presa la briga di farlo. Non si rivolgevano parola dal giorno dopo la cena a casa di Laura.

In lontananza echeggiò il crepitare di una scarica di moschetteria, seguita dai tuoni potenti delle cannonate: impossibile capire se fossero all'opera gli artiglieri francesi o quelli della Cittadella.

«Buongiorno, Costanza» disse Gustìn, con cautela.

«Buongiorno, Augusto. Ero in pena per voi.»

«Come state?»

«Vi importa davvero?» Costanza socchiuse gli occhi e corrugò le ciglia. La luce del tramonto faceva brillare d'una sfumatura rosata i suoi capelli biondi e le illuminava il viso sorridente, ma non riusciva ad allontanare le ombre dal suo sguardo. Gustìn comprese che era nervosa dal modo con cui agitava il ventaglio. Si limitò a guardarla, senza rispondere.

«Non siete più venuto al Gallo... nemmeno a cena. Cominciavo a temere che vi fosse capitato qualcosa.» Costanza parlava come se non fosse successo nulla, come se non ci fosse stato un litigio, o come se quel litigio fosse già dimenticato. Gli dava del voi, ma lo faceva sempre anche prima, quand'erano in pubblico. Eppure Gustìn conosceva Costanza abbastanza bene da sapere che quel preambolo innocuo era solo un'apparenza.

«Sto bene» rispose. Gli dispiaceva continuare a stare in silenzio ma non sapeva cosa dire.

«Volete farmi l'onore di muovere quattro passi con me?»

Gustìn esitò, poi decise che accontentarla forse sarebbe stato il male minore. Ebbe la prontezza di fermarsi prima di offrirle il braccio. Di fronte a quel gesto lasciato a metà, Costanza emise un sospiro profondo.

Senza parlare, tornarono in piazza d'Armi imboccando la contrada di San Filippo, in direzione del Po. Erano giunti davanti alla chiesa dei padri filippini quando Costanza disse:

«Ho sentito che nella chiesa di San Francesco da Paola oggi verrà esposta in pompa magna un'immagine della Sindone. Se volete un mio parere, tutta questa devozione serve solo a tenere buono il popolo.»

Parole che Gustìn aveva già sentito perché era stato lui a pronunciarle, e più di una volta Costanza gli aveva risposto che era un miscredente.

«E poi perché Dio dovrebbe ascoltare noi e non i francesi? Perché preghiamo meglio? Perché facciamo più novene? Non c'è da aspettarsi aiuto da Dio perché Dio non fa distinzioni tra noi e loro. Forse, anzi, non gliene importa niente.»

Costanza stava recitando, comprese Gustìn, e tutte quella parole, e la gentilezza e i sorrisi con cui venivano pronunciate, erano una messinscena.

«Cosa ne pensate voi, Augusto?»

«Sono d'accordo.»

«Certo che siamo d'accordo. Siamo persone intelligenti, noi. Ci capiamo in fretta.»

Gustìn aveva sperato che entrambi sarebbero passati oltre senza bisogno di spiegazioni. Dopo tutto il loro rapporto si era sempre bastato sul presupposto di divertirsi insieme finché ne avessero avuto voglia. Quel presupposto era cambiato negli ultimi tempi, anche se Gustìn aveva fatto finta di non accorgersene: Costanza aveva perfino parlato di matrimonio.

Giunsero in fondo alla strada e svoltarono a destra, costeggiando baracche addossate alle mura, depositi protetti da recinti e magazzini con le porte sbarrate.

«Mi dispiace per il litigio dell'altra sera» ricominciò Costanza. «Quando ho avuto l'impressione che vi foste incapricciato della saponaia non sono più stata capace di controllarmi.»

Costanza si diceva dispiaciuta ma non c'era un'ombra di rammarico nella voce, né di pentimento, quanto piuttosto una sorta di... cordiale disinvoltura. Anche quelle parole facevano parte della recita, costruendo una loro verità, come se quella di Gustìn fosse stata la scappatella passeggera di un marito altrimenti fedele.

Passarono davanti al cortile di un'osteria pieno di gente rumorosa. Alcuni operai fischiarono al loro passaggio e uno gridò un complimento volgare. Lei, che in altre occasioni avrebbe mostrato di esserne compiaciuta, non vi badò.

Gustìn alzò gli occhi per sostenere il suo sguardo di sfida.

«Dove volete arrivare?»

«Chiedo scusa?»

«Avete capito benissimo.»

Lei strinse le labbra in una smorfia di tenerezza: «Vorrei solo fare pace.»

«Lo vorrei anche io» rispose Gustìn, con prudenza. Era certo di volerlo in modo diverso da lei.

«Bene» disse Costanza con forza, quasi sollevata. Sorrise. «Dunque, non mi dovete dire niente?»

Gustìn prese un lungo respiro.

«Costanza... a proposito dell'altra sera...»

«Sì?»

«Ho iniziato a frequentare Laura Chevalier e la sua casa. Sono felice.»

Costanza ebbe un sussulto e lo colpì con un'occhiata di disprezzo, per un tempo dolorosamente lungo, poi disse:

«Io pensavo che non ne parlaste per la vergogna: nei vostri panni mi vergognerei.»

«Oh davvero?» Gustìn strinse i pugni per togliere ogni emozione alla sua voce. Aveva il cuore che gli martellava in petto per la rabbia.

«Davvero. Non ne faccio una colpa a quella ragazzotta. Ha delle qualità, ma certo non l'avvenenza. E nemmeno il garbo e la raffinatezza. Se fosse un bicchiere di vino, sarebbe una Barbera annacquata. Voi potreste bere il vino di Champagne, e invece scegliete la Barbera annacquata.»

Gustìn cominciò ad allungare il passo: non sapeva dove stava andando, ma voleva rendere faticosa la conversazione. Costanza arrancava accanto a lui con il respiro affannoso, troppo orgogliosa per chiedergli di fermarsi.

«Ve la siete... già portata... a letto? Ah, no... certo che no ... avreste più speranze con una suora.»

La finzione era venuta meno, ecco la vera Costanza: gelosa e arrabbiata. Era venuta a cercarlo per fare pace, sì, ma solo offrendogli la possibilità di chiederle scusa e ricominciare come prima.

«Va bene... state frequentando Laura. Siete un uomo... è nella vostra natura... essere un cacciatore. In fondo... che importanza ha? Se avete... accettato il mio invito di andare a passeggio... significa che per voi conto... ancora qualcosa.»

Tra un fiato e l'altro, a Gustìn parve di sentire una nota di trionfo.

«L'ho fatto perché mi dispiace che sia andata a finire così.»

Lei si fermò di scatto.

«Non deve per forza finire.»

«È finita, invece.»

Costanza incrociò le braccia e il sorriso sulle sue labbra si spense.

«Perché dite che vi dispiace, allora?»

«Non… immaginavo che avremmo potuto litigare» rispose Gustìn, con un sospiro.

Davvero non lo immaginava? La verità era che non se n'era mai preoccupato. Fino a qualche settimana prima i piani per il suo futuro prevedevano di sposare Teresa Moris e mantenere Costanza come amante, una soluzione che avrebbe reso le sue tasche più ricche, la sua posizione più solida e il suo letto sempre caldo. Non teneva conto, allora, di potersi innamorare.

«Non volevo litigare con voi, Costanza. Vorrei che ci lasciassimo senza rancore.»

«Non lasciamoci allora.» Lei lo guardò con insistenza: «Facciamo tornare tutto come prima.»

Gustìn scosse la testa: «Non è possibile, non capite?»

«Credete che non sapessi che andavate ai Tre Fiordalisi? Alla fine era da me che tornavate. Che differenza ci sarebbe ora?»

Che differenza ci sarebbe tra Laura e una puttana dei Tre Fiordalisi?

Era come se Gustìn vedesse il pensiero di Costanza uscire dalla sua bocca insieme alle parole con cui cercava di nasconderlo.

La differenza è amo che per la prima volta in vita mia, e amo Laura.

Erano arrivati all'altezza dell'isolato dove sorgeva il grande Ospedale di San Giovanni. Sopra di loro si allungavano le ombre del tramonto.

Gustìn si fermò a guardare due inservienti dell'ospedale che attingevano acqua da un pozzo.

«Mi dispiace» ripeté. «Se potete, perdonatemi.»

Costanza trattenne il fiato, e lo lasciò andare in un ringhio.

«Non m'importa nulla delle vostre scuse. Se non siete capace di vedere la differenza che passa tra me e quella straccionа brutta come la fame vuol dire che siete un povero scimunito e che ho avuto un'opinione troppo altra di voi.»

Voltò le spalle e fece qualche passo per andarsene. Prima di farsi avvolgere dalle ombre della sera, sibilò: «Io ci sputo sulle vostre scuse.»

17

16 agosto 1706

Una larga cappa di nuvole scure calava dalla Val di Susa, e il frenetico viavai dei passeri e dei piccioni che sorvolavano i tetti avevano portato su Torino un'atmosfera strana e immobile, rafforzata dal silenzio dei cannoni. Entro mezzogiorno avrebbe piovuto.

Laura lo aveva scoperto al risveglio, dal profumo più intenso dei fiori nel suo piccolo cortile dietro casa: era stato Fioreste a insegnarle che le piante aprono le loro foglie prima della pioggia, per accogliere le gocce d'acqua.

Per tutto il mattino aveva cercato di tenersi impegnata miscelando nuove essenze, o chiacchierando con le vicine venute a scambiare un po' di pettegolezzi e notizie sull'assedio. A tenergli compagnia era rimasto Calandrino, dal momento che Fioreste dormiva, Rosina era in piazza delle Erbe a vendere cespi di insalata, e Vittoria era andata con Camilla all'ospedale di Casa della Paloretta: l'altro suo figlio, che combatteva nell'esercito del Duca, era stato ferito due giorni prima sugli spalti della Cittadella.

Un bussare alla porta di sopra riscosse Laura dai suoi pensieri. Ascoltò il rumore di passi che si spostavano lungo il ballatoio, poi scendevano dalle scale. Si affacciò attraverso le grate della finestra e vide Alberto.

«*Cerèa tòta.*»

«Alberto! Venite, passate dal cortile.»

«Se alla vostra belva non dispiace...»

«Abbiate fede!»

Uscì sul retro e chiamò Calandrino per legarlo allo steccato vicino alla piccola tettoia che gli faceva da riparo. Un riparo che lo stesso Alberto aveva aiutato a costruire ai tempi in cui era ancora amichevole con Laura, forse perché era sicuro che, prima o poi, le sue gentilezze sarebbero state ricambiate.

Il cane, rassicurato dalla presenza della padrona, fece appena un tentativo di liberarsi dalle sue carezze per accogliere l'ospite. Quando Alberto fu più vicino, cominciò ad agitare la coda festosamente.

«Guardatela, la belva» lo presentò Laura.

«Siete voi che l'avete ammansita.» Senza attendere il permesso, Alberto entrò in casa e cominciò a prendere i saponi per annusarne il profumo.

«Sono passato a farvi visita, se non vi dispiace.»

«Perché dovrebbe dispiacermi? Anzi, sono contenta di vedervi!»

«Come vanno gli affari?»

«Con l'assedio, le famiglie fanno economie e risparmiano su tante cose. Però le lavandaie continuano a comprare saponi, e le gentildonne i profumi.»

«Il vino invece lo comprano tutti» precisò lui. Afferrò una boccetta a caso da una mensola e la aprì per annusarne il contenuto. «Siete sola in bottega, oggi?»

Quello di Alberto, notò Laura, era uno strano modo di fare conversazione. Una domanda, poi un'altra su un altro argomento. Sempre senza incrociare il suo sguardo, sempre frugando tra i profumi e i vasi con i fiori secchi.

«Mio padre sta riposando, Rosina è al mercato, Camilla con sua madre a fare visita al fratello che è stato ferito.» Si rese conto che avrebbe anche potuto dire "ucciso", senza che l'espressione sul viso di Alberto cambiasse. «Posso fare qualcosa per voi?»

Il cantoniere mise la boccetta al suo posto e finalmente alzò gli occhi su di lei. Le rivolse un sorriso sforzato.

«Ho saputo che frequentate persone non convenienti alla vostra condizione.»

Laura non rispose. Si aspettava che quel discorso sarebbe arrivato, prima o poi.

«Sapete a chi mi riferisco, vero? Il vostro *amico* lavora per gli sbirri, ma è una canaglia della peggior specie: un ladro, un imbroglione... e altro ancora.»

Era Alberto il cantoniere che parlava, o Alberto l'innamorato geloso? Laura era sicura che fosse il secondo.

«Credo che abbiate preso le informazioni sbagliate.»

«Siete voi che sbagliate. Gli archivi del vicario sono molto esaurienti sulle imprese del vostro signor Augusto Graziadei. E se non bastasse, l'ho visto con i miei occhi qualche giorno fa all'Osteria dell'Uomo Selvatico in compagnia di un noto farabutto.»

Laura avrebbe voluto replicare, ma era come se le si fossero congelate le labbra. Le parole di Alberto le rimbombavano in testa come i rintocchi di una campana.

«Sono in pena per voi» continuò il cantoniere. «Gli individui come il vostro amico hanno una predilezione per le fanciulle giovani e ingenue.»

Alberto aveva già fatto quel genere di insinuazioni, quando l'aveva messa in guardia da mastro Bruno, e i fatti gli avevano dato ragione.

Il pensiero atterrì Laura con la violenza di un ceffone, ma riuscì a rispondere: «Sono meno ingenua di quanto credete.»

«Come preferite. Ho pensato di venire a mettervi sull'avviso perché mi siete cara. E perché sono tempi pieni di pericoli... Non mi riferisco solo all'assedio. Avete saputo dei Cossato?»

«Cos'è successo?»

«Stamattina la loro bottega era chiusa. Sono andato a casa loro, vuota anche quella. E tutto abbandonato lì, perfino il cibo e i giocattoli.»

Come si chiamava la bimba? Laura non riusciva a ricordare il suo nome, ma era come se ce l'avesse avuta di fronte agli occhi. Paffuta, sorridente, lentiggini sul naso. Ogni volta che accompagnava la madre a comprare saponi in bottega, passava il tempo a giocare con Calandrino.

«Se ne sono andati?»

«Sono scomparsi» rispose Alberto. «Svaniti nel nulla.»

Svaniti nel nulla. Come i Rubeo, i Giachella, i Claris, gli Abbà... e come Jean Christophe Favre.

«Ma... come può essere? Il vicario?»

«Ha altro a cui pensare. Se cadiamo in mano ai francesi ci sarà poco da ridere. Ma meglio i francesi che… altro, non credete?»

Una nuvola si fermò davanti al sole, facendo calare le ombre sul Borgo Dora. Una sinistra coincidenza, a contorno delle parole del cantoniere.

«Il vostro amico si crede molto furbo. Ma non si rende nemmeno conto del pericolo che sta sfidando.»

«Voi sì, invece?»

«Morirei per voi, *tòta*.»

Alberto uscì dalla bottega senza dire altro, lasciando Laura in compagnia di una sgradevole sensazione, come se quelle ultime parole fossero state una minaccia più che un atto di devozione. Camminò avanti e indietro per la stanza, cercando di calmarsi.

Il Duca poteva fidarsi di un ladro, un imbroglione, un amico di criminali? Certo che no! Forse Alberto si era davvero inventato quelle insinuazioni per farla dubitare di Augusto: era geloso.

Geloso, ma non bugiardo.

Di questo Laura era sicura, conosceva il cantoniere da abbastanza tempo. Più tempo di quanto potesse dire di conoscere Gustìn.

Adesso anche le parole di Costanza assumevano un altro peso.

(Lui non è l'uomo che credete. Vi sorprenderebbe sapere di cosa è capace. O cos'ha fatto)

Laura non lo sapeva, ma di una cosa era certa. Gustìn poteva avere i suoi segreti e avere fatto i suoi sbagli, come chiunque altro, ma era un uomo buono, Laura e lo sentiva dal profondo del cuore. Continuava a vedere, a essere sicura di vedere l'uomo fragile e gentile che si nascondeva dietro la maschera.

Scoprì di aver perso tutto il buon umore e l'energia per quel giorno. La conversazione con Alberto l'aveva avvolta in un buio profondo, e quando c'è buio si può solo cercare di dormire sperando di non fare brutti sogni. Senza il conforto della luce, i contorni stessi del mondo reale diventano più incerti.

Se Alberto e Costanza avevano ragione, se era vero che Gustìn, in un passato più o meno lontano, aveva commesso qualche crimine, allora lo stesso Gustìn aveva più di un motivo per essere in pericolo a Borgo Dora: era una possibile preda del più feroce e implacabile predatore del luogo.

Laura fu invasa da un senso di tristezza e, subito dopo, di angoscia.

Gustìn non le aveva detto molto sulla sua indagine, ma Laura sapeva che aveva a che fare con le persone scomparse a Torino, e che molte di quelle persone erano scomparse per mano di qualcuno capace di bontà e crudeltà in egual misura. Santi, o demoni, come Raffaele, l'Uomo del Crocicchio.

Il pericolo che correva Gustìn non era di quelli comuni. Non era umano.

Cosa avrebbe visto in lui Raffaele, se l'avesse incontrato? Un uomo giusto che faceva il suo dovere nel nome del Duca o un furfante che si era macchiato di molti crimini?

Devo trovarlo, comprese Laura con un tuffo al cuore. *Devo trovare Raffaele. Devo dirgli che Gustìn è buono e che io lo amo.*

Devo chiedergli di lasciarlo tornare da me.

Così ebbe chiaro quello che doveva fare. Aspettare la notte, quando tutti dormivano. Uscire dalla sua stanza, andare alla porta di casa e aprirla di quel tanto da permetterle di guardare in strada.

Se lei era davvero sotto la protezione di Raffaele, prima o poi sarebbe passato a controllare che fosse tutto a posto. Lo avrebbe seguito, gli avrebbe parlato.

Anche se lui le aveva ordinato di dimenticarsi di averlo conosciuto.

Cosa avrebbe fatto, allora? Cosa gli avrebbe detto?

Quello era un altro problema, e Laura aveva imparato a sue spese che nella vita è meglio affrontarne uno per volta.

18

17 agosto 1706

Martedì mattina Laura si svegliò con un'immagine nella mente: un ovale e due piccoli archi che si dipartivano da esso, verso l'alto. Una testa di toro, come quelle che aveva visto nel palazzo in rovina nella Città Vecchia, e che poi aveva riconosciuto incise sulla porta della sua casa.

La storia che aveva sentito sulla proprietaria del palazzo, Francesca Reminiac, parlava di una specie di santa, protettrice della povera gente, e di avidi parenti che avevano cercato di ostacolarla, morti in circostanze misteriose.

Il toro era il patrono di Torino e forse quei segni, incisi e scolpiti, indicavano esattamente quello: un luogo dove la gente era *protetta.*

Raffaele, qualunque cosa fosse, aveva preso Laura sotto la sua tutela. Su questo non c'era dubbio. Se era così, forse la testa di toro era stata incisa sulla porta dell'abitazione del saponaio Bruno solo da quando Laura vi si era stabilita con Fioreste. E sempre se quell'ipotesi era giusta, Laura avrebbe dovuto trovare gli stessi segni nella baracca che li aveva accolti al loro arrivo a Torino.

Non era giorno di mercato, non era giorno di Messa, così ebbe tutto il tempo di coltivare la sua decisione mentre giaceva nel letto. Dopo colazione, annunciò che usciva a fare due passi.

Vittoria, l'unica che avrebbe voluto saperne di più, era tornata con Camilla a far visita al figlio all'Ospedale di San Giovanni. Fioreste e Rosina forse sospettavano che si sarebbe incontrata con Gustìn, ma non le chiesero niente e Laura uscì prima che cambiassero idea.

La sua prima verifica fu una conferma e per averla le bastò attraversare la strada. La casa del cestaio Favre, scomparso da settimane, non aveva il segno del toro: e il cestaio era stato rapito.

Laura s'incamminò in direzione della Dora, sotto un caldo torrido che faceva marcire la sporcizia nelle strade rendendo la puzza insopportabile. Salutò i fratelli Sonzia che arrancavano tirando la carriola piena di rottami di ferro da rivendere all'arsenale. I due giovani sudavano senza lamentarsi.

Un guitto si esibiva al crocevia tra il borgo e la strada per la polveriera. Beveva sorsi da una bottiglia di peltro, poi soffiava su una torcia tramutando il liquido in vampate di fuoco. I suoi spettatori erano quasi solo bambini dagli abiti stracciati, che accompagnavano ogni fiammata con urla di paura e risate.

Alcuni ambulanti cercavano di richiamare i passanti a comprare cipolle e insalata. Laura passò oltre ignorando sguardi e inviti, alcuni dei quali in un torinese così stretto che poteva solo immaginarne il significato.

Un suono di tamburi si avvicinava dalla direzione opposta accompagnando una colonna di uomini in marcia. I passanti iniziarono ad accalcarsi, mentre alcune guardie facevano spostare chi si attardava in mezzo alla strada urlando ordini e con spinte brutali.

«Fate passare il reggimento Desportes!» gridava qualcuno. Era quello in cui aveva prestato servizio il fratello di Camilla prima di essere ferito.

A guidare la colonna c'era un ufficiale a cavallo, forse lo stesso colonnello De Portes, seguito dal reggivessillo e dai tamburini, poi dai soldati. Indossavano una giacca di panno grigio chiaro, con il risvolto delle maniche, il panciotto e i calzoni verdi. La folla applaudì anche se il reggimento non aveva una bella reputazione: vi prestavano servizio olandesi, inglesi, irlandesi, rifugiati ugonotti e perfino disertori francesi.

Laura li lasciò passare, poi raggiunse il lavatoio da cui si dipartivano, come petali di un girasole, le stradine del borgo. Seguì quella che andava verso la Dora, superando lavandaie che portavano i panni, stalle vuote, orti striminziti dove i contadini sudavano sotto il sole. Le case, man mano che ci si avvicinava al fiume, erano sempre più povere e malridotte.

Quella che Laura cercava era in fondo a un viottolo, svoltato l'angolo all'altezza di un olmo. Una baracca di legno intonacato di bianco con un piccolo cortile sul retro. Qualcuno, dall'ultima volta, aveva dipinto una madonnina sul muro con colori troppo vivaci e un tratto vagamente infantile.

Laura e Fioreste avevano vissuto lì, i primi tempi, insieme a Maurizio. Lì avevano subito il furto che li aveva privati di tutto, e la malattia di Fioreste.

Laura ricordò che quando era entrata in quella capanna per la prima volta, l'aveva giudicata troppo piccola per tre persone. Adesso ci viveva una famiglia fuggita da Cavour: padre, madre, nonna e cinque figli.

Una ragazzina snella era ferma sulla porta e quando vide Laura avvicinarsi cominciò a chiamare la mamma. Un attimo dopo arrivò una donna sorridente.

«*Cerèa*» disse, pulendosi le mani sul grembiule di pizzo.

«*Cerèa*» rispose Laura. «Io abitavo qui una volta.»

«Lo so, vi conosco. Siete la saponaia.»

«Mi chiamo Laura» rivelare il suo cognome la imbarazzava, anche se erano molte le famiglie francesi che vivevano a Torino da generazioni. La donna sembrò non far caso all'omissione: «Caterina Morra. E lei è mia figlia, Lucrezia.»

L'espressione amichevole della donna era incoraggiante.

«Se non è di troppo disturbo… vorrei guardare la vostra porta.»

Madre e figlia si scambiarono uno sguardo di stupore.

«Fate pure» rispose Caterina facendo un passo di lato.

Laura si avvicinò. All'altezza degli occhi, proprio al centro della porta, c'erano i segni che si aspettava di trovare: sottili ma profonde come graffi di un gatto, due linee allungate sovrastavano un ovale.

Il cuore mancò un colpo, poi cominciò a battere più forte, come se avesse voluto giocarle uno scherzo prima fingendo di essere sul punto di fermarsi, e subito dopo mostrandole che poteva correre finché voleva.

La protezione di Raffaele su Laura l'aveva seguita dalla vecchia casa a quella nuova: la rivelazione non giungeva inattesa ma che le diede una vertigine.

Allungò le dita sulla superficie di legno scheggiato, seguendo il segno di una delle due linee. Ritrasse la mano di scatto. Si guardò attorno, quasi aspettandosi di vedere una figura in abiti bianchi e sgargianti che la guardava con un sorriso e faceva "no" con il dito.

«State bene?» chiese la donna. «Volete sedervi, bere un po' d'acqua?»

«Non occorre. È stato solo un capogiro.»

Laura salutò gentilmente e tornò sulla strada.

La prima casa confinante sulla sinistra era quella di Rosina.

Rosina adesso è con Fioreste.

Colta da un'improvvisa ispirazione, Laura si avvicinò. Si sentiva come se tutti la stessero guardando, nascosti dietro le porte, dietro le finestre, alla ricerca di chissà quale segreto. Bussò alla porta.

«*Magna Rosina?*» Da dentro, come era lecito aspettarsi, non arrivò risposta. Ma nel tempo in cui fingeva di aspettarla, Laura studiò la porta... senza trovare alcun segno. Questo significava che Rosina non godeva della protezione dei Santi o che non ne aveva mai avuto bisogno?

Tornò verso la strada principale accarezzata da un piacevole filo di vento fresco.

Appoggiato alla staccionata del suo cortile, *Barba Ciancèt* la guardava senza parlare. Di solito non si lasciava sfuggire la possibilità di importunare le ragazze con la sua parlantina infarcita di volgarità.

Il silenzio, e il fatto che avesse abbassato lo sguardo prima di incrociarlo con lei, ricordò a Laura che l'ultima volta "lo zio chiacchierone" aveva pagato la sua insolenza con due schiaffi di Alberto. Era un uomo molto anziano, perfino più di Rosina, che viveva a Borgo Dora da tutta la vita. Quel pensiero ne suggerì un altro, e sull'onda di quell'altro Laura si avvicinò al recinto.

«*Cerèa, barba.*»

«*Cerèa, tòta.* Come posso aiutarvi?» La domanda era prudente, e prudente era il tono: senza dubbio il vecchio aveva imparato la lezione.

«Avete mai sentito di storie di... segni tracciati sulle porte della gente?»

Barba Ciancèt si raddrizzò sulla schiena e il suo sorriso un po' servile si spense, la fronte si aggrottò sopra le sopracciglia.

«Che genere di segni?»

Sa qualcosa, comprese Laura, e rabbrividì.

Non disse niente, attanagliata dal terrore di aver fatto la domanda sbagliata alla persona sbagliata.

Ciancèt la fissava con immobilità fastidiosa. Poi si staccò dalla staccionata e fece un passo indietro per indicare la sua porta di casa: «Guarda pure, io rimango qui. Non ti faccio niente.»

Laura fece come gli era stato chiesto e si avvicinò alla porta socchiusa. Da dentro proveniva un odore acuto di piscio. Un rivolo di sudore le scese da dietro la testa, Laura si portò una mano sul collo per asciugarla, e protese l'altra sulla porta, vecchia e scheggiata, ma non abbastanza da impedirle di riconoscere...

«Ce l'avete anche voi!» esclamò Laura.

«Già.»

«Sapete cosa significa?»

«Ho qualche sospetto» disse *Barba* Ciancèt. «Gli zingari segnano le porte delle case dove vogliono rubare. Dai segni capiscono se dentro c'è una persona anziana o un cane, o se la casa è vuota di giorno. Cose così.»

«Siete stato derubato, voi?»

«Molte volte. Non che ci sia più molto da portare via.» Il vecchio ridacchiò. «Ma quella gentaglia ci prova lo stesso, non gli fa paura uno come me, giusto?»

Un tuono squarciò l'aria: no, era un colpo di cannone. Un altro, un altro ancora.

Il bombardamento era ricominciato, e il vento spingeva verso Borgo Dora la polvere da sparo bruciata dai cannoni e la cenere dei fuochi.

«Poi ci sono altri generi di segni.» *Barba* Ciancèt sfiorò l'incisione. Un colpo di vento gli scompigliò un ciuffo di capelli bianchi. «Quand'ero giovane mio nonno parlava di uno stregone che viveva al *Balòn*. Uno che andava a Messa la domenica e pregava Iddio come i buoni cristiani. Chi faceva del male alla povera gente di qui, il giorno dopo veniva ritrovato morto... e sembrava che l'avesse calpestato o sbranato un grosso animale.»

Laura annuì. A Nizza si raccontavano storie di streghe buone che guarivano i bambini dalle malattie o facevano piovere in tempo di siccità.

A Torino c'era l'Uomo del Crocicchio e proteggeva gli abitanti del Balòn.

«Quel segno che vedi sulla porta non c'era prima che io venissi a viverci» disse il vecchio, con voce roca. «Non indica case dove rubare né *tòte* da portare via.»

Tòte da portare via, aveva detto Ciancèt.

Non "persone", ma *tòte.*

Laura rabbrividì. Quante persone conosceva tra quelle scomparse negli ultimi tempi? E quante *tòte*? Il cestaio Favre. La famiglia di *Violìn* il mercante d'olio

(aveva una sorella da sposare e due figlie femmine. La più grande, Caterina, aveva la mia età)

la famiglia Cossato

(una figlia di dieci anni, veniva sempre a giocare con Calandrino)

le tre sorelle Rubeo

(giovani e nubili)

la figlia dei Claris

(Matilde)

Ludovica e Carlotta Giachella, Valentina Abbà... Tutte scomparse, da sole o insieme ai loro familiari. E non succedeva solo al *Balòn.* Al mercato di piazza Carlina Laura ricordava di aver sentito parlare del rapimento di una giovane cameriera e dei suoi fratellini.

Sin da quando era arrivata a Torino si era sentita mettere in guardia dai pericoli che correva. Da Rosina il primo giorno, poi da Alberto. Perfino il mendicante Bastiano l'aveva avvertita e non avrebbe potuto essere più esplicito: "Ogni tanto, a Torino, una *tòta* scompare e dicono che è scappata con un fidanzato che però nessuno ha mai visto prima." Laura non aveva mai pensato a quante delle persone scomparse negli ultimi tempi fossero giovani donne.

«Il segno non è su tutte le porte» si sforzò di tornare al suo ragionamento. «È sulla mia, sulla vostra. Ma non su quella di *magna* Rosina. Perché?»

«Forse *magna* Rosina non ne ha mai avuto bisogno.»

«E voi sì?»

«Non sono sempre stato un vecchio con le voglie di un libertino.» *Barba* Ciancèt guardò Laura di sottecchi. «Mi chiamo Lattes, come ben sa il tuo amico cantoniere. Avere un nome ebreo non ti rende la vita facile.»

Laura annuì. Le teste di toro incise sulle porte, i Santi dipinti negli ex Voto della Consolata, l'Uomo del Crocicchio, Raffaele: tutto faceva parte di un unico disegno che riguardava Torino e i suoi abitanti. E nella trama di quel disegno Laura poteva vedere un filo dorato, netto e distinto, che legava da una parte lei e dall'altra l'uomo che amava.

PARTE III

A buonissima ora continuarono li nemici a bersagliare fortemente dalla sudetta batteria con 16 cannoni, la sudetta mezza luna, laonde le mura particolarmente alla mezza luna patirono molto, si vidde anche che travagliavano con fervore a riparare alla sinistra avanti la mezza luna, la loro batteria stata rovinata dalla nostra mina, e che pur'anche si avanzavano in ogni luogo molto col suo contraminare. In detto giorno venne S.A.R. (Sua Altezza Reale) di Savoia a campare colla sua dritta a Chieri, e la sinistra a Santina dall'altra parte del fiume Po. Questo movimento diede dell'inquietudine al Duca della Fogliada, egli giudicò bene che la S.A.R. non l'aveva fatto senza qualche disegno importante e inviò qualche rinforzo alle truppe ch'aveva postate prima sopra l'eminenze vicine a quelle de' Capucini. Rinforzò parimente quelle che guardavano la circonvallazione al Po sotto la piazza, di 500 cavalli e d'altretanti dragoni, con ordine agli uni e agli altri di star vigilanti e d'andar di pattuglia continuamente.

(Giornale dell'assedio della Real Città di Torino, 8 agosto 1706)

19

18 agosto 1706

Gli alloggi del Dio Drago erano stati scavati nelle profondità della villa: sotto le cantine, sotto gli infernotti e le ghiacciaie. Schiavi di un passato lontano e dimenticato, muratori, pittori e carpentieri, avevano versato il loro sudore ed erano stati ricompensati, alla fine, con l'offerta delle loro vite in sacrificio.

Luigi entrò in un locale scavato nella roccia e poi rivestito di mattoni. Aveva diretto i lavori per rendere di nuovo abitabile il rifugio del Dio Drago e conosceva bene quella stanza.

Le pareti erano state dipinte di rosso vivace a far da sfondo al motivo dominante, il bianco e il blu delle ninfee. Colonne e stipiti ornati di bassorilievi contrassegnavano finte porte sui due lati della sala: l'unico ingresso era quello da cui era arrivato Luigi, l'unica uscita quella di fronte, che era sempre chiusa e poteva essere aperta solo dall'interno. Al centro della stanza c'era un trono con spalliera e braccioli in legno sagomato, intarsi d'oro e pietre preziose. E seduto su quel trono c'era il Primo Sacerdote.

Quando lo vide, Luigi non riuscì a trattenere un sospiro.

«Sei sollevato o dispiaciuto?» si sentì domandare. Non c'era calore in quella voce e tanto meno comprensione.

«Entrambe le cose» confessò Luigi.

Aspettava con trepidazione e terrore insieme il momento di incontrare il Dio Drago.

«Non è ancora tempo» ribatté il sacerdote. Entrambi sapevano quale tempo.

«Non sarò mai abbastanza degno dell'onore.» Luigi addolcì la voce. «Ma continuerò a cercare di diventarlo.»

«Lo so, ma i tuoi sforzi ci compiacciono. Quali novità ci porti?»

«*Monsù* Graziadei ha preso accordi con una banda del *Balòn* per sorvegliare il borgo, qualche volta ha partecipato di persona alle loro ronde notturne.»

«Un temerario» concesse il Primo Sacerdote. I suoi occhi dietro la maschera parevano di pietra, ma c'era una nota di ammirazione nella voce. Luigi sentì la collera crescergli dentro, offuscando la vista di una nebbia rosso sangue. Il Primo Sacerdote non l'aveva mai chiamato 'temerario', né mai aveva avuto per lui un tono simile.

«Augusto Graziadei...» Luigi pronunciò il nome sputandolo come un boccone di cibo andato a male. «È un uomo fortunato.»

Fortunato a essere ancora vivo. Fortunato a ricevere una parola di stima da qualcuno che non la esprimeva mai. Fortunato a non sapere che il suo destino era segnato.

«Hai fatto qualcosa per cui ha cominciato a sospettare di te?»

«No.»

«Pensaci bene.»

«No!» Luigi sentì il sangue salirgli alla testa. «Non mi vuole tra i piedi perché pensa che non gli sia di alcun aiuto.»

«Ma tu *non gli sei* di alcun aiuto» osservò il Primo Sacerdote. «O sbaglio?»

Dove voleva arrivare?

«Essergli d'aiuto significherebbe metterlo sulle nostre tracce. Non è questo che vogliamo.»

«E cosa vogliamo?» il Primo Sacerdote si puntò sui braccioli del trono e si alzò in piedi. «Cosa vogliamo, Luigi?»

D'istinto, Luigi fece un passo indietro. Quelle parole si riferivano a lui? Cos'aveva sbagliato? Perché era al cospetto del Primo, quando non aveva nulla di nuovo da riferire?

Sono il pedone di una scacchiera, la mossa di una strategia più grande.

«Noi vogliamo la gloria e il trionfo del Dio Drago.»

Il Drago doveva completare il suo risveglio e ricevere nutrimento attraverso le vittime sacrificali. Le vittime erano necessarie, anche se catturarle significava ogni volta sfidare il pericolo. I torinesi erano sudditi del Duca di Savoia e protetti del Toro e dei suoi figli.

«E tu stai facendo la tua parte, Luigi?»

Il Dio Drago non perdonava gli errori né i fallimenti. Uno dei sacerdoti aveva pagato i suoi con la morte, non più di dieci giorni prima.

Sto facendo la mia parte?

Sto facendo il meglio di cui sono capace!

Il mio meglio potrebbe non essere abbastanza.

«Il signor Graziadei ha schierato le sue pedine senza dirmelo. La banda di Borgo Dora è ben organizzata e forte. Finché loro vigilano, per noi sarà pericoloso muoverci al Balòn. Sto cercando il modo di toglierli di mezzo e allo stesso tempo di ottenere la fiducia del signor Augusto.»

«Hai trovato se c'è un modo per corrompere quell'uomo?»

Luigi ripensò alla donna con cui Augusto aveva litigato il giorno in cui avevano fatto visita al segretario Fontana: una donna che lui non amava più, ma per cui provava qualcosa di simile al rimorso.

Per la prima volta da quand'era entrato in quella stanza gli venne da sorridere: «Non ho solo trovato un suo punto debole: ce l'ho in pugno.»

20

19 agosto 1706

Laura trovò Vittoria già ai fornelli. Non avrebbe dovuto esserne sorpresa, dal momento che la cucina era l'unica tra le faccende di casa che quella donna non cercasse in un modo o nell'altro di delegare a qualcun altro.

Invece fu sorpresa. Anzi, preoccupata, perché l'alba era sorta da poco e a Vittoria piaceva dormire. Perché non era domenica né giorno di festa. Perché per quanto fosse probabile che Gustìn sarebbe stato loro ospite, in un giorno di visita ufficiale, non sarebbe stato di sicuro a pranzo e c'era tutto il tempo di preparare qualunque cosa senza bisogno di iniziare così presto.

«Buongiorno Vittoria.»

«Buongiorno.»

Vittoria si girò verso di lei e Laura capì che c'era qualcosa che non andava. Gli occhi severi e le ciglia incurvate parlavano chiaro.

Di certo Vittoria non aveva passato una notte insonne. Nel tempo in cui Laura aveva vegliato nella speranza, ancora una volta vana, di vedere Raffaele, Vittoria dormiva profondamente. E rumorosamente.

Quale pensiero maligno poteva averla accolta al risveglio?

Forse aveva riflettuto sul fatto che non vedeva suo marito da settimane se non per brevissimi periodi di permesso.

Ogni tanto perfino Laura si dimenticava che quell'uomo esistesse e faticava a ricordare le sue fattezze. Dall'inizio dell'assedio fabbri e armaioli erano rinchiusi nell'arsenale come prigionieri, o come eroi il cui sacrificio era necessario per il bene della patria, ma c'era da scommettere che Vittoria si sentisse come quella che in famiglia faceva il sacrificio più grosso. Di sicuro, pensò Laura e non senza un po' di malizia, dormiva sola da troppo tempo.

Vittoria portò in tavola due scodelle di latte con pane secco inzuppato. Un gesto di insolita gentilezza che però non appariva molto convincente.

«Oggi non è giorno di mercato» disse. Aveva un tono troppo prudente, notò Laura, per una simile ovvietà.

«No, era ieri.»

«Non starai pensando di uscire.»

Allora è per questo, realizzò Laura. Non era vestita in modo diverso dal solito, non si era profumata i capelli come faceva quando attendeva una visita di Gustìn, non aveva nemmeno cambiato i guanti con un paio pulito.

Eppure Vittoria l'aveva capito. Ecco il perché del cattivo umore: visto che Rosina e Camilla stavano ancora dormendo, temeva di doverla accompagnare.

«Sì» rispose con naturalezza. «Mi sto preparando a uscire.»

Vittoria piegò all'ingiù gli angoli della bocca, fissandola con un'espressione interrogativa.

«Ieri ho parlato con *monsù* Sclopis, della bottega del vetro. Mi ha proposto di mettere i miei profumi nelle boccette che tiene in vetrina, potrebbe pagarmi per tutte quelle che riesce a vendere.»

«È una buona idea» concesse Vittoria, immergendo il cucchiaio nella scodella per pescare un pezzo di pane. «Però non ci puoi andare.»

Laura si sentì chiudere lo stomaco e un gusto amaro salirle in gola.

«Ah no?»

«No. Perché non devi uscire da sola. Ne andrebbe della tua reputazione.»

«Mi fa piacere che abbiate a cuore la mia reputazione» esitò e aggiunse. «Finalmente.»

Vittoria le scoccò un'occhiataccia.

«Cosa vuoi dire?»

«Non vi eravate mai preoccupata quando uscivo da sola.»

«Non uscivi con un uomo, prima.»

«E che ne sapete? Mi avete mai seguito per controllarmi?»

«Non mi piace il tuo tono insolente!» ringhiò Vittoria alzando la voce. E la alzò anche Laura: «E a me non piace il vostro!»

«Come ti permetti di parlarmi in questo modo in casa...» Pallida di rabbia, Vittoria tacque di colpo.

«In casa mia, stavate per dire?» Laura adesso si sentiva come un fiume in piena. «Non lo crederete davvero? Perché questa casa è mia, Vittoria! Mia e di mio padre! E voi non siete mia madre né una mia parente! Siete qui solo perché vostra figlia è una mia amica e non voglio vederla in mezzo alla strada!»

Vittoria si protese in avanti con la mano alzata, ma Laura si ritrasse spingendo indietro la sedia con tale violenza da spostare anche il tavolo. Restarono a fissarsi senza parlare, e in quel silenzio Laura sentì alle proprie spalle i singhiozzi di Camilla.

Da quanto tempo era lì a sentire? E Rosina, Fioreste... avevano sentito anche loro? La collera che l'aveva riempita fino a un istante prima scemò, lasciandola stanca e indolenzita.

«Adesso vado da monsù Sclopis.» Staccò la borsa da dove la teneva appesa accanto agli scaffali, e cominciò a metterci dentro le fialette avvolte nell'ovatta.

Con la coda dell'occhio vide Camilla e Rosina ferme sulle scale. E quell'ombra dietro di loro... Avevano sentito tutti. Anche Fioreste.

Vittoria non era sua madre, ma l'espressione sul suo volto, un'espressione ferita di delusione, era troppo simile a quella della mamma le volte in cui lei, in un impeto ribelle, le aveva mancato di rispetto. Il ricordo le riempì gli occhi di lacrime e il cuore di rimorso.

Prese la borsa e senza dire altro uscì di casa. Gli odori del cortile e della strada le riempirono la testa. Passò accanto a Calandrino e il cane alzò la testa per guardarla.

Laura non riuscì nemmeno a fargli una carezza. Per farlo si sarebbe dovuta fermare, e se si fosse fermata sapeva che avrebbe cominciato a piangere.

Dalla soglia sentiva un vociare di donne, e gli strepiti di Vittoria che inveiva la malasorte.

Camminava quasi correndo, e quando si fermò a riprendere fiato vide che il borgo era piccolo alle sue spalle. Respirò a fondo e si asciugò le lacrime. Intorno a lei risuonava il ronzio delle api tra le macchie di fiori. Il cielo era limpido e il volo di uccelli si intrecciava come in una danza.

Poi nell'aria risuonò uno scoppio, facendola sobbalzare.

«È solo una bomba, saponaia» la apostrofò una voce di ragazzo. «È scoppiata nella Città Vecchia.»

Laura si girò e vide il figlio del barbiere alla testa di un gruppo di coetanei.

«*Cerèa*, Pietrino. Vai a pesca?» domandò, notando le canne sulle spalle dei ragazzi e i secchi in mano.

«Vediamo se portiamo a casa il pranzo.»

«Auguri.»

«Vieni con noi, *tòta*! Vedi come te la faccio passare la malinconia!»

Era così facile capire che era triste? Sì, lo era. Laura doveva avere ancora gli occhi rossi per il pianto.

«Non potreste che farmela venire, la malinconia!»

«Su, ti chiedo solo qualche coccola!»

«Valla a chiedere a tua madre!»

I ragazzi si erano avvicinati e la guardavano come se avessero potuto vedere attraverso i vestiti. Erano più giovani di lei. Ma erano in tanti, ed erano maschi.

Altre risate. Laura sentiva odore di canfora, sudore e vestiti non lavati, ma anche un altro, selvaggio e segreto, di pensieri proibiti. Non distolse lo sguardo solo perché se l'avesse fatto tutti avrebbero capito che aveva paura.

«Non ti fai mettere i piedi in testa, neh?» Pietrino scoppiò a ridere e l'aria tornò fresca e respirabile. «Brava! Così fanno le *tòte* del *Balòn*. Noi non abbiamo paura di nessuno!»

Laura fece in tempo a fare un sospiro di sollievo, poi si accorse che c'era qualcuno alle sue spalle perché lo sguardo di Pietrino passò, in un battito di ciglia, dall'allegria al sospetto alla paura.

«Attenta!» esclamò qualcuno dei ragazzi.

Con la coda dell'occhio Laura scorse un'ombra con un cappello calato in testa e un braccio alzato. Il braccio scese e qualcosa di molto duro si abbatté sulla sua testa. Mentre le gambe cedevano, si sentì strattonare per il braccio che reggeva la sacca con i profumi.

Volò in avanti, la vista offuscata dal dolore, le braccia che roteavano per cercare di tenersi in piedi. Piombò a terra e sbatté la faccia nel prato, la spalla contro un sasso. Fu attraversata da una frustata di dolore e le luci sembrarono calare intorno a lei, come se il cielo si fosse coperto di nuvole.

Mi hanno rubato la borsa.

Il pensiero si propagò come un urlo, ridestandola dal torpore. Gli occhi si aprirono tra i fili d'erba: erano troppo sfocati e continuavano a spostarsi. Intorno a lei c'erano molte persone che parlavano tutte insieme, spaventate.

«*Tòta, ehi tòta!*»

Laura prese un lungo respiro e le sembrò che la vista avesse smesso di girare. Un crampo le salì dal ventre.

«*Tòta*! Quel bastardo ti ha fatto male?»

«Pietrino...?»

«Sono io. Ti ha fatto male?»

«Sì. Aiutami.» Ogni parola si faceva largo come un minatore, raschiando la gola a colpi di piccone. «Aiutami ad alzarmi. Per favore.»

Sentì una mano posarsi sulla spalla, la prese e trovò una stretta solida che la rassicurò. Quando Pietrino cercò di sollevarla, la vista le si riempì di nuovo di macchie e fu come se qualcuno avesse cominciato a martellarle la tempia.

«Aspetta! Fai piano.»

Lui obbedì, chinandosi in avanti per adagiarla al suolo. Ora però Laura era seduta. Dolorante e spaventata, ma seduta.

«È meglio se ti riposi un po'» suggerì Pietrino.

«Ha rubato la mia borsa...»

«Non preoccuparti della borsa. Come stai?»

Laura provò a scuotere la testa, ma smise subito: un tintinnio alle orecchie si propagava in ondate di dolore.

«Posso camminare» disse, quando l'onda fu passata. Alzarsi in piedi non era difficile come temeva. «Da che parte è andato?»

Pietrino le indicò la direzione di Vanchiglia. Laura non riusciva a vedere nessuno. Solo alberi e cespugli, e quello svolazzare di farfalle forse non c'era davvero, ma era uno scherzo della sua testa.

«Dovresti andare a casa.» Pietrino la guardava allarmato. Soltanto allora Laura si rese conto che il ragazzo aveva la sua sacca sotto la spalla e un livido attorno all'occhio. L'impronta inconfondibile di un pugno.

«Cos'è successo?»

«Quello che ti ha aggredita ha rotto i tuoi vetri. Ha sbattuto la sacca contro un albero, così» e mimò il gesto. Sembrava la parodia di un taglialegna. Le braccia tese compivano un mezzo cerchio, un altro, un altro ancora. «Ho cercato di fermarlo, mi ha colpito.»

«È colpa mia se ti ha fatto male.» Laura si sentiva stanca, confusa e colma di vergogna.

«Dammi un bacio e siamo pari. No, no non piangere, dicevo per dire! Mi spiace per le tue cose, temo siano rotte.»

Laura fu abbagliata dal ricordo di quando era stato uno sbirro a consegnarle una borsa che conteneva profumi andati in briciole. A rubarla era stato Maurizio, insieme al loro denaro e alle loro attrezzature. Erano trascorsi quasi tre anni.

Pietrino le restituì la sacca: era bagnata in fondo, e il miscuglio di profumi era ancora forte. Non c'era bisogno di aprirla per sapere cosa conteneva, ma Laura lo fece lo stesso. Rimase ferma a guardare i vetri sbriciolati.

Le boccette costavano quasi più di quello che contenevano, e per comprarne di nuove avrebbe dovuto risparmiare settimane. In tempi normali.

In quel momento di ristrettezze non poteva più permettersi la spesa.

«Coraggio *tòta*, a tutto c'è rimedio» cercò di consolarla Pietrino.

No. Non c'era alcun rimedio. Non avrebbe più potuto vendere profumi. La voce del ragazzo le arrivò come avvolta nell'ovatta: «Ti accompagno dal dottore, va bene?»

«Va bene.»

Pietrino le mise un braccio attorno alla vita, in modo che Laura potesse appoggiarsi, poi si avviarono lungo il sentiero, sotto il sole rovente che martellava la testa ancora più forte.

«Sapessi quante volte ho immaginato di prenderti per i fianchi» scherzò Pietrino, ansimando per la fatica anche se voleva fare la voce da duro. «Non in questo modo, però.»

«Che stupido.» Laura si asciugò le lacrime.

Con la maggior parte dei suoi abitanti che si era spostata nei mercati di Torino o nei campi di Valdocco, e gli altri che stavano in casa a proteggersi dal caldo, Borgo Dora sembrava abbandonato.

Da qualche parte si sentiva un martello tintinnare, e doveva essere quello di *Cancamord, Can che Morde,* il fabbro del borgo che quand'era arrabbiato non mordeva, ma ci andava molto vicino. Qualcuno cantava una canzone, la voce era di una ragazza giovane.

Cucù dla barba nèira, cucù d'la barba nèra
dìme quant temp i purtraj la tèila...[1]

Laura riconobbe stradine, insegne, botteghe, ma nessuno si affacciò alla finestra, nessuno uscì dalla porta a chiederle che cosa fosse successo, a preoccuparsi per lei o anche solo a fingere di provare interesse. Nessuno venne ad aiutare Pietrino a sorreggerla.

Tutti sembravano addormentati al suono del martello e della canzone triste e speranzosa di una *tòta* in cerca di marito.

Cucù d'la barba griza, fin a quand a sarai nen sposa?[2]

«Sei forte, per essere un bambinetto» mormorò Laura. Pietrino tremava leggermente ma continuava a sorreggerla senza un lamento.

«E tu in gamba, per una femmina. Dai, che siamo arrivati.»

Mastro Botta uscì da sotto la tettoia della sua casa.

«Cos'è successo?»

«È stata aggredita.» rispose Pietrino, e Laura: «Mi hanno rubato la borsa dei saponi.»

«Disgraziati...» mormorò il farmacista. «Venite dentro, su.»

In casa c'era un buon odore di canfora, ma il caldo era opprimente. Laura iniziò subito a sudare, mentre Botta la faceva sedere su una seggiola e la visitava.

«Vediamo un po'. Dove ti hanno picchiato?»

Laura si indicò la testa. Il farmacista le tolse la cuffietta e cominciò a tastare. Quando le sfiorò la tempia, scatenò una fitta di dolore.

«Scusami. Con cosa ti hanno colpita?»

«Una grossa pietra» Pietrino allargò le mani. «Più o meno così.»

«Disgraziati...» imprecò di nuovo il farmacista. In torinese, la parola suonava come *disgrassià*. «Laura, hai perso i sensi?»

---

1 *Cuculo dalla barba nera, dimmi per quanto tempo porterò il velo*

2 *Cuculo dalla barba grigia, fino a quando non sarà sposa?*

«No.»
«Sicura?»
«Sì. Mi è venuto da dormire, ma sono sempre stata sveglia.»
«Molto bene.» Botta era passato a scrutarle gli occhi, tenendo le ciglia aperte con le dita. «E hai vomitato?»
«No» rispose Laura.
«Niente di grave allora. Fai la brava due giorni: niente sforzi, *neh*? La testa potrebbe girare un po', ma è normale. Può durare anche una settimana.»
Laura sospirò di sollievo; le sembrava già di stare meglio. Restava il danno della borsa rubata e di quello che c'era dentro, un danno irreparabile, ma pur sempre meno di una testa rotta.
«Quanto vi devo, *dotòr*?»
«Non ho fatto niente, non mi devi niente.»
Il farmacista li accompagnò fuori casa, fermandosi sotto la tettoia. Laura notò un paglericcio steso all'ombra. Chissà se Botta aveva in mente di fare un sonnellino? Il solo pensiero la fece sentire esausta.
«Posso andare a dormire?» chiese.
«Certo. Su quel livido non sarebbe male metterci del ghiaccio. Anche tu, ragazzo, sull'occhio. A meno che non voglia portarlo in giro come una medaglia.»
«Mi piace l'idea della medaglia» ribatté Pietrino. «Ma il ghiaccio posso andare a prenderlo per la *tòta*. Ho un amico alle ghiacciaie.» Forse credeva di aver acquisito il diritto di farle da cavalier servente.
«Si scioglierebbe prima di darti il tempo di arrivare» rispose Laura. «Ma grazie lo stesso, è stato un bel pensiero. Avevo ragione a dire che sei gentile.»
In un'altra occasione, gli avrebbe dato un bacio sulla guancia.
Non quel giorno, non in quel momento, non di fronte a mastro Botta. Pietrino non era ancora un uomo ma non era più un bimbo. Meglio non far parlare troppo le malelingue. Lo facevano già, da quando Laura aveva iniziato a frequentare Gustìn dopo che in tanti la davano già promessa sposa al cantoniere.
Il pensiero di Alberto ne portò un altro, più urgente.
Si congedò dal farmacista con un altro grazie, poi salutò Pietrino e ringraziò anche lui. La testa le faceva ancora male, ma non abbastanza da

impedirle di camminare da sola. E di andare dritto a casa del cantoniere di Borgo Dora.

***

«*Cerèa*» la salutò Alberto, quando aprì la porta. «A cosa devo il piacere della vostra visita?»

Laura si aspettava quell'accoglienza, più fredda di come era abituata prima di conoscere Gustìn e di innamorarsi di lui. Ma se il cantoniere aveva chiuso la porta dell'amicizia restava padrone di quel titolo che gli dava diritti e doveri.

«*Cerèa*, Alberto.» Non rispose con un sorriso perché non aveva trovato sorrisi a cui rispondere. «Devo denunciare un'aggressione.»

Lui la scrutò con più attenzione, poi lanciò un'occhiata nel cortile, dove c'erano due garzoni che spostavano botti dalla cantina alla bottega al piano terra. Non ascoltavano o facevano finta di non ascoltare.

«Chi è stato aggredito?»

«Io. Poco fa, sulla strada per Torino.» Il cantoniere si limitò a fissarla con espressione neutra. «Mi hanno colpito alla testa con una pietra e mi hanno rubato la sacca con i profumi.»

«Ci sono testimoni?» Non un cenno di apprensione o gentilezza. O comprensione. Le sue labbra si incurvarono a formare una specie di sorriso, ma gli occhi rimasero freddi.

«Pietrino. Non so come fa di cognome. Rocco Lorenzi, Andrea Roeto e altri.»

«Dei bambini...»

Laura si domandò se Alberto non provava un briciolo di vergogna: «La prossima volta che mi colpiscono, cercherò di essere in presenza di qualche adulto, ma oggi è andata così.»

Il cantoniere si rivolse ai due garzoni che trasportavano le botti.

«Quella va dietro il bancone. Non agitatela troppo.» Guardò Laura e la scrutò come se fosse stata lei stessa una botte. Di aceto. «Non mi sembrate ferita.»

«Non gravemente» ribatté lei. «Dovevo farmi ferire in modo grave per ottenere l'attenzione della legge?»

«È il vicario la legge.» Alberto non smetteva di sorridere in quel modo fastidioso che sembrava sempre di più una smorfia di sarcasmo.

«Anche i cantonieri sono la legge!»

«Per quanto ne so, potreste esservi inventata tutto.»

«Perché non andate a chiedere a mastro Botta? Lui mi ha...»

«Forse state chiedendo aiuto alla persona sbagliata» la interruppe Alberto.

Con gli occhi fissi su di lui, Laura strinse i denti e sussurrò: «E a chi dovrei chiedere?»

«Non lo so» rispose Alberto. «Forse al vostro cicisbeo.»

Laura fece partire quel ceffone a mano aperta che da un po' le faceva prudere le dita. Non abbastanza forte da lasciare il segno sul viso di Alberto, ma fu comunque un bello schiaffo, che lui non si aspettava e che lo fece arretrare d'un passo e gli cancellò il sorriso dalle labbra.

Laura notò che i due inservienti avevano smesso di lavorare, adesso guardavano la scena senza perdersi una parola. Tornò a fissare Alberto. Se la guancia gli bruciava come bruciava a lei la mano, si era tolta almeno una soddisfazione.

«Ringraziate Dio che non sono un uomo» ringhiò. «Anzi, non siete un uomo nemmeno voi.»

Voltò le spalle al cantoniere e alle risate dei suoi inservienti.

La testa aveva ricominciato a girare e il cuore le batteva forte. La collera andava e veniva come onde, lasciandola sempre più stordita, sempre più amareggiata.

Lacrime si affacciarono dagli angoli degli occhi, di delusione, rabbia, dolore. Ma riuscì a non versarne nemmeno una.

21

19 agosto 1706

Quel mattino Gustìn si svegliò pensando a Laura. Un esercizio semplice, pensare a lei, un esercizio che praticava ogni giorno, ogni notte, ogni istante. Immaginava la fragranza della sua pelle tiepida e pulita. La immaginava nuda e palpitante, distesa al suo fianco, a condividere la magia del più intimo abbraccio.

Sogni che sarebbero potuti rimanere irrealizzati se il destino che li aveva uniti si fosse messo di traverso. Una bomba francese sulle case del *Balòn*. Un colpo di pistola o una pugnalata durante l'indagine, o l'incontro con la persona

(la creatura)

sbagliata.

Meglio non pensare neppure a quello, altrimenti ci sarebbe stato da impazzire.

Quando venne l'alba e il cielo cominciò a schiarirsi, aveva smesso di piovere ma i tuoni c'erano ancora. No, questa volta erano cannonate.

Gustìn si vestì e scese in cortile per fare colazione ai Due Bastoni.

Era giovedì, giorno di visita. Ma per vedere Laura avrebbe dovuto attendere fino a sera.

Nel frattempo, c'era ben poco che potesse fare. Gli unici indizi a sua disposizione potevano arrivare dai registri della guardia civica, ma il lavoro immane degli ultimi dieci giorni fino a quel momento non aveva dato risultati.

Così come non ne aveva dati unirsi a Tampardù e alla sua banda per qualche notte di seguito di pattugliamento a Borgo Dora. Sembrava che i misteriosi rapitori sapessero di essere sorvegliati e avessero cambiato obiettivo.

L'aria del mattino era fresca perché il sole non illuminava ancora l'interno del cortile. Tempo un'ora e la colazione non sarebbe stata altrettanto gradevole, per questo le cameriere dei Due Bastoni stavano già lavorando sodo.

Seduto in fondo al cortile, a un tavolo imbandito con più cura degli altri, sedeva il signor Moris, banchiere, zio di Felice e padrone della casa in cui viveva Gustìn. Sbadigliando, addentava fette di pane e formaggio. Il cibo non era un problema quel giorno e non lo sarebbe stato nemmeno l'indomani, ma chissà se si sarebbe potuto dire lo stesso entro una settimana?

Sempre ammesso che nel frattempo la Cittadella non fosse caduta. O che il Duca non avesse firmato la resa.

Poco dopo che Gustìn si era seduto entrò nel cortile Teresa Moris, stirandosi i fianchi della gonna mentre raggiungeva suo padre. Pareva di cattivo umore: forse perché il temporale prima, poi le cannonate l'avevano tenuta sveglia. Oppure per qualche ragione più profonda. Perché Gustìn aveva smesso di cercarla, per esempio, o anche solo di darle ascolto.

Gustìn abbassò lo sguardo sul piatto, sperando che lei non si accorgesse che era lì. Un altro indizio di quanto le cose fossero cambiate.

Mentre mangiava, riconobbe il rumore di passi avvicinarsi e capì che non poteva evitare l'inevitabile. Posò il coltello e si alzò per porgere i suoi omaggi.

«*Cerèa, tòta* Teresa.»

«Buondì, Augusto. Come state?»

«Facevo colazione. Volete unirvi a me?»

«Ho già mangiato» mentì lei. Non poteva averlo fatto, invece, ma Gustìn fece finta di crederle.

«Volete sedervi lo stesso?» Era obbligato a chiederlo per buona educazione, ma si augurava che Teresa rispondesse di no.

Lei annuì.

Con il miglior sorriso di cui era capace, Gustìn prese una sedia, la spostò per far accomodare Teresa davanti al tavolo, poi sedette a sua volta. Non mancò di notare gli sguardi di invidia che gli venivano rivolti dagli altri uomini ai tavoli vicini. Chissà se potevano capire che a lui non importava più niente?

«Il Consiglio ha deciso di fare una Novena ai Santi Martiri, e una a San Secondo» disse Teresa, con uno strano rossore sulle guance. «Esporranno le reliquie.»

«Se serve a tranquillizzare la popolazione, ben venga» convenne Gustìn. Man mano che l'assedio continuava il popolo perdeva fiducia nella grazia di Dio, e i preti perdevano la loro presa sulla gente.

Teresa corrugò la fronte come se avesse voluto soppesare quella risposta, oppure la domanda successiva. «Vorreste accompagnarmi alla Novena?»

Gustìn lasciò cadere in bocca il pezzo di formaggio staccato dalla punta del coltello. Non riusciva a capire per quale ragione Teresa continuasse a dedicargli tanta attenzione, quand'era corteggiata da scapoli più ricchi e più giovani, più gentili e più nobili. Non le aveva mai dato motivo di illudersi, eppure era certo che se le avesse detto che si era innamorato di un'altra donna l'avrebbe fatta soffrire.

«Partirò per una nuova missione» disse, quando si rese conto che lei era rimasta in attesa di una risposta. «Quando sarà la Novena?»

«Nei prossimi giorni.»

«Allora quasi sicuramente sarà troppo tardi. Sono desolato.»

Un gatto fulvo girava tra i tavoli in cerca di cibo. Gustìn se ne accorse con la coda dell'occhio e per un attimo pensò che Castore fosse riuscito a uscire dal suo alloggio. Forse aveva chiuso male la porta.

Altri uomini dai tavoli vicini aguzzarono la vista in silenzio, mentre masticavano tabacco o consumavano il magro pranzo. Anche la carne di gatto sarebbe potuta diventare un lusso da un giorno all'altro.

«Non è Castore» disse Teresa.

«Come l'avete capito? Mi avete letto nei pensieri?»

Lei fece un sorriso, e le sue guance presero una sfumatura d'un roseo più scuro.

«Ho seguito il vostro sguardo. Castore ha lo stesso colore, ma è più piccolo.»

Gustìn tornò a fissare sotto i tavoli. Dopo qualche istante, il gatto gli passò accanto. Non era Castore, Teresa aveva ragione.

«Mi dispiace per la Novena» disse, ma non era la Novena la ragione del suo dispiacere.

«Sono tempi difficili, signor Augusto. E in tempi difficili, affidarsi alla preghiera fa bene all'anima.»

«Non sono mai riuscito a fare affidamento sulla Fede. Spero che per voi sia diverso e che la preghiera vi dia conforto.»

«Mi basterebbe che mi aiutasse a capire che è arrivato il momento di smettere di illudermi con vane speranze.»

Teresa si accarezzò i capelli spingendoli dietro le orecchie: aveva parlato a voce così bassa che Gustìn aveva faticato a sentirla. Ma l'aveva sentita eccome, e pensò che non avrebbe potuto essere più esplicita.

«Una persona come voi merita che ogni suo desiderio trovi realizzazione.»

«Ci sono desideri che non si realizzano da soli.»

«Ma dipendono sempre da noi.»

Con il tempo la ragazza innamorata avrebbe trovato un altro amore con cui consolarsi. Gustìn sentì uno spasimo stringergli lo stomaco, come guidato da una sorta di precognizione che insinuava: riusciresti a consolarti, tu, se dovessi perdere Laura?

La forza di quel pensiero lo atterrì, al punto da perdere coscienza di cosa gli diceva Teresa, e delle parole che pronunciava in risposta. Alla fine Teresa se ne andò senza che lui si fosse reso davvero conto del modo con cui si fossero congedati.

Uscì a fare due passi sotto il sole clemente del mattino, aggirandosi tra le strade della Città Nuova. Attirato dalla musica di un violino, si fermò a guardare uno spettacolo di girovaghi.

Un bimbo di sei o sette anni camminava sulle mani e suonava un tamburello con le minuscole dita dei piedi. Altri due, di poco più grandi, facevano giochi di equilibrio con piatti di coccio e palline di legno: li scagliavano in aria e poi li riprendevano, oppure li facevano roteare sulle dita. Erano magri, laceri e vivaci, come se fino a un attimo prima avessero giocato a fare la lotta rotolandosi per terra. Se la ridevano tutti beatamente.

Alcune ragazze con abiti dai colori vistosi assistevano parlottando a bassa voce. Ogni tanto lanciavano sguardi a un giovane di qualche anno più grande, che stava in mezzo al prato a far volteggiare delle torce. La luce del mattino brillava sulle spalle muscolose e sudate.

Nessuno lasciava offerte nei cappelli capovolti, ma i piccoli giocolieri continuavano a esibirsi e il violinista a suonare. Era come se il tempo si fosse fermato, concedendo una tregua a quelle diverse umanità riunite sotto lo stesso cielo: gli artisti insieme al loro pubblico, poveri e ricchi, preti e borghesi.

Gustìn si sentiva solo anche in mezzo a loro.

Se Torino fosse caduta nelle mani dei francesi avrebbe trovato il modo di sopravvivere, anche mettendosi al servizio di un nuovo padrone. Non aveva alcun dubbio che se la sarebbe cavata.

Allo stesso modo, e con la stessa lucida certezza, si rese conto che se avesse perso Laura non sarebbe più riuscito a provare quello che stava provando adesso. Mai più. Per nessun'altra.

22

Quando Laura tornò a casa, tutto sembrava tranquillo.

Rosina era seduta accanto alla finestra e rammendava una camicia sforzandosi di compensare la vista debole con gli anni di pratica. Riconobbe Laura e le sorrise.

Sul viso di Vittoria non c'era più traccia di collera, ma la postura rigida e i gesti nervosi con cui affettava le verdure mostravano che la tensione c'era ancora.

Laura si sentì addosso gli sguardi delle due donne mentre raggiungeva il secchio dell'acqua e si bagnava il viso. L'unico segno dell'aggressione era il livido nascosto sotto la cuffietta. Era un bene, perché Laura non aveva voglia di dare spiegazioni.

«Voglio scusarmi per questa mattina» disse all'improvviso Vittoria. Quelle parole e quel tono mortificato dovevano costare uno sforzo indicibile a una persona come lei. Laura pensò che fosse per paura di essere cacciata di casa.

«Non fa niente» rispose. «Sono io che mi scuso.»

«Oh va bene, sono cose che capitano» disse Vittoria, più rilassata. Domani si sarebbe sentita di nuovo in diritto di fare la morale a tutti e di fingersi la padrona, ma per quel giorno sarebbe stata al suo posto, e questo a Laura bastava.

«Dov'è mio padre?»

Rosina le indicò il cortile: «Si è un po' spaventato.»

Abbassò gli occhi, poi le palpebre, come se avesse avuto paura di sostenere lo sguardo. Era dispiaciuta e non sapeva come intervenire.

Laura rimase per qualche istante a guardare le due donne, una mano appoggiata sulla parete liscia e intonacata. Avrebbe dovuto raccontare cos'era successo?

No. Le avrebbe solo gravate di un problema che non sarebbero mai state in grado di risolvere. Peggio ancora, avrebbero potuto dirlo a Fioreste.

Senza parlare, uscì in cortile.

L'uomo che teneva una mano appoggiata sulla testa di Calandrino, prolungando quel contatto amorevole, era toccato da una lama di luce che filtrava tra le fronde e sembrava quasi più giovane: un uomo nel pieno delle forze, sicuro di sé, con lo sguardo pieno di sogni e ambizioni.

Laura si avvicinò e riconobbe invece la mediocrità del presente. Dov'era finito quel Fioreste che pure lei aveva conosciuto? Da qualche parte, senz'altro, dietro uno sguardo vacuo e confuso.

Fioreste si accorse di lei e si voltò. La riconobbe. Come in un bel sogno sorrise.

«Lau-ua.»

«*Bonjour*, papà. Scusate se sono andata via di corsa.»

«Sei to-u-nata» sospirò. Nella gioia, un filo di bava gli scivolò dalle labbra. Lo asciugò col dorso della mano tremolante.

Laura si sentì invadere dalla tenerezza.

«Dove volete che vada, senza di voi?»

Una volta, da bambina, aveva cercato di indossare una camicetta che portava quand'era più piccola. Rendersi conto di non poterci più entrare l'aveva resa consapevole non solo del fatto che stava crescendo, ma che se anche l'avesse voluto non sarebbe più potuta tornare indietro. Quella consapevolezza l'aveva riempita di indefinibile malinconia, e una sensazione molto simile tornò insieme a quel ricordo mentre abbracciava Fioreste per dargli un bacio.

Quei pensieri le furono portati via di colpo, quando due ragazzini si affacciarono da dietro lo steccato: Pietrino e il suo amico Simone.

Prima che parlassero fece segno di no. Non lì, non davanti a Fioreste.

Loro compresero, si scambiarono un cenno di intesa. Con gli occhi uno dei due le indicò un lato della casa, nascosto alla vista del cortile, poi s'incamminarono come se non fosse successo niente.

«Vado a vedere cosa fanno quei due monelli» spiegò a Fioreste. «Non vorrei che lordassero il muro con qualche scritta ingiuriosa.»

«Po-uti il cane?» le chiese lui, con un certo affanno.

«Non ce ne sarà bisogno. Li conosco. Anzi, forse li conoscete anche voi. Uno è Simone Droeto, il figlio del sellaio. Sua moglie Chiara viene qui almeno una volta a settimana: ha imparato a cucire da Rosina.»

«Oooh sì» annuì Fioreste.

Laura uscì dal cortile attraverso il cancelletto e fece il giro della casa, gettando occhiate qua e là per vedere se qualcuno la stesse guardando. Nessuno. Sotto il sole pigro del pomeriggio, Borgo Dora era come addormentato.

I due ragazzini la aspettavano all'ombra del muro.

«Simone ha scoperto chi è stato ad aggredirti» disse Pietrino. «L'ha seguito.»

«Sapete chi è?»

Loro si guardarono di nuovo, e Laura pensò che le avrebbero chiesto dei soldi per rinfrescare la memoria. Poi Simone aggrottò la fronte e socchiuse gli occhi così da sembrare un po' seccato, un po' sciocco. Cominciò a camminare sul posto, strascicando i piedi con un'andatura ciondolante.

Era un'imitazione. Una buona imitazione, perché Laura la riconobbe subito.

«È andato in una bottega di profumi nella Città Vecchia, vero?»

«Sì» rispose Simone. Spalancò la bocca in un sorriso dalle parvenze sincere. C'erano un paio di vuoti nei suoi denti, e Laura si chiese se erano caduti in modo naturale, come quello dei bambini che crescono, oppure perché aveva fatto a botte con qualcuno.

«Lo conosci?» le chiese il ragazzo.

«Un uomo abituato a fare cattiverie. Si chiama Maurizio.»

«Allora ho fatto bene a tirare qualche pietra nella sua bottega» ridacchiò Simone. «Qualcosa si dev'essere rotto.»

Pietrino si unì alla risata. E Laura si sentì attraversare da un'ondata di rabbia.

Quando Maurizio li aveva derubati, aveva ricevuto solo parole di circostanza e pacche sulle spalle. Questa volta, gli unici a fare qualcosa erano stati due ragazzi, mentre Alberto si era rifiutato di aiutarla perché era geloso.

Possibili azioni e possibili conseguenze si affollavano nella sua mente con tanta forza che quasi non riuscivano a trovarvi posto. Il pensiero più forte era andare nella Città Vecchia con una bottiglia di olio e dare fuoco alla bottega di mastro Gastaldo. Oppure a Maurizio. Forse un giorno si sarebbe pentita di quei pensieri, ma adesso avrebbe soltanto voluto vendetta.

Congedò i ragazzi e camminò avanti e indietro finché non si sentì più calma.

Tornò in casa e per un po' nessuno fece domande.

«Sembri turbata» disse a un certo punto Rosina. «Stai bene?»

Si girò a guardarla, una vecchietta vestita di scuro, con il suo cucito posato sul grembo e le mani appoggiate sopra, gli occhi miopi carichi di premura.

Fu sul punto di andare da lei, abbracciarla, e dirle che non stava bene per niente, e che non avrebbero più potuto vendere essenze ma solo saponi.

Avrebbe comunque dovuto farlo, prima o poi, ma non quel giorno. Più tardi avrebbe ricevuto la visita di Gustìn.

«Sto bene» mentì. «Grazie, Rosina.»

Domani, si disse, *glielo dirò domani.*

Camilla rientrò un po' più tardi con la cesta del bucato fresca e umida di lavatoio. Aveva un sorriso un po' distratto all'angolo delle labbra, e la cuffietta in disordine con ciocche di capelli che ne uscivano scompigliate.

C'entrava un ragazzo, Laura ne era sicura. Un ragazzo che non si era limitato a fare conversazione.

Era troppo presa dai propri pensieri per impicciarsi in quelli di Camilla, e quando iniziarono a preparare cena il suo malumore era sceso a un livello di sopportazione tale da poterlo mettere in un angolo. Era ormai prossima l'ora in cui di solito arrivava Gustìn.

Desiderava vederlo. Aveva bisogno di vederlo.

Perché lo amava e perché lui la amava. Perché aveva, se non ancora la certezza, almeno fondati motivi per cullare l'illusione che il loro rapporto fosse alla pari.

Perché quella sera aveva bisogno di sentirsi consolata e protetta.

A interrompere i suoi pensieri ci fu un piccolo trambusto sul ballatoio, poi qualcuno bussò alla porta.

«Vado io!» si affrettò ad esclamare, già avviandosi sulle scale. Fu lieta che nessuno le contendesse il compito, ma forse si trattava di una conseguenza del suo litigio di quel mattino con Vittoria.

Doveva essere proprio lui a bussare, l'ora era arrivata. Laura lo avrebbe salutato e invitato a entrare, ma era quasi certa che avrebbero approfittato di quel breve istante di intimità per baciarsi. Per quel bacio sarebbe valsa la pena aspettare il momento. Per quel bacio Laura...

Aprì la porta e non vide Gustìn. Al suo posto, ma più in basso di dove si aspettava di vedere la sua faccia e le sue labbra, c'era un bimbo di sette, otto anni, che portava sulla testa un cappello di paglia troppo grande.

Era uno dei piccoli amici di Calandrino, che veniva tutte le domeniche a riempirlo di carezze. Laura non ricordava il suo nome, ma sapeva, perché gliel'aveva detto lui, che era figlio di un pescatore e che viveva vicino al canale dei Mulini.

Laura notò subito che aveva il viso arrossato dal sudore e il fiatone, come se avesse corso fino al limite delle sue forze.

Eppure il suo primo pensiero fu che non era Gustìn, accompagnato da una fitta di delusione.

«*Tòta* Laura?»

«Sì...»

«Mi manda il signor Gustìn!» con quella vocetta acuta, lo pronunciava prolungando le 'i', facendolo suonare come Gusti-in.

«Gli è successo qualcosa?»

«Mi ha detto di dirvi che non può venire, ma se vi compiace verrà domani!»

La tristezza sfumò e divenne apprensione.

«Ma tu l'hai visto? Sta bene?»

«Oeh!» ribatté il bambino, con una faccia di rotondo stupore. «Mi ha detto che se non venivo subito a riferirvelo mi faceva arrestare. E con lui c'erano tanti soldati con le spade e i fucili! Non voglio mica andare in galera, io, *tòta.* Voi domani glielo dite che sono venuto subito eh?»

Tanti soldati con le spade e i fucili.

Gustìn era venuto al Balòn insieme a un drappello di soldati. Perché?

Perché è successo qualcosa, pensò Laura.

Per affrontare qualcuno.

Quello che si agitava in lei adesso era peggio della delusione di un attimo prima, un'angoscia pulsante come il battito di un cuore malato.

23

Quando il sole iniziò la sua discesa Gustìn si avviò verso Borgo Dora con Laura nei suoi pensieri. Fece la strada lunga, attraverso la porta di Po, anche se il lasciapassare gli avrebbe consentito di farsi aprire i cancelli della Porta Vittoria: le guardie potevano avere una buona memoria, e Gustìn preferiva evitare di far sapere quante volte e quando faceva visita al Balòn.

Giunse in vista dei mulini e delle fabbriche, poi dell'ammasso di case e capanne dove viveva Laura. Il viso di lei cominciò a occupare ogni suo pensiero.

Era distratto ben oltre il lecito, perché solo all'ultimo si accorse del turbine di gente che correva come per mettersi al sicuro. Un assalto dei francesi? Avevano conquistato le fortificazioni e spezzato gli sbarramenti?

No, nessuno gridava, nessuno sembrava in preda al panico. Alla fretta sì, però.

Un rumore ritmato di stivali al passo di marcia cominciò a sovrastare le voci.

Un drappello sbucò da dietro un gruppo di case. Gustìn contò quindici, diciotto, venti soldati con il giustacorpo grigio e i calzoni blu: reggimento Savoia, uno dei corpi d'armata veterani. Perché erano stati distaccati dal servizio alla Cittadella? E per quale motivo c'era Luigi Rossotto a guidarli?

La gente che non era troppo impegnata a correre via per togliersi dalla strada si affacciava alle porte e alle finestre, si alzava dalle panche, posava a terra i secchi d'acqua, le ceste di lenzuola, gli attrezzi da lavoro, per fermarsi a guardare quello spettacolo marziale.

Nell'aria era calato un silenzio inquietante: quando Luigi parlò, nulla e nessuno coprì la sua voce.

«*Monsù* Augusto! È una fortuna incontrarvi!»

A un suo segnale il drappello si arrestò, mentre lui raggiungeva Gustìn con un sorriso di trionfo.

«Abbiamo avuto una soffiata!» esclamò con un tono più basso, quando gli fu accanto. «Due ragazze sono state rapite questa mattina prima dell'alba!»

Gustìn sentì il proprio cuore contrarsi per iniziare a battere più in fretta.

«Sapete chi è stato?»

«Meglio» rispose Luigi. Di nuovo quel sorriso colmo di una gioia ingenua e quasi selvaggia. «Sappiamo dove trovarlo.»

Pareva impossibile che quel giovane maldestro avesse scoperto una prima traccia utile dopo tanti vicoli chiusi, riuscendo dove non erano riusciti Tampardù e la sua banda. Se le cose stavano davvero in quel modo, Gustìn avrebbe dovuto rendere merito alla sua abilità di segugio o, più facilmente, a una massiccia dote di fortuna.

«Come lo avete saputo?»

«Il moroso di una delle due ragazze ha seguito i rapitori ed è venuto a chiedere aiuto al vicariato. Le hanno portate in una cascina appena fuori dal borgo.»

Gustìn alzò gli occhi per guardare il drappello: «Vi siete mossi in forze.»

«Non sappiamo quanta resistenza potremmo trovare. Il conte Fontanella ha fatto mobilitare le migliori truppe a disposizione.» Gli occhi di Luigi brillavano eccitati. «Vi unite a noi? Stiamo andando ad arrestarli.»

Gustìn si domandò se Luigi avesse idea del pericolo che correva. No, non poteva averla, altrimenti non sarebbe stato tanto entusiasta.

Chi avrebbero trovato in quella cascina, con le ragazze rapite?

Se ci fosse stato qualcuno con i poteri di Maria, non sarebbero bastati i moschetti a fermarlo. In quel caso le ragazze, e gli stessi soldati e Luigi erano condannati. E anche Gustìn, se li avesse seguiti.

No, non questa sera.
Questa sera voglio vedere Laura.
Mi sta aspettando.

Se invece nella cascina ci fossero stati i complici di quelle creature, uomini in carne e ossa che potevano essere feriti e uccisi, quelli che guardati con gli occhi di Maria erano come le pulci che infestano il cane, allora non c'era momento migliore per arrestarli. Adesso, con l'aiuto dell'esercito del Duca.

«Vengo con voi» decise Gustìn, con riluttanza.

«Bene, affrettiamoci allora!»

Luigi fece segno all'ufficiale del drappello. I soldati rimisero i fucili in spalla con un unico, sincronizzato movimento.

Sì, decise Gustìn, non c'era momento migliore. E se Luigi aveva fatto un buco nell'acqua, se la denuncia si fosse rivelata falsa, sarebbe stato divertente essere presente al suo fallimento.

Si avviò lungo la strada accanto a Luigi, guardandosi intorno finché...

«Tu!» Un bimbetto che dal bordo della strada guardava i soldati a bocca aperta sobbalzò sentendosi apostrofare. «Proprio tu, ragazzo!»

«Dite, *monsù*!» balbettò il bimbo. Man mano che Gustìn si avvicinava si faceva sempre più piccolo.

«Conosci *tòta* Laura, la saponaia?» Lui annuì, gli occhi sbarrati. «Devi portarle un messaggio. Hai capito?»

«Sì, *monsù*! Che messaggio?»

«Dille che non posso andare a farle visita oggi, ma se la compiace andrò domani!» Gustìn dovette afferrare il bimbo per il bordo della camicia prima che corresse via. «Mi chiamo Gustìn!»

Tirò fuori dalla tasca una moneta e gliela mise in mano.

«Questa è la tua ricompensa! Ma se non fai quel che ti ho chiesto domani vengo a cercarti e ti porto in galera, hai capito?» Gli indicò le guardie che si allontanavano in marcia. «Hai visto con chi mi accompagno?»

«Sì, sì *monsù*! Non voglio andare in galera!»

Gli occhi del bambino parvero diventare enormi, rendendo l'espressione del suo viso comica e deforme al contempo.

«Cosa devi fare, allora?»

«Vado da *tòta* Laura e le dico che *monsù* Gustìn non può andare da lei stasera, ma se la compiace andrà domani!»

Gustìn lo lasciò andare, e guardò il bimbo correre via con l'agilità di uno scoiattolo. Sperò di averlo pagato e spaventato abbastanza.

Adesso non aveva altro di cui preoccuparsi che di portare a casa la pelle.

Non credeva che avrebbe avuto a che fare con uno dei mostri contro cui combattevano i Cavalcanti, ma nel dubbio la cosa migliore da fare era stare a distanza di sicurezza, e darsela a gambe qualora lo scontro si fosse messo per il verso sbagliato. Tutte cose che aveva imparato a fare piuttosto bene.

Raggiunse Luigi in testa alla marcia.

«Avete mai partecipato a un'azione come questa?»

«No» ammise lo sbirro. «Ma loro sì. State tranquillo.»

Gustìn fece un cenno d'assenso e in cuor suo sospirò di sollievo. Il ragazzo non era stupido come temeva. Ma se invece lo fosse stato?

«Non avrete avvisato il cantoniere di Borgo Dora?»

Luigi lo guardò con un'espressione sconcertata: «Certo che no. È uno dei sospettati. Mi avete anche chiesto di sorvegliarlo!»

«Avete fatto bene» disse Gustìn in tono accomodante, «ma potremmo farlo adesso.»

«Cosa?»

«Mandate uno dei soldati ad avvisarlo che l'operazione è in corso. Ordinate che vi venga riferito come reagisce. Se fosse coinvolto nei rapimenti...»

L'espressione di stupore sul viso di Luigi si allargò in un sorriso.

«Astuto! Ho molto da imparare da voi, *monsù*! È un onore affiancarvi in questa indagine!»

Dopo qualche attimo, uno dei soldati si staccò dal drappello diretto verso il borgo.

Il sole era quasi scomparso dietro le montagne, mentre la marcia procedeva e le case intorno si diradavano lasciando il posto a prati e campi coltivati.

Gustìn era passato tante volte per quei sentieri. Da bambino faceva da palo per le operazioni dei contrabbandieri, avvisandoli se gli sbirri erano nelle vicinanze. Poi aveva cominciato a fare il contrabbandiere lui stesso, pagando bimbi più piccoli per fargli da palo.

Una volta non era riuscito a darsela a gambe abbastanza in fretta. Le botte che aveva preso alle Carceri del Senato prima che lo chiudessero in cella se le ricordava come se fosse passato appena qualche giorno, anziché venticinque anni.

Molti dei suoi compari di allora erano già sottoterra, lui se l'era cavata. *Finora. Potrei raggiungerli stanotte.*

Se il luogo in cui stavano andando era quello che pensava lui, ci sarebbero state delle guardie a tenere d'occhio la strada. Nella migliore delle ipotesi avrebbero incontrato resistenza armata. Nella peggiore ci avrebbero lasciato la pelle, in una maniera molto dolorosa.

Il profilo di una cascina isolata apparve per un attimo dietro una fila di alberi. L'ufficiale a capo del drappello impugnò la pistola, i soldati dietro di lui fecero scivolare i moschetti dalle spalle. I mulini e la Dora erano già fuori dalla vista, alle loro spalle. Nell'aria era tutto un cinguettare che echeggiava come tante grida d'allarme.

«Ci siamo» gemette Luigi, arrancando accanto a Gustìn. Le sue mani tremavano, mentre afferrava la pistola e cercava di caricarla.

«Andiamo, andiamo» sussurrò l'ufficiale, quando uscirono dalla macchia di alberi. Superò Gustìn e Luigi e i suoi soldati lo seguirono, le code dei giustacorpi che sbattevano nell'aria. Nel silenzio, il tonfo dei passi sul terreno era come l'abbattersi come un maglio.

Ci sentiranno arrivare. Il pensiero attraversò Gustìn comprendendo che non aveva condiviso un piano per l'azione. Anzi, non sapeva nemmeno se c'era un piano. Esitò, e Luigi lo prese per un braccio per farlo affrettare.

Il sentiero curvò a destra e davanti a loro apparve la cascina. Le finestre erano tutte chiuse, gli scuri sigillati da assi di legno inchiodati. Una sola porta, e due uomini con facce da patibolo che la sorvegliavano seduti a un tavolo in compagnia di una bottiglia. Sembravano due ubriachi all'osteria, ma quando udirono il trambusto scattarono in piedi.

«*Criste!*» bestemmiò uno di loro. «*Ai son ij soldà!*»

Ci sono i soldati.

Gustìn vide i suoi occhi spalancarsi.

«Nel nome del Duca arrendetevi!» esclamò Luigi, con voce malferma. Sembrava sul punto di vomitare. «Arrendetevi!» ripeté, più forte.

«Crepa!» replicò l'uomo. Una pistola gli era apparsa tra le mani. Fece fuoco. L'altro diede una spinta al tavolo, rovesciandolo. La bottiglia e i bicchieri rotolarono, il vino si sparse. Subito dopo i fucili cominciarono a sparare.

Il primo uomo di guardia barcollò, una macchia purpurea che fioriva sulla camicia bianca e sangue che schizzava dalla testa mentre crollava a terra. Il suo compare si riparò dietro al tavolo.

Si udirono altri spari. Da alcune feritoie al primo piano della cascina apparvero nuvole di fumo. Uno dei soldati, poco avanti a Gustìn, si portò le mani al petto ed emise un rantolo.

Gustìn si spostò di corsa per allontanarsi dalla linea di tiro. Si buttò nel piccolo fosso che correva accanto al sentiero. Cadde con il ginocchio su qualcosa di aguzzo, forse una pietra. Il dolore gli accese la vista di bianco. Si rannicchiò nel fosso coprendosi la testa con le mani: che dicessero pure che era un vigliacco, non aveva nessuna intenzione di farsi ammazzare in uno stupido scontro a fuoco.

«Girate intorno alla cascina!» gridava l'ufficiale. «Potrebbero scappare!»

Ancora spari, grugniti, gemiti. Passi pesanti che si spostavano di corsa da una parte all'altra. Gustìn teneva gli occhi chiusi e pregava che nessun proiettile lo raggiungesse. Poi qualcuno dalla cascina urlò: «Cessate il fuoco! Cessate il fuoco, ci arrendiamo!»

Una voce che Gustìn conosceva bene. Aprì gli occhi e sollevò la testa.

«Basta!» gridò. «Fermi!»

L'ufficiale impartì l'ordine e i fucili tacquero, ma passarono diversi istanti prima che la confusione scemasse abbastanza da sentire la voce di Luigi che comandava agli occupanti della cascina di uscire con le mani alzate.

Prudentemente, Gustìn si affacciò per guardare dal bordo del fosso.

I due uomini di guardia giacevano morti accanto al tavolo rovesciato, e uno dei soldati si dibatteva a terra in una pozza di sangue, con alcuni commilitoni che provavano a prestargli soccorso. Gli altri avevano formato un semicerchio di fucili puntati sulla porta della cascina, da cui uscivano lentamente uomini con le mani dietro la testa.

Tra loro Gustìn riconobbe Tampardù.

La rabbia gli fece dimenticare la prudenza. Saltò fuori dal suo riparo e percorse la distanza che lo separava dall'ingresso della cascina.

«Maledizione a te!» ringhiò. «Che diavolo hai fatto?»

Tampardù gli rivolse un'occhiata di stupore che si tramutò in disprezzo. «Cos'ho fatto io? Tu! Cos'hai fatto tu! Mi hai messo contro l'esercito!»

«Hai portato delle ragazze in questa cascina?»
«L'ho sempre fatto e lo sai!»
«Voi lo sapevate?» s'intromise Luigi, gli occhi spiritati. Gustìn lo ignorò, tutta la sua attenzione rivolta a Tampardù:
«Mi stai dicendo che sono venute qui di loro volontà?»
«Le loro famiglie hanno pagato un debito. E l'han fatto di loro volontà, sì.»
«Di cosa state parlando?» insisté Luigi, senza che nessuno lo ascoltasse.
«Dunque non c'entri con i rapimenti?» insisté Gustìn.
«Porca puttana, no! Ne avevamo parlato, porca puttana!»
Gustìn entrò nella cascina, i pensieri in subbuglio. Sentì alle sue spalle Luigi che ansimava: «Insomma, volete darmi una spiegazione? Avevate accordi con questa feccia?»
«Luigi» Gustìn prese un lungo respiro. «Avete preso un abbaglio.»
«Vi prendete gioco di me? Quell'uomo ha ammesso di…»
«Di controllare le prostitute di Borgo Dora. Sì. Le prostitute gli pagano il permesso di fare il loro mestiere. Abbiamo arrestato le persone sbagliate.»
«Come potete esserne certo? Ve l'ha detto quell'uomo?»
«Chi porta via la gente dal *Balòn* lo fa sotto il suo naso, gli ruba le puttane e lo rende più debole agli occhi di chi abita da queste parti.»
«E ve l'ha detto lui?» insisté Luigi, con una smorfia di cocciuto scetticismo. Gustìn cominciò a passare da una stanza all'altra. Tutto sembrava vuoto e abbandonato, ma sapeva che non era così. Andava alla ricerca di botole o di scale.
«Ho vissuto in mezzo a quelli come lui per tutta una vita. Non avevo bisogno che me lo dicesse. I malavitosi di Borgo Dora e Borgo Moschino sarebbero i primi a essere felici se riuscissimo a fermare questo traffico.»
«Ma…» la voce di Luigi sembrò sgonfiarsi. «Ma perché non me l'avete detto?»
Gustìn si fermò ai piedi di una scala di pietra che saliva al primo piano, si voltò a guardare il ragazzo.
«Dirvi cosa?»
«Che avevate parlato con quel criminale.» Luigi esitò. «Stiamo lavorando insieme a questa indagine, ho bisogno di sapere quello che sapete voi. Altrimenti non solo non vi sono d'aiuto, ma rischio di intralciarvi.»

«È vero» convenne Gustìn. «È vero, scusatemi.»

Era arrabbiato perché Luigi non solo l'aveva trascinato in un inutile scontro a fuoco, ma l'aveva fatto a spese dell'unico alleato che aveva a Borgo Dora.

Luigi aveva ragione, però. Non poteva sapere di Tampardù e Gustìn avrebbe dovuto dirglielo. Non l'aveva fatto perché pensava non sarebbe servito a nulla, perché lo riteneva un bamboccio incapace. Ed ecco che di colpo il bamboccio incapace prendeva la più coraggiosa iniziativa della sua vita finendo per mettere i bastoni tra le ruote, all'indagine e a Gustìn, con precisione e tempismo certosini.

Salirono al piano di sopra. Con le finestre inchiodate, le ombre nascondevano ogni cosa, tranne che nelle vicinanze di alcune candele che tremolavano sul pavimento, lasciando riconoscere le sagome di porte chiuse.

Gustìn aprì la più vicina.

All'interno la tenebra era ancora più fitta, e puzzava di chiuso e vestiti sporchi.

«Che succede?» disse una voce di ragazza da dentro la stanza.

Gustìn aguzzò la vista e vide una figura seduta su un letto dalle coperte disfatte. Prese una candela ed entrò.

«Va tutto bene» disse.

«Che succede?» ripeté la giovane.

Sembrava molto tranquilla. Tranquilla o rassegnata.

Stava aspettando un cliente o un padrone?

«Non dovete avere paura» Luigi si rivolse a lei come se fosse stata una nobildonna. «Siamo venuti a liberarvi.»

Le lenzuola frusciarono. Due occhi scuri brillarono al riflesso della candela, al centro di quello che era il viso della sagoma.

«Liberarmi?»

«Sì» Luigi si avvicinò. «Abbiamo arrestato i vostri carcerieri, potete tornare a casa.»

«Io non posso tornare a casa.» La ragazza aveva il viso stanco e occhi privi di espressione. «Sono stata venduta.»

Gustìn si sentì addosso gli occhi di Luigi.

Benvenuto nel mio mondo, bamboccio.

Sperò che l'impatto con quel mondo lo facesse stare zitto per un po'.

Ne aveva abbastanza della sua voce remissiva, dei suoi scrupoli inutili e delle sue domande stupide.

«Potrete... potrete andare dove volete» balbettò Luigi.

«Non ho più posti dove andare.» La ragazza si tirò le coperte fino al petto, il suo viso scomparve nel buio. «Lasciatemi in pace.»

«Davvero non volete...?»

«Lasciatemi stare!»

Gustìn prese Luigi per un braccio e lo portò fuori. Lo sbirro si guardava indietro con uno sguardo sconfitto.

«Non capisco, l'abbiamo liberata. Non capisco.»

«Lo so» rispose Gustìn. «Ma non è colpa vostra. Questo mondo non lo conoscete, ha le sue regole.»

«Dovrò imparare a conoscerlo in fretta, allora.» Dopo un istante Luigi aggiunse: «E se vorrete aiutarmi, ve ne sarò grato.»

Scesero di sotto senza parlare.

Erano quasi arrivati alla porta quando Gustìn sentì la voce di Alberto.

«No, non ero a conoscenza di questi traffici» stava dicendo. «Altrimenti li avrei denunciati al vicario, è naturale.»

Gustìn uscì precedendo Luigi e vide il cantoniere che stava parlando con l'ufficiale del drappello. Aveva la stessa espressione decisa con cui aveva affrontato Gustìn e il suo interrogatorio, qualche settimana prima, ma ripulito della smorfia insolente.

Alberto alzò gli occhi e lo guardò senza vederlo, come se fosse stato fatto di aria. Riprese a parlare all'ufficiale, ma a voce più bassa.

Gustìn vide Tampardù in mezzo ai suoi compari, tutti in catene e sorvegliati a vista. Con diversi di loro aveva passato le notti appostato tra i vicoli del Balòn. Si sentì trafiggere da molte occhiate di fuoco.

«Dovrete parlare al vicario e chiedere la loro liberazione» disse a Luigi. Il ragazzo fece una risatina nervosa: «Ma... stamattina gli ho fatto firmare l'ordine di arresto.»

«Lo so, ma abbiamo bisogno che tornino in libertà non appena possibile.»

«Perdonatemi, *monsù*. Non sarò un cervellone e non so niente di come si vive in posti come questo, ma liberare dei criminali...»

«Conoscono bene il borgo, sanno come muoversi. Se loro chiedono, la gente obbedisce e risponde.»

Luigi lo guardò sbigottito, poi fece cenno di sì con il capo.
«Intendiamo utilizzarli. Ho capito.»
Finalmente.
«Proprio così.»
«Parlerò con il vicario. Ci vorrà qualche giorno, temo.»
«Prima è, meglio è. Sorvegliavano il *Balòn* al posto nostro. Finché non ci ritornano rendiamo più facile il gioco a quelli che invece vorremmo fermare.»
«Mi rincresce avere ostacolato tutto questo» si scusò Luigi. «Se solo mi aveste detto...»
«Avrei dovuto» ammise Gustìn. «La prossima volta lo farò.»
Qualcosa in quel ragazzo continuava a non piacergli, ma certo non poteva negare che avesse ragione.
Con i loro prigionieri al seguito, si avviarono per tornare in città.
Gustìn notò che Alberto si era congedato riuscendo a evitare di rivolgerli parola. Il pensiero gli suscitò un sorriso divertito. Il cantoniere si stava rodendo il fegato per la storia di Laura, di sicuro.
«Avete scoperto qualcosa sul conto di Alberto Mattiroli?» domandò a Luigi.
«Non molto.» Il ragazzo si sfregò una manica del vestito per togliere una macchia di terriccio che vi era rimasta posata.
Non sono l'unico a essermi buttato a terra mentre sparavano, osservò Gustìn.
«Il cantoniere di Borgo Dora è un uomo dai vizi piuttosto comuni» continuò Luigi. «Cose che può soddisfare in un'osteria o in una casa di piacere.»
«Bacco e Venere.»
«Esattamente. È un uomo rispettato, sia nel suo mestiere di vinaio che come cantoniere. Fa regolare rapporto al vicario. Ho riportato tutti i suoi movimenti negli ultimi otto giorni.»
Gustìn si vide porgere un plico di documenti. Luigi li aveva tenuti in tasca fino a quel momento. Ne sfogliò un paio: doveva ammettere che si trattava di un lavoro accurato.
«Lo studierò con attenzione» promise.
«Mentre pedinavo il cantoniere» Luigi esitò, con un'espressione da cane bastonato, «ho visto il vostro socio.»

«Quale socio?»

«Felice Moris. Non guardatemi con quella faccia, lavoro per il vicario. So chi sono gli uomini di fiducia del conte Gropello.»

Gustìn non rispose. Luigi lo aveva sorpreso, questa volta. Non tanto per quello che sapeva, quanto per il modo con cui l'aveva rivelato. C'era una consapevole amarezza nella voce, come di chi sa di partire sconfitto eppure non vuole arrendersi.

«Gli avete chiesto voi di pedinare il cantoniere?»

«Sì» ammise Gustìn.

«E lo avete chiesto anche a me.»

«Sì.»

«Volevate vedere se sono capace di fare questo mestiere.»

«Perdonatemi, dovevo farlo.»

«Dovevate farlo, sì. E non occorre perdonare niente. So bene di dovermi guadagnare il vostro rispetto.»

La franchezza di Luigi era disarmante.

«Grazie» disse Gustìn. Scoprì di sentirsi in imbarazzo davanti a lui.

«In un'indagine come questa è giusto pesare bene quello che si dice e a chi» ricominciò Luigi. «Abbiamo poche tracce e rivelarle alla persona sbagliata potrebbe costarci caro, non è così?»

Quella frase conteneva più verità di quanto lo stesso Luigi potesse immaginare. Gustìn annuì e lo lasciò parlare.

«Sono contento che vogliate mettermi alla prova. Deciderete voi se, e quando sarà il momento di dividere con me quello che riterrete opportuno. Immagino che i vostri segreti siano già in buone mani, come quelle di *monsù* Moris.»

Gustìn non era più sicuro che lo fossero, e quel discorso non faceva che infiammare un nervo già scoperto.

Felice era il depositario dei segreti di Gustìn da vent'anni. Non gli aveva mai dato motivo di dubitare di lui. Non ancora.

Forse, semplicemente, prima non c'era stato mai davvero stato bisogno di mettere Felice alla prova. Forse prima gli occhi di Gustìn non si erano soffermati sulle cose sbagliate.

24

20 agosto 1706

L'ordinata confusione del mercato di piazza Carlina era qualcosa a cui Gustìn aveva ormai fatto l'abitudine. Le bancarelle e le tovaglie su cui erano disposte le merci, le tettoie di paglia, le coperte colorate appese per dividere gli spazi e formare alcove, in un miscuglio di voci e odori che giungevano da tutte le parti.

Gustìn aveva imparato il percorso per arrivare più in fretta al banco di Laura, ma anche come girarci intorno per farle una sorpresa.

La sera prima il dovere lo aveva costretto a mancare il suo appuntamento. Non vedeva l'ora di essere davanti a lei, chiederle scusa e recuperare il tempo perso.

Entrò nella piazza lasciandosi alle spalle la chiesa di San Francesco da Paola e passando accanto al quartiere del Ghetto. Prima della guerra avrebbe sentito il frastuono del mercato ben prima di arrivarci. Adesso invece il silenzio e i pochi clienti facevano sembrare immensa una piazza già grande.

Diede uno sguardo ai cestai che lavoravano ai gabbioni in un angolo della piazza. Era passato quasi un mese dal giorno in cui era andato a interrogarli sulla scomparsa di uno di loro e poco più tardi, mentre vagava senza meta per il mercato, aveva conosciuto Laura.

Tutto quello che era successo dopo, gli incontri successivi tutt'altro che avvenuti per caso, la cena a casa di Laura, il litigio con Costanza, il bacio, la dichiarazione, era successo perché la sua indagine lo aveva portato a parlare con un gruppo di uomini che Von Daun aveva fatto sistemare in piazza Carlina anziché in piazza delle Armi o nel cortile di un qualunque palazzo nobiliare di Torino.

Si allontanò dalla fila di palazzi per avviarsi verso la tettoia che ospitava i mercanti che vendevano prodotti diversi dal vino. Si fermò nello spazio lasciato tra i banchi di una verduriera e di un pollivendolo, guardando attraverso il passaggio formato dai tendaggi, coperte e steccati di legno tenuti dritti da pali e cordicelle, e a cui era appeso un po' di tutto. In fondo a quella specie di corridoio, si sarebbe trovato di fianco alla bancarella di Laura.

C'era qualcosa di piacevole e rassicurante in quel colorato disordine, ma Gustìn sapeva che dipendeva dalla certezza di trovarvi ciò che desiderava.

Entrò nel percorso tra i banchi, sfiorando le tende con le mani. La morbidezza del tessuto non era paragonabile a quella della pelle di Laura. Il cuore gli batteva più forte quando arrivò in fondo al passaggio.

Tese le orecchie. Ecco, nel mezzo del vociare riconobbe il suono della voce di lei. Trattenne il respiro.

Sentì che Laura stava parlando con Rosina e Gustìn se ne rallegrò, anche se ormai cominciava a sospettare che la signora Vittoria, la più ostile delle tre donne di casa, evitasse di accompagnare Laura in piazza Carlina. Forse per non essere costretta a lavorare agli ordini di qualcun altro.

Fece un passo avanti e lo spazio si aprì alla sua destra, sulla profumata bancarella dei saponi. Il cuore batté così forte che Gustìn lo sentì pulsare nelle orecchie.

«*Cerèa, mademoiselle* Laura.»

Lei alzò gli occhi, e in quell'istante prima che lo riconoscesse, prima che le sue labbra si distendessero in un sorriso, Gustìn vide che era stanca. No, non solo: era abbattuta. In quella frazione di istante tra stupore e affetto, sul suo viso si era insinuata un'ombra di tristezza. Poi l'ombra scomparve e tornò la luce.

«*Cerèa*, Gustìn.»

«Perdonatemi per ieri sera. Ho avuto un imprevisto.»

«Ne ero certa. Non c'è nulla da perdonare.»

«*Cerèa, monsù.*» Rosina apparve dall'altro lato del banco. Gustìn la salutò con un inchino, levandosi il cappello.

«*Cerèa, madama.* Porgo anche a voi le mie scuse. Spero di non avere incomodato tutta la famiglia.»

«Ci siete mancato» disse Rosina, sorprendendolo. Nel suo sguardo c'era la stessa ombra che aveva oscurato, un attimo prima, il viso di Laura.

È successo qualcosa, comprese Gustìn, con un tuffo al cuore. Qualcosa che aveva rattristato le due donne. Non grave abbastanza da impedire loro di venire al mercato, però, come avrebbe potuto esserlo un malore di Fioreste.

Gustìn si voltò a guardare Laura specchiandosi nella dolce tenacia dei suoi occhi. Avrebbe voluto abbracciarla e riempirla di baci, ma non poteva farlo davanti a tutti e di certo non di fronte a Rosina.

«Spero non sia accaduto nulla di serio» disse.

Le due donne si scambiarono un'occhiata.

Laura aprì la bocca per parlare, esitò, la richiuse. Poi finalmente disse: «Non posso più vendere profumi.» Esitò, poi aggiunse: «Solo saponi.»

Un'altra emozione si era affacciata sul suo volto, e quell'emozione era collera.

«Perché?» le chiese.

«C'è stato un incidente. Ho perso delle essenze e dei botticini di vetro.»

«Ma ne avevate delle altre da parte?»

Lei si accigliò. Abbassò gli occhi sul banchetto. Seguendo il suo sguardo Gustìn si accorse solo in quel momento che non erano esposti profumi, ma solo pezzi di sapone. Laura aprì la bocca e le parole uscirono dure e pesanti come pietre.

«Mi sono rimaste delle scorte, ma i botticini per contenerle costano troppo, non posso permettermeli.»

«Posso aiutarvi io.»

Laura scosse la testa.

«No.»

«Non volete che io vi aiuti o non volete che nessuno vi aiuti?»

«Non voglio vivere della carità di nessuno, finché ho la possibilità di farlo con il mio lavoro. Lo capite?»

Gustìn ebbe la sensazione che se l'avesse stretta in un abbraccio avrebbe potuto spezzare qualcosa di infinitamente delicato. Eppure, in una maniera di cui forse lei stessa non era consapevole, quella stessa fragile giovane donna irradiava forza, determinazione, coraggio, da fare invidia a un qualunque soldato del Duca.

«Non vi sta dicendo tutto» s'intromise Rosina, avvicinandosi.

Gustìn sentì un brivido gonfiargli la pelle.

«Dirmi cosa?»

Laura si strinse le braccia al petto. Aveva cominciato a tremare.

«Cos'è successo?» insisté Gustìn.

«Ieri sono stata aggredita.»

Quelle parole attraversarono i pensieri di Gustìn, scomparendo e riapparendo da una fitta nebbia rossa.

«Mi hanno spinto a terra per rubarmi la borsa» continuò Laura. «Ma sto bene, non mi sono fatta niente.»

Aveva gli occhi gonfi di lacrime. Gustìn la guardò, poi guardò Rosina per chiedere conferma. L'anziana donna fece cenno di no: «Ha battuto la testa.»

«Fatemi vedere» ordinò Gustìn, più rudemente di quanto avrebbe voluto.

Laura aveva cominciato a piangere. Non fece resistenza quando Gustìn le spostò la cuffietta dalla fronte. Poco sotto l'attaccatura dei capelli c'era un livido, gonfio e nerastro. Quando lo sfiorò, lei gemette.

«Deve fare molto male» sussurrò. «Sapete chi è stato?»

«Sì» rispose lei, con una voce così bassa da sembrare un sibilo. Socchiuse gli occhi e un rivolo di lacrime scivolò lungo le guance. «Il garzone di mastro Gastaldo, un profumiere della Città Vecchia. Lui… credo che lui pensi che gli abbia portato via dei clienti.»

Gustìn ebbe la sensazione che Laura non gli stesse dicendo tutta la verità.

«Solo per quello? Voi siete più brava di lui e lui vi aggredisce per rubarvi la borsa? Cosa c'era nella borsa?»

«Boccette e campioni di essenze.»

«È per quello dunque che non potete più fare profumi?» Laura annuì. «Bisogna denunciarlo al vicario.»

«No!» Laura spalancò gli occhi e in quegli occhi Gustìn vide il terrore. «No, Gustìn, per favore, non possiamo denunciarlo!»

«Perché?»

«Già, perché?» disse Rosina. Gustìn si era quasi dimenticato che fosse lì.

Laura si torceva le mani, tormentata.

«Io e mio padre conosciamo quel garzone. Lo conoscete anche voi, Rosina. È arrivato a Torino insieme a noi. Ha vissuto con noi, i primi tempi.»

«Maurizio?» Rosina si mise una mano sulla bocca. «Ma non era morto?»

Laura scosse la testa, deglutì e Gustìn riconobbe tutto il suo sforzo per farsi coraggio mentre lo guardava per spiegargli il resto.

«Maurizio era l'apprendista di mio padre. Ci portò via parte delle scorte di essenze e molte attrezzature, tre anni fa. Per quello mio padre ha avuto il colpo al cuore. Pensavamo fosse morto, invece si è messo a lavorare per un altro profumiere. Se per disgrazia mio padre sapesse che è ancora vivo… che ci sta facendo concorrenza… che ha cercato di farmi del male…»

«Certo, comprendo» rispose Gustìn. Comprendeva ma non intendeva lasciare le cose in quel modo. «Dove lavora Maurizio?»

«Per favore…»

«Ditemi dove lavora. Lo scoprirei comunque, sapete il mestiere che faccio: ci metterei solo un po' più di tempo.»

Laura chiuse gli occhi, li riaprì.

«Mio padre non dovrà mai essere coinvolto. Siamo intesi?»

«Non saprà nulla» promise Gustìn.

«Mio padre non dovrà essere coinvolto» ripeté Laura, questa volta a Rosina. La donna annuì.

Allora Laura disse a Gustìn dove trovare la bottega di Mastro Gastaldo e gli spiegò come riconoscere Maurizio. Gli spiegò anche come il sabato precedente aveva dovuto difendersi, alla Congregazione dei Mercanti, da un tentativo di farle chiudere bottega che con tutta probabilità nasceva da una denuncia dello stesso Gastaldo. E di come Maurizio l'avesse minacciata una volta, qualche settimana prima.

«Sono stanca di questa storia» disse alla fine, asciugandosi le lacrime. «Stanca, Gustìn. Ma non voglio che Fioreste ci vada di mezzo. E non voglio che succeda qualcosa a voi.»

«Intendo solo dire due paroline a quel Maurizio e al suo padrone. Non ho bisogno di sporcarmi le mani: ho argomenti più convincenti.»

«Non correrete pericoli per me?»

«Sono pronto a morire per voi.»

La vide inorridire, poi scuotere la testa.

«No. No, Gustìn. Non dite sciocchezze. Promettetemi che non vi metterete in pericolo a causa mia.»

Lui si protese e le scoccò un bacio. Contro le regole, di fronte a tutti.

«Non mi conoscete bene» sorrise. «Per qualcuno, sono io il pericolo.»

Salutò Laura e Rosina, avviandosi fuori dalla piazza.

Era furioso come non immaginava che sarebbe mai potuto essere. Qualcuno aveva osato mettere le mani addosso a Laura. L'aveva minacciata, l'aveva derubata. Le aveva fatto male in molti modi.

La rabbia gli ronzava nella testa e gli rodeva le viscere quando entrò nei quartieri della Città Vecchia. Ovunque c'erano tavoli disposti all'ombra dei palazzi, e qualcuno era seduto a mangiare o giocare a carte. Girò attorno alla chiesa di San Francesco e imboccò la stretta via dei Guardinfanti facendosi guidare dal profumo. Si sentiva addosso molti sguardi curiosi. Avrebbe dato motivo di chiacchiere per il resto della giornata, e forse anche oltre.

Raggiunse la bottega di mastro Gastaldo e si fermò sulla porta. Il padrone era un ometto sulla sessantina, menomato da una mano ridotta a un troncone senza dita: Gustìn si chiese se fosse nato così o avesse avuto un incidente, ma non riuscì a guardarlo con alcuna indulgenza.

Gastaldo era dietro un bancone, intento a mescolare il contenuto di una ciotola con la mano buona, e a tenere d'occhio tre uomini più giovani che sminuzzavano fiori su taglieri di legno. L'aroma che si sentiva fin dalla strada adesso dava quasi alla testa. Gustìn fece un passo avanti ed entrò in bottega.

«Come posso servirvi?» gli chiese il bottegaio.

«Siete voi mastro Gastaldo?»

«Sì, *monsù*. Mastro profumiere e saponaio da quasi...»

Gustìn l'interruppe: «Chi di voi è Maurizio?»

I tre operai si fermarono. Gustìn notò gli sguardi convergere su un uomo alto dalle spalle curve e lo sguardo cupo. Aveva un filo di barba e occhi scurissimi.

Alle sue spalle sentì la voce del bottegaio che protestava: «*Monsù*, questa è la mia onorata bottega e vi chiedo gentilmente...»

«Sapete che date lavoro a un furfante, *monsù* Gastaldo?»

L'uomo sbottò: «Oh, questa poi!» La sua aria indignata, di innocenza offesa, non era affatto convincente. «Sulla base di quali prove voi accusate...»

«Basta!»

Gastaldo smise di parlare. Gustìn si avvicinò al bancone e tirò fuori dalla tasca il lasciapassare di Gropello. Lo sventolò davanti agli occhi del profumiere.

«Conoscete questa firma? No? E il nome del conte Gropello vi dice qualcosa? Ah, quello sì, eh? Io lavoro per lui.»

Gastaldo impallidì, poi lanciò un'occhiataccia di traverso in direzione dei suoi lavoranti.

«*Monsù*, io non ho idea di cosa possa... avere fatto il mio... garzone... però vi assicuro che...»

«Voi dovete assicurarmi solo una cosa, *monsù* Gastaldo. Una sola.» Gustìn rimise il documento in tasca. «Che voi e i vostri garzoni lascerete in pace Fioreste e Laura Chevalier.»

«Non so chi siano!» disse subito Gastaldo. Troppo in fretta per non far credere che si fosse già preparato quella risposta.

«Non prendetemi per il culo!» Gustìn sbatté entrambi i pugni sul tavolo, facendo tintinnare la ciotola e sobbalzare il bottegaio.

Gastaldo, Maurizio, i due apprendisti lo guardavano spaventati. Al di là della finestra della bottega, erano affacciati i visi dei vicini. Il silenzio era completo.

«Chiuderò un occhio su quello che avete fatto» disse Gustìn, pulendosi la mano sulla giacca e con la voce più calma che riuscisse a trovare. «Il passato è passato.»

«Sì, *monsù*» convenne Gastaldo.

«Il passato è passato?» Gustìn si rivolse a Maurizio. E lui ripeté: «Il passato è passato.» Aveva una voce roca, bassa, che ricordava il ringhio di un grosso cane.

«E sapete cosa dovete fare?» Gustìn parlava come se si stesse rivolgendo a dei bambini, o a degli sciocchi. «Lo sapete?»

Lo guardavano senza parlare, come se fosse stato un qualche genere di portento sceso dal cielo. Picchiò di nuovo il pugno sul tavolo urlando: «Sì o no?»

«Sì» sussurrò Gastaldo, e si inchinò educatamente.

«E tu?» Per un attimo Maurizio lo fissò con aria di sfida, poi abbassò lo sguardo e mormorò qualcosa. «Che hai detto?»

«Ho detto sì.»

«Voi lascerete stare Fioreste e Laura Chevalier. Altrimenti renderò la vostra vita un inferno. Avete capito?»

«Sì» disse di nuovo il bottegaio.

«Sì» disse Maurizio. Gli altri due apprendisti lo imitarono, terrorizzati anche se quel discorso non li riguardava e forse nemmeno l'avevano capito.

Gustìn si avvicinò a Maurizio. Era più basso di lui, e dovette alzare gli occhi per incrociare i suoi, ostinati e senza emozioni.

«Ti piace fare male alle *tòte*?»

Maurizio si raddrizzò sulla schiena, forse per sembrare ancora più alto e minaccioso. Teneva gli occhi fissi su quelli di Gustìn, così non vide arrivare il pugno alla bocca dello stomaco. Lanciò un urlo e si afflosciò sul pavimento.

«Ti piace anche quando lo fanno a te?» gli gridò Gustìn, massaggiandosi le nocche. L'impatto con lo sterno del garzone era stato gratificante. Maurizio non rispose, non fece nulla se non respirare affannosamente. Non reagì mastro Gastaldo, non reagirono i suoi apprendisti, e nessuno di quelli che assisteva alla scena dalla finestra e dalla porta della bottega.

Quando Maurizio tentò di rimettersi in piedi, ancora stordito, Gustìn lo colpì in faccia, e sentì qualcosa di duro affondargli nella carne. Maurizio cadde di nuovo e il sangue sprizzò dalla sua bocca, insieme a un grumo che forse era un dente. Rimase a terra, la faccia sanguinante, gli occhi chiusi.

Gustìn si chinò su di lui e ringhiò: «Se le metti una mano addosso un'altra volta... se anche solo ci provi... giuro su Dio che ti ammazzo come il cane che sei.»

Gli tirò un calcio nel fianco con tutta la forza che aveva, e si augurò che pisciare sangue per qualche giorno avrebbe aiutato Maurizio a imprimersi il messaggio nella memoria.

Per uscire dalla bottega passò davanti a mastro Gastaldo.

Gli sorrise e lo salutò levandosi il cappello, come di fronte a un galantuomo o a un vecchio amico.

25

22 agosto 1706

Domenica, dopo pranzo, Gustìn era tornato a far visita a Laura e alla sua famiglia. Aveva attraversato la via di Po, poi i prati di Vanchiglia, sotto lo sguardo vigile e speranzoso degli ambulanti che speravano, vedendolo così ben vestito, di potergli vendere qualcosa. Al di là delle porte di Palazzo, una fioraia sorrideva ai passanti porgendo mazzolini di fiori di campo.

Quando Gustìn le era passato accanto gli aveva chiesto: «Volete dei fiori per la vostra innamorata…?»

Sembrava che gli avesse letto nel pensiero. L'aveva pagata con una moneta d'argento che valeva venti volte il prezzo dei fiori, poi le aveva baciato la mano: la ragazza ne era stata così sbalordita da non riuscire nemmeno a dire grazie.

Insieme ai fiori aveva portato delle paste fresche di forno. A casa di Laura aveva mangiato le paste con la sua famiglia e accettato un bicchiere di vino. Aveva conversato con Fioreste e sopportato le occhiatacce di Vittoria.

Un semplice scambio di sguardi aveva fatto sapere a Laura, e a Rosina, che Maurizio non avrebbe più dato problemi. Nessuno quel giorno aveva voglia di parlare del disonesto garzone e di mastro Gastaldo.

Dopo il vino e i biscotti, dopo la chiacchierata, Gustìn aveva ottenuto da Fioreste il permesso di portare Laura a passeggio. Ad accompagnarli era Rosina, che li seguiva a qualche passo di distanza. Abbastanza lontana da non sentire i loro discorsi, abbastanza vicina da fare da garante per la reputazione di Laura.

Così, tutti e tre, tornarono in città accompagnati da un sole abbagliante. Erano in buona compagnia: malgrado l'assedio, molti torinesi continuavano a tener viva l'abitudine della passeggiata domenicale.

Gustìn sentiva Laura così vicina che ogni tanto la gonna lo sfiorava. Il suo profumo era inebriante. Quando lei aumentava il passo, tirandolo per mano, aveva quasi paura che se l'avesse lasciata andare sarebbe volata via come un uccellino.

Aver affrontato Maurizio per Laura lo faceva sentire euforico e invincibile, e sembrava avere reso la giovane più luminosa che mai.

A Laura piaceva parlare e quel giorno lo faceva con entusiasmo. Gustìn ascoltava, incantato dal suono della sua voce.

Gli raccontò di Nizza, della cascina di Fioreste tra i monti Alban e Boron, delle colline con gli oliveti e dei campi fioriti. Sfiorò di nuovo il ricordo di sua madre per arrivare ai libri che aveva letto, le avventure di Calandrino e Buffalmacco, le astuzie di Bertoldo e le vite dei santi.

Aveva un'immaginazione fertile e un talento naturale nel narrare storie, rendendo la voce più profonda per i personaggi maschili, o più stridula quando interpretava i vecchi. Ogni volta, Gustìn era diviso tra la tentazione di applaudirla come se fosse stata un attore dopo uno spettacolo, o abbracciarla e riempirla di baci davanti a tutti, sfidando anche i divieti di Fioreste e la disapprovazione di Rosina che continuava a seguirli come un'ombra discreta.

Dopo che ebbero camminato fino al limitare della zona evacuata, tornarono indietro passando da via degli Argentieri. Le botteghe di oreficeria erano chiuse, non solo perché era il giorno del Signore: anche se alcuni artigiani avevano spostato le merci in cantina e continuavano a venderle a lume di candela, la maggior parte aveva chiuso i battenti sperando in tempi migliori.

«C'è una cosa che vi devo dire. Ma non so come dirvela.» Laura aveva abbassato la voce, con un tono che Gustìn non riuscì a interpretare.

«Non siete obbligata, se pensate che non sia necessario.»

«Credo sia necessario, invece. Riguarda la vostra indagine.»

Gustìn la guardò senza nascondere la sua sorpresa. «Cos'avete saputo?»

«A dire il vero, si tratta di congetture. E molte di queste non riesco a spiegarle con il lume della ragione.»

Gustìn avrebbe voluto risponderle che quasi nulla di quella storia aveva spiegazioni razionali. Si guardò attorno per assicurarsi che nessuno li ascoltasse. Incrociò lo sguardo di un ometto affacciato a una finestra, che indicò Laura e gli strizzò un occhio in segno d'incoraggiamento. Quel gesto, che pure era amichevole, lo fece rabbrividire.

«Raccontate» disse a bassa voce. «Io ascolterò.»

«C'è una casa abbandonata, nel quartiere di San Francesco. La gente la chiama la Casa dei Tori. Ci sono sculture di pietra e segni sui muri che ritraggono teste di toro. Ne avete mai sentito parlare?»

Gustìn scosse la testa. Quel luogo gli era sconosciuto, eppure credeva di conoscere ogni angolo della Città Vecchia.

«E il nome di Francesca Reminiac vi dice qualcosa?»

«Sì. Ma è un ricordo vago di quand'ero bambino. Una matta della Città Vecchia o qualcosa del genere.»

La voce di Laura risuonò limpida sullo sfondo di silenzio tra loro.

«Era la padrona della Casa dei Tori. Dopo essere diventata vedova, si era dedicata ad aiutare la povera gente. C'è chi dice che fosse pazza, altri che fosse una santa. Prima di togliersi la vita maledisse la casa, e tutti i parenti che cercarono di ottenerla in eredità morirono in modo strano.»

«Chi vi ha raccontato questa storia?» la interruppe Gustìn: lei lo guardò come se si fosse appena svegliata da un sogno.

«Non è importante.» Poi, con una voce pervasa da un tremito, continuò: «Sulla porta della mia casa c'è lo stesso segno, la testa del toro. E pure sulla porta della mia vecchia casa, dove stavo i primi tempi che ero arrivata a Torino.»

Gustìn notò che Laura aveva smesso di parlare: quello che vide, o che non vide, qualunque cosa si aspettasse, sembrò convincerla a continuare: «Qualcuno fa come gli zingari quando vogliono andare a rubare nelle case: segna le porte con la testa del Toro per segnare le famiglie da proteggere.»

Gustìn sgranò gli occhi, senza riuscire a nascondere il suo stupore: Laura era arrivata a molte delle sue stesse conclusioni. E adesso sapeva di essere protetta dall'Uomo del Crocicchio. Eppure non fu quel pensiero a spaventarlo. Perché si spaventò, eccome. Fu per quello che Laura disse dopo,

«C'è dell'altro.» Le parole uscirono dalle sue labbra come avvolte nella seta: «Valentina Abbà viveva in una baracca vicino al macello. Un mattino è uscita per andare a lavorare. Non è mai tornata. Ho parlato con i vicini: gli sbirri pensano che sia scappata con il fidanzato, ma loro sono sicuri che non avesse un fidanzato.» Laura prese un lungo respiro. «Nessun segno sulla porta. O per lo meno, io non l'ho trovato.»

La smorfia che rivolse a Gustìn forse era un sorriso, ma l'espressione degli occhi ne spegneva tutto il calore. Sussurrò: «Poi c'è stata Matilde Claris.»

«Matilde Claris» ripeté Gustìn, anche se non sapeva chi fosse.

«Una ragazza giudiziosa, dicono tutti. Un mattino non si è sentita bene e i suoi genitori sono andati al mercato senza di lei. Quando sono tornati, la porta di casa era aperta... nessun segno nemmeno sulla loro porta, badate. Dentro era tutto in ordine, niente era stato portato via. Tranne Matilde. Non aveva mai avuto un fidanzato, dice sua mamma. E negli ultimi giorni sembra che qualcuno l'avesse importunata, per strada.»

«Qualcuno chi?»

«Sua madre non lo sa. Si rimprovera di non averla presa sul serio. E voi, Gustìn, state prendendo sul serio me?»

«Sempre, Laura. Vi prendo sempre sul serio.»

«Bene, perché ci sono altre storie. La prima è quella dei fratelli Fulcheri.»

«Ho indagato anche io sulla loro scomparsa.» Nello sguardo di Laura, Gustìn riconobbe un'ombra di rassegnazione. «Anna era la più grande, non è tornata a casa dall'osteria in cui lavorava. I fratelli hanno denunciato la cosa al vicario. Il giorno dopo non c'erano più neanche loro. Una vicenda molto... singolare.» Era stato sul punto di dire "inquietante".

«Ho saputo che negli ultimi giorni, Anna era terrorizzata» aggiunse Laura. «A un'amica ha confidato che la sera, mentre tornava a casa, aveva la certezza di essere seguita. Una volta si era voltata in tempo per vedere l'ombra di un uomo con un mantello. Un mantello, Gustìn... in piena estate. Anna era scappata ed era riuscita a chiudersi in casa prima che quello... la prendesse.»

Gustìn aveva la gola secca. Un uomo col mantello. Come quello che si era calato dalla finestra di Fontana dopo averlo spaventato a morte per metterlo a tacere. Si schiarì la voce per parlare, ma non riuscì ad aprire bocca.

Laura fece un sorriso amaro, come se si fosse aspettata quel silenzio.

«Sulla porta della loro casa ho visto gli stessi segni che ci sono sulla mia: la testa del toro. I vicini dicono che il padre dei Fulcheri era in una banda della Città Vecchia o che aveva fatto qualcosa per loro. Dicono che doveva essere stato qualcuno della banda a segnare la porta, per far sapere che i ragazzi erano sotto la loro protezione» Laura annuì convinta. «Capite? Erano orfani e poveri, eppure riuscivano a tirare avanti *perché erano sotto la protezione di qualcuno.*»

«Non questa volta» obiettò Gustìn. Lei gli fece segno di aspettare: «Poi ci sono le persone scomparse su cui anche voi state indagando. La casa di Jean Christophe Favre non era stata segnata, e nemmeno quelle delle famiglie Rubeo, Giachella, Claris, Abbà, Cossato. O del mercante d'olio Ronca Infine le case che hanno il segno del toro sulla porta. *Barba* Ciancèt, i Turino che occupano la casa dove stavo prima, i Barenco vicino alle concerie, i Manzo davanti all'osteria dell'Uomo Selvatico, i Coha che hanno un piccolo forno. Sulle nostre porte c'è il segno, e a noi non è successo niente... finora.»

«Ma se fosse come dite, che quel segno sulla porta protegge le persone dai rapimenti... o indica quelle da non rapire, dovremmo convenire che non sempre funziona» obiettò Gustìn. «I Fulcheri, per esempio, sono scomparsi.»

«Forse chi li ha rapiti non conosceva il significato dei simboli» rispose Laura, come se si aspettasse quell'obiezione. «E tra qualche tempo si troverà il suo cadavere mutilato o sbranato. È già successo.»

«Quando "è già successo"? A chi?»

«All'assassino di Maria Vittoria Barbato: qualche anno fa la ritrovarono che galleggiava nella Dora, gonfia di lividi. C'era un facchino delle concerie, tutti sapevano che era innamorato di lei e che Maria non lo voleva. Gli sbirri lo interrogarono ma non avevano prove. Passò ancora qualche giorno, e il ragazzo non tornò a casa. Era in uno nei mulini, la testa schiacciata nella macina. Quelli con cui ho parlato dicono che è stata una punizione, non un incidente.»

Gustìn aveva ascoltato senza più curarsi di nascondere il suo stupore. Molti sbirri del vicario avrebbero avuto qualcosa da imparare da quella ragazza. Aveva raccolto una quantità di indizi impressionante e tratto conclusioni molto vicine alla verità. Conclusioni che non aggiungevano niente a ciò che lui aveva scoperto sui Cavalcanti e il loro fondatore, il Toro. Ma Laura era giunta alle sue stesse conclusioni senza avere accesso agli archivi del Duca e ai diari di Vayra.

«Infine c'è quello che ho saputo *dall'Arsigneul*. È una... prostituta del *Balòn*. Il suo vero nome è Elena, ma la chiamano così per... la sua bella voce» Laura distolse lo sguardo. «Spesso viene da me a comprare saponi, ogni tanto qualche essenza. Mi sono ricordata una cosa che mi aveva detto una volta, che non ha un uomo che la sfrutta, come invece succede alle altre ragazze.»

Gustìn comprese quello che lei voleva dirgli.

«Avete pensato che ci fosse qualcun altro che la proteggeva.»

«Sì. Sono andata a chiederglielo, e lei mi ha raccontato una strana storia.»

Laura si fermò, guardandosi di nuovo intorno.

«Elena non è nata a Torino. Quand'è arrivata era sola. Ogni notte chiudeva gli occhi pensando che qualcuno avrebbe potuto ammazzarla nel sonno. Una volta, un cliente che era stato più gentile degli altri si è fermato sulla porta e ha tirato fuori un coltello. Ha inciso qualcosa e ha detto ad *Arsigneul*: "anche tu adesso hai un amico, un amico importante".»

«Di nuovo il segno del toro?»

Laura fece cenno di sì con il capo.

«*Arsigneul* dice che da quella notte nessuno l'ha infastidita, e che nessuno è mai andato a chiederle il conto della protezione.» Fece un lungo sospiro. «Ho finito. Grazie per avermi ascoltato.»

«Sono io che devo ringraziarvi. Le vostre scoperte sono... sorprendenti. Con quante persone avete parlato per ottenerle?»

«Un po'» rispose Laura, con un lieve rossore di compiacimento. «Vi possono essere d'aiuto?»

Potevano, sì. Il fatto che le vittime si sentissero spiate lasciava pensare che qualcuno le sorvegliasse, forse per decidere quando e come rapirle.

E poi c'era un altro dettaglio che le indagini di Laura avevano messo in luce e confermavano i sospetti di Gustìn. Le ragazze rapite erano...

«Quasi tutte quelle fanciulle erano vergini» mormorò Laura nello stesso istante, come se gli avesse letto nel pensiero. «I rapitori preferiscono le vergini.»

Nel suo volto c'era un'ombra di triste rassegnazione. Eppure questo non le aveva impedito di andare fino in fondo alla sua ricerca. Sembrava fragile e a volte lo era, eppure risoluta come il più coraggioso dei soldati del Duca.

In quel momento Gustìn seppe, lucidamente, che era pronto a morire per lei.

«Non dovete avere paura. Come avete detto, ci sono segni premonitori del pericolo. Nei giorni prima del rapimento, le vittime fanno incontri sgradevoli, vengono seguite. Promettetemi che se vi accorgerete di qualcosa verrete da me.»

«E cosa potreste fare, voi, dove nemmeno i Santi riescono?»

«Nessuno è stato portato via dalle case della nobiltà. I rapitori scelgono le loro vittime nei quartieri poveri. Ho qualche influenza e vi giuro che la userò tutta. Dovessi costringere il conte Gropello a ospitarvi a casa sua.»

Quell'immagine gli suscitò un'ondata di irrefrenabile fiducia, e quell'emozione passò dai suoi occhi e dalle sue labbra alle labbra e agli occhi di Laura.

Un istante dopo si ritrovarono l'uno nelle braccia dell'altra.

Gustìn comprese che era sua, e che se avesse voluto avrebbe potuto fare con lei qualunque cosa. Un altro Gustìn, di un tempo non molto lontano, le avrebbe suggerito che se a correre maggiori pericoli erano le vergini, non esserlo sarebbe stata una misura di sicurezza.

E in quel momento si rese conto di quanto era cambiato, perché a respingere la tentazione fu un altro pensiero, che non avrebbe rovinato la cosa più bella che avesse mai avuto. Quando tutta quella storia fosse finita avrebbe chiesto a Laura di sposarlo.

Alle loro spalle Rosina tossicchiò discretamente, a rammentare che era lì per garantire che i due fidanzati mantenessero un contegno adeguato. Gustìn e Laura sciolsero l'abbraccio, e tenendosi per mano s'incamminarono nel traffico di via Dora Grossa senza più parlare di ragazze rapite e tori sulle porte: da quel momento la giornata apparteneva al loro stare insieme e a nient'altro.

Si fermarono a un forno per comprare il pane a bastoncini che piaceva tanto a entrambi, anche se poi Laura lo diede ad alcuni bambini cenciosi che chiedevano la carità all'ombra di un portone.

La gente era affamata perché c'era poco da mangiare, e quel poco costava ogni giorno più caro. Se nessuno moriva di fame era grazie alle distribuzioni di cibo dei preti, e di questo anche Gustìn doveva dare atto.

Malgrado gli sforzi della milizia erano tornati i mendicanti e le prostitute: perfino mentre era con Laura Gustìn ricevette inviti a divertirsi un po', sempre più sfrontati e disperati.

Piazza delle Erbe traboccava di folla, e attorno al patibolo c'era un cordone di soldati armati. Da una delle travi pendeva una corda col cappio già pronto.

«Impiccano un disertore» comprese Gustìn. Laura gli fece notare le finestre aperte e i balconi affollati di spettatori.

«È come se andassero a teatro.» La sua voce era colma di amarezza.

«Andiamo via prima che arrivi il condannato» disse Gustìn. Laura annuì. Intorno a loro si stava già radunando la folla. Tenendo Laura per mano, Gustìn avanzò a fatica tra la gente che si muoveva in direzione opposta alla loro.

La confusione e il sole rovente facevano girare la testa.

Gustìn si sentì lasciare la mano. La calca si era chiusa tra lui e Laura, e per un attimo vide la cuffietta bianca spuntare dietro il passaggio di un donnone vestito a festa, un ragazzetto smunto e una lavandaia con l'inseparabile cesto. Rosina non si vedeva più da nessuna parte.

Tornò indietro facendosi largo a forza, sollevando le proteste indignate del donnone e un gridolino del ragazzo a cui forse aveva pestato il piede.

«Cosa c'è di male? Parliamo un po'...» stava dicendo a Laura un uomo di mezza età, con la pancia prominente e il grembiule macchiato di vino.

«Sono qui» ringhiò Gustìn, e lei gli si strinse contro. Il grassone lo fissò ricambiando lo sguardo minaccioso, poi alzò gli occhi e i suoi lineamenti si irrigidirono in un'espressione di muto terrore.

Gustìn pensò che fosse un trucco e si preparò a difendersi chiudendo i pugni.

Qualcuno gridò e solo allora, rendendosi conto che l'uomo aveva davvero smesso di interessarsi a lui, Gustìn seguì il suo sguardo.

Due rotonde macchie nere attraversavano il cielo chiarissimo, lasciandosi dietro un pennacchio tremolante. Qualcosa di rosso brillava nelle due strisce di fumo, come occhi malevoli. Sembrarono fermarsi nell'aria, roteando su se stesse.

Poi cominciarono a cadere.

Il coro di terrore fu soffocato dall'esplosione della prima bomba, ancora troppo in alto. La seconda sfondò un tetto, e un attimo dopo si udì lo scoppio, e polvere e calcinacci furono scagliati in mezzo alla piazza. La gente prese a correre in tutte le direzioni.

Gustìn tirò Laura accanto a sé e la strinse con forza mentre si guardava attorno alla ricerca di un posto sicuro. Non sotto un portico che sarebbe potuto crollare, non vicino a una casa che avrebbe potuto scagliare schegge di pietra. Se la piazza fosse stata deserta avrebbe fatto sdraiare Laura e si sarebbe messo sopra di lei per proteggerla, ma in quel momento sarebbero stati calpestati.

Altre bombe sibilarono in cielo. Una nuova batteria francese doveva aver preso posizione e questo era il risultato dei tiri che mancavano la Cittadella.

«Sotto la forca!» esclamò Gustìn.

«Rosina!» Laura fece resistenza. «Dov'è Rosina?»

«Non c'è tempo!»

«Rosina!» Il grido di Laura fu sovrastato da decine di altri.

«È al sicuro, là sotto il portico!» improvvisò Gustìn, ricominciando a trascinarla verso il patibolo.

«Dove?»

«Là!»

«Non la vedo!»

«L'ho vista io!»

Nella piazza regnava il panico: alla folla presente per l'esecuzione si erano aggiunti gli abitanti delle case, che sciamavano fuori dalle porte e dai cortili. Tossivano e ansimavano, urlavano e piangevano, coperti di polvere di mattoni.

Molti correvano alla cieca, senza rendersi conto che in quel modo si intralciavano gli uni con gli altri. Qualcuno invece rimaneva in piedi o in ginocchio, pregando ad alta voce.

Gustìn cercò di arrivare alla piattaforma, rallentato dalla confusione. Si sentì tirare un pugno nelle costole e dovette soffocare un gemito di dolore.

Un cornicione crollò con un rombo terribile di mattoni sbriciolati che sembravano lo scroscio di un temporale: voltandosi, Gustìn fece in tempo a vedere le tegole che venivano risucchiate all'interno di un foro, allargandolo sempre di più, finché non ci furono più tegole e nemmeno un tetto.

Finalmente trovò un varco nella folla: diede qualche spinta, qualche pugno, riuscendo ad avanzare un po'. Nessuno aveva avuto la sua stessa idea, e passo dopo passo diventò più facile raggiungere la piattaforma.

Aiutò Laura a mettersi al riparo, poi la seguì sedendosi contro uno dei pali che sorreggevano la struttura: Laura gli si strinse contro, piangendo in silenzio, e gli appoggiò una mano guantata sul petto.

Gustìn vi posò sopra la sua, con l'altra le passò dietro la schiena. Gli dolevano le costole e le gambe. Rimasero abbracciati mentre la piazza veniva scossa dal bombardamento. La gente fuggiva sotto i portici del palazzo del Comune, altri in direzione del Duomo o di piazza del Castello, alla ricerca di spazi aperti. Una donna chiedeva aiuto e gridava: «Fate qualcosa, fate qualcosa vi prego!»

Ai suoi piedi c'era un uomo, forse il marito, disteso a terra immobile. Dopo un po', si chinò sul corpo esanime e cominciò a piangere.

Gustìn sentiva il respiro spezzato di Laura, i suoi singhiozzi. Fu sopraffatto dal desiderio di proteggerla, e subito dopo da un rabbioso senso di impotenza.

Era pronto a farle da scudo con il suo corpo, contro un pugnale o una pallottola. Ma cos'avrebbe mai potuto fare contro una bomba di cannone piovuta dal cielo… o dai poteri di esseri come Maria e i suoi simili?

Era una consapevolezza che non lo liberava dalla responsabilità: amare Laura l'aveva incatenato a lei. Brancolò alla ricerca del contatto col suo corpo, del suo profumo, fiori di campo e sudore. La ruvida stoffa della cuffietta gli graffiava il collo. Una goccia bagnò la sua pelle, una lacrima. Alzò una mano per asciugarle gli occhi, poi le accarezzò una guancia.

Le bombe smisero di cadere e dopo qualche istante i torinesi uscirono dai ripari. Qualcuno chiedeva l'aiuto di un dottore, altri cercavano amici e parenti persi nella confusione, e i richiami si univano alle grida di sollievo di chi si era ritrovato, sano e salvo, o ai pianti dei feriti.

Gustìn e Laura rimasero rannicchiati sotto il patibolo, a guardare i soccorsi e la vita che riprendeva. Il respiro tiepido contro la sua guancia divenne regolare e quando entrambi videro Rosina aggirarsi tra i sopravvissuti si placò anche il battito del cuore di lei, che premeva contro il suo petto.

«Dove sei stata tutto questo tempo?»

Laura lo fissò senza capire e lui stesso non sapeva come spiegare quella domanda che gli era uscita dalle labbra quasi senza rendersene conto.

«È come se tutti gli anni che ho vissuto, prima d'incontrarti, non fossero mai esistiti. Come se non contassero nulla.»

Laura si protese e gli diede un bacio sulle labbra.

«Grazie, Gustìn.»

«Perché?»

«Perché sei entrato nella mia vita.»

Erano passati dal voi al tu, infrangendo la barriera della confidenza con naturalezza. Gustìn rifletté che con lei tutto sembrava naturale.

«Posso rimanerci finché vuoi. Per sempre» aggiunse con un brivido, perché quella parola, "sempre", gli faceva paura. Adesso più che mai.

Lei lo fissò con uno sguardo che mescolava diffidenza, desiderio, timore e speranza. Poi disse: «Niente dura per sempre, anche se sarebbe bello credere che fosse così.»

«Dubiti dell'onestà del mio sentimento?»

Laura scosse la testa, come se si fosse resa conto di aver parlato troppo.

«Dubito dell'onestà della vita.» Era una voce troppo seria e triste per quel viso e quegli occhi che meritavano solo di sorridere.

Il desiderio di renderla felice avvolse Gustìn. Una sensazione inebriante, inarrestabile, che gli scorreva dentro come un fiume in piena. La baciò con impeto, assaporando il sapore delle sue labbra. Non ne avrebbe più scordato la turgida morbidezza.

Ripensò a quello che Laura gli aveva raccontato sulle persone scomparse.

Forse era davvero protetta dall'Uomo del Crocicchio, ma questo non la rendeva immune dal pericolo, e Gustìn non sapeva cosa fare per tenerla al sicuro.

Un cambiamento potente si era compiuto in lui: prima di allora, non si era mai preoccupato se non di sopravvivere.

Era tutto molto più facile, quando non gli importava niente di nessuno.

PARTE IV

Si vedeva che gli assalitori facevano una grand'elevazione di terra alla loro batteria avanti la mezza luna per poter metter li loro cannoni più alti per colpire bene il piede di detta mezza luna. Sua Eccellenza il sig. Comandante Generale Conte di Daun ha ordinato oggi di far'una tagliata tra il bastione San Maurizio e la mezza luna, dalla mezza luna di Madama per conservare l'entrata verso la porta Susina, in caso che il nemico si rendesse padrone della contraguardia del bastione, e si travagliò con fervore alle tagliate alli duoi bastioni San Maurizio e Beato Amedeo. Parimente si riparò ogni notte con diligenza la breccia avanti la mezza luna e bastione San Maurizio. Fra tanto gli aggressori travagliavano incessantemente giorno e notte alla loro linea sulle montagne al di là del Po, la quale tirano da Cavoretto per le montagne fin'alla Madonna del Pilone per serrarcene totalmente, il che fa congetturare che apprendono il soccorso. In fatti poi cominciarono a battere in breccia la mezza luna da una batteria di undeci pezzi, e il bastione della parte della città da un'altra batteria di sei cannoni. [...] Il disegno del Duca della Fogliada era di celebrare il giorno di San Luigi per mezzo d'un assalto alla mezza luna, e alle due contraguardie...

(Giornale dell'assedio della Real Città di Torino, 21 agosto 1706)

26

23 agosto 1706

Luigi attraversò il cortile per raggiungere il terrazzo.

La notte stava calando su Torino e la luna piena, salita da dietro la collina, proiettava la sua luce smorta sul terreno ingombro d'erbacce, allungando le ombre della villa in rovina. L'aria della notte era calda, secca, e profumava di cenere.

Affacciati sul bordo del terrazzo, i due membri del culto rimasti di guardia avevano lo sguardo fisso su qualcosa. Dal basso saliva un suono, un rombo, talmente orribile da ferire le orecchie. Echi di urla, spari. L'ululato di un corno.

«Che succede?» domandò Luigi quando li raggiunse.

«I micheletti» rispose il più giovane dei due. «Danno fuoco alla collina.»

«Alle ville, non alla collina» lo corresse l'altro. Il corno suonò di nuovo.

Luigi si affacciò a guardare. I palazzi e le vigne bruciavano, le fiamme si alzavano al cielo rischiarando la notte. Nei boschi si muovevano gruppi di uomini che reggevano delle torce. Visti dall'alto sembravano enormi lucciole, o scintille portate dal vento.

Difficile capire con esattezza il numero, ma Luigi giudicò che fossero almeno un centinaio.

Sotto i suoi occhi una casa cominciò ad avvampare, poi un'altra poco più in là, poi un'altra ancora. Le torce volteggiavano nell'oscurità quando i micheletti le lanciavano ad appiccare un nuovo rogo.

Il fuoco dilagava e non risparmiava nulla. Dalle ville nobiliari alle casupole dei contadini, ai filari dei vigneti, agli alberi secolari. Tutto era avvolto da bagliori che pulsavano di rosso, giallo e arancione contro la notte profonda e nera.

Un altro corno echeggiò, questa volta più vicino.

«Stanno arrivando» disse di nuovo il ragazzo.

Un drappello di soldati si avvicinava lungo il viale della villa abbandonata, con le corti vesti rosse chiuse in vita da cinture di cuoio. Uno di loro portava a tracolla una specie di grossa conchiglia. I famigerati micheletti, abili nella guerra di montagna, mandati da La Feuillade a controllare la collina chiudendo i passaggi e schiacciando la resistenza dei contadini.

«Gli parlo io» comandò Luigi. «Avvertite i sacerdoti.»

«Come se non lo sapessero» sentì dire alle sue spalle, mentre si avviava.

Forse i sacerdoti lo sapevano, anzi, lo sapevano quasi di sicuro. Ma se non si erano ancora manifestati ci doveva essere una ragione, e non stava agli adepti metterla in dubbio o fare domande.

«Ehi, tu!» tuonò uno dei micheletti. «Fermo dove sei!»

Gli altri puntarono su di lui le pistole. Più comode dei fucili, visto che molti reggevano torce accese.

«Sono disarmato!» gridò Luigi, sollevando le mani sopra la testa.

«Fermo, ho detto!»

Luigi obbedì.

Quando i soldati si avvicinarono ne contò sette. Una ben misera minaccia per il culto. Nessuna speranza per lui, se avesse voluto affrontarli.

«E tu chi sei, ragazzo? Il padrone della villa? Fai uscire chi c'è dentro!»

«Non c'è nessuno» ribatté Luigi. «Nella villa non vive più nessuno. Guardate. Cade a pezzi.»

Al chiarore delle fiamme che bruciavano nel bosco sotto e intorno a loro, Luigi vide il baluginare metallico delle pistole, delle daghe alle cinture, dei corti fucili che chiamavano *escopette.* L'uniforme dell'uomo che parlava si distingueva dalle mostrine più ricche e numerose. Non abbastanza per appartenere a un ufficiale.

Dev'essere un sergente.

La mente di Luigi si mise in moto.

«Posso chiedere cos'avete intenzione di fare?»

«Non l'ha ancora capito» osservò qualcuno tra i micheletti, suscitando un coro di risate. Il sergente ringhiò:

«Non si vede? Accendiamo qualche fuoco.»

Mentre gli ufficiali erano nobili, i graduati venivano dal popolo. Gente abituata a guadagnarsi il pane con le unghie e con i denti. Più sensibile forse alle lusinghe dell'oro. O a quelle del saccheggio.

«Arrivate tardi, allora. Di almeno vent'anni» Luigi indicò i ruderi alle sue spalle, osservando gli occhi dei soldati seguire il movimento della mano. «Chi ha dato l'ordine, La Feuillade?»

«Fai troppe domande!» il sergente lo spinse indietro. «E non hai ancora detto chi sei.»

«Luigi Rossotto.»

«Era casa tua, questa?»

«Che importanza ha? Non c'è più niente che valga la pena là dentro.»

In sottofondo il rombo delle fiamme pareva giungere da tutte le direzioni. Il fumo degli incendi formava nuvole di cenere. L'odore di bruciato era soffocante.

«Niente che valga la pena?» ripeté il sergente.

«Niente, vi dico» ripeté Luigi, facendo tremare la sua voce. «Niente di niente.»

Il sergente rise.

«Quanta pena per proteggere dei ruderi vuoti.» Il coltello appeso alla cintura un istante dopo era nelle sue mani e puntato al collo di Luigi. «Te lo chiedo un'altra volta. Niente che valga la pena?»

«No, no, per favore!» Luigi fece un mormorio soffocato, facile da scambiare per un gemito di paura. «C'è il tesoro di famiglia nelle cantine.»

Il sergente lo guardò negli occhi per un lungo momento. Poi abbassò la lama e sputò a terra.

«Lo sapevo. Dovrei ammazzarti per aver cercato di fare il furbo.»

Lo spinse di nuovo, più forte. Luigi si lasciò cadere a terra, coprendosi gli occhi.

«Cagasotto» lo derise uno dei soldati.

«Avanti, andiamo a prenderci il tesoro!» ordinò il sergente con una voce che sembrava quasi annoiata. Lo accompagnò un coro di approvazione.

Luigi sentì le voci allontanarsi in direzione della villa, ma rimase seduto sull'erba incolta del vialetto, a respirare il fumo degli incendi.

«Ben fatto, Luigi» disse una voce nell'oscurità a pochi passi da lui. Il Primo Sacerdote. «Hai mantenuto il sangue freddo e volto le cose a nostro vantaggio.»

Alle loro spalle, da dentro la villa in rovina, giunse un urlo.

Un singolo urlo, di sorpresa. Nessuno sparo, nessun clamore.

Sette michelotti contro i sacerdoti. Avrebbero avuto più speranze di cavarsela affrontando la cavalleria del Duca di Savoia.

«Domani mattina partirai per Torino. Abbiamo un nuovo compito per te.»

Luigi annuì, trattenendo un brivido:

«La mia vita per il Dio Drago. Comanda e io eseguirò.»

«Non dovrai più occuparti di Augusto Graziadei, a meno che non sia lui a cercarti. Sei pronto per confrontarti con avversari più insidiosi di una spia del Duca di Savoia.»

Il cuore di Luigi, che era rimasto calmo di fronte ai micheletti e alle loro pistole, minacce e spade, cominciò a battere come un tamburo. Il rantolo delle fiamme della collina gli urlava nelle orecchie.

«Quali… quali avversari?»

Il suo cuore sembrò fermarsi di colpo, quando il Primo Sacerdote rispose: «Le spie dei Figli del Toro.»

27

23 agosto 1706

«Milo sei tu?»

Gustìn era immerso nel buio di uno stretto cunicolo. Bastava allargare le braccia per toccarne le pareti che grondavano umidità. Sentiva i propri passi su un pavimento di pietra scivolosa, l'unico suono in un silenzio sepolcrale.

«Milo?»

Non ricordava come era arrivato fin lì e da quanto tempo stava camminando in quelle gallerie, ma sapeva che a portarcelo era stato il suo amico d'infanzia morto bambino. Ne avvertiva la presenza, pochi passi davanti a lui.

Sta succedendo di nuovo. Sto sognando.

Si avventurò su una rampa di gradini che scendeva, senza esitare malgrado la quasi completa cecità dovuta al buio. Il soffitto era così basso che dovette chinarsi per proseguire. Dopo un po'aveva la schiena indolenzita e le gambe gli tremavano. Si chiese se si trovava in una delle gallerie di mina della Cittadella.

C'era ancora Milo davanti a lui? Gustìn non osava parlare, tutti i sensi perduti nel buio pesante come una cappa di nebbia.

Il corridoio fece una svolta e finalmente sbucò in una stanza di forma quadrata e senza finestre. Una cella: c'erano ganci di ferro alle pareti, che reggevano delle catene, e della paglia in un angolo segnava i resti di un giaciglio.

La luce proveniva da una lanterna appoggiata sul pavimento.

Gustìn provò a guardare sotto la paglia, ma non trovò nulla. Sentì una corrente fredda soffiargli nella schiena, e subito dopo la segreta fu invasa da un odore nauseante.

È un sogno, *si disse, anche se un'altra voce che era sempre la sua gli diceva che nei sogni non si sentono gli odori. Invece il tanfo attorno a lui era concreto, insopportabile e gli metteva voglia di vomitare.*

Girati e finalmente vedrai, *lo invitò quell'altro lui.*

Saprai chi è l'assassino di Vayra. Prima che uccida anche te.

Si girò con uno scatto.

Non c'era nessuno. Nessun mostro assetato di sangue e nemmeno un bambino spettrale. Solo un muro, dove non avrebbe dovuto esserci.

Gustìn sentì la bile salirgli in gola. Era bastato un attimo, il tempo di entrare nella cella, che il passaggio era diventato una parete di mattoni.

Appoggiò l'orecchio sulla pietra, ma non udì nulla. Urlò: «Milo!»

Provò a spingere la parete, ad appoggiarvisi contro con le spalle e fare forza.

Solida come una montagna. Era in trappola, murato vivo, senza vie di fuga.

Un colpo di cannone rombò…

…E Gustìn si svegliò di soprassalto.

Il giovedì era arrivato facendosi annunciare da un temporale estivo, breve e rinfrescante. Non erano che tuoni quelli che nel dormiveglia gli erano parsi un nuovo bombardamento sulla Cittadella.

Immaginò di trovarsi lì, tra coloro che difendevano la città. Con gli occhi chiusi, vide gli spalti e i camminamenti di pietra, i soldati con le uniformi variopinte, le bandiere dei reggimenti, e l'attesa spasmodica per quell'assalto alla baionetta che ormai tutti si aspettavano da un momento all'altro.

L'attacco, pensò, giungerà come un temporale estivo. Come una tempesta. Come la grandine.

Si mise ad ascoltare il ticchettio della pioggia contro la finestra, percependo dopo qualche istante un movimento in fondo al letto: era Polluce, raggomitolato vicino ai suoi piedi senza alcun timore per il proprio futuro.

Castore era poco distante, le orecchie tese, immobile come una statua.

Quella notte Gustìn aveva di nuovo sognato Milo. Forse era stata Laura a suscitare qualche pensiero inconsapevole dentro di lui, il giorno prima, svelandogli i risultati delle sue scoperte. Ma come sempre era Milo ad apparirgli in sogno per indirizzarlo o metterlo in guardia. Questa volta, mostrandogli una strada chiusa in ogni direzione. E una cella sotterranea.

Non era Gustìn a essere intrappolato, ma la sua indagine. Le tracce si erano fermate di fronte a un muro, i testimoni tutti morti o scomparsi. Tutti tranne quello incarcerato nei sotterranei della Cittadella. Corassié, il socio di Vayra che aveva perso il senno, o che fingeva di averlo perso.

Follia vera o reale che fosse, Gustìn non era stato capace di scardinarla quando aveva fatto visita al prigioniero. Ma allora non sapeva dell'esistenza di Stregoni e Cavalcanti... e se non li avesse visti di persona combattere nei sotterranei, non ci avrebbe mai creduto. Doveva tornare da Corassié e mettere le carte sul tavolo? Era quello che il sogno sembrava far intendere, e l'unica strada che gli rimaneva.

***

Anche se era pieno giorno, gli scuri alle finestre erano accostati per tenere fuori il caldo, e i candelabri illuminavano armadi traboccanti di libri e documenti.

Il conte Gropello era alla scrivania, intento a riempire un registro di numeri e annotazioni. Gustìn non ricordava di averlo mai visto così stanco.

«I conti della guerra» borbottò Gropello, seguendo il suo sguardo, «fanno sembrare l'appannaggio di Madama Reale un'elemosina dopo la Messa.»

«Mi dispiace, monsignore.»

«E ne avete tutte le ragioni. Anche se vinciamo l'assedio, ci sarà da tirare la cinghia per anni.»

«Non oso pensare se perdiamo.»

Il viso del Conte si fece ancora più scuro: «Allora non dobbiamo perdere.»

«La situazione è grave?»

«Avant'ieri il nemico ha intercettato un convoglio di polvere da sparo che il Duca ci mandava da Chieri. Abbiamo perso più di duecento sacchi. E quel che è peggio, ora i francesi sanno che siamo in penuria di polvere.»

Gustìn non rispose. Non era un militare ma anche lui sapeva che sarebbe stato difficile resistere alle cannonate scagliando pietre. D'altra parte non erano questi i problemi di cui gli era chiesto di occuparsi. Dovette pensarlo anche Gropello, perché gli indicò la sedia davanti allo scrittoio e gli fece segno di sedersi.

«Provate a spiegarmelo un'altra volta. Non riesco a capire per quale motivo dovrei fare pressioni sul vicario di polizia affinché venga rilasciata una banda di criminali del Borgo Dora.»

«In questo momento sono più utili alla nostra causa di quanto non riescano a esserlo i cavalieri del vicario.»

«Non ne dubito, se i cavalieri del vicario sono tutti come quello che vi è stato affibbiato.»

«Per il bene di Torino spero di no. Sta di fatto che Tampardù e la sua banda è meglio che, in questo particolare frangente, stiano a piede libero.»

«Perché?»

«Ricordate il mio ultimo rapporto sulle persone scomparse?»

«Ricordo i numeri» rispose Gropello. «Erano impressionanti. Immagino che dall'ultima volta siano aumentati.»

«Ho ragione di credere di sì. Nel frattempo ho tratto qualche altra conclusione che non vi piacerà.»

Il Conte sospirò. Si alzò dalla poltrona e si avvicinò alla finestra come se avesse voluto aprire gli scuri e guardare all'esterno. Invece si limitò ad ascoltare, fermo davanti alla finestra chiusa.

«Le vittime erano persone sole» continuò Gustìn, «o famiglie costrette a lasciare le case a causa dei bombardamenti. Gente della cui assenza non ci si sarebbe accorti se non forse dopo molto tempo. Ma anche gente molto povera, famiglie umili di cui...»

«Di cui gli sbirri non si preoccupano. È questo che intendete?»

«Negli elenchi non c'è nessuno che appartenga a famiglie nobili o benestanti. È questo che intendo.»

«Pensate che siano stati rapiti, non che siano usciti da Torino.»

«Penso che qualcuno li sorvegli prima di andare a prenderli. Per portarli dove non lo so, fuori o dentro Torino. Una cosa non esclude l'altra.»

«E pensate che una banda di Borgo Dora possa tenere gli occhi aperti meglio degli sbirri.»

«Qualcosa del genere.»

«Perché non chiedete a Felice? Potrebbe farlo lui.»

Gustìn non poteva rispondere che i dubbi avevano cominciato a divorarlo. Non poteva rispondere che se le sue indagini continuavano a raggiungere dei punti morti forse era perché qualcuno molto vicino a lui sapeva abbastanza da anticiparlo ogni volta, e se le cose stavano così Felice era il primo indiziato.

«Tampardù e i suoi si sentono umiliati, presi in giro. Qualcuno fa quel che vuole nel loro territorio. Hanno più interessi di chiunque per fermare i rapimenti.»

Gropello annuì. Continuava a voltargli le spalle senza far trapelare nulla di cosa potesse passargli per la testa . Poi disse: «Tutto qui?»

«I fatti sono tutti qui.»

«Non vedo grandi progressi.»

«C'è dell'altro. Storie di segni sulle porte, di santi, di esseri che uccidono o proteggono la gente.»

Il Conte scosse il capo. Finalmente, tornò alla scrivania e si sedette.

«Ogni tanto in questa città si trova un corpo conciato molto male. Troppo male, perché sia stata opera di un uomo. Allora si comincia a parlare di streghe o del Diavolo. Cammino per le strade di Torino da prima che nasceste, di giorno e di notte. Parlo con la gente. Vi avevo avvertito che a mettere le mani nel fango si trovano cose molto più sporche e pericolose dei vermi e dei ratti.»

Lo aveva fatto davvero, e Gustìn ricordava con esattezza quando. Ebbe un brivido e rimpianse il se stesso convinto che la ragione avrebbe potuto spiegare ogni cosa. Gropello continuava a fissarlo con quello sguardo accigliato che aveva il potere di inchiodare alla sedia il suo interlocutore.

«Al *Balòn*, ma anche al Moschino o nella Città Vecchia, se ne sentono tante di queste storie. Qualcuna parla di streghe e di demoni, altre di santi e benefattori. Il vecchio vicario di polizia dava la colpa a una banda di criminali che eliminava i rivali e i testimoni scomodi, alimentando la leggenda di un eroe a difesa dei deboli.»

«Una leggenda antica» osservò Gustìn. «Che risale alle origini di Torino.»

«La "città dei santi", sì.» Gropello fece quella smorfia che era quanto di più vicino a un sorriso sapesse mostrare. «Un cambiamento potente

deve aver agito in voi, se cominciate a credere alle… superstizioni.»
«Solo uno sciocco non accetta di rimettere in discussione le sue idee.»
«Ma c'è chi sostiene che vi siate intenerito.» La voce del Conte era dura e tagliente. Un tono che Gustìn conosceva bene e non prometteva nulla di buono.
«Intenerito… io?»
«Una volta mi facevate rapporto più spesso e mi portavate più risultati. Adesso mi parlate di superstizioni e leggende, proprio voi che non ci avete mai creduto. Non sarà un modo per giustificare l'inerzia della vostra indagine?»
Gustìn aveva assistito a troppi interrogatori del Conte per cadere nella trappola, così non cedette all'istinto di abbassare lo sguardo anche se il cuore gli era balzato in gola.
«Il mio zelo e la mia lealtà non sono mai venuti meno. Guardatevi da chi insinua accuse su di me» disse, anche se dubitava che qualcuno l'avesse fatto. Era possibile che qualche altro uomo di Gropello avesse visto Gustìn con Laura, quello sì. Avrebbe spiegato la battuta "vi siete intenerito". Ma il suo contratto con il Conte non gli impediva di frequentare una donna, come non gli impediva di sposarsi o avere figli. O di tenere due gatti in casa.
«E allora perché non mi portate dei risultati?» lo incalzò Gropello.
«Perché tutti i miei testimoni sono morti. Due cantonieri delle isole dove sono avvenute più sparizioni sono rimasti sotto le macerie delle loro case. Il segretario che decideva le ronde notturne della milizia ha avuto un colpo al cuore la notte prima che io andassi a interrogarlo. Sventurati incidenti che non mi sono stati certo d'aiuto.»
«Un incidente è una tragica fatalità, due incidenti sono sospetti. Se diventano tre, facciamo bene a cercare un complotto.»
«Forse i miei testimoni muoiono prima che io possa interrogarli, perché i miei movimenti sono sorvegliati. Forse perché sono sulla strada giusta.»
«Dunque?»
«Vorrei interrogare di nuovo il socio di Vayra, l'uomo rinchiuso nelle carceri della Cittadella.»
«Il pazzo? Non ne vedo l'utilità. Questa volta intendete usare metodi più persuasivi delle chiacchiere?»
Un brivido freddo affondò nella schiena di Gustìn. Aveva assistito agli

interrogatori di briganti e spie sin dai tempi della rivolta del sale a Mondovì, e sapeva che il Conte sapeva essere *molto* persuasivo.

Ma nemmeno la minaccia della corda e dei ferri arroventati avrebbe spaventato Corassié più della fine orribile che avevano fatto i suoi soci Vayra e Yanko.

«Consentitemi di interrogare il prigioniero ancora una volta, prima di affidarlo ai carnefici. Voglio anche controllare se il prigioniero comunica con qualcuno fuori dalla cella. Per questo vi chiedo il farmi autorizzare a rimanere nella Cittadella qualche giorno.»

«Il Governatore non sarà molto d'accordo.»

«Confido che la vostra influenza basterà a convincere *monsieur* d'Allery.»

Di solito quei tentativi di adulazione avevano il potere di strappare un sorriso al suo padrone, ma il Conte si limitò a una smorfia pensierosa.

«La situazione alla Cittadella è sempre più grave. Da qualche giorno gli attacchi alla mezzaluna di Soccorso stanno avendo qualche efficacia.»

La fortificazione che proteggeva il tratto di mura tra i bastioni San Maurizio e Beato Amedeo aveva un nome tutt'altro che bellicoso, pensò Gustìn, ma rendeva giustizia alla sua forma.

«Cosa comporterebbe perdere la mezzaluna?»

«Se il nemico occupa il fossato, scoprirà l'entrata alle gallerie alte.»

«Da lì potrebbe scendere in quelle basse?»

«Già. Ed entrare nel corpo di guardia della Cittadella. Per questo la scala che collega i due livelli di gallerie della mezzaluna è stata minata.»

Era comprensibile che il governatore d'Allery avesse altre preoccupazioni che un prigioniero e i segreti nascosti nella sua testa.

«Fatemi tentare.»

«D'accordo» sbuffò il Conte. «Spero sappiate quello che state facendo.»

Gustìn lo sapeva. Perfino troppo bene.

Interrogare *Corassié* sperando di squarciare il suo silenzio. Scoprire chi era nascosto dietro quel traffico di esseri umani, o per lo meno il loro rifugio. E poi aspettare, sperare che la Cittadella fosse vicina alla resa, e che i Cavalcanti accorressero in aiuto dei Torinesi: aveva bisogno di loro per fermare l'assassino della Consolata.

Era un piano che aveva molte pecche e che si basava su molte, troppe ipotesi, ma era anche l'unica carta che gli restava da giocare.

Il Conte lo accompagnò alla porta e lo congedò con una pacca sulla spalla, ma il suo sguardo era pensieroso. Gustìn non era affatto sicuro che gli avesse creduto: se Gropello sospettava di lui, i suoi problemi erano appena cominciati.

28

Laura si svegliò in un'alba tiepida e indossò abiti puliti, prese gli zoccoli e uscì dalla stanza senza fare rumore. Nel corridoio avvolto dalla penombra, si sentiva il respiro pesante di Fioreste e qualche scricchiolio dalla camera di Camilla e Vittoria. Di solito la figlia si svegliava a preparare la colazione e la madre dormiva ancora un po', per il sollievo di tutti.

Laura andò ad aprire gli scuri della bottega e sbirciò dalla finestra: le strade erano ancora vuote e l'aria era silenziosa, fresca ma già piena di luce. Calandrino cominciò a uggiolare dal cortile. L'aveva sentita scendere e aspettava la sua razione di carezze. E la colazione.

«Dopo. Fai il bravo» gli disse attraverso la porta.

Camilla scese dalle scale, i capelli in disordine e lo sguardo assonnato.

«Buongiorno, Laura.»

«Buongiorno. Vado a comprare il latte.»

«Allora io apparecchio il tavolo.»

Laura uscì dal retro, per fare a Calandrino un anticipo delle carezze che tanto reclamava. Costeggiò una fila di capanne con il tetto di zolle da cui sbucava il comignolo, quasi tutte senza finestre. Raggiunse l'ultima e bussò alla porta.

«*Magna Catlinin*?»

«Laura, siete voi? Arrivo.»

La porta si aprì e Laura fu investita dall'odore acre di letame e sudore.

Magna Catlinin, “zia Caterinetta”, era una donna dai capelli bianchi, acconciati a crocchia. Aveva una mucca, che in giorni difficili non era solo fonte di sopravvivenza, ma anche di guadagno. Per il terrore che qualcuno gliela rubasse, la teneva in casa.

«Venite, venite» fece segno la donna, mentre prendeva la bottiglia vuota dalle mani di Laura. Dentro l’odore era ancora peggio, e Laura si fermò sulla soglia per non sembrare troppo scortese.

«Perdonate, vado di fretta.»

«Giorno di mercato, eh? Riuscite a vendere qualcosa, di questi tempi?»

«Non molto, ma non perdiamo la speranza.»

«Se non avete speranza voi giovani, chi deve averla? Si dice che il Principe Eugenio sia arrivato ad Asti.»

Laura si chiese dove avesse sentito quella notizia. Da giorni non ne arrivavano più, perché i francesi avevano serrato le maglie dell’assedio e i messaggeri, a quanto sembrava, non riuscivano più a entrare.

«L’ho sentito anche io» mentì, «ma Asti è ancora troppo lontano.»

Pagò il latte e tornò a casa. Vittoria e Fioreste dormivano ancora, e Rosina sarebbe arrivata più tardi: inutile svegliarsi all’alba per aprire una bottega in cui non veniva nessuno.

Camilla aveva fatto scaldare una forma di pane del giorno prima, e nella stanza ne aleggiava il profumo. Fecero colazione senza troppa voglia di conversare, poi Laura si dedicò a preparare le ofelle al formaggio... senza formaggio, dal momento che non ne aveva e che quello al mercato costava troppo caro. Abbondò con lo zucchero sperando che il risultato fosse accettabile, e intanto spiegò a Camilla a chi erano destinati i dolcetti. Con lei non aveva segreti.

S’incamminò sotto i raggi scintillanti del sole. Il sudore le colava sulla fronte.

Portò un involto a mastro Botta e uno alla famiglia di Simone Droeto. L’ultimo involto, quello per Pietrino, era più grande degli altri perché lui aveva pagato con un occhio nero per aver preso le parti di Laura.

Ed era l’ultimo perché andare a casa sua metteva Laura in una certa agitazione.

Sapeva che quella non era brava gente. Il capofamiglia, il vecchio che l’aveva accolta per primo, al *Balòn* lo chiamavano *’l Tronà*, “il tuonato”, perché qualche anno prima aveva cercato rifugio da un temporale sotto una pianta poi colpita da un fulmine. L'albero era stato consumato dalle fiamme e lui aveva perso i capelli per lo spavento. Da allora, anziché andare in chiesa ogni domenica a cantare le lodi al Signore, era diventato un attaccabrighe della peggior specie, come se il miracolo che l'aveva risparmiato gli avesse dato diritto di mettersi al di sopra degli altri.

La sua famiglia sembrava cresciuta di conseguenza e la sua casa pure, con pareti che ogni tanto venivano abbattute per fare posto a nuove stanze. Un formicaio, più che una baracca.

Laura giunse davanti alla casa e si fermò, proprio mentre alcune donne arrivavano dalla direzione opposta, quella della Dora, con dei secchi d'acqua in mano. Arrancavano sotto il peso e il caldo, ma i due uomini che chiacchieravano davanti alla porta non fecero nemmeno finta di accorgersi di loro.

Si accorsero di Laura, invece. La squadrarono lungamente.

Non ho nulla di cui temere, si disse. Conosceva la maggior parte di quella gente e nessuno da quando viveva a Borgo Dora le aveva mancato di rispetto.

Fino a quel momento, almeno.

Tre bambini di sette, otto anni che uscivano di casa le passarono vicino di corsa, ridendo forte. Il più scalmanato la urtò, disse qualcosa e si allontanò in fretta. Poi mise in mano qualcosa agli altri, e tutti e tre cominciarono a mangiare di gusto. Laura abbassò gli occhi sul suo cesto di vimini: il telo che copriva le frittelle era stato spostato.

«Potevate chiedermele!» urlò dietro ai bambini, ma loro non voltarono nemmeno la testa, troppo impegnati, forse, a ridere di lei.

«*Cò it veule?*» chiese una voce catarrosa alle sue spalle. Era l'uomo più vecchio che avesse mai visto: capelli bianchi e lisci, il grosso naso coperto di verruche e il viso di rughe profonde come cicatrici. «*Cò it veule?*»

Laura si chiese se fosse il padre del Tronà.

«Mi dispiace, non capisco.»

Il vecchio alzò la voce e parlò più lentamente, come se avesse avuto a che fare con un sordo o con uno sciocco. O con un sordo sciocco.

«*Cò 't fase sì?*»

Un'improvvisa ispirazione fece notare a Laura l'assonanza tra "sì" e il francese "*ici*". *Que fais-tu ici? Cò't fase sì?* La traduzione era plausibile. Cosa fai qui?

«Cerco un ragazzo» abbassò la mano per indicare l'altezza. «Pietrino.»

«*Mé nvod?*»

«Sì, vostro nipote. L'altro giorno sono stata aggredita e lui mi ha difesa. Volevo dirgli grazie. *Je tiens a lui dire merci*» ripeté in francese, poi alzò il telo per mostrare i dolcetti. Vedendo l'uomo protendersi per annusare l'aroma ancora tiepido, Laura prese un'ofella e gliela offrì. Lui parve apprezzare sia l'offerta che il sapore.

«*L'è bon st'afé sì!*»

«È buono?»

«*Sì sì, pròpe bon!*»

«Posso portarli a Pietrino?»

«*Ven, ven!*»

E facendo segno di seguirlo il vecchio entrò in casa, compassato, lo sguardo dignitoso di un maestro di cerimonie. Laura gli andò dietro, ascoltandolo parlottare in piemontese senza capirne una parola, sorridendo quando lui sorrideva.

Mentre passavano da una stanza all'altra, visi si affacciarono scrutando Laura con curiosità o sospetto, ma senza dirle niente. Su un tavolo c'erano bacinelle piene di sego dall'odore acre. Qualcuno in quella famiglia fabbricava candele.

Si diressero verso un allegro vociare ed entrarono in una cucina dove uomini e donne di ogni età erano sedute attorno a un tavolo. Laura ne contò almeno una decina, nel suo sforzo di ignorare la puzza di sporcizia. Tra loro non vide il Tronà, e la cosa la fece sentire sollevata.

«*Sta tòta si a veul Perino!*» annunciò il vecchio. Molte teste si voltarono verso di lei ma almeno altrettante rimasero fisse sul proprio piatto, a continuare la colazione. Pietrino la fissava con un sorriso strafottente, come se non si fosse aspettato di vedere niente di diverso che dei dolci in regalo.

«Giovedì Pietrino e un suo amico hanno preso le mie parti contro un uomo che mi ha aggredito» spiegò ai presenti. «Ho portato questi per ringraziarlo.»

«È giusto che un uomo difenda una donna» convenne un ragazzo con un paio di folti baffi neri. I maschi al tavolo annuirono, qualcuno rise, qualcuno batté una pacca sulla spalla del ragazzino. Tutti ridevano, anche le donne. E Pietrino. E lo stesso vecchietto col naso verrucoso. Laura si limitò a sorridere, per educazione: non riusciva a capire una parola di quello che stavano dicendo.

«Siediti e mangia con noi» la invitò una donna mingherlina che aveva gli stessi occhi e lo stesso naso di Pietrino: sicuramente la madre.

«Non posso, devo tornare a casa» si scusò Laura, offrendo il cesto alla donna più vicina. «Mio papà è malato, non è tranquillo se non mi vede.»

Laura ottenne molti sguardi d'approvazione, ma non sapeva se era perché la consideravano giudiziosa, o perché trovavano i dolcetti di loro gusto. Il cesto si svuotò rapidamente.

«Come va l'occhio?» chiese a Pietrino.

«Bene, e la tua testa?»

«Bene.»

«La prossima volta porta il coltello» disse a Pietrino il ragazzo con i baffi. Con un brivido d'orrore, Laura notò che le uniche reazioni a quelle parole furono cenni di assenso. C'era qualcosa di maligno negli sguardi di quella famiglia, e Laura provò una sensazione di smarrimento.

Quando le restituirono il cesto capì che era il momento di salutare. Le risposero con un coro di *Arvëdse*, l'arrivederci torinese. Rispose *Arvëdse* anche lei, suscitando sorrisi per il suo accento insicuro. Il nonno di Pietrino agitò la mano rinsecchita. Poi le voltarono le spalle e tornarono alla loro colazione, come se lei fosse già lontana, come se non fosse mai stata lì.

***

Quando Gustìn arrivò, nel pomeriggio, Laura era nel cortile con Calandrino.

Il cane si accorse di lui per primo, forse percependo il suono dei suoi passi sul ballatoio. Scattò in piedi con un gemito, e poi, come se un pensiero gli avesse attraversato la testa, guardò Laura. Un attimo dopo si udì bussare alla porta, e la voce di Camilla che andava ad aprire.

Martedì non era giorno di visite e Gustìn non poteva non saperlo. Fino a quel giorno era stato scrupoloso nel rispettare le regole di Fioreste. Quella visita a sorpresa riempiva Laura di trepidazione.

Ascoltò i passi sulle scale che scendevano in bottega, la voce di Gustìn che faceva conversazione con Camilla, poi salutava Fioreste e Rosina.

Parlavano della giornata calda e della bomba che i soldati del Duca avevano fatto scoppiare sotto le trincee francesi proprio sotto l'opera a corno che proteggeva Borgo Dora. Il botto fortissimo si era sentito in tutto il Balòn.

Laura resisté alla tentazione di alzarsi in piedi e di entrare in casa

Il suo cuore prese a battere più forte quando sentì Gustìn scusarsi per quella visita improvvisa. Sentì fare il suo nome, Rosina che rispondeva: "è in cortile".

Guardò verso la porta e sorrise.

«*Cerèa, mademoiselle* Laura.»

Era lo stesso saluto di sempre, con lo stesso sorriso, ma a parlare non era lo stesso Gustìn. Qualcosa nei suoi occhi era diverso, un'aria pensierosa, malinconica e distratta. Quando si accorse che lei lo stava fissando, Gustìn distolse lo sguardo e Laura pensò: *c'è qualcosa che non va.*

Calandrino abbaiò. Cominciò a dimenare la coda, poi scattò lontano da Laura, saltellando e correndo per attirare l'attenzione di Gustìn e invitarlo a giocare. Tornò indietro, da lui, e si rizzò sulle zampe come per abbracciarlo.

«No, Calandrino!» lo sgridò Laura.

Gustìn lo lasciò fare, sorridendo ma sempre con la stessa ombra nello sguardo.

Forse aveva avuto una cattiva giornata.

Forse la sua indagine non stava dando i risultati sperati. Forse aveva litigato con il suo padrone, o con qualcuno... Che avesse incontrato Costanza?

«Cos'è successo, Gustìn?» Lui parve sorpreso. Sbatté le palpebre, la sua fronte si aggrottò.

«Devo partire.»

La sua tristezza adesso non aveva più freni. Laura si sentì agghiacciare.

«Oh...» Non sapeva cosa dire, la voce sembrava essersi nascosta in una parte molto profonda della gola. «Dove... dove vai?»

«Non posso dirtelo.»

«Sarai in pericolo?»

«No» rispose lui, con decisione. Non abbastanza da ingannarla.

«È per l'indagine?»

«Non... posso dirti nemmeno questo.»

Sì, riguardava l'indagine.

Laura si sorprese di rendersi conto che quell'uomo, che sulle prime l'aveva spaventata per la sua capacità di indossare mille panni e mille volti, da quando aveva abbassato la maschera per dichiararle amore era diventato come un libro aperto per lei.

Gustìn era consapevole dei rischi che correva? Probabilmente sì, ma forse non abbastanza.

E per quanto Laura cercasse di passare qualche ora ogni notte a scrutare fuori dalla porta, non aveva ancora visto Raffaele.

Cosa mi aspettavo? Una debole strategia produce deboli risultati.

Il pensiero che lui potesse essere in pericolo la riempiva di paura, ma anche di frustrazione perché non poteva fare niente per impedirlo se non pregare.

Ma le preghiere sono un'arma potente.

Pregando, ho scacciato una strega.

Il ricordo della strega di Airole la raggiunse e la atterrì con la forza di un'intuizione sorprendente.

Erano passati quasi tre anni dalla sua partenza di Nizza. Una vecchia donna al mercato le aveva rivolto parole strane, trattandola come se fossero state nemiche da lunga data, e profetizzandole che avrebbe incontrato

(la strega di Airole)

una più forte di lei lungo la strada. Quella stessa donna le aveva chiesto se andava a Torino per imparare.

Imparare cosa? L'intuizione che si agitava in lei era vaga, ma adesso che era giunta non voleva più lasciarla. Imparare che c'erano esseri dotati di magia, magia a volte buona e volte cattiva. Uno di quegli esseri, Raffaele, aveva incrociato la strada di Laura e l'aveva presa sotto la sua protezione.

Anche io possiedo la magia.

La possedeva perché era nata "con la camicia", avvolta nella sacca materna. Anche questo gliel'aveva detto la sconosciuta a Nizza. E Laura aveva scoperto che la sua magia funzionava pregando.

«Ho un regalo per te» disse, spezzando il silenzio.

Gustìn la fissò e il suo stupore si ammorbidì in un sorriso di tenerezza.

«Anche io.»

«Non avresti dovuto!» protestò Laura.

«Nemmeno tu.»

«Ma se non sai nemmeno di che si tratta!»

«Nemmeno tu.»

Laura sorrise e se ne stupì. Con la tristezza nel cuore, lui riusciva a scherzare e lei a sorridere. Era commossa, lusingata, ma anche spaventata, perché se Gustìn era arrivato con un dono il giorno stesso in cui le annunciava la sua partenza, significava che poteva anche essere un dono d'addio.

«Cosa mi hai regalato?» chiese Gustìn.

«Puoi provare a indovinare, ma non credo ci riusciresti.» Laura intrecciò le mani dietro il collo e lui seguì col movimento, corrugando la fronte. «Prometti almeno che non ti prenderai gioco di quanto sono superstiziosa.»

«Se è un crocifisso, un rosario o qualcosa del genere, non è sgradevole sapere che tieni un posto per me nelle tue preghiere.»

«Sì» ammise Laura, mentre armeggiava con il gancio della catenina. «Tengo un posto per te nelle mie preghiere. E no, non è un crocifisso né un rosario. Prometti.»

Curiosità e divertimento scintillarono negli occhi di Gustìn.

«Te lo prometto.»

«Su ciò che hai di più caro?»

«Sei tu ciò che ho di più caro.»

Laura sorrise di nuovo e sussurrò: «Sciocco.»

Liberò la catenina e la prese in mano, poi la tese a Gustìn. Era la medaglietta d'argento della Vergine, che Fioreste le aveva regalato il giorno della sua nascita. Con quel ciondolo e la forza della preghiera Laura aveva spaventato, e respinto, sia la strega di Nizza che quella di Airole.

Gustìn prese la medaglietta e trattenne la mano di Laura per posarvi sopra un bacio.

«È benedetta» disse Laura, senza spiegare altro. «Entrambi sappiamo dove conduce la strada della tua indagine.»

Gustìn la fissava senza rispondere e Laura si rese conto di essere incapace di sostenere quello sguardo senza piangere. Voltò le spalle, le lacrime che premevano dal bordo degli occhi.

Si sentì abbracciare da dietro e intrecciò le dita di Gustìn con le sue. «Sarai prudente, vero? Promettimi che sarai prudente.»

«È tutta la vita che cerco qualcosa per cui valga la pena tornare a casa. Non ho proprio intenzione di farmi ammazzare proprio adesso.»

Laura sorrise, il pianto che le spezzava il fiato. Chiuse gli occhi per asciugarli col dorso della mano, e quando li riaprì Gustìn le stava tendendo un foglio.

«Cos'è?» gli chiese.

«Guarda.»

Era una lettera di credito con il sigillo dei banchieri Moris e una cifra che corrispondeva a una fortuna. Laura aprì la bocca, ma le parole non le uscirono dalle labbra.

«Non lo posso accettare.»

«Allora prenderai in prestito quanto ti servirà e nel momento in cui ti servirà. Quando sarai mia moglie, perché spero che un giorno lo sarai, *mademoiselle* Laura, ti apparterrà comunque. Se invece non dovessi tornare...»

«Non dirlo nemmeno.»

Gustìn fece una smorfia imbarazzata. «Avrei potuto mettere da parte qualcosa di più se avessi condotto una vita meno dissoluta.»

«Quando tornerai, perché tornerai, signor Augusto, la farai finita con i vizi.»

Lui la baciò, poi fece per ritrarsi, ma Laura lo trattenne. Ogni fibra del suo essere reclamava quel bacio, e al tempo stesso ne chiedeva di più. Nell'appoggiare le labbra sulle sue assaporò il gusto amaro delle lacrime ma non avrebbe saputo dire se erano le sue.

«Sei tu il mio unico vizio.» Gustìn le accarezzò una guancia. «Sei la cosa più bella che mi sia capitata in tutta la vita.»

«Lo dici come se fosse un addio.»

«Non è un addio.»

Laura aveva paura di guardarlo e scoprire che non fosse sincero. Che parlasse così senza crederci. Che volesse ingannarla. Che fosse tutto troppo bello per essere vero. Che potesse finire troppo presto.

«Mi ami, Gustìn?»

«Come non ho amato nessuno da quando sono al mondo.»

«E non mi lascerai sola?»

«Mai. Non ti lascerò mai.»

Laura cominciò a singhiozzare e Gustìn la baciò di nuovo. Gli strinse le braccia intorno al collo e ricambiò quel bacio. Gli accarezzò i capelli e chiuse gli occhi per cercare di imprimersi ogni cosa di lui: il sapore delle labbra e la pressione dei denti contro i suoi, l'aroma di sudore e sapone

il mio sapone

i capelli soffici e l'ispida ruvidezza delle guance.

Se quello doveva essere il loro ultimo bacio, Laura voleva essere certa che l'avrebbe ricordato per il resto della sua vita.

29

Un vento arido spazzava le vie e toglieva il fiato ai passanti, mentre il sole del tramonto posava riflessi color fiamma sui campanili della Città Vecchia. I colpi di cannone avevano sfregiato palazzi, sbriciolato statue, sbrecciato muri, portato via balconi. Le strade erano ingombre di sporcizia e macerie.

Un gruppo di bambini giocava alla guerra, forse immaginando la resistenza disperata che sarebbe toccata ai torinesi il giorno della caduta della città. Qualche donna alle finestre li osservava con espressione grave.

Mentre la Torino devastata dalle bombe si interrogava sul suo futuro, Gustìn faceva piani per il proprio, e sapeva di non potersi permettere errori.

Lo tormentava il timore che le sue mosse fossero sorvegliate, e il sospetto che a ostacolarlo fosse una persona a lui vicina. Felice, o lo stesso Gropello.

Ma se fossero stati loro perché gli avevano permesso di parlare con Corassié l'altra volta?

Forse perché pensavano non ci fosse nulla da scoprire.

Forse perché non c'è niente da scoprire.

Forse adesso cercano di scoprire da me se c'è un altro testimone a cui chiudere la bocca prima che parli.

Quei pensieri lo divoravano, e anche se non aveva alcuna prova a sostegno, non riusciva più a guardare il suo padrone e il suo socio senza chiedersi cosa aspettarsi da loro. Di certo, se fosse arrivato alla Cittadella e avesse trovato Corassié morto per un incidente o, peggio ancora, in modo inspiegabile, sarebbe stato difficile non tramutare i sospetti in certezze.

Come l'ultima volta in cui era stato alla Cittadella, le guardie mandarono a chiamare un alfiere e questi, esaminato il lasciapassare di Gropello, gli ordinò di aspettare intanto che chiedeva l'autorizzazione del governatore. Gustìn andò a sedersi su una panca, e rimase lì per un tempo che non riuscì a calcolare.

Le pareti tremavano, quando una bomba francese scoppiava troppo vicino. L'odore pungente del fumo e polvere da sparo riempiva l'aria.

«Il governatore non ha tempo di ricevervi» venne a dirgli l'alfiere. «Ho l'ordine di accompagnarvi dal prigioniero.»

«Ha dato segni di miglioramento?» chiese.

«Non lo so. Non mi occupo dei prigionieri.»

Oltrepassarono stanzoni rischiarati da lanterne e ingombri di pagliericci dove giacevano soldati feriti. Gustìn immaginò che fossero in attesa di essere trasferiti negli ospedali della città.

Colse un brandello di conversazione che gli mise i brividi.

«Io l'ho visto, ti giuro. Era accanto alla mia branda e mi guardava.»

«Devi averlo sognato. *Cagnáss* è morto due settimane fa.»

«Aveva un foro sulla fronte, ma non sanguinava...»

Le voci si persero nelle tenebre mentre Gustìn e l'alfiere passavano oltre.

Sembrava che nelle ultime settimane tutti avessero iniziato a incontrare

(o sognare)

fantasmi. Coincidenze? Gustìn non era portato a credere nel caso, e lui stesso aveva assistito a delle apparizioni, almeno in sogno. Apparizioni del suo amico Milo morto bambino.

Seguì l'ufficiale lungo la rampa di scale che scendeva nelle carceri, fino a raggiungere il sotterraneo dove erano ammassati i prigionieri francesi e i disertori in attesa di condanna.

Il soldato si fermò davanti alla cella buia in fondo alla sala. Staccò dalla parete una vecchia lampada a olio e accese lo stoppino con la sua.

«Vi aspetto qui fuori. Quell'uomo mi dà i brividi. Chiamate se avete bisogno di aiuto.»

Gustìn non avrebbe potuto chiedere di meglio. Entrò nella cella e il soldato gli chiuse la porta alle spalle, trascinandosi dietro un velo di ombre.

Corassié sonnecchiava in un angolo, la barba incolta, i capelli un po' più lunghi dell'ultima volta, ma solo dove non se li era strappati: le chiazze di pelle nuda e pallida brillavano di sudore. Prima di avvicinarsi, Gustìn controllò le catene che trattenevano la caviglia del prigioniero, calcolando la distanza in modo da fermarsi dove sarebbe stato al sicuro.

«Corassié?» Gustìn ebbe l'impressione che il respiro dell'omone, fino a quel momento regolare, si fosse fermato. «Corassié... Sono un amico di Vayra.»

Un occhio azzurro si aprì, uno solo, l'espressione appannata in cui, per un attimo, Gustìn fu sicuro di veder brillare un lampo d'orrore. Prese fiato e azzardò: «Fingete di essere matto perché avete paura di quello che avete visto. Li chiamano Stregoni, Cavalcanti e a volte Morti che Camminano. Esistono davvero, Corassié: li ho visti anch'io.»

Silenzio.

L'occhio azzurro continuava a fissarlo, con un'espressione indecifrabile. Poi si spense, e Gustìn sentì spegnersi anche le sue speranze.

Alla fine, quando già era sul punto di voltare le spalle per andarsene, sentì la voce roca di qualcuno che non era più abituato a parlare da molto tempo.

«Adesso che lo sapete, fareste meglio a scappare lontano.»

«Siete il miglior folle dalla testa a posto che abbia conosciuto» disse Gustìn.

«E voi siete un uomo baciato dalla sorte, a poter raccontare ad alta voce quello che mi avete raccontato, *monsù*...»

«Potete chiamarmi Gustìn.»

«Cos'è che avete visto?»

«Difficile da spiegare. Un istante prima in una galleria sotto la Cittadella, qualcuno fa conversazione come se fosse a passeggio sotto i portici di via di Po. Un istante dopo ancora, quel qualcuno tira fuori denti e artigli lunghi così... e li usa per massacrarsi.»

Corassié alzò gli occhi al soffitto angusto della cella, e alla luce incerta del lume Gustìn vide qualcosa di umido brillare nelle cavità degli occhi.

«Posso farvi uscire da qui quando volete. Sono al servizio...»

Lo interruppe un'amara risata.
«Non ho alcun desiderio di uscire. Fuori ci sono *loro.*»

Il giorno in cui incontrò la prima volta Michele Vayra, Carlo Remondini era un ragazzo di tredici anni più alto e robusto dei coetanei, e già tutti lo chiamavano Corassié, il Corazziere, prevedendo per lui un futuro nei reggimenti del Duca.

Michele stava uscendo da una panetteria con un cesto di pane: era un bimbetto vispo ma rachitico con un camicione più grande di lui che puzzava di carità gesuita lontano cento passi.

Carlo era di fronte al banco del panettiere con lo stomaco che brontolava per la fame e stava pensando a quale cliente avrebbe potuto strappare via la borsa. Si era girato a guardare Michele e Michele aveva guardato lui, allungando il cestino e chiedendo: "ne vuoi un po'?".

Nella vita ciascuno ha il suo posto, come in guerra. Il generale fa i piani di battaglia, il capitano dà gli ordini, i soldati eseguono, i tamburini danno coraggio e i portabandiera guidano la carica per primi.

Se Michele aveva la mente di un generale, Carlo decise che poteva almeno diventare il miglior soldato che si potesse avere accanto.

Qualche anno dopo incontrarono Yanko, il figlio di un ungherese venuto col suo reggimento a servire i Savoia. A Yanko piaceva usare il coltello: per farsi dare il pane dai garzoni dei fornai o per costringere le lavandaie a lasciarsi toccare. Yanko conosceva ogni angolo della città: non solo quella che si offriva agli occhi del mondo, ma anche quella che strisciava di sotto, fatta di cantine, infernotti e labirinti.

Michele che usava la testa e la parlantina, Corassié i pugni e i muscoli, Yanko che sapeva i posti migliori per nascondersi: e se non bastava, c'era il suo coltello. Non erano bravi ragazzi, ma ci sono posti dove i ragazzi bravi non sopravvivono, e tutti e tre erano molto attaccati alla vita. Con una buona idea per viverla meglio. Era sorprendente quanti torinesi avessero vizi di cui si vergognavano. Più erano ricchi, più i vizi erano costosi, più erano pronti a pagare per tenerli sepolti. I ricatti rendevano bene.

Un pomeriggio di aprile del 1705, quando ormai era certo che Torino avrebbe subito l'assedio delle armate francesi, Michele annunciò che la loro fortuna stava per cambiare ancora.

Il conte Foschieri, gentiluomo di camera del Duca, aveva bisogno di occhi e orecchie buone per sorvegliare i cittadini francesi di Torino, le spie e quelli che mettevano in agitazione il popolo, invitandolo a ribellarsi al Duca e ad arrendersi a la Feuillade.

Un compito facile per Michele: sotto il suo sguardo, la gente che aveva qualcosa da nascondere veniva a galla come merda nelle fogne.

Poi però molti di quelli che tenevano d'occhio cominciarono a sparire.

Michele pensava che avessero trovato il modo di uscire dalla città, forse attraverso uno dei passaggi sotterranei di Torino: una via di fuga sconosciuta alle autorità e da cui altrettanto facilmente si sarebbe potuto entrare.

Gli occhi e le orecchie avevano cambiato direzione, fino a scoprire che nei quartieri poveri c'era gente che non rientrava a casa dopo una giornata di lavoro, o che l'abbandonava durante la notte, senza portare nulla con sé.

Era diventata l'ossessione di Michele. Chissà quanto sarebbero stati disposti a pagare, il conte Foschieri e il Duca, per scoprire l'esistenza del passaggio e i nomi di chi lo usava per far scappare la gente dalla città assediata!

Trascorrevano i giorni, le settimane, e aumentavano le persone scomparse dalle isole di Santa Maria, San Dalmazzo, San Francesco e Borgo Dora. Poi Michele era giunto a una conclusione…

«…Non erano fughe, ma rapimenti. Chi fugge si porta dietro i suoi averi e i suoi ricordi, non lascia il cibo sul tavolo e la pentola sul fuoco.»

Gustìn ascoltò quelle parole che sembravano percorrere, una dopo l'altra, gli stessi suoi ragionamenti da quando aveva cominciato a indagare sull'assassinio della Consolata. La smorfia di Corassié sembrava un sorriso di derisione.

«Michele disse che dovevamo trovare le prossime vittime prima dei rapitori. E aspettare. Scoprimmo una famiglia di Santa Maria, due di San Dalmazzo e un bottegaio di San Francesco che erano rimasti nelle loro case malgrado l'ordine del Duca. Io sorvegliavo i Genta, vicino al monastero delle Orfane. Lui calderaio, lei sarta. Cinque bimbi. La sera tenevano le luci spente per non farsi scoprire dalla ronda.» Corassié fece una pausa, il suo respiro si fece più corto. «Una notte ho sentito dei rumori nella strada: non erano i passi delle guardie, quelli sono forti e tutti a tempo di marcia, questi invece erano disordinati, rapidi, ma…»

«… furtivi» suggerì Gustìn.

«Già… A un certo punto sono arrivati in quattro, cinque. E il capo…»

L'omone rimase sospeso, come se la storia fosse finita. «Cercavo di guardarlo per capire se lo conoscevo. Sapevo che Michele mi avrebbe chiesto di descrivergliela. Ero sicuro che fosse il capo: gli altri con lui sembravano cagnolini, e badate bene che erano avanzi di galera… gente che ci pensi due volte prima di litigarci. Forse indossava un mantello. Sembrava un'ombra nera.»

«Un'ombra nera…»

«Forse aveva vestiti scuri. Dovevo restare attento perché avevo l'impressione che se non lo facevo lui sarebbe svanito davanti ai miei occhi. Come nebbia, giuro. Ma se li avete visti, *quelli lì*, capite cosa voglio dire.»

Gustìn ricordò quando era stato inseguito da un'ombra fin nella piazzetta della Consolata, e quando invece era stato lui a inseguire un'ombra, vicino alla casa di Battista Fontana. Gli si accapponò alla pelle.

«Hanno circondato la casa. Il capo è entrato e subito ho sentito delle grida, poi silenzio. Sono usciti tutti in processione come monachelle: *monsù* Genta, la moglie, i bimbi. Non uno che urlava, non uno che piangeva, e quell'ombra camminava dietro di loro, in silenzio, nera come la Morte… Ho cominciato a seguirli, sono bravo a farlo, credete. Eppure *quello* si girava indietro come se si fosse accorto di me. Sembrava annusare, e i suoi occhi…» Corassié si fece il segno della croce. «Li avete mai visti gli occhi di una vipera? Quant'è vero Dio, mentre li seguivo mi sentivo gelare il sangue delle vene.»

Gustìn non faticava a credergli. «Però non si è accorto che li seguivate.»

L'omone scosse la testa.

«Arrivati in piazza della Frutta, loro sono scesi nelle ghiacciaie. Là sotto c'è un passaggio per le fogne, un labirinto puzzolente, *monsù*, orribile.»

Un'altra pausa troppo lunga.

«Come… come avete fatto a non farvi scoprire?»

«Ho aspettato. Senza una lanterna o almeno una candela lì non ti puoi muovere, ma se l'avessi accesa mi avrebbero scoperto. Non sono stupido.»

«Siete tutt'altro che stupido.»

«Il primo segno era nelle ghiacciaie, vicino al cancello che scendeva. Gli altri nelle fogne, agli angoli dove girare. Segni nella pietra, dipinti di rosso. Uno magari non li vede, ma io sì. Io c'ho gli occhi buoni, sapete.»

«Che genere di segni?»

«Delle "Z", ma più rotonde, come "S" girate al contrario. Ho cominciato a seguire quei segni anche se a volte mi sembrava di perdermi. Alla fine sono arrivato nella chiesa del Diavolo.» Smise di parlare di colpo. Gustìn seguì lo sguardo terrorizzato dell'omone che fissava il vuoto, con l'agghiacciante certezza che non fossero più soli nella cella, ma la paura di Corassié era quella di un ricordo.

«Vedevo statue con corpo di uomo e testa di animali. La puzza di qualcosa mi stordiva la testa. E faceva un caldo che sembrava essere all'Inferno. I fedeli erano vestiti di bianco, con i capelli rasati, il prete aveva una maschera d'oro a forma di testa di una specie di cane. Portarono i Genta davanti all'altare, e… beh… ho visto tante cose brutte e pensavo di avere lo stomaco di ferro, ma a pensarci mi viene voglia di vomitare.» Corassié cominciò a piangere, mentre le parole seguivano e la paura si riversava.

«Hanno preso la moglie di Genta e hanno cominciato a scoparsela. Lui non batteva ciglio, nemmeno i bambini: come se fossero sordi e ciechi. E la donna… non un lamento, o un grido. Come ve lo spiegate, questo?»

Gustìn ripensò all'incontro con Maria, la sera che erano stati dalle Perracchine. Ripensò ai soldati e al capitano Bozzolino nei sotterranei della Cittadella, immobili come statue di marmo.

«Loro hanno una specie di potere» spiegò. «Come addormentare la gente senza farla dormire davvero. Sono capaci perfino di farci dimenticare le cose.»

L'omone annuì.

«Michele avrebbe detto la stessa cosa. Voi siete come lui.»

Gustìn preferì non rispondere che Michele era andato incontro a una morte orribile: stava seguendo i suoi stessi passi.

«Quando i fedeli finirono di passarsi la donna, la presero in braccio, nuda come mamma l'aveva fatta, per portarla all'altare. Quello con la maschera diceva una preghiera e gli altri la ripetevano in coro, in una lingua strana… come "*hnn*" e "*hll*". Poi lasciarono cadere la moglie di Genta sull'altare, e quando la vidi sparire capiii che non era un altare, ma una specie di vasca. E che c'era qualcos'altro nella vasca… Povera donna, sento ancora le sue urla…»

A Torino, da qualche parte sotto terra, adoratori del Diavolo facevano orge e sacrifici umani. E Lucifero in persona era lì a godersene i frutti. Questa era la verità che Corassié aveva scoperto, e che rivelava come se fosse stato un profeta dell'Apocalisse. E Gustìn, che un tempo diceva di non credere nelle streghe, negli angeli e nei santi, credeva a ogni sua parola.

«Cos'è successo dopo?»

«In vita mia ho commesso tanti peccati, *monsù*, ma non sono un vigliacco. Odio quelli che se la prendono con i bambini, giuro, ma mentre i figli di Genta venivano sacrificati... l'unica cosa che riuscivo a pensare era "meglio loro che me". Dio mi perdoni. Le gambe non mi reggevano, quasi me la facevo addosso dalla paura.»

«Se aveste provato a difenderli, avrebbero ucciso anche voi» cercò di rincuorarlo Gustìn. «E adesso non potreste raccontarmi questa storia.»

L'omone lo guardò con una smorfia di amaro sarcasmo.

«Perché, raccontarla a voi può cambiare qualcosa? Sapete come combattere il Demonio?»

«Io no, ma c'è qualcuno che può combatterlo con le sue stesse armi.»

«Giuratelo.»

«Lo giuro. L'ho visto. Gli ho anche parlato. Adesso però dovete dirmi tutto quello che sapete.»

Corassié continuò il suo racconto, sempre più in fretta.

«Finirono il rito. I Genta furono buttati tutti nella vasca. Tutti avevano urlato fino a sgolarsi. I fedeli se ne andarono via e anche il prete con la maschera e quello con gli occhi di serpente. Alcuni erano restati a lavare i pavimenti, poi, spente le torce e gli incensi, se ne andarono anche loro. A quel punto ero convinto di essere rimasto solo, invece ho sentito che c'era qualcun altro.» Fece un sospiro e si asciugò la fronte con una manica. «Decisi di sollevare lo sportello della lanterna. L'olio era quasi tutto consumato e per Dio, non volevo restare intrappolato lì sotto al buio... Mi sono alzato in piedi e sono uscito dal nascondiglio, per andarmene il prima possibile...»

A Corassié mancava il fiato per continuare, e mancava a Gustìn per rispondere.

Rimasero a guardarsi in silenzio, respirando come se non ci fosse stata aria abbastanza, come se fosse stata l'ultima da respirare.

«Mi sono sentito chiamare» boccheggiò l'omone.

«Da chi?»

«Da nessuno.» Corassié fece una risatina. «Divertente, vero? Le mie orecchie non hanno sentito voci, le ha sentite la mia testa. Come una mano che sguazzava nel fango. *Cic-ciac. Cic-cic-ciac.*» Rise ancora, più a lungo. «La voce mi stava dicendo di avvicinarmi. Di farmi guardare.»

«E... voi?»

«Io ho obbedito. Anche se volevo scappare a gambe levate. È come quando ti senti prudere e devi grattarti. Non potevo resistere.»

«Cosa c'era nella vasca?»

«Era piena di sangue, e c'era qualcuno immerso, vedevo la sagoma distesa di lato. Mi sembrava che avesse la testa troppo grossa, allungata qui dietro, sulla nuca. Ho avvicinato la lanterna e ho visto un tremolio in quel liquido. Non chiedetemi perché, ma sapevo che quell'essere lì dentro aveva aperto gli occhi. Per guardarmi. Mi sono cagato addosso. E ho perso i capelli.»

Corassié aveva pregato poche volte in vita sua, ma si appellò ai Santi. E i Santi lo ascoltarono, perché riuscì a trovare la via d'uscita dal labirinto di cunicoli, malgrado gli occhi confusi dal buio e la mente da quella voce fangosa. Ogni volta che si voltava a guardare indietro, aveva l'impressione di vedere un'ombra avanzare nell'oscurità, verso di lui.

Si fermò solo quando, tremante e senza fiato, si ritrovò in piazza della Frutta.

Michele e Yanko ascoltarono la storia senza mettere in dubbio una parola. Non dopo avere visto la sua faccia e i suoi capelli.

Lo zingaro disse che nel suo paese conoscevano dei rimedi per tenere lontani quei diavoli. Per tutto il giorno disegnarono e incisero croci sulle pareti, annodarono corone d'aglio, appesero specchi alle finestre.

Loro arrivarono quella notte stessa. Spezzarono la porta come pane secco, e non li fermarono gli specchi, le croci e l'aglio e le coltellate. Quanti erano? Due, tre, dieci? Sembravano ovunque e seminavano morte.

Michele e Corassié non avevano la vocazione dell'eroe, né del martire.

Si lanciarono verso la porta sul retro, correndo a perdifiato. Sapevano di essere inseguiti, sentivano passi dietro di loro, un ansimare selvaggio e l'odore, terribile, di carne macellata.

Si separarono in via Santa Chiara. Michele andò verso la Consolata, Corassié verso un magazzino degli attrezzi, usato dai muratori che lavoravano alle fortificazioni. Aveva già usato altre volte quel rifugio, ne conosceva i segreti.

Si sbarrò dentro e spostò i sacchi che celavano il coperchio di una botola.

Ringraziò Dio che l'aveva fatto così forte, mentre apriva la botola e saltava dentro, piombando nelle fogne.

Mentre procedeva al buio, a tentoni, sentì un colpo terribile di sopra. La porta era stata sfondata. Il cuore gli martellava con tanta violenza che gli faceva male, ma raddoppiò i suoi sforzi per raggiungere il posto che cercava.

Era una galleria che a un certo punto costeggiava un tratto di muro scardinato mattone per mattone e poi rimontato, con pazienza, senza calce. Bastava una spinta per abbatterlo e trovarsi, dall'altra parte, nel deposito di polvere del Bastione Consolata.

Era stata una scoperta di Yanko: chissà chi, quando e perché aveva scavato un passaggio che raggiungeva le riserve militari del Duca?

A Corassié non importava, sapeva solo che non avrebbe fatto la fine dei Genta, a costo di farsi saltare in aria. Per riconoscere il punto esatto aveva lasciato una lanterna sul pavimento. Era ancora lì. Accese lo stoppino, e quando la fiammella illuminò un tratto di galleria, Corassié scoprì di non essere più solo.

C'era un uomo con la maschera, forse lo stesso che aveva rapito i Genta. Nel groviglio della lotta sfondarono il falso muro, inciampando sui mattoni. Mentre cadeva, in un impeto di disperazione, Corassié tirò la lanterna accesa. Respirò un odore tremendo di carne bruciata, ascoltando un urlo di rabbia, dolore e paura. In pochi istanti, il tempo di rialzarsi, quell'essere era scomparso.

Da qualche parte arrivarono grida d'allarme. Erano le guardie del Duca.

Corassié alzò le mani, lasciandosi catturare. Lo avrebbero accusato di essere una spia e le spie le rinchiudevano alla Cittadella. Se era fortunato, una bomba gli sarebbe caduta sulla testa. Altrimenti l'avrebbero impiccato. Oppure no, se avesse fatto finta di essere pazzo…

Fuori dalla cella nulla era cambiato. La navata simile a quella di una chiesa, illuminata dalle candele, l'odore di stalla, il borbottio di voci maschili.

Mentre Gustìn percorreva il corridoio verso l'uscita vide brancolare delle ombre e dietro le grate delle celle apparve qualche viso sporco, con la barba lunga di giorni e gli occhi cerchiati.

«Dite al governatore che confesso!»

«Portami una donna. Una donna, perdio!»

«Non ho fatto niente!»

I lamenti e le grida si univano allo strascicare delle catene in una sinfonia infernale. Gustìn trattenne il fiato mentre affrettava il passo.

Sulla natura diabolica dell'assassino di Vayra non aveva più dubbi da tempo e quelle di Corassié non erano state rivelazioni ma conferme.

Adesso però sapeva con esattezza che fine facevano i torinesi scomparsi. Sapeva dove venivano portati. A chi... o cosa venivano sacrificati.

Non restava che aspettare, perché Gustìn sapeva già di essere nel posto giusto.

La salvezza della città si stava giocando sulle mura della Cittadella, e quando la Cittadella fosse stata vicina a cadere i Cavalcanti sarebbero venuti a difenderla.

Tra tanti torinesi che imploravano l'arrivo del Principe Eugenio e della sua armata di soccorso, Gustìn era forse l'unico a sperare che i francesi sferrassero quanto prima l'attacco decisivo.

30

25 agosto 1706

Barba Siòla, “zio cipolla”, guardava Laura da dietro il suo banco di verdura.

«Non hai venduto niente, stamattina?»

«Solo qualche sacchettino profumato.»

Era stata un’idea di Fioreste. Cucire mazzolini di fiori dentro due lembi di stoffa leggerissima. Accostandoli alle narici, tenevano lontana la puzza di sudore e marciume delle strade che da settimane non venivano più ripulite.

«A quanto li vendi?» chiese *Barba* Siòla. Come sua abitudine, masticava una manciata di tabacco che riusciva a far durare delle ore.

«Cinque denari l’uno.»

«Una miseria.»

«Poco più di quanto mi costa farli.»

«Dammene uno, su.»

Laura girò attorno al banco e glielo portò.

«Ma non voglio i cinque denari. Ve lo regalo.»

«Oh no, no, *tòta*...»

«... Non saranno cinque denari a cambiarmi la vita. Su, volete offendermi?»

Il verduriere si batté le nocche sulla fronte e disse: «Va bene, però io ti regalo un mazzetto di coste. Ti piacciono le coste?»
«Molto.»
«Eccole qua, allora. Un regalo per un regalo.»
«Grazie, barba. Dio vi benedica.»
«Meglio se benedice te, che sei giovane.»
Quel mattino gli ambulanti e i bottegai di Piazza Carlina mettevano in scena quella che sembrava una festa, o una farsa. Nella quasi completa assenza di clienti, gli uni offrivano le proprie merci agli altri, versavano bicchieri di vino, offrivano cipolle o cespi d'insalata, scambiandosi complimenti a cui non faceva seguito alcun acquisto.
Laura tornò al banchetto. Da quando Gustìn si era dichiarato, Rosina e Vittoria avevano iniziato a impuntarsi sul fatto che Laura non potesse più andare in giro da sola. Tanto meno al mercato. Un'incombenza, quella di accompagnarla, che toccava a turno a Rosina e Camilla, dal momento che Vittoria riteneva l'impegno troppo faticoso per la sua povera schiena. Ma anche se quel mattino era il turno di Camilla, la migliore alleata, o complice, possibile, Laura non ne avrebbe tratto vantaggio. Gustìn non sarebbe certo venuto quel giorno.
Camilla era seduta dietro la bancarella dei saponi, gli occhi distratti, più silenziosa del solito. Non aprì bocca nemmeno quando un gruppo di giocolieri si fermò a poca distanza da loro a provare qualche numero.
«Sembri molto pensierosa» disse Laura, alla fine. Lei rispose: «Grazie» con la stessa aria svagata.
«Camilla?»
La guardò, i suoi occhi specchi riflessi alla luce del sole. C'era una sfumatura nuova nel suo sorriso gentile, e Laura si stupì di non averci fatto caso prima. Eppure quella sfumatura era facile da riconoscere, specialmente per lei, dal momento che era la stessa che notava ogni volta sul proprio viso, allo specchio, il mattino di un giorno in cui avrebbe ricevuto la visita di Gustìn.
«Non ti sarai innamorata?»
Camilla arrossì e voltò la testa come per schermirsi. A Laura parve di scorgere un angolo di sorriso, mentre la sua amica sussurrava: «Non ti si può nascondere proprio niente, a te.»
«Ma perché, volevi nascondermelo?»

«No...» Camilla divenne ancora più rossa. «Ma in casa è difficile parlarne...»

«Perché c'è tua madre.»

«Già.»

«Pensi che sarebbe contraria?»

«Lei è sempre contraria» sospirò Camilla. Laura non poteva darle torto.

«E lui chi è?»

«Non lo conosci. Un galantuomo, venuto qualche giorno fa a comprare dei profumi.»

«Qui al mercato?»

«Sì.»

«E io non l'ho visto?»

«Eri andata a comprare il pranzo. Non mi viene in mente quando è stato.»

Il quando aveva poca importanza: qualcuno era andato a corteggiare Camilla mentre era sola. Una semplice coincidenza? Laura avrebbe voluto credere di sì, ma pensieri inquietanti glielo impedivano. Secondo le testimonianze che aveva raccolto, alcune delle ragazze scomparse avevano fatto strani incontri pochi giorni prima di andare incontro al loro destino.

«Un galantuomo venuto a comprare dei saponi.» osservò a voce alta. «Perché non ha mandato un servo?»

«Non lo so. Forse voleva venire proprio lui.» Camilla cominciò a farsi aria con la mano per dare sollievo al viso in fiamme.

«È questo che ti ha detto?»

«Cosa?»

«Che voleva venire proprio lui.»

«Sì» un sorriso sognante si unì al rossore delle guance.

Ecco, realizzò Laura, *Camilla si è innamorata.* Un sentimento naturale, prima o poi sarebbe arrivato. Perché avrebbe dovuto offuscarlo con sospetti e paure?

Perché ho dei sospetti, si rispose. *E ho paura.*

«È strano, no? Un galantuomo che fa dei complimenti a una saponaia.» Camilla non rispose. «Lo hai incontrato altre volte?»

«Non lo dirai a mia mamma?»

«Tua mamma è l'ultima persona a cui confiderei qualunque cosa.»

«Non lo dirai a nessun altro?»
«No. Te lo prometto.»
«È venuto al lavatoio qualche giorno fa.»
Laura ricordava quel momento. Era stato il giorno in cui era stata aggredita da Maurizio e Gustìn aveva mancato la sua visita. Camilla era rientrata con i capelli scompigliati e il viso rosso. Con il trambusto degli eventi, Laura non aveva badato più di tanto a quel particolare che pure le era rimasto impresso.
«È venuto a Borgo Dora?»
«Sì.»
«E sa dove abiti.»
(Dove abitiamo)
Camilla esitò, poi disse: «Sì. Ma non c'è nulla di male, vero?»
C'era molto di male, invece, anche senza bisogno di tirare in mezzo le ragazze scomparse. Molti galantuomini, spesso avanti negli anni, andavano a cercare un po' di divertimento tra i banchi del mercato. Una ragazza giovane e sola li attirava come miele per le mosche, e Laura lo sapeva bene.
«Fai attenzione agli uomini di alto rango che si interessano a quelle come noi. Di solito le loro intenzioni sono tutt'altro che nobili.»
«Ma questo non vale per te, vero?»
Parole che avrebbero potuto essere una velenosa insinuazione, se fosse stato qualcun altro a pronunciarle. Sognare l'amore rendeva audace Camilla, e nella sua domanda non c'era cattiveria, ma speranza, e Camilla sperava di vivere lo stesso genere d'amore della sua amica Laura, con un uomo ricco e importante.
«Gustìn viene dal popolo, Camilla, come noi. Non è la stessa cosa.»
«Ma lui… lui ha detto… che mi ama.»
Lo disse con tale disperata dolcezza che Laura si sentì colmare gli occhi di lacrime. Si avvicinò e le diede un buffetto sulla guancia.
«Come si chiama questo galantuomo? Forse lo conosco.»
«Ruggero Provana. È nipote del Conte.»
Quel nome non diceva niente a Laura, ma quello della famiglia sì. Diverse cameriere che facevano la spesa da lei gliene avevano parlato. La famiglia Provana era una delle più antiche e nobili di Torino.
«Conte di?» insisté.

Camilla sembrava confusa: «Di cosa...?»
«Di Frossasco, Druento, Carignano...? Ci sono diversi rami dei Provana.»
«Io... non lo so. Non me l'ha detto. Sei arrabbiata con me?»
«No, certo che no. È solo che mi sono... stupita. Non me l'aspettavo.»
«Già... chi può innamorarsi di una come me?» osservò mestamente Camilla.
«Loquace come un pesciolina, intendi dire?»
Scoppiarono a ridere, anche se Laura non riusciva a lasciarsi alle spalle i brutti pensieri. Avrebbe dovuto mettere in guardia Vittoria? No, certamente.
Rosina, forse? E se poi Rosina l'avesse detto a Vittoria?
«Fai attenzione, Camilla.»
«Ma certo, non ti preoccupare per me.»
«E allora non darmi motivo di preoccuparmi.»
«Non succederà» promise Camilla, e si scambiarono un abbraccio.
«Guardatele, non sono deliziose?»
L'inconfondibile voce di Costanza riportò Laura alla realtà. La dama era ferma a pochi passi dalla bancarella, con un sorriso affilato e un uomo accanto. Le sue braccia erano distese in un gesto di affettuosa accoglienza, gli occhi le brillavano: «Cara amica mia, mi siete mancata.»
Laura la guardò, con il cuore in gola, poi si guardò intorno, perché le era venuto il dubbio che Costanza si stesse rivolgendo a qualcun'altra. Un'eventualità più probabile della prima che le era passata per la testa, ossia di stare ancora nel suo letto a sognare. Con la flemma aggraziata che esibiva sempre quando tutti la potevano ammirare, Costanza si avvicinò. Il suo sorriso era così largo che sembrava raggiungere le orecchie.
«Come vanno gli affari? Avete qualche deliziosa creazione con cui stupirmi?»
«No, io... no» rispose Laura. Non sapeva cosa dire e come dirlo.
Costanza invece sembrava molto a suo agio: «Suvvia, non ci credo. Il vostro talento avrà prodotto qualche nuova essenza.»
Forse sapeva che Laura non poteva più preparare profumi? Chi gliel'aveva detto? Era venuta per quello, per deriderla?
Laura si sentiva del tutto impreparata a quel confronto.

«Abbiamo dei sacchettini profumati» improvvisò, mostrandoli. «Ma non sono niente di che.»

«Niente di che!» rise Costanza. «Niente di che, dite voi! Ogni volta che passo a trovarvi mi stupisco di quante novità, tutte colorate e profumate, si trovano sul vostro banco o negli scaffali della vostra bottega. Spero mi vorrete perdonare se lo sottolineo con tanto entusiasmo, ma d'altronde sono felice di far sapere a tutti che brava commerciante siete!»

Costanza era di ottimo umore e piena di energia. Aveva perdonato Laura, si era dimenticata di quanto era successo tra loro. Oppure aveva in mente qualcosa.

Laura si augurò che dipendesse dall'uomo che aveva al suo fianco. Si augurò che fosse il suo nuovo compagno, e che fosse più ricco e più nobile di quanto Gustìn non sarebbe mai potuto essere.

Era un uomo di mezza età e tutt'altro che attraente. La pelle attorno al collo formava pieghe simili a bargigli e profonde occhiaie gli segnavano lo sguardo. I boccoli della parrucca scendevano sulla schiena disegnata dalla marsina di seta. Aveva le iridi dello stesso colore della pupilla, così che i suoi occhi sembravano più grandi e più neri. Occhi che la stavano scrutando con insistenza, in un modo più che disinvolto, quasi insolente.

«Ma io mi sono scordata le buone maniere!» intervenne Costanza. «Ero talmente felice di rivedervi che non vi ho presentati! L'elegante signore che vedete al mio fianco è il mio caro amico Giovanni Ippolito Bertoldi, mastro orefice. Giovanni, lei è Laura, la ragazza di cui ti ho parlato. Sai, quella *pulitina.* E la sua timida amica Camilla.»

L'uomo fece un sorriso sottile e annuì.

«Molto onorata» rispose Laura, inchinandosi. Non lo era affatto, e non vedeva l'ora che quei due se ne andassero. Costanza però pareva di tutt'altro parere.

«Vedete com'è graziosa? Avanti Laura, servitemi con quello che avete di meglio.»

Per qualche istante gli occhi di Costanza si abbassarono sulla bancarella, ma Laura ebbe il sentore che saponi e sacchetti profumati fossero l'ultima delle cose che voleva guardare, o di cui le importasse.

Cominciò a fare il suo lavoro, a disagio sotto lo sguardo troppo affettuoso di Costanza e quello troppo sfacciato del suo compagno. Costanza comprò tutto quello che lei le aveva consigliato, senza nemmeno pensarci due volte.

Forse era venuta a far vedere che si era ripresa dalla delusione, o per esibire il suo nuovo trofeo, ma Laura si chiedeva se ci fosse sotto qualcos'altro.

«Non siete più in collera con me?» domandò, con cautela.

«Suvvia, perché dovrei essere in collera per una questione tanto meschina?»

«Lo eravate, però, l'ultima volta.»

«Sì ma mi è passata» sbuffò Costanza. «In fondo era solo un uomo. Perché rovinare un'amicizia come la nostra per un uomo, quando ce ne sono tanti altri a disposizione?»

Sotto il velluto che le foderava la voce c'era qualcos'altro, e quel qualcosa era così freddo e aspro da mettere i brividi.

Non le è passata affatto, realizzò Laura. *Non le passerà mai.*

Osservò Costanza, aspettandosi che parlasse ancora, poi spostò lo sguardo sul suo uomo. Un istante solo, il tempo di incrociare il suo sorriso ambiguo.

Andate via. Vi prego, andate via.

«Porgerete i miei omaggi a vostro padre?» chiese Costanza. «Non lo vedo da quella sera, spero che stia bene.»

«Sì, sta bene. Grazie. Lo saluterò da parte vostra.» Laura sperò che il suo tono gentile sembrasse autentico. Non perché non voleva sembrare scortese ma perché, si rese conto con lucidità, preferiva continuare a passare per quella ingenua (come l'aveva chiamata Costanza? *pulitina*) che non si era accorta di niente.

«Oh, Camilla» aggiunse Costanza, con disinvoltura. «Saluta anche tua mamma. Non credo senta la mia mancanza più di quanto io sento la sua, ma non vorrei che pensasse che mi sono dimenticata di lei.»

Camilla le rivolse un'occhiata dubbiosa e quel dubbio le fece vacillare il sorriso agli angoli della bocca.

«Grazie» rispose. «Siete troppo gentile.»

Laura pensò che Camilla aveva usato, forse senza saperlo, le parole più giuste di tutte. Costanza era *troppo* gentile. La domanda era: perché?

«Bene» dichiarò Costanza, con il sacchetto degli acquisti sotto il braccio. «Ci vediamo presto, allora.»

«Quando volete» rispose Laura.

«A presto» salutò il compagno di Costanza con una voce flautata e giovanile. Laura si rese conto che fino a quel momento non aveva detto una parola.

«Arrivederci!» salutò Camilla.

Costanza aveva fatto qualche passo per andarsene. Si fermò. Voltò il capo e come se fosse stata illuminata da un'idea prodigiosa disse: «Magari una di queste sere io e Giovanni veniamo a farvi visita a casa. Questa volta immagino che non correrò il pericolo che mi porterete via il moroso, giusto? Il vostro adesso ce l'avete.»

31

25 agosto 1706, notte

Quando Laura si svegliò, il buio era ormai sceso nella sua stanza, e da fuori si sentiva il cane dei Votta che abbaiava, madama Luigina che augurava la buonanotte alla figlia di *monsù* Bino.

Fingendosi indisposta, Laura era andata a dormire nel pomeriggio: calcolò che fossero trascorse quattro o cinque ore. Si massaggiò la nuca e il collo: era madida di sudore per il caldo, ma si sentiva riposata e piena di energie.

Scese dal letto e un vivace formicolio le percorse i piedi: fece qualche passo avanti e indietro finché non lo sentì passare. Al di là della porta, nel corridoio, sentiva il russare pesante di Fioreste. Vittoria e Camilla dovevano essere in bottega, ma non ci sarebbero rimaste ancora molto. Avevano abitudini precise.

Laura tornò a sdraiarsi a letto. Sentiva i morsi della fame perché non aveva cenato, ma li trattenne insieme al desiderio di scendere di sotto. Anche se non aveva motivi di sospettare, Vittoria avrebbe potuto fare domande scomode.

Finalmente Laura sentì le due donne fare le scale, il legno scricchiolare sotto il loro peso. Vittoria si lamentava del caldo e del mal di testa, come al solito, e come al solito Camilla rispondeva “sì, mamma”. Si chiusero in stanza.

Laura aspettò ancora, mentre la luce si faceva sempre più fioca e le voci all'esterno sempre più rare, finché non ci fu alcun rumore in casa, se non il russare di Fioreste. Allora aprì la porta e uscì in punta di piedi nel corridoio, fino alle scale; scese in bottega, fermandosi ogni volta che i gradini emettevano uno scricchiolio un po' più forte.

La bottega era immersa nelle tenebre, ma Laura la conosceva così bene che sapeva con precisione quanti passi doveva fare per giungere al tavolo, al focolare e alla finestra. Aprì gli scuri quel tanto che bastava per guardare fuori.

Una lama di luce penetrò nella stanza, facendo brillare i tegami appesi sopra il focolare. Accanto c'era una pentola con le verdure avanzate dalla cena.

Sistemò una sedia davanti alla finestra e si sedette con la pentola e un pezzo di pane in mano. La luna piena posava su ogni cosa ombre argentate. Chiunque fosse passato davanti alla finestra sarebbe apparso come in pieno giorno, solo con qualche colore in meno.

Laura affondò i denti nella polpa croccante di una costa, placando il brontolio dello stomaco. Se qualcuno fosse sceso in quel momento e le avesse chiesto che cosa faceva, avrebbe risposto che si era svegliata e aveva fame. Non c'era nulla di male nell'avere fame. Avrebbe detto che aveva aperto un po' la finestra per non accendere il lume, perché...

Qualcosa oscurò la luce che entrava dalla fenditura tra le imposte socchiuse.

Fu solo per un istante, ma in quell'istante Laura credette che il cuore si fosse fermato. La pagnotta le sfuggì di mano, cadde sul pavimento facendo un rumore come *ca-plop.*

Una sagoma chiarissima camminava con la naturalezza di una passeggiata della domenica. Una sagoma che indossava abiti da galantuomo, abiti bianchi che la luna rendeva più luminosi.

Era ciò che Laura aspettava da giorni, e anche se la sua ragione continuava a gridare "Non farlo!", si alzò in piedi. Con il piede urtò la pagnotta facendola finire contro la base del focolare. Posò la pentola sul tavolo e risalì le scale in punta di piedi.

Si fermò sulla porta, ad ascoltare Fioreste che russava. Se avesse indugiato ancora si sarebbe svegliato, lo aveva imparato in tanti anni che viveva con lui: Fioreste aveva il sonno pesante ma un sesto senso potente, che lo avvertiva quando Laura non stava bene.

Mise da parte gli ultimi dubbi e aprì la porta di casa cercando di non fare rumore. Uscì sul ballatoio e accostò l'uscio con la stessa delicatezza: sarebbe rimasto aperto finché lei non fosse tornata, ma non credeva che ci sarebbe stato più pericolo del solito. I ladri non andavano a rubare in casa dei poveri, e per chi aveva cattive intenzioni un ovale e due linee incise sulla porta erano più efficaci di qualunque catenaccio.

Laura scivolò via a piccoli passi silenziosi. Aveva un sapore amaro in bocca e quel poco che aveva mangiato cominciò a danzare la gavotta nel suo stomaco.

Verso est, la sagoma scura della collina era costellata di macchie fiammeggianti come pustole di vaiolo. Infuriati per la resistenza di Torino, i francesi avevano incendiato le cascine e le ville: si vendicavano su ciò che non poteva difendersi, come un bambino uscito pesto da una zuffa tra coetanei che se la prende con uno più piccolo.

Le strade di Borgo Dora erano vuote e spettrali. Perfino l'osteria dell'Uomo Selvatico era chiusa, e Laura quasi rimpianse le risate, le volgarità, gli uomini con il bicchiere di vino in mano e le donne che si lasciavano palpare alla luce malata delle candele.

Le pareva di attraversare un borgo abbandonato, ma sarebbe stato da illusa, o da folle, fingere di non sapere che al *Balòn* viveva gente che tirava avanti in modi che avrebbero richiesto lunghe confessioni e lunghe penitenze.

Vedeva la propria ombra proiettata dalla luna e, più lontano, vedeva Raffaele, che non si voltava mai a guardarsi le spalle, come se fosse stato molto distratto, molto tranquillo, o molto concentrato. Era un fantasma in abiti eleganti e bianchi come una nevicata. Non sembrava neppure camminare, come se i suoi piedi non affondassero nella terra molliccia, ma la sfiorassero.

Oltrepassò la stalla dove *Barba* Lamentìn sellava i muli e i cavalli, vuota perché le bestie erano state comprate dagli uomini del Duca per la guerra. Svoltò l'angolo, e Laura dovette affrettare il passo per non perderlo di vista.

Eccolo laggiù, oltre la casa del tessitore Sarotto, poi davanti al banco dove *'l Sòp,* lo Zoppo, vendeva il pesce dei canali... finché c'era stata acqua nei canali: da quando i francesi avevano bloccato le chiuse, anche lui andava a fare la fila all'Ospedale di Carità per una razione di pane e minestra.

Dalle finestre socchiuse di una baracca usciva la voce di un bimbo o una bimba che cantava una filastrocca dal ritmo allegro, ma con una voce così acuta che Laura non riuscì a distinguerne le parole.

Raffaele attraversò il ponticello sul canale dei Molassi, le mani lungo i fianchi e il passo sempre *troppo* leggero.

Laura si chiese quale fosse la sua destinazione: da quella parte si andava verso Valdocco, dove c'erano solo prati, campi coltivati e qualche cascina.

Il pensiero fu di breve durata, un altro cominciò a prenderne il posto, dopo che fino a quel momento era rimasto buono buono ad attendere il suo turno.

Cosa gli dirò quando si accorgerà di me, o quando gli arriverò vicino?

In linea teorica la risposta era ovvia, in quanto costituiva la ragione per cui Laura aveva preso il coraggio di uscire di casa di notte: incontrare Raffaele per supplicarlo di avere pietà di Gustìn e prenderlo sotto la sua protezione, come aveva fatto con lei. Gli avrebbe detto che Gustìn era una persona buona, malgrado il suo passato non proprio irreprensibile, e che lei lo amava.

Le case cominciarono a diradarsi lasciando il posto a cortili sempre più spaziosi e capanni da cui proveniva odore di stalla, ronzio di mosche e il monotono chiocciare di galline. Ai lati del sentiero c'erano campi di grano, ma gli steli erano stati tagliati e il fieno portato via per nutrire le bestie radunate nei prati di Vanchiglia per far fronte all'assedio.

Laura cominciò a cercare gli angoli più bui, ad appiattirsi contro un albero o un muricciolo ogni volta che la notte veniva spezzata da un suono più forte degli altri. Metteva i piedi sull'erba per attutire il rumore dei suoi passi.

Raffaele continuava a non voltarsi.

Era una notte calda e non tirava un alito di vento: le fronde degli alberi erano immobili, come ad aspettare qualcosa o qualcuno.

Laura non ricordava l'ultima volta che aveva sentito le campane suonare, ma giudicò dalla posizione della luna che potessero essere le dieci o le undici.

In fondo alla strada, un po' nascosta dalle piante, si intravedeva la sagoma di una cascina, un complesso di edifici che davano la sensazione di una piccola fortezza. Il profilo del portone era circonfuso dal bagliore di un lume.

Raffaele si fermò, proteso in avanti come per ascoltare. E Laura ebbe la netta sensazione che non fossero più soli. Un istante dopo avvertì un suono nella testa. No, non era un suono, ma un soffio di vento rovente, carico di polvere.

Hhhhh-hhh, sibilò quel vento impalpabile.

Laura abbassò lo sguardo sui propri guanti di seta bianca, che riflessi dalla luna brillavano come argento. Il fiato le rimase in gola perché si rese conto che non avrebbe dovuto indossarli; ma lo capì in un modo strano, come se le fosse stato suggerito dall'esterno, da qualcuno che la guardava perché si era accorto di lei e proprio a causa di quei guanti.

La paura l'invase e cominciò a tremare, e intanto il vento continuava ad attraversarla come un cavallo al galoppo. Nel mezzo di quel vento qualcuno le stava parlando, ma Laura non riusciva a capire cosa le dicesse. Era certa, tuttavia, che i suoi pensieri venissero *ascoltati*.

Poi tutto cessò, lasciandola confusa e stremata, gli occhi appannati da macchioline scure che sembravano una nevicata di cenere.

«Voi non dovreste essere qui» sussurrò una voce gentile. «Una giovane perbene dovrebbe essere a casa a recitare le preghiere.»

Raffaele era fermo davanti a lei, così vicino da lasciarle distinguere la fantasia del pizzo dei polsini e la spilla di madreperla che tratteneva il fazzoletto di seta attorno al collo: raffigurava un viso di donna di profilo.

C'era gentilezza nella sua voce, e dai suoi occhi trapelava una sorta di divertito stupore. Profumava di essenza di pino, cera d'api... e un altro ingrediente, unico e irriconoscibile. Laura abbassò gli occhi sulle scarpe di pelle bianca e con le fibbie d'argento: scarpe immacolate, senza la minima traccia di sporcizia malgrado avessero camminato per le strade di Borgo Dora.

«*Cerèa, monsù.*»

«*Cerèa, tòta.*»

Laura pensò che le loro voci sembrassero provenire da un posto molto caldo e secco. Tutta la determinazione di poco prima non era nulla di più che una manciata di neve lasciata sulla spiaggia di Nizza a prendere il sole. Deglutì e trovò il coraggio di chiedere: «*Monsù*... voi mi conoscete?»

«Certo. Siete la saponaia di Borgo Dora» rispose lui, con naturalezza. «E voi conoscete me?»

Laura si era preparata a quel momento nelle notti in cui lo aveva immaginato in ogni particolare. Non avrebbe dovuto conoscere Raffaele perché lui le aveva ordinato di dimenticare, e rivelargli che il suo potere non aveva funzionato non era la migliore delle idee.

Se Laura avesse ripercorso quei pensieri mentre era di fronte a lui, Raffaele avrebbe sospettato, ma non fu così perché per una volta Laura era pronta.

«Siete un santo. Solo... non so quale.» Sperò che la sua esitazione venisse presa per timidezza, non per la prova di una menzogna.

«Un santo?» ripeté lui. Ancora quella voce divertita.

«Siete troppo bello per essere un uomo. E un uomo non va a passeggio per il *Balòn* vestito come voi. Con il colore degli angeli.»

«Per questo mi avete seguito?» Laura annuì. «E non avete paura dell'Uomo del Crocicchio?»

«Il potere dei santi viene da Dio. Dio vince sempre il Demonio.»

Raffaele rise, ed era la risata di un ragazzo che ha appena ricevuto un bacio d'amore. Una risata che metteva gioia.

Laura stava per pronunciare le parole che si era studiata (*vengo a raccomandare alla vostra protezione una persona che mi è cara*) quando il vento di prima soffiò di nuovo, questa volta più vicino, e la investì con una violenza brutale.

«Raffaele?» Un altro uomo adesso era in mezzo al sentiero, a pochi passi da loro. Non era arrivato, era *apparso*: un battito di ciglia prima non c'era, un battito di ciglia dopo era lì. Attorno a lui l'aria sembrava tremare come vicino a un fuoco acceso. Aveva trenta o quarant'anni, baffi, barba, e luminosi capelli color sabbia, troppo lunghi e troppo curati per poterli coprire con una parrucca.

(Nessuno li lascia crescere tanto... non in questi tempi!)

Anche i suoi abiti erano antichi: stivali di cuoio, una tunica, una corazza di metallo scintillante e un mantello di velluto verde,

(velluto! con questo caldo! senza una goccia di sudore sulla fronte!)

e appesa al fianco una spada molto più grande e larga di quelle che usavano i soldati del Duca. Qualunque fosse stato il tempo a cui era appartenuta la spada,

(e la corazza, il mantello, la tunica e anche colui che la indossa)
quel tempo non era il 1706.

E i suoi occhi... era come se qualcuno vi avesse dato fuoco. Laura non avrebbe saputo descriverli in altro modo, e sotto quello sguardo fiammeggiante si sentì bruciare di vergogna e paura per la propria natura imperfetta. Se Raffaele era un santo, quell'apparizione terribile e magnifica non poteva che essere un angelo.

«È sotto la mia protezione, Amedeo» intervenne Raffaele.

«Allora ne sei responsabile. Fa che sia al sicuro.» Nessuna emozione nella voce dell'angelo. Né rimprovero, né delusione, o collera o stupore.

L'eco delle sue parole danzava ancora nell'aria e lui non c'era più.

Nel silenzio della notte, Laura si ritrovò di nuovo sola al cospetto di Raffaele.

«So che non dovrei essere qui» balbettò, «ma debbo chiedervi...» Lui la interruppe posandole un dito sulle labbra, poi la fissò negli occhi. Laura comprese ciò che stava per succedere perché era già successo un'altra volta.

«Dormi» comandò Raffaele, e un'ondata tiepida la sommerse. Laura sentì gli occhi chiudersi e le gambe e la mente che l'abbandonavano. Si lasciò cullare come una barca sulla superficie placida di un mare d'estate, una sensazione strana e dolce assomigliava molto agli istanti che precedono il sonno. Ci assomigliava solo, però: Laura era ancora sveglia.

La magia di Raffaele non aveva funzionato.

Sebbene i suoi pensieri fossero lenti e opachi, Laura comprese che il gentiluomo la stava tenendo in braccio per portarla... dove? Non aveva alcuna paura perché sapeva che con lui sarebbe stata al sicuro.

Un'ombra li accolse, poi di nuovo luce che cercava di farsi largo dietro le palpebre serrate: Laura comprese che avevano varcato il portone della cascina. Riconobbe odore di stalla e fieno, richiami di vacche e galline, il ronzio incessante delle mosche. Una porta che scricchiolava.

Si sentì appoggiare a terra, contro quello che sembrava un sacco di semi. Ancora il suono dei cardini, poi più niente. Raffaele era andato via oppure era ancora lì e la stava mettendo alla prova?

Laura si sforzò di rimanere immobile e di calmare il cuore impazzito. Contare era l'unico modo per scandire il tempo e farlo trascorrere.

Nulla attorno a lei si mosse e quando fu arrivata a trecento decise di aprire gli occhi.

Era sola nell'oscurità, e del profumo di Raffaele era rimasto solo un vago piacevole residuo.

Raccolse le ginocchia contro il petto e aspettò finché gli occhi non furono abituati al buio.

Era in un piccolo capanno, circondata, assediata da sacchi di semi: di fronte a lei la porta era un rettangolo con i bordi sottolineati dal bagliore latteo della luna.

Udì un nitrito, poi il cigolare di ruote e il suono di zoccoli sulla ghiaia. Fu come se l'aria fosse attraversata da un boato simile a quello di un tuono o di un colpo di cannone. Forse quel suono Laura aveva solo creduto di sentirlo, ma su di lei era calata una sensazione di terrore.

Senza rendersene conto si era alzata in piedi. Le sue mani tastarono in avanti fino a trovare il legno della porta. C'era un chiavistello dall'altra parte? Raffaele l'aveva chiusa nel deposito dei semi?

Spinse la dita contro il legno. La porta fece resistenza, per un istante, poi iniziò a cigolare: Laura la aprì in modo da riuscire a guardare nel cortile della cascina. Una corrente d'aria le accarezzo il viso, facendola rabbrividire.

C'era una carrozza con stucchi luccicanti d'argento e grandi ruote nere: una berlina come quelle della gente di rango, eppure sotto gli occhi di Laura la sagoma *vibrò*, e il gioco di luci e ombre rivelò qualcos'altro, come il teschio di un enorme animale con gli occhi, le narici e il muso tutti al posto sbagliato. Gli stucchi erano zanne affilate pronte a ringhiare. O a sbranare qualcuno.

C'erano sei cavalli a tirarla, cavalli neri con pennacchi neri e finimenti argentati, ma dava l'impressione che avrebbe potuto muoversi da sola.

Non dovresti guardare.

Era un pensiero suo o un suggerimento? O una minaccia? Laura si sentì invadere dal gelo. Anche se sapeva che sarebbe stato meglio tornare in mezzo ai sacchi dove Raffaele l'aveva lasciata, chiudere gli occhi e fare finta di dormire, non riusciva ad allontanarsi dalla porta socchiusa.

Tre uomini e una donna in abiti eleganti scesero dalla carrozza. I loro movimenti erano stranamente lenti. Laura trattenne il fiato, perché era sicura che *quelli* potessero sentirla, e che non le sarebbe piaciuto quello che le avrebbero fatto se l'avessero trovata.

Uno dei quattro indossava un'uniforme militare, ma nessun esercito di cui Laura sapesse schierava uniformi con quei colori tanto lugubri: come gli altri, come il cocchiere seduto a cassetta, e la carrozza, vestiva infatti di nero e argento.

«Nessuno ci accoglie?» cinguettò l'unica donna. Aveva labbra troppo rosse che spiccavano sul volto troppo pallido: forse aveva esagerato con cipria e rossetto, forse invece la spiegazione era un'altra di quelle che è meglio non scoprire.

«La gente del posto è piuttosto timida» osservò un giovane smilzo accanto a lei: la prese sotto il braccio e insieme cominciarono a ridere.

«Tacete!» ringhiò quello in uniforme. Anche se sembrava sussurrare, Laura lo sentiva benissimo.

«Oh Raitz, suvvia... godiamoci la serata, prima della battaglia» la dama parlava, sorrideva e ammiccava come se avesse detto "festa" e non "battaglia". Quello chiamato Raitz rispose: «Non so con quale talento tu e Philippe abbiate convinto Faucigny, ma dev'essere d'incomparabile valore, per compensare la vostra stupidità.»

La dama lo fissò senza smettere di sorridere, il giovane magro sussultò come se avesse ricevuto uno schiaffo. Nessuno dei due rispose a quell'offesa, eppure la gente di rango si sfidava a duello per molto meno.

Il terzo uomo non aveva ancora pronunciato una parola. Si guardava attorno, vigile come un cane. E proprio come un cane, stava annusando l'aria da ciò che gli rimaneva del naso. Tremende cicatrici devastavano il suo viso, forse vecchie ferite di guerra.

«Edgar, che succede?» gli domandò la dama.

«Ho sentito qualcosa.» Edgar aveva una voce lugubre, profonda. La voce che ci si immagina uscire dalla bocca di un uomo molto grosso.

Laura avvertì una sensazione estranea e paurosa affacciarsi nei suoi pensieri. Era qualcosa di simile al vento caldo che l'aveva aggredita prima di incontrare Amedeo, ma questa volta l'intrusione nella sua testa non sarebbe stata gentile né piacevole. E avrebbe portato a conseguenze ancor meno piacevoli.

Quei quattro *(cavalieri)* erano come Raffaele, ma al tempo stesso erano qualcosa di completamente diverso. Erano... *corrotti*.

Poi da un altro lato del cortile giunse il rumore di una porta.

«*Ceréa*» disse una voce impastata di stanchezza.

Laura provò a guardare in quella direzione, ma lo spiraglio limitava il suo campo visivo. Sentì la voce della donna che sbuffava: «Era ora.»

«Lascialo parlare, Cécile» le ordinò Raitz.

Apparve un uomo vestito da capo a piedi, segno che stava di guardia o si apprestava a montarla. Sui cinquant'anni, capelli radi e sudaticci.

«Avete avuto un bel coraggio a viaggiare a quest'ora della notte.» L'uomo si piegò in avanti per un inchino rispettoso, quasi intimorito.

«Noi non corriamo pericolo» rispose la donna, e Philippe ridacchiò: «Lo stesso non si può dire di voi.»

«Teniamo uomini di sentinella per guardarci dai briganti e dai disertori. I muri della cascina sono belli spessi.»

Mentre il contadino parlava, Philippe iniziò a camminare verso di lui, muovendosi alla sua destra. Edgar fece la stessa cosa, a sinistra. L'uomo si rendeva conto che lo stavano circondando? Forse no.

E di che gente aveva di fronte? Quasi sicuramente no.

Laura era in vantaggio su di lui, ma non poteva fare niente per cambiare le cose. Nemmeno lanciargli un grido d'allarme, che non avrebbe salvato il contadino, ma avrebbe condannato lei.

«Finora nessuno ci ha dato fastidio, *monsù*. Non abbiamo nulla di valore, e...»

«Raduna tutti» lo interruppe Raitz, con tono molto calmo, ma non per questo meno spaventoso. Il contadino sorrise, ma poi dovette rendersi conto che non era né uno scherzo né un gioco.

«Ma... adesso?»

«Adesso.»

«*Monsù*, non mi sembra che...»

Raitz gli sfiorò il viso con la mano, un gesto rapido ma lieve come lo schiaffo a un bimbo capriccioso. L'uomo urlò, coprendosi la guancia con le mani. Laura vide il sangue che gli gocciolava tra le dita. Chiuse gli occhi per non guardare più, si pentì di essere stata indotta in tentazione da quello spiraglio aperto su un mondo i cui segreti erano terrificanti.

«Raduna gli uomini e le donne» sentì ripetere Raitz.

«Anche i bambini» si raccomandò Cécile con voce melliflua, poi si mise a ridere, e Philippe le tenne compagnia.

Da qualche parte, ma molto vicino un cane abbaiava con ferocia: doveva aver fiutato l'odore dei nuovi arrivati e forse implorava i suoi padroni di stare in guardia o scappare.

Mentre le voci giravano attorno alla casa, Laura indietreggiò strisciando, pregando di non fare rumore. Tornò in mezzo ai sacchi con l'idea di appiattirvisi contro e di rimanere lì finché tutto non fosse finito. Una debole luce baluginò davanti a lei, come una fiamma di candela, e di nuovo la curiosità ebbe il sopravvento sulla paura.

Era come se una strana e improvvisa malattia avesse preso il controllo delle sue gambe, dei suoi visceri e della sua testa costringendola a guardare, per quanto potesse essere terribile ciò che avrebbe visto.

Si avvicinò con il fiato in gola e comprese che c'era una fessura nella parete di legno del capanno.

Vide una lanterna accesa sul tavolo di quella che pareva una cucina, il fattore fermo sulla porta con i suoi inquietanti ospiti. Vide la schiena esile di una donna, che indossava un abito scuro e teneva le braccia sul grembo. Philippe e Cécile la fissavano con l'espressione di un cane in calore.

«Questa non è l'ora di disturbare dei poveri cristia... oh!» La rimostranza della contadina, iniziata con molto coraggio, morì in un gemito inorridito.

«Non le piaci, Edgar» osservò Philippe. Rise di nuovo e Cécile lo accompagnò, una pantomima sempre più raccapricciante.

«Chiama gli altri» comandò Raitz all'uomo. Lui non protestò, fece un cenno del capo: Laura vedeva il sangue colare dalla guancia graffiata. Nessuna domanda, nessun lamento da parte sua né di quella che forse era la moglie.

L'unico a protestare era il cane, che abbaiava senza tregua tutto il suo orrore.

Mentre il contadino le passava accanto per uscire, la dama gli sussurrò: «I bambini.»

«Smettila Cécile» ripeté Raitz.

Nella stanza il silenzio si fece ancora più profondo. Cécile fissò Raitz in un modo che non assomigliava a nessuno sguardo offeso o sdegnato che a Laura fosse capitato di vedere. Eppure lo era, molto offeso e molto sdegnato.

Per far smettere Cécile Laura si scoprì pronta a offrirle qualunque cosa avesse voluto. La sua essenza migliore, la sua casa. La sua vita.

«Vuoi sfidarmi?» disse Raitz sostenendo quello sguardo terrificante. Cécile cedette e le spire della sua collera vennero meno, ma Laura poteva quasi sentire la voce del disprezzo che urlava da dietro la superficie dei suoi occhi.

Philippe scoppiò a ridere e Raitz gli disse: «Sei un idiota senza attributi e la tua presenza mi offende. Sparisci.»

Parole di un padrone verso un servo. Parole che, pronunciate tra pari, richiedevano soddisfazione e finivano sempre in sangue. Ma Philippe si limitò a fare una faccia di sciocco stupore, poi uscì dalla stanza con passi orgogliosi.

«Maledetto Faucigny che mi fa fare la balia» ringhiò Raitz, rivolto a qualcuno. L'uomo dal viso deturpato entrò nel campo visivo di Laura proprio di fronte alla contadina. Senza che lei si ribellasse, prese ad annusarle il collo.

Laura smise di guardare, si aggrappò a un sacco di semi, vi schiacciò contro il viso. Sentì la voce stridula di un bimbo che sta diventando uomo: «Mamma?»

Silenzio. Suono di passi.

«Come ti chiami?» C'era una nota divertita e gentile, nella calma di Raitz, e questo la rendeva ancora più inquietante.

«V-vincenzo.»

Laura ebbe la netta visione di mani disgustose che toccavano il ragazzino. Quella visione sembrava dotata a sua volta di artigli che le si piantavano nella testa accendendo lampi di dolore. Sentiva il fruscio delle vesti, l'odore impercettibile ma fastidioso, come di un profumo spruzzato in abbondanza per coprire il fetore della carne marcia. Ma da qualche parte, vicino, c'era anche il familiare aroma di pino e cera d'api. Dov'era Raffaele? Perché non stava facendo niente?

Abbandonata nella penombra del magazzino, Laura ebbe l'impressione che qualcosa fosse cambiato, ma non riusciva a mettere a fuoco cosa. Sentiva soltanto la voce di Raitz che bisbigliava: «Caro ragazzo… caro ragazzo.»

Nessuna protesta, del bimbo né di sua madre. Come se quello che stava succedendo fosse stato normale.

Il cane ha smesso di abbaiare, realizzò Laura. *Ecco cos'è cambiato.*

Si mise in ascolto, sforzandosi di ignorare i sospiri languidi e le parole dolci dall'altra parte del muro. Ogni cosa sembrava in attesa.

Poi Philippe gridò. Un unico, terribile urlo. E nello stesso istante Laura sentì un altro urlo, ma lo sentì *nella testa.* E quel suono, incorporeo eppure duro e spigoloso, aveva un tono di indignazione, esultanza e collera.

La luce che giungeva dalla fessura la chiamava in modo irresistibile, e dal suo posto segreto Laura vide qualcosa di molto diverso da quello che immaginava.

Le persone erano diverse. Erano… sbagliate.

Raitz era in ginocchio di fronte a Raffaele e lo guardava sbalordito. La stessa espressione era sul viso di Edgar che si trovava allo stesso posto di prima stringendo tra le braccia non una contadina, ma una dama dagli abiti neri e i capelli corti come quelli di un uomo. E, ferma sulla porta della cucina, c'era una sagoma che indossava un mantello verde e una corazza.

«Raitz!» fece in tempo a gridare Cécile, ma Amedeo non era più sulla porta e adesso era Edgar che urlava. Raitz snudò una grossa spada. Tutto questo era avvenuto in meno di un battito di ciglia e Laura non era riuscita a vedere nulla: sapeva solo che Amedeo aveva attaccato e ferito Edgar.

Vide una sagoma bianca attraversare la stanza e provò a inseguirla, a inseguire Raffaele, per quanto sia possibile inseguire una saetta. Una folgore nera si unì a quella bianca, e Raffaele e la dama si avventarono contro Cécile che vacillò e cadde indietro.

Edgar era di nuovo in piedi. Adesso aveva un moncone al posto del braccio sinistro e una spada nell'altra mano. Amedeo evitò il suo assalto, volò via, scomparve. Laura credette di vedergli alzare la spada e dopo un istante la testa di Edgar rotolò per terra.

Dall'altra parte della stanza, fuori dalla vista di Laura, Cécile gridò «Non vi servirà a niente…!» prima che qualcuno spegnesse in un refolo d'agonia quell'ultimo sussulto d'orgoglio e disperazione.

«*Assez!*» gridò Raitz. *Basta. Pietà.*

Amedeo piombò su di lui e stringendogli una mano alla gola lo inchiodò contro la parete.

«Invoco la tua misericordia.» Anche implorando con voce strozzata, Raitz rimaneva orrendamente calmo. Accanto ad Amedeo erano comparsi Raffaele e la dama in nero. Nelle movenze e negli occhi che ruggivano di sfida avevano qualcosa di felino, più che angelico.

«Risponderai alle mie domande» disse Amedeo. Laura ebbe l'impressione che sarebbe stato più facile sradicare un albero dal suolo che anche solo provare ad allentare la sua presa sulla gola di Raitz. «Non puoi mentirmi.»

«Lo so» ammise Raitz: la sua calma pareva più spavalderia che rassegnazione.

«Faucigny è sopravvissuto?»

«La bomba gli ha lasciato qualche segno. È andata peggio a Efialte, giusto?»

«È andata peggio a voi.»

«Come sapevate che saremmo venuti qui?» Passò un lungo istante. «Ci avete attirati in una trappola!»

«I vostri gusti sono prevedibili.»

Laura aveva capito ben poco di quella conversazione, come se fosse stata in una lingua sconosciuta. Di una cosa invece era certa: una guerra segreta era in corso, insieme all'assedio di Torino, tra Amedeo, Raffaele e altri che stavano dalla parte dei difensori, e quelli come Raitz ed Edgar, nascosti tra i francesi.

«Non mi priverai dell'onore di una rivincita, vero?» domandò Raitz, ancora stretto nella presa. Laura comprese che aveva paura.

«Quando?» chiese Amedeo.

«Domani notte, sulle mura della Cittadella. Guideremo il grande assalto.»

Quelle parole Laura poteva capirle fin troppo bene.

Era da giorni che in città si parlava del grande assalto, quello che le armate francesi avrebbero lanciato una volta che fossero riuscite a fare un varco tra i bastioni della Cittadella. Il momento del tutto per tutto, uomini contro uomini, moschetti e baionette. I difensori soverchiati nel numero di quasi cinque contro uno. Se la Cittadella fosse caduta, Torino e i torinesi non avrebbero più avuto difese, e quello che sarebbe potuto accadere se le soldataglie di La Feuillade fossero entrate in città da vincitrici, Laura lo sapeva fin troppo bene: eppure nessuna di quelle paure la sfiorava mentre assisteva al confronto tra due creature che non erano uomini, o che non lo erano più da molto tempo.

«Addio, Raitz» sussurrò Amedeo. Gli occhi di Raitz si accesero di terrore.

«Mi sono consegnato a te senza combattere!» urlò. «Il tuo onore ti impone...»

Amedeo si avventò su di lui come per baciarlo. La sua chioma nascose quello che avvenne e fu un bene, perché Raitz cominciò a gridare in modo orribile.

Laura tornò a chiudere gli occhi. Le urla cessarono e un corpo cadde al suolo.

«Un tempo lo avresti risparmiato» disse una voce di donna, incredibilmente dolce e materna.

«Un tempo non era adesso. Adesso Torino è più importante di qualunque altra cosa» rispose Amedeo, e con lo stesso tono senza emozioni aggiunse. «La fanciulla che era fuori dalla cascina?»

Laura ebbe un brivido, il suo cuore mandò un battito forte e doloroso. Trattenne il fiato, mentre sentiva Raffaele rispondere: «Nel ripostiglio dei semi, qui dietro. Dorme.»

«Portala in un posto sicuro.»

Tornò a distendersi tra i sacchi e a mettersi in una posa il più possibile vicina a quella che ricordava di avere quand'era stata lasciata lì. Chiuse gli occhi. Poteva solo sperare che Raffaele fosse convinto di averla addormentata e non provasse a leggerle nel pensiero scoprendo di avere fallito. Se fosse successo, se ne sarebbe accorta perché avrebbe di nuovo avvertito quella specie di vento nella testa un istante prima che la magia avvenisse. E allora avrebbe dovuto trovare una scusa, o implorare perdono, oppure...

Sentì la porta del magazzino aprirsi e i passi di Raffaele che si avvicinava per prenderla in braccio.

Nessun vento fece intrusione nei suoi pensieri e Laura fu avvolta da una sensazione di serenità così intensa che fu quasi tentata di addormentarsi davvero. Riconobbe la puzza di stalla e il ronzio delle mosche, la frescura dell'aria che le accarezzava il viso. Più lontano, dalla parte della città, le bombe avevano ricominciato a cadere. Cantavano i succiacapre dal trillo instancabile, il falco pellegrino e il suo prolungato pigolio: sembravano in festa per la vittoria di Amedeo e Raffaele.

Passò un tempo che non riuscì a calcolare ma che le sembrò troppo lungo eppure troppo breve. Alla fine sentì il suono di scale che vibravano sotto il loro peso, poi il cigolio di una porta. Le braccia che la sorreggevano si abbassarono fino a farle appoggiare i piedi per terra, poi una voce disse: «Svegliati.»

Laura barcollò, accentuando il movimento. Sbatté le palpebre, e scoprì di essere nel corridoio della sua casa, accolta dal familiare ronzio di Fioreste che russava. Era sola.

Udì un tuono provenire dalla Cittadella.

Non sono riuscita a parlare di Gustìn. Mi sono messa in pericolo per niente.

Un'altra cannonata simile a un tuono, poi uno scroscio di grandine che non era davvero grandine, ma una scarica di moschetteria. Dal cortile dietro la casa, Calandrino cominciò ad abbaiare.

Laura si affacciò sul ballatoio. L'orizzonte delimitato dalle mura era dipinto di strisce d'argento lunare, tranne a sud ovest, dove bagliori gialli, rossi e arancioni sembravano fulmini nati dal basso, illuminando una ragnatela di fumo.

«Che succede? Chi c'è?» strillò da dentro casa la voce di Vittoria.

Laura rientrò e rispose: «Bombardano la Cittadella.»

Vittoria era uscita nel corridoio in camicia da notte insieme a Camilla, ed entrambe la fissavano con occhi sbarrati.

«Sei già vestita» osservò Vittoria, il tono che era già un'insinuazione.

«Mi sono addormentata senza accorgermene» spiegò Laura mentre Camilla ansimava: «È il grande assalto.»

Da lontano si udirono due esplosioni, una subito dietro l'altra. Dalla porta rimasta aperta entrò un bagliore rossastro.

«Il grande assalto» ripeté Vittoria, sbigottita. «Che Dio abbia pietà di noi.»

Non era il grande assalto, Laura adesso lo sapeva.

Qualcuno al di sopra di lei e di tutti loro, al di sopra dei generali francesi, al di sopra perfino del Duca e del Re di Francia, aveva già deciso che il grande assalto sarebbe stato l'indomani.

«Lau-ra?»

La voce spaventata di Fioreste arrivava da dietro la porta in fondo al corridoio. «Che sciu-scede?»

Laura andò alla porta e aprì:

«Bombardano la Cittadella.» Soltanto dirlo le toglieva il fiato.

«Fini-u-à p-ues-sto» la rassicurò Fioreste.

No, non finirà presto, pensò Laura. Il bombardamento poteva terminare, l'assedio poteva terminare, ma quelli come Amedeo e Raitz sarebbero rimasti.

Non sarebbe finita mai.

32

26 agosto 1706

Il tremore svegliò Gustìn di soprassalto. Una bomba.

Subito dopo un'altra. Le pareti vibrarono. Suoni di tamburi, richiami d'allarme.

Gustìn aveva dormito con i vestiti addosso, come tutti i soldati della Cittadella, ad attendere il grande assalto.

I piani dei francesi l'avevano previsto per il venticinque, giorno di San Luigi Re, ma le mine scoppiate sotto le sue batterie avevano impedito a La Feuillade di offrire al Re Sole la resa di Torino come regalo per l'onomastico del suo avo fatto santo. Ecco che ci riprovava appena una notte dopo, nel giorno dedicato a San Secondo patrono di Torino.

Gustìn si precipitò nel corridoio che costeggiava il dormitorio. Intorno a lui era tutto un tintinnare di metallo e bestemmie, di ordini gridati e preghiere a bassa voce. L'aria era impregnata della puzza dolciastra di sudore e paura.

Una bomba attraversò un muro a non più di venti passi, sollevando schegge di pietra e gettando a terra i soldati che erano raccolti lì vicino: qualcuno riuscì a rialzarsi, illeso per miracolo, sputando terra e sangue, invocando un dottore o un prete. Altri rimasero a terra come bambole rotte.

Gustìn passò oltre per raggiungere il cortile illuminato a giorno dalle fiamme. I reggimenti, in file ordinate, attendevano ordini; i giovanissimi tamburini rullavano insieme un battito assordante. I preti si spostavano tra i soldati, mormorando preghiere, spruzzando acqua benedetta sulle mani e sulle fronti protese.

Grandi nubi prodotte dal fumo dei cannoni si addensavano sopra le mura, attraversate dai razzi luminosi che sembravano lampi multicolore e facevano un suono simile a quello di tende strappate.

Tutta la strategia di Gustìn si basava sul fatto che i Cavalcanti sarebbero venuti a difendere la Cittadella nel momento più difficile. Quel momento era giunto. Sperò di non avere sbagliato nel giudicare Maria e i suoi confratelli. Sperò che arrivassero e che arrivassero subito.

Sperò di riuscire a non farsi ammazzare prima del loro arrivo.

La morsa della paura gli serrava lo stomaco. Si spostò sul terreno sconquassato dai crateri delle bombe, attraversò i ponti sulle trincee e si arrampicò sulle scale per raggiungere gli spalti davanti alla Porta del Soccorso. La prima linea.

Proprio sotto di lui c'era la fortificazione che prendeva il nome di "mezzaluna": a guardarla dall'alto sembrava piuttosto una punta di freccia rivolta al nemico, con il camminamento e il ponte levatoio che la congiungevano alla Cittadella a fare da asta della freccia. A destra c'era il bastione Beato Amedeo, a sinistra il San Maurizio, protetti dal fossato e dalle controguardie di forma triangolare.

Un sergente del reggimento Savoia, con l'uniforme bianca e i risvolti rossi, gli si parò davanti zoppicando: aveva una benda che gli copriva un occhio, e la parrucca di traverso da cui colavano rivoli di sudore.

«Non siete al vostro posto!» sbraitò. «La milizia deve rimanere di riserva, tornate indietro!»

«Obbedisco al Duca e al conte Gropello» rispose Gustìn, tendendo il lasciapassare. Il sergente lo squadrò con aria di sfida, poi diede uno sguardo al foglio.

«Andate al parapetto, prendete un fucile, e quando dico di sparare voi sparate, chiaro?»

Gustìn obbedì senza replicare. Non gli sembrava opportuno far presente che non aveva mai ucciso un uomo, e che in vita sua aveva sparato si è no una manciata di colpi, per lo più a caccia.

I portaferiti spostavano i cadaveri perché non intralciassero i combattenti. Senza troppo riguardo, li accatastavano distante dagli spalti. Gustìn si fermò davanti a uno dei corpi senza vita, un uomo di mezza età con gli occhi grigi sbarrati in uno sguardo confuso. Gli prese il fucile e la sacca della polvere, gli frugò nelle bisacce per trovare le palle di piombo, poi si mise al suo posto.

Quando aveva visto la prima volta i lavori di rafforzamento delle fortificazioni, in compagnia di Gropello e prima dell'assedio, Gustìn aveva pensato che la Cittadella non sarebbe mai potuta cadere.

Bisognava innanzitutto avere ragione della prima linea di difesa, la "strada coperta", che costeggiava il ciglio esterno del fossato. Poi si doveva trovare il modo di scendere in fondo al fossato, sei metri più sotto: le pareti della controscarpa erano così ripide che i francesi dovevano usare le corde, esposti al tiro dei cannoni e dei moschetti. Con la stessa fatica avrebbero dovuto risalire il fossato per raggiungere le controguardie e la mezzaluna di Soccorso. Una volta conquistate le fortificazioni esterne, si doveva ripetere la stessa operazione di discesa e salita sotto il fuoco nemico, per cercare di conquistare i bastioni veri e propri.

Proprio perché Gustìn aveva avuto modo di visionare le difese, ora poteva rendersi conto di quanto la situazione fosse compromessa.

Un muro di sostegno del bastione era crollato, facendo franare parte del terrapieno: ancora più gravi erano i danni alla mezzaluna, dove erano state aperte tre grosse brecce. Le macerie ingombravano il fosso ed era stato incendiato il rivestimento di legname che copriva la controscarpa.

I minatori francesi avevano scavato nel terrapieno alcune gallerie che si aprivano proprio in fondo al fosso, risparmiando ai soldati la tremenda discesa.

Il nemico era una marea nera, un formicaio brulicante deciso a divorare la Cittadella. Sovrastato dagli scoppi delle bombe e dal fuoco della moschetteria, la corsa di quelle centinaia di stivali sembrava il rombo di un tuono. Molti cadevano sotto il tiro dei difensori, tuttavia la marea continuava ad avanzare, calpestando i morti e i feriti, scalando i parapetti delle fortificazioni esterne con l'aiuto di scale, corde e rampini.

La resistenza sulle fortificazioni esterne fu troppo debole. Impotente come la maggior parte dei soldati attorno a lui, Gustìn guardò gli uomini del presidio urlare e bestemmiare, pregare e morire.

"Hanno preso le controguardie!"

"La mezzaluna è caduta!"

Le voci si diffondevano tra i difensori insieme al panico, letale come veleno.

«Non siete a teatro, perdio!» urlò il sergente. «Caricate i vostri fucili!»

Gustìn usò il misurino che tappava la fiaschetta per versare polvere nella canna, poi vi fece cadere la palla e introdusse la stoppa; staccò la bacchetta sotto la canna e schiacciò più in fondo che poteva. Versò un po' di polvere nello scodellino accanto al focone: premendo il grilletto, le scintille della pietra focaia avrebbero acceso la polvere nello scodellino e la fiamma avrebbe bruciato la polvere dietro la palla.

Tutta quell'operazione gli parve eterna. I soldati sul parapetto avevano sparato e ricaricato una seconda volta nello stesso tempo in cui lui si preparava.

Tirò senza prendere la mira, immaginando la palla che si perdeva di sotto, nella massa. Doveva essere impossibile mancare il colpo. Cominciò a ricaricare.

Poco distante da lui, un giovane fante con l'uniforme bianca e i risvolti rossi stava prendendo la mira. Una pallottola gli sfondò l'occhio e il ragazzo si accasciò contro la pietra del camminamento.

Poteva capitare a me, pensò Gustìn con orrore.

I granatieri del presidio si lanciarono alla baionetta sfondando la linea francese, costringendo il nemico ad arretrare. Dagli spalti i difensori li incoraggiavano con grida e applausi, e intanto sparavano sul fossato.

I granatieri furono respinti. Fu il turno dei francesi di esultare, e le bandiere con il giglio apparvero sugli spalti appena conquistati, ma l'ondata successiva riuscì quasi a spazzarli via.

I difensori ebbero il tempo di pensare "ce l'abbiamo fatta", quando uno dei magazzini di polvere da sparo della mezzaluna saltò in aria. Un primo scoppio illuminò a giorno la Cittadella e la pianura di sotto, poi altri tre, accompagnati da numerose esplosioni di granate, con le scie dei razzi che filavano sibilando in tutte le direzioni.

Entrambi gli schieramenti furono travolti dal panico, ma le maggiori vittime furono tra i difensori di Torino, che erano appena tornati ad attestarsi sulla mezzaluna. Dal fossato tornò a riversarsi l'orda nemica.

«Pronti a tirare!» gridò ancora una volta il sergente.

Gustìn alzò il moschetto e questa volta prese la mira. Scelse un fante con l'inconfondibile uniforme *bleu.* Si sforzò di immaginare, al suo posto, un orso che camminava su due zampe. Puntò al petto, il bersaglio più facile.

Premette il grilletto, e la pioggia di scintille dell'acciarino fece partire una fiamma: non sentì il colpo del suo fucile perché coperto dagli spari attorno a lui. Una coltre di fumo gli offuscò per un attimo la vista del campo di battaglia. Quando si dileguò, Gustìn andò in cerca del suo bersaglio, ma in quella confusione era impossibile capire se l'avesse colpito o si fosse spostato più avanti.

Un senso di frustrazione gli salì amaro alla bocca.

Non era un soldato e nessuno gli aveva insegnato a uccidere. Ma avrebbe voluto saperlo fare, perché ciascun colpo andato a segno avrebbe tenuto un istante di più i francesi lontano da Torino. Da Laura.

Trascorsero istanti in cui parlarono soltanto i cannoni, mentre gli schieramenti si organizzavano: i francesi per sferrare l'attacco alla Cittadella dalle posizioni appena conquistate, i savoiardi per riprenderle. Dagli spalti si intuivano gli spostamenti degli artiglieri nemici che portavano nuove munizioni alle batterie.

In silenzio, i difensori di Torino aspettavano rassegnati, pensierosi, tristi, euforici: una schiera in uniformi dai colori più diversi, cappelli a tricorno e parrucche col codino.

Chissà quanti di quei soldati stavano pensando ai figli, alla moglie o ai genitori, trepidanti e spaventati come loro, in città a un tiro di schioppo da lì, oppure in lontani paesi stranieri. Piemontesi e austriaci, ungheresi e irlandesi si preparavano insieme a condividere la sorte di Torino.

Il colonnello Rocca del Reggimento Fucilieri, si fece largo tra i militi ammassati contro i parapetti. Gustìn lo aveva incontrato qualche volta, alle feste di Gropello: lo riconobbe per la faccia rotonda, le sopracciglia ribelli e i lunghi baffi neri arricciati. Aveva una benda attorno alla fronte, macchiata di sangue ancora fresco: poco prima, alla testa dei granatieri del presidio, aveva guidato il primo infruttuoso assalto alla mezzaluna di Soccorso.

Il colonnello salì qualche gradino in modo che tutti potessero vederlo e sentirlo: «Soldati, guardatevi intorno! Voi siete l'ultima speranza di Torino! Avete paura, lo so. Paura di morire, paura del dolore.»

Una voce nel roco linguaggio degli alemanni traduceva ai reggimenti imperiali quell'accorato discorso.

«Ebbene, anch'io ho paura. Per i miei cari, per quello che sarà di loro se i francesi prenderanno questa città. Preferisco morire non una, ma mille volte piuttosto che vedere Torino e la mia famiglia nelle mani della marmaglia francese!»

«Mai!» gridò qualcuno. «No!»

«Oggi soffrirete e forse morirete. Ma avrete il privilegio di combattere per la libertà e la salvezza delle vostre famiglie. Potete credermi, signori, quando vi dico che molti, nei giorni a venire, rimpiangeranno di non essere stati qui, al vostro fianco. Perché questa notte, su queste mura, i Savoia risorgeranno oppure tramonteranno nel sangue!»

Il grido orgoglioso che si alzò dalle gole durò a lungo, si consumò tra gli ordini degli ufficiali che comandavano di prepararsi per l'attacco e il ritmo dei tamburi che segnava il tempo delle manovre di battaglia.

Un drappello di granatieri avanzò fin sotto la porta di Soccorso, la baionetta innestata e i bottoni di metallo delle uniformi che brillavano al baluginare dei fuochi. Tutt'intorno cadeva una pioggia di sassi lanciati dai mortai nemici: rimbalzavano per terra, fracassavano teste e spalle.

A dispetto delle parole e delle intenzioni coraggiose, molti piangevano e pregavano. I preti ricominciarono a impartire estreme unzioni o a offrire sorsi di acquavite che davano il coraggio sotto forma di incoscienza.

All'improvviso un soldato mandò un urlo di stupore e si inginocchiò, addossandosi ai compagni; altri seguirono la direzione dei suoi occhi, e sguardi si riempirono di devozione, voci si alzarono in preghiera.

Gustìn guardò in alto: schierati sul parapetto della Porta di Soccorso, alla luce delle torce e dei razzi luminosi, c'erano i Cavalcanti.

Era impossibile non accorgersi di loro, uomini e donne di ogni età con addosso abiti che si vedevano ormai solo nei quadri. Tra loro c'erano Maria e l'inseparabile Emilio, a fianco di un uomo con una corazza di metallo e una tunica verde: non portava elmo né tricorno, e i suoi capelli sventolavano al vento come una bandiera. Perfino da quella distanza Gustìn poteva immaginare il suo sguardo fiero.

Notò che non tutti erano stati incantati dall'improvvisa apparizione. Alcuni guardavano senza vedere, con l'espressione di chi si chiede cosa sta succedendo; altri, in ginocchio, piangevano e ringraziavano i Santi scesi in battaglia.

Non sono Santi!

Gustìn avrebbe voluto gridarlo, ma la sua voce non oltrepassò le labbra serrate. Comprese che Maria e i suoi simili si erano manifestati in tutto il loro fulgore proprio per far credere ai torinesi di essere assistiti dal Cielo, e trovare la fede e il coraggio necessari a respingere l'attacco.

I Cavalcanti rimasero immobili, fissando l'armata nemica senza vacillare, l'immagine stessa della sfida. Il cavaliere con la tunica verde levò in aria la spada e qualcuno dagli spalti gridò: «FERT!»

Era l'urlo di guerra dei Savoia, lanciato con tutto il fiato da una voce profonda, eroica. A sentirlo, Gustìn fu travolto dal desiderio di combattere, di respingere i francesi. Per Torino. Per tutto quello che di bello e giusto c'era da proteggere.

Per Laura e per il loro futuro.

Anche quella era una specie di magia, che percorse gli spalti riempiendo i soldati di coraggio e speranza, mentre tutt'intorno saliva il coro: «FERT! FERT!»

I soldati sui bastioni, sulle controguardie e i cammini coperti, non avevano potuto sentire il primo urlo di guerra, ma sentirono i cori e a essi si unirono. La Cittadella lanciò il suo guanto di sfida, echeggiò di un ruggito che si abbatté sulle truppe francesi mentre si inerpicavano sul fossato.

Allora il cavaliere verde abbassò la spada indicando il nemico, e ciascuno dei difensori della Cittadella seppe quello che doveva fare: imperiali e piemontesi si abbatterono sulle fortificazioni appena perdute come il mare su una spiaggia.

Perfino Gustìn dovette fare appello alla sua forza di volontà per resistere all'istinto di seguirli. Rivolse la sua attenzione al parapetto dove erano apparsi i Cavalcanti, e notò che non erano più lì.

Si chiese se anche loro si fossero lanciati nel vivo della battaglia o se si fossero ritirati all'interno della fortificazione. Aveva bisogno di scoprirlo, aveva bisogno di trovarli.

Le bombe attraversavano la volta stellata, piovevano come grandine sollevando terra e schegge, gettando di lato soldati e cannoni tra grida disperate. I barellieri sfidavano il bombardamento per trasportare i feriti al sicuro.

Gustìn salì un'ultima rampa e scoprì che dietro il parapetto della Porta di Soccorso erano rimasti alcuni dei Cavalcanti, e tra loro Maria ed Emilio, a pochi passi dai comandanti dell'esercito sabaudo.

Riconobbe il generale Von Daun, con la monumentale parrucca e il passo zoppicante, che scrutava l'andamento della battaglia, e il governatore D'Allery che impartiva ordini e spediva staffette. Nessuno sembrava stupirsi della presenza di uomini e donne abbigliati in maniera tanto strana, come se fossero stati incapaci di vederli, e di capire che questo non rientrava nell'ordine naturale delle cose.

«Maria!» gridò Gustìn. Vedendolo, la dama cedette a un'espressione di stupore. E nel tempo della sua esitazione intervenne un giovane con gli abiti e i capelli d'un chiaro luminoso, cristallino, malgrado le nuvole di cenere e polvere da sparo che si abbattevano sugli spalti.

Gustìn ebbe tempo di pensare "l'ho già visto", e intanto il giovane aveva percorso i venti o trenta passi che lo separavano da lui: quando lo afferrò per la manica della giacca, Gustìn sentì la stoffa cedere come carta.

Mi ha scambiato per un nemico, pensò raggelato.

Sentì Maria urlare: «Raffaele, no!», e comprese di essersi salvato per miracolo.

«L'assassino della Consolata è uno di voi!» ansimò. «So dove si nasconde!».

Maria adesso era accanto a loro.

«Mi occupo io di lui» disse al giovane biondo, che senza discutere arretrò. Gustìn lo seguì con lo sguardo mentre si metteva in silenzio accanto a von Daun, ignorato da tutti come un fantasma.

«Ho bisogno di *voi* per prendere l'assassino» disse a Maria. «E voi avete bisogno di me per trovarlo.»

Lei tacque, il viso segnato da un'espressione triste e grave.

I mortai continuavano a rovesciare granate e sassi, scompigliando gli schieramenti ed eruttando terra mista a sangue. Ovunque si combatteva una colossale, selvaggia disputa di uomini intorno alle fortificazioni contese.

Alcune immagini rapite dal suo sguardo raggelarono Gustìn fino alle viscere.

In mezzo a un drappello di francesi che marciavano a passo di carica spiccava un uomo con l'uniforme di un lugubre nero e la parrucca sciolta com'era di moda un secolo prima. Andavano incontro a un gruppo di granatieri del reggimento Merol, mandati a riprendere quel tratto di fortificazioni.

Il cavaliere con la tunica verde e la corazza scintillante si muoveva con grazia felina tra i granatieri senza infastidirne i movimenti, ignorato perfino da loro, forse invisibile ai loro occhi. Gustìn doveva fare lo sforzo di mantenere l'attenzione su di lui, perché a ogni movimento sembrava perdere sostanza e svanire tra le nuvole biancastre di polvere da sparo.

Mentre gli schieramenti si lanciavano in un sanguinoso scontro alla baionetta, il cavaliere nero e quello verde si salutarono con la spada, poi le loro mosse si fecero troppo veloci per essere seguite. Gustìn credette di vedere che il cavaliere nero attaccò per primo, ma l'altro spinse di lato la spada con la sua e si fece sotto sferrando un colpo con

(gli artigli)

la mano libera, poi entrambi scomparvero e da quel momento Gustìn non riuscì più a ritrovarli. Però vide altri scontri che non avevano nulla di umano: in mezzo a soldati che si affrontavano con spade e baionette, c'erano contendenti che si sfidavano a graffi e morsi.

Ecco la battaglia tra Stregoni e Cavalcanti, celata in uno scenario di guerra.

Travolte dall'impeto di quel nuovo attacco, le file francesi vacillarono, mentre i difensori sugli spalti lanciavano grida di esultanza e sostegno per i loro commilitoni impegnati nel corpo a corpo.

Scoppiò una mina sotto la controguardia del bastione Beato Amedeo, e i due cannoni con cui i francesi prendevano di mira la faccia sinistra della mezzaluna saltarono in aria: un'eruzione di fiamme, pietre e terra. Alla luce di quei fuochi, Gustìn vide artiglieri e soldati volare in alto, come bambole di stracci scagliate da un bambino capriccioso. Poco dopo, un'altra mina fece lo stesso disastroso effetto sul lato destro della controguardia.

I francesi si diedero alla ritirata, calpestando i compagni, cercando scampo in fondo al fossato e sulle punte delle controguardie. La strage diventò più terribile: le batterie dei bastioni torinesi continuavano a tirare cartocci di mitraglia, granate, sacchetti di polvere e razzi incendiari, investendo i reggimenti in fuga con un uragano di schegge e pezzi di ferro.

Si vedevano soldati bruciare vivi tra grida orrende. Tutt'intorno piemontesi e imperiali esultavano, ma sul viso di Maria Gustìn vide solo compassione.

Forse il ricordo di quello che era avvenuto durante la battaglia, la presenza dei Cavalcanti tra i difensori e degli Stregoni tra i francesi, sarebbe scivolato via come foglie secche portate dal vento.

O forse invece i capitani riuniti nella tenda della *Fojada* avrebbero giustificato la sconfitta parlando di una forza irresistibile incontrata sui bastioni: guerrieri che combattevano con spada e artigli e che non cadevano nemmeno se venivano feriti. Mentre i torinesi avrebbero raccontato che i Santi erano scesi in battaglia al loro fianco… e i preti avrebbero approfittato di quella diceria per rafforzare la loro presa sulle menti più semplici.

E perché non avrebbe dovuto essere così?

Gustìn aveva visto con i suoi occhi che l'apparizione dei Cavalcanti aveva cambiato il corso della battaglia, rincuorando i soldati del Duca e i loro alleati.

Le preghiere dei torinesi, quella notte, erano state esaudite, e con lucido sgomento Gustìn si rese conto che erano state esaudite anche le sue.

PARTE V

Dopo d'essersi ben considerata la positura del nemico e studiati i mezzi più agevoli per discacciarli dalle sudette punte delle contraguardie sul farsi del giorno 27 si fecero partire a quella volta un Capitano Cesareo e un altro nel Reggimento della Trinità con due Luogotenenti assistiti da cinquanta Fucilieri [...]. Giunti che furono ben da vicino al nemico, dieronsi sulle prime al bersagliarlo a colpi di moschetto, di pietre e di granate, e poscia a gara a montar sul parapetto, e tale fu la tempesta de' colpi, onde furono caricati gli occupatori di quel sito, che per non rimanere l'un dopo l'altro sconfitti, non ebbero miglior consiglio che di ritirarsi con disordine ne' loro trinceramenti. E perché le cataste degli amonticciati cadaveri nel fosso davano apprenzione agli assediati, che potessero servire come di scala ad un nuovo attentato, si pensò ad incenerirli a forza di fuochi d'artificio; e di qua ne venne una più bella idea di mantenere contro un nuovo assalto all'intorno delle brecce della mezza luna...

(Ragguaglio istorico dell'Assedio,
Difesa e Liberazione della Città di Torino, 27 agosto 1706)

33

L'Ospizio di Carità occupava un intero isolato all'inizio della via di Po: era una via di mezzo tra una chiesa, un palazzo signorile e un ospedale, che dava a minorati e mentecatti, senzatetto e prostitute la speranza di vivere un po' meglio e un po' più a lungo.

Ogni volta che Luigi passava davanti a quel ricovero dalle mura tinteggiate e gli eleganti loggioni non riusciva a distogliere lo sguardo dai robusti cancelli di ferro che sembravano le sbarre di una prigione.

Una volta sua sorella Anna gli aveva detto che i pazienti dell'Ospedale venivano nutriti con vino annacquato in cui veniva disciolto del veleno. Scherzava, naturalmente, però quella falsa immagine si era fissata nella mente di Luigi come un suggerimento o un'eccitante prospettiva per il futuro. Un futuro dove lui e pochi eletti avrebbero deciso chi poteva vivere e chi no, e a quale prezzo.

Davanti al portone montavano la guardia due soldati del Duca. Quando Luigi si avvicinò, solo uno mostrò di essersi accorto di lui. L'altro, uno spilungone con la barba nera, era più interessato ai sorrisi di una lavandaia che piegava i panni vicino a una colonna del portico.

«Levati dalle palle» ringhiò quello barbuto quando Luigi, fermandosi davanti al cancello, gli nascose la vista della lavandaia.

«Sto cercando una persona.»

«Hai capito? Levati. Dalle. Palle.»

«E io. Sto. Cercando. Una. Persona» sillabò Luigi gustandosi l'espressione di stupefatta irritazione che cresceva sul viso della guardia.

«Farai meglio a sparire, ragazzino, se non vuoi passare dei guai.»

«E tu farai meglio a obbedire. Altrimenti i guai li passi tu.»

Mostrò il sigillo del vicariato che teneva in mano, e lo sguardo del soldato mutò, tramutandosi da fiamma a cenere.

«Perdonate» intervenne l'altro soldato, «non potevamo immaginare...»

«Si faceva per scherzare» lo interruppe quello con la barba. «Avete detto che state cercando qualcuno?»

Luigi gli rivolse un sorriso comprensivo: «Un disgraziato che mendicava in piazza delle Erbe. Credo sia stato portato qui.»

«È possibile, *monsù*. Entrate e andate a destra. Chiedete di padre Boschis.»

Luigi ringraziò mentre i due si spostavano per farlo passare. Si era divertito abbastanza.

L'ingresso immetteva in un cortile circondato da portici. Le colonne e gli archi erano un alternarsi di pietra bianca e color sabbia, uno schema ordinato che si ripeteva nel loggione del primo piano. Anche gli stucchi attorno alle porte e alle finestre erano di quella stessa tinta tenue, signorile eppure modesta.

L'odore di incenso, sapone e canfora dava una sensazione di pulito.

Luigi s'inoltrò sotto il portico, oltrepassando stanzoni e corridoi dove si scorgevano persone e si udivano rimbalzare gli echi di diverse voci. Vide un prete con la tunica nera dei gesuiti, intento a parlare con un uomo preoccupato che si torceva mani grosse da contadino.

«Vi assicuro che ho fatto il possibile, padre. Non mi avevano detto che...»

«Risolveremo la questione come abbiamo fatto altre volte, vi prometto...»

Mentre parlava, il prete si accorse di Luigi e gli fece cenno di aspettare.

Luigi si accomodò su una panca, studiando la sagoma del gesuita: aspetto prospero e bonaccione, pancia prominente che indicava un appetito formidabile e la possibilità di soddisfarlo tutti i giorni. Si chiese se sarebbe stato più divertente chiuderlo in una cella e guardarlo morire di fame o bucargli l'enorme pancia con un ferro incandescente.

«Cerchi qualcuno, figliolo?»

Il gesuita si era avvicinato e lo guardava con gentilezza. La stessa gentilezza ingenua di un cagnolino che lecca la mano che sta per colpirlo.

«Padre Boschis» rispose Luigi.

«Sono io.»

Gli disse il motivo per cui era lì. Gli mostrò il sigillo del vicario. Aggiunse la descrizione del mendicante che stava cercando: un vecchio reduce senza gambe. E aggiunse il nome: Bastiano.

«Credo di avere capito. Vieni, ti accompagno.»

L'Ospizio accoglieva uomini e donne di ogni età e stato, con sistemazioni molto migliori di quelle di molte famiglie di Borgo Dora, del Balòn o di certi quartieri della Città Vecchia. Gli stanzoni avevano un gradevole odore di pulito ed erano assegnati con criterio: i maschi con i maschi e le femmine con le femmine, i bambini da una parte, gli adulti da un'altra, i malati da un'altra ancora.

Vedendoli così ammassati, Luigi non riusciva a pensare ad altro che ai modi con cui avrebbe potuto divertirsi con loro. Notò che mentre il passaggio di padre Boschis avveniva spesso nell'indifferenza, il suo era seguito da sguardi curiosi, spaventati, o perfino malignamente lussuriosi.

Il gesuita lo fece entrare in una stanza dove c'erano solo uomini, quasi tutti piuttosto anziani, molti dei quali mutilati.

«L'uomo che cerchi è tra questi?»

«Non lo so» dovette ammettere Luigi. «Non l'ho mai visto prima.»

«Prova a chiedere» gli suggerì il prete, con un'accondiscendenza che lo irritò.

Lo lascerò senza cibo finché non sarà costretto a mangiarsi quei salsicciotti che ha al posto delle dita. E poi gli bucherò la pancia.

«*Cerèa.* Vengo nel nome del vicario conte Fontanella. Sto cercando un uomo di nome Bastiano.» Gli sguardi, stanchi, divertiti, rapaci non mutarono.

«Bastiano» ripeté Luigi.

Sorridendo in modo viscido, un ometto magro con il naso adunco gli fece segno di avvicinarsi, come per rivelare un segreto.

«Avanti Giuseppe, se sai qualcosa parla, non far penare il ragazzo» lo invitò padre Boschis. Gli ospiti della stanza si scambiarono occhiate e ridacchiarono come se nelle parole del prete ci fosse stato qualcosa di spiritoso.

C'era, senza dubbio, ed era il modo con cui l'aveva chiamato. Ragazzo.

Giuseppe borbottò: «Bastiano è il mio fratellino, lo porto sempre qui nei pantaloni. Se *il ragazzo* vuole venire a riconoscerlo...»

Un coro di risate proruppe nella stanza, poi una voce disse: «Cosa vuole da me il vicario?» L'uomo che aveva parlato rispondeva alla descrizione che Luigi aveva avuto di lui. Sessanta o settant'anni, occhi rapaci, coperto di stracci, ciò che restava di un'uniforme dell'esercito del Duca.

«Ve lo dirà lui stesso» disse Luigi, cercando di dare alla sua voce un tono che fosse al contempo autorevole e gentile. «Potete seguirmi?»

«Ci sarà una ricompensa?»

«Per il vostro disturbo, sicuramente. E verrete alloggiato in una dimora degna dei servizi che avete reso a questa città.»

Luigi sorrise mentre pronunciava quelle ultime parole.

I registri dicevano che Sebastiano Cappa era inciampato in una cannonata durante la battaglia della Marsaglia, ragion per cui i chirurghi avevano dovuto tagliargli tutte e due le gambe. Nessuna moglie, nessun figlio, tirava avanti grazie alla carità dei cristiani che si facevano intenerire dalla sua storia e dal carretto di legno su cui si trascinava per muoversi.

«Non si dice mai di no a una ricompensa» esclamò Bastiano trascinandosi avanti, tra i saluti e le felicitazioni dei suoi compari. Luigi lo guardò uscire dalla camerata. Prima di andarsene a sua volta, rivolse un sorriso in direzione dell'ometto col fratellino nei pantaloni e fu ricambiato da un'occhiata lasciva. Si fissò bene in mente quel gesto, i lineamenti dell'uomo, i vestiti che indossava, perché non aveva alcuna intenzione di dimenticarsi di lui.

Uscirono dall'Ospedale di Carità e s'incamminarono insieme lungo la via di Po, un ragazzo ben vestito e in salute accanto a un vecchio malandato senza gambe.

La gente che affollava i portici cedeva loro il passo, in un misto di reverenza e compassione.

«Allora!» ansimò Bastiano, lavorando di braccia per mantenere il suo carretto al passo di Luigi. «Si sta ancora combattendo alla Cittadella?»

«Dai colpi di cannone si direbbe di sì.»

«Dicono che è il grande assalto, ma se fosse così il Duca sarebbe arrivato in soccorso. Invece del Duca non si sa niente, giusto?»

«Niente di nuovo. A quanto ne so, è ancora in Val di Pellice.»

«Io non mi fido di quella gente lì.»
«Si dice che combattano bene» osservò Luigi.
«Non mi fido uguale. Siete matti a fidarvi di quei figli di puttana riformati. Niente di personale, eh?»
Per un istante Luigi pensò che quel "personale" si riferisse a "figli di puttana", poi capì che invece era per il "matti". Anche se adesso apparteneva al Dio Drago ed era un uomo pericoloso, ogni tanto il passato lo coglieva alla sprovvista e tornava a farlo sentire come quand'era un ragazzo fragile e indifeso.
«O forse al Duca andava di assaggiare un po' di carne valdese, se capite quello che intendo» ammiccò Bastiano.
«L'avete mai assaggiata la carne valdese, voi?»
«Nemmeno quando l'aggeggio mi funzionava. Non è di quel genere che trovi nei bordelli, giusto?»
«La carne è sempre carne» tagliò corto Luigi, scrollando le spalle.
Specialmente quando la tagli. O la bruci.
Raggiunsero la casa dei Rossotto, davanti alla chiesa dell'Immacolata Concezione. Bastiano era stremato dopo il lungo cammino a cui Luigi lo aveva costretto senza rallentare né fare soste.
Alla porta venne ad aprire un valletto dalla faccia inespressiva.
I domestici dei Rossotto, che avevano servito la famiglia per tutta la vita, erano stati licenziati il giorno in cui Anna era stata riconosciuta colpevole dei crimini dell'Assassino del Coltello e rinchiusa in convento. Fuori dalla porta, li aspettavano i membri del culto. E altri membri del culto li avevano rimpiazzati mentre la vecchia servitù offriva sangue e dolore per la gloria del Dio Drago.
«Abita qui il vicario?» chiese Bastiano varcando la soglia.
«No.»
Luigi fece strada attraverso il corridoio fino alla scalinata. Si fermò, voltandosi lentamente verso Bastiano.
«Cosa c'è?» chiese il vecchio. «Perché mi guardate in quel modo?»
«Siete gli occhi e le orecchie di Raffaele.»
Si gustò l'espressione di orrore che le sue parole avevano acceso negli occhi di Bastiano. Lo guardò mentre voltava la testa a destra e sinistra, in cerca di una impossibile via di fuga.
«Non oserete...» iniziò a dire Bastiano.

«Gli porterò i vostri saluti, quando verrà il suo turno» promise Luigi. «Ma prima mi racconterete tutto ciò che sapete di lui. Dove posso trovarlo e dove si nasconde.»

La strada era distante e le pareti spesse.

Gli unici a sentire le urla sarebbero stati i domestici.

Luigi aveva tutto il tempo che voleva.

34

27 agosto 1706, prima dell'alba

«Le vostre magie funzionano anche se le usate contro uno di voi?» Gustìn trovava strano parlare di "magie" ad alta voce, lui che non ci aveva mai creduto.

«Funzionano su chi è più… giovane» rispose Maria. La lieve pausa confermò a Gustìn che lui e la dama intendevano la parola "giovane" in due modi diversi. Il concetto di tempo per i Cavalcanti non era lo stesso degli uomini comuni.

«Dunque il vostro traditore è più anziano, per questo non riuscite a trovarlo.»

«È esatto.» La calma angelica di Maria faceva uno strano contrasto con la gravità delle parole.

Nella stanza c'era una feritoia affacciata sui bastioni e da essa cominciava a provenire un timido bagliore. Fino a quel momento Gustìn aveva aspettato al buio, dal momento che accendere un lume o anche solo una candela avrebbe potuto dare punti di riferimento ai cecchini francesi appostati nelle trincee.

Guardò dalla feritoia. La luna era scesa dietro le montagne e i primi raggi del sole tingevano di rosa le montagne e le nuvole. Gustìn distolse lo sguardo e prese la borraccia. L'acqua aveva un sapore orribile, ma diede sollievo alla sua gola riarsa. Si sforzò di riprendere il filo del suo ragionamento.

«Voi non riuscite a trovarlo, ma sperate che ci riesca io.»

«Siete un uomo dalle doti rare in quest'epoca. Vi affidate alla mente piuttosto che al cuore. Vi prendete gioco delle superstizioni e perfino dei dogmi della Chiesa.»

Gustìn si sentiva come sulla soglia di una porta che non avrebbe mai dovuto essere aperta, indeciso se chiuderla o affacciarsi a guardare.

«Chi è veramente il Toro?»

«Colui che ci ha fatti diventare quelli che siamo, il nostro maestro. Nostro padre. Noi ne veneriamo il ricordo e l'ideale.»

«Ne parlate come se fosse morto.»

«Il Toro non può morire. Non nel senso che date a questo termine. Dorme in attesa di risorgere.»

«Non mi sorprende che non siate graditi all'Inquisizione.»

«Malgrado le nostre buone intenzioni, molti miei fratelli hanno pagato caro il fanatismo dei tempi passati.»

Gustìn si rese conto che Maria si era alzata in piedi. Benché fosse seduta accanto a lui, non l'aveva nemmeno sentita muoversi.

«Ci state rendendo un grande servigio, caro Augusto, Dio ve ne renderà merito. E se di questo non vi importa, spero vi darà gioia il pensiero di poter salvare le vite di tanti torinesi. Ma ora devo chiedervi di ripetere ad Amedeo quello che avete scoperto.»

Gustìn non aveva bisogno di fare domande per capire che Amedeo era il cavaliere con la tunica verde e la corazza scintillante. Il solo pensiero di incontrarlo lo terrorizzava, anche se sapeva che era dalla sua parte.

«Temo che non si accontenterà di sentire la vostra storia da me» insisté Maria. «Vorrà essere sicuro di non trascurare nulla di ciò che avete visto e sentito, anche ciò che ai vostri occhi sembra insignificante.»

«Come ci riuscirà, se nemmeno io potrei non rendermi conto di dimenticare qualche particolare importante?»

«Lo farà e basta.»

Gustìn ebbe la certezza che anche lui "avrebbe fatto e basta" qualunque cosa i Cavalcanti gli avessero chiesto di fare. Che fosse stato di sua volontà o meno.

Uscirono dalla stanza. Gustìn si aspettava di vedere soldati, preti, portaferiti, invece non c'era nessuno, e non si sentiva alcun rumore che tradisse la presenza di persone. Eppure era appena finita la più sanguinosa battaglia di tutto l'assedio.

«Dov'è il presidio di guardie?» domandò a Maria, ricevendo nient'altro che un sorriso enigmatico. Scesero una rampa di scale e avanzarono in un corridoio deserto, verso una stanza da cui proveniva un vociare sommesso. Gustìn sentì il generale Von Daun che esclamava: «È riprovevole! Anche i miei ufficiali saranno contrari!»

«La guerra richiede sacrifici» rispose una voce senza emozioni.

«Non possiamo negare una cristiana sepoltura...»

Dallo spiraglio della porta lasciata socchiusa, Gustìn vedeva il generale zoppicare avanti e indietro. La voce sconosciuta disse: «Vi attaccheranno ancora stanotte, *monsieur*. Hanno fatto arrivare tre reggimenti distaccati sulla collina, forze fresche. Con la scusa di seppellire i morti verranno a controllare i danni alle fortificazioni per cercare il punto debole.»

«Ma quello che mi chiedete di fare è un crimine!»

«Nessuno vi muoverà rimprovero, avrete tutte le ragioni per giustificarvi. È estate, i corpi marciscono più in fretta. Tutti quei cadaveri infetterebbero l'aria e l'epidemia colpirebbe la guarnigione e la città.»

Una figura vestita di verde, che voltava le spalle alla porta, si fermò di scatto e Gustìn ebbe il tempo di formulare un pensiero assurdo.

Si è accorto di me.

Anche se non era arrivato da solo, anche se c'era Maria al suo fianco, era sicuro che Amedeo avesse riconosciuto il suo passo o il suo odore. O i suoi pensieri. Subito dopo la sua mente fu come avvolta dalla nebbia e le parole cominciarono a giungergli lente, ovattate, confuse da rintocchi cavernosi.

«È un grande dilemma» obiettava Von Daun.

«Quanta polvere vi rimane?»

«Non abbastanza da resistere a un altro assalto come quello di stanotte... D'accordo. Farò come mi chiedete, che Dio mi perdoni.»

«Dio perdona le azioni compiute a fin di bene.»

Passi lenti e irregolari si avvicinarono. La porta si aprì e Von Daun uscì zoppicando. Incrociò gli occhi di Gustìn, ma sembrò guardarvi attraverso, come se non l'avesse riconosciuto. Come se non l'avesse neppure visto.

«Entrate» disse la voce nella stanza.

Gustìn fece come gli era stato ordinato e si ritrovò al cospetto di Amedeo. Riusciva a stento a mettere a fuoco la sua figura, come se fosse stata controluce: eppure gli oggetti intorno al cavaliere, lo scrittoio e il pennino e i fogli che vi erano posati sopra, il lume, la brandina, erano tutti nitidi.

Comprese che era un altro dei trucchi con cui i Cavalcanti riuscivano a ingannare le menti delle loro vittime. Concentrò gli sforzi sul viso di Amedeo.

Non sembrava più vecchio di lui, e i suoi lineamenti erano gravi, scolpiti nel marmo. Gli occhi brillavano come la sua armatura, e a Gustìn suggerirono l'immagine che anche loro fossero stati forgiati con le fiamme e l'acciaio.

«Ho sentito i tuoi ordini.» La voce di Maria si era insinuata nel silenzio.

Amedeo replicò: «Non c'era altra scelta.»

«Ci sono dei feriti nel fossato. Anche torinesi.»

«Non possiamo presidiare tutti i bastioni e la città. Il fuoco è l'unico modo per tenerli indietro.»

Amedeo aveva un tono distante, come se le cose di cui parlava fossero state molto al di sotto dei suoi interessi. Gustìn scosse la testa, stordito, quando lo vide avvicinarsi con movimenti troppo veloci e agili: arretrò fino a sentire la propria schiena contro la fredda parete di pietra.

«E voi chi siete?»

«Augusto Graziadei...al vostro servizio.»

Amedeo rivolse a Maria uno sguardo interrogativo, ma senza fare domande né ricevere risposte. Tornò a guardarlo. Per tutto quel tempo, notò Gustìn, non aveva mai sbattuto le palpebre.

«Il tempo che ci è concesso è poco, *monsieur*. Maria sostiene che siate a conoscenza di informazioni preziose. Parlate, dunque.»

Gustìn spiegò quello che aveva scoperto da quando aveva iniziato la caccia a un assassino inafferrabile. Raccontò di come aveva ricevuto l'incarico dal conte Gropello, delle condizioni orribili in cui era ridotto il cadavere di Vayra, della scoperta del falso nome sotto cui si nascondeva la spia di Foschieri.

Parlò del nascondiglio segreto nella cantina di Vayra, dei suoi registri e del massacro a casa dello zingaro Yanko, del doppio gioco condotto dallo sbirro Giacomo Agliaudi. Rivelò i sospetti sull'esistenza di un traffico di esseri umani e di qualcuno che via via cancellava i testimoni che potessero far evolvere le indagini. Fino all'ultimo, decisivo colloquio con Corassié, e la scoperta di una sorta di tempio infernale nascosto sotto le ghiacciaie.

Era sorprendente il contrasto tra i due Cavalcanti, ora che li vedeva uno accanto all'altra. I loro volti d'alabastro avevano entrambi qualcosa di etereo, ma se Maria era un angelo sceso in terra a confortare i mortali, Amedeo era un guerriero invincibile, un angelo sterminatore dei nemici della Fede.

Anche la posa del loro ascolto li rendeva diversi: lei seduta su una seggiola, le mani sul grembo, la testa lievemente piegata e gli occhi partecipi, lui in piedi alle sue spalle, immobile.

Mentre parlava, Gustìn aveva ogni tanto la sensazione che la sua mente si perdesse dietro un'immagine, o che cadesse in una nuvola di tenebre. Gli pareva di sentire una voce invisibile che gli faceva domande a voce troppo bassa. Lo sforzo per sentirla era enorme, e ogni volta faceva fatica a riprendere il filo della narrazione. Spesso doveva tornare indietro e ricominciare.

Quando ebbe finito provò la sensazione che la sua mente si fosse appena alleggerita di un enorme fardello.

«Il tuo uomo dice la verità.» Le rughe che increspavano la fronte di Amedeo parvero ammorbidirsi mentre il viso della dama si rabbuiava.

«Chissà da quanto tempo si nascondono sotto i nostri piedi» sussurrò Maria.

«Non è più rilevante. Quanto è successo dimostra che il loro nascondiglio non è invisibile a *loro.*»

Intende quelli come me e Vayra, comprese Gustìn. *Quelli che invecchiano. Quelli che non hanno poteri. Intende gli esseri umani.*

Intervenne Maria e Gustìn le fu grato del sorriso che gli rivolse: «Abbiamo ancora bisogno di voi, Augusto.»

«Sono al vostro servizio.»

«Chi stiamo cercando non immagina che avremmo messo in pericolo la nostra segretezza facendo intervenire…»

«… me» concluse Gustìn, per toglierla dall'imbarazzo di usare una qualunque metafora che avrebbe allargato il divario già enorme tra loro.

«Voi» sospirò Maria.

«Ci accompagnerete a cercare il tempio» disse Amedeo. «Coloro che si stanno sottraendo alla nostra vista possiedono i nostri poteri, ma i sigilli messi per ingannarci non funzioneranno su di voi.»

A Gustìn sembrava difficile da credere. In ogni caso, non aveva scelta: quella di Amedeo non era una richiesta, ma un ordine.

«Quando questa storia sarà finita... mi ucciderete, vero?»

Una smorfia sul volto di Amedeo rivelò per la prima volta qualcosa di simile a un sorriso di gentile divertimento.

«Quando ci avrete aiutato a trovare il traditore, l'unica cosa che ricorderete di noi sarà il premio per i vostri servigi. Sappiamo essere generosi. Ma sarà come se non ci fossimo mai incontrati.»

Gustìn tese una mano che Amedeo guardò con un barlume di curiosità.

«Lo giurate?»

Amedeo strinse la mano di Gustìn nella sua, fredda e dura come marmo. E in un bisbiglio disse: «Sul mio onore.»

Gustìn ebbe appena tempo di rendersi conto che i suoi pensieri perdevano consistenza come nell'attimo in cui si passa dalla veglia al sonno. Il potere dei Cavalcanti lo attraversò come un soffio di vento tiepido, e le sagome di Amedeo e Maria svanirono nelle ombre, diventando ombre anch'esse. Chiuse gli occhi e ascoltò il carezzevole suono del silenzio.

35

27 agosto 1706, pomeriggio

Le bombe erano piovute tutta la notte, e una aveva fatto un tale frastuono da far tremare le pareti di tutte le case del *Balòn*.

Alcuni dicevano che la Cittadella era caduta e che in quelle ore *la Fojada* stava dettando al generale von Daun le condizioni della resa. Altri che l'attacco era stato respinto con l'aiuto della cavalleria del Duca, sbucata di sorpresa alle spalle del nemico. Ma le porte di Po quel mattino erano rimaste chiuse ed era un cattivo segno, anche se secondo alcuni era stato fatto per rendere meno caotico il lavoro delle squadre di soccorso.

Verso l'ora di pranzo cominciò a diffondersi la voce che qualcuno avrebbe dato notizie ufficiali nel magazzino di *Gamba Curta*, e Laura decise di andarci, con i pensieri e il cuore in subbuglio.

Due notti prima c'era stata un'altra battaglia, combattuta in una cascina di Valdocco, tra i Santi e i servi del Demonio. Lei era stata una testimone di quello scontro, ed era ancora viva da poterlo raccontare. Da poterlo *ricordare*.

(Non vogliono che qualcuno sappia della loro esistenza)

I Santi e i loro nemici avevano il potere di entrare nella testa delle persone e di leggervi o scrivervi come su un foglio di pergamena. Raffaele la prima volta le aveva ordinato "dimentica", e la seconda "dormi", eppure lei aveva resistito a quel potere. Entrambe le volte.

Aveva dimenticato, sì, ma dopo qualche giorno il ricordo era riapparso. E il comando di dormire le aveva causato appena una lieve sonnolenza, subito scacciata.

Laura non aveva dubbio che fosse stato Dio a darle la forza di resistere all'incanto che contagiava i pensieri della gente. Perché lei era nata avvolta nella sacca materna. "Vai a Torino per imparare?" le aveva chiesto la vecchia merciaia di Nizza, prima che lei partisse. Tutto sembrava trovare senso, a poco a poco, ma il quadro che si componeva era tutt'altro che rassicurante.

Il magazzino di Gamba Curta era un edificio costruito lungo un'ansa della Dora per accogliere le carovane che arrivavano da Chivasso, ma da settimane le merci non arrivavano più e il magazzino era rimasto vuoto.

Laura scorse diversi capannelli di persone ferme di fronte all'ingresso.

«Stanno tutti aspettando» osservò Vittoria.

«Si vede che non ci sono ancora notizie.» Camilla guardava a destra e a sinistra, scrutando tra la gente. Laura riconobbe una nota inquieta nella voce: la sua amica era agitata.

«Vorrei che ci dicessero che l'assedio è finito e i francesi se ne sono andati» Vittoria si passò una mano sul grembiule come per pulirla.

Vorrei che mi dicessero che Gustìn è ancora vivo, pensò Laura, un desiderio appena più impossibile di quello di Vittoria.

Man mano che si avvicinavano si sentiva più forte e confuso il chiacchiericcio della gente, in un mescolarsi di voci acute e profonde, di uomo e di donna. Laura notò che Camilla aveva rallentato il passo e si guardava attorno con un'espressione distratta ma anche spaventata: forse stava sperando di vedere il suo corteggiatore, ma non in presenza di sua madre.

«Dev'essere stata dura...» stava dicendo *Pòca Polpa* il verduriere, che camminava qualche passo davanti a loro insieme a un ragazzo con le braccia massicce e mezza forma di pane in mano.

«Credo di sì» rispose il ragazzo, masticando. «Sembrava che non finissero più di tirare bombe.»

«E tra poco ricominciano, vedrai. Non è che...?» il verduriere indicò la pagnotta. Il ragazzo spezzò una porzione generosa.

«Ecco, tieni. Sei veramente troppo magro.»

Laura e Vittoria li raggiunsero mentre il verduriere stava dicendo che quel mattino i soldati erano venuti a cercare mastro Botta, il farmacista.

«I soldati?» chiese Vittoria. «Voi come fate a saperlo?»

«Abito due case più in là e col caldo tengo le finestre aperte» Il verduriere non pareva infastidito dall'intromissione. E se teneva le finestre aperte, non doveva aver paura di essere portato via da casa. Quel pensiero s'insinuò nella testa di Laura e divenne un brivido che dilagò fino alla punta dei piedi.

«Cosa volevano i soldati da *monsù* Botta?» insisté Vittoria.

«All'ospedale di San Giovanni servono medici.»

«Ci devono essere moltissimi feriti dopo la battaglia di stanotte» convenne il giovane, continuando a sbocconcellare la sua pagnotta.

Laura si augurò che non ci fosse Gustìn tra quei feriti, e un istante dopo che fosse tra i feriti, ma non tra quelli gravi, al sicuro dietro le pareti dell'ospedale.

«Ma ieri abbiamo vinto? Questo lo sapete?» Vittoria fece un sorriso dei suoi, aspro e malevolo, come a voler mettere in dubbio la risposta prima ancora di riceverla.

Pòca Polpa rispose a quel sorriso con una scrollata di spalle.

«Lo sapremo tra poco, spero.»

Vittoria borbottò:

«Lo speriamo tutti.» Proprio non riusciva a resistere alla tentazione di avere l'ultima parola.

Dopo un attimo erano arrivati al magazzino.

Gamba Curta era accanto al malridotto portone di legno, con un sorriso aspro. Zoppicava avanti e indietro, i movimenti impacciati.

«Ci sono nuove, *monsù* Ardovini?» Laura preferiva non chiamarlo con quel nomignolo che prendeva in giro la sua menomazione.

«È appena arrivato un tenente della milizia» spiegò lui, spostando il peso sulla gamba buona e appoggiando le spalla contro la parete del magazzino. «Parlerà tra poco, quando si sarà radunata un po' di gente.»

Vittoria guardò attraverso il portone. «La stanza è quasi piena.»

«Allora entriamo anche noi.» Gamba Curta si avviò in uno strascicare di piedi.

All'interno c'erano persone di ogni età e stato: contadini, garzoni, bottegai, e perfino qualche prete. L'aria era impregnata dalla puzza di sudore e sporcizia, e insieme al caldo opprimente toglieva il fiato.

Un uomo dalla faccia scavata era in piedi su un palco di legno: la sua uniforme era lacera, sporca di fumo e macchiata di terra e sangue secco. Laura notò i bottoni d'oro ai lati della giacca: un ufficiale. Ai piedi del palco vigilavano due uomini della milizia, con le giacche spaiate, la coccarda azzurra e il fucile a tracolla. La loro presenza incombeva sui presenti, scoraggiando gli schiamazzi: la gente si limitava a formare piccoli gruppi con cui chiacchierare a bassa voce.

In uno di questi gruppi c'era anche Alberto, che parlava con *monsù Farina* il mugnaio, sua moglie e i due figli. Quando si accorse che Laura lo stava fissando, la ricambiò con uno sguardo di sfida.

«Ascolta!» sussurrò Camilla tirando Laura per un braccio. Raggiunsero alcuni uomini raccolti attorno a un omino smilzo con un cappello di paglia. Laura riconobbe i fratelli Sonzia, Vigio e Filippone.

«Per quanto gravi siano gli incendi su in collina, dopo tutto non sono che case. Case di gente ricca» diceva l'ometto con tono teatrale.

«È vero!» annuì convinto uno di quelli che ascoltava.

«Pensate a ciò che quelle canaglie di francesi hanno fatto alla gente come noi... Il saccheggio di Druento e di Ciriè...»

«E Orbassano raso al suolo dalle fiamme» suggerì Luigi Sonzia, tormentando il cappello tra le mani. «A Vernon hanno depredato la chiesa e rovesciato a terra le ostie consacrate.»

Laura aveva già sentito quel genere di racconti, ma non sapeva quanto ci fosse di vero. Gustìn le aveva spiegato che molte erano esagerazioni, inventate dagli uomini del Duca per rendere la popolazione meno propensa ad arrendersi.

"Quanto più si racconteranno gesti abominevoli compiuti dal nemico sui civili, tanto più la gente si stringerà attorno al Duca per ricevere la sua protezione".

Ma alla fine lo stesso Gustìn aveva dovuto ammettere che tra tante esagerazioni non mancava mai un fondo di verità. *L'uomo in guerra è peggio di una bestia*, aveva detto.

E quando l'ometto col cappello di paglia, abbassando la voce, riferì di "terribili affronti fatti alla pudicizia di tante vergini innocenti...", Laura prese Camilla per un braccio con l'intenzione di allontanarsi per non ascoltare oltre. Le sue paure erano già abbastanza grandi.

«Vengo dalla Cittadella» annunciò in quell'istante l'ufficiale con una voce tonante che arrivò fino in fondo al locale. Si alzò un sospiro, che ricadde in un istante di silenzio collettivo.

«Che notizie portate?» chiese una voce di uomo, e un'altra: «L'abbiamo vinta la battaglia o l'abbiamo persa?»

«Abbiamo vinto.» L'ufficiale lasciò sfogare gli applausi e le esclamazioni, poi fece un gesto con le mani. Le voci tacquero. «L'attacco è iniziato alle otto di ieri notte. Per tre volte il nemico ha cercato di prendere la mezzaluna di Soccorso. Per tre volte la bravura dei nostri soldati ha respinto il nemico.»

«C'è stato uno scoppio che non si era mai sentito così forte» osservò qualcuno.

«Un deposito di polvere è saltato in aria. È stato quell'incidente che ha incoraggiato il nemico a tentare l'ultimo attacco, il più feroce di tutti. Per qualche ora i francesi sono riusciti a prendere posizione sull'angolo delle controguardie, ma li abbiamo ricacciati indietro stamattina, prima dell'alba.» La gente ricominciò ad applaudire. «La Cittadella ha resistito. Torino è ancora dei Savoia.»

Di Savoia e dei Santi, pensò Laura, mentre attorno a lei gli applausi diventavano fischi e grida di giubilo. Fu un pensiero che si stupì di aver fatto, come se non fosse stato suo ma di qualcun altro, e quello stupore le diede un senso di nausea.

Torino appartiene ai Santi.

Dove aveva sentito quelle parole? Da un cliente al mercato, da qualche mendicante? O da Rosina, durante una delle lunghe passeggiate in cui conduceva Laura alla scoperta di Torino? O da Alberto, quando dietro le chiacchiere spigliate nascondeva il suo corteggiamento?

O forse nel capanno di semi di una cascina fuori città, mentre un angelo di nome Amedeo teneva inchiodato al muro un avversario stringendogli la gola…

«Ci sono notizie del Principe Eugenio?» Un uomo dovette gridarlo più volte, per sovrastare le voci della folla festante. «Il Principe Eugenio?»

Il nome del cugino del Duca riuscì a catturare l'attenzione dei vicini. Un'altra onda di silenzio si propagò fino alle quattro pareti spoglie.

«Sta arrivando» rispose l'ufficiale. «Abbiate fede, sta arrivando.»

Non lo sapeva, Laura poteva leggerglielo negli occhi. Non aveva notizie dell'esercito inviato dagli imperiali a soccorso di Torino, ma mentiva per rassicurare la popolazione; e molti mentivano a se stessi, fingendo di credergli.

Si udirono sospiri di sollievo. A gruppetti, i presenti si misero a commentare le notizie, ma qualcuno si avviò subito verso l'uscita, senz'altro per condividere con amici e familiari quello che aveva saputo.

Anche l'ufficiale scese dal palco, e scortato dai soldati cominciò a fendere la folla per lasciare il magazzino. Un attimo dopo che se ne fu andato, una voce di donna arrivò dal palco. Laura si voltò per ascoltare e riconobbe la merciaia che vendeva centrini sulla strada per le fortificazioni, in piedi sul palco.

«Mi chiamo Luisa Cavalletto. Tre giorni fa la mia Agnesina è scappata di casa...» le parole le morirono in gola, deglutì. «... scappata di casa, o forse qualcuno è venuta a portarla via.»

I presenti avevano smesso di parlare e la fissavano con composta gravità. Agnesina era una graziosa ragazza di tredici anni con gli occhi verdi e le lentiggini per le cui simpatie aveva litigato almeno metà dei figli dei presenti. Era anche una delle clienti più entusiaste di Laura, da cui comprava saponi ogni volta che aveva soldi da spendere.

Luisa gridò: «Se qualcuno sa dov'è Agnesina, se qualcuno l'ha vista, le dica di tornare a casa! Ditele che non sono arrabbiata con lei!»

«No», «Io no», «Mi dispiace.» Rispose un coro che allungò la smorfia cupa sul viso di Luisa.

«Non è rientrata oppure è andata via?» le domandò invece Vittoria.

«Non era a casa quando mi aspettavo di trovarla lì.» Questo poteva dire molte cose, alcune molto più gravi di altre.

«Avete chiesto ai vicini? Forse è dai vicini» insisté Vittoria. Riusciva a essere esasperante perfino quando cercava di aiutare.

«Certo che ho chiesto: nessuno la vede da tre giorni.»

Laura sentì le gambe diventare pesanti come marmo. Un pensiero la attraversò ma in maniera non chiarissima, come una cosa che viene vista solo con la coda dell'occhio e lascia il dubbio che possa essere uno scherzo dell'immaginazione.

Scherzo o no, quel qualcosa che aveva pensato le aveva fatto venire i brividi.

Agnesina era una ragazza timida e obbediente, unica figlia di una donna che aveva perso il marito in guerra: passava il giorno in casa a cucire e fare le pulizie, e usciva solo con la madre, per fare la spesa o andare a Messa.

Una coppia di donne proprio davanti a Laura cominciò a mormorare.

«Quella si è presa una cotta per qualcuno ed è scappata con lui!»

«Che ingenua, scappare con il primo di cui si invaghisce!»

«Le ragazze di oggi hanno troppa libertà» si intromise Vittoria. Laura la conosceva abbastanza bene da essere sicura che fosse una battuta riferita a lei.

«Vostra figlia non la ritroverete più!» tuonò la voce di *barba* Ciancèt.

A giudicare da dov'era giunta la voce, lo "zio chiacchierone" doveva essere in prima fila sotto il palco. Ci sarebbe stato da stupirsi se si fosse perso l'occasione di ascoltare pettegolezzi da ripetere per qualche giorno, seduto sui gradini della porta di casa.

«Lo sapete tutti che la *tòta* non è scappata di sua volontà, ma che l'ha presa l'Uomo del Crocicchio!»

«L'Uomo del Crocicchio è una leggenda!» gridò qualcuno. Si rincorsero cori di chi era d'accordo con lui e chi gli dava del bugiardo.

Barcollando, Luisa scese dal palco e Laura non riuscì più a vederla tra la folla.

Un'altra donna prese il suo posto, gli occhi bassi, le mani congiunte sul grembo. Un ragazzo di quindici o sedici anni la seguì restando un passo dietro di lei.

«Mio fratello e la sua famiglia sono stati portati via in piena notte.» Il ragazzo le prese la mano, e quel gesto parve restituirle coraggio. «Era prima che iniziasse l'assedio. Al vicariato mi dissero che erano scappati da Torino, ma non ci ho mai creduto. Ci siamo salutati prima di cena il mattino dopo non c'erano più. Né mio fratello né sua moglie né i suoi figli.»

Laura guardò i visi delle persone attorno a lei. Molti erano spaventati e tutti restavano in silenzio.

«È stato l'Uomo del Crocicchio» disse una voce.

«Basta!» ordinò Alberto. «Queste sono solo storie per spaventare i bambini!»

Il cantoniere non sbagliava a intervenire in quel modo, pensò Laura: voleva tranquillizzare la gente nello stesso modo con cui, per spaventarla, le spie del Duca esageravano nel descrivere le stragi dei soldati francesi ai danni dei civili.

Però Alberto sbagliava, se credeva che fossero solo storie.

«Parlate bene, voi» protestò una donna con il naso grosso e schiacciato. «Non avete visto fantasmi che fanno profezie di sventura!»

«È vero!» esclamarono altri. «Ho visto anche io un fantasma!»

«Quali profezie?» chiese Alberto. «E che fantasmi?»

La donna dal naso schiacciato si fece avanti: «Ho parlato con mio padre, l'altra notte. Mio padre che è morto dieci anni fa. Mi ha detto di fare attenzione, che il drago si è risvegliato.»

Un brusio inorridito percorse la sala.

«State dando fede a qualcosa che avete creato voi stessi!» ammonì il cantoniere, puntando il dito sulla folla. «Non c'è nessun fantasma e nessuna scomparsa misteriosa!»

«Voi, Belòm» disse un rigattiere del vicolo dei Mulini, che la gente chiamava *Mancìn*, «voi non credete nell'opera del Demonio qui a Borgo Dora?»

«No» rispose Alberto. Mentiva, oppure aveva mentito tutte le volte in cui aveva parlato a Laura dell'Uomo del Crocicchio. L'ultima per spaventarla, quando aveva cominciato a capire che lei gli preferiva Gustìn.

«Perdio, non potete parlare sul serio» insisté Mancìn. «Siete il cantoniere, lo sapete meglio di noi...»

«So meglio di voi che queste storie devono finire!»

Alberto salì sul palco per fronteggiare la folla. Da quella posizione tutti gli occhi erano su di lui. Fece passare qualche istante e Laura si chiese se fosse per ottenere più attenzione o per trovare le parole giuste.

«Oggi abbiamo già un nemico, ed è quello fuori dalle mura. Le superstizioni non ci faranno vincere la guerra, ma possono farcela perdere più in fretta. È troppo facile prendersela col Diavolo nei momenti difficili.»

Qualcuno annuì, cominciò a dirgli "giusto!" e "bravo!". Laura dovette riconoscere che Alberto lo era davvero.

«Due inverni fa, la figlia di *Cavagné* non è tornata a casa per la cena. Anche allora molti dissero che era colpa dell'Uomo del Crocicchio. Tre mesi dopo, trovarono il suo corpo in fondo a uno stagno, sotto il ghiaccio. Fu colpa del Diavolo? Forse, se le fece mettere un piede in fallo.»

Alberto si guardò attorno. A un certo punto i suoi occhi si fermarono.

«E vostra figlia, *Ròcia*? Quando credeste che l'avevano rapita andaste con metà degli operai della polveriera a controllare casa per casa, scortati da un prete per difendervi dal Demonio. Dov'era poi vostra figlia?»

L'uomo sollevò verso il palco la grossa testa bionda, e con un'espressione truce rispose: «Nella bottega di Sommariva. Sotto le coperte con il padrone di casa.»

«Nessun Uomo del Crocicchio» osservò Alberto.

«No.»

«E com'è andata a finire?»

«Lo sapete benissimo. Sommariva ha sposato mia figlia.» Ròcia scoppiò in una grassa risata, e molti altri lo imitarono, anche Alberto, che attese gli ultimi echi per continuare.

«L'altra notte ho incontrato mio nonno. Eravamo entrambi a cena dal Duca e mi faceva notare che anche io dovrei dare più spesso delle cene a casa mia, con tanti invitati, e che importanza ha se sporcano? Quello che conta è il piacere della compagnia.» Una smorfia sorridente gli apparve sulle labbra. «Poi mi sono svegliato. Avevo sognato tutto.»

Altre risate.

«Quante volte ci sono spiegazioni più semplici di quelle che mettono di mezzo streghe e diavoli? Perché ci ostiniamo a cercarle in ciò che non conosciamo? Le persone scompaiono per tante ragioni. A volte scappano di loro volontà, e a volte… sì, a volte capitano delle brutte cose… ma senza l'intervento del Diavolo.»

Dal silenzio che seguì, Laura comprese che Alberto aveva vinto la sua battaglia. Qualunque fosse stata la ragione per cui l'avesse combattuta.

Il cantoniere scese dal palco e uscì dal magazzino: strinse tante mani e offrì molti sorrisi. Ma non degnò Laura nemmeno di uno sguardo.

36

28 agosto 1706, sera

Gustìn sognò di essersi svegliato al suono di passi e voci che provenivano dall'atrio. Era giorno e la stanza era affollata di soldati che andavano e venivano portando dispacci al generale dell'artiglieria del Duca, il conte Solaro della Margherita, con i suoi inconfondibili baffi impomatati.

Stranamente Gustìn non sentiva bisogno di parlare con nessuno. Sapeva solo che doveva rimanere nella Cittadella fino alla notte successiva, e che quel compito così semplice era la missione più importante che gli fosse mai stata assegnata: rimanere vivo fino al tramonto, ad aspettare.

Aspettare chi? Cosa? Non se lo ricordava, eppure l'attesa gli riempiva la mente di un desiderio così intenso da non riuscire a pensare ad altro.

Gli pareva di galleggiare in un liquido che non era né caldo né freddo, mentre intorno a lui le figure oscillavano, oppure correvano via troppo veloci per essere raggiunte. Fluttuò attraverso quella sostanza che aveva preso il posto dell'aria, uscendo nel cortile della Cittadella. Il sole era alto, ma Gustìn non sentiva l'istinto di coprirsi il viso dal bagliore accecante; la cortina in cui era avvolto non gli faceva sentire alcun fastidio.

Si avvicinò agli spalti senza che nessuno lo fermasse o gli dicesse niente.

Il generale Von Daun doveva avere ordinato una sortita per riconquistare le controguardie. I granatieri dei reggimenti Regàl e Trinità stavano scacciando a colpi di spada e baionetta i francesi dalle loro posizioni davanti al bastione Beato Amedeo. Sull'altra controguardia, quella di San Maurizio, Gustìn riconobbe le uniformi dei reggimenti Guardie e Saluzzo.

Osservò i barellieri che portavano via i feriti, al riparo nel mastio della Cittadella, mentre i cadaveri venivano accatastati e il loro equipaggiamento recuperato, in particolare i fucili e le fiaschette di preziosa polvere da sparo.

Verso mezzogiorno, un messaggero francese con una bandiera bianca venne a chiedere di parlamentare. Lo stesso von Daun si affacciò sugli spalti per ascoltare la richiesta di tregua: rispose di non darsi pensiero dei morti da seppellire, né dei feriti prigionieri del cumulo di cadaveri e detriti che ingombrava il fossato. Vi avrebbe provveduto lui.

L'araldo fu rimandato indietro sconcertato.

Più tardi cominciarono ad arrivare carri di legna dalla città. Organizzati in file come per spegnere un incendio, i soldati si passavano fascine, bastoni, travi e le facevano arrivare fin sugli spalti. Le fascine venivano impregnate di pece e catrame, e infine gettate nel fossato.

Tra i soldati molti ridevano, ma c'era anche chi aveva un'espressione seria e triste, e qualcuno si faceva il segno della croce.

Gustìn ebbe l'agghiacciante sensazione di aver assistito, un tempo, a una decisione di inumana crudeltà, e che ciò che stava vedendo era il risultato di quella decisione. I suoi sforzi di ricordare quando o dove era stato testimone, e di cosa, lo lasciarono esausto e senza risposte. La sua mente sembrava offuscata, lenta, il suo stomaco era in preda ai crampi della nausea.

Se la magia dei Cavalcanti faceva dormire una parte di lui mentre era sveglio, tanto valeva dormire per davvero.

Tornò nel dormitorio sperando che la sua branda non fosse occupata da un ferito, invece tutto era come l'aveva lasciato. Intorno a lui c'erano soldati che riposavano in vista di un'altra notte di guardia. Si sdraiò sperando che un po' di sonno gli avrebbe restituito la lucidità per affrontare ciò che lo aspettava al risveglio. Chiuse gli occhi, e quando li riaprì comprese dalle ombre sul soffitto che erano state accese le lanterne.

Era ancora stanco, ma adesso i suoi pensieri erano lucidi. Si sentiva come se gli avessero tolto un peso dalla testa, dalle spalle e dalla schiena.

«*Monsieur* Augusto?»

Due figure erano in piedi accanto al giaciglio. Maria e Amedeo.

«Dobbiamo andare» disse la dama.

Gustìn si alzò dalla branda e osservò che il dormitorio era vuoto.

«Dove sono tutti?» domandò.

«Sugli spalti.» Nello sguardo di Maria Gustìn vide un'immensa tristezza.

«Andiamo, allora.»

Riconobbe l'odore di bruciato prima ancora di uscire, ma quando fu all'aperto scoprì qualcosa che andava ben oltre la sua immaginazione.

Dal cielo pioveva cenere: rimaneva sospesa sulla Cittadella, si posava sulle uniformi e sui cappelli dei soldati e sulle tonache dei preti.

Un orrendo fragore di fiamme proveniva dal fossato, insieme a voci disperate che invocavano pietà o urlavano terrore e sofferenza. Lingue di fuoco lambivano il parapetto, illuminando il presidio di fanti e artiglieri.

Gustìn raggiunse gli spalti senza che Maria né Amedeo lo fermassero. Il calore investì il suo viso come la vampata di una fonderia dell'Arsenale.

Era come se qualcuno avesse spalancato le porte dell'Inferno sotto la Cittadella: un muro di fuoco divorava il fossato, un rogo da cui si levavano le grida strazianti dei feriti intrappolati sotto il groviglio di cadaveri e macerie. Ogni tanto dal rogo uscivano sagome tremanti, avvolte dalle fiamme, che strisciavano verso le trincee: se non li uccideva il fuoco, era una pallottola a finirli. Sorte peggiore toccava a quelli che si arrampicavano sulle controguardie per arrendersi e che venivano rigettati nelle fiamme a forza di baionette. I corpi sussultavano in spasmi di agonia mentre le fiamme incendiavano le uniformi e scioglievano le carni. Tornò indietro, dove lo aspettavano i due Cavalcanti.

«È abominevole» disse, diviso tra disgusto, orrore e rabbia. Indicò il muro da cui si alzavano le vampe. «Era necessario?»

«Necessario, sì. Per Torino» ribatté Amedeo. Era stato lui, la notte prima, a comandare a Von Daun quell'azione contraria a ogni principio di umanità e onore. Ricambiò lo sguardo di Gustìn con lo stesso interesse che avrebbe dedicato a una formica. «Torino vale più della mia, della vostra e della loro vita.»

Gustìn avvertì appena una lieve tensione nella voce del cavaliere, ma fu sufficiente a metterlo in guardia.

«Il fuoco terrà lontano le armate del Re Sole» intervenne Maria. «E nemici ben più pericolosi. Von Daun potrà risparmiare la polvere da sparo mentre il Principe Eugenio arriva. Non si è potuto fare diversamente.»

Gustìn si sfiorò il viso sporco di cenere e si chiese se sarebbe mai riuscito a lavarla via.

Attraversarono il cortile della Cittadella: una donna, che per nessuna ragione avrebbe dovuto essere all'interno della fortezza, e un uomo vestito come nei quadri, in mezzo a soldati, medici, feriti, frati e barellieri, e nessuno rivolgeva loro una parola o anche solo uno sguardo. E quando Amedeo dava un ordine, tutti si limitavano a obbedire come di fronte al Duca in persona.

Oltrepassato il corpo di guardia, Gustìn osò chiedere:

«Non avvisate nessuno dei vostri?»

«Non possiamo più fidarci» rispose Maria. Si vedeva che non aveva voglia di parlarne, e Amedeo meno di lei.

Si offrirono all'abbraccio di Torino. Perfino la città sembrava diversa, come se si fosse adeguata al cospetto di quei due personaggi senza tempo.

Le strade e i palazzi sbrecciati dalle bombe trasudavano un'atmosfera enigmatica, quasi fossero stati parte di una mappa tracciata con i fregi degli stucchi, il simbolismo dei gesti e degli sguardi delle statue. Le maschere dei diavoli sui portoni avevano le bocche serrate sul segreto di una città che nascondeva molto più di quello che sarebbe stato lecito temere.

Illuminate dal bagliore della luna, le strade della Città Vecchia erano vuote; e vuote sembravano le case che si affacciavano su quelle strade, per volere del Duca e dei suoi consiglieri. Se qualcuno vi era rimasto, non aveva motivo di farsi scoprire.

Gustìn e i Cavalcanti si lasciarono alle spalle i quartieri abbandonati, e finalmente cominciò a intravedersi il barbaglio di candele dietro le finestre delle case, mentre intorno si alzavano le voci della città notturna: i canti delle osterie, la musica, il pianto di un bimbo, un cane che abbaiava alla luna.

Gustìn sospirò riconoscente: quelle luci, quei canti, quelle voci erano un terreno solido su cui camminare, anche se in equilibrio con la tenebra e il mistero.

L'odore di verdura andata a male rivelò la vicinanza delle porte della città. Mancava il cigolio dei carretti e le voci degli ambulanti che riempivano la Piazza della Frutta, ma non dava la sensazione di abbandono dei quartieri sgombrati. Le porte erano chiuse, e ai piani alti le finestre erano aperte per far passare un po' d'aria e combattere il caldo soffocante.

Girarono attorno all'edificio che conduceva alle ghiacciaie, e si fermarono davanti a un cancelletto con le griglie di metallo che chiudeva un'entrata secondaria. Amedeo prese le sbarre e diede uno strattone: il ferro si mosse. Seppure fosse stato testimone di altri prodigi, Gustìn faticava a credere a quel che vedeva.

Sta strappando il cancello a mani nude.

Il ferro strisciava sulla pietra con un frastuono tremendo, era impossibile che le guardie della porta non lo sentissero. Gustìn guardò Maria e la scoprì vigile al suo fianco, gli occhi sulla strada.

Al secondo tentativo il cancello venne via. Amedeo lo appoggiò contro il muro.

Dalla stanzetta si accedeva alle ghiacciaie attraverso una scala di pietra. Gustìn vide una lampada appoggiata su un tavolino e l'accese.

Alla luce incerta del lume, il viso del cavaliere sembrava di gesso, i lineamenti duri e lo sguardo vitreo erano quelli di una statua.

«Ciò che vedrete qui sotto va oltre la vostra immaginazione» disse Amedeo con voce fredda. «Faremo in modo che non vi succeda niente, ma nel caso ci fosse uno scontro, non fatevi venire in mente idee eroiche.»

«Non temete, non è mia intenzione fare l'eroe.»

«Bene, perché non è un eroe che ci serve, ma un segugio.»

La luce della lanterna danzò sul soffitto ammuffito e sulla rampa di scale, mentre iniziavano la discesa nelle tenebre. Prima Amedeo, Gustìn in mezzo e Maria per ultima, dopo aver appoggiato la griglia scardinata in modo da far credere che l'accesso fosse chiuso. In fondo alle scale, si trovarono in un sotterraneo con la volta a cupola sorretta da archi e doppie file di pilastri poderosi.

Scendere nelle ghiacciaie dava la sensazione di entrare dal soffitto di una chiesa mai portata a termine, invece non erano che enormi fosse scavate in un luogo molto freddo. I costruttori chiamavano quelle fosse *guazzi* e a Torino i guazzi erano tre, con le pareti e il fondo in muratura. Li riforniva d'acqua uno dei canali della Dora, e a creare il freddo erano la terra, i mattoni e la profondità.

Gustìn sapeva che quel luogo esisteva da molto tempo: i macellai di Torino avevano bisogno di ghiaccio per conservare la carne, gli ambulanti per la frutta e la verdura, i medici per curare febbri e ascessi, i cuochi per preparare bevande e sorbetti. Ma per quanto antiche fossero le ghiacciaie, Gustìn era sicuro che il luogo che stavano cercando lo fosse ancora di più.

Attraversato da brividi di freddo, strinse la mano sul colletto della camicia, alla ricerca del ciondolo che vi era celato: era ridicolo credere che potesse proteggerlo, ma quell'amuleto era un dono di Laura, e gli bastava ricordarselo per sentirsi meglio.

«*Monsieur* Augusto?» La voce di Maria era lieve come brezza, eppure Gustìn aveva il terrore che potesse richiamare l'attenzione di qualcuno nascosto nella tenebra. «Cosa dobbiamo cercare?»

«Corassié ha detto che c'erano dei segni sul muro.»

Vide l'ombra di Amedeo annuire e soffermarsi lungo le pareti. La luce della lanterna faceva brillare il ghiaccio nelle fosse e la patina d'umidità condensata sulle colonne che sostenevano il soffitto.

Gustìn si fermò nell'istante in cui i sensi lo mettevano sull'avviso.

«L'ho trovato» sussurrò. Puntò i raggi della lanterna là dove aveva avuto la sensazione di vedere qualcosa. «No, forse... no, eccolo! L'ho visto davvero.»

Accanto a uno dei passaggi che conducevano nella rete delle fogne, era dipinto un simbolo rosso. Amedeo scrutò vicino al muro, poi scosse la testa.

«Dov'è?» chiese. Com'era possibile che non lo vedesse? Gustìn abbassò la lanterna accanto al simbolo e lo puntò col dito.

«Potete descrivercelo?» domandò Maria. Gustìn comprese che qualcuno aveva fatto una sorta di maleficio per rendere invisibile ai Cavalcanti la strada che conduceva al tempio sotterraneo. Senza di lui, né Amedeo né Maria avrebbero visto quel simbolo dipinto, anche se avessero trascorso tutta la notte a cercarlo.

Corassié l'aveva descritta come una "s" rovesciata, ma a guardarla meglio...

«Sembrerebbe il disegno di un serpente.» Gustìn aveva timore perfino a dirlo, come se rivelare quel segreto lo esponesse a un rischio mortale. Non riusciva a scuotersi di dosso la paura di essere ascoltato.

Amedeo lanciò a Maria uno sguardo rapido, eppure Gustìn riuscì a leggervi un riflesso che gli diede un brivido. E richiamò un ricordo di bambino quando, giocando con Milo nel cortile del convento, avevano scavato una buca con le mani e sfiorato qualcosa di viscido. La terra si era mossa, franando su una tana di serpenti. Innocue bisce, avrebbero scoperto dopo.

Anche Torino è cresciuta sulla tana di un serpente.

Amedeo fece segno a Maria di entrare nell'anfratto di pietra e mattoni che scendeva nelle profondità della terra.

Raggiunsero una cantina quadrata, che accoglieva un mucchio di sacchi di iuta che puzzavano di muffa, sicuramente un covo di ratti. Una porta rinforzata da sbarre di ferro arrugginito era aperta su un cunicolo, da cui arrivava il suono di acqua corrente: le fogne della città.

Scesero alcuni gradini di pietra liscia prima di arrivare in fondo al cunicolo, e scoprirono che la sporcizia scorreva in un canale, costeggiata da un camminamento di mattoni. Sapere di poter percorrere la galleria senza insozzarsi rendeva sopportabile anche la puzza tremenda che intasava quel luogo.

La luce fece brillare i mattoni umidi e la melma, perdendosi nella tenebra. Un altro serpente, inciso e dipinto di rosso nella pietra a destra della scalinata, indicava chiaramente la direzione da prendere.

«Oscurato» mormorò Amedeo, rivolto a Maria, poi girò la testa verso Augusto e aggiunse. «Finché non ci mostrate i segni, *monsieur*, non possiamo vederli.»

Camminarono su un ghiaietto umido e irregolare, all'inizio in direzione del Po, a est, ma dopo che la galleria ebbe svoltato qualche volta Gustìn perse il senso dell'orientamento. Di tanto in tanto gallerie laterali si aprivano nel buio, sbarrate da cancelli coperti di ruggine.

Il tempo, là sotto, non scorreva come alla luce del sole, e l'unico riferimento era l'olio della lanterna che si consumava. Gustìn non aveva mai ascoltato un silenzio così profondo: sentiva solo il suono dei loro passi e, ogni tanto, il cigolio del manico della lanterna. Non riusciva a smettere di pensare che il soffitto avrebbe potuto cedere all'improvviso e crollare su di lui, seppellendolo vivo. Che se gli fosse successo qualcosa, nessuno sarebbe mai venuto a cercarlo lì sotto: non lo avrebbero nemmeno sentito gridare.

La luce illuminò un altro simbolo, all'imbocco di un tunnel che scendeva ancora, il soffitto così basso da sentirsi soffocare. Il suono dell'acqua, che gocciolava in qualche pozzanghera, interrompeva il silenzio sepolcrale.

Il tunnel si fermò davanti a un cancello a due battenti. Al di là delle sbarre si intravedeva una distesa di ossa e teschi: le orbite vuote degli occhi sembrarono animarsi alla luce della lanterna, le mascelle piegate in smorfie di derisione.

Le catacombe romane. Gustìn sapeva che Torino era pieno di posti come quello, ma era la prima volta che ne vedeva uno. Avvicinò la lanterna alla serratura.

«Vedete? Non è arrugginita...» le parole gli morirono sulle labbra quando sul metallo vide incisa la "S" rovesciata.

Amedeo fece per strappare via il cancello come aveva fatto con quello di sopra.

«Lasciate fare a me» sussurrò Gustìn. «Qualcuno potrebbe sentire.»

Il cavaliere gli fece spazio. Impossibile capire cosa pensasse.

Gustìn tirò fuori dalla giacca i ferri del mestiere. Aveva fatto così tanta pratica con le serrature di salotti privati, stanze segrete e casseforti, che non si faceva spaventare da un semplice cancello. La serratura fece uno scatto e la porta ruotò senza cigolare, la conferma che qualcuno l'aveva usata di recente.

Gustìn si sforzava di ignorare gli scheletri adagiati nei sepolcri, gli occhi fissi alla ricerca di altri simboli scarlatti. Stava ormai cominciando a pensare di averne mancato qualcuno quando Maria bisbigliò: «Laggiù.»

Di fronte a loro, sfiorate dalla luce della lanterna, apparvero due macchie bianche di forma allungata. Vi si avvicinarono con cautela. Erano colonne dipinte a calce che sorreggevano un architrave, sul quale erano stati disegnati altri simboli, rossi come quello che li aveva guidati fin lì.

Gustìn non aveva mai visto nulla di simile in vita sua, ma sospettava di conoscerne il significato: un avvertimento a non entrare, ad andare via finché si era in tempo. Una maledizione. Prese un pezzo di pergamena e il carboncino che teneva nella tasca, e cominciò a copiare alcuni simboli di quell'alfabeto fatto di codici e disegni: forse Tommaso avrebbe saputo riconoscerli.

Il cavaliere sguainò la spada, con un movimento così delicato che non si sentì nemmeno il metallo uscire dal fodero. Maria indicò il varco nell'oscurità.

«Adesso entriamo. Stateci vicino, Augusto.»

Gustìn si chiese chi o cosa aveva il potere di instillare dubbio e paura in due esseri dotati di simili poteri. Di certo non aveva alcuna intenzione di restare indietro, da solo, in quel luogo oscuro.

Le pareti della galleria diventarono lisce e coperte di dipinti, o sequenze di simboli come quelli sull'architrave, piccoli e fitti. Raffiguravano uomini e donne, nudi o con cortissimi pantaloni, che portavano doni a esseri con teste di animali.

Il corridoio procedeva sempre dritto e sempre più in basso, finché il soffitto si innalzò, sopra una sala così grande da disperdere la luce della lanterna.

Due file di colonne affiancate, di forma larga e tozza, erano dipinte di bianco, rosso e blu. In basso, ad altezza d'uomo e fino al pavimento, erano interamente coperte di simboli. Il silenzio in quel luogo non era soltanto assenza di rumore: aveva il potere di risucchiare qualunque segno di vita.

La luce illuminò una sagoma bianca e immobile, e Gustìn fece un salto indietro con il cuore in subbuglio. Una frazione d'istante dopo si rese conto che era una statua dalle sembianze di uomo con la testa di un serpente.

La Chiesa del Diavolo, l'aveva chiamata Corassié.

Il rifugio di un mostro adorato come un dio da una setta di folli che gli sacrificavano le vite dei torinesi rapiti: ecco il segreto che Vayra e i suoi soci avevano scoperto, pagando con la vita.

Sotto la statua c'era un altare, circondato da vasi di terracotta e cesti di vimini che contenevano uova e frutta. Il freddo le aveva conservate più a lungo, ma dovevano essere lì da almeno un mese.

Gustìn salì i gradini che conducevano all'altare, per guardarlo più da vicino.

Corassié aveva detto che era una vasca piena di sangue, dove giaceva un corpo. Era proprio un antico sepolcro di pietra, ma era vuoto.

Il primo segno di emozione si manifestò in Amedeo da quando Gustìn l'aveva visto la prima volta. E non si stupì di scoprire che era di rabbia.

«Se ne sono andati!» la sua spada calò sulla pietra, sprizzando scintille. «Erano qui, sotto di noi, e se ne sono andati!»

Maria fissava la statua dell'uomo serpente, gli occhi pieni di indicibile angoscia.

37

«Un fantasma» rispose Vittoria, e si fece silenzio attorno al tavolo della cena.

I piatti erano lì, sulla tovaglia di tela, con il cibo quasi intatto. Dal cortile si sentì ringhiare Calandrino, forse a un passante. O forse anche lui aveva sentito quelle due parole capaci di far diventare ghiaccio il sangue.

Si erano seduti a mangiare, come ogni volta, conversando di quello che avevano fatto o sentito quel giorno. Le voci dicevano che i francesi, dopo la grande battaglia della notte di San Secondo, si stavano ancora leccando le ferite.

Con un po' di cibo nello stomaco, il cuore si sentiva più incline all'ottimismo, e la mente a guardare le cose in prospettiva: nessuno sapeva dire con esattezza dove fosse il Duca, e dove fosse l'armata di soccorso del Principe Eugenio, ma perché non credere che la città sarebbe riuscita a resistere ancora un po', per tutto il tempo necessario?

«Ho sentito una storia strana oggi, da mastro Botta» aveva detto a un certo punto Vittoria. Poi aveva taciuto, come per riflettere. Quel silenzio, proprio da parte sua, aveva destato più curiosità delle parole.

«Che genere di storia?»

Laura si sarebbe pentita mille volte di averlo chiesto, anziché lasciare che la conversazione rimanesse sepolta insieme ai silenzi, più unici che rari, di Vittoria. La madre di Camilla l'aveva guardata battendo le palpebre, come se fosse appena rientrata da un viaggio faticoso e lontano.

«Me l'ha raccontata *madama* Morondi. Ieri sera lei e suo marito stavano rientrando dai campi di Vanchiglia...»

«Morondi?» l'aveva interrotta Rosina, dopo un attimo. «Chi è?»

«Quella che vende le talpe.»

«Ah. Vuoi dire la Talponera. Qui tutti la chiamano così. È la prima volta che sento il suo cognome.»

«Forse perché non gliel'hai mai chiesto, come invece ho fatto io. Sia quel che sia, ieri sera lei e il marito tornavano da Vanchiglia. Stava facendo notte e avrebbero dovuto rincasare in fretta, ma erano stanchi, così si sono fermati a sedere un po' su una panca davanti a uno dei mulini...»

Soddisfatta di avere l'attenzione di tutti, Vittoria si era risvegliata dallo strano torpore e si era messa a raccontare con l'enfasi di una favola per bimbi.

«Stavano per riprendere il cammino, ma da dietro il mulino hanno visto qualcuno con un mantello che dondolava come per il vento. Ma non c'era neanche un filo d'aria....»

Solo che non era una favola, e Laura lo sapeva. Lo sapeva dal profondo, ma non riusciva a trovare nemmeno un buon motivo per interrompere Vittoria prima che fosse troppo tardi.

Troppo tardi per cosa? Aveva fatto in tempo a pensare, prima che Camilla chiedesse chi era, e Vittoria rispondesse: «Un fantasma.»

Ed ecco che adesso erano tutti fermi, Laura Camilla Rosina Fioreste e Vittoria, seduti attorno al tavolo della cena, con Calandrino che guaiva nel cortile e quella parola che aleggiava nell'aria come se fosse stata uno spettro lei stessa.

«E cos'ha fatto?» chiese Camilla, spezzando il silenzio. Negli occhi di sua madre brillò una luce di delusione.

«Non lo so. Loro sono scappati appena l'han visto.»

«Sa-uei scappato an-che io» sospirò Fioreste annuendo con vigore.

Risero, e il momento di paura che li aveva sopraffatti venne meno.

Finirono di cenare e parlarono dei pettegolezzi e dell'assedio. Rosina si congedò per tornare a casa prima che facesse buio e Fioreste si ritirò nella sua stanza.

Laura e Camilla sparecchiarono e pulirono, sotto lo sguardo di Vittoria.

Si diedero la buona notte e andarono a dormire. Il che si rivelò, per Laura, più difficile di quanto immaginasse.

I suoi pensieri andavano a Gustìn e a quanto gli mancava. Al fatto che poteva averlo salutato per l'ultima volta, e che avrebbe potuto non vederlo mai più.

A Maurizio e al suo padrone che avevano provato a farla smettere di lavorare. E che c'erano quasi riusciti, dopo l'aggressione di qualche giorno prima.

Ad Alberto che si era rifiutato di aiutarla, pieno di rancore.

A Fioreste, la cui salute sembrava peggiorare di giorno in giorno.

Finché brillava la luce del sole tutti quei fatti erano altrettante ragioni di preoccupazione. Ma quando scendeva la notte e Laura era sola nella sua stanza, la preoccupazione si mutava in terrore.

Mentre le ore trascorrevano lente, in attesa di un sonno che non voleva arrivare, Laura restò ad ascoltare i canti e le risate degli ubriachi, i passi della ronda e i cani che latravano alla luna. Si sforzava di immaginare Gustìn, la carezza delle sue mani, il tocco delle sue labbra e il suo sguardo pensieroso e corrucciato.

Si addormentò sperando di sognarlo, ma i suoi ultimi pensieri, quelli inconsapevoli che saturano la mente prima del sonno, forse furono per le ragazze scomparse da Borgo Dora e per il fantasma che aveva spaventato il *Talponé* e la *Talponèra*. Solo così, infatti, avrebbe potuto spiegare quello che avvenne dopo.

Si svegliò a notte fonda, di scatto, con la sensazione che qualcuno l'avesse chiamata. Il suo pensiero andò a Fioreste, e con il cuore in gola scese dal letto.

Aprì la porta e aspettò, le orecchie rivolte alla stanza in fondo al corridoio.

Nessun rumore. Nessuno stava chiamando il suo nome.

Si avvicinò pian piano, accostò la testa alla porta del padre. Dall'altra parte silenzio. No: ecco, lieve, il ronzio regolare di un respiro profondo.

Laura si sentì attraversare dal sollievo, ma il sonno era passato. Il bagliore della luna passava dalle fessure dell'ingresso, e disegnava lungo le pareti lame di luce bianco pallida. Laura si mise a passeggiare su e giù sperando di ritrovare il sonno perduto.

A un certo punto, mentre era quasi in fondo al corridoio, ebbe la sensazione di avvertire un soffio freddo sulla schiena, come una corrente d'aria.

La agghiacciò un pensiero: *qualcuno ha aperto la porta.*

Si voltò di scatto, in tempo per vedere una schiena magra e bianca

(troppo bianca)

svanire dietro l'angolo delle scale che scendevano in bottega.

Laura scacciò l'istinto di scappare e chiudersi in camera. Quella che aveva visto doveva essere Camilla, che scendeva in cucina a bere dell'acqua.

Senza fare rumore, però.

La sua amica era uscita dalla stanza, le era passata accanto senza dirle niente ed era scesa di sotto, sempre in completo silenzio.

Era strano, certo, ma non spaventoso.

Poi realizzò che era una schiena nuda quella che aveva visto.

Si aggrappò al corrimano e si sforzò di pensare. Era possibile che Camilla dormisse con sua madre senza vestiti addosso?

No, non era plausibile. Il sudore doveva averle incollato addosso la stoffa sottile, modellandola sulle forme del suo corpo.

Oppure non sta bene.

Mossa dalla preoccupazione, più che dalla curiosità, scese in bottega.

Camilla era ferma accanto al camino, la schiena voltata. Era bianca e magra.

Ed era nuda.

«Camilla?»

Nessuna risposta. Sulle prime Laura fu tentata di credere che fosse uno scherzo,

(Uno scherzo molto sciocco e affatto divertente)

ma il cuore prese a batterle più forte, e le guance a bruciare.

«Camilla, stai bene?»

Si avvicinò, un passo dopo l'altro, ignorando la voce sempre più forte e straziante che, dentro di lei, la implorava di andare via. Aveva la sensazione che Camilla... vacillasse, come se fosse stata instabile sui piedi. Eppure i suoi piedi

(piedi nudi)

erano fermi.

«Camilla non farmi preoccupare, dimmi cosa...»

Era giunta accanto a lei. La vide e impiegò meno di un battito di ciglia per capire di fronte a cosa si trovava. L'orrore le fece accapponare la pelle.

Non era Camilla ma Agnesina, la figlia di Luisa.

Ed era morta, senz'ombra di dubbio.

La pelle del lato destro della faccia era scarlatta, piena di segni e croste scure: ustioni simili a quelle che avevano segnato le mani di Laura subito dopo l'incidente con la soda, ma più vaste. Molto più vaste. Altre ustioni le costellavano il petto, l'addome e le gambe, là dove la carne è più tenera e sensibile.

Te le hanno fatte apposta! Non è stato un incidente!

Santo Dio, te le hanno fatte apposta!

Da un'apertura nella testa sfondata colavano sangue e materia giallastra. L'osso della clavicola affiorava dalla spalla gonfia come un tronco d'albero colpito dalla folgore. Era magra, ma non della magrezza di molte ragazze della sua età: era denutrita in modo spaventoso.

Adesso Laura capiva perché aveva la sensazione che la sagoma vacillasse: Agnesina tremava, ma in modo composto, con le braccia lungo i fianchi, come se avesse avuto paura di ricevere una punizione.

Gli occhi azzurri erano affondati nelle orbite, orlati di sangue, fissavano il muro ma senza vedere nulla. E le labbra… si muovevano. No. Sussurravano.

Agnesina stava parlando con voce molto bassa, e ciò che diceva usciva dalla sua gola in modo incomprensibile.

«Drr…glglgl…» Sembrava che avesse dell'acqua in gola.

«Agnesina… Agnesina, mi riconosci?» chiese Laura. Il suo stomaco ebbe un sussulto e qualcosa di acido le salì in gola. Si mise la mano sulla bocca per paura di vomitarlo.

«Drr…»

«Agnesina, sono Laura. La saponaia.»

Non puzza. È morta, è un cadavere, e non puzza di niente.

«Drr…glgl… drr… drago.»

Laura sentì la pelle che le si accapponava, come se onde gelide e invisibili la stessero percorrendo sulle braccia, sulla schiena e sulla pancia, per poi scendere lungo le gambe fino ai piedi.

Non poteva staccare gli occhi dai segni delle ustioni sul viso. Era attratta, ipnotizzata da quei segni ripugnanti. Sotto lo zigomo sfigurato si intravedeva l'osso.

Quanto ti hanno fatto soffrire?

Chi è stato?

«Drr...drago» gracchiò di nuovo Agnesina. Era una risposta? Se lo era, significava che gli spettri sanno leggere nei pensieri.

La sagoma di Agnesina divenne più sottile. Si attenuò, si dissipò. E infine scomparve. Senza spostarsi. Agnesina smise di esserci.

E Laura rimase lì, a guardare il nulla, paralizzata dalla paura.

Il mattino seguente, risvegliandosi nel suo letto, non avrebbe saputo dire se aveva sognato tutto o se l'aveva visto davvero. Di una cosa era certa, invece: che non se lo sarebbe dimenticato per il resto della sua vita.

38

29 agosto 1706, prima dell'alba

La luce vacillante delle candele posava un'ombra rossastra sugli arazzi alle pareti, d'un verde sbiadito di grigio. Nella stanza c'erano mobili e poltrone impolverate, tendaggi di velluto, tappeti decorati. Aleggiava un senso di nobiltà dimenticata, fastidioso come l'odore di muffa.

Amedeo indossava tunica e mantello verde su stivali di pelle. Era seduto con le gambe distese e i gomiti sui braccioli, una posa che lo faceva sembrare rilassato: invece Gustìn percepiva la sua tensione, dotata di forma, peso e odore. Il cavaliere era una cappa di nubi pronte a scatenare tempesta.

«Questo momento cambierà la nostra storia» disse il cavaliere, lentamente, come se ogni parola fosse stata pesata e scelta per essere quella giusta. «Sopravvivremo o saremo distrutti. La verità non è Faucigny, né l'assedio, né la morte di Efialte. Non è nemmeno il traditore. La verità ci spiegherà tutte queste cose e forse anche altre, ma noi dobbiamo trovarla. La verità è il Drago.»

Gustìn si affacciò alla finestra. Erano in una delle torri del castello che i torinesi chiamavano il Palazzo della Madama. Quel luogo gli suscitava ricordi intensi: una prigionia, un accordo che gli aveva cambiato la vita.

Da fuori giungeva il canto di un caprimulgo, coperto ogni tanto dal rombo dei cannoni. Ma anche se teneva lo sguardo sulla piazza deserta, Gustìn non stava guardando nulla. Sentì la voce dolce di Maria che mormorava: «È sempre stato qui. Sotto i nostri piedi.»

«Efialte diceva sempre che nulla di sano può sopravvivere nelle catacombe. Perfino lui evitava di starci per troppo tempo.» Amedeo parlava con un tono di voce che sfiorava la pelle ma la irritava, come punture d'ortica.

Gustìn lo guardò fermarsi davanti a una specchiera: il riflesso di luce sembrava creare un'aureola attorno alla sua testa.

«Una volta mi confessò di avere l'impressione che ci fosse qualcosa, là sotto. Non gli ho creduto.» Gustìn si chiese se c'era una sfumatura di rimorso nella voce di Amedeo. Lo confermò Maria dicendo: «Non devi fartene una colpa.»

«Mi faccio colpe per le cose su cui ho potere e il Drago è al di fuori del mio potere. Ma Efialte...» Amedeo fece una pausa e in quel silenzio parlarono, per un istante, solo il vento e gli uccelli notturni. «Credo che avesse capito molte cose, prima tra tutte la mia sfiducia in lui. E adesso Efialte è morto e il vero traditore, chiunque sia, ride di me.»

Non c'era debolezza né rimpianto sul suo viso. Gustìn si scoprì di pensare che era il condottiero invincibile di cui Torino aveva bisogno in quel momento. Quasi tutto il resto di quello che aveva sentito gli era oscuro come se Maria e Amedeo avessero parlato in un'altra lingua.

La dama si voltò verso di lui e disse: «Venite, Augusto.»

«Dove?»

«A capire.»

Scesero dalla torre, poi nei sotterranei del palazzo Madama. Maria prese una lanterna e scesero ancora più in basso, calpestando gradini consumati che grondavano umidità. Attraversarono corridoi sui cui lati si aprivano porte di legno infestate di muschio, cancelli coperti di ruggine. L'odore era soffocante, di muffa, ricordi e segreti sepolti.

Maria proseguì fino a un angolo del corridoio e si fermò a osservare le asperità della parete. Estrasse dalla manica una chiave dalla forma curiosa, a metà tra un gancio e una coda di maiale, e la infilò in quella che sembrava solo una piccola fessura tra due mattoni. Si udì uno scatto dall'altra parte del muro.

«Dove mi state portando?»

Gustìn sentiva il rimbombo umido della propria voce contro le pareti.

«Spingete, Augusto, per favore.»

Obbedì, con la sensazione che gli fosse stato dato quell'ordine per consentirgli di esibire la sua cavalleria: Maria era in grado di spingere con molta più forza di lui. La parete si mosse con un pesante stridore: dall'altra parte, scale di pietra scendevano confondendosi nelle tenebre.

In fondo c'era un passaggio ancora più stretto, con il pavimento coperto da pozzanghere. Ragnatele intrise d'acqua riflettevano la luce della lanterna, Maria si aprì la strada tagliandole con il braccio libero.

Si fermarono alla fine del passaggio, davanti a una porta di metallo arrugginita, ma senza maniglie per aprirla, senza serratura, catene o chiavistelli. Maria provò a spingere, prima lievemente poi con forza, ma nulla si mosse: si accostò appoggiando le dita sulla superficie.

«È tutto rimasto come allora» sembrava al contempo triste e sollevata.

«Il Toro è la dietro» comprese Gustìn. Quando lei si voltò a guardarlo, pensò che non gli era mai sembrata felice come in quel momento.

«Nessuno di noi, nemmeno Amedeo, sa chi sia il Toro, quale sia il suo vero nome, o da dove... e da quando sia venuto. Era stato un grande re guerriero dei tempi antichi, la sua guida era saggia, il suo giudizio severo. Era generoso nel perdono e terribile nella battaglia. Efialte, il più anziano di noi, era convinto che il Toro fosse stato conosciuto, in passato, con il nome di Enea.»

Un nome che a Gustìn non era sconosciuto. La guerra di Troia e i suoi eroi erano tra i soggetti preferiti di molti quadri nelle case dei nobili.

«Enea era il figlio di un dio, non è vero?»

«Di un principe troiano e di una dea. E questo rendeva lui stesso un semidio. Le leggende dicono che dopo la distruzione di Troia, Enea viaggiò in cerca di una patria. A quei tempi Torino era un borgo di capanne, ai piedi delle montagne e alla confluenza di due fiumi. Se il Toro era davvero Enea, come diceva Efialte, forse si fece commuovere da quella vista immaginando il Po e la Dora come lo Scamandro e il Simoenta.»

Gustìn rivolse lo sguardo al soffitto della galleria. Sopra di loro, parecchio sopra di loro, c'era la piazza del Castello. Immaginò di librarsi attraverso la terra e salire sempre più, sui tetti di Torino e sul fumo degli incendi che sembravano nuvole rossastre nel limpido blu della notte. Immaginò di volare via da quella città le cui viscere serbavano un simile segreto.

«Sappiamo ancora meno di colui che le leggende chiamano il Drago» continuò Maria. «Il suo nome non è stato tramandato, ma veniva dalle terre del Nilo ed era stato un sacerdote o un mago. Non può esserci accordo tra due semidei, se uno guarda il popolo per proteggerlo, e l'altro come se fosse un gregge da cui attingere per avere cibo e diletto, così...»

«Così si diedero battaglia e il Toro vinse.» Era stato Amedeo a parlare. Era arrivato, come sempre, senza fare rumore. «Ordinò che perfino il ricordo del suo nemico fosse cancellato.»

Gustìn rabbrividì. Si chiese quanti testimoni fossero morti, o resi incapaci di ricordare, per nascondere il segreto di una battaglia tra divinità. Si chiese se Amedeo avrebbe mantenuto la promessa con lui, quando tutto fosse finito, e si sarebbe accontentato di prendergli i ricordi.

«Perdonatemi» gli fece notare Gustìn, «se il Drago oggi torna a minacciarci significa che fu sconfitto, non... ucciso.»

«La vostra è un'osservazione pertinente» rispose Amedeo. Gustìn si rese conto di quanto fosse irritante conversare con qualcuno che pensava in termini di secoli e non di anni. Cercò di spiegarsi meglio: «Se ho ben capito, il Drago... dormiva e i suoi seguaci, tra cui il vostro traditore, sono riusciti a risvegliarlo.» Le sue stesse parole gli parevano prive di senso mentre le pronunciava. «Perché invece il Toro non si sveglia?»

«Il Toro non si sveglia perché *non vuole* svegliarsi» rispose Amedeo, torvo. La domanda di Gustìn aveva avuto il potere di scalfire la sua impassibilità.

«La notte in cui è morto Efialte ha aperto gli occhi» intervenne Maria. «Il Toro l'ha sentito morire.»

Amedeo sembrava rimuginare pensieri molto gravi:

«La sua collera era grande» disse, «ma non abbastanza da destarlo del tutto.»

Quale strano patrono era il Toro, pensò Gustìn. Non si era svegliato quand'era iniziato l'assedio, e nemmeno quando il suo antico nemico era tornato in vita. L'aveva fatto, invece, per il breve tempo di ascoltare Efialte *(il suo protetto, il suo allievo, suo figlio?)* che moriva.

«Credo che la sua collera fosse rivolta a me.» disse Maria. Abbassò lo sguardo come per la vergogna.

Amedeo scosse la testa: «Se c'è qualcuno che merita il suo sdegno, sono io. Ho messo in dubbio la lealtà di Efialte.»

«Siamo tutti strumenti di Dio, non possiamo sostituirci a Lui. Esiste un disegno che nessuno può riconoscere fino a che non è compiuto.» Maria si avvicinò ad Amedeo per fargli una carezza. «La nostra esistenza contiene più opportunità di quelle che la nostra ragione può immaginare.»

Lo spettro di un sorriso aleggiò sulle labbra serrate del cavaliere. I suoi occhi ritrovarono la luce accecante di un incendio.

«Abbiamo due battaglie da combattere. Faucigny e ciò che resta della sua congrega, fuori dalle mura. Il Drago e il traditore, qui in città. La strategia parla chiaro.»

Amedeo guardò Gustìn come per invitarlo a rispondere al posto suo.

«Dobbiamo dividere le nostre forze» indovinò Gustìn, e il cavaliere assentì.

«Faucigny e i suoi cercheranno di entrare in città in altri modi, ora che la Cittadella è protetta dal fuoco. Io cercherò di impedirglielo.»

Gustìn incrociò gli occhi di Amedeo, occhi assorti e lontani, e rabbrividì: conosceva quel genere di sguardi e non gli piacevano per nulla, perché celavano intenzioni tutt'altro che distratte.

«Tu, Maria, cercherai il nuovo rifugio del Drago con l'aiuto di *monsieur* Augusto. Finora si è dimostrato più abile di noi in questa ricerca.»

Forse perché sono molto meno pericoloso, pensò Gustìn. Per quello era riuscito ad arrivare tanto vicino alla setta e al tempio sotterraneo: il Drago e i suoi servitori avevano alzato le loro difese per difendersi dai Cavalcanti. Pensavano che i comuni mortali non avrebbe mai potuto sfiorare il loro mondo.

Un ladro bada al cane che sorveglia la casa, ma non si preoccupa delle pulci che infestano il cane.

Per un momento il silenzio fu così profondo che ebbe paura di turbarlo anche solo con un respiro. Gustìn sentiva i lenti battiti del suo cuore, sembravano rintocchi di un tuono.

39

L'ultima domenica di agosto era calda e luminosa come quelle che l'avevano preceduta, ma nell'aria c'era una brezza frizzante che rendeva piacevole passeggiare. Un olfatto fine vi avrebbe riconosciuto un profumo di pioggia, mescolato a quello di cenere che a tratti continuava a piovere dalla Cittadella.

Il marito di Vittoria godeva di qualche ora di permesso, così lei e Camilla erano partite al mattino presto per trascorrere la giornata nella Città Nuova. Quando le aveva viste andare via, Laura si era sentita quasi sollevata.

Lungo il cammino per andare a Messa, non era stata molto loquace. Si sforzava di non pensare a Gustìn, a dove poteva essere e a cosa poteva essergli successo. E ancor meno facile era tenere lontano il pensiero da quello che aveva visto, o creduto di vedere, o sognato la notte appena trascorsa.

Agnesina era stata torturata. Era quella la fine di chi incrociava la sua strada con i demoni che si aggiravano per le strade dei borghi più poveri di Torino? Quelli contro cui si battevano Raffaele, Amedeo e gli altri e su cui Gustìn, con tutta probabilità, stava indagando?

Meglio non pensarci. Meglio non pensare a niente.

Nella Città Vecchia le case avevano le porte e le imposte chiuse. In giro c'era poca gente, per lo più soldati. Era una visione triste, desolante.

Ecco com'era ridotta la capitale del Ducato la notte dopo l'attacco più feroce in due mesi d'assedio. La gente stava chiusa in casa a pregare per i morti, o che la prossima bomba francese non colpisse loro.

In chiesa sedettero negli ultimi banchi, anche se c'erano molti posti liberi. Un altro indizio del fatto che l'assedio stava iniziando a lasciare i segni sui torinesi, oltre che su Torino.

Laura rimase a testa bassa per tutta la funzione. Pregò per se stessa e per i suoi cari, per l'anima della mamma e quella di Agnesina. Pregò per Gustìn, che potesse tornare sano e salvo.

I profumi attorno a lei s'insinuavano: i fiori, le acque di colonia delle signore, l'aroma di incenso e muffa che spirava dai vecchi muri della chiesa. C'era stato un tempo in cui ciascuno di quegli odori aveva il potere di suscitare la sua curiosità: sarebbero tornati dalla Messa, lei e Fioreste, discutendo su quale metodo usare per imprigionarli in una boccetta di vetro.

Adesso invece nulla di tutto quello poteva interessare Laura. E tanto meno a suo padre, seduto accanto a lei, sempre più stanco, sempre più provato da quell'estate torrida e lunghissima.

Non si attardarono un istante di più dopo la fine della funzione. Per quale motivo avrebbero dovuto, poi? Ascoltare le solite voci che parlavano di battaglie, morti e feriti, e case distrutte?

Mentre Rosina prendeva sottobraccio Fioreste sul lato buono, Laura si appoggiò a lui dall'altro, e come tre compagni di bevute percorsero cauti la strada che li riportava al Balòn. Uscirono dalla porta di Po e s'inoltrarono lungo il sentiero, costeggiando le mura da una parte, i vasti prati e il fiume dall'altra, sotto il sole della tarda mattinata che rendeva le ombre corte e tozze.

Laura teneva gli occhi sul terreno accidentato, attenta ai propri passi e a quelli di Fioreste, eppure non riusciva a non vedere il volto di Gustìn perfino attraverso il viottolo sassoso. E se non vedeva Gustìn vedeva Agnesina.

Un passo dopo l'altro, attraversarono i prati di Vanchiglia, passarono davanti ai mulini e raggiunsero le prime case del Borgo Dora. Le voci, le grida e i pianti erano suoni del borgo a cui erano abituati come il canto del gallo ogni mattino.

Sulle prime Laura non vi fece caso, ma non poté più evitarlo quando svoltarono nella via che portava a casa, e i pianti divennero più forti e più vicini. Pianti di voci infantili.

È successo qualcosa.

Lanciò un'occhiata di traverso. Fioreste pareva distratto, Rosina accigliata. Se n'erano accorti anche loro?

Man mano che si avvicinavano era chiaro che chi piangeva si trovava proprio dietro la loro casa. Dove c'era il cortile. Dove c'era Calandrino.

E Calandrino non abbaiava.

Laura si sentì travolgere da un presagio che le fece pulsare il cuore e cedere le gambe. Le sue mani cominciarono a tremare.

È successo qualcosa, si ripeté. Il pensiero arrivò così in ritardo e così da lontano da sembrarle estraneo, come se fosse stato detto da qualcun altro.

«Rosina, rimani qui con Fioreste.»

«Cosa?»

«Non portarlo in cortile!» Laura si accorse di aver alzato la voce. Quella precognizione pareva aver preso possesso della sua capacità di esprimersi, oltre che di pensare. «Non portarlo in cortile, per carità!»

Si mosse in fretta, più in fretta che poteva, più di quanto riuscisse a rendersi conto. Un momento prima era accanto a Fioreste e quello dopo stava già girando intorno alla casa chiamando Calandrino.

Il cane non rispose, ma il coro di pianti cessò. Quel silenzio era inquietante.

«Calandrino?»

Adesso aveva cominciato a correre e vedeva quei bambini che ogni domenica venivano a coccolare il cane, il loro rituale del giorno di festa. Erano tutti seri e tristi, e alcuni avevano il viso rigato di lacrime.

«Calandrino, qui bello!»

La corda che legava il cane allo steccato era tesa ma immobile. Laura la seguì tra i filari di pomodori, fino alla bassa tettoia di legno che fungeva da cuccia.

Calandrino giaceva lì, riverso di lato. Mosche verdastre banchettavano con i grumi di sangue che macchiavano il pelo, le pietre e il terreno secco del cortile. Un rivolo di bava usciva dalla bocca socchiusa. Qualcuno lo aveva preso a sassate, e lui si era trascinato a morire nel suo riparo.

Laura sentì una fitta al cuore e gli occhi pulsare quasi avessero voluto uscire dalla testa. La vista le si annebbiò in una macchia grigia. Vagamente, sentiva il contatto ruvido del legno dello steccato contro i palmi delle sue mani.

«Oh, no!» La sua voce le giungeva ovattata. «No, no!»

«Laura, cosa succede?»

«Tornate indietro, Rosina! Non venite!»

«È successo qualcosa a Calandrino?»

«Sì.» Laura scoppiò a piangere. «Non venite, Rosina, non venite! Portate in casa mio padre!»

Tutto aveva preso a girarle davanti agli occhi.

Ecco, adesso svengo, pensò. Ma non svenne.

«*Tòta*, mi dispiace» disse una voce.

Laura lottò per riuscire a mettere a fuoco la sagoma che aveva parlato. Era Pietrino, il suo piccolo corteggiatore con un filo di barba e l'occhio pesto, e il codazzo di ragazzini che lo avevano eletto il loro capo. La guardavano con espressione infelice, e quel cordoglio, quella vicinanza ebbe almeno il potere di rendere di nuovo salda la sua vista.

«Era un cane così buono...» singhiozzò.

«È vero, e chi gli ha fatto questo è una canaglia.» Pietrino le accarezzò il viso, e lei lo lasciò fare. Aveva una mano grande, da uomo, ma ancora liscia come quella di un bambino.

Laura si sporse di nuovo a guardare oltre lo steccato, osservando la carcassa del suo cane. Le pareva di vederlo in quello stesso posto, accucciato sulle zampe, le orecchie flosce in attesa di una carezza. O quando le posava la testa in grembo, o le strofinava il braccio con il muso.

Calandrino vivo e Calandrino morto erano due immagini che si sovrapponevano finché la prima diventava opaca, e poi svaniva.

«Bisogna seppellirlo» disse lucidamente.

«Vuoi farlo subito?»

«Sì. Mio padre non deve vederlo.»

«Non vai a dirlo al cantoniere?» intervenne uno dei ragazzi della banda. «È un tuo amico», aggiunse con un tono a metà tra disprezzo e commiserazione.

Non è più mio amico, pensò Laura, e rispose: «Non servirebbe.»

«Certo, devi andare dagli sbirri» commentò Simone Droeto.

«Sai chi è stato, *tòta*?» chiese Pietrino.

«No.» Però Laura aveva dei sospetti. Maurizio o Costanza.

«Io lo so chi è stato» intervenne uno dei bimbi più piccoli. Rocco Laurenzi. Era sempre il primo ad arrivare all'appuntamento della domenica con Calandrino.

«E che aspetti?» lo incalzò Pietrino. «Diccelo.»

«Un uomo alto e magro. Vestito non da ricco, giacca e camicia. Aveva una faccia come se fosse un po'... addormentato. Ah, e gli mancavano un po' di denti.»

Nella testa di Laura si fece strada l'immagine precisa in ogni dettaglio, con l'eccezione dei denti mancanti. Il sospetto che fosse Gustìn l'autore di quella discrepanza sulla faccia di Maurizio la colmò di orgoglio, ma anche di rabbia. Forse Calandrino era morto perché Maurizio voleva vendicarsi delle botte prese da Gustìn.

«È quel bastardo che ha picchiato me!» esclamò Pietrino. «Deve pagarla cara!»

«Ha ucciso Calandrino» sussurrò Laura. Ancora non riusciva a crederci. Le tremavano le gambe, e lo stomaco si contraeva in dolorosi conati di nausea.

«Devi andare a denunciarlo» disse Pietrino, tenendola per un braccio. In un'altra occasione Laura non gli avrebbe concesso tutta quella confidenza, ma era così confusa che faticava a rendersi conto di dov'era e con chi. Tutto era focalizzato su Calandrino e su quello che voleva fare con lui.

«Aiutatemi a seppellirlo, prima.»

Non avrebbe lasciato il suo adorato cane in mezzo al sangue e alla polvere, preda delle mosche e degli sguardi della gente.

Mentre la banda di ragazzi si prodigava tra vanghe e zappe, rimase china sul corpo senza vita dell'amico più fedele e generoso che avesse mai avuto.

Le lacrime le scorrevano sulle guance.

Aveva fissato quel cane negli occhi tante volte, e ogni volta era commossa da ciò che trovava. Non lo avrebbe saputo esprimere né descrivere: sapeva solo che nemmeno Fioreste e Gustìn avevano quella stessa scintilla quando la guardavano. Nello sguardo di Calandrino c'erano amore incondizionato, saggezza antica, comprensione e fiducia. C'era luce. Calandrino la guardava, e in quello sguardo c'era tutto.

«Siamo pronti.» Pietrino la riscosse indicandole una fossa scavata a pochi passi dalla tettoia. Laura annuì. Fece un'ultima carezza sul muso freddo, si asciugò il viso dalle lacrime. Alzò gli occhi e vide Fioreste e Rosina davanti alla porta: anche loro piangevano.

«Vo-iio saluta-u-lo anche io» balbettò Fioreste, stremato.

Sarebbe stato ingiusto impedirglielo, e forse ancora più doloroso per lui non poterlo fare. Laura lo prese sotto braccio e lo accompagnò davanti alla fossa.

I ragazzi sollevarono il cane e lo misero in un sacco di iuta. Laura chiuse gli occhi mentre sentiva i suoi singhiozzi e quelli di Fioreste, e il suono della vanga che ricopriva di terra la fossa.

Continuava a pensare agli occhi di Calandrino e all'immensità che c'era dentro, e che non avrebbe potuto vedere mai più.

Quasi non si rese conto di essere di nuovo sulla strada per Torino. Pietrino e Simone si erano offerti di scortarla, anche se Laura si rese conto che era lei a seguire loro. Si sentiva come avvolta in una nuvola.

Raggiunta la piazza delle Erbe, si fermò con i due ragazzi sotto i portici del Palazzo di Città.

«Voi aspettatemi qui» disse, mentre si lisciava la gonna cercando di rendersi più presentabile. Loro non fecero obiezioni: il pensiero di trovarsi faccia a faccia con un cavaliere del vicario non doveva essere tra i più attraenti per due monelli di Borgo Dora. Ancor meno lo era, per Laura, l'idea di andare a perorare la sua causa in loro compagnia.

L'interno del palazzo era scuro e gradevolmente fresco.

Laura sentì dei passi e andò in quella direzione, attraversando un corridoio fino a incontrare un uomo dall'aspetto solido e gli occhi severi.

«*Monsieur*?» Lui si fermò a guardarla. «Sto cercando un cavaliere del vicario.»

«L'hai trovato, *tòta*. In cosa posso servirti?»

Laura si armò di coraggio per parlare. Anche se il suo tono era gentile lo sbirro aveva scelto, dandole del tu, di trattarla da bambina. Laura si chiese se fosse per tenere le distanze, per mostrarsi forte o farla sentire debole.

«Devo fare una denuncia.»

Occhi attenti e pensierosi la scrutarono: «Come ti chiami?»

«Laura Chevalier, signore. Vivo a Borgo Dora.»

«Bene, *tòta* Laura. E cosa vuoi denunciare?»
«Hanno ucciso il mio cane.»
Un solco attraversò la fronte dello sbirro.
«E sei venuta per questo?»
Laura comprese subito che non avrebbe ricevuto giustizia. Il tono e lo sguardo dell'uomo di fronte a lei erano eloquenti. Si sforzò di continuare: «*Monsieur*, so chi è stato.»
Una luce di vago interesse brillò negli occhi freddi dello sbirro.
«Chi?»
«Il garzone di un mio concorrente.»
«Oh… un tuo concorrente.»
«Di mio padre, intendo dire. Noi siamo profumieri e saponai.»
«E vivete a Borgo Dora.»
«Ho… abbiamo un banchetto in piazza Carlina.»
«E il garzone del vostro concorrente ti ha ucciso il cane.»
«Sì.»
«Il tuo cane l'ha morso?»
«No. Voglio dire, non so. Non c'ero quando l'ha ucciso.»
«E allora come fai a sapere che è stato lui?»
Lo sbirro la stava interrogando, quindi non faceva che il suo lavoro. Allora perché la faceva sentire come se fosse lei colpevole di qualcosa, e non la vittima?
«Ci sono dei testimoni.»
«Chi?»
«Dei bambini.»
«Dei bambini» ripeté l'uomo, con una nota di esasperazione.
«Si, *monsieur*, perdonatemi se vi ho fatto perdere tempo» mormorò, sforzandosi di rimanere ferma sul posto anche se avrebbe voluto correre via, o gridare per la rabbia e la frustrazione. «Sono solo addolorata per il mio cane…»
Il viso dello sbirro prese un'espressione di benevola superiorità.
«Lascia che te lo dica uno che ha vissuto un po' più di te. I cani sono bestie meravigliose, ma alla fine non sono che bestie. Scusa la franchezza, neh?»
«Scusate la mia, di franchezza, ma i cani non sono solo bestie. Sono più intelligenti e sensibili di tanti cristiani.»

Lui cambiò espressione. Un lampo di collera attraversò i suoi occhi, prima di lasciare il posto a un'ombra nera.

«Se non ti levi dai piedi subito, giuro che ti sbatto in galera a calci nel culo, e ti metto in cella con altre sgualdrine come te. Sono stato chiaro?»

Laura sentì le gambe che diventavano molli come gelatina.

«Sì. Sissignore.»

«E ringrazia che sono di buon umore. Sparisci.»

Laura obbedì. Tremava dalla testa ai piedi.

L'ingiustizia era così grande che avrebbe voluto urlare.

«Non piangere, fatti coraggio».

Un ometto con gli abiti spiegazzati e i capelli spettinati la guardava da un angolo del portico, una ghironda sotto il braccio e una bottiglia in mano. Laura lo aveva visto suonare tante volte in piazza delle Erbe, insieme a due bambine che danzavano e accompagnavano la ghironda con dei tamburelli.

«Sono giorni di sofferenza, tutti abbiamo perso qualcuno.» Il musicista aveva gli occhi pieni di lacrime. Si fece avanti di un passo, cauto. «Ho del vino. Non arriva dalla tavola del Duca, ma non è nemmeno aceto.»

«No, vi ringrazio.»

«Ti farebbe bene.» La guardò in attesa di una risposta che non giunse. Bevve un lungo sorso. «Le mie figlie sono morte. Sotto un muro crollato per le bombe. Maledetta guerra.»

«Mi dispiace. Anche i miei genitori sono morti» rispose Laura, come se questo potesse attenuare il dolore di entrambi. Lui annuì e disse: «È un'ingiustizia.»

Sembrava che non potesse esserci altra risposta per ogni cosa al mondo.

Simone e Pietrino stavano aspettando Laura dall'altro lato della piazza, sotto i portici, a scrutare la vetrina dei dolci del pasticciere Dotta.

«Allora?» chiese Pietrino. Dovette leggerle la risposta in faccia perché disse subito: «Che bastardi..,»

«Lo dice sempre mio padre» ringhiò Simone. «Gli sbirri servono solo a fare i comodi dei ricchi.»

Laura non aveva nemmeno la forza di parlare. Ascoltava i due ragazzini fare piani sanguinosi che le sembravano tanto attraenti quanto più erano illeciti. Tendere un agguato a Maurizio e riempirlo di botte? Dare fuoco alla sua bottega? Piantargli un pugnale nelle viscere?

«Non ti rispetteranno mai se non gli dai una lezione!» esclamò Simone.

«Non serve a niente» gli rispose. Come non era servita la lezione che Gustìn aveva impartito a Maurizio, se non a generare altra violenza.

«Ti ha ucciso il cane, per Dio! L'ha ucciso a sassate! Non può farla franca!»

Laura pensava di avere dentro solo dolore e stanchezza, ma alla vista della faccia spiritata dei due ragazzi, al suono delle parole di Simone, un nuovo impeto era cresciuto dentro di lei, gonfiandosi come un'onda di marea.

Doveva sfogare quell'onda. Doveva affrontare Maurizio e almeno dirgli che sapeva cos'aveva fatto e che...? Che cosa? Cosa?

Laura brancolava, affogando nel dolore e nella rabbia.

«Gli volevo bene anche io a quel cane» mormorò Pietrino. «Alla fine gli volevo bene anche io.»

«E allora vai tu a dirgliene due a quella canaglia!» gridò Simone. Alcuni passanti si girarono a guardarlo. «Anzi, andiamoci tutti insieme!»

Quando entrarono nella bottega di mastro Gastaldo, Laura si sentiva come su una barca, aggrappata al timone e con una tempesta che incombeva. Voleva sfidarla e al tempo stesso ne era terrorizzata.

«Cosa volete?» chiese Gastaldo. Sembrava stanco, triste e avvilito.

Forse le bombe lo avevano tenuto sveglio tutta la notte. Forse qualcuno della sua famiglia era stato ferito. Oppure sapeva quello che aveva fatto il suo garzone.

«Dov'è Maurizio?» chiese Laura.

«Non c'è.»

«La *tòta* ti ha chiesto dov'è!» esclamò Simone. Gastaldo gli scoccò un'occhiata furente:

«E io a te non rispondo, furfante! Mi hai tirato dei sassi nella bottega!»

«Rispondi alla *tòta*, vecchio! Oppure stavolta rompo tutto!»

«Chiamate la ronda!» urlò Gastaldo a qualcuno nel retrobottega. Entrarono due uomini. Uno era il figlio più giovane del bottegaio. L'altro Laura non l'aveva mai visto.

«Noi restiamo qui finché Maurizio non torna!» esclamò, decisa a non farsi spaventare dagli sguardi minacciosi. «Non ce ne andiamo, va bene?»

«Non ce ne andiamo!» le diede man forte Pietrino.

«Si può sapere cosa vuoi?» ringhiò Gastaldo, con la voce alterata. Laura scoprì che la sua collera aveva molte sfumature, e al dolore si mescolava l'incredulità:

«Ma che razza di persone siete? Che razza di persone siete?»

«Non so di cosa parli!»

Laura percepì un movimento, con la coda dell'occhio. Qualcosa che stava passando dalle mani di Simone a quella di Pietrino, qualcosa di piccolo abbastanza da stare chiusa nel suo pugno. Qualcosa che per un attimo aveva brillato di un riflesso di metallo.

In quell'istante Laura ebbe l'intuizione di ciò che sarebbe potuto accadere, se non avesse fermato tutto per tempo. Fu un'intuizione netta ma rapida, troppo rapida, e svanì in una nebbia rosso sangue quando Laura sentì la voce di Maurizio.

«Sono qui. Che vuoi?»

Anche lui non aveva una bella faccia. C'erano parecchi vuoti tra i suoi denti, segno indelebile di un incidente, una rissa. O del pestaggio di un fidanzato furioso. Il resto del suo volto divenne invisibile, tutto quello che Laura riuscì a riconoscere fu il sorriso che si apriva sulle labbra di Maurizio.

«Sei contento, canaglia, eh? Sei contento?» Lui non rispose, limitandosi a sorridere. «Cosa ti ha fatto quella povera bestia? Cosa ti ha fatto?»

«Che hai fatto, Maurizio?» chiese Gastaldo, con una scintilla allarmata negli occhi. *Non sa niente*, comprese Laura.

«Ha ammazzato il cane della *tòta*!» rispose Pietrino.

«Imbecille! Tu vuoi la nostra rovina! Gropello ci farà chiudere!»

«Non abbiamo fatto del male a nessun cristiano» osservò Maurizio.

«Avevamo promesso!»

«E l'abbiamo mantenuto.»

Avevamo promesso e l'abbiamo mantenuto.

Non abbiamo fatto del male a nessun cristiano.

Laura ascoltò quella parole e il gelo la invase.

Gustìn doveva aver minacciato Gastaldo e Maurizio di ricorrere all'autorità del suo padrone se avessero fatto qualcosa contro Laura e la sua famiglia. Non doveva aver citato Calandrino tra i membri della famiglia, però.

Maurizio li fissava tutti con la soddisfazione di chi ha combattuto una battaglia e l'ha vinta usando l'astuzia.

«Quanto devi crederti furbo...» Laura avrebbe voluto che le sue parole si tramutassero in altrettante lame, o pietre aguzze da scagliargli in faccia. «Mi hai derubato due volte, mi hai aggredito, hai fatto ammalare mio padre. E l'hai sempre fatta franca, eh? E adesso mi ammazzi il cane!»

«Vammi a denunciare, allora, forza!» la sfidò Maurizio. La sua voce era roca e crudele. Sapeva che Laura non poteva farlo, perché altrimenti l'avrebbe fatto tre anni prima, oppure si sarebbe presentata con gli sbirri al seguito.

«Esistono molte giustizie oltre a quella del Duca. Dio punisce la gente come te! Prima o poi la punisce!»

Qualche attimo prima aveva avuto l'istinto che qualcosa di brutto stava per succedere e che avrebbe potuto fermarlo. L'istinto tornò, di nuovo troppo rapido, poi qualcos'altro prese possesso delle sue azioni, e da quel momento Laura non fu più lei, ma qualcuno che guardava dall'interno di un corpo non suo.

Era lì, nella bottega di Gastaldo, di fronte a Maurizio.

Pietrino era al suo fianco e Simone un po' più indietro. Gastaldo era dietro al bancone con accanto il figlio e l'apprendista. Tutti parlavano, anzi urlavano. C'era altra gente ferma sulla soglia della bottega, le loro voci si intrecciavano in un sottofondo di allarme e paura.

Laura sentì la saliva raccogliersi nella sua bocca, sulla sua lingua. Sentì la bocca e le labbra socchiudersi come per un bacio. Vide il suo sputo sul viso di Maurizio.

Vide Maurizio avventarsi su di lei con il braccio sollevato. Il braccio, la mano aperta al termine di quel braccio, le parvero insolitamente grandi. Arrivò il ceffone e Laura sentì la propria voce stridula mandare un grido mentre la guancia prendeva fuoco. Si sentì spingere indietro, sbatté col fianco contro il bancone e si morsicò la lingua. Un attimo dopo si scoprì seduta per terra, con la testa e la vista avvolte nella nebbia.

«Canaglia, questa la paghi!» gridò qualcuno. Altre urla: «Colpiscilo, colpiscilo!»

«No!»

«Fermo!»

Laura strizzò gli occhi. Tra macchie bianche e grigie, vide Pietrino avventarsi su Maurizio come per colpirlo, ma teneva il pugno in un modo che non era quello giusto. Aveva in mano qualcosa di metallico e aguzzo.

Laura vide le labbra del garzone schioccare quando il coltellino gli affondò nella pancia. Fu investita dall'orrore.

Maurizio indietreggiò, ciondolando. Una macchia scarlatta si stava allargando sulla camicia bianca. Tentò di aggrapparsi al bancone, urtò uno dei contenitori di vetro che si rovesciò fracassandosi. Un mucchio di fiori secchi si sparpagliò sul pavimento inondando la stanza di profumo.

Urlavano tutti. Urlava Maurizio di incredulo dolore, disteso tra i fiori secchi e le schegge di vetro, la mano insanguinata premuta sulla pancia, nell'impossibile speranza di fermare l'emorragia. Urlava Pietrino: insultava, rideva e sfidava Maurizio a rialzarsi che gliene avrebbe dato un altro. Urlavano Simone, Gastaldo, suo figlio e il suo apprendista.

Anche Laura urlò, ma quello che le usciva dalle labbra sembrò più un gemito a voce alta. Seduta sul pavimento cominciò a piangere, il gelo che le usciva dalle ossa. Non aveva la forza di fare nient'altro.

Aveva maledetto Maurizio così tante volte che alla fine era stata esaudita. Aveva augurato il male con tanta forza che il male si era avverato.

Le sembrò che la bottega si riempisse di gente, ma tutti formavano un cerchio attorno al garzone, come se avessero avuto paura di farsi contagiare da una malattia, come se aspettassero che qualcuno facesse qualcosa. Nessuno mosse un dito mentre Maurizio moriva.

Arrivarono gli sbirri e portarono via Pietrino che continuava a gridare, e diceva: "Ho difeso la mia donna!".

E Laura rimase seduta, tenendosi la faccia tra le mani, straziata dalla disperazione e dal senso di colpa, dal desiderio impossibile che qualcuno la portasse lontano da tutta quella cattiveria, e da quello ancora più impossibile di poter abbracciare sua madre e farsi consolare da lei.

PARTE VI

Ma da tutto questo si deduce che siccome i corpi de'malvagi si ritirano dalla compagnia dei Santi per un principio di venerazione, e per timore della loro indignazione, così i corpi dei Santi si separan da quei de' malvagi per motivi contrari, per non mostrare d'avere corrispondenza alcuna con essi, né pur dopo morte, né approvare la loro cattiva vita. Finalmente se è vero quanto raccontassi, i giusti medesimi, e i Santi si han fra di loro dei riguardi e delle convenienze, e si fanno onore scambievolmente nell'altra vita…

(Dissertazione sopra le apparizioni degli spiriti, di Augustin Calmet, 1756)

40

Una voce di donna echeggiava, chiedendo aiuto.

Doveva essere uno dei prigionieri nelle celle che si trovavano di sopra, distanti qualche corridoio e una rampa di scale. Le pareti scavate nella pietra facevano rimbalzare ogni lamento, ogni urlo, ogni pianto disperato.

Luigi sedeva su una panca con gli occhi chiusi e le braccia incrociate. Aveva perso il conto del tempo che aveva trascorso a metà tra la veglia e l'attesa nella stanza delle false porte. Là sotto, le luci del giorno non arrivavano mai.

«Aiutatemi!» riecheggiò il grido. «Vi prego aiutatemi!»

In molti imploravano aiuto o pietà, prima della fine. Molti invocavano la mamma.

Luigi aveva perso la sua quand'era molto piccolo e la ricordava con l'aspetto dei suoi ultimi giorni, consumata della malattia: le guance scavate, la ragnatela di vene sotto gli occhi e il tentativo di sorriso sottomesso a un velo di tristezza. Ricordava la mamma distesa nel letto, il prete che le impartiva l'estrema unzione, suo padre che si lavava le mani nel catino dopo averla visitata. E ricordava la rabbia che lo divorava, la rabbia verso suo padre che era stato capace di curare il Duca ma non la propria moglie. Rabbia che si era tramutata in odio quando il padre gli aveva impedito di avvicinarsi, altrimenti si sarebbe ammalato anche lui.

«Bastaaaaa...» gridò la voce. O forse era un'altra, rivolta alla prima: Luigi non avrebbe saputo distinguere l'una dall'altra, e nemmeno gli importava.

Intorno a sé non vedeva nulla: era soffocato da una fitta coltre di tenebre. Da quando l'ultima candela si era consumata, era come se si fossero spente le luci anche dentro di lui.

Cercò di rammentare esattamente l'istante in cui il Primo Sacerdote l'aveva mandato là sotto, le parole che gli aveva detto per annunciargli che il Drago voleva incontrarlo, mentre un'ondata di esultanza e panico l'invadeva, facendolo tremare dalla testa ai piedi.

Era sceso nella stanza sotterranea con le false porte alle pareti e si era seduto davanti all'unica porta vera, quella che poteva essere aperta solo dall'interno. E aveva aspettato, senza parlare, senza bere né mangiare e poi, quando le candele si erano spente, senza vedere.

La stanza era vuota e la porta era sempre rimasta chiusa, eppure Luigi sentiva di non essere solo. Qualcosa di oscuro e indistinto era lì, vicino a lui o *dentro* di lui. Era il Drago? Aveva provato a chiederlo, al buio attorno a sé, ma non aveva ricevuto alcuna risposta.

E il tempo trascorreva. A un certo punto doveva essersi addormentato, perché aveva fatto dei sogni. Non era riuscito a conservarne memoria, ma era certo che fossero spaventosi: aveva aperto gli occhi con il cuore in tumulto e la fronte imperlata di sudore.

«Basta... pietà, basta...» ululò la voce.

Ti accontenteranno, pensò Luigi. *Verranno a prenderti e ti apriranno le budella. Ti scoperanno a sangue e giocheranno con te ripassandoti con il fuoco e con il ferro. Peccato che non potrò vederlo. Peccato che non potrò farlo io.*

Perché il Drago l'aveva convocato? Per premiarlo o per punirlo?

In certi momenti si augurava di saperlo, in altri era terrorizzato di pensarlo.

Aveva fatto tutto quello che gli avevano chiesto, affrontando compiti sempre più difficili. Senza mai fallire. O forse sì? Non era riuscito a conquistare la completa fiducia di Augusto Graziadei, così come non sapeva se le risposte strappate al mendicante Bastiano, la spia dei Cavalcanti, fossero quelle che il Primo Sacerdote si aspettava di sentire.

Il Drago premiava i risultati, non l'impegno, e Luigi non voleva morire.

Aveva troppo odio da sfogare, troppa vendetta da esigere.

Lo avevano umiliato, deriso, sottovalutato.

Lo avevano considerato troppo sciocco, troppo timido, troppo fragile. Tutti, a cominciare da suo padre: i suoi parenti, i servi di casa, perfino il vicario, il conte Gropello e le sue spie lo credevano un incapace.

Solo i Sacerdoti avevano saputo riconoscere la sua grandezza, e non poteva morire adesso che era così vicino alla sua vittoria. Non senza aver fatto sapere a tutti di che pasta era fatto. Non senza aver tramutato in lacrime e dolore il disprezzo che aveva ricevuto…

Un raschiare di pietra su pietra spezzò il silenzio.

Luigi aprì gli occhi, ridestandosi da quella sorta di nulla che assomigliava al sonno ma non lo era. L'atto stesso di sollevare le palpebre gli assicurò che non si trattava di un sogno.

La porta che poteva essere aperta solo dall'interno si stava aprendo.

Un pensiero si presentò, inaspettato. Un pensiero che forse era il residuo di un Luigi vissuto tempo prima: un ragazzo, lui sì, fragile e timido come tutti lo dipingevano. Il pensiero fu: "fai ancora in tempo a scappare".

Luigi lo scacciò con disgusto, come se fosse stato un cane con la rogna.

Si alzò in piedi e fece un passo avanti, poi un altro.

«A te, Dio Drago, a te io vengo come hai comandato.» Le parole uscivano dalla sua gola appena mormorate, simili a singhiozzi. Gli sembrava di non avere abbastanza fiato per spingerle fuori.

Sentiva il suono dei suoi piedi sul pavimento del corridoio che conduceva al sepolcro, ma in quelle tenebre era cieco e smarrito. Avrebbe voluto piangere: di gioia, di sollievo o di terrore?

Tutte e tre le cose insieme. Il momento era giunto.

Continuò a camminare tastando l'aria con le mani protese e il pavimento con i piedi, finché i suoi occhi non si abituarono all'oscurità. Da qualche parte, davanti a lui, sotto di lui, tremolava il bagliore incerto di candele.

«Possa io presentarmi con coraggio al tuo cospetto, Dio Drago. Possa io uscire in pace dalla tua dimora…»

Ebbe l'impressione di scorgere qualcosa che fluttuava nell'oscurità soffocante. Un qualcosa con la forma di una testa, e due occhi che lo fissavano maligni.

«... Non far penetrare i tuoi dolori in queste mie membra...»

Gli occhi sembrarono ammiccare e la testa svanì nelle tenebre. Luigi si sentiva sempre più esausto man mano che procedeva, le sue labbra cantilenavano i rituali che gli erano stati insegnati, la sua mente precipitava da un pensiero all'altro come se ciascuno fosse stato separato da un abisso.

Il sepolcro era grande, con due file di statue lungo le pareti. La rossa aureola delle candele che tremolavano ai piedi delle statue ne definiva i minacciosi profili di guardiani con le braccia incrociate.

Di colpo Luigi si scoprì disteso sul pavimento di pietra, incapace di muoversi e di parlare, senza sapere come aveva fatto a inginocchiarsi e poi a sdraiarsi.

Percepiva un profumo simile a quello che aveva sentito addosso al Primo Sacerdote, ma più forte: incenso, menta, e altre essenze misteriose. Quel profumo saturava l'aria e lo stordiva.

Una voce fangosa disse qualche parola in una lingua sconosciuta. A fatica, Luigi alzò la testa dal pavimento: gli sembrava tanto pesante quanto invece leggere erano le immagini che formavano i suoi pensieri.

Sentì un rumore che strisciava sulla pietra, avvicinandosi da quell'oscurità orlata di rosso. Altre parole gli ferirono le orecchie in quella lingua fatta di fiati e suoni aspri.

...hrenti sehr necehr...

Scosse la testa: «Invoco il tuo perdono. Io non... non capisco.»

"Hai paura di morire, servo?" Secca e pungente, quella voce aveva echeggiato nelle profondità della mente di Luigi.

«No... no, Dio Drago.»

Qualcosa uscì dalla fitta oscurità e quel qualcosa era un serpente. Un grosso, enorme serpente. Le spire squamate erano oscenamente pallide, bianche come le dita di un morto.

Luigi era paralizzato dall'orrore, eppure era anche affascinato. Non aveva mai visto un serpente con occhi tanto saggi e insieme tanto crudeli. Una saggezza, una crudeltà antica, trionfale.

"Cosa vuoi da me?" chiese la voce senza corpo.

«Io... voglio onorare il tuo nome.»

"Cosa vuoi da me?"

La prima risposta, comprese Luigi, era sbagliata.

«Servirti nella gloria.»

Il serpente era sempre più vicino, le fauci socchiuse in quello che sembrava un mostruoso sorriso.

"Cosa vuoi da me?"

«Io... voglio...» Luigi deglutì, chiuse gli occhi. «Voglio tutto. Voglio comandare, dominare, schiacciare gli altri uomini.»

Fu avvolto, inondato da un fremito di estasi fiammeggiante. La sua mente fu invasa da memorie che non gli appartenevano. Memorie vecchie di secoli o millenni, memorie che lottavano per trovare posto dentro di lui.

Così Luigi vide e seppe quello che avrebbe avuto dal Dio Drago, e quello che il Dio Drago si sarebbe preso in cambio.

41

I roghi sulla collina scintillavano d'un rosso vivido alla luce sempre più debole del giorno che cedeva al crepuscolo.

«Sembrano le braci di un camino» osservò Camilla, e Vittoria aggiunse: «Ringrazia che non siamo lì. Ora vieni ad aiutarmi con la cena.»

Vittoria aveva ricominciato a impartire ordini, Camilla e Rosina a obbedirle.

Laura rimase ferma sulla soglia, abbassando lo sguardo dalle ville in fiamme al cortile della sua casa. Vuoto. Per un attimo, le sembrò di vedere Calandrino che usciva dal riparo e veniva a fare le feste agitando la coda. Sentì gli occhi gonfiarsi di lacrime.

Calandrino era morto e sottoterra. Ed era morto anche Maurizio.

Quella spirale di odio e vendetta, iniziata con un furto e conclusa da un colpo di pugnale, aveva rovinato molte, troppe vite. Anche quella di Pietrino, che adesso era chiuso nelle carceri del Senato in attesa del processo.

Colpa mia, pensò Laura, *è tutta colpa mia.*

Sapeva che Pietrino era infatuato di lei, sapeva da che famiglia veniva e non poteva non sapere che avrebbe usato la violenza quando si era fatta accompagnare nella bottega di mastro Gastaldo. Si era perfino accorta che Pietrino era armato, eppure non aveva fatto niente per fermarlo.

Avrebbe dovuto parlare davanti ai magistrati? Senz'altro avrebbero ascoltato la sua testimonianza, il giorno del processo. Quando, e se, ci fosse stato un processo. Con i francesi alle porte i magistrati avevano altro a cui pensare.

E cos'avrebbe dovuto dire ai genitori di Pietrino? Cosa si aspettavano da lei?

Se ci fosse stato Gustìn Laura avrebbe potuto chiedergli consiglio. Ma Gustìn non c'era, e Laura doveva affrontare da sola i suoi rimorsi. Non poteva nemmeno permettersi il lusso di cedere al sonno, o alle lacrime. Anche lei, come i magistrati, aveva pensieri più urgenti: gli affari della bottega erano andati male quella settimana.

Per comprare da mangiare, l'indomani, avrebbe di nuovo dovuto attingere al denaro messo da parte nei mesi precedenti. Finché ne fosse rimasto. Dopo sarebbe stata costretta a vivere con il denaro donatole da Gustìn, un pensiero che le metteva i brividi per più di una ragione.

Svuotò il semolino caldo in una scodella e prese il cucchiaio di legno, poi si spostò al piano di sopra. Il caldo e il cibo sempre più scarso e sempre meno nutriente, stavano prosciugando le forze di Fioreste.

«Papà...?» Il vecchio aprì l'occhio sano, e la mezza bocca sorrise. «Avete un po' di fame?»

«Sci» rispose Fioreste, senza convinzione.

«C'è il semolino.» Laura sedette accanto a lui e gli prese un braccio per aiutarlo a raddrizzarsi. Aveva la pelle sudata ma fredda. Cominciò a imboccarlo.

Era stato un uomo forte e solido, ma quella forza era andata in briciole come le pietre di una fortezza abbattuta dalle cannonate. L'unica cosa che non l'aveva abbandonato era l'affetto nei suoi occhi ogni volta che guardava Laura.

«E il tuo bel ca-ualie-rue?»

«Intendete il signor Augusto.»

«Sì. Noti-ssie?»

«Nessuna, e non so nemmeno dove sia...»

«No, no... non piange-ue...» Fioreste sembrava più sperduto di lei. «Abbi fede, lui tou-ne-uà.»

«E voi rimettetevi. Non fatemi brutti scherzi, intesi?»

«Non pue-o-ccupa...uti.»

Laura rivide negli occhi di Fioreste la stessa rassegnazione del giorno in cui era morta sua madre. Un sacco in una fossa ai margini di un bosco, un prete che pregava, e il cielo che si copriva promettendo neve.

«Quando mi sposerò voi mi accompagnerete all'altare. Dovete rimettervi per allora.» Fioreste sorrise, ma nei suoi occhi non c'era più quel lampo d'intesa che scoccava tra loro ogni volta che pensavano o dicevano la stessa cosa.

Laura lo vegliò finché non prese sonno.

Al piano di sotto Rosina aveva messo a bollire le verdure e sminuzzava erbe sul tagliere, mentre Camilla, sgombrato il tavolo, aveva apparecchiato con una tovaglia, i piatti e una forma di pane per poi riprendere a sbucciare i piselli insieme a sua madre. Laura si fermò davanti alla finestra per chiudere gli scuri e vide Alberto fermo davanti a casa loro, intento a fissare il sole che si ritirava dietro le montagne della Val di Susa. Non si parlavano da tanto tempo e l'ultima volta era stato con un litigio.

«Buonasera, *tòta.*» Il tono di voce sembrava gentile, ma Laura riconobbe una sfumatura di cautela.

«Buonasera, *monsù*!» s'intromise Vittoria. «Aspettate qualcuno?»

«No. Volevo... eh... parlare con *tòta* Laura.»

«Su, entrate, vi offriamo un bicchiere di vino!» Vittoria continuava a comportarsi da padrona di casa e Laura la stava lasciando fare, la testa che pulsava interrogandosi sul motivo di quella visita. Doveva riguardare Pietrino e l'omicidio di Maurizio, e se il cantoniere aveva scelto di presentarsi a un'ora tanto inappropriata era perché aveva fretta.

«Non invitatelo a cena» si stava raccomandando Vittoria, mentre si allontanava dalla finestra. «Ne abbiamo appena per noi.»

Laura si morse la lingua per non risponderle in malo modo e andò ad aprire la porta sul retro.

Il cantoniere attraversò il cortile e si infilò in casa proprio mentre dall'alto giungeva il rombo di un tuono. Stava per cominciare a piovere.

«Salve. Scusate l'ora» disse togliendosi il cappello.

Laura gli rivolse il sorriso più gentile e sincero che riuscisse a fare. Avrebbe tanto voluto che il cantoniere tornasse a essere un amico. Ne aveva davvero bisogno.

«Siete il benvenuto, Alberto.»

«Come sta *monsù* Fioreste?»

«Abbastanza bene» rispose Rosina, poi comprese che la domanda era per Laura. Imbarazzata, si avviò verso le scale: «Vedo se ha bisogno di qualcosa.»

«Come mai in giro così tardi, *monsù* Mattiroli?»

La domanda di Vittoria sembrò cogliere il cantoniere impreparato. Nella penombra della stanza, a Laura sembrò di vederlo arrossire.

«Ero... controllavo che fosse tutto a posto.»

«E lo è? Voglio dire... è tutto a posto?» Intanto Vittoria aveva riempito un bicchiere di vino per darlo al cantoniere, scoccando un'occhiataccia a Laura che significava "toccava a te servirlo".

«Beh... sì» rispose Alberto. «Voglio dire, qui a Torino. Non vorrei essere nel Canavese o a.... Orbassano» mormorò, sempre con quel tono vago.

Deve dirmi qualcosa e non sa come dirmelo.

Mentre Laura combatteva con quel pensiero, fu sorpresa da una sensazione strana: le voci, gli odori, le parole pronunciate... sembravano arrivarle in un modo che non avrebbe saputo spiegare se non dicendo che era *troppo lento.* Le girava la testa e non capiva perché. O meglio, una parte di lei lo capiva ed era quella che le stava sussurrando "qualcosa non va".

«*Tòta* Laura... sono venuto a parlarvi di una cosa importante.»

L'espressione di Alberto era indecifrabile.

Sì, è per Pietrino. Non può essere che per quello.

Forse Pietrino ha detto agli sbirri che sono stata io a istigarlo, forse vogliono accusare anche me..

Sul tetto e contro gli scuri della finestra cominciò a tamburellare la pioggia.

Vittoria fece un cenno alla figlia indicando il piano di sopra. Si erano appena avviate sulle scale quando si udì il rumore del ballatoio che scricchiolava sotto il peso di qualcuno. Un attimo dopo bussarono alla porta.

«Vado io!» esclamò Camilla, e sua madre si raccomandò: «Guarda prima chi è!»

Un soffio impalpabile si insinuò nell'aria, una brezza che non era una brezza ma che Laura aveva imparato a riconoscere come l'intervento di un potere sovrumano. Lo aveva provato in presenza di Raffaele e di Amedeo. Questo però era diverso: era polveroso, rovente. Era invadente e spudorato. Laura chiuse gli occhi cercando di sfuggirgli, di resistergli. E intanto Camilla gridò.

«Cosa volete?» La voce di Vittoria era colma di rabbia e terrore. Rumori secchi, decisi. Un tonfo. Altre grida. Un altro tuono.

Laura sobbalzò, guardò Alberto che aveva tirato fuori il coltello dalla cintura.

Vittoria e Camilla adesso piangevano. Una luce dall'alto, una lanterna, anticipò l'arrivo di tre figure avvolte in mantelli da briganti. La quarta rimase a metà delle scale, come se non avesse voluto disturbare. O per godersi meglio la scena.

E Laura seppe, con orrenda certezza, che il Diavolo era venuto per lei.

42

Quando Gustìn uscì con Maria dal palazzo delle Perracchine, le nubi nascondevano le stelle e la tenebra sembrava essere sul punto di inghiottire ogni braciere nelle strade, ogni lume e ogni candela accesa davanti alle finestre.

Qualcosa si opponeva al buio. I roghi delle ville erano macchie pulsanti sul fondale nero della collina, e una cortina di rosso e oro illuminava l'orizzonte dalla parte della Cittadella, come una piccola alba in attesa di sorgere.

«Quello è l'incendio del fossato?» chiese Gustìn, puntando il dito. Maria fece cenno di sì. «Quanto durerà ancora?»

«Finché sarà necessario. Non è solo i francesi che deve tenere indietro.» Maria distolse lo sguardo e lo posò su Gustìn. «Siete sicuro che il vostro amico sappia darci delle risposte?»

«Se c'è qualcuno che può farlo, è Tommaso.»

«E vi fidate di lui?»

«Sì» rispose Gustìn. Si fidava di Tommaso più di quanto si fidasse di Felice e dello stesso Gropello.

Anche se lo conosceva da meno tempo, o forse propio per quello. Perché Tommaso non apparteneva a un mondo fatto di intrighi ed era terrorizzato di farne parte. Perché se perfino uno come lui si fosse dimostrato capace di mentire, allora non valeva la pena stare al mondo.

«Andiamo» disse Maria, entrando nella carrozza.

Torino era avvolta dal silenzio. Per un lungo istante, Gustìn rimase seduto a occhi chiusi, facendosi cullare dal lento e monotono cigolare delle ruote di legno. Maria sedeva al suo fianco senza dire una parola.

Finalmente la carrozza si fermò di fronte a palazzo Galliziano. Proprio in quella strada, qualche settimana prima, Gustìn aveva cercato di pedinare Maria subendo per la prima volta il suo sovrannaturale potere che faceva dimenticare.

Mentre sentiva la dama congedare il cocchiere, attraversò la strada per raggiungere una casetta a due piani costruita a ridosso delle mura. Umile, dignitosa, che sarebbe passata inosservata in mezzo a mille altre. Lo specchio di chi vi abitava.

Impugnò il batacchio di bronzo del portone e bussò con veemenza.

«Tommaso!» gridò. Bussò ancora. Alle sue spalle, Maria era una statua di gesso in abiti di raso nero. «Tommaso, sono io: Gustìn!»

Si aprì la finestra sulla volta dell'entrata e apparve il viso dello studioso. I capelli erano arruffati e indossava una camicia da notte, ma il suo sguardo era incredulo, più che assonnato.

«Aprite, vi prego!» Gustìn sollevò verso la finestra il foglio su cui aveva copiato i simboli nel tempio del Drago. «Solo voi potete spiegarmi questo!»

Tommaso strizzò gli occhi cercando di mettere a fuoco il foglio. Guardò Gustìn, poi Maria. Per un attimo parve sconcertato. Scosse la testa come uno che ha appena preso un pugno in faccia e cerca di riprendersi.

«Un momento, un momento!» esclamò.

La sua faccia scomparve dietro la finestra. Un istante dopo ritornò per chiuderla.

«È un uomo piuttosto pignolo» spiegò Gustìn, come per giustificarsi. Riusciva quasi a immaginarlo, Tommaso, che scendeva le scale affannato, ancora in vestaglia, per poi accorgersi di essere in vestaglia e tornare di sopra a indossare un abito civile.

Finalmente, dall'altra parte, sentì gracchiare il chiavistello e dietro la porta apparve il viso di Tommaso, con un gilet sbottonato sulla camicia e un paio di calzoni.

«Avete dimenticato le scarpe» osservò Gustìn, notando i piedi nudi.

«Non solo le scarpe» si scusò lui. «Sono mortificato.»
«Permettetemi di presentarvi dama Maria Corona.»
Lui strabuzzò gli occhi, ma solo un attimo.
«È un grande onore» recitò, protendendosi in avanti con un inchino.
«Grazie per la vostra gentilezza» rispose Maria. «Vi chiedo scusa per avervi incomodato a quest'ora della notte.»
«Oh, ma che dite? Accomodatevi, vi prego.»
Tommaso si spostò di lato per lasciarla passare, e lanciò di soppiatto un'occhiata a Gustìn, sillabando le parole: "È lei?"
Gustìn fece cenno di sì.
Entrarono in una stanzetta ordinata: un tavolo, alcune sedie, poche suppellettili e più libri di quanto Gustìn avesse mai visto nella casa di un qualunque privato cittadino.
«A co-cosa devo la vostra visita?» chiese Tommaso, incespicando sulla prima parola. Pian piano, era arretrato con la schiena contro la parete e guardava Maria con riluttanza.
«Abbiamo trovato simboli come questi» spiegò Gustìn porgendogli il foglio, «li ho copiati nella speranza che sappiate darci qualche risposta.»
«Dove li avete trovati?»
«Mi spiace» intervenne Maria, «è meglio che non lo sappiate.»
«Sì certo, è meglio» Tommaso annuì vigorosamente.
«Cosa significano, sapete tradurli?»
«No, *monsù* Gustìn, mi rincresce. E non conosco nessuno che lo sappia.»
«Sapete almeno di che si tratta?»
«Certamente. È la lingua dell'antico Egitto.»
Tommaso si spostò accanto a un armadio. Lo aprì e cominciò a frugarvi dentro: spostò fasci di pergamene da un ripiano all'altro, li riprese, li sfogliò, li rimise al loro posto scuotendo la testa. Prese un libro, lo abbandonò sul tavolo. Poi ci ripensò e lo mise dov'era prima.
Alla fine dovette trovare quello che cercava, perché schioccò le labbra e i suoi occhi si dipinsero di soddisfazione. No, comprese Gustìn, non era soddisfazione, ma sollievo.
«Ecco, vedete?» sulla pagina aperta erano riportati disegni molto simili a quelli nel tempio del Drago.
«Questi da dove arrivano?» cominciò Gustìn, con un filo di voce.
«Dal luogo in cui oggi sorge la Cittadella. Quando fecero gli scavi tro-

varono una targa di marmo con un'iscrizione che forse faceva parte di un tempio.»

«Dunque gli antichi Egizi sono stati qui, a Torino.»

«Sì, almeno secondo Pingone e Tesauro.» Tommaso fece una pausa. «Due eminenti studiosi di casa Savoia. Gli Egizi sarebbero arrivati molti secoli prima che la potenza di Roma posasse il suo sguardo sulle terre fertili della pianura Padana: una piccola colonia, guidata da un principe in esilio, avrebbe navigato mari, valicato monti e attraversato pianure fino a giungere qui.»

Le spiegazioni di Tommaso confermavano quello di Maria e Amedeo, sul Drago e sulla sua provenienza, eppure Gustìn ne fu raggelato. Quelle storie non solo erano vere: erano scritte su libri e documenti che tutti avrebbero potuto leggere.

«E poi...» Gustìn si schiarì la gola. «E poi se ne sono andati.»

Tommaso gli fece un sorriso paziente.

«Erano sacerdoti e costruttori, non guerrieri. Quando i Romani vennero a fondare la loro colonia, gli Egizi non c'erano più. Forse furono sopraffatti dagli Etruschi o dai Celti.»

Né dagli Etruschi né dai Celti, ma dai primi Cavalcanti. E di quello scontro non era rimasta traccia, se non una leggenda che raccontava di un toro e di un drago. Nient'altro che un'eco, rimbalzata dalla notte dei tempi fino a loro.

L'eco della voce di un dio, pensò Gustìn, e rabbrividì.

«Hanno lasciato qualcosa, oltre che i resti dei loro templi?»

Lo chiese lui perché Maria rimaneva in silenzio. Lo chiese con cautela perché aveva paura della risposta.

«No, ma qualcosa ce l'abbiamo portato noi» rispose Tommaso. Arrossì, con imbarazzo. «Non noi in persona, voglio dire. Noi torinesi. I Savoia, per l'esattezza, cominciarono a interessarsi agli antichi Egizi. Il primo fu il duca Emanuele Filiberto.»

«Lo affascinava l'idea che la sua famiglia potesse far risalire le proprie nobili origini al popolo delle piramidi.»

Ecco che Maria aveva parlato. Con la delicatezza di un soffio di vento leggero. Con familiarità, come se avesse conosciuto quel duca di persona, e Gustìn era quasi certo che fosse stato proprio così.

«Quando avvenne tutto questo?» domandò.

«Gli scavi della Cittadella e il ritrovamento della targa risalgono intorno al...» Tommaso esitò.

«1567» rispose Maria. «Era il 1567.»

«Sì, certo» balbettò Tommaso. Il sorriso sulle sue labbra accompagnava uno sguardo che cercava di nascondere l'orrore.

«Non abbiate timore, *monsieur* Tommaso. Siete un leale servitore di Torino, e un buon amico di *monsieur* Augusto. Non vi succederà nulla di male.»

Tommaso spostò i suoi occhi su Gustìn, poi su Maria.

«Ci sono cose che uno come me è meglio che non sappia.»

«Ma non vi farò una colpa se le sapete. Come con *monsieur* Augusto, farò in modo che il vostro sapere non vi faccia correre alcun pericolo.»

«Dite davvero?» la voce tremante di Tommaso pareva quella di un uomo molto vecchio e malato.

«Ve lo prometto. Ma ora vi prego, non possiamo indugiare.»

Tommaso si rigirò il libro tra le mani, accarezzando la copertina su e giù, come se avesse voluto rimuovere uno strato di polvere.

«*Madame*, io potrei certo provare a essere di maggiore aiuto, se sapessi con esattezza cosa state cercando.»

Gustìn si passò una mano sulla guancia ispida e sudata. Come avrebbe dovuto rispondere a quella domanda? Cosa avrebbero dovuto rivelare a Tommaso, dei tanti orrori che incombevano su Torino?

Nel tempo dei suoi pensieri rispose Maria: «La mensa isiaca e il libro dei morti.»

Quei due nomi non dicevano nulla a Gustìn. Era sicuro di sentirli per la prima volta.

«Il figlio di Emanuele Filiberto fece acquistare quasi trecento reperti dal Gabinetto di Curiosità dei Gonzaga» rispose Tommaso. «Tra questi c'erano la tavola di Iside, un piano d'altare di bronzo, e alcuni papiri chiamati "il libro dei morti" perché... ehm....»

«Perché si diceva contenessero le formule di sepoltura con cui i sacerdoti preparavano le anime alla vita eterna.» Maria aveva terminato la frase. Era stupefacente il contrasto tra la gravità delle parole e la dolcezza nel suo viso. «Chi è che custodisce quei reperti?»

Tommaso annuì, come se si fosse aspettato proprio la domanda.

«La collezione era conservata nella galleria tra il palazzo del Duca e quello della Madama. Dopo l'incendio del cinquantotto, fu affidata al cavaliere Jacopo Ascanio Rosignano, uomo di fiducia del Duca. Onesto, scrupoloso e morigerato.»

Onesto, scrupoloso e morigerato. Con un brivido, Gustìn osservò che pareva il ritratto dello stesso Tommaso.

«Il cavalier Rosignano è morto» disse Maria, come colpita da un'improvvisa rivelazione..

«Eh sì. C'è una brutta storia che lo riguarda.»

Tommaso guardò Gustìn, poi Maria, poi di nuovo Gustìn.

«Si diceva che fosse ossessionato da quelle antichità. Qualcuno, dopo la tragedia, disse che erano maledette.»

«Quale tragedia?»

«Prima la moglie morì di un male misterioso, poi la figlioletta si tolse la vita. Rosignano era distrutto dal dolore. Una notte la sua villa in collina andò a fuoco con lui dentro.»

«Quand'è successo?» domandò Maria.

«Non ricordo con precisione, ma direi un po' più di vent'anni fa.»

La dama rifletté un istante, senza lasciar trapelare alcuno dei suoi pensieri. Poi disse:

«Le antichità egizie erano nella villa?»

«Dobbiamo presumere di sì, a meno che non fossero state prima restituite ai Savoia.»

«No, non le hanno loro» ribatté Maria, con un tono di assoluta sicurezza che s'incrinò subito dopo, quando aggiunse: «Però non le hanno reclamate... nemmeno cercate. Come se... come se avessero smesso di avere importanza.»

O come se qualcuno avesse distolto lo sguardo dei Savoia dai loro preziosi reperti. Gustìn sospettava che fosse proprio quello il dubbio che si agitava nei pensieri di Maria. Provò ugualmente a obiettare:

«Il Duca ha avuto altre preoccupazioni, in questi ultimi vent'anni, che ritrovare anticaglie di famiglia.»

Non ci credeva nemmeno lui, dopo aver visto di cosa erano capaci i Cavalcanti e i loro nemici.

Tommaso si schiarì la voce:

«Forse... eh... il Duca non ha mai voluto sfidare la... maledizione della villa.»

«Quale maledizione?»

«Quella della villa di Rosignano, signor Augusto. Una famiglia di banchieri acquistò le rovine per ricostruirle, ma dovette rinunciare dopo alcuni strani incidenti: mura in apparenza solide che crollavano, pavimenti che cedevano provocando brutte cadute. Gli operai si rifiutarono di continuare i lavori: dicevano che la villa era infestata dagli spiriti maligni.»

Adesso la spiegazione di Tommaso raggiungeva un tempo vicino a quello che Gustìn aveva vissuto da bambino, e si mescolava a memorie di altri racconti, che ricordava di aver sentito in qualche locanda di bassa lega.

La villa infestata della collina, la villa maledetta.

Anche Gustìn aveva un pezzo di storia da aggiungere al mosaico.

«Lavoravo per Gropello già da qualche anno. Era il novantuno o il novantadue, al tempo delle battaglie di Staffarda e Marsaglia, degli incendi di Rivoli e Avigliana. Al mio padrone venne riferito che un drappello di fucilieri del reggimento Desportes era stato sorpreso dalla tempesta mentre tornava a Torino dopo una scaramuccia con le truppe del Catinat. Avevano mandato un messaggero al quartier generale per giustificare il ritardo spiegando che ricoveravano i feriti tra i ruderi di una villa abbandonata in collina. Tutti sapevano che il Desportes aveva una brutta fama: così, quando il drappello scomparve senza lasciare traccia, si disse che avevano disertato.»

«Sentii anche io quella storia» intervenne Tommaso. «Solo che la spiegazione fu diversa: era la casa ad avere una brutta fama, non i soldati.»

«Sapete dove si trova la villa?»

Adesso Maria si stava rivolgendo a entrambi.

«No, ma posso adoperarmi per trovarla» rispose Tommaso, e Gustìn: «Lo so io.»

«Allora abbiamo finito di incomodarvi, *monsieur* Tommaso» disse la dama, con un tono orrendamente calmo.

Gustìn vide il suo amico impallidire e fare un passo indietro mentre Maria ne faceva uno verso di lui.

«Intendete… ecco… uccidermi?»

«Dio mi punirebbe. Voi siete un brav'uomo.»

«Oh bene… grazie… e allora?»

Gustìn era quasi certo di saperlo. Di fronte ai suoi occhi, Maria colmò la distanza che la separava da Tommaso con una velocità impossibile da cogliere. Gli arrivò così vicina da potergli sussurrare all'orecchio: «Dimentica.»

Tommaso roteò gli occhi e barcollò, in un modo che faceva pensare a un ubriaco. La dama lo prese in braccio prima che cadesse a terra e lo mise a sedere su una seggiola, come avrebbe potuto fare con un bambino piccolo.

«Starà bene?» le chiese Gustìn.

«Sì. Ma fareste meglio, in futuro, a non rammentargli l'incontro di stasera.»

Lo disse come se Gustìn avesse avuto speranze di ricordarlo a sua volta. Come se Gustìn non fosse destinato a quello stesso incantesimo, a quello stesso oblio. Non ci credeva, non poteva crederci nemmeno lei.

Gustìn guardò il suo amico, accasciato sulla sedia. Chissà cosa sarebbe successo al suo risveglio? Forse avrebbe creduto di essersi addormentato.

O forse gli sarebbe rimasta una sensazione strana di incompiutezza, com'era accaduto a lui due settimane prima, mentre pedinava Maria per le vie della Città Nuova.

Uscirono dall'abitazione e si avviarono verso la piazza del Castello.

La linea argentata del Po era nascosta dietro una fila di magazzini e baracche di legno e paglia. Qualche pennacchio di fumo s'innalzava tra i tetti del borgo Moschino a indicare il camino di un'osteria o spazzatura bruciata. Si vedeva invece la collina punteggiata dagli incendi, la sciocca e inutile vendetta di La Feuillade contro i torinesi che gli resistevano.

I soldati che pattugliavano via di Po li guardavano senza domande, come se fosse stato del tutto normale che una dama con abiti fuori moda e il suo accompagnatore decidessero di fare una passeggiata nel cuore della notte. Gustìn non se ne stupiva più: le persone che percepivano l'aria sovrannaturale intorno a Maria le obbedivano spontaneamente.

Per un attimo ebbe l'impressione che qualcosa nella quiete della via di Po lo infastidisse, ma i suoi pensieri erano distanti.

La leggenda del Toro e del Drago lo portava a sospettare che un tempo quelle creature sovrannaturali avessero camminato tra i mortali in tutto il loro fulgore, senza nascondere la loro natura. Da loro forse erano nate altre storie di eroi e mostri, e perfino gesta attribuite ai Santi e al Diavolo.

Da un certo momento in poi, però, i Cavalcanti avevano deciso di nascondere la loro esistenza al mondo. Per proteggersi dall'Inquisizione o da nemici ancor più micidiali? Questo Gustìn non poteva saperlo, e probabilmente non lo avrebbe saputo mai.

«Siamo seguiti» disse Maria. Gustìn sentì un brivido scorrergli lungo la schiena e l'istinto risvegliarsi, richiamando all'ordine i suoi sensi. In quella frazione d'istante Maria non era più accanto a lui, e nemmeno a portata di vista. Si guardò intorno: davanti vedeva il Castello in mezzo alle due file di portici, alle spalle le porte di Po. Ormai distanti, i soldati della ronda.

Imprecò contro se stesso: non gli era mai capitato di farsi cogliere di sorpresa in quel modo. Svoltò nella prima stradina e si acquattò tra le ombre di un portone. Allentò il nodo della camicia e sfilò la giacca, arrotolandola contro il braccio per usarla come scudo. Con l'altra mano impugnò lo stiletto.

Un rumore di passi, lento e prudente, diventò sempre più vicino. Qualcosa si mosse, un uomo… alle cui spalle le ombre si raggrumarono, prendendo la forma di una dama dagli abiti neri come la notte.

«No!» gridò Gustìn, piombando sulla strada prima che Maria si avventasse su Felice. Il sordomuto, non del tutto sorpreso nel vederlo sbucare dall'androne, fece un'espressione sbalordita quando si accorse della dama dietro di lui. Gustìn si intromise tra loro: «Quest'uomo lavora per il conte Gropello. È un amico.»

Maria fece un passo indietro e Felice rilassò le braccia sollevate a difendersi, ma i suoi occhi e la sua posa rimasero guardinghi.

«Mi stavate seguendo?» Il sordomuto esitò, poi annuì. «Perché?»

Felice portò una mano al cappello in gesto di omaggio, l'altra prima sulla bocca poi davanti agli occhi, infine gli mostrò l'indice e il medio della destra imitando due gambe che camminano.

«Il conte Gropello voleva che voi mi seguiste senza dirmelo?»

"Sì".

«Ma… sono sospettato di qualcosa?»

"Sì".

«Di cosa?»

"Spionaggio. Per i nemici. Chi è questa donna?"

Felice aveva concluso la sua spiegazione con una domanda, una cosa che Gustìn trovò irritante.

«Da quanto tempo mi state seguendo?»

"Chi è questa donna?"

«Un'amica del conte Foschieri.»

«Maria Corona» gli venne in aiuto lei, lasciandogli intendere che non temeva di rivelare il suo nome. Quella sera lo aveva già rivelato a Tommaso... per poi farglielo dimenticare insieme a tutto il resto.

Felice guardava con sospetto tanto Maria quanto Gustìn.

"Cosa stai facendo?"

«Quello che il Conte mi ha chiesto di fare! Non mi credi?»

"Non importa".

«A me sì che importa! Pensi che io abbia tradito il Duca?»

"Non lo so".

Felice aveva buoni motivi per non fidarsi più di lui, ed era stato lo stesso Gustìn a darglieli, con i suoi cambiamenti degli ultimi tempi. Allo stesso modo, Gustìn non era più sicuro di potersi fidare del sordomuto. Troppe coincidenze avevano ostacolato la sua indagine per non sospettare di essere sorvegliato da vicino.

Guardò Maria e le chiese: «Cosa facciamo?»

«Ditemelo voi.» Gli occhi di lei esprimevano molto più di quelle due parole.

Cosa aveva scoperto Felice pedinandolo?

Era abile e silenzioso, la migliore spia di Gropello insieme allo stesso Gustìn. Poteva avere visto l'ingresso del rifugio di Amedeo nel palazzo Madama, o quello di Maria davanti all'Ospedale Mauriziano.

Ditemelo voi, aveva detto Maria, dandogli la possibilità di scegliere se uccidere Felice, o fargli dimenticare qualche giorno di vita, oppure...

Oppure cosa? Metterlo alla prova?

«*Madame*, posso dirglielo?»

«Come volete» rispose Maria. «Ma avrà delle conseguenze.»

«Quelle le conosco» sospirò Gustìn, e fece cenno a Felice di seguirlo.

Quando raggiunsero il palazzo delle Perracchine l'alba era vicina. La dama sembrava apatica e svigorita, e Gustìn sentiva nelle ossa un dolore sordo legato allo sfinimento. Felice camminava tra loro, riluttante.

Il silenzioso maggiordomo li accompagnò al secondo piano, che nei palazzi della nobiltà era riservato agli alloggi per la servitù, e che invece in quel luogo accoglieva eleganti camere da letto, come per ospiti di gran riguardo.

Gustìn incrociò gli occhi confusi di Felice. Le grosse dita guizzarono.

"Sono vostro prigioniero?"

«No» rispose Gustìn.

"Ma non posso tornare a casa, vero?"

«No.»

"Perché?"

Gustìn sapeva che un'invisibile e nebbiosa ragnatela sarebbe calata su di loro, trattenendoli nel palazzo finché la loro ospite non si fosse di nuovo presentata. Scelse una risposta in cui Felice avrebbe potuto credere. «Perché siamo in pericolo. Un pericolo più grande di quello che potete immaginare. Questa casa è sicura. Rimarremo qui fino a domani.»

Guardò Felice e vi riconobbe un sospetto quasi feroce, che gli serrò la bocca dello stomaco. Sperò di essere più bravo a celare il proprio verso il sordomuto, perché se Felice fosse stato innocente leggere quello sguardo negli occhi di un amico gli avrebbe fatto molto male.

«State pensando che io stia tramando qualcosa con i francesi, vero? Che sto cercando un salvacondotto, ora che la città è vicina a cadere?»

"Sì".

«Vedete? Credo di conoscervi bene quanto voi credete di conoscere me.»

Felice chiuse gli occhi, li riaprì. Senza mai cambiare espressione.

«Sono un uomo razionale, ma quello che ho scoperto, da quando mi occupo dell'omicidio della Consolata, mi ha insegnato a... credere in qualcosa che il mio intelletto vorrebbe respingere... perché non può essere reale. Credete che sia diventato un folle, Felice?»

"Non folle. Molto furbo, invece".

Lo pensava davvero, per questo non si fidava più di lui.

«Se vi dicessi che è stata davvero una bestia a sbranare Vayra mi credereste?»

"Sì".

«Credete nell'influenza terrena di Dio e del Demonio?»

"Sì".

«Se vi dicessi... che ci credo anche io, adesso?»

Il sordomuto fece segno di no con la testa e mosse le dita.

"Voi credete solo in quello che potete toccare con le vostre mani".

«Dio ha mandato gli Angeli e i Santi a proteggere Torino. Erano sulle mura della Cittadella, la notte della battaglia di San Secondo. E c'ero anche io.»

Felice ebbe appena un cenno di stupore negli occhi che si spalancarono per un breve attimo. Poi tornò serio e fece un altro cenno del capo.

«La dama che ci ha condotto qui, Maria, è una di loro. Tutto questo è contrario alle regole dell'intelletto, ma non ho altro modo di spiegarmelo, perciò sono costretto a crederci.» Fece un lungo sospiro. «Ora so che le persone spariscono perché i servi del Diavolo le portano via... e mi è passata la voglia di ridere della superstizione.»

Felice aprì la bocca, per la prima volta si mosse sulle gambe dando segni d'agitazione.

"È questo che succede?"

«Sì.»

"Dove si nascondono?"

«Prima erano in una specie di tempio sotto le ghiacciaie. Adesso sono nei ruderi di villa Rosignano.»

Gustìn vide distintamente la pelle delle braccia di Felice sollevarsi, formando minuscole protuberanze.

"Un brutto posto". Aveva paura, questo era certo, ma di cosa? Di quello che Gustìn aveva scoperto o per il fatto che l'aveva scoperto?

"Cosa vuoi fare?" chiesero le dita di Felice. Gustìn avrebbe voluto chiedergli la stessa cosa.

Cosa vorresti fare tu? Correre a dire tutto a Gropello oppure a qualche seguace del Drago? Peccato. Non ti lasceranno fare né una cosa né l'altra.

«Non farò nulla, Felice. Non faremo nulla perché non possiamo fare nulla. Altri lo faranno al posto nostro.»

Il sordomuto sembrava tutt'altro che convinto.

"E al Conte cosa diremo?"

«Tutto ciò che abbiamo scoperto.» Quindi, probabilmente, niente più di ciò che avevano già riferito, perché avrebbero conservato memoria di ben poco altro.

Si separarono, entrando ciascuno nella propria stanza.

Gustìn tolse la giacca e le scarpe, e si gettò sul letto completamente vestito.

Pensò a Laura. Anche lei, forse, in quel momento stava cercando di dormire. Gli mancava. Gli mancava come l'aria e non sapeva se l'avrebbe mai rivista.

Non ci pensare, si disse. *Dormi.*

La sua mente comandò al corpo esausto di mettersi comodo e il corpo obbedì. Il materasso di piume si curvò intorno a lui, modellandosi come creta, adeguandosi alle asperità delle ossa. Gustìn ebbe perfino l'impressione di essere cullato.

Dormi.

Abbassò le palpebre e obbedì.

43

Gustìn aprì gli occhi e scoprì di essere tornato a casa, nelle due stanze della soffitta di palazzo Moris.

Si sentiva come se avesse passato settimane senza dormire. Rimase disteso sul letto, aspettando di prendere di nuovo sonno.

Era certo di essersi addormentato nel palazzo di Maria e non a casa sua.

Ricordava di essere stato a parlare con Tommaso di antichità egizie e del cavalier Rosignano che le aveva custodite prima di impazzire e togliersi la vita. Ricordava di avere incontrato Felice in via di Po

(mi stava pedinando per ordine del conte Gropello)

di aver convinto Maria a risparmiarlo e a farlo andare con loro. Ricordava di avere provato a spiegare al sordomuto una parte della verità, prima di andare a dormire in una camera da letto che non era quella in cui si trovava adesso.

Come aveva fatto ad arrivare fin lì? Come si era sottratto al potere di Maria che lo privava della volontà e lo teneva prigioniero?

Torna a dormire. Forse stai sognando.

O forse aveva sognato gli Egizi e Rosignano, Maria, Amedeo, il Toro e il Drago? Il pensiero che lo attraversò fu rassicurante, confortevole.

Torna a dormire, Gustìn.

Aveva sognato anche Laura?

Il sonno se ne andò di colpo e Gustìn fu attraversato da una ventata di calore. Si passò una mano sul viso sudato.

No, non può essere. L'ho conosciuta. Lei l'ho conosciuta.

Lei è reale. Dunque è reale tutto il resto.

Il suo cuore prese a battere più in fretta. Per la paura che provava. Per l'amore che lo riempiva.

Nel buio più completo, sentì qualcosa muoversi nella stanza accanto. Rumori furtivi, quasi impercettibili: uno scricchiolare degli assi del pavimento, un fruscio lieve di stoffa.

«Castore?» chiamò Gustìn. «Polluce?»

I suoni smisero di colpo.

E se non fossero i gatti? La domanda arrivò a tradimento e gli fece rizzare i capelli sulla nuca.

Si alzò in piedi anche se era sfinito e la sua mente non era lucida come avrebbe dovuto. A fatica, costringendo le mani a non tremare, accese il lume.

Polluce era fermo accanto al letto e fissava la porta con gli occhi spalancati e le orecchie appiattite di lato. Di sicuro non era stato un topo a spaventarlo. E nemmeno un colpo di cannone, ormai ci aveva fatto l'abitudine.

Nell'altra stanza i suoni ricominciarono, e questa volta Gustìn udì anche Castore. Il gatto stava ringhiando.

«Cosa c'è?» disse, o credette di dire. Mentre prendeva il lume per raggiungere il corridoio, pensò che non era sicuro di aver sentito il suono della propria voce. Poi un alito di vento portò un sospiro velato, un sussurro che sembrava pronunciare il suo nome. Gustìn sentì la pelle, le ossa, il sangue diventare di ghiaccio. Fece un passo avanti, poi un altro.

Castore era nel corridoio, la schiena arcuata e la coda bassa, e continuava a emettere quel ringhio sommesso. Puntava gli occhi nell'oscurità da dove giungevano i rumori, mostrando le piccole zanne affilate a qualunque cosa stesse riconoscendo come una minaccia.

Gustìn trattenne il respiro. Tese le orecchie per ascoltare oltre il verso del gatto e il battito del suo cuore. Alzò il lume, ma ebbe la certezza che il bagliore fosse troppo fioco per attraversare il buio.

Scrutò nella stanza, riconoscendo la sagoma del tavolo, delle sedie e...

Il fiato lo abbandonò quando vide un'ombra accanto alla poltrona.

Un'ombra piccola e magra.

Gustìn sentì le ossa sciogliersi e diventare acqua. Per poco il lume non gli cadde di mano, per poco non fu lui a cadere a terra, accanto a Castore. Un gemito gli morì in gola.

La forma scura non si mosse, ma Gustìn udì nitidamente il fruscio del velluto della poltrona. Boccheggiò, e insieme al respiro ritrovò la capacità di formulare pensieri.

«Milo?» tentò di chiamare. La sua voce era poco più di un soffio.

L'ombra parve muoversi, ma fu soltanto un'impressione. Castore continuava a ringhiare.

«Milo sei tu?» ritentò Gustìn, e dal buio una vocina sussurrò:

«Sono io.»

Gustìn non aveva paura perché solo gli sciocchi hanno paura delle ombre, e lui non era uno sciocco. Non credeva nei fantasmi, ma credeva in ciò che poteva vedere con i suoi occhi: e adesso riusciva a percepire qualcosa, che non era esattamente un vedere, ma quasi. Quando alzò il lume le tenebre si dissiparono come fumo, cedendo il posto a un bimbo magrissimo che indossava i vestiti della festa. Quelli con cui era stato seppellito.

E riconoscendolo, riconoscendo il suo amico morto tanti anni prima, Gustìn abbandonò la ragione e *credette*.

«Tu non dovresti essere qui, Milo. Meriteresti di essere in pace.»

La sagoma del bambino parve disfarsi in lievi volute di nebbia. Danzò nell'aria, scomparve... e prese forma di nuovo, questa volta vicinissima.

«Gustìn» disse. «Caro Gustìn.»

Era da quasi trent'anni che Gustìn non sentiva quella voce. Le lacrime gli appannarono la vista.

Scoprì di essere seduto sulla poltrona senza ricordare come ci fosse arrivato. Il lume era sul tavolo e Milo era in piedi accanto a lui. Sentì un alito gelido soffiargli sul collo e un tocco leggero sfiorargli i capelli, come un pezzo di ghiaccio messo sulla testa che si scioglie gocciolando pian piano.

Fermo sulla soglia, seduto sulle zampe, Castore aveva smesso di ringhiare ma rimaneva vigile, senza mai staccare gli occhi da Milo.

Gustìn si sforzò di fare ordine tra i suoi pensieri, di catturarli, di mantenerli in fila. Dovette fare un altro sforzo per riuscire a parlare di nuovo.

«Ci sono tante cose orribili in questo mondo. Alcune le abbiamo conosciute insieme, ma erano solo una piccola parte in confronto a quelle che ho visto e a quelle che, temo, dovrò ancora incontrare.»

«Ma io ti avevo avvertito, non è vero Gustìn?» La voce infantile aveva una stridula nota di tristezza. Una sorta di piccola eco prolungava la fine di ogni parola.

«È vero. Mi avevi detto che c'era il Diavolo sulla mia strada. Pensi di potermi aiutare ancora?»

«Chiedi e ti risponderò.»

«Sai quello che sta succedendo, vero?»

«Sì, anche se molte cose non le capisco.»

«Puoi provare a spiegarmele?»

«Il Drago dormiva e i suoi preti hanno fatto delle cerimonie per svegliarlo. Hanno aperto un cancello che dovrebbe rimanere chiuso…»

«… tra il mondo dei vivi e quello dei morti» comprese Gustìn, con un brivido.

La conclusione gli sembrava del tutto razionale anche se era del tutto illogica.

«È per questo che sono qui» disse Milo. Era uscito dalla soglia, era tornato tra i vivi: ed era venuto a cercare il migliore amico della sua breve vita. Con il dorso della mano, Gustìn si asciugò le lacrime che avevano iniziato a rigargli le guance.

«Non è giusto, Milo.»

«No, ma è stato necessario. Io sono necessario.»

«Perché?»

«Per aiutarti a capire, e impedire qualcosa di terribile.»

Quel qualcosa di terribile aveva un nome: "il Drago". Se il Drago e i suoi seguaci fossero riusciti a prevalere sui Cavalcanti nessuno a Torino sarebbe mai più stato al sicuro.

Io ho fatto la mia parte, pensò Gustìn. *Io sono la pulce che infesta il cane del pastore. Non c'è nulla che sia in mio potere per fermare questi orrori. Voglio solo cavarmela, uscirne vivo e portare Laura via con me, dove non possano farci del male.*

E se invece il suo ruolo non fosse ancora finito? Era quello che Milo sembrava suggerirgli.

«Dimmi se c'è ancora qualcosa che posso fare» gli chiese. Lo implorò, tremando di paura al pensiero di quello che avrebbe potuto sentirsi dire.

Lui voleva vivere, vivere con Laura. Che crepassero tutti, il Drago e il Toro e i Cavalcanti, e Torino e tutti i torinesi.

«Io so quello che sai tu» rispose Milo, «e temo quello che tu temi.»

Gustìn ebbe la sensazione che la sua mente si stesse perdendo un dettaglio di fondamentale importanza. I suoi pensieri si contorsero, scivolarono, precipitarono alla ricerca di quel dettaglio.

«Sei davvero Milo?»

«Sono il tuo migliore amico. Sono una parte di te.»

«Sto sognando.»

«Farebbe qualche differenza? Non tornerò in vita comunque.» C'era una tristezza in quella voce che stringeva il cuore.

«Dimmi se c'è qualcosa che posso fare per te, allora. Non per Torino, non contro il Drago. Per te, Milo, solo per te.»

«Qualcosa puoi farlo, sì. Per me e per te. Fai pace con padre Olindo.» La vocina vibrò di una sfumatura simile a una gentile malinconia. «Lui non aveva colpa della mia fragilità.»

Gustìn esitò. Tutte le sue certezze di uomo razionale avevano ceduto, una dopo l'altra. Tutte tranne una: non voleva smettere di odiare padre Olindo. Quell'odio lo aveva fortificato, fatto diventare un uomo. Quell'odio lo aveva aiutato a sopravvivere ed era diventato il padre della sua ragione.

«Non puoi chiedermi questo.»

«Io non gli porto rancore. Non è ingiusto che glielo porti tu?» disse Milo, come un soffio di vento. Un istante dopo era volato via.

Gustìn chiuse gli occhi.

Non puoi chiedermi questo, Milo. Non puoi.

Sono così da troppo tempo, non posso più cambiare. Non voglio cambiare.

Castore ringhiò di nuovo.

Il suono sordo e prolungato si propagò nel buio che avvolgeva la stanza e che faceva sentire Gustìn molto piccolo e del tutto indifeso. Si rannicchiò contro la poltrona, guardandosi intorno, fin dove gli consentiva di vedere il bagliore incerto della lampada. Quella luce adesso gli sembrava torbida e pulsante, come il battito di un cuore morente.

Non lasciarmi al buio adesso. No, non adesso! Pregò. Voleva la luce, aveva bisogno della luce, anche se una parte di lui era altrettanto sicura di non voler vedere cos'era nascosto nell'oscurità che lo circondava.

Castore continuava a ringhiare, ingobbito, i denti aguzzi snudati.

Qualcosa si mosse, nell'angolo più buio e distante della stanza: pareva spostarsi lungo le pareti. Gustìn era paralizzato dall'orrore, incapace di fare o dire qualunque cosa che non fosse guardare di fronte a sé.

Ffffff! soffiò Castore, dalla porta. Poi scappò via.

Il buio sembrò cambiare consistenza e Gustìn riconobbe la forma di un essere umano alto e massiccio che si avvicinava inesorabile. Tese le orecchie al rumore di passi sul pavimento, sempre più nitidi, sempre più forti. Ebbe la certezza di vedere due bagliori che scintillavano là dove avrebbe dovuto esserci una testa.

Un altro se stesso gli avrebbe intimato di non essere ridicolo e di non temere le ombre, ma adesso poteva rispondergli che così come esistono i fantasmi possono esistere molte altre cose più terribili e malvage, e che una di quelle cose gli stava venendo incontro con orribile lentezza.

Le tenebre si aprirono e Felice apparve davanti a Gustìn.

Era alto ancora più del normale, alto come un gigante, gli occhi infossati che splendevano di una luce crudele, le labbra piegate in un ghigno da lupo.

Felice aveva una pistola in pugno.

Gustìn sentì la sua bocca aprirsi, non per gridare, ma come se non avesse più avuto la forza per tenerla chiusa. O per lasciar uscire il cuore, che ormai batteva così forte da salirgli in gola.

Anche Felice aprì la bocca e per la prima volta Gustìn udì la sua voce. Era aspra e possente come un tuono.

La voce di Felice era un urlo lacerante di trionfo e follia.

«Morte ai nemici del Dio Drago! Non li salveranno il Toro e lo Spirito Santo!»

Il sordomuto che non era sordomuto puntò la pistola e fece fuoco.

Gustìn sentì la pallottola sfondargli la fronte e penetrare, incandescente nel tessuto morbido della sua testa.

Con il cuore che gli martellava e un grido sulle labbra, Gustìn si sollevò a sedere prima ancora di aver capito che era stato un incubo. Sbatté le palpebre e si guardò le mani. Tremavano. Tutto il suo corpo era scosso dai tremiti, mentre il sudore gli appiccicava i capelli sulla fronte e il mondo reale tornava a prendere il suo posto scacciando i ricordi di quello appena sognato.

Non si trovava nel suo letto, a casa sua, ma nel palazzo che ospitava le orfanelle Perracchine e apparteneva a Maria e alla sua famiglia: i Cavalcanti.

Fuori, le campane suonarono cinque rintocchi.

Poi tacquero, cedendo il posto al silenzio.

44

30 agosto 1706

Gustìn affrontò il giorno seguente con stupita indolenza, senza uscire dal palazzo. Era come vivere un sogno a occhi aperti, un sogno in cui tutto gli era chiaro, ma le azioni incomprensibilmente limitate.

Non certo peggiore del sogno di quella notte, che continuava a tormentarlo, ripetendosi nella sua mente più e più volte.

Devi farlo, aveva detto Milo.

Devi fare pace con padre Olindo.

Questo era ciò che gli chiedeva qualcuno che per lui era stato un fratello.

Non gli porto rancore io che sono morto, perché tu?

Era una domanda piena di saggezza, ma dopotutto ci si aspetta che l'Aldilà renda le anime più consapevoli di quanto fossero in vita. Gustìn avrebbe voluto vedere le cose con almeno un briciolo di quella lucidità.

Aveva passato la vita a odiare padre Olindo, con tutte le ragioni che potesse trovare. Da quell'odio era nato l'uomo che era, il nemico della Chiesa, dei preti e delle superstizioni. Rinunciarvi era come rinunciare a una parte di sé.

Non è quello che già faccio, accettando di credere in qualcosa che fino a ieri mi pareva impossibile?

Forse Milo non era davvero Milo, ma i dubbi più profondi e i ragionamenti più imperscrutabili che si annidavano nel cuore di Gustìn, e gli si presentavano con l'aspetto di un amico per essere più convincenti.

Di certo non poteva essere il fantasma di Felice quello che nel sogno gli aveva sparato, dal momento che il sordomuto era vivo e vegeto. Ma forse anche lui, come Milo, era portatore di un messaggio e almeno in questo caso il messaggio non era difficile da capire.

Non fidarti di nessuno, nemmeno di chi credi amico.

Del resto era una conclusione a cui Gustìn era arrivato ben prima di sognarla, e che aveva già messo in dubbio la fiducia verso Gropello e lo stesso Felice.

Non aveva più importanza, ormai. Quella sera stessa Amedeo, o Maria, avrebbero usato i loro poteri e lui avrebbe dimenticato tutto ciò che aveva visto, sentito e scoperto nelle ultime settimane. Avrebbe smarrito il ricordo di tutto ciò che sfuggiva alla luce della ragione, dei Cavalcanti e dei loro nemici, dei fantasmi e delle loro grida di allarme su un Drago risvegliato e un traditore tra i figli del Toro.

Di tutta la sua indagine avrebbe serbato memoria di torinesi che avevano trovato un modo per scappare dalla città sotto assedio e di sbirri e funzionari corrotti che glielo consentivano, a dispetto delle voci del popolo che si appellavano a ridicole superstizioni. Non avrebbe più fatto alcun progresso e il caso sarebbe stato chiuso: a nessuno importava più sapere chi aveva sbranato Michele Vayra, nemmeno a Gropello. E l'assedio, in un modo o nell'altro, si sarebbe concluso senza che la scoperta di quella via di fuga tanto temuta dagli alti comandi potesse fare la differenza.

Le paure dei torinesi erano ben più concrete, e indossavano l'uniforme di Re Sole. Se la città fosse caduta sarebbero iniziati i furti, le uccisioni, gli stupri. Quattro giorni di saccheggio aveva promesso La Feuillade alle sue truppe esauste. Gustìn avrebbe dovuto preoccuparsi di tenere Laura al sicuro, e non sarebbe stato facile, certo, ma era ottimista. Cavarsela era la sua specialità.

E poi, terminata la guerra, il suo mondo sarebbe stato diverso. Avrebbe sposato Laura e l'avrebbe amata finché gli fosse rimasto un alito di vita e un frammento di anima. Con il denaro avuto in premio dai Cavalcanti si sarebbe congedato dal servizio del Conte, avrebbe comprato una tenuta tra le colline astigiane, una cascina dove lui e Laura avrebbero potuto coltivare i fiori più profumati, e ricavarne essenze deliziose.

Avrebbe fatto pace con il mondo. E con Dio.

Poco prima del tramonto, un servitore bussò alla porta e comunicò che la padrona lo stava aspettando. Gustìn si sfregò gli occhi e trasse un profondo respiro: anche se non aveva sfiorato nemmeno un bicchiere di vino, quando si alzò in piedi aveva la testa che gli girava.

Maria era ferma in fondo alle scale: «Siete pronto?»

«Non ne sono sicuro» rispose senza fingere di scherzare. «Ma ci sono due persone che vorrei vedere prima di… dimenticare.»

Ci aveva pensato tutto il giorno e cambiato idea un buon numero di volte, tornando sui suoi passi e poi sui passi dei suoi passi. Mentre lo spiegava alla dama, vide un velo di malinconia disegnarsi sul suo viso.

«Sarà necessario che vi accompagni» si scusò Maria. «Ma vi prometto che saprò essere discreta.»

Raggiunsero il cortile dove la carrozza era in attesa. Felice era già seduto all'interno. Quando vide Gustìn, lo salutò con un cenno del capo e un sorriso spento.

Gustìn comprese che l'espressione del sordomuto non era affatto assente, ma confusa, forse spaventata: Felice avrebbe voluto essere ovunque tranne che lì. Per una strana associazione d'idee Gustìn rifletté che non vedeva Emilio accanto a Maria dalla notte della battaglia di San Secondo.

No, da quando ho rivelato, a lei e ad Amedeo, del tempio nascosto sotto le ghiacciaie. Da quando Amedeo ha deciso che non si sarebbe più fidato di nessun altro dei Cavalcanti, se non Maria.

Come l'avrà presa Emilio? Cosa farebbe se mi vedesse oggi accanto a lei?

Appena l'ebbe formulata cercò di cancellare la domanda dai propri pensieri. Aveva già abbastanza preoccupazioni senza bisogno di aggiungere quella di un immortale con la forza di un toro, l'ingenuità di un bimbo e la rabbia di un innamorato tradito.

«Cosa ci aspetta questa sera?» domandò.

«Riferiremo ad Amedeo quello che abbiamo scoperto dal vostro amico Tommaso. Poi voi farete quello che dovete fare, e ci diremo addio.»

Maria aveva parlato guardandolo negli occhi, come se non avesse voluto nascondergli niente. Entrambi sapevano il significato delle sue parole. Si sarebbe riconciliato con padre Olindo, poi sarebbe andato a dire arrivederci a Laura.

Infine avrebbe dimenticato. E Felice insieme a lui.

Da quella notte, i segreti dei Cavalcanti sarebbero di nuovo stati ben custoditi, e il Drago e la sua setta sarebbero diventati un loro problema. Se da una parte Gustìn si sentiva sollevato, non poteva fare a meno di pensare che sarebbe di nuovo tornato nei panni di una pecora nel gregge, all'oscuro dei lupi che incombevano.

La carrozza partì in direzione della Cittadella.

Maria e Gustìn erano vigili, benché silenziosi. Felice invece teneva gli occhi fissi di fronte a sé, con lo stesso sguardo corrucciato con cui li aveva accolti.

Forse non voleva guardare lui e Maria, pensò Gustìn. Non voleva leggere le loro labbra. Forse Felice stava facendo i conti con un nuovo ordine di cose, e quell'ordine non gli piaceva per niente. O forse stava cercando di proteggere i suoi, di segreti.

Chiese a Maria se aveva riflettuto sulla storia che Tommaso aveva raccontato loro quel mattino poco prima dell'alba, quella sulla maledizione di Rosignano.

«Sì», rispose Maria. «Ci credo.»

«Anche se non ne avevate mai sentito parlare prima?»

«Proprio per quello. Noi sapevamo delle antichità egizie. E dell'incendio della galleria dov'erano conservate. Sono sempre state davanti ai nostri occhi, eppure ci sono sfuggite. Come i segni del serpente nelle ghiacciaie.»

Gustìn annuì gravemente.

Era davvero così che funzionava. *Qualcuno vi mette nella testa la stessa nebbia che mettete a noi quando volete farci dimenticare le cose.*

La carrozza passò davanti al palazzo dei conti Scaglia di Verrua, con la sua facciata coperta di affreschi: un fiore colorato nel grigiore della via degli Stampatori e una breccia annerita causata da una bomba francese.

Si fermarono in fondo alla via degli Stampatori. La sagoma della Cittadella, al di là della piazza della Legna, era fin troppo vicina e incombente. Gustìn guardò fuori, il portone di un anonimo palazzo davanti a cui era passato molte volte senza mai domandarsi chi fosse il proprietario. Anche questo era un segno di quella nebbia che oscurava le cose a chi non doveva saperle? Quasi certamente, se era lì che li stava aspettando Amedeo, quel palazzo era una dimora dei Cavalcanti.

Maria lo guardò, si guardarono, gli occhi carichi di dubbio, poi entrarono in silenzio e con solennità. E Felice li seguì, anche se non gli avevano chiesto di farlo, come se non avesse avuto scelta.

In effetti, non l'aveva

***

«Questo è ciò che abbiamo scoperto da uno dei più eruditi studiosi di Torino» finì di spiegare Gustìn.

Era seduto accanto a Maria e davanti ad Amedeo, e teneva le mani incrociate sul petto perché era nervoso e non voleva far vedere che stava tremando.

L'aria nella sala era piacevolmente fresca, forse perché i tendaggi e gli scuri erano rimasti chiusi tutto il giorno. Felice era nell'anticamera, in attesa: non per sua scelta, ma Gustìn era quasi sicuro che fosse contento così.

«*Monsieur*, ci avete reso un servizio di valore incomparabile» disse Amedeo. I suoi occhi brillarono benevoli quando Gustìn rispose: «L'ho reso a Torino.»

Poi l'istante passò e il viso di Amedeo tornò ad essere quello di una statua senza tempo, anche se le sue parole erano colme di stupore... e di rimorso.

«Il Libro dei Morti... avrei dovuto pensarci, quando Rosignano è impazzito. E quell'ossessione dei Savoia per i reperti dell'Antico Egitto. È avvenuto tutto sotto i nostri occhi...»

Gustìn rimaneva in silenzio, consapevole che i due Cavalcanti stavano affrontando qualcosa di enorme e terribile anche per loro. Alla fine Maria disse: «Non puoi nutrire il Toro e svegliarlo come stanno facendo *loro* con il Drago. Non te lo perdonerebbe.»

«Non è con la paura che il Toro regna, ma con l'amore e la devozione. La morte di Efialte ci ha mostrato come fare a richiamarlo indietro.»

Il volto della dama divenne rigido per l'orrore. «Ci dev'essere un altro modo.»

«No, non c'è. Lo sai anche tu.»

«Potremmo attaccare il rifugio del Drago» propose Maria.

«Siamo rimasti in sei, e uno è un traditore. Con Torino da difendere e

Faucigny e i suoi ancora là fuori. In ogni caso nemmeno io e te insieme potremmo fare qualcosa contro il Drago.»

Gustìn alzò lo sguardo sul soffitto. Vagò sulle pitture affrescate mentre Maria e Amedeo facevano piani ignorando la sua presenza. Piani molto seri che prevedevano conseguenze molto gravi.

«Tocca a me, allora» disse Maria, con un tono che Gustìn riconobbe come triste e accorato. Con calma, Amedeo rispose: «No. Lo farò io.»

«Tu sei il suo erede. È a te che ha affidato Torino e tutti noi.»

«E non mi perdonerebbe mai se lasciassi a te quella che è una responsabilità soltanto mia.»

«Non sono d'accordo.»

«Non importa, ho deciso così e non puoi opporti.»

A mitigare la durezza delle parole, un sorriso d'affetto guizzò sulle labbra di Amedeo, una scintilla evanescente che si spense come un'ombra al sorgere del sole. Maria, al suo confronto, era uno scintillare di tutte le emozioni più pure che fossero state create da Dio per il bene degli uomini.

«Andrò ad affrontare Faucigny» annunciò Amedeo. «Questo porrà fine alla nostra disputa, in un modo o nell'altro. Se saranno loro a vincere se ne andranno e Torino sarà salva. Altrimenti Torino sarà salva comunque... e io dovrò trovare un altro modo.»

Amedeo stava parlando di morire, comprese Gustìn, e si sentì percorrere da un brivido che gli fece accapponare la pelle. Pensava che nessuno se ne fosse accorto, invece Maria gli scoccò uno sguardo amorevole e gli sfiorò la spalla con una carezza.

Amedeo intendeva sacrificarsi perché era convinto che la sua morte avrebbe risvegliato il Toro e Maria non gli contestava quella convinzione.

Era davvero possibile che fosse così?

Qualcosa era successo nell'istante della morte di Efialte, l'aveva sentito anche Gustìn. Aveva sentito il dolore e la collera di un dio.

Nel silenzio pesante come piombo, la calma negli occhi di Amedeo e Maria era diversa come diversi erano loro: imperturbabile quella del cavaliere, stanca e rassegnata quella della dama.

«Sono terrorizzata, Amedeo» disse Maria, finalmente. «E tu... non hai paura?»

«Ho paura di fallire come ho fallito nel giudicare Efialte. Ho paura di non essere degno.»

La dama fu accanto a lui, sollevò le braccia e gliele cinse al collo: «Tu sei il più degno di tutti noi. Ho fiducia nelle tue scelte.»

Gustìn guardò Amedeo. Aspettava le sue parole come una condanna o una benedizione. Alla luce tremolante delle candele, ebbe la sensazione che quei lineamenti senza età e senza emozione prendessero la forma di un sorriso.

«Nessuno di noi ha scelta. Torino è più importante» disse Amedeo. «Più importante di te e di me. Più importante di qualunque cosa.»

Il suo sorriso, che fosse una smorfia o un gioco di luci o fosse stato tutto nell'immaginazione di Gustìn, si affilò, si assottigliò. I lineamenti solenni del cavaliere sembrarono assumere le fattezze taglienti di un predatore.

In silenzio, Maria strinse Amedeo in un abbraccio e lui, dopo un attimo, la ricambiò. Gustìn restò immobile, trattenendo il respiro. Si sentiva come sulla soglia di un momento straordinario, solenne, quale non aveva mai vissuto prima di allora e non avrebbe vissuto più. Anche se sapeva che presto gli sarebbe stato impedito di ricordarlo, era felice, no, era orgoglioso di averne fatto parte.

Maria si avviò verso la porta e Gustìn trovò la forza di alzarsi in piedi.

«Addio, *monsieur* Augusto» disse Amedeo, guardandolo negli occhi. «Fate una buona vita.»

«Vorrei potervi augurare lo stesso. È stato un onore incontrarvi.»

Amedeo non rispose e Gustìn si voltò per raggiungere la dama ferma sulla porta. Stavano uscendo quando Amedeo parlò ancora.

«Maria.» Lei si voltò a guardarlo. «Non morire, per favore. Rimarrai l'ultima.»

Il tono di Amedeo, alla fine, aveva trovato un'emozione umana. Le sue parole suonarono come un'implorazione disperata.

***

I lumi e i bracieri erano già stati accesi per combattere il buio della notte, quando uscirono dal palazzo. Maria teneva Gustìn per il braccio e Felice camminava alle loro spalle, come un'ombra silenziosa.

S'incamminarono in direzione del Duomo, attraversando stradine dove ai palazzi opulenti di antiche famiglie si affiancavano catapecchie malandate.

Mezzo nascosto in un androne, un ubriaco urinava cantando canzoni oscene. Gustìn si chiese quanto tempo sarebbe passato prima che una ronda della milizia lo trovasse per fargli visitare le carceri del Senato. Guardò alla sua sinistra, immaginando di percorrere lo spazio che separava la Città Vecchia dal Borgo Dora. La casa di Laura era appena a qualche centinaio di passi, ma lui era dalla parte sbagliata del muro. La piazza del Castello era deserta e i tetti, allineati e dritti. Dalle finestre aperte di un palazzo arrivavano luci, musica e voci allegre.

«Qualcuno festeggia» osservò Gustìn, e si rivolse a Felice. «Abbiamo vinto una battaglia?»

Il sordomuto sembrò riprendersi da pensieri molto lontani e rispose:

"Sono arrivate notizie del Principe Eugenio. È vicino."

«Vicino quanto?»

"Quando ha scritto il messaggio era a meno di una settimana. Forse arriva tra due o tre giorni."

«Non è un trucco del nemico?»

"No. Ne siamo piuttosto sicuri."

L'armata di soccorso era in arrivo, finalmente, ma Gustìn non riusciva a gioirne. I veri nemici non erano attorno alla città, ma dentro di essa, e nemmeno il Principe Eugenio avrebbe potuto fermarli.

Anche Padre Olindo è un nemico. Un mio nemico.

Come posso fare pace con qualcuno che ho odiato per tutta la vita?

«Non dev'essere facile.» Maria aveva letto i suoi pensieri o forse aveva solo tratto le sue conclusioni guardandolo in viso.

«No, non lo è. Non voglio perdonare.»

«Perdonare un torto non significa dimenticarlo.»

Ne parlava con troppa tristezza per non sapere di cosa parlava, comprese Gustìn. Maria aveva avuto un passato, per lontano che fosse.

«E voi avete perdonato, madame?»

Lei fece un sorriso carico di fragilità: «Ho perdonato. E non ho dimenticato.»

Avevano percorso l'ultimo tratto che li separava dalla loro destinazione.

Due uomini con la coccarda azzurra della milizia li stavano osservando da sopra la breve scalinata che portava all'atrio dell'Ospedale di Carità. Avevano uno sguardo di curiosità diffidente, anche se non erano lì a sorvegliare chi voleva entrare, ma chi cercava di uscire.

«Posso chiedervi di quale misfatto incolpate padre Olindo?» chiese Maria.

C'era una delicatezza speciale nel tono di voce, e forse anche un po' della magia dei Cavalcanti, perché Gustìn non sentì rabbia né disagio nel raggiungere il segreto meglio protetto della sua vita.

«Non credevo che sarei mai stato pronto a parlarne» rispose Gustìn.

Ma se c'era un momento in cui valeva la pena raccontare quel ricordo, e una persona a cui rivelarlo, il momento era giunto e la persona era lì, davanti a lui.

«Fu un inverno molto freddo, quello dell'ottanta. Così freddo che aveva fatto gelare le acque del Po.»

Ventisei anni. Erano passati ventisei anni ma Gustìn aveva ancora i brividi a ripensare a quel freddo. No, non solo al freddo.

«Il giorno prima io e il mio amico Milo eravamo andati a vedere i figli dei ricchi che pattinavano sul fiume, vicino alla riva. Li avevamo visti ridere e divertirsi. Ci svegliammo con l'idea di andare a farlo anche noi. Anche se non avevamo i pattini.» Dalle labbra gli uscì un risolino senza che se ne rendesse nemmeno conto. «Andammo verso Vanchiglia, dove cominciano le baracche di Borgo Moschino. Dove nessuno sarebbe venuto a cercarci, o a impedirci di....» Sospirò a fondo. «Di farlo.»

Non riusciva a guardare Maria negli occhi. Né lei, né Felice, che stava ascoltando per la prima volta quella storia nella sua essenziale verità, senza che nulla venisse celato o ingigantito.

«"Gustìn, ho sentito un rumore qui sotto". Furono le ultime parole che mi disse Milo prima che il ghiaccio si spaccasse sotto di lui. Se fossi stato un po' più forte avrei potuto tirarlo fuori subito. Avrei potuto salvarlo.»

Era quasi annegato anche lui, ma a dirlo sembrava quasi volesse trovare una scusa, o condividere il peso della tragedia che invece era stata pagata da Milo, e Milo soltanto.

«Alcuni pescatori ci tirarono fuori. Mezzi ghiacciati, ma ancora vivi. Ci diedero del vino per riscaldarci, gli abiti dei loro figli per cambiarci. Poi, quando, ebbi abbastanza fiato da dire chi eravamo, ci accompagnarono alla nostra... casa...» Esitò, scosse il capo, poi indicò il cancello e le guardie che lo sorvegliavano. «L'Ospizio di Carità. Dove i gesuiti si prendono cura di chi non ha nessuno. A modo loro, naturalmente.»

Studio, lavoro e preghiera. Preghiera, lavoro e studio.

A pensarci, Gustìn si sentiva ribollire il sangue. Solo che gli sembrava che questo avvenisse in modo diverso da un tempo. Si sentiva ardere non di rabbia, ma di vergogna.

«Padre Olindo ci punì per la disobbedienza. Ci eravamo allontanati senza dirlo e tornavamo con i capelli bagnati e gli abiti che non erano quelli con cui ci eravamo vestiti quel mattino. Non volle ascoltare le nostre spiegazioni. Non ci diede della minestra calda, ma ci fece pregare per ore davanti all'altare.»

Maria corrugò la fronte, ma non disse niente.

Felice ascoltava, scuotendo la testa.

«Milo era mingherlino, fragile: si ammalava spesso. Si ammalò anche quella volta. Qualche giorno dopo era morto.» Si passò le mani tra i capelli e fece di nuovo quel verso a metà tra una risata e un gemito. «Decisi che a ucciderlo non era stata la febbre, ma padre Olindo.»

Si fermò, si schiarì la gola, senza che né Maria né Felice intervenissero. Lo osservavano, però, con occhi in cui Gustìn non lesse biasimo, né giudizio.

«Lasciai passare tutto l'inverno. Un giorno accompagnai padre Olindo nell'orto dietro l'Ospedale di Carità. Mentre lui era inginocchiato a raccogliere l'insalata, presi un bastone dal capanno e lo colpii con tutta la mia forza.»

La testa del prete aveva ceduto con un suono umido. Un suono che Gustìn avrebbe ricordato per sempre come quello di un grosso uovo che si spacca.

La notte in cui l'aveva incontrato la prima volta, il conte Gropello gli aveva chiesto come si giustificava per aver cercato di uccidere un prete. Gustìn gli aveva risposto che non era riuscito a colpire abbastanza forte. Questo faceva la differenza tra uccidere e cercare di uccidere.

Per i venticinque anni seguenti, però e a dispetto del suo mestiere, Gustìn non era mai riuscito a uccidere nessuno. Non era riuscito nemmeno a provarci. A costo a volte di rischiare di rimetterci la vita lui.

Padre Olindo lo perseguitava anche da lontano.

«Avete consacrato il vostro odio a questo prete» lo sorprese Maria. La dama protese una mano e gli accarezzò una guancia. «Eppure foste voi a proporre a Milo di andare a giocare sul ghiaccio.»

Gustìn sentì il fiato mancare, ma il dolore non lo privò della voce.

«Sì» ammise.

«Il risentimento verso padre Olindo è stato lo strumento con cui avete mascherato il vostro senso di colpa.»

Maria parlava con la dolcezza della compassione, e intanto Gustìn si smarriva nelle proprie lacrime. Un velo freddo di sudore gli coprì la fronte e cominciarono a tremargli le mani.

«Con la vostra sofferenza avete espiato ben più di quanto meritavate. Eravate solo un bambino. Prima che di padre Olindo, dovete avere pietà di voi stesso.»

Ogni finzione era caduta, scomparsa.

Dopo avere recitato mille ruoli per sopravvivere prima, e poi per conto di Gropello, ecco che l'ultimo personaggio toglieva la maschera. Un personaggio mai davvero abbandonato, la vittima di un prete crudele, si dileguava di fronte allo sguardo angelico di Maria.

Gustìn non sapeva se si sentiva meglio: sapeva che adesso era pronto.

Dopo ventisei anni, varcò le soglie dell'Ospedale di Carità, e Maria e Felice lo seguirono, come ombre nella notte.

Trovare padre Olindo fu meno difficile di quanto pensavano. Stava aiutando un confratello a trasportare una panca quando si accorse di Gustìn. Si fermò e sussurrò qualcosa all'altro.

«Lo facciamo dopo» credette di udire Gustìn, e poco di più. Nulla che riguardasse lui, in ogni caso, dal momento che l'altro prete uscì dalla stanza senza degnarlo di uno sguardo.

Si sentì travolgere da una sensazione strana, intensa. Lui, padre Olindo e l'Ospizio di Carità. Sospesi in un tempo che era "adesso" ma anche "ventisei anni fa". Si erano incontrati qualche volta in quegli anni, ma sempre da lontano e sempre per un breve istante.

Gustìn bambino vedeva un uomo nel fiore dei suoi anni, i capelli folti e neri, alto e snello. Gustìn adulto riconobbe un ometto più basso di lui, tutto pelle e ossa, con una chioma sulla testa ancora folta, ma dove c'era molto più bianco che grigio.

Chissà con che occhi lui vede me? si chiese Gustìn.

Quanto di lui è rimasto fermo ad allora?

Il prete interruppe i suoi pensieri.

«Sei qui per me, Augusto?» Il suo tono era di gentile stupore, ma il nome Augusto, sulle sue labbra, era un grido che bruciava le orecchie.

«Non chiamarmi Augusto.»
«Va bene. Come vuoi che ti chiami?»
«Gustìn. Il mio nome è Gustìn.»
Padre Olindo annuì, lentamente. Gli indicò una panca addossata alla parete.
«Vuoi sederti, Gustìn?»
Gustìn si guardò intorno ma non vide Maria, né Felice.
Sapeva che erano lì da qualche parte. La dama doveva essere vicina abbastanza da vigilare sulle parole che Gustìn avrebbe potuto dire, ma con la discrezione che riusciva a rendere intimo quel momento.
Senza parlare, lui e padre Olindo sedettero.
Sembrava che le guance del prete avessero preso una tenue sfumatura di rosso, ma Gustìn non ci avrebbe scommesso un soldo. Neppure su quel luccichio che rendeva umidi i suoi occhi e che forse stava solo credendo di vedere.
Lui, padre Olindo, l'Ospizio di Carità.
Un bastone di legno nell'orto.
E Milo.
C'era anche lui adesso, certo. Non poteva mancare. Silenzioso e invisibile com'era sempre stato anche in vita, quand'era un bimbo timido e malaticcio.
C'era anche lui perché gli aveva chiesto di fare pace con padre Olindo e non poteva perdersi la scena.
Chissà se anche il prete poteva sentirlo? Chissà se pensava a lui, ogni tanto, al bimbo affidato alle sue cure e morto tra le sue braccia in una delle stanze sopra le loro teste?
Lui non è mai andato via da qui, rifletté Gustìn. *Non può averlo dimenticato.*
Negli occhi di padre Olindo, bagnati di lacrime, Gustìn non trovò risposte, solo una triste sfumatura di amarezza posata su di lui. Allora chinò il capo, senza riuscire ad allontanare la sensazione potente di uno sguardo fermo sui suoi capelli.
«Non vuoi nemmeno guardarmi?» Padre Olindo aveva la voce roca che Gustìn ricordava bene, ma adesso era anche gentile, e questa era una cosa nuova e sorprendente. Gustìn alzò gli occhi e si accorse che la sua vista era appannata, ma riusciva a distinguere le macchie scure della pelle sul viso del prete.

Non posso piangere, non voglio.
«Mi è dispiaciuto tanto per Camillo. Puoi credermi?»
Sentire quelle parole gli faceva male. Gli faceva male sentir nominare Camillo, e il suo nome per intero,
(Io non sono Augusto, sono Gustìn.
E voglio ricordare Milo come Milo e basta)
dalla persona che aveva trascorso una vita a odiare.
«Puoi credermi?» domandò di nuovo il prete, e nella sua voce e nel suo sguardo Gustìn scoprì una timidezza che lo rendeva così fragile da intenerire il cuore.
«Avrei potuto crederti tanto tempo fa» rispose, «ma non volevo. Avevo bisogno di qualcuno a cui dare la colpa. Qualcuno di diverso da me.»
E in quel momento nella sua mente avvenne un cambiamento.
Forse era merito di uno dei poteri di Maria, che ammorbidiva il dolore dei ricordi, lavando le immagini del passato, restituendovi luci e colori, mostrando un paesaggio meno grigio. I lineamenti del prete parvero tremare e Gustìn vi riconobbe l'uomo che in via di Po aveva rimproverato un ufficiale per aver urtato un bimbo piccolo facendolo cadere, o che insegnava a coltivare con amore le piante dell'orto per renderle più floride e che la sera, dopo le preghiere, faceva addormentare i bambini raccontando episodi divertenti della vita dei santi.
Si sentì nascere qualcosa in fondo alla gola, qualcosa che lo soffocava e al tempo stesso reclamava aria fresca. Strinse le braccia al petto, cercando di controllare quella sensazione orribile che lo stava portando sull'orlo delle lacrime.
«E… adesso?» chiese il prete. Gustìn rispose con voce roca, un mugolio simile a un singhiozzo: «Io… io volevo bene a *Milo*.»
«Anche io vi volevo bene. A tutti e due. Ho lasciato morire Camillo e non sono riuscito a dare pace a te. Fai bene a odiarmi.»
«Sono stato io a portare Milo dove non dovevamo andare.» Gustìn sentiva le lacrime premere dagli occhi. «È stata colpa mia se è morto, non tua.»
Mi dispiace, Milo.
Adesso ho capito. Mi dispiace tanto, è stata colpa mia.
Cominciò a singhiozzare, nascondendosi il viso tra le mani. Davanti agli occhi aveva una Torino che non esisteva più, vista con gli occhi di

un bambino che non c'era più. Una Torino dove la neve era un gioco e il ghiaccio non era un infido traditore, dove i preti erano una famiglia, un tetto sotto cui dormire e un pasto caldo senza bisogno di tenere un coltello per difendersi da carezze proibite.

Una Torino in cui Milo era ancora vivo ed era un amico, un fratello, qualcuno accanto al quale si poteva credere di non essere soli al mondo.

Perdonami Milo.

Perdonami.

«Tu non hai alcuna colpa Augusto.» Il tono di padre Olindo era straziato.

«Vuoi assolvermi, padre?» lo interruppe Gustìn. La strada adesso gli appariva semplice e sorprendentemente chiara. «Tu assolverai me e io assolverò te.»

Padre Olindo venne avanti e offrì le mani. Gustìn non si ritrasse, non fece resistenza. Tese la sua mano a quelle del prete e dopo un attimo le sentì chiudersi attorno alle sue spalle.

45

30 agosto 1706, notte

Gustìn varcò le porte di Torino, scese dalle fortificazioni, raggiunse Borgo Dora. Si sforzò di tenere lontano il pensiero di Maria e di Felice che lo accompagnavano, l'una per concludere il loro patto rubandogli i ricordi, l'altro perché era designato a subire la stessa magia, e forse cominciava a rendersene conto.

Il cielo era senza nuvole, limpido, intessuto di stelle. Era una vista che sembrava chiedere di essere guardata, per commuoversi di fronte a tanta bellezza. Di certo Laura lo avrebbe fatto, con quel suo modo di essere così vivace e delicato da riuscire a insinuarsi attraverso la pelle, contagiando chi le era accanto.

Chissà cosa gli avrebbe detto, rivedendolo.

Chissà se si sarebbe imbronciata, di quel finto broncio che chi ama dedica all'oggetto del suo amore. Oppure, vedendolo sano e salvo, gli avrebbe rivelato quant'era stata in pena per lui.

Qualunque cosa fosse uscita dalle sue labbra, sarebbe stata meravigliosa.

Gustìn era talmente preso dai suoi pensieri che non si rese conto di essere arrivato davanti alla casa della saponaia. Lo risvegliò un sentore d'allarme.

Che strano, il cane non abbaia.

Si fermò davanti alla finestra della bottega, il tempo di constatare che gli scuri erano chiusi e che dall'interno non filtrava alcuna luce. Non era così tardi da far pensare che fossero tutti già a dormire.

Il sentore d'allarme si agitò di nuovo. Gustìn salì i gradini di legno due a due.

«Laura?» bussò alla porta, la spinse e si affacciò. La sua voce fu accolta da una cortina di silenzio, e un attimo prima di chiamare ancora Gustìn comprese che la porta *non avrebbe dovuto essere aperta.* «*Monsù* Fioreste?»

Si fermò davanti al corridoio buio: non un suono proveniva dalle stanze, o dalle scale che scendevano in bottega. Nessuno venne ad accoglierlo. Nemmeno Calandrino, nemmeno la timida Camilla.

Passò un carro sulla strada, spezzando il silenzio: il suono degli zoccoli e il tintinnio dei finimenti, il cigolare delle ruote, erano così forti da ferire le orecchie.

Gustìn tornò indietro, resistendo all'impulso di precipitarsi in casa. Si era già dimenticato dello strano miscuglio di tristezza ed euforia che l'aveva sostenuto durante il tragitto. L'istinto di sopravvivenza che tante volte l'aveva tirato fuori dai guai risuonava come il rintocco di una campana.

«È successo qualcosa» disse. Avrebbe voluto sentire una rassicurazione, una scusa qualunque. La dama invece rispose: «C'è odore di morte.» Era ferma, lievemente protesa in avanti, con la grazia sensuale di un felino durante la caccia.

Odore di morte. Gustìn sentì quelle tre parole piombare nelle profondità del suo essere, un soffio violento ma delicato, come una bufera di polvere di borotalco. Rimase in ascolto, quasi illudendosi di avere anche lui i sensi finissimi di un Cavalcante e di percepire gli odori attraverso le pareti di una casa.

Guardò Felice e il sordomuto lo ricambiò allargando le mani con un gesto nervoso di impotenza.

"Sono disarmato!"

Maria varcò la soglia e quando Gustìn la seguì, un istante dopo, due odori che conosceva bene lo assalirono. Al consueto miscuglio di erbe e fiori si sovrapponeva un olezzo dolciastro e nauseabondo che appestava la stanza come un mattatoio. Il ricordo di quando, e dove, si era già trovato in una situazione simile lo travolse con violenza.

A casa di Yanko, quando aveva scoperto il massacro.

Non Laura, oh no mio buon Signore, ti prego, non Laura.

Il sudore che gli scivolava sulla fronte era viscido e denso come miele, i suoi passi pesanti come se avesse avuto piombo nelle gambe.

Aprì la porta della stanza di Laura. Era intatta: nessuno era entrato. Nel buio si intravedevano la sagoma del letto e della cassapanca.

«Laura?» provò a chiamare Gustìn, nell'impossibile illusione che si fosse rifugiata sotto il letto e vi avesse trovato scampo, rimanendo lì ad aspettarlo.

Di nuovo silenzio.

Si sentì battere una mano sulla spalla. Felice indicava Maria, ferma davanti all'ultima stanza. Man mano che si avvicinava Gustìn sentiva più forte un odore di fiori e consunzione, profumo, sangue, malattia.

Fioreste giaceva sul letto, il volto ridotto a un incubo di carne sanguinolenta. Il suo occhio buono era spalancato in un grido di smarrito terrore. Rosina era seduta per terra come se fosse caduta nel tentativo di sdraiarsi sul letto accanto a lui. I capelli della crocchia grigia erano sciolti. Le mani dei due anziani erano protese una verso l'altra, come se il loro ultimo gesto cosciente fosse stato raggiungersi e confortarsi.

La voce di Maria spaccò il silenzio: «Non c'è più nessuno vivo in questa casa.»

Oh no. No no no no!

Gustìn tornò nel corridoio, si precipitò sulle scale per scendere in bottega.

Di sotto il buio era completo e Gustìn dovette muoversi a tentoni per raggiungere la finestra. Quando la aprì, il bagliore della luna illuminò la bottega ridotta in uno stato disastroso: scaffali divelti, mobili rovesciati, il pavimento ingombro di frantumi di vetro e terracotta. Sul tavolo c'era una ciotola di piselli che qualcuno aveva cominciato a sbucciare, una forma di pane intatta. Sul focolare spento era appoggiata una pentola di rame: qualunque cosa fosse accaduta, era accaduta prima di cena.

La luce notturna rendeva ancora più sinistra l'immobilità di Alberto, seduto contro la parete, il viso reclinato su una spalla in maniera innaturale. C'era sangue sulla camicia e sui pantaloni, sul pavimento, sulla lama del pugnale che il cantoniere teneva stretto tra le dita.

Gustìn fu colto da un conato di vomito quando comprese la ragione di quella strana posa del capo. Al collo erano state strappate vene e nervi, e una gran quantità di carne. Un colpo d'artiglio o il morso di fauci enormi.

Gustìn si chiese quanto aveva sofferto, e quanto a lungo.

Alberto, l'odioso Alberto era morto, forse per difendere Laura.

E io sospettavo, quasi speravo che facesse parte del complotto.

C'erano tracce di sangue secco sulle scale, da cui stavano scendendo Maria e Felice. Gustìn li vide nella nebbia umida che gli offuscava la vista.

Raggiunse la porta del cortile e vide che non era sbarrata. La spinse e uscì, barcollando, a cercare aria fresca. Sentiva lo stomaco che si rivoltava.

Fioreste, Rosina

(e Alberto)

erano stati uccisi. Mancavano Laura, Camilla e Vittoria. Tre donne, di cui due quasi di sicuro vergini.

Riconobbe il suono dei passi di Felice, mentre quelli di Maria erano troppo leggeri per essere percepiti da orecchio umano, ma quando alzò gli occhi entrambi erano lì, accanto a lui.

Addolorati, ma anche pieni di determinazione, chiusi in un silenzio terribile.

«Non può finire così» sussurrò Gustìn, tra le lacrime, la gola incendiata dal sapore acido che gli era risalito dallo stomaco.

Felice annuì. I suoi gesti veloci scrissero nell'aria le parole:

"Viveva qui la tua donna?"

«Sapevi di lei?» Gustìn era troppo stanco per stupirsi.

"Me l'ha detto Costanza" rispose Felice. *"Mi dispiace, Gustìn. Dammi un'arma e ci sono anche io"*.

Gustìn era sopraffatto dall'angoscia, ma riuscì a commuoversi per quel gesto di amicizia. Si chiese come avesse fatto a dubitare di Felice, anche solo per un istante.

«Madame, non fatemi dimenticare tutto ora... Vi prego. In nome di ciò che è giusto e buono, vi prego.»

«E se io vi dessi ascolto?» Maria fissava il muro della casa con un occhi gonfi di tristezza. «Vorreste andare a villa Rosignano?»

«Sì. Se non facessi niente il rimorso non mi darebbe pace. Anche se mi faceste dimenticare tutto lui tornerebbe, lo so, nei sogni o in qualche altra maniera. Lasciatemi tentare.»

«Anche se non avete alcuna speranza contro il Drago e gli altri come me?»

«Non me ne importa niente. Se non riesco a salvarla…» si interruppe, il fiato rotto in gola.

Se non riesco a salvarla? La domanda rimase lì, sulle sue labbra.

E la risposta venne subito dopo. *Posso anche morire.*

«Va bene.»

«Allora mi lasciate andare?»

«No. Verrò con voi.»

Gustìn ebbe l'impressione di avvertire come un fischio acuto nella testa, prima che mille pungiglioni cominciassero a trafiggerla. «Ma Amedeo ha detto…»

«Non vi lascio andare da solo» lo interruppe Maria. «Nel nome di ciò che è giusto e buono. Nel nome di ciò che avete fatto per noi. Di ciò che siete.»

«Io non sono niente per voi. Sono la pulce che infesta il cane del pastore.»

«No. Voi siete un amico.»

46

Laura emerse da una nebbia simile a un sogno e si rese conto che stava camminando in una grotta. Le facevano male i piedi e una fitta profonda al fianco s'incendiava a ogni respiro. Era come se avesse dormito per un tempo lunghissimo, come se si fosse appena svegliata mentre già camminava. Per un po' fece fatica a capire dove fosse, dove stesse andando

(dove la stessero portando)

e perché.

Poi, tutti insieme, i ricordi tornarono. Fu sul punto di urlare, riuscendo a trattenersi all'ultimo istante, guidata dalla certezza che il suo grido sarebbe stato punito e che la punizione le avrebbe fatto male.

Era accaduto troppo in fretta e altrettanto in fretta era passato, come se la sua mente non fosse riuscita a fissarlo. Ma adesso Laura ricordava, e riviverlo una seconda volta non fu meno doloroso della prima.

Stavano preparando cena, lei, Camilla e Vittoria. Fioreste stava poco bene e Rosina era andata a tenergli compagnia. Mentre chiudeva la finestra della bottega, Laura aveva visto Alberto fermo davanti a casa e aveva pensato che fosse venuto per qualcosa che riguardava la morte di Maurizio per mano di Pietrino. Vittoria l'aveva invitato a bere un bicchiere di vino. Poi altra gente era entrata in casa. Era stata Camilla ad aprire la porta, perché conosceva uno di loro, un uomo attraente e ben vestito che aveva fatto finta di corteggiarla nei giorni precedenti.

Qualcuno era sceso dalle scale e il buio era sceso su di lei. La sensazione che si accompagnava a quel buio era disgustosa, suggeriva pensieri sporchi e malvagi: qualcosa che Laura aveva già sperimentato, nella cascina di Valdocco. Lo stesso potere di Raffaelé, ma corrotto. Era stata colta da una violenta sonnolenza, e da quel momento in poi tutto era diventato nero.

«Muoviti!» gridò un uomo spuntando dalle ombre. La colpì con un ceffone. Laura urlò e cercò di proteggersi il capo. Il carceriere aveva i capelli rasati ma aveva lasciato crescere una treccia in mezzo alla testa. Una cicatrice gli sfregiava il viso dalla mascella all'occhio.

«Se non ti muovi te ne do un altro!»

Laura ricominciò a camminare in quel cunicolo che si inoltrava nelle viscere della terra. Qualcuno reggeva delle torce, una processione di figure ingobbite che barcollavano come se fossero state esposte a una tormenta. Intorno i sorveglianti li spingevano costringendoli a restare in fila e a muoversi più veloci.

Appena davanti a Laura c'erano Camilla e sua madre, che piangevano. *Voglio Fioreste,* pensò. Era un desiderio inutile, perché nemmeno un battaglione di Guardie del Duca avrebbe potuto salvarla, non certo un vecchio paralitico. Si sforzò di non pensarci, altrimenti avrebbe finito per piangere, e se avesse pianto l'avrebbero picchiata ancora.

Si soffermò sulla speranza che Fioreste, Alberto e Rosina fossero stati risparmiati, anche se sapeva che quella speranza era molto esile. Non erano loro che i rapitori volevano. I rapitori cercavano ragazze giovani. La stessa Vittoria aveva solo avuto la malasorte di essere in bottega al momento sbagliato.

Faceva un caldo afoso, soffocante, che ricordava le spiagge di Nizza arrostite dal sole d'estate. L'aria aveva uno strano odore di putrido e candele accese. Si sentiva dell'acqua gocciolare da qualche parte, e una specie di ululato di sottofondo, basso e lamentoso.

A destra e sinistra si aprivano gallerie, alcune buie, altre illuminate dalle torce. E ogni volta che svoltavano in un nuovo cunicolo cresceva in Laura la certezza che nessuno

(nemmeno Gustìn, nemmeno Raffaele)

sarebbe mai riuscito a trovarla in quel labirinto.

«Quando sarà il momento, spero di essere tra i primi a sbatterti» le sussurrò l'uomo con la cicatrice. Allungò una mano e le strizzò il seno.

Laura provò a divincolarsi, e un pugno le fece scoppiare il viso di dolore. Inciampò, perse l'equilibrio e cadde contro Camilla, la vista annebbiata e un sapore umido e salato in bocca. Il cuore sembrò fermarsi, poi ripartire più forte con uno strappo doloroso. Il carceriere aveva un sorriso che faceva gelare il sangue, la sua mano ripugnante scese su di lei, questa volta per rimetterla in piedi.

Una bimba in fondo alla fila piangeva. Si udì un sibilo che poteva essere un colpo di frusta: la bambina strillò, ma subito dopo smise di piangere.

Laura si pulì le labbra e il naso dal sangue e asciugò la mano sul grembiule. Respirava piano quell'aria calda e secca, così strana per un luogo che avrebbe dovuto essere impregnato d'umidità. Giunse quasi ad augurarsi che fosse velenosa, di morire in quel cunicolo piuttosto che... là dove stava andando.

Si stavano avvicinando alla luce, e il suono dei loro passi fu coperto da quello che sembrava il coro di una chiesa, ma più lugubre.

Un lungo grido di dolore echeggiò, seguito da un coro di risate ed esclamazioni di esultanza. Ci fu un'esitazione nella fila in marcia, e gli aguzzini fecero scattare fruste e insulti, spinte e schiaffi.

«Buon Dio, cos'era quello?» chiese Vittoria con voce soffocata.

Laura chiuse gli occhi e pensò al bacio di Gustìn, mentre erano al riparo sotto la piattaforma della forca e le bombe solcavano il cielo di Torino. Ricordò quando l'aveva incontrato la prima volta, un cliente come tanti a cui aveva offerto un profumo o un sapone.

«Che brutta cera avete oggi, *tòta*!» rise una voce accanto a lei, gonfia di nauseante compiacimento. Laura riconobbe quella voce e lo stupore si mutò in rabbia. Chiuse la mano finché non sentì le unghie affondare nella pelle. Fece scattare il pugno, ma il carceriere con la cicatrice le prese il braccio prima che riuscisse a colpire. Glielo torse dietro la schiena, facendola cadere in ginocchio urlante, poi le tirò i capelli per farla rialzare e a forza di spintoni la riportò in fila.

La luce si faceva sempre più vicina e il canto sempre più forte: le parole erano ancora troppo lontane per essere comprensibili, ma quel poco che Laura riusciva percepire aveva qualcosa di sbagliato.

Vittoria scoppiò in singhiozzi e si lasciò cadere in ginocchio con le mani premute sul ventre: «Vi prego, no... vi prego! Sto male, sto tanto male...»

Camilla cercava di prendere la madre per un braccio e aiutarla a rialzarsi. Uno dei carcerieri la spinse via, poi si chinò su Vittoria e la percosse con violenza. La donna gemeva a ogni botta.

Laura congiunse le mani e sussurrò: «Padre Nostro che sei nei cieli, sia santificato il tuo nome...»

La voce odiosa di prima la raggiunse da dietro le spalle: «Siamo già al momento delle preghiere? Non abbiamo ancora iniziato con voi.»

«Venga il Tuo regno, sia fatta la Tua volontà, come in cielo così in...»

Un pesante cancello si chiuse alle loro spalle con un rimbombo. Con i muscoli tesi allo spasimo, Laura cercò di rallentare, ma sentì una mano posarsi sulla spalla e spingerla avanti. Allora comprese dove l'avevano portata, e vide il luogo in cui, come i primi Santi, avrebbe ricevuto il martirio.

Un uomo rasato la fissava con lo sguardo di un cane affamato di fronte a un boccone di carne, e impugnava una sbarra di metallo dalla punta arroventata. Le parole del coro adesso erano chiare.

Tu sei Colui che comanda sulla vita e sulla morte
e i tuoi poteri sono i poteri di tutti gli Dei
Tu sei il Colui che ritorna dalla dimora delle Ombre,
Tu sei Colui che ha attraversato l'Abisso che divide i due Regni,
Tu sei l'Essere dai nomi misteriosi che si prepara a regnare per l'eternità.

Mentre Laura gli passava davanti, insieme agli altri prigionieri come un gregge condotto al macello, l'uomo sollevò la sbarra rovente per mostrargliela, e cominciò a ridere. Sopra un tavolo pendevano catene che ondeggiavano nell'aria soffocante. C'erano altri uomini armati di pinze, coltellacci e altri strumenti di metallo. E il coro cantava.

Tu sei Colui che ha la conoscenza,
Tu sei Colui che ha spaccato il cielo,
Tu sei Colui che ha aperto la terra,
Tu camminerai con le tue gambe, parlerai con la tua bocca,
masticherai con la tua mascella perché tu sei il Dio Drago
e regnerai sulla terra.
Tu sei Colui che può e colui che vuole e che governi sulla terra.
Tu hai distrutto i tuoi nemici
Tu hai accettato le vittime per la tua mensa e per i tavoli di tortura

Ovunque Laura volgesse lo sguardo vedeva sangue e fiamme, e corpi carbonizzati, squartati, martoriati. Mentre la spingevano avanti, comprese che non avrebbe più visto Gustìn, né Fioreste e Rosina. Comprese che non si sarebbe mai sposata e non avrebbe avuto figli. Comprese che quel luogo di sofferenza sarebbe stato l'ultimo che i suoi occhi avrebbero visto.

O Unico che incateni e afferri coloro che ti sono offerti in sacrificio!
Noi conduciamo le vittime perché tu penetri il tuo veleno nelle loro membra. Possa il loro dolore recare gloria alla tua Divinità
Incatenate le vittime nel luogo del supplizio
Affilate le mannaie e ravvivate il fuoco delle braci.
O Re del Dolore sulla terra, Rosso Padrone dei luoghi di supplizio, che vivi delle interiora, che crei terrore nel debole!
Io ho fatto la strada per adorare te, Dio Drago, signore dei serpenti nascosti sotto la sabbia e di quelli che nuotano nell'acqua.

La lenta processione arrivò al centro della sala, accompagnata dal canto che nessuna Chiesa di Dio avrebbe mai intonato. Uomini e donne vestiti di tuniche bianche pregavano ai piedi della statua di un uomo seduto su un trono con posa regale. Una statua di pietra bianca e venature giallastre, che aveva la testa simile a quella di una specie di enorme lucertola dal muso schiacciato.

Gloria a Te, che hai attraversato il luogo di purificazione.
In Tuo nome infliggiamo la tortura nelle stanze di supplizi
In Tuo nome affiliamo i coltelli e facciamo bollire l'acqua, l'olio e la cera.
Gloria a Te che ti rinnovi su questa terra e ne hai preso possesso.
Tu sei il Dio Drago e il potere è nelle tue mani.

Laura cominciò a piangere. Se anche l'avessero picchiata, violentata, uccisa tra mille tormenti, non sarebbe stato peggio dell'orrore che si era impadronito della sua anima schiacciandola, travolgendola.

La statua si era mossa voltando la testa per guardarli arrivare.

Perché la statua non era una statua.

PARTE VII

...E ci fu una battaglia nel cielo: Michele e i suoi angeli combatterono contro il dragone. Il dragone e i suoi angeli combatterono, ma non vinsero, e per loro non ci fu più posto in cielo. Il gran dragone, il serpente antico, che è chiamato diavolo e Satana, il seduttore di tutto il mondo, fu gettato giù; fu gettato sulla terra, e con lui furono gettati anche i suoi angeli.

(Apocalisse)

47

Poche torce erano rimaste accese nel tempio, dopo l'ultimo rituale e in attesa del seguente, ma l'odore del fumo appesantiva l'aria insieme a quello di sangue, incensi e... carne arrosto.

Luigi sentì lo stomaco rumoreggiare per la fame, anche se sapeva quale carne era stata bruciata. In cima alla scalinata, il Primo Sacerdote era accanto al trono del Drago, un elegante scranno di legno decorato d'oro e gemme.

Due sacerdoti stavano parlando con lui. Indossavano le vesti scarlatte, i mantelli e le maschere. Luigi si chiese cos'avrebbe visto sotto quelle maschere, il giorno in cui gli sarebbe stato permesso di guardare. Quel giorno non poteva più essere tanto lontano.

Quando raggiunse la scalinata si accorse che non erano soli. Alcuni accoliti del culto, quelli di grado inferiore, stavano portando via le carcasse scarnificate delle vittime. Altri con stracci e secchi d'acqua pulivano il pavimento dal sangue e dagli escrementi.

Alla vista di Luigi i sacerdoti smisero di parlare e rimasero a fissarlo mentre si avvicinava.

«Eccoti» disse il Primo, con una voce bassa eppure molto chiara. Luigi ebbe l'impressione di vedergli negli occhi una luce di viscido compiacimento. «Il nostro servo prediletto.»

«Sono al servizio del Dio Drago» mormorò. Gli sembrava che qualcuno gli avesse versato dell'acqua gelida lungo la schiena.

Servo prediletto.

Dopo tutto quello che aveva fatto, dopo che il Dio Drago l'aveva onorato della sua vista e della sua voce….

Prediletto. Ma ancora servo.

Il gelo era una lama che gli accarezzava le scapole.

«Il Drago ha parlato e i tuoi servigi riceveranno la ricompensa che desideri. Un giorno ti chiameremo fratello» gli occhi del Primo brillavano, la sua voce era soave come quella di una madre. «Ma quel giorno non è oggi, mio buon Luigi.»

«Non desidero altro che compiacervi. Chiedete e io lo farò.»

Il Primo Sacerdote disse agli altri due: «Potete andare.»

Loro non se lo fecero ripetere. Mentre si avvicinavano alla porta di bronzo questa sembrò aprirsi da sola per consentire il loro passaggio. Invece era perché qualcun altro stava entrando. Quel qualcun altro, notò Luigi, erano due donne, nude e tremanti, spinte avanti dalle fruste dei guardiani.

«Non hai trovato il rifugio di Raffaele» la voce del Primo aveva il tono di una stupita delusione. La stessa delusione, forse, che aveva provato Luigi quando era entrato in quella specie di scantinato nascosto sotto uno dei mulini di Borgo Dora, e lo aveva scoperto vuoto.

«Forse lo è stato, qualche tempo fa, e chi mi ha dato questa informazione non sapeva che Raffaele ne ha scelto uno nuovo.»

«Oppure l'uomo di Raffaele è riuscito a ingannarti.»

«Questo è possibile. Non che gli sia servito a cambiare la sua fine.» Una fine, quella del mendicante Bastiano, che era stata molto lenta e molto dolorosa.

«È servito a farci perdere tempo» gli occhi del Primo brillarono di nuovo e la lama di ghiaccio si agitò su e giù lungo la spina dorsale di Luigi. «Anche a privare Raffaele dei suoi fidati occhi.»

Luigi li aveva strappati, gli occhi, al vecchio Bastiano. Dopo averli forati con uno spillone. Ma il Primo Sacerdote stava andando in collera e lui non poteva permettersi di indugiare sui ricordi, per quanto piacevoli.

«Sono sulle tracce di un'altra spia dei Figli del Toro» spiegò. «Sono diventati più prudenti.»

«Questo è comprensibile. Non sei l'unico cacciatore.»

Luigi annuì. La notizia non lo coglieva impreparato.

«Temiamo un… un loro attacco?»

«Ti ho dato l'impressione di temere per qualcosa?» Il Primo aveva un tono troppo calmo e Luigi, che conosceva quel tono, sapeva che doveva stare attento a come rispondeva.

«No. Certo che no. Siamo noi che temiamo.» Noi servi, intendeva dire. Umili servi a cui non era dato di conoscere le astute strategie dei padroni.

«Che ragione avete di temere?»

«A causa della nostra natura imperfetta. I nostri…» Luigi sospirò. «I nostri occhi sono ciechi, le nostre menti limitate.»

Il Primo Sacerdote non parlò per un lungo istante. Nel tempo di quel silenzio Luigi udì appena i singhiozzi sommessi delle prigioniere.

«Un prezzo salato da pagare per chi offre la sua fedeltà al Dio Drago. Ne convengo» disse alla fine il Primo.

Luigi provò un'indicibile sensazione di sollievo. Non disse nulla.

Se aveva commesso un errore, era riuscito a porvi rimedio.

Se era una prova quella a cui era stato sottoposto, l'aveva superata.

«Ma alla fedeltà, Luigi, tu hai unito ambizione e talento, ed è per questo che sarai premiato questa notte.»

«Premiato?»

Non sono degno, stava per dire, avrebbe dovuto dire.

Non lo disse. Perché lui era degno più di chiunque altro.

«La ragione per cui diamo la caccia alle spie dei Figli del Toro non è per difenderci» spiegò il sacerdote. «Le spie ci porteranno ai Figli, e i Figli al Padre.»

«Il Dio Drago vuole il Toro» comprese Luigi.

«Vuole trovare il Toro prima che il Toro trovi Lui. Si è destato, sta recuperando le forze mentre il Toro, ne siamo certi, è ancora immerso nel sonno. Il nostro vantaggio adesso è incolmabile, quindi non dobbiamo renderlo vano nell'attesa.»

Luigi annuì. Aveva l'impressione che un martello gli battesse nella testa, contro le tempie. Non era il contenuto della rivelazione a riempirlo di esultanza, ma il fatto di averla ricevuta.

«Lo troveremo e lo schiacceremo» ansimò.

«Lo troveremo e lo schiacceremo» ripeté il Primo. Pareva quasi divertito. «Ma adesso mostrami come apprezzi il tuo premio.»

Fece un cenno rivolto a qualcuno ai piedi della scalinata.

Luigi si voltò e vide gli iniziati spingere avanti le prigioniere.Scese i gradini per guardarle più da vicino. Si tenevano abbracciate, tremando, ed erano quasi di sicuro madre e figlia. La donna era magra, il viso tondo e i lineamenti affilati, qualche filo d'argento nei capelli. Stava ingobbita a scrutarsi intorno, gli occhi celesti spaventati ma anche avidi, diffidenti e perfino... indignati. La figlia era la versione più giovane, soltanto più graziosa e più spaventata. Aveva un braccio di traverso sui seni, l'altra mano abbassata a coprirsi il ventre. La pelle era percorsa dai brividi. Luigi dovette prenderla per il mento per sollevarle la testa e guardarla in viso. Gli occhi avevano la stessa tinta della madre ma senza un'ombra di arroganza. Erano dolci, timidi come quelli di una cerbiatta. Quella pudicizia verginale rendeva la ragazza ancora più appetitosa.

«Per favore... » sussurrò la madre.

«Cosa?»

«Non fateci del male... Siamo... siamo solo... due povere....» La donna borbottava a fatica. Luigi vide che aveva diversi denti rotti. E il viso devastato, sfigurato dai lividi.

«Come ti chiami, brava donna?» chiese dando alla sua voce il tono di una carezza.

«Io?» Lo stupore per una semplice gentilezza ricevuta restituì un po' di calore sul viso della donna. «Vittoria, monsù. Vittoria Martìn.»

«E lei è tua figlia.»

«Sì. Sì, lei... è... si chiama Camilla» Alcune lacrime le scesero sulle guance. «Ho anche un figlio, sai? Potrebbe... potrebbe avere la tua età!»

«Ma davvero?»

«Sì, sì!» Vittoria ansimava, inghiottendo saliva e lacrime. Si leccò le labbra screpolate. «Un bravo ragazzo... proprio come te...»

Ha la stessa espressione di un cane, pensò Luigi. *E lo stesso odore.*

Si sforzò di non mettersi a ridere. Quella finzione era eccitante come il pensiero di ciò che stava per cominciare.

«Perché tremi, Vittoria?»

«Ho... ho freddo. Ho tanto freddo.»

«A questo possiamo porre rimedio!»

«Davvero?»

«Ma certo. Hai la mia parola.»

«Sei proprio un bravo giovane, lo… lo dicevo. Dio te ne renderà merito.» Quelle parole colme di incredula speranza raggiunsero Luigi da lontano, quando già aveva iniziato a dedicarsi alla figlia.

Il Dio Drago me ne renderà merito, sì.

Fece una carezza alla giovane e lei cominciò a singhiozzare.

«Tu non hai freddo, Camilla?» La ragazza scosse il capo, gli occhi bassi. «No? Meglio così.»

Molto meglio così.

Luigi lanciò uno sguardo al Primo Sacerdote, che dall'alto lo guardava senza parlare, alla sala, ai tavoli di tortura con gli strumenti allineati.

«Accendete il fuoco per *madame*» ordinò agli accoliti indicando una lunga graticola. «Per sua figlia no. Useremo il ferro.»

48

Il groviglio di casupole era immerso nel silenzio. Ogni tanto si sentiva il pianto di un bimbo, una risata, lo stridulo lamento strappato a un violino da qualcuno che cercava di accordarlo. Il rombo della Dora risuonava in sottofondo e la puzza che appestava il macello e le concerie faceva girare la testa ogni volta che la brezza cambiava direzione.

Gustìn respirò profondamente, ascoltando i suoni della notte e fiutandone gli odori, mentre insieme a Maria e Felice entrava nella zona più povera del Balòn.

Non era mai stato così determinato in vita sua.

Laura, la sua Laura, era prigioniera di una setta di pazzi che sacrificava uomini e donne a un mostro. Se anche fosse riuscito a salvarla, sarebbe mai tornata quella di prima? Sarebbe di nuovo riuscita a sorridere, o i momenti trascorsi nelle mani dei seguaci del Drago l'avrebbero accompagnata per sempre?

Meglio morire combattendo, pensò Gustìn. Se non altro, non sarebbe stato solo. La presenza di Felice e di Maria al suo fianco lo riscaldava di un tepore rassicurante.

Un gatto attraversò il sentiero zoppicando, li guardò con espressione stupita, poi sparì tra le ombre.

Il gruppo di baracche di fronte a loro era delimitato da un passaggio tra due carri. Qualcosa che in caso di necessità sarebbe potuto diventare una barricata e che era sorvegliato da due uomini. Vedendoli arrivare, si fecero da parte: Gustìn si chiese se era perché avevano riconosciuto lui... o Maria.

Al di là della barricata c'era più vita che nel resto del borgo. Molti uomini erano seduti intorno ai fuochi di bivacchi ridendo, scherzando, palpeggiando puttane.

Al loro arrivo, in quella sorta di accampamento si fece un silenzio inorridito. Nessuno cercò di ostacolarli mentre passavano oltre e andavano verso la baracca con l'intonaco sbrecciato e l'edera che cresceva fino al tetto.

«Gustìn... hai una bella faccia tosta a presentarti qui dopo che ci hai fatti sbattere in galera» lo accolse Tampardù uscendo dalla casa. I suoi occhi azzurri e gelidi scolpivano sul suo viso un'espressione da falco.

«Io vi ho fatti tirare fuori, a dire il vero.»

«Dovrei pure dirti grazie? Che vuoi?»

«Hanno portato via la saponaia.»

«Lo so» ringhiò Tampardù. «Ieri notte.»

«E voi non avete fatto niente?»

«Non sappiamo nemmeno da che parte cercare.»

«Villa Rosignano.»

Tampardù si fermò, le labbra socchiuse. Guardava Gustìn come un prete guarda qualcuno che ha appena gridato una bestemmia nel bel mezzo della Messa.

Tutti, notò Gustìn, lo fissavano con quella stessa espressione. Qualcuno si fece il segno della croce.

«Conosco il posto» disse Tampardù. «È maledetto.»

Gustìn percepiva la tensione attorno a lui. Avrebbe voluto dire qualcosa ma non sapeva cosa.

«Molti hanno perso una figlia o una sorella in questi ultimi tempi» s'intromise un uomo dall'aspetto imponente e gli occhi severi. Poteva avere una sessantina d'anni, ma dava la sensazione di un vigore formidabile. La sua voce rombava come l'eco di una cannonata. «È lì che le hanno portate?»

«Sì» rispose Gustìn. Si schiarì la voce e disse di nuovo: «Sì.»

«Bene. Perché sei qui?» C'era un tono quasi di sfida nella voce di Tampardù.

«Voglio andare là a salvare la mia donna. E le altre che sono state rapite» aggiunse. «Non vogliono farle prostituire. Le ammazzano.»

«Come?»

«Le ammazzano.»

«Ma noi credevamo... perché?» Un'ombra di inorridito stupore si posò sul viso di Tampardù.

«Le offrono in sacrificio al Demonio» rispose Maria.

«Non state dicendo sul serio» disse Tampardù a voce molto bassa. I suoi occhi si riflettevano nelle fiamme del bivacco e sembravano tizzoni ardenti. La smorfia che gli apparve tra le labbra metteva paura.

«Temo sia la verità» rispose Gustìn.

«E tu vuoi andare lì?»

«Sì.»

«A cercare di salvare la tua donna?»

«Lei e le altre.»

«E cosa vuoi da me?»

«Armi. Polvere da sparo. Olio in boccette. Quello che puoi darmi.»

La diffidenza conferiva ai lineamenti angelici di Tampardù un'espressione da bimbo imbronciato.

«Perché non vai a chiamare l'esercito anche stavolta?»

«Perché non ho tempo. Perché dovrei spiegare tutto dall'inizio e non sono sicuro che mi crederebbero.»

«Dovrei crederti io, invece.»

«Tu credi nell'Uomo del Crocicchio, loro no.»

«Te l'ho già detto che lui non c'entra. Lui la gente perbene la protegge.»

«Hai ragione, ma c'è una cosa che non sai» ribatté Gustìn. «L'Uomo del Crocicchio non è solo a proteggere i torinesi. Ha dei... fratelli.» Gustìn guardò Maria. «E sorelle.»

Tampardù seguì lo sguardo di Gustìn e si soffermò sulla dama, aggrottando la fronte. Per qualche istante nessuno parlò.

«Porta la cassa dei moschetti, *Tronà*» brontolò Tampardù. «Quella buona.»

L'uomo robusto si allontanò in direzione della casa. Tampardù tirò fuori dalla tasca una scatolina di latta. La svitò, prese una manciata di tabacco e se la ficcò nella narice. Fece uno sbuffo forte mentre inspirava.

«Dimmi perché dovrei rischiare la mia vita per aiutarti, Gustìn.»

«Perché è quel genere di impresa che se torni vivo nessuno al *Balòn* contesterà più i tuoi diritti. Mai più. Finché campi.»

Ancora silenzio. Ma in quel silenzio Gustìn comprese di aver dato la risposta giusta.

«Finché si tratta di far fuori gente in carne e ossa è un conto, ma affrontare quelli là è tutto un altro.» Tampardù lanciò a Maria un'occhiata rapida, dubbiosa. Come se avesse temuto di dire la parola sbagliata.

«A quelli penserà *madame*» spiegò Gustìn. «Non sono così pazzo.»

Lo era invece, perché sarebbe andato a Villa Rosignano comunque, con o senza Maria. Ma era felice di averla accanto. E ogni uomo in più, ogni fucile in più avrebbe aumentato, anche se di poco, le sue speranze.

Più probabilmente si trattava di condannare tutti a morte. *Non mi importa*, pensò Gustìn con inquietante sicurezza. Salvare Laura era l'unica cosa che contasse qualcosa. Provare a salvarla, almeno, o morire nel tentativo.

Tampardù e i suoi uomini si stagliavano alle luci dei bivacchi, in giochi di colori e ombre rossastre che davano ai loro visi qualcosa di selvaggio.

Nessuno parlava e in quel silenzio Gustìn udì il suono di passi. L'uomo robusto chiamato Tronà portava sulle spalle una cassa da morto, ma più piccola, come quella di un bambino.

«Qui ci sono le tue armi» annunciò Tampardù. «Ti costeranno, però.»

«Il denaro non è un problema.» Maria gli tese uno dei suoi anelli. Tampardù lo accettò con un sorriso di stupore che si tramutò in soddisfazione dopo che l'ebbe morsicato. Sempre sorridendo, infilò l'anello al mignolo e fece cenno al Tronà di posare la cassa.

«Prendete quello che vi serve.»

Dentro non c'erano solo i moschetti in dotazione alla maggior parte dei soldati di Savoia e di Francia, ma anche alcuni moderni fucili, come quelli che usava Felice di solito. E pistole, spade, coltelli, e fiasche di polvere da sparo.

Gustìn notò che il sordomuto guardava il contenuto della cassa con lo stesso sguardo di Tampardù mentre masticava l'anello di Maria.

Prese un pugnale, una pistola con il sacchetto di proiettili e una fiaschetta di polvere. E poi c'era il suo inseparabile compagno, lo stiletto nascosto nella manica della camicia.

«Veniamo anche noi» disse Tampardù. «La saponaia e le altre ragazze sono del Balòn, e non lasceremo che il merito se lo prendano dei damerini di città.»

Un ruggito si levò intorno a lui. Un ruggito carico di eccitazione, come lo sguardo di ciascuno degli uomini presenti. Sollevarono i pugni, applaudirono, pestarono i piedi facendo tremare la terra.

Per un istante Gustìn si sentì euforico. Per un istante gli sembrò di vedere ogni cosa avvolta da una rassicurante luce dorata. Non sarebbe stato solo a salire sul monte e a entrare nella villa maledetta. Non sarebbe stato solo ad affrontare il culto del Drago.

Ebbe davanti agli occhi l'immagine di se stesso che usciva con Laura da sotto un porticato pieno di erbacce e cespugli. Era un'immagine così intensa che gli fece venire le lacrime agli occhi.

C'è una speranza, pensò. *C'è davvero una speranza.*

Guardò i briganti di Borgo Dora che finivano di armarsi ridendo e facendo battute, come se avessero dovuto dare una lezione a una banda rivale.

«Se rimanete senza polvere non aspettatevi che ne porti anche per voi» diceva il Tronà mentre distribuiva i fucili, con una nota di burbero disprezzo.

«Ciascuno pensa per sé» convenne un ragazzo con i denti sporgenti e capelli cortissimi.

Tampardù li contemplava con le braccia incrociate, come un generale che si prepara all'ispezione.

«E ricordate» esclamò, quand'ebbero finito di prepararsi. «Che la morte è solo un altro posto con Dio come padrone.»

«Basta solo che non abbia la tua faccia» gli replicò uno dei suoi. Tampardù lo fulminò con gli occhi e ringhiò:

«Spero che ti ammazzino per primo.»

49

Su Torino gravava un'altra notte d'estate, con l'afa opprimente che faceva tenere le finestre aperte. Per le strade marciavano i soldati di ronda e qualche civile con un affare importante da sbrigare, o meno lecito di quelli che avrebbe potuto svolgere durante il giorno.

Le taverne e le osterie si animavano, servendo patate e Barbera ai carpentieri che avevano sgobbato tutto il giorno tra le macerie dei palazzi colpiti. I bottegai chiudevano i negozi, dopo aver sperato fino all'ultimo che qualcuno venisse a comprare; altri contemplavano gli scaffali vuoti ormai da giorni.

Nei palazzi della nobiltà, i servitori portavano pietanze attraverso corridoi stretti e bui per servire i padroni attorno a tavoli così grandi che in molte case non sarebbero potuti entrare. I bambini venivano lavati e vestiti dalle governanti, le madri devote sgranavano il rosario nella cappella di famiglia.

Altrove, gli artigiani finivano di fondere, sagomare, intagliare, mescolare e comporre ciò che avrebbero esposto sulle bancarelle del giorno dopo. Consumavano la cena e ringraziavano Dio della sua misericordia.

Nel Borgo Moschino, nei vicoli intorno a San Francesco o nelle case del *Balòn* più vicine alle concerie, nessuno pregava Dio. Nessuno si occupava dei bambini, né preparava merci da vendere. Favoriti dal buio, si sussurravano furti, truffe e illeciti commerci.

La notte era una coperta sulle case dei bravi cristiani che cercavano il sonno combattendo il caldo, le zanzare e la paura delle bombe. Sulle sarte che cucivano a lume di candela, sulle dame che cenavano fingendo allegria, facevano giochi di società o scrivevano lettere ai loro cicisbei. La notte era una coltre leggera sui convegni d'amore e le intime conversazioni, sui sogni e sulle preghiere, sulle lacrime e sui vizi dei torinesi.

Alle finestre, sui balconi e sui davanzali splendevano lumi e candele, rischiarando le strade, rispondendo alla luce delle stelle e dell'ultimo quarto di luna.

Era come se l'ordine del Duca di tenere le strade illuminate avesse assunto, quella notte, un significato più profondo: candele votive a ogni angolo della città, come in una chiesa. Quelle luci inducevano a sperare, e Gustìn sperava, anzi era certo di trovare Laura ancora viva. Si sentiva dentro, in maniera chiara e indiscutibile, che nell'esatto istante in cui il cuore di Laura avesse cessato di battere, si sarebbe fermato anche il suo.

Che mi importa di non rivedere più questa via, questi palazzi, questa città, se non ci sarà più lei accanto a me?

No, che morissero pure Torino, il Piemonte, la Francia e il mondo intero. Niente avrebbe più avuto importanza senza Laura a dargli una ragione per amarlo.

La carrozza cigolava sul buio sentiero di Vanchiglia, senz'altra luce a guidarlo che le lanterne a cassetta, la luna e le stelle.

Gustìn era seduto di fronte a Maria. Felice aveva preferito rimanere accanto al cocchiere. Tampardù e la sua banda li seguivano, alcuni su un carro tirato da due asini, altri a piedi.

Attraversarono il Borgo Moschino senza fare il minimo rumore, come fantasmi. Perfino i cani tacevano, intimoriti o soggiogati dalla presenza sovrannaturale che sfiorava le loro tane. Puttane dal trucco eccessivo e parrucche di poco costo emergevano dalle ombre dei vicoli e in esse subito tornavano, come respinte da una mano invisibile.

«Non ho paura di morire» disse Maria a mezza voce. «E voi, Augusto?»

«Ci sono cose peggiori della morte.» Gustìn pensò che quelle cose avrebbero potuto trovarle quella sera stessa, nella tana del Drago.

Lo assalì la consapevolezza di quello a cui stava andando incontro: una consapevolezza di completa ignoranza. Non sapeva cosa, chi avrebbe incontrato nelle rovine di villa Rosignano: il Drago, i suoi servitori Stregoni e i loro servitori mortali. Quanti erano, erano armati?

Stava andando in quel luogo senza un piano, senza una strategia di ingresso né di fuga. Nemmeno nella più infima e semplice delle missioni compiute per Gropello si era avventurato con tanta leggerezza e impreparazione.

Qualunque fosse la causa, Laura o Maria, l'angoscia che provava per la sua amata o il potere sovrumano della dama, l'aveva reso incapace di pensare.

«Abbiamo qualche speranza?» chiese a mezza voce.

Maria impiegò un po' di tempo a rispondere.

«Se il Drago non si è ancora destato del tutto, sì.» Un'altra pausa. «È possibile che dovremo combattere. Siete pronto?»

«Non ho mai ucciso un uomo» ammise, impacciato. «Strano, vero?»

«Questa notte dovrete rinunciare ai vostri scrupoli, per quanto ammirevoli. Come potete immaginare, ci sono ben poche cose che possono ferire quelli come *noi*. Se potete, dunque, lasciate che sia io ad affrontare i miei simili. E non guardateli negli occhi.»

Gustìn sapeva che lo sguardo di quelle creature privava le vittime di ogni facoltà, ma averne fatto esperienza non lo metteva al riparo dal cascarci di nuovo.

Tornò a pensare a ciò che aveva letto nei volumi conservati da Tommaso, negli archivi del Duca.

«Posso difendermi con il fuoco?»

«Sì.»

«E gli specchi e l'aglio non possono davvero fermarvi» osservò, ripensando alle inutili decorazioni nella casa di Yanko. «Ma qualcuno crede di sì.»

Maria non disse nulla, ma il suo sguardo era eloquente.

Gustìn percepì lo scricchiolio del ponte di legno che attraversava il Po, e il brusco cambio di inclinazione della carrozza quando cominciò a inerpicarsi sulla collina.

«E le croci?»

«Una croce senza fede non è che due bastoni sovrapposti. La Croce è un simbolo d'amore e sofferenza. L'amore guida il mondo da molto prima che il Figlio di Nostro Signore scendesse sulla terra. L'amore è un grande potere nelle mani di chi sa *credere* in esso.» Maria sottolineò con attenzione le ultime parole e indicò la medaglietta della Vergine che Gustìn teneva appesa al collo.

«Anche *quello* è un'arma. Colei che ve l'ha donato credeva nel suo amore per voi. E se anche voi saprete *credere*, senza mai nutrire dubbi... allora voi, Augusto, sarete inarrestabile.»

Gustìn fu avvolto da un senso di calore, e gli sembrò che l'origine di quel calore fosse proprio il ciondolo d'argento. Lui che era sempre stato fiero della propria razionalità adesso basava tutta la sua strategia su preghiere e magie. L'uomo che stava con i piedi per terra galleggiava nell'aria. Comprese che non poteva essere altrimenti: nessuna forza terrena avrebbe potuto colmare il baratro che lo separava da Laura.

La carrozza si arrestò di colpo e Maria annunciò: «Credo che dovremo continuare a piedi.»

Con un movimento fluido, senza alcun imbarazzo, slacciò il corpetto e l'intero vestito scivolò giù, rivelando un paio di calzoni, stivali e una semplice camicia di stoffa nera. Anche la parrucca finì sul sedile della carrozza.

Maria aveva capelli neri finissimi, tagliati corti come quelli di un uomo.

Gustìn distolse lo sguardo. Qualunque donna che conosceva sarebbe morta di vergogna nel mostrarsi così al di fuori dell'intimità di una stanza da letto. Invece Maria disse: «Voi meglio di altri comprenderete la necessità di non essere ingombrati dagli abiti o da inutili orpelli.»

Gustìn annuì e tornò a pensare a Laura e villa Rosignano.

Fuori dalla carrozza, Felice, i briganti e il cocchiere aspettavano in silenzio. Le canne dei fucili e dei moschetti a tracolla, e delle pistole alla cintura, le lame di spade e coltelli brillavano ai raggi della luna.

L'aria era ferma, come prima di un temporale. Un odore stagnante, marcio, arrivava da quell'intrico di alberi e radici. Il terreno era cosparso di foglie, muschio e aghi di pino.

Nuvole di passaggio si erano fermate davanti alla luna, rendendo la tenebra completa, e Torino era avvolta dalla luce di centinaia di lumini, come un cimitero notturno. Era bellissimo ma insieme spaventoso: privati della luce del cielo, i cuori erano d'istinto più indifesi.

Torri e campanili svettavano sui tetti, protette dai bastioni. Più lontana, la sagoma della Cittadella circonfusa dalla mezza corona fiammeggiante che era il rogo del fossato. Borgo Moschino e Borgo Dora si distinguevano appena, timide luci al di fuori della cinta di mura, come intrusi respinti dalla casa dei signori.

Lungo la linea che demarcava i confini tra gli alberi della collina e il cielo, si intravedevano i barlumi degli ultimi roghi delle ville di campagna, futile vendetta contro la resistenza della città.

Ecco il mondo che Gustìn stava per lasciare per entrare in un altro, sconosciuto alla maggior parte di quelli come lui.

Tampardù finì di parlottare con i suoi uomini e si fece avanti. Aveva una quantità di coltelli appesi all'interno del gilet, e due pistole alla cintura.

«*Madame*, ci sarebbe utile capire cosa troveremo e come potremo combatterlo… e se potremo.»

«Vogliono risvegliare un essere molto antico» disse Maria, « e molto malvagio.»

«Il Diavolo» indovinò Tampardù.

«Loro lo chiamano "Drago". È a lui che stanno sacrificando le vittime. Quello che troveremo dipenderà dal Drago. Se è già del tutto desto potremo fare ben poco, altrimenti dovremo combattere i suoi seguaci. Alcuni sono… come voi, altri come me. Saprete distinguerli, ne sono sicura.»

Anche Gustìn non aveva dubbi.

«Come possiamo combattere quelli come voi?» chiese Tampardù. Di sicuro stava già pensando a come avvalersi di quelle conoscenze una volta finita l'incursione. Maria lo guardò con un velo di tristezza.

«Il fuoco li terrà lontani. Non guardateli negli occhi. I loro poteri potrebbero conquistarvi con un solo sguardo.»

«Non sarà troppo diverso da entrare in una casa per rubare» commentò il Tronà. Gli altri scoppiarono a ridere, ma era una risata finta, di quelle per darsi coraggio.

«Pensate che ci stiano aspettando?» domandò Gustìn.

«Aspettano, sì. Ma non noi, e non adesso.»

Gustìn aveva quasi tutte le tessere del mosaico per capire da solo il significato di quelle parole. Il Drago aspettava il Toro. Si era svegliato per primo, con l'aiuto dei suoi servi mortali e immortali, e adesso riprendeva le forze senza forse sapere che il suo eterno nemico rimaneva immerso nel suo sonno secolare, indifferente agli eventi che minacciavano la sua stirpe e la città di cui si era fatto protettore.

«Seguitemi» invitò Maria.

La luce della luna giungeva ancora più fioca sotto gli alberi del bosco, ma Gustìn avrebbe giurato che lungo il sentiero ci fossero segni del passaggio di ruote, scavati nella terra come canali ormai secchi. Un cancello dalle picche di ferro arrugginito emerse tra i cespugli rampicanti. Era aperto.

"È solo un vecchio cancello", si disse Gustìn, ma la paura era un peso sullo stomaco che gli toglieva il respiro, un odore che non passava per le narici ma arrivava alla testa, un grido che pareva dire: "vattene finché sei in tempo".

Aveva la fronte madida di sudore, ma avrebbe tanto voluto ripararsi in un mantello e alzare il bavero fin sopra gli occhi. Il suo stomaco era in subbuglio, ogni tanto spingeva in alto qualcosa di acido.

Varcò il cancello calpestando il tappeto di erbacce e foglie che gli arrivavano fino alle caviglie. Sopra di lui, i brandelli di nuvole cambiarono posizione, svelando un grappolo di stelle.

Villa Rosignano era una sagoma grigiastra perforata di finestre nere, come il teschio deforme di un mostro con cento occhi, cento baratri spalancati in tenebre dove qualunque cosa poteva essere in agguato. Il palazzo aveva due piani, un porticato centrale e due ali che sporgevano in avanti, contendendo lo spazio ai rovi e ai cespugli. Resti mutilati di statue di marmo giacevano nel cortile invaso dalle erbacce.

Gustìn si mise ad ascoltare tracce che tradissero la presenza di qualcuno o qualcosa, fosse anche una volpe, una zanzara o un uccello notturno, ma il silenzio era completo, e l'unico suono che sentiva era quello del suo cuore che batteva all'impazzata.

Maria fece cenno di avanzare, e le due ali della villa non furono più davanti, ma a destra e a sinistra: dava quasi la sensazione che fosse stata la casa a muoversi verso di loro e non il contrario.

L'odore che poco prima Gustìn aveva solo creduto di percepire era invece concreto, aleggiava nel cortile trasudando dalle aperture che un tempo erano state porte e finestre. Non era solo la puzza degli uccelli e degli animali che avevano fatto il nido o la tana nelle rovine, né quella di bestiole morte che marcivano.

Uuhss-iihh

Un soffio impalpabile, un sussurro senza corpo, attraversò le orecchie di Gustìn facendolo rabbrividire. La ragione suggeriva che fosse il verso di qualche animale, portato dall'eco dei valloni e dei fossi, lo scricchiolio dei rami, un bizzarro agitarsi delle fronde.

Uhs-iihh

Non era il regno della ragione quello in cui Gustìn si stava avventurando, ma un altro, dove il cortile, la casa e il bosco sussurravano il suo nome.

Guss-tinnn

Si affiancò a Felice, che avanzava in testa al gruppo con il fucile in pugno e lo sguardo vigile. Il cocchiere di Maria era appena dietro di loro. Tampardù e la sua banda chiudevano la fila. Gli occhi di tutti guizzavano di concentrazione, risolutezza. Paura.

Attraversarono il cortile quasi galleggiando sul terreno. Un venticello tiepido soffiava tra i cespugli, correndo sull'erba e smuovendo le frange degli alberi. Sollevò un vortice di foglie secche: le portò in alto poi le lasciò cadere delicatamente, come petali di rosa.

Qualcosa gridò, facendoli sussultare; sembrava provenire da qualche parte dietro la casa. O dentro la casa. Il cocchiere borbottò facendo gesti di scongiuro. Gustìn era sicuro che ci fosse troppa sofferenza in quell'urlo per essere di un animale.

Prima di raggiungere il portico, videro che un'arcata si apriva nel padiglione di sinistra, incorniciando un vialetto che conduceva alle scuderie, o ciò che ne restava: mura dritte, un tetto sfondato. E una carrozza d'aspetto troppo recente.

Maria indicò in quella direzione. Tampardù fece un cenno d'intesa e diede un ordine a due dei suoi, che si separarono dal gruppo per andare a esplorare le scuderie. Gli altri seguirono Maria sotto il portico buio: mentre qualcuno accendeva una lanterna, vi fu uno scalpiccio brusco e frenetico di zampette. Una miriade di occhietti rossi fissò gli intrusi con irritazione, prima che la luce svelasse code rosa di ratti che scappavano a nascondersi. L'antro, benché ventilato, puzzava di muffa e avanzi in decomposizione.

Il pavimento sudicio lasciava intuire che qualcuno si era rifugiato lì: un fuggiasco, un disertore o un vagabondo. C'erano tracce di bivacchi tra le macerie e le travi annerite dal fuoco.

Le imposte alle finestre erano state scardinate, forse per ricavarvi legna da ardere. Gustìn si fece dare la lanterna e la sollevò per spiare l'interno della villa.

Dei morbidi tendaggi e delle tappezzerie colorate che un tempo avevano rallegrato quelle stanze rimanevano ritagli anneriti e contorti come lembi di ragnatele spezzate. Non si vedeva nessuno, nemmeno un movimento colto con la coda dell'occhio; eppure, Gustìn lo sentiva con ogni fibra del suo corpo, lui e i suoi compagni non erano soli in quel luogo.

I due banditi tornarono dalla perlustrazione. Con sollievo, Gustìn notò che sembravano tranquilli.

«La carrozza è lì da parecchio tempo. Non ci sono cavalli nella scuderia.»

Maria non rispose, immobile, in ascolto.

Cosa poteva avvertire con i suoi sensi così sviluppati? Il profumo di un fiore nascosto tra i cespugli, il suono di un granello di polvere che si posa al suolo, il sussurro di un sicario nascosto?

«Imploriamo l'aiuto di Dio.» La dama aprì le mani e il suo valletto le prese la sinistra, cominciando a formare il cerchio. Incerto, Gustìn si avvicinò.

Prega per salvare Laura.

(Pregare non ha salvato Milo!)

Prega per te stesso. Per la tua anima.

Prega per trovare la serenità che meriti.

Le prime voci erano riverberi della sua, ma l'ultima sembrava quella di Maria.

Prese la mano della dama e chiuse il cerchio stringendo Felice dall'altra parte.

«Il Signore è il mio pastore: non manco di nulla; su pascoli erbosi mi fa riposare, ad acque tranquille mi conduce. Mi rinfranca, mi guida per il giusto cammino, per amore del suo nome...»

Gustìn si unì a testa bassa, il cuore che batteva forte.

«Se dovessi camminare in una valle oscura, non temerei alcun male, perché Tu sei con me.»

Quando finì la preghiera, si sentì sollevato, come se un soffio d'aria tiepida o una carezza invisibile gli avesse attraversato la testa, portando via la sporcizia.

Non aveva idea di chi gli avesse fatto quel dono tanto prezioso: ora si sentiva pronto.

Strisciò accanto all'apertura che era stata una porta, acquattandosi per guardare all'interno: il buio era quasi completo, ma il tetto sfondato faceva cadere un alone pallido su una scalinata che portava al piano di sopra.

Gustìn tese i sensi, cercando di cogliere un suono, un odore, un segnale di pericolo.

Quegli altri, i seguaci del Drago, potevano sentire la presenza di intrusi? Tutte le sue speranze si basavano su un no come risposta.

Forse in quel momento erano impegnati a cantare lodi al loro padrone, sdraiato nella vasca ricolma di sangue in attesa di un nuovo sacrificio. O forse zampettavano ai suoi piedi come formiche affamate, mentre divorava le carni e rosicchiava le ossa delle sue vittime.

Nell'aria aleggiava quell'odore indefinito e sgradevole che si sentiva in cortile, insieme a una sorta di vibrazione… come se l'incendio che aveva devastato la villa dopo la follia del suo proprietario fosse ancora lì, sotto le ceneri, pronto a divampare più violento di prima.

Cominciarono a spostarsi di stanza in stanza, muovendosi con cautela in quel luogo abbandonato e sinistro. Il vento sibilava attraverso le finestre portando i versi di qualche animale del bosco, di una rassicurante normalità, il segno che al di fuori delle rovine il mondo era quello della ragione.

Quel silenzio fu spezzato da un suono metallico. Poi di nuovo. E di nuovo.

Era come se qualcuno avesse fatto battere due pentole tra loro, intanto che le metteva sul fuoco, e ripetendo quel gesto più e più volte.

Ca-clun. Ca-clun.

Si lasciarono guidare dal suono sempre più forte e distinto.

Ca-clun. Ca-clun.

Raggiunsero la stanza che forse era stata la cucina della villa. Dai due enormi camini affioravano i ganci per le pentole.

Ca-clun…

Poi più niente. Il rumore era cessato nell'esatto istante in cui Maria era entrata per prima nella cucina, ma Gustìn sentì i capelli rizzarsi sulla nuca.

Tump.

Un unico colpo, forte e secco.

Nella penombra, Gustìn vide Felice e alcuni briganti puntare le armi. In tutte le direzioni. Aprì lo sportello della lampada e la sollevò verso dove credeva di avere sentito lui il rumore.

Una sagoma scura, piccola e affilata si stagliava in un angolo. Si dissolse non appena fu raggiunta dalla luce, rivelando una scala di pietra che scendeva in un pozzo di tenebra.

Gustìn si sentì tirare per un braccio e fu percorso da un brivido e un istinto raccapricciante. Era Tampardù.

«L'hai visto...»

«Sì.»

Forse era stato solo un inganno della mente, ma ne dubitava.

Aveva visto troppe cose negli ultimi giorni da non pensare che quell'ombra fosse il fantasma di un bambino, forse della figlioletta del conte Rosignano morta suicida. O di Milo.

In entrambi i casi, l'apparizione aveva mostrato la strada.

Dalla rampa arrivava un odore ancora più nauseante.

Gustìn affondò la mano nella tasca della giacca e impugnò la pistola: sembrava stranamente leggera. Tampardù sollevò uno dei suoi coltelli e fece quella che sembrava la parodia del saluto di un duellante:

«Noi ti seguiamo, signora.»

Maria rispose: «Rimanete insieme e non abbiate paura delle tenebre.»

Erano le parole di una santa prima del commiato o del martirio.

Durante la discesa, la lanterna faceva luccicare macchie di umidità che ricoprivano le pareti e i gradini là dove non avevano trionfato polvere o muffa: sembrava di essere in un infernotto torinese, con le stalattiti aghiformi, la cortina di ragnatele polverose e il soffitto a volta, così basso che Gustìn era costretto a camminare con la schiena piegata in avanti, e i crampi gli attanagliavano le viscere e le gambe. Non era l'unico ad avere quella difficoltà: quando qualcuno batteva il capo nel soffitto, o si graffiava contro le asperità sporgenti, si udiva un mormorio di rabbia, dolore o disappunto.

Finalmente il cunicolo si aprì in una specie di cripta. Ora il silenzio era spezzato dall'eco di un coro lontano. Gustìn si sforzò di ascoltare meglio: era un inno, senza dubbio, ma non ricordava di avere mai sentito nulla di simile. Ci fu un grido acuto, prolungato, poi smise di colpo.

Gustìn portò una mano al collo, ad accarezzare la medaglietta della Madonna, magia cristiana benedetta dall'amore e dalla fede di Laura. Ebbe quasi l'impressione di sentire... sì, era calore!

Il calore fluiva dal ciondolo d'argento e toccava le sue dita, correva lungo le braccia e raggiungeva il cuore. Gustìn non sapeva se si stava suggestionando da solo, ma la sensazione era dolce e rassicurante.

Fu attraversato dal ricordo del momento in cui riceveva quell'oggetto, lui, Laura, l'abbraccio e il bacio. Il ricordo portava con sé qualcosa di inebriante, una lucida serenità che non poteva arrivare da dentro di lui, non in quel momento dove ogni fibra del suo essere era divorata dall'angoscia. Il ciondolo che aveva al collo era il tramite di una potenza luminosa e arcana, antica quanto il mondo, grazie a cui era pronto a combattere chiunque si fosse intromesso tra lui e Laura.

I suoi pensieri gli sembrarono incredibilmente chiari e rapidi, la presa dei suoi piedi sul pavimento incredibilmente salda.

Qualunque cosa succeda stanotte, Laura deve vivere. Io voglio che viva, diceva quella forza incommensurabile che era uscita dal talismano o che forse invece per merito del talismano era sbocciata in lui.

A bassa voce, Maria ordinò di spegnere il lume: il riflesso davanti a loro bastava a guidarli, la tenebra li avrebbe aiutati a restare nascosti.

Attraversarono una cripta che emanava un odore terribile, di stalla e di cibo andato a male. Ignorarono i varchi a destra e a sinistra, che conducevano in altre stanze scavate nella pietra, seguendo un coro che cantava inni in una lingua sconosciuta e oscura.

(faceva come hnn e hll, aveva detto Corassié).

Gustìn intravide il baluginare di candele riflettersi su grate di metallo e guizzare nei varchi di grosse colonne. Forse erano celle, ma erano vuote.

Passarono oltre per raggiungere la luce, nella chiesa più grande che Gustìn avesse mai visto: tre navate suddividevano una grotta larga quanto la piazza delle Erbe, con enormi pilastri di roccia coperti di affreschi e simboli colorati.

Nella navata centrale, uomini e donne in tuniche bianche erano prostrati in preghiera, ai due lati di una statua che raffigurava un uomo con la testa di lucertola. Una doppia scalinata senza parapetto conduceva a un altare che sporgeva su una vasca scavata nel pavimento e ricolma di sangue.

Il sangue scorreva lungo canali scavati nella pietra per alimentare la vasca, seguendo un disegno che faceva pensare alle zampe di un ragno scarlatto. Ognuno dei canali partiva da un tavolo di tortura, dove carnefici dal cranio rasato si accanivano sulle loro vittime. L'odore metallico del sangue si mescolava a quello di carne bruciata, impregnava l'aria insieme ai gemiti, alle grida e ai pianti, un sinistro coro al dio del dolore.

Dietro l'altare c'erano i sacerdoti, con vesti scarlatte e maschere che coprivano l'intera testa con fattezze di animali. Quello che sembrava guidare il rito aveva una maschera più bella, d'oro anziché di gesso, a foggia di testa di cane. Uno strano cane, con orecchie di asino.

Un nuovo rito era in corso, o forse era sempre lo stesso, un'interminabile sequenza di torture, uccisioni, sacrifici.

Felice richiamò l'attenzione indicando un'apertura su un lato del tempio, un passaggio verso altre sale, là dove Gustìn poteva solo sperare ci fossero le celle in cui erano imprigionate le persone scomparse: uomini e donne, vecchi e bambini, sacrificati per saziare la fame preistorica di un mostro.

Continuarono a muoversi a ridosso del colonnato e protetti dalle ombre, confidando sul fatto che l'attenzione di sacerdoti e seguaci fosse rivolta all'altare.

Poi una voce echeggiò nella sala. Una voce potente, fangosa, che sembrava provenire dal soffitto, dal pavimento e dalle pareti. Una voce che non aveva una vera e propria sostanza ma faceva parte dell'aria, un soffio rovente che bruciava il fiato in gola. Senza averlo mai visto né sentito prima, Gustìn comprese che il Drago aveva parlato.

La preghiera si arrestò e in quel silenzio surreale il sacerdote con la maschera di cane urlò qualcosa in una lingua che pareva un ruggito a denti serrati. E a quel ruggito rispose Maria, con un altro: «TU!»

Gustìn aveva sentito i reduci raccontare che in una battaglia tutto sembra rallentare, come se il tempo si dilatasse per prolungare la paura e l'agonia. Da quando Maria aveva gridato al pensiero di Gustìn "dobbiamo combattere" sembrava trascorsa un'eternità, invece tutto doveva ancora iniziare.

Gustìn fece in tempo a formulare quel nuovo pensiero che già la dama si muoveva verso l'altare con passi così lunghi e veloci che pareva saltare, anzi galleggiare sul pavimento.

Due o tre decine di teste adesso erano voltate verso di loro, e il sacerdote gridò qualcosa che Gustìn non sapeva tradurre ma riuscì a immaginare senza difficoltà: "fermateli".

«Addosso!» gridavano Tampardù e i suoi. «Canaglie!»

Gridavano forte e a lungo, e Maria si muoveva verso l'altare percorrendo la distanza con passi troppo veloci per essere colti con nitidezza da un occhio umano. Gustìn le tenne dietro cercando la sua sagoma, la pistola in una mano e il pugnale nell'altra, non per proteggerla ma per arrivare dall'altra parte della sala approfittando della sua scia.

Un'onda bianca percorse le fila dei seguaci, il loro schieramento si aprì come il Mar Rosso davanti a Mosè, mentre la maggior parte di loro andava a rifugiarsi ai due lati delle scale, lasciando un corridoio per Maria che conduceva dritto alla scalinata. Non erano guerrieri, comprese Gustìn, negli istanti in cui cercava di pensare una strategia: mendicanti e puttane, forse, borghesi e lavandaie. Non erano lì per combattere.

Udì uno sparo alle sue spalle e uno dei sacerdoti stramazzò.

Un colpo di tale precisione e tempismo da non lasciare dubbi che fosse partito dal fucile di Felice. Il sacerdote si rialzò, come se a stenderlo fosse stato un pugno e non una pallottola: questo scacciò ogni residuo di dubbio sulla sua natura.

Maria gli fu addosso con la rapidità e la ferocia di un lupo, e la grazia di una ballerina. Si protese e colpì, uno schiaffo a mano aperta.

Il sacerdote cadde di nuovo e questa volta non si rialzò più.

Gustìn si sentì attraversare da una scossa di calore, di estasi, di eccitazione quasi sessuale. Continuò a correre.

Percepì la presenza di un'ombra alla sua destra e cambiò passo per mettere fuori tempo l'attacco di un uomo con la faccia butterata dal vaiolo che impugnava una lama di materiale simile a porcellana. Un secondo uomo gli si parò di fronte, un viso in cui Gustìn credette di riconoscere un banchiere della Città Nuova, guidato da una feroce determinazione.

Gustìn alzò la pistola per spararg li, ma un pugno si abbatté sulla sua spalla facendogli cadere di mano l'arma, che rimbalzò sul pavimento.

Vibrò una pugnalata alla cieca, ruotando di scatto, e avvertì la macabra sensazione dell'aria che cambia consistenza mentre la lama affonda e lacera stoffa e carne. Un grido di dolore gli esplose nelle orecchie.

Sentì altri spari e altre urla. Felice e la banda di Tampardù cercavano di rendere il confronto meno impari. Aveva la vista coperta di macchie bianche e viola, il fiato che sembra intrappolato in gola, ma riuscì a intravedere la pistola, sul pavimento a pochi passi da lui.

Pregò, chiedendo a Dio pietà e a Laura forza: rotolò in avanti, in un groviglio di braccia e gambe, urla e spari. Una lama gli accarezzò la spalla e la schiena, graffiandogli a sangue la pelle. Si protese sul pavimento strisciando, mentre la stoffa della giacca cedeva strappandosi sotto le mani o le lame dei nemici. Raggiunse la pistola proprio mentre qualcuno lo afferrava per la caviglia.

Scalciò, si girò sulla schiena e fece fuoco.

Non sentì lo scoppio e pensò che l'arma si fosse rotta quand'era caduta. Invece colui che l'aveva assalito abbassò lo sguardo per contemplare incredulo la macchia che si allargava sulla tunica. Tornò a fissare Gustìn come per chiedergli "cos'hai fatto?". Poi cadde all'indietro, con gli occhi lucidi di lacrime.

Così è successo, riuscì a pensare Gustìn. *Ho ucciso un uomo.*

Lo stupore si perse nella sua mente, mentre lasciava cadere a terra la pistola ormai inutile: non avrebbe mai fatto in tempo a caricarla di nuovo.

Intorno a lui la battaglia si combatteva con ferocia inaudita con spade, pugnali, pugni e calci. Qualcuno cadeva senza più rialzarsi. Rimasti sulla scala, Felice, il cocchiere e alcuni briganti puntavano le armi e facevano fuoco. I lampi degli spari rischiaravano il buio, le pallottole scheggiavano le colonne di pietra lasciando scie di scintille. L'odore della polvere cominciò a mescolarsi a quello del sangue e dell'incenso.

Molti membri del culto erano schiacciati contro le pareti del tempio a guardare lo scontro come un dramma a teatro. Gustìn li ignorò, percorrendo la distanza che lo separava dal fondo della sala senza incontrare altra resistenza.

Passò accanto alla scalinata e scavalcò il corpo di un sacerdote che aveva il collo straziato da un morso. Nella sua mente si affacciò l'assurda immagine dei suoi denti che affondavano in una coscia di pollo lacerando muscoli, nervi e vene. Per poco non scivolò su una pozza di sangue e fu costretto a fermare la sua corsa per non cadere. Ne approfittò per raccogliere un lungo pugnale scivolato dalla mano del sacerdote ucciso, e quando rialzò la testa vide un altro uomo avventarsi contro di lui. A salvarlo fu l'istinto che gridava di tornare indietro: una specie di spada a forma di falce sibilò nell'aria a un palmo dalla sua gola.

Guidato dallo stesso istinto vibrò un colpo col pugnale, dal basso verso l'alto, straziando carne e stoffa. L'uomo gridò e cadde.

In quell'istante in cui si illuse che avrebbero potuto vincere, Gustìn alzò gli occhi in cima alla scalinata. Maria era una macchia in abiti neri, ma il sacerdote con la maschera d'oro era più veloce di lei. Le afferrò il braccio e la scaraventò a terra con una forza terrificante. Lei si difese graffiando, puntando alla gola. Un fiotto di sangue schizzò, la maschera si ruppe e cadde a terra.

Il sacerdote che comandava il rito era Emilio.

Senza la parrucca, rivelava il cranio calvo e la treccia. L'espressione da scimunito era svanita in uno sguardo duro e intelligente. Incombeva su Maria con un ghigno crudele, gli occhi accesi come fiamme. I muscoli del collo risaltavano tesi nello sforzo, quelli delle braccia guizzavano posseduti da una forza inimmaginabile. La dama era perduta in quella presa d'acciaio.

E perduta, comprese Gustìn, era anche la battaglia.

Intorno a lui gli adepti del Drago stavano avendo ragione dei banditi, che opponevano una resistenza sempre più debole man mano che uno di loro cadeva. Tampardù non si vedeva da nessuna parte. Era stato ucciso o aveva cercato la fuga. Rimaneva solo Felice, fermo all'ingresso del tempio a caricare la pistola con gesti rapidi e precisi.

«Felice, per Dio, andate via!» gridò Gustìn senza rendersi conto che era inutile. In quell'istante sulla soglia apparve Luigi Rossotto. Indossava la tunica bianca del culto, e Gustìn ebbe l'assurda speranza che il vicario e i suoi cavalieri fossero venuti in loro aiuto travestiti da seguaci del Drago. Lo sbirro sollevò una pistola e sparò, facendo schizzare sangue e cervella dalla testa di Felice.

La battaglia era finita e Gustìn era rimasto solo.

Sentì il terrore afferrargli le viscere: uno dei sacerdoti si stava avventando su di lui. Non aveva la maschera, rivelando un viso scheletrico, due occhi di un verde rancido, un sorriso repellente e infernale.

Gustìn voltò le spalle per cercare la fuga, ma due braccia si strinsero attorno al suo torace, intrappolandogli le mani. Provò a scalciare per liberarsi mentre la stretta gli stritolava le ossa. Inarcò la testa all'indietro, fracassando la cartilagine di un naso, ma senza udire grida di dolore e nemmeno di indignazione.

Sentì un dolore lancinante alla testa e fu sommerso da una marea scura mentre scivolava a terra; lottò per rimanere cosciente, ma i suoi sforzi annegarono in una tenebra densa come fango.

50

Quando provò ad aprire gli occhi, un bagliore accecante penetrò tra le ciglia dandogli la certezza che la testa gli sarebbe andata in fiamme, se avesse esposto il suo sguardo alla luce. Si coprì il volto con il braccio, anche se muoversi gli costava una fatica tremenda. Era tormentato da dolori ovunque, soprattutto alla testa e alla schiena.

«Si è svegliato» disse una voce tagliente. «È più duro di quanto credessi.»

«Se vi prestassi attenzione, ti sorprenderebbe scoprire quante potenzialità ci sono nei figli di Adamo.»

Era stata Maria a rispondere. Il suo tono era tanto luminoso quanto quello di Emilio sapeva di tenebra.

«Conosco le loro paure, le loro meschine aspirazioni, quello che sono pronti a fare per raggiungerle. Tutta la mia strategia ha avuto i migliori alleati proprio nelle debolezze dei figli di Adamo.»

Gustìn si portò le mani alla nuca, da dove sembrava irradiarsi il centro di tutto il dolore. Sfiorò con le dita un bernoccolo incrostato. Si toccò sulla fronte, le guance, il mento… e sentì la barba di uno o due giorni pungergli la mano.

Scoprì che qualcuno gli aveva portato via il ciondolo. E nello stesso istante in cui raggiungeva quella consapevolezza avvertì, fredda contro l'avambraccio, la pressione dello stiletto nascosto. Possibile che non l'avessero perquisito?

Si impose di restare calmo: dal momento che i suoi pensieri erano facile preda di Stregoni e Cavalcanti, cercò di allontanare quello dell'arma appena trovata.

Fece un altro tentativo per aprire gli occhi, e scoprì che la luce che l'aveva ferito era solo una candela, un lumino che danzava in una lanterna appesa al soffitto.

Si guardò attorno. Giaceva su un mucchio di paglia, in una cella formata da tre pareti di roccia e un cancello affacciato su un corridoio. Nella cella non c'era altro che due paglericci e un secchio arrugginito.

Maria era in piedi a poca distanza dalla grata. Sulla guancia e sul collo aveva il segno di cicatrici, il viso era pallido. Fronteggiava Emilio con pacata dignità.

«Ci hai ingannato sin dall'inizio» stava dicendo, «non è stato Raffaele a portarti nella congrega.»

«Naturalmente no. Ma è stato facile fargliclo credere.»

Maria sbatté le palpebre, la bocca stretta e pallida, gli occhi confusi.

Così dev'essere la mia faccia, pensò Gustìn, *ogni volta assisto all'esibizione dei loro poteri.*

Provò a mettersi in piedi, ma la vertigine lo fece danzare come su una carrozza al galoppo. Si posò una mano sulla testa, dove era stato colpito: soltanto toccare la crosta gli faceva male.

«Ero già anziano quando tu e Amedeo compivate i vostri primi passi» continuò Emilio. «Nessuno di voi poteva scoprirmi».

«Alla fine ti abbiamo trovato.»

«Non voi. Non tu, né Amedeo, né altri della congrega.»

«No... È stato un debole Figlio di Adamo.»

Adesso Emilio aveva la stessa espressione di qualcuno che scopre la carcassa di un cane sulla porta di casa. Indossava una tunica di lino con una gran quantità di pietre preziose, cucite a formare simboli che Gustìn non sapeva riconoscere, e che sfavillavano alla luce della candela.

Da qualche parte echeggiò un ululato di dolore: conteneva tutta la disperazione del mondo, e fu seguito da un coro di risate.

«È questo che ci aspetta?» Maria parlò con un tono di voce così basso che Gustìn non fu sicuro di averlo sentito davvero.

Le labbra di Emilio si piegarono: era una smorfia che assomigliava a un sorriso ma non poteva essere un sorriso, perché non aveva niente di umano.

«Dio è con me» sussurrò la dama. «Mi darà la forza.»

«L'unico dio che ti può ascoltare è quello che io servo. E anche lui è curioso di vedere quanta forza avranno i tuoi valori.»

Emilio fece un breve inchino di derisione, poi uscì dal corridoio.

Gustìn ebbe la sensazione che fosse svanito, come una fiammella spenta dal soffio di un respiro; Maria invece dovette riuscire a vederlo mentre se ne andava, perché fissava il corridoio vuoto.

Dopo un po', i suoi lineamenti tornarono a rilassarsi, e quando si rivolse a Gustìn le apparve perfino un sorriso cortese. «Come vi sentite?»

«In trappola.»

«Mi dispiace. Siamo stati ingannati.»

Quelle parole lo aiutarono a ricordare la portata dell'inganno.

Era convinto di essere così superiore a Luigi da riuscire ad anticipare i suoi pensieri, e invece era stato lo sbirro a prendersi gioco di lui, sin dall'inizio: l'aveva accompagnato nell'indagine per assicurarsi che fosse cancellata ogni traccia, facendo eliminare ogni testimone sfuggito ai seguaci del Drago.

Era perfino riuscito a farlo dubitare di Felice e di Gropello.

E infine aveva ammazzato il sordomuto come una bestia da macello, con un colpo alla testa. Un colpo da vigliacchi, sparato alle spalle.

Gustìn respirò a fondo per restituire la calma al cuore impazzito, sforzandosi di allontanare la paura con ogni fibra del suo essere.

Il suo ritorno a Dio era troppo recente per dargli forza. Si rifugiò nell'invisibile abbraccio di un ricordo. Il ricordo di Laura. Cercò di evocare i suoi occhi limpidi, la bocca troppo grande ma deliziosa quando sorrideva, le ciocche di capelli castani che sfuggivano dalla cuffietta...

E subito dopo si pentì di averlo fatto, perché si rese conto che lei poteva già essere morta tra mille tormenti. Oppure era rinchiusa in una cella, in attesa della fine, senza più speranza di essere salvata.

Impotente, si accasciò a sedere e nascose il viso tra le mani. Maria si avvicinò e gli accarezzò i capelli, intonando la preghiera con cui si erano dati forza prima di entrare nelle rovine della villa.

«Se dovessi camminare in una valle oscura, non temerei alcun male, perché Tu sei con me.»

«Tu sei con me...» ripeté Gustìn ad alta voce. Continuò a ripeterlo finché non si addormentò.

***

In assenza della luce del sole e della luna, lontani dal suono delle campane, era impossibile contare l'esatto trascorrere del tempo. Nessuno aveva portato del cibo, solo una caraffa d'acqua fetida. Gustìn aveva lo stomaco attanagliato dai morsi della fame, e intanto Maria deperiva a vista d'occhio: la pelle si era rinsecchita come una zolla di terra esposta troppo al sole, i capelli erano una massa di ciocche appiccicose, come se avesse sudato fango. Perfino il suo odore era malato, come di una ferita che ha fatto infezione. I suoi occhi sembravano diventati troppo grandi su quel viso screpolato.

Gustìn pensava che farla parlare fosse l'unico modo per tenerla in vita.

«Cosa succede quando dormite? Il vostro corpo si riposa?»

«Non proviamo gli stimoli dei sensi. Quando le forze ci abbandonano, non possiamo fare altro che giacere.»

«E fate… sogni?».

«Sono piuttosto ricordi riportati alla mente da tempi lontani. Ma ogni tanto, nel sonno, riuscivo a parlare con il Toro. Erano sogni belli.»

«E quando è stata l'ultima volta che è successo?»

«Quasi vent'anni fa. Allora ero in Scozia. Mi chiese di tornare a Torino.»

Vent'anni fa. All'epoca Gustìn era un ragazzo. Un ladruncolo di strada alle soglie di un incontro, con il conte Gropello, che avrebbe cambiato la sua esistenza.

Per lui era trascorsa una vita intera, per Maria forse appena un battito di ciglia.

Studiò quel viso senza età, e lo colse la consapevolezza dell'irrimediabile diversità che li divideva. Una diversità di secoli. Di vite vissute e consumate.

«È una distanza incredibile. Deve amarvi molto.»

«Come un padre può amare una figlia».

Nel suo pallido sorriso Gustìn credette di riconoscere la donna che era stata, forte ma dolce, di cui era rimasto un eco mentre rinasceva come angelo.

«Ma se vi ha parlato, se vi ha detto di tornare… perché non vi ha messa in guardia contro il Drago?»

«Forse ha cercato di farlo, ma non sono stata capace di capire.» Gli occhi scuri guizzarono di tristezza. «In verità, temo di averlo deluso.»

«Io sarei orgoglioso di avere una figlia come voi».

La sorpresa scaturì sul viso di Maria, una pioggia benefica, miracolosa, e un altro sorriso gonfiò le labbra inaridite. Perfino lo sguardo appannato si ravvivò: «Lui mi disse parole molto simili, sapete, la notte in cui ci incontrammo.»

Gustìn trattenne il fiato e chiese: «Chi siete davvero, madame?»

Lei lo guardò senza battere ciglio. Le sue labbra sorridevano ma gli occhi erano stanchi e lontani.

«Ero figlia di uno dei tanti cortigiani che si riflettevano nello splendore della Roma dei Papi. Mio padre non era abbastanza ricco da offrire doti e possedimenti a tutti i miei fratelli e sorelle. Sin da bambina sapevo che sarei andata in sposa a Gesù.»

«Voi... eravate una suora?»

Maria annuì. Il suo sorriso ebbe un cedimento, venne meno, poi tornò, incerto.

«La mia casa era lo Spedale di Santo Spirito, la mia famiglia le orfanelle che venivano abbandonate sulla ruota.»

Orfanelle come le bimbe Perracchine. Il passato di Maria tornava a ripetersi nel suo presente.

«Non mi state dicendo la cosa più importante» sospirò Gustìn, con la voce che gli tremava sulla punta delle labbra. «Quand'è successo?»

«Cosa?» chiese Maria, ma Gustìn sospettava che lo sapesse benissimo.

«Quando siete diventata... così?»

«Non lo so con precisione. Il tempo aveva smesso di avere significato quando incontrai il Toro. Posso dirvi quando tutto è cominciato, però.» Gli occhi di Maria brillarono di qualcosa che potevano essere lacrime, ma parevano più dense e più scure. «Nel mese di maggio del 1527, quando i Lanzichenecchi conquistarono Roma.»

«Ne ho sentito parlare. Fu orribile.»

«Nessuna delle memorie che furono tramandate rende giustizia a quello che successe. La Città Eterna divenne postribolo, stalla, mattatoio. I soldati entravano nelle case e razziavano, stupravano, uccidevano e davano alle fiamme quello che non riuscivano a portare via. I luoghi sacri furono profanati, le reliquie spogliate e distrutte.»

Gustìn aveva troppa esperienza di vita da non sapere il destino che era toccato alle orfanelle dello Spedale di Santo Spirito e alle suore che ne avevano cura. E ricordava il modo con cui Maria guardava le sue protette. Come se gli avesse letto nel pensiero, la dama disse: «I Lanzichenecchi si buttarono su di noi come un'orda di cani affamati. Non si fecero impietosire dall'età, dal luogo sacro, dai pianti e dalle suppliche. Quando si stancavano di oltraggiare le orfanelle, le ammazzavano con il pugnale o un colpo di pistola, oppure gettandole dalla finestra per guardarle annegare nelle acque del Tevere.»

In quella storia mancava il finale, quello che aveva impedito a Maria di morire o perdere il senno. Gustìn sapeva già dove cercare la risposta: «Il Toro venne a salvarvi.»

Maria lo guardò a lungo.

«Fece a pezzi i nostri aguzzini con la facilità di un bambino che distrugge un formicaio. Aveva la spada e l'armatura, le mani e i muscoli di un soldato, ma il sorriso e la carezza di un santo. Era come uno degli angeli guerrieri dei dipinti e degli affreschi che si trovano nelle chiese.»

«Non lo era però» le fece notare Gustìn.

«No, ma io ci credetti con tutta la fede dei miei voti. Andai da lui nell'atrio dello Spedale, camminando in mezzo ai cadaveri. Gli chiesi di portare a Dio padre la mia vergogna. E allora lui mi disse: "Tuo Padre non può che essere orgoglioso di te. Io lo sarei".»

«Aveva ragione.»

«Quando gli dissi che non ero riuscita a prendermi cura delle pecorelle che mi erano state affidate, il Toro mi rispose "nemmeno io". E mi disse che avremmo potuto farlo insieme. Per sempre.»

Per sempre.

Due parole, pensò Gustìn, piene di buone intenzioni ma prive di possibilità di realizzarsi.

Ti amerò per sempre.

La vita stessa ha un termine che pone fine all'eternità delle buone intenzioni.

Ti amerò finché vivrò.

Nel racconto di Maria quelle stesse due parole prendevano un altro valore, un valore concreto, reale. Maggio 1527. La dama in nero continuava a prendersi cura dei bambini abbandonati da quasi due secoli.

«Com'è possibile?» domandò, inebetito.
«Cosa?»
«Come fate a vivere così a lungo?»
«Mi dispiace, non intendo spiegarvelo.»
Invece gli raccontò che il Toro aveva attraversato il tempo combattendo dalla parte di coloro che erano destinati a perdere: Troia, Cartagine, Gerusalemme, Roma. Era stato sulle mura delle città ogni volta che gli assedianti erano più forti e i difensori avevano perso la speranza. Era stato tra le case in fiamme durante i saccheggi per difendere i vinti dalle follie dei vincitori.
Quel racconto mostrava una stonatura, e Gustìn non riusciva a ignorarla.
«Ma se è così... e se è vero che il Toro è cosciente, cosa gli impedisce di svegliarsi anche questa volta per difendere Torino e affrontare il Drago?»
«Non lo so.»
«Vi sarete fatta un'idea.»
«No. Continuo a chiedermelo anche io.» Qualcosa di liquido e vischioso sconfinò dall'orlo degli occhi. La luce della candela creava ombre sulfuree sulle pareti di roccia, e rendeva le strane lacrime di Maria molto simili al sangue. «La mia incapacità di capire è una spina piantata nel cuore.»
Fece un sorriso, ma carico di una tristezza da togliere il fiato.

51

La barba di Gustìn era diventata ormai una lanugine ispida. Ogni tanto riceveva del pane duro oltre alla brocca d'acqua, e questo gli fece comprendere che non intendevano farlo morire di fame. Maria invece diventava sempre più cadaverica. Non mangiava né beveva. Trascorreva molto tempo avvolta in una specie di sonno, da cui svegliarla era sempre più difficile.

Gustìn non riusciva a restare disteso o seduto. Andava avanti e indietro in quell'angusto spazio. Era come se non ci fosse un posto dove potersi fermare senza essere travolto dal dolore: meglio continuare a muoversi, mentre stanchezza e paura svuotavano le sue vene riempiendole di acqua tiepida.

Era bastato un piccolo tentativo per capire che la serratura della cella non avrebbe ceduto sotto i suoi sforzi e la sua perizia nell'usare lo stiletto.

In ogni istante del giorno e della notte, le urla che echeggiavano nel buio ricordavano il tipo di sacrificio che il Drago esigeva in suo onore.

Gustìn sentì rumore di passi sul pavimento del corridoio. Passi leggeri, quasi insignificanti. E una voce inconfondibile.

«*Monsù* Augusto, buongiorno.»

Costanza non indossava uno dei suoi completi alla moda, ma un'informe tunica nera. Gustìn era troppo stanco per mostrare stupore, o forse una parte di lui si aspettava di vederla lì, alla fine. Dalla parte di chi avrebbe potuto compiere la sua vendetta contro Gustìn e contro Laura.

Nella penombra, gli parve di vederla sorridere.

«Come siete ridotto male!» Il tono di Costanza era di commiserazione, gli occhi le scintillavano di astuzia e trionfo.

«Invece voi mi sembrate godere di ottima salute e ottimo umore. Non vi manca niente… tranne l'anima.»

«Cosa devo sentirmi dire? E da voi, oltretutto. Un sicario del Duca che non va in chiesa da vent'anni.»

Senz'altro aveva visto Laura prigioniera. Una bella rivincita sulla sua rivale in amore. Gustìn sentì una fitta nella testa che pulsava all'unisono con il cuore.

«Vi va di parlare un po'?» chiese lei, meno vivacemente, come se un dubbio fosse sorto insinuandosi tra le pieghe di quella tracotante allegria.

«No.»

«Forse… sarebbe utile.»

«Per chi?»

«Per me… per voi. Non volete chiedermi niente?»

«Da quanto tempo fate parte di questa follia?»

Costanza sorrise, contenta forse della sua piccola vittoria.

«Poco più di un mese.»

Poco più di un mese, si ripeté nella testa Gustìn. Dopo che lui aveva iniziato a frequentare Laura. Una conseguenza o un caso?

«Chi è stato a parlarvi del Drago? Come siete arrivata qui?»

«Il vostro socio sbirro.»

Il fragile, sciocco Luigi che non era né fragile, né sciocco. Che non era una vittima della sorellastra Anna, ma suo complice, o addirittura suo maestro.

Gustìn ricordava esattamente il momento in cui aveva incontrato Costanza in presenza dello sbirro. Luigi gli aveva chiesto se provava ancora qualcosa per lei, e poi gli aveva confessato il legame non ancora reciso con la sorellastra.

Non era infantile curiosità, né voglia di sfogarsi, ma il primo filo di una ragnatela di inganni che li avrebbe portati tutti in quel luogo, lui con Laura e Maria come prigionieri, Costanza tra i carnefici, Luigi tra i burattinai dei carnefici, burattino a sua volta di altri carnefici.

Il sorriso illuminò di nuovo il volto di Costanza.

«Mi avete chiesto quando e come. Non volete sapere perché ho accettato di far parte di tutto questo?»

«No. Non mi interessa.»

«E io ve lo dirò lo stesso» cinguettò Costanza, ma subito dopo il suo sorriso sbiadì in una smorfia: «Augusto... non temete di diventare vecchio?»

Gustìn un tempo credeva che non sarebbe mai invecchiato, che una lama o una pallottola lo avrebbe ucciso prima di cominciare a sentire le ossa far male al mattino, o di vedere i capelli sbiancare. Era la ragione per cui aveva sempre speso tutto il denaro delle ricompense, godendoselo in feste, vino e puttane.

Solo ultimamente la vecchiaia si era affacciata nella sua immaginazione, e non era un'immagine spiacevole, con Laura al suo fianco. Indugiò su quella speranza ormai svanita, finché Costanza spezzò di nuovo il silenzio.

«Io ne avevo il terrore. La mia bellezza è l'unica cosa che possiedo, l'idea di perderla mi toglieva il sonno. Adesso potrei rimanere giovane per sempre... in cambio di qualche sacrificio.»

«E vale la pena farlo, eh, qualche sacrificio... finché si tratta di dare in pasto al Drago la vita di qualcun altro?»

Costanza si lasciò sfuggire un sussulto offeso e deluso al contempo.

«Non capite! guardate la vostra amica» indicò Maria, immobile in quella sorta di sonno senza riposo. «La sua gioventù è rimasta intatta.»

«E quanti torinesi avete guardato morire per restare giovane? Quanti ne avete torturati voi stessa? Vi divertite, mentre lo fate?»

Il viso di Costanza si oscurò, il sorriso scomparve.

«Credete di essere migliore di me? Le vostre missioni per il Duca non decidono la vita e la morte di centinaia di persone? Pensate che le vostre mani non siano sporche di sangue?»

Gustìn le voltò le spalle e tornò verso il suo giaciglio.

«Lasciatemi in pace. Non vi ho chiesto niente. Non voglio sapere le vostre ragioni, state perdendo tempo.»

«Siete uno sciocco, Augusto» disse Costanza in tono ragionevole ma anche triste. Faceva così ogni volta che litigavano: cercava di mostrarsi forte ma al tempo stesso gli manifestava un lampo di debolezza dove lui potesse insinuarsi, per consolarla e fare pace. «*Loro* dicono che siete stato abile a trovarci, e che le vostre capacità sarebbero utili... si tratterebbe solo di giurare fedeltà a un altro sovrano, non migliore né peggiore di Vittorio Amedeo, no?»

Gustìn non riusciva a credere a quello che sentiva: «Vorrebbero che mi unissi a loro?»

«Vi offriranno l'immortalità. Pensate, Augusto. L'immortalità! Potremmo rimanere insieme per sempre!»

Gustìn comprese che Costanza nutriva ancora illusioni su di loro, e l'effetto che gli fece quella rivelazione sorprese anche lui: affondò la testa nelle mani e cominciò a ridere.

«E quante vite dovrò vivere per farvi capire che tra noi è finita?» Alzò gli occhi e gli sembrò di vederla vacillare. «Mi avete dato un motivo in più per rifiutare l'offerta... Se Dio mi vuole condannare all'Inferno, gli chiederò l'unica grazia di non avervi accanto.»

«Siete una persona cattiva» si lamentò Costanza. Quella frase lo fece ridere ancora di più. «Ma io lo so che non è colpa vostra. È *quella là* che vi ha stregato.»

La risata gli morì in gola. Ora Costanza sorrideva, mentre le lacrime continuavano a rigarle il viso.

«Le volevo bene perché non mi giudicava come facevano gli altri. Le ho dato fiducia sin dal giorno in cui ci siamo conosciute, sulla strada del Tenda. Ma lei mi ha pugnalato alle spalle. Per rubarmi voi.»

«Ditemi se è ancora viva.»

«Perché?»

«Lo sapete perché. Ditemi se è ancora viva. Vi prego.»

«Ora mi pregate?» Negli occhi di Costanza era apparso un lampo di stupore.

«Sì. Vi prego.»

«Allora chiedetemelo in ginocchio.»

Gustìn obbedì. Il sorriso di Costanza si deformò in una smorfia orribile, di rabbia e incredulità. Fece per parlare, esitò e finalmente disse: «Avreste fatto lo stesso per me?»

A quante folli speranze si era aggrappata Costanza? E come poteva giudicarle folli, lui che continuava a illudersi che Laura non fosse ancora stata ammazzata in quel mattatoio?

«Vi imploro... ditemi se Laura è ancora viva.»

Costanza avvicinò il viso alle sbarre e sibilò: «È ancora viva, sì. Ringraziatemi: l'ho fatta tenere viva per voi.»

Si allontanò nel corridoio in un ondeggiare di capelli biondi, mentre la sua ombra tremava sulle pareti e le parole aleggiavano velenose come una maledizione.

52

Gustìn non sapeva quanto altro tempo era trascorso quando Maria parlò nel sonno. Aveva visto la pelle della dama assottigliarsi, i capelli ingrigirsi, i segni sotto gli occhi diventare più evidenti. Si vedevano in lei i segni della consunzione, ma quel sorriso triste e gentile non voleva abbandonarla.

In quanto a lui, sapeva che non sarebbe uscito vivo da quel luogo. La fame e i pensieri avevano smesso di tormentarlo. Passava le ore sdraiato sulla schiena a fissare il buio, immaginando a volte un soffitto, a volte un cielo notturno e senza stelle, nero e sconfinato.

«*Piangeva*» sussurrò Maria. Gustìn fu colto di sorpresa e non fu nemmeno certo se l'aveva davvero sentita parlare o se l'era solo immaginato.

«Siete sveglia?» Lei non rispose. «*Madame*, siete sveglia?»

«*Piangeva.*»

Questa volta Gustìn aveva sentito distintamente.

«Chi è che piangeva?»

«*Piangeva per Amedeo.*»

Maria era sdraiata sul paglericcio. Non un muscolo del suo corpo si era mosso. Le labbra erano appena dischiuse.

«*Madame*, cosa succede?»

«*Io l'ho sentito.*»

Stava delirando. Gustìn le fu accanto nel più breve tempo che i muscoli dolenti e le ossa stanche gli consentivano: gli sembrò eterno.

Gli occhi spalancati della dama fissavano un punto molto distante. Gustìn le passò una mano davanti al viso, senza che lei mostrasse di essersene accorta.

«*È stato triste, ma necessario*» ansimò Maria. C'era dolore nella voce, ma gli occhi erano asciutti, senza lacrime.

«Svegliatevi, vi prego!»

Gustìn le sfiorò le guance con una carezza. La sensazione di toccare un blocco di gesso era così intensa e reale che si guardò la punta delle dita per timore di averle portato via polvere di pelle. Sapeva che non sarebbe bastato a svegliarla, ma temeva che farlo con più decisione avrebbe potuto spezzare quel corpo esile come un ramo secco.

«*Devo compiere il mio dovere, sì.*» La voce della dama era un sussurro, i suoi occhi immobili. «*Sarò l'agnello di Dio. Tutti noi siamo al servizio...*»

«Al servizio di chi?» anche Gustìn bisbigliava adesso. «*Madame*, di chi?»

«*...tutti noi siamo al servizio di Torino.*»

Maria ebbe un sussulto, e Gustìn la cinse con le braccia per tirarla a sé. Era così leggera, così fredda, che per un istante credette fosse morta con quelle ultime parole tra le labbra. Poi sentì la mano di lei che si posava sulla sua spalla per accarezzargli i capelli.

«Mi avete fatto spaventare» le sussurrò all'orecchio.

«Augusto...» sospirò Maria. «Siete voi, caro Augusto.»

Lui si raddrizzò per guardarla negli occhi. Occhi cerchiati, gentili. Occhi di una moribonda. «Imparerete a chiamarmi Gustìn, prima della fine?»

La dama scosse la testa, il suo sguardo si riempì di rassegnata tristezza. «La fine è adesso» mormorò.

In fondo al corridoio si aprì una porta. Gustìn udì passi che si avvicinavano.

«Pensate che ci tortureranno?» le chiese a bassa voce.

«Sì. Avete paura?»

«Non ne ho mai avuta come adesso... E voi?»

«Molta... ma la Fede mi sorregge. Lasciate che sorregga anche voi. Domani mattina voi e la vostra Laura sarete seduti accanto a Gesù in Paradiso.»

Gustìn non sapeva se c'era della magia in quelle parole, ma gli diedero un profondo senso di pace.

I passi si fermarono di fronte alla cella.

«Apri» ordinò una voce. Gustìn rimase nella stessa posizione, tenendo tra le braccia Maria. La serratura sferragliò. Con la coda dell'occhio intravide tre, quattro figure entrare nella cella e mettersi intorno a loro.

Si sentì prendere per le spalle ma fece del suo meglio per alzarsi da solo, combattendo la vertigine e la debolezza che riempivano la vista di macchie bianche e nere. Sbatté le palpebre e respirò a fondo.

«Andiamo» disse la voce che aveva parlato prima. Gustìn si sentiva come se gli avessero conficcato migliaia di spilli nella testa.

«Dove?»

«A morire» ridacchiò un altro.

«Era ora» disse Gustìn. «Mi stavo annoiando.»

Non sapeva da dove gli arrivasse quella voglia di fare lo sbruffone.

«Potete ancora cambiare idea» disse Costanza, accanto al cancello. Solo in quel momento Gustìn si accorse di lei. «Il Padrone vi concederà di scegliere.»

«Per la grazia di Dio, qualcuno faccia tacere questa puttana» ringhiò, caricando la voce di tutto il disprezzo che poteva. Lei gli diede uno schiaffo che per poco non lo gettò di nuovo terra. Ma le aveva visto il dolore negli occhi, prima della rabbia: una misera vittoria ma era pur sempre una vittoria.

«Augusto...» Gustìn vide che Maria gli tendeva una mano pallida mentre due uomini coi crani rasati la stavano mettendo in piedi con molta più attenzione di quella che avevano usato con lui. Continuavano a temerla, anche in quello stato.

«La porto io» disse Gustìn. La dama si sorresse alla sua spalla e lui la cinse per la vita. Abbassò il capo e le loro guance si sfiorarono.

Quando attraversarono la porta in cima al corridoio, si unì un'altra scorta di uomini armati. Sembrarono tranquillizzarsi quando videro in che stato era Maria. La loro eccitazione aleggiava nell'aria come un'ombra rancida.

Gustìn respirava piano, sforzandosi di rimanere calmo. Si lasciò attraversare dai ricordi.

Il refettorio dei gesuiti, la colazione col latte caldo. Lui e Milo che giocavano ai soldati con rami al posto delle spade. Il suo primo bacio, con una lavandaia di Borgo Moschino che si chiamava Giulia. Gropello che gli batteva una mano sulla spalla con un sorriso soddisfatto. Un altro primo bacio, quello con Laura, nella casa di Borgo Dora mentre fuori si scatenava il temporale.

Raggiunsero il tempio e la luce delle torce abbagliò i suoi occhi, il fumo degli incensi li fece bruciare. Dovette chiuderli e sentì le lacrime premere dietro le ciglia, attardarsi sugli zigomi, scivolare sulle guance. Qualcuno avrebbe pensato che stava piangendo. Forse era vero.

Alle sue orecchie arrivava il lugubre canto di adorazione dei seguaci del Drago, schierati nello stesso ordine con cui li aveva visti la prima volta che era entrato in quel luogo. La vasca di sangue era vuota ed era stata coperta da tavole di legno da cui penzolavano catene e ganci di metallo. E al posto dell'altare, in cima alla scalinata, adesso c'era un trono.

Gustìn notò appena i sacerdoti con le vesti cerimoniali e le maschere, notò appena i carnefici accanto ai bracieri, intenti ad arroventare gli strumenti di tortura. I suoi occhi si erano fermati sull'essere seduto sul trono.

Credeva di aver visto di tutto in vita sua: era stato nei più sordidi bassifondi, tra mendicanti divorati dal vaiolo e abbruttiti dalla sporcizia, aveva visto cadaveri gonfi e disfatti galleggiare nelle acque del Po, ma non aveva mai posato gli occhi su qualcosa di simile al Drago.

Una sorta di gonnellino di seta arancione intessuta di fili d'oro copriva dalla vita alle ginocchia un corpo di spaventosa magrezza. Un'alta corona era posta sul cranio calvo, sproporzionatamente lungo nella parte posteriore.

La carnagione era pallida, squamosa come quella di un serpente. Gli occhi scurissimi avevano un'espressione di maligno piacere. Quando sorrise con la bocca contornata da labbra nere, scoprì due file di zanne, più simili a grossi spilli che a denti.

L'eccitazione collettiva crebbe con il canto blasfemo, fino all'istante prima di esplodere in un grido, poi cessò di colpo e il Drago parlò, con una voce roca, appiccicosa, come una mano fatta sguazzare nella fanghiglia.

Gustìn non riusciva a capire nemmeno una parola di quella lingua fatta di troppe consonanti, ma in quello stesso istante qualcosa colpì la sua mente, una nube fatta di punte di ferro che pungeva i suoi pensieri confondendoli, impedendogli di soffermarsi su qualunque cosa.

«Augusto!» lo chiamò Costanza, indicando l'ingresso del tempio con un sorriso crudele. Un uomo stava conducendo Laura, vestita di una tunica bianca così sottile da lasciar intravedere la sua nudità. I suoi occhi erano stati truccati con strani motivi tondeggianti, rosso e oro.

Su qualunque altra donna quel trucco e quell'abbigliamento avrebbero dato una sensazione di oscenità; Laura, invece, sembrava appartenere a un altro mondo, alieno e irraggiungibile. Aveva uno sguardo assente: forse era stata drogata o dominata dai poteri sovrumani.

L'uomo la condusse ai piedi delle scale, proprio davanti a loro, e gli rivolse un ghigno malevolo. Solo in quel momento Gustìn comprese che l'uomo era Luigi Rossotto.

«Adesso vedrete cosa le facciamo!» gridò Costanza.

Emilio apparve da dietro il trono per mettersi accanto al Drago. Chissà se Emilio era il suo vero nome? Chissà se il Drago aveva avuto un nome? Gustìn si perse a inseguire quei pensieri inutili, tutto per non essere reso folle dall'immagine che si era spalancata e gridava dentro di lui.

Vogliono torturare Laura davanti a me!

«Il Drago ammira chi possiede coraggio e forza» annunciò Emilio, mentre Gustìn avvertì una specie di nebbia turbinargli nella testa. «Vi offre di abbracciare la nostra fede. Avrete grandi ricompense se vi unirete a noi.»

Dalle labbra di Maria la voce stanca uscì piena d'orgoglio e dignità.

«Se credi che lo farò, sei più stupido di quello che cercavi di farci credere.»

«Io invece *spero* che non lo farai *adesso*» rispose Emilio. «Non vedo l'ora di sentirtelo implorare quando sarà troppo tardi, e tu sarai sdraiata là sopra.»

Indicò il tavolo di tortura.

Gustìn cercava di non guardare Laura, ma non riusciva a trattenersi.

La giovane teneva gli occhi bassi e tremava, senza farsi sfuggire un lamento o una lacrima. Cosa aveva visto, sofferto, in quei giorni di prigionia? Anche lei, per tutto quel tempo, doveva essere stata chiusa in una cella, in compagnia delle urla delle vittime torturate.

Gustìn si chiese se poteva trattare la salvezza di Laura in cambio della sua dannazione. Forse, si illuse, lei era stata portata lì per quello.

«Quali ricompense?» domandò. Con la coda dell'occhio si accorse che Maria aveva voltato la testa verso di lui.

«Le vostre vite» ringhiò Emilio. Al suo fianco il Drago aveva uno sguardo vuoto, ma molto profondo. E là, in quei due pozzi neri che aveva per occhi, si agitava qualcosa che non aveva niente di umano.

«La mia vita non vale niente.» Gustìn doveva fare un grande sforzo per dare alla voce il tono da sbruffone che tante volte gli aveva salvato la vita. «Dovrete fare di meglio.»

Il sorriso pieno di zanne del Drago scintillò al crepitare dei bracieri. La nebbia che vorticava dentro Gustìn si diradò, mostrandogli una visione.

Come in un volo d'uccello, sorvolò una distesa di denaro e gioielli: ricchezze che riempivano una stanza fino al soffitto. Attraversò la parete come se fosse stata fatta d'aria, e vide se stesso seduto su un trono, con una corona sulla testa, circondato da cortigiani inginocchiati. Vide un tavolo imbandito di delizie, e schiave bellissime, nude, sorridenti, pronte a soddisfare ogni suo desiderio.

La visione si dileguò come se fosse stata fatta di fumo.

«Il mio signore è generoso» disse Emilio. «Chiedi e ti sarà dato.»

Gustìn indicò Laura: «Voglio soltanto lei.»

Un mormorio percorse i seguaci del Drago. Gustìn fece correre gli occhi su di loro, incrociando sguardi divertiti e crudeli. Riuscì a leggere le labbra di Costanza mentre sussurrava: «Lo sapevo.» Sembrava eccitata e delusa.

Emilio scese dalle scale con passi lenti, raggiunse Laura e le bisbigliò qualcosa all'orecchio. Lei divenne pallida come la veste che indossava.

«No» gemette.

L'espressione di Emilio era cambiata, il sorriso aveva lasciato il posto a una smorfia d'irritazione. Fissò Laura corrugando la fronte, e la ragazza ebbe uno spasimo, come se avesse ricevuto una frustata.

«No» ripeté. Scosse il capo, strinse i denti.

Gustìn avrebbe voluto urlare a Emilio di lasciarla stare. Avrebbe voluto correre da lei, abbracciarla e farle coraggio. Ammazzare Emilio o morire mentre cercava di farlo. La sua mente era paralizzata.

Il viso di Emilio continuava a cambiare, i lineamenti composti che cedevano alla collera e allo stupore. Gustìn comprese che stava cercando di comandare alla mente di Laura, senza riuscirci.

«Dio non si dimentica del suo gregge.» C'era una sorta di sarcasmo nella voce di Maria, Gustìn avrebbe giurato di aver visto, per un attimo, un'ombra di sorriso sulle sue labbra.

Emilio guardò il suo padrone con incredulo imbarazzo. Il Drago rivolse lo sguardo a Laura, piegando le ciglia, e la ragazza ebbe un altro fremito. Piegò la testa e accasciò le spalle, come una bambola a cui sono stati tagliati i fili.

Poi si raddrizzò di scatto. Abbassò le spalline della tunica, facendola scendere fino ai fianchi per mostrare il seno. Le sue labbra si piegarono in un sorriso che doveva essere invitante, invece era falso come quello di una statua di pietra.

Un filo di sangue cominciò a scenderle dalle narici, e lacrime dagli occhi. Quelle lacrime, comprese Gustìn, erano reali, l'ultimo angolo di lei rimasto libero dal potere ultraterreno del Drago. Il sangue era il prezzo della sua ribellione.

«Si vergogna» disse qualcuno ridendo, e Costanza: «Tra poco le metteremo addosso ben altro che gli occhi.»

Nell'opaca stanchezza che rallentava i suoi pensieri, Gustìn sentì se stesso gridare a Costanza che prima della fine l'avrebbe ammazzata, anche a mani nude.

«Giura fedeltà al Drago, Augusto» lo invitò Emilio «e potrai possedere questa giovane.»

Gustìn fu percorso da un brivido di orrore e disgusto: non sentiva più quella nebbia confondergli la mente, come se il Drago lo avesse lasciato libero. Libero di decidere. Libero di compiere da solo il passo verso la dannazione.

La voce di Emilio era morbida come seta, ma ogni sua parola martoriava la testa di Gustìn come altrettante punte di spillo.

Potrai possedere questa giovane, aveva detto. Accettare o meno l'offerta non avrebbe cambiato la sorte di Laura. Il suo supplizio era già stato deciso.

Gustìn sentiva rivoli di sudore freddo solcargli il viso. Le parole e le promesse che gli erano state rivolte non erano un'offerta di salvezza, ma per un attimo si era illuso che lo fossero, e in quell'attimo era stato pronto a qualunque compromesso.

Guardò il Drago immobile sul suo trono.

«Va bene.» Si lasciò cadere in ginocchio. «Io ti giuro fedeltà.»

Udì un fremito sibilante, come un "aaahh!" di meraviglia e piacere, una versione sommessa delle esclamazioni che faceva la gente quando assisteva agli spettacoli di fuochi d'artificio in onore del compleanno del Duca.

I seguaci in prima fila sorridevano. Costanza invece lo fissava con sospetto: forse era l'unica ad aver capito le sue intenzioni e aspettava il momento di smascherarlo.

La menzogna era stata un alleato prezioso per tutto il corso della sua vita di ladro e spia: forse lo sarebbe stato anche per risparmiare a Laura l'umiliazione e i tormenti che i seguaci del Drago avevano deciso di infliggerle.

Ecco dunque il suo martirio, peggiore di qualunque tormento avesse mai potuto immaginare: far credere alla ragazza che amava di essere pronto a tradirla nel modo più ignobile, senza poterle dire che mentiva.

Gli occhi di lei, gli unici rimasti liberi, incontaminati dal potere che aveva preso possesso del suo corpo, lo raggiunsero con una luce di rassegnata delusione.

Anche tu sei come loro, sembravano dire. Niente sarebbe riuscito a farlo soffrire di più di quello sguardo, nemmeno l'altro peccato che stava per commettere.

Mentre era in ginocchio, fece passare la mano accanto al polso, sfiorò l'impugnatura dello stiletto nascosto nella manica della giacca. In un attimo l'arma era tra le sue dita.

«Vieni a godere del tuo premio» comandò Emilio. I seguaci del tempio risposero con un'ovazione, i volti eccitati, e l'ovazione diventò un inno.

Omaggio a Te, Signore del Sangue e del Dolore,
divina potenza che cammina accanto a Mesti, Hapi, Tuamutef e Kebsennuf,
Tu che porti la distruzione ai Tuoi nemici.
Omaggio a Te.

Gustìn si alzò e si fece avanti, mentre Laura veniva prima spinta poi fatta sdraiare su uno dei tavoli di tortura. Emilio aveva rinunciato a usare i poteri su di lei, i suoi gesti erano brutali.

Omaggio a te, che bruci le anime dei tuoi nemici con la furia del tuo sguardo, Dio dagli Occhi Rossi che vedi nella notte, la cui bocca emette venti di fuoco.

Tu regnerai sugli uomini e sugli dei.

Gustìn non guardò Emilio, né il Drago, né Maria, gli unici che con i loro poteri avrebbero potuto estirpargli la verità leggendogliela nei pensieri. Non guardò Laura: faceva troppo male incrociare il suo sguardo impotente.

Si voltò a fissare coloro che acclamavano il tormento di Laura. Tra loro c'era Luigi Rossotto, con uno sguardo ispirato e solenne. E c'era Costanza, che ondeggiava come per ballare una gavotta e che rideva con la bocca spalancata e lo invitava a sbrigarsi. E il coro cantava.

Tu sei il Dio Drago e male incorra a coloro che insorgono contro la Tua grandezza e la Tua potenza.

Tu ti vendichi contro ogni Dio che ti oltraggia e scagli le Tue frecce al suo apparire.

In tanti anni al servizio di Gropello, Gustìn non era mai stato capace di uccidere a sangue freddo. Il primo uomo che aveva ammazzato era un membro della setta, qualche giorno prima: gli aveva sparato addosso per difendersi, e lo aveva fatto quasi senza rendersene conto.

Adesso invece doveva trovare la forza di uccidere l'unica persona che avesse mai amato. Ucciderla perché la amava. Ucciderla senza farla soffrire, per risparmiarle la morte orrenda che un gruppo di folli e mostri già pregustava.

Raggiunse il tavolo su cui era stata sdraiata Laura. Una lacrima gocciolò e cadde sulla spalla bianca e morbida di lei.

Possa io uscire tra la moltitudine dei tuoi servi.

Possa io manifestarmi tra i glorificati.

Possa io essere al tuo fianco quando esci alla notte per compiere quel che ti piace sulla terra tra i viventi.

In qualche modo, Laura comprese.

Anche se la sua mente era offuscata da un potere che le impediva di ribellarsi o piangere, i suoi occhi brillarono della luce che Gustìn aveva imparato ad amare sin dal primo incontro.

«Fallo, Gustìn. Ti prego» sussurrò con uno sguardo di complicità disperata.

Possano rinnovarsi le mie membra nella contemplazione delle tue glorie come ogni tuo favorito, poiché io sono uno di quelli che ti hanno onorato sulla terra.

Il coro era assordante e nessuno poteva aver sentito quelle parole, ma Gustìn pensò di riconoscere risolini, battute volgari, e perfino la voce di Costanza che ripeteva "fallo Gustìn ti prego".

E credette di sentire qualcos'altro di più sottile e impalpabile. Meno di un sibilo, meno di un sussurro: un suono umido e appiccicoso, che pareva arrivare da dietro una coltre di fango. Allora si accorse che c'era un intruso nei suoi pensieri. E che quell'intruso era in ascolto già da molto tempo.

Ogni altro suono scomparve, come se Gustìn avesse perso di colpo l'udito. Ora erano soli, lui e il Drago, e il dio del dolore assaporava il suo lo strazio: forse voleva vedere se sarebbe arrivato fino in fondo.

Adesso Gustìn comprendeva la ragione per cui gli era stata lasciata un'arma. Il Drago aveva immaginato tutto sin dall'inizio. Per nutrirsi, un dolore valeva un altro, e in quello di Gustìn doveva esserci un eccitante sapore di novità.

Gustìn strinse tra le dita il metallo acuminato e fissò Laura per saziarsi del suo sguardo, anche se era uno sguardo triste e colmo di terrore. Si sforzò di pensare che non ci fosse nessun altro ad ascoltare, fuori e dentro di lui.

«Perdonami» ansimò. Le parole uscirono dalle sue labbra senza che vi fossero impedimenti. Lei, tra le lacrime, strinse le labbra in un sorriso, o forse fu che così voleva vederla, prima di toglierle la vita.

«Ti amo.» Si protese di nuovo e la baciò, cercando di prolungare quell'istante più a lungo possibile. Dopo, le avrebbe tagliato la gola.

Udì un suono lievissimo nella testa, come di campanellini.

Sulle prime pensò che fosse la voce del Drago, ma subito dopo comprese che non avrebbe potuto essere più diversa: era un fruscio, un sibilo d'aria fresca, una goccia d'argento liquido che si propaga su una superficie di acqua limacciosa.

Nessuno si mosse. Nessuno degli uomini e delle donne intorno al trono, nessuno dei sacerdoti, nessuno dei seguaci. Il coro aveva smesso di cantare, e in quel silenzio in cui tutti erano impietriti, Emilio e il Drago erano le statue di due allegorie: Paura e Rabbia.

Maria, invece… i suoi lineamenti erano trasfigurati dalla gioia. No, da beatitudine e trionfo.

Gustìn comprese che per un istante lunghissimo era stato in bilico su qualcosa. Come una palla di moschetto che rotola caracollando lungo un tavolo fino a sfiorare il bordo, fino al punto di oscillare sul vuoto. Ora quel qualcosa era avvenuto, l'istante era passato. La corsa della palla si era interrotta e al di là della porta del tempio c'era qualcuno.

Si udì un colpo violento, brutale, come se il pugno di un gigante avesse battuto sulla porta. Un secondo colpo più forte la spalancò facendola tremare.

Gustìn abbracciò Laura e la strinse, nell'impossibile desiderio di proteggerla.

Tra le spirali di fumo delle torce, s'intravedevano sagome ferme sulla soglia e quell'onda di argento nella mente di Gustìn cominciò a gridare.

Le ombre uscirono dall'oscurità, uomini e donne dagli sguardi feroci che avanzavano nel più assoluto silenzio. Gli stessi uomini, le stesse donne che avevano guidato i soldati del Duca nella battaglia di san Secondo, e alla loro testa non c'era Amedeo, ma qualcuno che poteva essere solo il Toro.

Gustìn ebbe la sensazione di riconoscerlo, ma non se ne stupì: lo aveva avuto davanti agli occhi per tutta la vita.

Lo aveva visto mille volte rappresentato in statue e quadri dei palazzi e delle chiese torinesi, nei panni di eroi o angeli guerrieri. Il Toro era Ercole, San Giorgio e l'Arcangelo Michele, Achille, Aiace, San Maurizio: un antico soldato in corazza, schinieri e mantello rosso. I capelli erano cortissimi, il viso glabro e regolare, eroico. Gli occhi saettavano incandescenti fulmini di collera.

Un'ondata di indignazione offuscò la mente di Gustìn, poi passò oltre, poderosa, e i seguaci del Drago ne furono annichiliti. Di fronte alla schiera di Cavalcanti venuti a salvarli un istante prima della fine, la paura di Gustìn si placò in un desiderio di pura devozione.

Oh Dio, ti ringrazio.

Ti ringrazio e prometto che non dubiterò mai più di te, finché vivo.

Vide i lineamenti severi del Toro fermi su Maria, colmarsi di amore e orgoglio.

Da quanto tempo era al mondo quell'essere ultraterreno? Quante esistenze aveva vissuto, quante civiltà aveva visto nascere e consumarsi prima di abbandonarsi al letargo?

Forse si era stancato di combattere battaglie senza speranza. Oppure aveva imparato, nella sua millenaria esistenza, che le guerre degli uomini si susseguono e le vittime di ieri diventano aguzzini e poi tornano vittime.

Non lo aveva destato il pericolo che correva Torino, e nemmeno la coscienza che il suo antico rivale fosse tornato nel mondo. Solo l'amore per i suoi discepoli avrebbe potuto riuscirci, Amedeo e Maria l'avevano capito: per questo Amedeo si era sacrificato. Per questo Maria aveva detto, nel suo delirio, che avrebbe dovuto essere l'agnello di Dio.

Gustìn sentì due menti forti come l'acciaio che si preparavano alla battaglia annebbiando con la loro feroce determinazione i pensieri di chi li circondava. E una voce reale da qualche parte lo chiamava.

«Augusto.»

La voce gracchiante e fangosa del Drago parlava nei suoi pensieri, chiedendogli di combattere al suo fianco in cambio di qualunque ricompensa avesse voluto.

«Augusto, scappate prima che sia tardi.»

L'onda di luce argentata era anch'essa una voce, colma di rabbia e di sdegno, altrettanto impalpabile eppure altrettanto esplicita. Gustìn sapeva che avrebbe dovuto togliersi dalla sua strada, dalla strada del Toro, altrimenti sarebbe stato schiacciato.

«Gustìn...»

Riconoscendo il proprio soprannome pronunciato da Maria, per la prima volta, Gustìn la guardò. Negli occhi della dama brillava un'estasi indicibile, un desiderio selvaggio di combattere. Ma anche un barlume di tenerezza: «Portate via Laura, Gustìn. Fate in fretta.»

Gustìn lottò per resistere alle voci che parlavano nella sua mente, le voci con cui il Toro e il Drago fiaccavano la mente degli avversari e davano forza ai propri seguaci. Lottò per rimanere padrone delle sue azioni: si raddrizzò e aiutò Laura a scendere dal tavolo, cercando con gli occhi la via di fuga più vicina.

Un viandante non si preoccupa di calpestare un insetto che ha la sola colpa di trovarsi sotto la sua scarpa. Non bada alla sabbia che calpesta. In quel momento Gustìn, Laura, e i seguaci mortali del Drago erano insetti, granelli di sabbia sulla strada di due divinità.

Il Toro fece un passo avanti e i Cavalcanti si allargarono ai suoi lati. Emilio e gli altri sacerdoti si schierarono a difesa del Drago.

Ci fu un movimento tra le fila dei fedeli, poi qualcuno cominciò a correre verso l'uscita. Un altro. Un altro ancora.

Ci fu un urlo forte, raggelante: una donna in tunica bianca cadde, anzi *volò*, trascinata da una forza invisibile, e finì frantumata contro uno dei pilastri che sorreggevano il tempio.

Un istante dopo iniziò la battaglia.

Gustìn ebbe l'impressione di vedere il Toro che scavalcava il muro di corpi a protezione del Drago, ma la sua mente sembrò incepparsi, come se avesse dimenticato quella sagoma imponente compiere un balzo felino.

Nell'istante successivo l'antico guerriero era addosso al suo nemico con una velocità orribile: il Drago aveva già cominciato a spostarsi, perché il Toro non lo aggredì di fronte, ma di lato. Schizzò del sangue, ma Gustìn non avrebbe saputo dire di chi.

Gli schieramenti si spezzarono in tante scaramucce tra animali rabbiosi. I membri della setta si diedero a una fuga disordinata: forse troppo tardi, si erano resi conto che era arrivato il momento del castigo.

Tenendo Laura per mano, e con l'altra cingendole la vita, Gustìn fece per muoversi verso l'uscita. La ragazza iniziò a puntare i piedi, singhiozzando: «Lasciatemi! Voglio restare qui!» Ogni parola era carica di dolore, il trucco con cui le avevano dipinto gli occhi si stava sciogliendo nelle lacrime. «Voglio vederli morire! Hanno ammazzato Vittoria, l'hanno bruciata viva! e Camilla...»

Libera dall'ombra con cui la mente del Drago la controllava, Laura si dibatteva tra le braccia di Gustìn, cercando di sfuggirgli mentre tutto intorno a loro si scatenava un'orribile caccia.

«...ha sofferto così tanto... povera Camilla!»

Gustìn aveva gli occhi annebbiati di lacrime e pietà: troppo tardi riuscì a cogliere un movimento alla sua sinistra, e prima che potesse reagire due mani lo spinsero contro il muro separandolo da Laura.

Era Luigi Rossotto, e impugnava un coltello: Gustìn gli afferrò il polso e per un istante si trovarono quasi a danzare per sopraffarsi.

«Non ve ne andrete da qui...» ansimò Luigi. «Fosse l'ultima cosa che...»

Era forte. Molto più forte di quanto avrebbe lasciato intendere il suo aspetto gracile. Gustìn era provato dalla prigionia e dal digiuno: i suoi muscoli erano tesi nello sforzo di trattenere il pugnale e la mano che lo impugnava.

E il suo inseparabile stiletto era rimasto accanto all'altare, nel momento in cui i Cavalcanti erano arrivati a interrompere il sacrificio.

Luigi spinse il pugnale verso l'alto, puntando alla gola. Gustìn fece un passo di lato, usando lo slancio di Luigi per accompagnare il fendente contro il muro. La lama strisciò sulla pietra lasciando una scia di scintille.

Il viso di Luigi era rosso, contorto, i denti digrignati, gli occhi aperti, quasi gonfi, in cui brillava qualcosa che era rabbia, eccitazione, odio. Non c'era nulla di umano in quel viso e in quegli occhi.

Il coltello di Luigi fendette l'aria, Gustìn lo schivò con un salto indietro, ansimando. Non aveva speranze di resistere. Non aveva...

Luigi sollevò ancora il pugnale ma un turbine gli passò accanto, strappandogli l'arma, la mano e un pezzo di braccio. Il ragazzo si guardò, guardò il moncone sanguinante con un'espressione di inorridito stupore.

«Maledetti!» ringhiò. «Siate maledetti...»

Gustìn riconobbe il panico nella voce che all'improvviso sembrò soltanto quella di un ragazzino. Un ragazzino che l'aveva ingannato per tutto il tempo, che aveva praticato crimini orribili. Un ragazzino che aveva insinuato dubbi sul migliore amico che Gustìn avesse avuto nella sua vita di adulto, e poi gliel'aveva ucciso davanti agli occhi.

Nel tempo di quei pensieri Gustìn aveva raccolto il pugnale. Era appuntito come il suo stiletto, ma largo il doppio. Lo conficcò nel torace di Luigi, spingendo con tutta la forza che gli rimaneva. La lama si fece largo nella veste cerimoniale, nella carne e nei muscoli, penetrando tra le costole, affondando nel polmone.

Luigi si divincolò, barcollando indietro, finendo con la schiena contro la parete.

«Io... io...» un fiotto di sangue gli uscì dalla bocca.

Gustìn e lo pugnalò di nuovo, questa volta alla spalla. E ancora. Ancora. Luigi gorgogliò qualcosa, gli occhi adesso pieni di lacrime e terrore.

Intorno a loro i Cavalcanti si muovevano come lupi tra gli agnelli, sceglievano la preda e si lanciavano su di essa per straziarla. Il sangue lordava gli affreschi alle pareti e il pavimento. I seguaci del Drago piangevano, gridavano, imploravano pietà.

Gustìn attraversò quell'infernale carosello senza che nessuno cercasse di fermarlo; raggiunse Laura, che era rimasta ferma con il viso rigato di lacrime e un sorriso folle sulle labbra. Quando la abbracciò per trascinarla verso l'uscita, lei tornò a dibattersi e gridare: «Voglio vederli soffrire come hanno fatto soffrire noi!»

Soltanto quand'ebbero raggiunto la porta Gustìn si fermò a riprendere fiato, voltandosi a guardare la carneficina. E allora vide Costanza che cercava scampo correndo verso l'uscita. Verso di lui. I loro occhi si incrociarono.

«Augusto, vi prego!» singhiozzò Costanza. Gustìn strinse i denti e le gridò: «Pregate Dio!»

Varcò la soglia del tempio insieme a Laura e si chiuse le porte alle spalle, sigillando dietro una parete di bronzo il disperato urlo di Costanza, mentre insieme agli altri veniva consumata da quella battaglia primordiale.

53

Gustìn temeva di perdersi nel labirinto di cunicoli scavati nella roccia, invece gli bastò seguire la scia di cadaveri, seguaci della setta che dovevano essere di guardia quando il Toro e i Cavalcanti erano piombati su di loro.

Dopo aver respirato l'aria corrotta dei sotterranei, quella che impregnava di muffa e cenere le pareti di villa Rosignano era un dolcissimo effluvio.

Si trascinarono tra le stanze finché ebbero fiato. Gustìn sentì le proprie gambe cedere un attimo dopo che aveva deciso di fermarsi a riposare un poco. Si sedette contro una parete sbrindellata e Laura si rannicchiò contro di lui.

«Sei venuto a salvarmi» disse, con voce smarrita.

Gustìn si voltò a guardarla e incontrò i suoi occhi lucidi.

«Ti amo» le rispose.

Lei ripeté: «Sei venuto a salvarmi», senza gioia né stupore. Il suo sguardo era vuoto. Gustìn pensò con orrore che i ripetuti traumi degli ultimi giorni e i poteri del Drago e dei suoi seguaci l'avessero condotta alla follia.

«Laura… mi riconosci?» mentre lo chiedeva, ebbe la certezza di sentire il proprio cuore fermarsi. «Chi sono io?»

Le labbra di lei si dischiusero, si mossero. «Gustìn.»

Gustìn strinse le palpebre per schiacciare via dagli occhi le lacrime che gli avevano offuscato la vista.

«Dio sia lodato. Sono io. Te la senti di camminare?»

Laura annuì. Tremava di freddo, paura, forse anche di vergogna per la veste leggera che le copriva solo più i fianchi. Gustìn le diede la sua giacca lacera, sporca di sangue e intrisa di sudore.

Attraverso i monconi di travi del soffitto, poteva vedere il cielo completamente buio. Era tempo di luna nuova, dunque Gustìn aveva trascorso almeno una settimana prigioniero della setta.

Quando si rimise in piedi, ossa e muscoli gli mandarono atroci fitte di protesta.

Con delicatezza, fece passare una mano dietro la schiena di Laura per aiutarla a sollevarsi. Quell'operazione gli sembrò durare un'eternità.

I suoi piedi avvertirono una vibrazione sotto il pavimento, un rombo sordo come di un tuono. Provò un impeto di sollievo: la battaglia nel tempio era ancora in corso, dunque nessuno poteva essersi messo al loro inseguimento. In ogni caso, non aveva alcuna intenzione di restare lì ad aspettare il vincitore.

Reggendo Laura per la vita, la condusse fuori dalla villa in rovina. Si guardò attorno ma non c'era nessuno. Nessun seguace del Drago sfuggito alla punizione, nessun seguace del Toro rimasto a guardia delle vie di fuga, nessun contadino richiamato dai movimenti di uomini e carrozze, nessuna pattuglia francese.

Attraversarono il cortile tra il porticato e le due ali della villa, inciampando nelle radici, aggirando le statue cadute, strisciando sul tappeto di foglie. Quando furono all'altezza del cancello arrugginito Laura cominciò a barcollare.

«Sto male.»

Sporgendosi in avanti assecondò un conato di vomito, ma null'altro che un rivolo di saliva uscì dalle sue labbra.

«Fermiamoci un poco» suggerì Gustìn. Aiutò Laura ad appoggiarsi a un tronco, poi si sedette accanto a lei. «Va meglio?»

Laura si sfiorò con la mano prima la guancia, poi gli occhi. Quando toccò il miscuglio appiccicoso di lacrime e trucco, fece una smorfia disgustata.

Gustìn respirò avidamente l'aria fresca che pure gli bruciava la gola, lasciandosi accarezzare dalla brezza, cercando conforto in quel breve istante di riposo. La schiena, le gambe, la testa erano attraversate da fitte pulsanti.

La voce di Laura lo raggiunse sommessa: «Come sta Fioreste? L'hai visto?»

Sapeva che quella domanda sarebbe arrivata, ma non così presto, e non era preparato a rispondere. Rimase in silenzio, la mente troppo lenta nel cercare improbabili consolazioni.

«No...» comprese Laura, e il suo tono divenne più acuto. «Oh no, no...»

Si coprì gli occhi con le mani e cominciò a piangere di nuovo.

«Mi dispiace tanto...»

«Anche Fioreste, no...»

Anche Rosina, e perfino Alberto. Laura aveva perso davvero tutto.

E questo a causa della gelosia di Costanza.

Mentre il resto della sua razionalità veniva spazzata via da un'ondata di dolore, Gustìn si rese conto che se non avesse mai incontrato Laura forse nulla di brutto le sarebbe successo: lui e Costanza non avrebbero litigato, lei e la sua famiglia avrebbero continuato la loro vita nella bottega dei saponi del Balòn.

Gustìn sentì se stesso andare in pezzi. Abbracciò Laura che singhiozzava e la strinse con forza.

«Non ti lascerò sola. Te lo giuro, non ti lascerò sola.»

Caddero in silenzio, piangendo insieme, sprofondati nel dolore finché questo sfumò in un sonno pietoso.

54

7 settembre 1706

Gustìn aprì gli occhi accolto dal morbido e confortevole tepore di un letto di piume. L'unica luce di una candela sul comodino lasciava intravedere coperte di seta e tappezzeria alle pareti: da quei dettagli riconobbe la camera in cui era già stato ospite, nel palazzo che apparteneva a Maria e accoglieva le Perracchine.

Avvertì l'aroma fresco e dolce di essenze spruzzate nell'aria. E il profumo della pelle di Laura, il tiepido contatto del suo corpo. La ragazza dormiva ancora, i lineamenti corrucciati: il trucco osceno era stato lavato via, ma restavano i segni del pianto a marcarle gli occhi.

Gustìn si accarezzò le guance sbarbate di fresco, soffermandosi sulle minuscole cicatrici delle ulcere giovanili. Sia lui che Laura indossavano abiti puliti.

In quel silenzio immobile, percepì un movimento tra le ombre, e comprese che non erano soli. Lo avvolse una sensazione di pace che riconobbe: «Maria…?»

«Sono felice di rivedervi, amico mio.»

La dama si fece avanti nel cerchio di luce, fermandosi in fondo al letto. Le rughe e le occhiaie erano scomparse, la pelle del viso era di nuovo liscia. La dama sembrava ringiovanita. Di secoli.

Laura si scosse, aprì gli occhi in cui galleggiava ancora un'ombra di terrore. Si guardò attorno, riconobbe Gustìn e lo abbracciò con disperata ostinazione.

Gustìn non sapeva se Laura avesse riconosciuto in Maria la donna scheletrica trascinata al cospetto del Drago, ma era certo che non avesse paura di lei: sentiva il suo respiro rilassato riscaldargli il collo, il battito regolare del cuore che gli pulsava contro il petto.

Senza avvicinarsi, Maria parlò con infinita dolcezza: «Siete al sicuro qui. Non avete più nulla da temere.»

«Dunque è... finita?» le chiese Gustìn.

«Il Drago e chi lo serviva non esistono più.»

Il sorriso di Maria non riusciva a mitigare un'ombra di tristezza sul viso senza età. Gustìn pensò di averne intuito il motivo.

«Amedeo è...»

«Sì. Mi è stato detto che prima di... andarsene era sereno».

«Lo ha fatto perché amava Torino.»

«A volte occorre un grande sacrificio per un bene ancora più grande.»

Gustìn si rese conto che quelle ultime parole Maria le aveva pronunciate guardando Laura, e non lui. Un brivido gli scese sulla schiena.

La dama si avvicinò lentamente. I suoi passi non facevano rumore sul pavimento.

«Ogni tanto, tra i figli di Adamo, nasce qualcuno che resiste ai nostri poteri. Persone speciali, più forti delle altre. In passato si diceva che i bimbi nati avvolti nella sacca materna erano protetti dagli spiriti maligni. Li chiamavano "nati con la camicia", o *benandanti.*» Guardò Gustìn: «O *cavalcanti.*»

Maria esitò qualche istante, Gustìn la guardava in preda a un'orrenda inquietudine, come di fronte a una porta chiusa che nasconde un pericolo. Qualcosa gli diceva che l'epilogo della storia non era ancora stato scritto, e aveva paura di scoprirlo.

«Voi, cara Laura, siete speciale. Emilio non è riuscito a piegarvi ai suoi voleri. Per un poco, avete resistito perfino al Drago. Nessuno di noi può farvi dimenticare ciò che avete visto» disse Maria. «Domani, tra qualche giorno o forse tra un anno, voi ricordereste ogni cosa. E questo non possiamo permetterlo.»

Gustìn chiuse gli occhi, e a denti stretti sibilò:

«Non è giusto…» Adesso capiva, capiva tutto.

«Cosa volete farmi?» domandò Laura, come se soltanto in quel momento avesse ritrovato la voce.

Maria le spiegò che sarebbe diventata un angelo come Raffaele, che vagava per i viottoli di Borgo Dora e proteggeva le fanciulle indifese. Come Amedeo, il grande cavaliere che aveva difeso la Cittadella nella notte più buia. Come lei, Maria, che in ogni luogo e in ogni tempo si prendeva cura dei bambini abbandonati. Le disse che sarebbe stata più forte, immune agli anni e alle malattie. E in tutto quel tempo Gustìn si sentì svuotare come un orcio bucato, le sue energie e i suoi pensieri che si disperdevano senza lasciare altro che aria.

«E… io?»

«Siete forte, Augusto, ma non abbastanza per unirvi a noi. Non abbastanza da opporvi ai nostri poteri. Mi dispiace, non c'è altra soluzione.»

Laura lo strinse più forte: «Non separateci, vi scongiuro. Non ho altri che lui.»

«Da domani saremo noi la vostra famiglia. Avrete un padre, dei fratelli e delle sorelle che vi ameranno e non vi abbandoneranno mai.»

Le parole di Maria erano avvolte da un'aura angelica, e perfino Gustìn pensò che impedire a Laura di ascendere a quel destino bello e glorioso sarebbe stato un atto di puro egoismo.

«Ma si dimenticherà di me…» Laura aveva ricominciato a piangere.

«È necessario. Per la nostra segretezza. Per il bene di Torino.»

«E Torino viene sopra ogni cosa, giusto?» scattò Gustìn, con rabbia. «Ecco la mia ricompensa per aver servito la vostra causa.»

Le sue speranze, i suoi sogni erano appena stati spazzati via. Avrebbe voluto dedicare ogni istante della sua vita a Laura, per renderla felice e riparare a tutto il male che il mondo le aveva fatto, invece altri lo avrebbero fatto al posto suo.

«Cancellare il mio ricordo è peggio che uccidermi» protestò Laura.

«Avete ragione. Ma dimenticandovi, *monsù* Augusto potrà vivere una vita senza rimpianti. È ingiusto, sì… ma anche pietoso.»

Laura guardò Maria come se la vedesse per la prima volta.

«Diventerete molto di più di un ricordo» promise la dama. «Sarete il suo angelo custode.»

Gustìn vide gli sguardi delle due donne puntarsi su di lui. Gli occhi tristi e pensierosi di Laura ammorbidirono la piega delle sue labbra in un pallido sorriso.

«Allora va bene. Accetto».

Gustìn protestò. Urlò, si dimenò come un pazzo. Pianse.

Anche se la battaglia era persa, perché Maria non avrebbe cambiato idea e Laura si era convinta. Così, quando si rese conto che lamentarsi avrebbe solo reso più dolorosa la separazione, si placò.

«Il giorno in cui sarò in punta di morte... consentitemi di ricordarla. Non vi chiedo che questo.»

«E io ve lo prometto. Sul mio onore.» La dama si fermò sulla porta della stanza e aggiunse: «Torneremo stanotte. Non potrete uscire dalla casa, ma siete liberi di fare ciò che volete.»

Si resero conto che Maria se n'era andata solo quando udirono il suono della porta che si accostava allo stipite.

Inizialmente rimasero in silenzio, stremati, schiacciati dalla crudele immensità del loro destino. Poi, pian piano, cominciarono a parlare.

Rievocarono il loro primo incontro, al mercato, quando Gustìn si era fatto consigliare da Laura il suo profumo preferito e gliel'aveva regalato. La volta che si era presentato come un cortigiano dal buffo accento. Risero fino alle lacrime quando lei cercò di imitarlo.

Ricordarono il loro primo bacio. Confessarono l'uno all'altra i sogni e le speranze che avevano costruito nell'immaginare la loro vita insieme.

Si ritrovarono sempre più vicini. Gustìn prese a sbottonarle la camicetta, dapprima esitando. Lei lo aiutò a sfilargliela dalla testa e la fece cadere al bordo del letto: allora Gustìn la strinse a sé, baciandola con avidità. Si svestirono, ansiosi, frenetici, per abbandonarsi uno all'altra.

Circondandogli il collo con le braccia, Laura si lasciò adagiare sul letto. Gustìn la sentì tremare sotto le sue carezze ed esitò, temendo di farle male. Poi lei aprì gli occhi e di nuovo Gustìn fu colpito di trovare nello stesso sguardo candore e passione, ingenuità e audacia.

Quando Laura lo accolse, Gustìn si rese conto di essere il primo uomo che avesse mai avuto. E che sarebbe anche stato l'ultimo.

Nascose le lacrime appoggiandole il viso contro il seno, mentre con tenerezza soffiava via gli ultimi residui della loro paura, e insieme consumavano la passione bruciando come torce.

Poi rimasero sdraiati sul letto, cullati da una calma senza pensieri che forse era rassegnazione, a guardare gli intrecci dei ricami del baldacchino.

Più tardi udirono le campane del duomo, poi della Consolata. Di altre chiese ancora. Un concerto di rintocchi, colpi di cannone. Grida di gioia, applausi.

«Cosa succede?» chiese Laura. Gustìn scosse la testa: non gli importava. Tutto il suo mondo era lì, in quella stanza, e non ci sarebbe rimasto per molto.

Laura si avvolse in una coperta e andò a cercare una finestra. Quando aprì gli scuri, la stanza si tinse di una luce azzurrina.

«Vieni a vedere, Gustìn!» esclamò, con entusiasmo infantile. Gustìn obbedì solo per farle piacere e rimanere accanto a lei. La raggiunse alla finestra e guardò fuori. Riconobbe la via di Santa Chiara, piena di gente in strada, affacciata alle finestre e dai balconi. Sembravano tutti molto felici.

All'improvviso un'onda si propagò tra la folla, schiacciandola in due file contro le pareti delle case. Sfilava un corteo di cavalieri che andava in direzione del Duomo, sventolando bandiere e agitando i cappelli per salutare.

Gustìn riconobbe il duca Vittorio Amedeo e, al suo fianco, un uomo con l'uniforme da alto ufficiale dell'armata imperiale: comprese che era il Principe Eugenio.

Accompagnati dal frastuono delle campane e dall'entusiasmo della folla, i due cugini rientravano a Torino. Quel giorno, 7 settembre 1706, avevano sbaragliato le armate francesi e liberato la città dall'assedio.

«Verrai da me quando ricorderò?» Gustìn teneva gli occhi sugli stendardi che garrivano. Non aveva il coraggio di guardare Laura. La sentì avvicinarsi fino ad assaporare il profumo dei suoi capelli e il contatto del suo corpo. Poi lei disse: «Ti prometto che sarò accanto a te in ogni momento. Quando ricorderai, mi vedrai.»

Gustìn annuì, gli occhi gonfi di lacrime. Guardò passare il corteo, poi si mise a fissare i monti all'orizzonte, visibili nella foschia oltre le mura della città.

Aveva la sensazione che tutto fosse più nitido di quanto ricordava: i colori più vivaci, le immagini più nette, i suoni e gli odori più acuti.

Come se il Male, il Diavolo sconfitto, avesse lasciato il campo al Bene e alla Luce, e queste facessero risplendere il Creato di tutta la sua intrinseca bellezza.

Non era suggestione, pensò Gustìn, era di più: era magia.

Era santità.

Gli venne di nuovo da piangere, questa volta non di tristezza. Torino era salva, non solo dai francesi ma anche, specialmente, da qualcosa di più maligno.

Nessun'altra Laura avrebbe più dovuto temere di essere rapita nel cuore della notte e portata a morire in modo atroce. La minaccia che in quegli anni aveva terrorizzato gli abitanti dei quartieri poveri di Torino era finita, anche se qualcuno avrebbe continuato a parlarne, nelle notti d'inverno davanti al fuoco, nelle storie di paura che spaventavano i bambini.

Gustìn aveva avuto un ruolo nella vittoria dei Santi sul Demonio, e anche se non avrebbe potuto goderne i frutti altri l'avrebbero fatto.

La compiutezza di quella rivelazione gli tolse il fiato, lasciandogli dentro un sapore non troppo amaro con cui combattere la delusione e la collera per ciò che stava per perdere. Rimase ad assaporarlo mentre rimaneva fermo sul balcone, a guardare i monti e stringere Laura in un ultimo abbraccio.

EPILOGO

All'alba del settimo giorno (di settembre 1706) si marciò verso i Nemici che erano trincerati fino ad avere la Stura alla loro destra, la Dora alla loro sinistra, e il Convento dei Cappuccini della Madonna di Campagna al centro, inoltre Lucento e parecchie altre Cascine fiancheggiavano i loro trinceramenti. La nostra Fanteria marciò in otto colonne, quattro nella prima ed altrettante nella seconda linea, tutti i Granatieri di ciascuna colonna in testa. L'Artiglieria era divisa in proporzione nella Fanteria e la nostra destra costeggiava il bordo della Dora e la sinistra quello della Stura. Dietro la Fanteria marciava la Cavalleria, la prima linea in sei colonne e la seconda per Brigate. Mai si è vista cosa più fiera che questa marcia; i Nemici sparavano continuamente da quaranta pezzi di cannone ma tutto questo gran fuoco non serviva che ad infiammare maggiormente il valore dei nostri guerrieri. A mezza gittata del cannone ci si mise in battaglia, tutti i Generali marciarono al loro posto, i nostri cannoni cominciarono a sparare e tutti gli strumenti da guerra a farsi sentire; si era lasciata una giusta distanza tra le Brigate della nostra Fanteria per far passare la Cavalleria in caso di bisogno e questa precauzione ci servì molto in seguito. Si comunicò che tutto era in ordine, e in un momento tutto si mise in movimento, la Fanteria fucile in spalla fino al piede del trinceramento. Allora il gran fuoco della Moschetteria incominciò, e siccome per la situazione ineguale del terreno la nostra sinistra patì solo per un po' la resistenza dei Nemici, questo la fermò un poco senza tuttavia farla retrocedere. In quel momento il Principe Eugenio sopraggiunse, sguainò la sua spada e ponendosi alla testa dei Battaglioni della sinistra sfondò in un istante i trinceramenti dei Nemici; Sua Altezza Reale fece lo stesso al centro, e la nostra destra dalla parte di Lucento. Infine si trionfò dappertutto, e nello stesso tempo si fece avanzare la nostra Cavalleria negli intervalli che si erano lasciati per essa. Non fu un combattimento ma un inseguimento di fuggiaschi e i nostri Cavalieri pensavano di far torto al loro coraggio uccidendo uomini che fuggivano con tanta precipitazione. A mezzogiorno la vittoria era completa e interamente nostra. S'impiegò il resto del giorno a prendere diverse Cascine e ridotte occupate dai Nemici che si consegnavano tutti prigionieri di guerra. E Sua Altezza Reale entrò ancora lo stesso giorno verso sera trionfante nella sua Capitale. Si stimò, secondo il parere della stessa Francia, che l'assedio di Torino costò ai Francesi venti milioni di lire e venticinquemila uomini.

(Giornaliero della campagna in Piemonte del 1706 e della fine dell'assedio di Torino Capitale di Sua Altezza Reale di Savoia, Anonimo)

55

Torino, 10 ottobre 1751

Questa mattina, d'un tratto, ho ricordato ogni cosa.

Seduto vicino alla finestra, godevo il sole di primavera che dà sollievo alle ossa: le mie sono troppo stanche e non riesco più a sporgermi fuori per guardare la gente che passa. Non mi resta che ascoltare i rumori e le chiacchiere nella strada di chi la vita ancora la vive.

È tutto cominciato da lì, dalla strada. Da un carrettiere che aveva fretta perché doveva andare alle ghiacciaie.

"Fatemi passare!" urlava agli ambulanti che avevano disposto le bancarelle in mezzo alla strada. Gli rispondevano con insulti, proteste, prese in giro. Poi ho sentito lo schiocco di legno che si rompe e schiamazzi di galline, e qualcuno ha gridato: "Che il Diavolo ti bruci nelle tue ghiacciaie!"

Allora ho ricordato di quando entrai io, nelle ghiacciaie.

Di quando incontrai il Diavolo e la setta che lo adorava.

(Drago. Lo chiamavano "il Drago".)

È stato come svegliarmi da un sogno. Il cuore ha cominciato a battermi così forte che pensavo sarebbe scoppiato, mentre ritrovavo momenti della mia vita che non sapevo di aver vissuto.

Ho ricordato la villa abbandonata, su in collina. Gli omicidi, la gente che spariva dalla città sotto assedio.

(C'era sangue sugli altari e sui tavoli di tortura.)

Poi ho ricordato lei, Laura, il suo sorriso con le fossette sulle guance, il suo profumo fresco di fiori e bucato, i suoi occhi pieni di voglia di vivere.

Sono i nostri ricordi che tengono in vita le persone che non ci sono più e le rendono importanti; invece nessuno al mondo ricorda più i suoi occhi, il suo profumo e il suo modo di sorridere, le cose che diceva.

Nessuno, nemmeno io che l'ho amata tanto.

Fino a questa mattina, non sapevo di averla mai incontrata.

Adesso invece il ricordo è così nitido che mi sembra di vederla di fronte a me, mentre in quell'ultima notte supplicava: "È peggio che uccidermi".

Allora ho pianto per quello che poteva essere e che non è stato, assaporando una seconda volta lacrime di rabbia.

(Se Torino è salva fu anche merito mio, e il mio premio è stato perdere la donna che amavo.)

Il velo è stato rimosso e i ricordi sono tornati tutti insieme.

Al di là della finestra vedo il cielo di Torino, le nuvole che si distendono sui tetti e sulle torri, sulle cupole di bronzo e di mattoni: quelle stesse cupole, quegli stessi tetti che un tempo erano coperti di terra e lacerati dalle fiamme, mentre in cielo volavano le palle di cannone.

Era il tempo in cui vissi la stagione più ricca della mia vita, quella che si è consumata come un fiammifero e mi ha lasciato vecchio e malato, a chiedermi che cosa ci faccio ancora su questa terra a vivere di ricordi.

(Ma non di quelli che mi avevano portato via.)

Sono passati quarantacinque anni da allora, e Carlo Emanuele III porta in testa la corona di re, ma quelli che hanno versato il sangue per suo padre ancora si commuovono al pensiero di quando gridavano "Viva il Duca!", mentre andavano all'assalto alla baionetta.

Oggi torno a vedere una città che giaceva tra le braccia di una notte velenosa, dove le bombe che cadevano dal cielo non erano la minaccia peggiore, dove perfino i tagliagole che si rifugiavano nei vicoli malfamati avevano paura di scendere in certe gallerie, molto più antiche di quelle fatte scavare sotto la Cittadella per renderla imprendibile.

Il sottosuolo di Torino non è per gli uomini, ora rammento anche questo.

Le stagioni passano, gli anni si rincorrono e le persone diventano vecchie, come me o anche di più. Forse qualcuno ricorda d'aver visto i Santi sulle mura della Cittadella, la notte di San Secondo, venuti a combattere la più feroce battaglia dell'assedio,

(erano schierati sulla Porta di san Soccorso, uomini e donne con abiti di ogni epoca e le armature scintillanti)

ma già allora ci fu chi non aveva visto niente, chi spiegò l'apparizione con la paura del momento, con la disperazione di soldati che si vedono prossimi alla morte. Si disse che fu un'allucinazione delle menti più deboli.

È passato così tanto tempo che le memorie dei sopravvissuti si confondono con la fantasia, e la storia preferisce dare merito al valore degli uomini piuttosto che all'intervento dei miracoli.

Non c'è posto per la superstizione in quest'epoca che mette in discussione perfino l'esistenza di Dio. Io invece ho imparato che ci sono cose che puoi spiegare soltanto credendoci.

Oppure dimenticandole.

Non erano santi, non i Santi che preghiamo in chiesa, ma combatterono per noi una battaglia ben più terribile di quella tra le armate del Re Sole e della Volpe Savoiarda. Mi privarono dei ricordi di quello che era successo perché potessi vivere senza tradire i loro segreti: come allora, prima che la nebbia calasse strappandomi di dosso l'amore insieme alla memoria, torno a pensare che se pietà voleva essere, fu una pietà ingiusta e crudele.

Così oggi ho vissuto una seconda volta le pagine perdute della mia vita, e per la seconda volta ho pianto per il momento in cui i Cavalcanti mi costrinsero a separarmi da Laura e a dimenticarmi di lei.

Della mia indagine, il traffico di torinesi scomparsi, serbai il ricordo di una setta di adoratori del Demonio che facevano sacrifici umani. Nel mio rapporto al conte Gropello spiegai, perché così credevo fosse accaduto, che li avevamo affrontati e sconfitti nel loro rifugio sotto le ghiacciaie. Felice e Luigi erano rimasti uccisi nello scontro. Io ero l'unico sopravvissuto.

L'indagine si chiuse e io fui lautamente ricompensato.

Dopo quell'estate straordinaria vissi un'altra stagione della mia vita.

Nel 1713 il Duca Vittorio Amedeo II divenne Re di Sicilia, poi scambiata con la Sardegna. Fui mandato a caccia di spie e criminali, in grandi città e in villaggi così piccoli di cui ho perso memoria. In nessuno di quei posti mi sono mai fermato più di quanto occorresse: non appena potevo, tornavo a casa.

Torino non era come gli altri posti. A Torino ero al sicuro.

Pensavo che dipendesse da me, dal fatto che in quella città ero nato e che la conoscevo come le mie tasche, dal fatto che là sapevo dove trovare il posto giusto e la persona giusta per qualunque cosa. Mi mancava il coraggio

(il ricordo)

di ammettere che a Torino ero al sicuro perché ero protetto: per farlo avrei dovuto ammettere l'esistenza dei miracoli o della magia.

Ma col trascorrere degli anni le certezze diventarono sempre meno convincenti: avvennero troppe coincidenze, fui testimone di troppi fatti strani, per non iniziare a nutrire dei dubbi.

Una casa vuota nella Città Vecchia, una porta sbarrata che si apriva mentre le passavo accanto anche se non c'era nessuno a spingerla. L'oscurità dietro la porta, la sensazione di potermi nascondere da quelli che mi stavano inseguendo, come se una voce mi avesse sussurrato: "entra, sarai al sicuro".

Quando gli uomini fedeli al vecchio re caddero in disgrazia agli occhi del nuovo, venni imprigionato in attesa di giudizio per colpe che non avevo commesso. Il mattino dopo il mio arresto, tra le bestemmie e le oscenità disegnate sul muro della cella, lessi una frase che, ne ero sicuro, il giorno prima non c'era. "ABBIATE FEDE: IO VI PROTEGGO". *Poche ore dopo venni rilasciato e nessuno mi diede più fastidio.*

Poi ci fu la volta di quella spia francese che mi sparò addosso quasi a bruciapelo e sbagliò mira, il suo sguardo attonito, proprio come se all'ultimo momento qualcuno avesse spostato il suo braccio.

Oppure quando stavo inseguendo un assassino nelle fogne ed ebbi l'impressione di inciampare, cadendo al riparo di un muro un istante prima che quel folle si facesse saltare in aria dando fuoco alla sua fiasca di polvere.

Spesso mi sembrava di sentire un profumo, di viole e fiori di campo. Credevo di fiutarlo nell'aria, sulle mani, sugli abiti, e non riuscivo a spiegarmene il motivo.

Altre volte avevo la sensazione di non essere solo, nella mia stanza o in una strada isolata di notte. Mi guardavo alle spalle, aspettandomi di vedere un'ombra ferma dall'altra parte della strada, in piedi in fondo al letto. Non trovandola, mi sentivo prendere dallo sconforto, e una commozione strana mi riempiva gli occhi di lacrime.

Un colpo di sciabola mi rese zoppo e pose fine alla mia carriera. Fui congedato con un titolo di cavaliere e una rendita sufficiente da vivere nel lusso per il resto dei miei giorni. Dopo essere stato un mascalzone, poi un eroe senza nome, divenni un reduce, rispettato di un rispetto dovuto, per imprese di cui nessuno avrebbe mai saputo nulla.

Abbandonai l'idea di comprare una villa in collina, anche se potevo permettermela e andava di moda. Per qualche ragione, la collina mi faceva paura.

Scelsi un palazzo nuovo in via di San Filippo da dove, affacciandomi a una finestra del secondo piano, potevo intravedere piazza Carlina. Amavo quel posto eppure lo odiavo, un'altra delle cose che non riuscivo a capire. Ogni volta che mi recavo al mercato del vino e mi aggiravo tra le bancarelle, sentivo un groppo in gola, un senso d'attesa che poi scemava lasciandomi vuoto e... incompleto. Un profumo mi penetrava nelle narici, così intenso e pungente da farmi venire le lacrime agli occhi,

(viole e fiori di campo)

poi sentivo un richiamo in mezzo alla folla, una voce di giovane donna, ed era come se una pietra mi si fosse messa di traverso in gola.

Gli anni scorrevano senza fermarsi, e coloro che mi avevano accompagnato nel periodo più ricco della mia vita se ne andarono uno dopo l'altro. Felice e Tommaso hanno lasciato un vuoto profondo dentro di me, convinto com'ero che i migliori affetti della mia vita fossero loro, gli amici più fedeli.

Il tempo non è stato gentile con Vittorio Amedeo. Dopo aver fatto grande il Piemonte, abdicò in favore di suo figlio Carlìn, poi cambiò idea e cercò di riprendersi il trono. Concluse i suoi anni nella dorata prigione di Rivoli, ringhiando di rabbia e maledicendo la sua prole.

La storia trovò altri eroi da celebrare: la notte in cui scoprii il rapimento di Laura ci fu un tentativo dei francesi di entrare nella Cittadella attraverso un passaggio scoperto in fondo al fossato. Un minatore perse la vita per fermarli facendo saltare in aria il tratto di galleria che sorvegliava. Oggi mi dispiace di non aver potuto dire, ogni volta che ho sentito rendere onore a Pietro Micca, che anche io ebbi la fortuna di incontrarlo. Mi caricò una pistola al buio per non lasciarmi indifeso davanti al nemico, e quando lo ringraziai mi diede una pacca sulla spalla, come per dirmi che non ce n'era bisogno. Mi fece sentire come faceva Felice quando partivo per una missione al suo fianco: al sicuro. Dio lo benedica.

La storia non è invece stata generosa con il mio padrone, il conte Gropello. Fu dimenticato in fretta, anche se aveva retto molto di più delle finanze del Ducato nel momento più grigio.

Ogni tanto facevamo una passeggiata in via di Po, e ricordavamo i nostri tempi di gloria. Mi piace pensare di essere diventato, alla fine, qualcosa di simile a un amico, magari quel figlio simile a lui che avrebbe tanto voluto, più del suo che si era votato alla Chiesa.

Mi mancano Gropello e i suoi modi rudi, mi mancano i pericoli che correvo in suo nome e il rischio continuo della cattura e della morte. Quello era il mio posto, non un letto in una stanza che puzza di vecchio.

Una mattina andai all'osteria del Gallo a cercare Costanza. Mi era rimasto il ricordo di un litigio senza ragione che aveva spezzato un sodalizio divertente.

Ottavia, la cameriera col labbro leporino, mi disse che Costanza era scappata negli ultimi giorni d'assedio: aveva una relazione con un ufficiale piemontese sparito dopo essere stato scoperto in affari col nemico. Adesso era lei la padrona dell'osteria. Ogni tanto tornavo al Gallo a chiedere notizie di Costanza, e qualche viaggiatore raccontava di averla incontrata a Saluggia, Montiglio, Pinerolo: sempre bellissima e ben vestita, sempre in compagnia di un gran signore, sempre facile a irritarsi quando offuscata da un'altra donna. Costanza era riuscita a fare in modo che la sua fama le sopravvivesse.

Qualche anno dopo cedetti alla corte della signorina Teresa. A sposarci fu un certo prete che non volle perdersi l'occasione di dare il sacramento del matrimonio al bimbo che aveva cercato di ammazzarlo a bastonate e poi gli aveva chiesto scusa dopo venticinque anni.

Un mattino videro padre Olindo scendere i gradini dello Spedale di Carità e dirigersi verso il Po. Amava passeggiare per i sentieri della collina in cerca di funghi. La sera non era ancora tornato. Trovarono il suo corpo che sembrava dormire all'ombra di una quercia.

Teresa diede alla luce il nostro primo figlio, Felice. Poi vennero Tommaso e Francesco. Desideravo una figlia, forse perché le femmine sono più affettuose con i padri, e con l'età dovevo essere diventato più sentimentale.

Quando finalmente nacque, non mi stupisco della testardaggine con cui le imposi il nome Laura. Teresa mi chiese se avevo conosciuto una donna con quel nome: le risposi di no, ed ero certo di non mentire. Quel nome credevo di averlo incontrato in sogno.

Ora è lei che si prende cura di me, mi imbocca e mi lava, e ogni volta che la guardo mi ricorda mia moglie che da tanti anni ormai non c'è più.

A volte mi chiedo se Teresa lo avesse saputo sin dall'inizio, che non avrei potuto ricambiare il suo amore allo stesso modo. Un altro Gustìn era rimasto fedele alla promessa di non amare più nessuno come… come qualcuno che non ricordava di aver conosciuto. Quella parte di me sapeva che il miracolo avviene una sola volta nella vita, e che tutti i tentativi di imitarlo non possono che sciogliersi come neve al sole.

Così adesso chiudo gli occhi e sono in compagnia dei miei ricordi, quelli che sembrano nuovi e invece erano rimasti nascosti per tanto tempo. Le cose terribili e quelle bellissime che sono accadute hanno il sapore di una storia incredibile, eppure sono successe davvero.

Immagino di essere tornato nel palazzo di via Santa Chiara. Sento voci infantili ridere e giocare al piano di sotto: Maria si prende cura delle orfanelle di Torino e le ha accolte qui, lontano dalle bombe.

Mi rivedo passeggiare insieme a Laura per la via di Po: mi sembra quasi di sentire la delicatezza della seta con cui copriva le sue mani sfregiate, e vorrei tanto poter tornare indietro insieme a lei, e vivere di nuovo tutto da capo, cambiando solo il finale.

Chiudo gli occhi e sono nella casa di Laura al Balòn, al crocevia tra la strada che porta al fiume e quella dei mulini. Sento la pioggia che batte contro il legno, dalla porta socchiusa spira un alito di aria fresca. Laura è tra le mie braccia e le dico "Amo tutto di voi". Poi appoggio le labbra sulle sue.

La rivedo distesa accanto a me, nuda, la pelle morbida e scossa dai brividi, lo sguardo appassionato che può promettere solo il presente.

Avrei potuto cambiare le cose? So di essermi tormentato con questa domanda finché ho avuto la coscienza di potermela fare. Ma ciò che è stato è stato, e il tempo che fa diventare vecchi consuma anche lo spirito: oggi di quell'ingiustizia rimane un senso d'indolenzita nostalgia, come quando ti cade l'ultimo dente e sai che non potrai masticare più.

Chiudo gli occhi e vedo tutti i miei ricordi smarriti, ricordi che mi seguiranno nella tomba: allora sarà come se i fatti che ho vissuto e di cui sono stato testimone, fatti meravigliosi e terribili, non fossero mai accaduti.

Chiudo gli occhi e sono di nuovo un uomo giovane e scettico, coraggioso, innamorato.

(Verrai da me quando ricorderò?)

Un fremito di gioia torna a percorrere questo mio corpo stanco di vivere perché adesso so che sto per incontrarla di nuovo. E quando sento la porta aprirsi la mia voce trema nel pronunciare il nome che ho tanto amato.

«Laura?»

«Sì.»

Mi manca il fiato e gli occhi mi si riempiono di lacrime, perché a rispon-

dere non è mia figlia. Il rumore dei passi si avvicina e finalmente la vedo di nuovo, identica a come l'avevo lasciata quarantacinque anni fa.

Indossa la cuffietta e i guanti di seta bianca, camicia e bustino, grembiule e gonna di stoffa. Il viso è lo stesso, senza una ruga. Nemmeno il sorriso è cambiato: buono, ironico, affettuoso.

Gli occhi hanno quella luce intelligente, vivace e scaltra che avevo imparato ad amare, ma sembrano più vecchi, loro, dopo aver vissuto tanto e imparato a comprendere, forse a perdonare.

«Io amo tutto di te» sussurro.

Mentre si siede sul letto, Laura si sfila il guanto. Come allora, mi accarezza il viso con la mano morbida di cui provava tanta vergogna. E come allora, prendo quella mano per baciarla.

Riconosco il suo profumo, viole e fiori di campo: e adesso so, con certezza, che ha mantenuto la promessa che mi fece. Non c'è stato un momento di questa mia vita in cui non l'ho avuta accanto a me.

Laura mi sorride, e i suoi occhi brillano di una gioia così luminosa da cancellare tutte le tenebre di questa terra.

RINGRAZIAMENTI

Con questo libro si chiude un percorso che mi ha tenuto compagnia per quasi quindici anni, dove insieme alle storie di Laura e Gustìn ho scritto un gran pezzo anche della mia. Questo è il momento della gratitudine, che è tanta e che riguarda tante persone.

Grazie innanzitutto a Marisa. Se penso al lavoro che ha fatto accanto a me, aiutandomi a rendere migliori i miei scritti, non posso che dare ragione a Stephen King quando dice che "scrivere è umano, editare è divino". Non le sarò mai abbastanza riconoscente per avere scelto di essere non solo il mio editor, ma anche il mio cielo, il mio sole e le mie stelle.

Grazie ai miei genitori, Mario e Rita, incrollabili fondamenta di amore e sostegno.

A mio fratello Marco, anzi a Gustìn, perché è lui e perché c'è.

A mia cognata Cristina, per essere diventata parte della famiglia.

Grazie a Matteo perché il suo arrivo nella mia vita non è solo amore e orgoglio di zio, ma anche ispirazione e motivazione per scrivere altre storie da fargli leggere quando sarà più grande.

Grazie ai miei angeli custodi che, come i Cavalcanti sulle mura della Cittadella la notte di San Secondo, sono schierati al mio fianco anche se non li vedo. Grazie dunque a zio Claudio e ai nonni Rita, Nina e Piero. Ma soprattutto grazie a nonno Paolo: so con certezza che quando ho ottenuto le mie vittorie lui c'era e non se n'è persa neanche una.

Grazie alla straordinaria squadra di La Corte Editore per l'inesauribile entusiasmo con cui mi supporta (o sopporta, a seconda dei punti di vista) da ormai tre anni: a Gianni, che ha creduto e continua a credere in me, ogni giorno e con tutte le sue forze. A Giovanna, Teresa, Franco, Emanuele, Irene, Fiorella e Giulia che hanno il potere di farmi sentire non solo "uno scrittore serio" ma, cosa ancora più bella e importante, uno di famiglia.

Grazie ad Alberto per aver pensato il sito www.lucabuggio.it insieme a me di fronte a un sushi, e poi per averlo realizzato nei suoi pochissimi momenti liberi.

Allo storico (e amico) Piergiuseppe Menietti. Se questa storia ha trovato casa nella Torino del 1700 è perché lui me ne ha aperto le porte, facendomi visitare ogni stanza e presentandomi ogni abitante finché non mi sono sentito abbastanza a mio agio da sentirla anche casa mia.

Agli amici che mi accompagnano lungo la strada e la rendono più lieve. In ordine sparso e sperando di non dimenticare nessuno: Fabio, Diego e Pietro, Chiara e Mauro, Eliana e Andrea, Elisa, Sara Alessandra, Silvia e Luca, Marco e Franca, Fabiola, Alessia, Mimma, Dante, Stefano, Giusy, Luchino, Alessio, Mauro, Baba, Sara "Ateras", Marco "Tury", Gianluca "il dottore". Se è vero che ogni amico è un tesoro (ed è vero), posso dire di essere immensamente ricco.

Infine, ho un grandissimo debito di riconoscenza con tutti voi che avete letto la mia storia.

Voi che mi avete fatto un complimento, un'intervista o una recensione, che mi avete chiesto "come andrà a finire?" e magari subito dopo avete aggiunto "no, non voglio saperlo", che vi siete fatti spiegare meglio un passaggio poco chiaro, che avete provato a immaginare il viso o la voce di un personaggio. Ogni volta, ogni singola volta che lo fate e che l'avete fatto, ogni volta che prendete in mano un mio libro, voi gli date vita.

Grazie.

ECCO COME APPARIVA
TORINO ALL'INIZIO DEL 1700

(1) Borgo Dora
(2) Piazza della Frutta
(3) La Consolata
(4) Piazza delle Erbe
(5) Palazzo della Madama
(6) Palazzo del Duca
(7) Osteria del Gallo
(8) Palazzo Moris
(9) Piazza Carlina
(10) Piazza delle Armi
(11) Palazzo Gropello
(12) La Cittadella
(13) Palazzo Beggiamo
(14) Palazzo Rossotto
(15) Ospedale di Carità
(16) Borgo Moschino
(17) Monte dei Cappuccini

LUCA BUGGIO

È nato a Torino, dove vive e lavora.

Laureato in Ingegneria, è anche scrittore, regista e attore teatrale. Ha esordito nel 2009 con *La danza delle Marionette.*

Con *La città delle streghe*, primo romanzo per LA CORTE EDITORE, ci ha trasportato nella Torino del 1700 e ha conquistato tantissimi lettori, per la capacità di raccontare storie appassionanti e allo stesso tempo molto dettagliate storicamente. Con *La città dell'assedio e La città dei Santi*, ci fa tornare nella Torino del XVIII secolo, questa volta, nel pieno della battaglia che segnò il destino dell'Italia intera.

L'autore cura anche la sua interessantissima pagina Facebook (Luca Buggio), dove pubblica tantissime curiosità sulla storia di Torino.

LUCA BUGGIO

LA CITTÀ DELLE STREGHE

LA CORTE EDITORE

LUCA BUGGIO

LA CITTÀ DELL'ASSEDIO

LA CORTE EDITORE

LUCA BUGGIO

LA CITTÀ DEI SANTI

LA CORTE EDITORE

www.lacorteditore.it